महायात्रा गाथा

(ऐतिहासिक औपन्यासिक कथाकृति)

2

ISO 9001:2015

किताबघर प्रकाशन

नयी दिल्ली

2

महायात्रा गाथा

रांगेय राघव

मांधाता से जनमेजय तक

[लगभग 3500 ई. पू. से 1500 ई. पू. तक]

(पृष्ठ 5 से)

प्रकाशक

किताबघर प्रकाशन

4855-56/24, अंसारी रोड, दरियागंज, नई दिल्ली-110002

फ़ोन : 011-23266207, 41584421

E-mail : kitabgharprakashan@gmail.com
website : www.bookshindi.com

पेपरबैक संस्करण : मई, 2023

आवरण : के. जी. पी.

मूल्य : पांच सौ पचास रुपये
दो हजार चार सौ रुपये (संयुक्त चार खंडों का मूल्य)

मुद्रक : राष्ट्रीय प्रिण्टर्स
शाहदरा, दिल्ली-110032

MAHAYAATRA GAATHA : 2 : ANDHERA RASTA : 2 *(Hindi)*
by Rangeya Raghav
Price : ₹ 550 (Paperback Edition)
₹ 2400 (All Four Vols.)

ISBN— 978-81-7016-323-7

खण्ड : 3

मांधाता से जनमेजय तक

(लगभग 3,500 ई० पू० से 1,500 ई० पू० तक)

अध्याय 1

सत्ययुग का अन्त

भूमिका

प्रस्तुत युग ऋग्वेद-काल से प्रारम्भ होता है। हो सकता है ऋग्वेद के कुछ अंश इस काल से पहले ही बन चुके थे, परन्तु अधिकांश का प्रारम्भ अब ही हुआ। अन्य साक्ष्य बताते हैं कि ऋग्वेद और सामवेद का प्रणयन समकालीन हुआ। सामवेद के कुछ भाग की रचना परवर्ती काल में भी होती रही। इस समय अनेक राजा हुए, किन्तु हम केवल उस विशेष घटना को लेंगे, जिसने इतिहास की गति को बदला।

इस युग के उपरान्त राम का युग है, जिनके समय में पूर्वापर मिलाकर यजुर्वेद का प्रणयन हुआ और शूद्रों को समाज का अंग स्वीकार किया गया। किन्तु हमने वर्ण-व्यवस्था के साथ जाति-व्यवस्था का भी चित्रण किया है, क्योंकि इन दोनों के मिलने से ही भारतीय जीवन का विकास हुआ है।

जैन पुराणों में इसी युग की एक अन्य परम्परा प्राप्त होती है, जिसमें उनके अपने तीर्थंकरों का वर्णन आता है। ऋषभ से प्रारम्भ होकर अनेक तीर्थंकरों का वर्णन आता है। अरिष्टनेमि कृष्ण का समकालीन तीर्थंकर बताया जाता है। इससे स्पष्ट होता है कि परम्परा अनेक जैन तीर्थंकरों को पुराना मानती है। परवर्ती तीर्थंकरों का वर्णन हम अलग करेंगे, जबकि जैन सम्प्रदाय का ब्राह्मण सम्प्रदाय से भेद स्पष्ट दिखाई देने लगेगा। हम नहीं कह सकते कि जैनों के आदि पुराण में जिस राजा भरत का वर्णन है, वह कौन था। हो सकता है कि वह दुष्यन्त का पुत्र ही हो, या कोई अन्य। जो हो, वह इतिहास में एक वीर नायक है, वह इतिहास को मोड़ता नहीं। ऋषभदेव को इक्ष्वाकुवंशी राजा नाभि और मरुदेवी का पुत्र बताया जाता है। वह विनीता नगरी में पैदा हुआ था। इसने राज्य किया था और इसका विवाह इन्द्रकन्या जयंती से हुआ बताया जाता है। भरत, कुशावर्त्त आदि इसके सौ पुत्र थे। श्रीमद्भागवत इन्हें वेदज्ञ बताती है। ऋषभदेव ने दावानल में गिरकर अपना शरीर त्यागा था। यह एक प्रकार से स्वयं मरना था। पहले यह परम्परा थी कि लोग खान-पान छोड़कर प्रायोपवेशन करके प्राण त्याग करते थे। यह युधिष्ठिर (महाभारत) काल में प्रचलित बात थी। बाद में जब धर्मशास्त्रों में कलिवर्ज्य-प्रकरण प्रणयन हुआ, तब आत्महत्या को वर्जित किया गया। पहले यह भी नियम था कि यदि जीवित रहने की इच्छा न हो तो आदमी चलना शुरू कर दे और तब तक चले, जब तक वह गिरकर मर न जाए। हो सकता है, आर्य्यों पर अनार्य्यों के पुराने विश्वासों और

दास-प्रथावाले अभावात्मक दर्शन का प्रभाव बहुत पहले ही पड़ने लगा था, जो ब्राह्मण-परम्परा ने स्वीकार नहीं किया। कृष्ण के समय में अरिष्टनेमि का जैन होना आश्चर्य की बात नहीं है, क्योंकि यादवगण में काफी ब्राह्मण-विरोधी चिन्तन भी था। उस समय कृष्ण भगवान नहीं था, दार्शनिक था। जैन चिन्तन अवश्य ही तब इतना अलग होकर ब्राह्मणों से दूर नहीं हो सका होगा, जो वह बाद में बना।

जब ब्राह्मण अपनी परम्परा के अनुकूल इतिहास सम्बन्धी कथाएँ एकत्र कर रहे थे, तब जैन-परम्परा की भी धारा चल रही थी। हम निश्चित तिथियाँ तो नहीं दे सकते कि अमुक तीर्थंकर अमुक समय में हुआ। परन्तु ऋषभदेव के साथ एक परम्परा यह भी कहती है कि उसके पहले विवाह नहीं था, उसी ने 'जोड़ों' में, 'मिथुन' रूप में, विवाह का नियम बनाया। ब्राह्मण-परम्परा में श्वेतकेतु इस परम्परा को चलानेवाला माना गया है। इससे हम यही अनुमान कर सकते हैं कि ऋषभदेव काफी पुराना था। अरिष्टनेमि को पुराण (हरिवंश) में कहा है कि ऋषभदेव ने स्वप्न में मरुदेवी के गर्भ में वृष-रूप में प्रवेश किया था। यह बताता है कि यह कल्पना प्रारम्भिक खेती-बाड़ी के युग की है, क्योंकि वृष को इतना पवित्र बताया गया है। ऋषभदेव को ही जिनदेव कहते हैं। इसी के बारे में कहा जाता है कि प्रजागण की बुरी हालत देखकर इसने क्षत्रिय, वैश्य और शूद्र—तीन वर्ण बनाए थे।

इससे यह तो प्रकट ही है कि ब्राह्मण इसने नहीं बनाए। ब्राह्मण पुराने थे, इसमें तो कोई सन्देह ही नहीं। यह क्षत्रिय और वैश्यों के ब्राह्मण-विरोधी पुराने संगठन की बात को प्रकट कर सकनेवाली घटना हो सकती है। इसने 6 मास नंगे होकर पृथ्वी का भ्रमण किया था। शरीर को कष्ट दिया था। इसकी तपस्या में अनार्य्य दुःखवाद का कितना प्रभाव था, यह नहीं कहा जा सकता। आदि जिनदेव के पुत्र भरत ने गंगासागर प्रदेश, दाक्षिणात्य, सिन्धु देश, हिमालय, वृषभगिरि और म्लेच्छों के देश को जीता था। दुष्यन्त के पुत्र भरत को भी महाभारत ने म्लेच्छ द्वीपों का विजयी कहा है।

एक और विशेष बात है कि पूर्व में पहले जाकर बस जानेवाले इक्ष्वाकुवंशीय क्षत्रिय आर्य्यों में अनेक तीर्थंकर हुए हैं—ऋषभदेव, अजितनाथ, सम्भवनाथ, अभिनन्दननाथ, सुमतिनाथ, पद्मप्रभु, सुपार्श्व, चन्द्रप्रभ, पुष्पदन्त, शीतल, जिनेन्द्र आदि एक ही कुल के हैं।

जैन-परम्परा में सगर राजा ने जैन-दीक्षा ली है। सगर के 60,000 पुत्रों ने दम्भपूर्वक पृथ्वी खोदी थी। नागराज ने कुपित होकर उन्हें भस्म किया था। ब्राह्मण-परम्परा में सगर के पुत्रों को कपिल ने भस्म किया था। कपिल स्वयं विष्णु था। यह हम अन्यत्र देख चुके हैं कि विष्णु के परिवार में नाग टॉटेम की अंतर्भुक्ति हुई थी। यह हम निश्चय ही नहीं कह सकते कि न जाने विष्णु के रूप में नागजाति की देन भी हो ही।

जैन-परम्परा कहती है कि इला के पुत्र ने माहिष्मती नगरी का निर्माण किया था। ब्राह्मण-परम्परा कहती है कि माहिष्मती नागों की नगरी थी, जिसे नागों से कार्त्तवीर्यार्जुन हैहय ने छीन लिया था। ऐलेय, जैन-परम्परा के अनुसार, अपने पुत्र कुनिम को राज्य देकर वन में तपस्या करने चला गया था। ऐलेय की माता इला और पिता दक्ष था। दक्ष की इला से मनोहारी नामक कन्या भी हुई थी। दक्ष अपनी पुत्री का रूप देखकर विक्षिप्त हृदय हो गया था। तभी ऐलेय क्रोध से माता इला के साथ उसे छोड़ गया था। यह कथा बताती है कि पिता

के पुत्री के प्रति आकर्षित हो जाने पर भी पुत्र और माता को जाना पड़ा था, दक्ष का कुछ भी उस समाज में बिगाड़ा नहीं जा सका था।

कुनिम ने वरदा-तीर पर कुण्डिन नगर बसाया था।

इसी वंश के देवदत्त पुत्र का नाम मिथिलानाथ था। वह विदेहाधिपत्य था। विदेह में ब्राह्मण-परम्परा के अनुसार जनक थे। जनक उपनिषद्काल तक वैदिक यज्ञ करते थे, यह याज्ञवल्क्य और अश्वलजनक की कथाओं से प्रकट है। इसका अर्थ है, विदेह वैदिक व्यवस्था भी मानते थे। दार्शनिक क्षेत्र में वे तर्क करते थे, कालान्तर में यह विदेह लोग गण-व्यवस्था बनाकर उठ खड़े हुए थे, उन्होंने एक कुल का राज्य समाप्त कर दिया था। उस समय विदेह में ब्राह्मणों का सम्मान नहीं था।

यहाँ हम 820 शक संवत में लिखे गए उत्तरपुराण से तीर्थंकरों का संक्षिप्त उल्लेख करते हैं। यह वर्णन दूसरे तीर्थंकर से प्रारम्भ होता है। प्रथम तीर्थंकर ऋषभदेव हैं।

(1) अजितनाथ : साकेत नगर का राजा। इक्ष्वाकुवंशीय काश्यप गोत्री। जितशत्रु और विजयसेना का पुत्र।

(2) सम्भवनाथ : पूर्वविदेह कच्छ विषय के अन्तर्गत क्षेमपुर में विमलवाहन राज के पुत्र विमलकीर्ति की पत्नी सुषेणा के गर्भ से जन्म।

(3) अभिनन्दननाथ : पूर्व विदेह में मंगलावती नगरी में जन्म।

(4) सुमतिनाथ : साकेत में जन्म। क्षत्रिय।

(5) पद्मप्रथम : कौशाम्बी नगर में इक्ष्वाकुवंशीय धरण और उसकी स्त्री सुसीमा का पुत्र।

(6) सुपार्श्वस्वामी : वाराणसीराज सुप्रतिष्ठ और उसकी स्त्री पृथ्विषेणा का पुत्र।

(7) चंद्रप्रभ : इक्ष्वाकुवंशीय चंद्रपुराधिप महासेन और उसकी स्त्री का पुत्र।

(8) पुष्पदंत : काकुन्दिनगराधिपति इक्ष्वाकुवंशीय सुग्रीवराज और उसकी स्त्री जयरामा का पुत्र।

(9) शीतलनाथ : भद्रपुरराज दृढ़रथ और महिषी सुनन्दा का पुत्र।

(10) श्रेयांसनाथ : इक्ष्वाकुवंशीय सिंह पुराधिप विष्णुराज और पत्नी नन्दा का पुत्र।

(11) वासुपूज्य : इक्ष्वाकुवंशीय चम्पानगराधिप वासुपूज्य और महिषी जयावती का पुत्र।

(12) विमलनाथ : पुरुवंशीय कृतवर्मा का पुत्र। काम्पिल्यपुर में जन्म।

(13) अनंतनाथ : इक्ष्वाकुवंशीय साकेत नगराधिप सिंह सेन और पत्नी जयश्यामा से अनंतनाथ का जन्म हुआ था।

(14) धर्मनाथ : कुरुवंशीय रत्नपुराधिप भानुराज और पत्नी सुप्रभा का पुत्र।

(15) शान्तिनाथ : तिलकान्तपुरराज चंद्रप्रभा और पत्नी सुभद्रा का पुत्र। यह बलदेव (कृष्ण का भाई) का समकालीन था।

(16) कुन्थुनाथ : सुसीमापुराधिप सिंहरथ का पुत्र।

(17) अमरनाथ : क्षेमपुरराज धनपति का पुत्र।

(18) मल्लिनाथ : वीतशोकपुरराज वैश्रवण का पुत्र।

(19) मुनिसुव्रत : राजगृह (मगध) पुराधि सुमित्रराज और पत्नी सोमा का पुत्र।

(20) नेमिनाथ : नागपुराधिप नरदेवराज से सम्बन्धित। यह कृष्ण का समकालीन था।

(21) पार्श्वनाथ : काशिराज का पुत्र।

(22) महावीर : ज्ञातृपुत्र।

ऐतिहासिक दृष्टि से जैन पुराण ब्राह्मण ग्रन्थों के बहुत बाद के हैं, अतः हमें इस पर नहीं जाना चाहिए कि जो राम, कृष्ण, रावण और हनुमान आदि की कथाएँ जैन-परम्परा में हैं, उन्हें ऐतिहासिक मानें। हाँ, यह देखा जा सकता है कि दूसरी परम्परा क्या थी। निस्संदेह इतिहास के लिए, जहाँ तक हो, हमें ब्राह्मणों के ग्रन्थों का ही आश्रय लेना पड़ेगा, क्योंकि समस्त बौद्ध और जैन साहित्य से वेद, उपनिषद् और महाभारत का मुख्यांश प्राचीन है। इसलिए हम इनकी उन कथाओं को विशेष प्रधानता नहीं देते, जिनमें पुराणगत व्यक्तियों की इनके साम्प्रदायिक ढंग से चर्चा है। हाँ, इनमें जो प्राचीन हैं, उन्हें हमें तत्कालीन हो सकनेवाले इतिहास की पृष्ठभूमि में रखकर देखना लाभदायक होगा। ऊपर हम देख ही चुके हैं कि अधिकांश तीर्थंकर पूर्वभारत के आर्य्य हैं, जो कि अनार्यों के सम्बन्ध में बहुत पहले आ गए हैं और जहाँ के आर्य्य, ब्राह्मणविरोधी थे। जो तीर्थंकर बाद में हैं, उनका भी गणों से ही सम्बन्ध मिलता है, जो ब्राह्मणों के विशेष प्रभाव में नहीं थे।

हो सकता है कि बहुत समय से यह जैन तीर्थंकरों की परम्परा चली आ रही थी, परन्तु इसका विशेष प्रभाव महाभारत-युद्ध के बाद प्रारम्भ हुआ, अतः इसको हम महाभारत-युद्ध के बाद के समय में देखेंगे। इतिहास की दृष्टि से हमें अब ब्राह्मण साहित्य को देखना ही आवश्यक है। इस युग की विशेषताएँ यह हैं—

(1) मांधाता के बाद आर्य्यों ने उत्तर भारत प्रायः विंध्य तक जीत लिया और दक्षिण में विदर्भ तथा निषध जा बसे। अनेक प्रसिद्ध और प्रतापी राजा हुए, जैसे दिलीप, खट्वांग, अम्बरीष आदि। विशेष बात यह भी है कि अधिक प्रसिद्ध राजा अधिकतर इक्ष्वाकुवंशीय हुए।

(2) ब्राह्मणों ने क्षत्रिय राजाओं पर अत्याचार किए। क्षत्रियों ने (विश्वामित्र) समानता के लिए घोर संघर्ष किया और अधिकार प्राप्त किए।

(3) ब्राह्मणों ने तब वैश्य और शूद्र वर्ण की सहायता से क्षत्रियों का दमन किया और बाद में वैश्यों और शूद्रों से डरकर फिर से क्षत्रियों से मित्रता की।

(4) इन दिनों अश्वमेध यज्ञ खूब होते थे। लूट।

(5) आर्य्य ऋषि अपना राज्य फैलाते घूम रहे थे। वे अनार्य्यों के राज्यों में घुसकर साम-दाम-दण्ड-भेद का प्रचार करके कार्य साधते थे।

(6) अनार्य्यों में दास-प्रथा थी, जाति-प्रथा थी और अनार्य्यों में भी पुरोहित वर्ण का काफी बोलबाला था।

(7) इस समय आर्य्यों में पितृसत्ताक व्यवस्था बहुत पुष्ट हो चुकी थी। ब्राह्मणों के हाथ से शक्ति निकलकर एकत्र होने का मुझे यह कारण लगता है कि क्षत्रिय सेना बनाकर नगरों में रहते थे और ब्राह्मण आश्रम-वनों, अर्थात् अपनी खेतिहर व्यवस्था को पकड़े हुए थे। नगर समाज के उद्योग-धंधों के केन्द्र थे, जिन पर क्षत्रियों का कब्जा था। इस प्रकार ब्राह्मण

उत्पादन के नए साधनों पर कब्जा न कर सकने के कारण कमजोर पड़ गया—सिर्फ इतना कि नगर पर उसका अधिकार ढीला हो गया। वैसे उत्पादन का मुख्य साधन गोपालन और खेती थी, जो उसी के हाथ में थी। ब्राह्मण ने वैश्य और शूद्र की सहायता से क्षत्रिय को हराया था, अकेले नहीं, यह महाभारत का साक्ष्य बताता है। बहुत बाद में नगरों के अधिक विकास से वैश्य के हाथ में क्षत्रियों की काफी शक्ति चली गई थी, जब कि अनाथपिण्डक-जैसे श्रेष्ठि हुआ करते थे।

इस विवेचन के उपरांत हम उस युग के वर्णसंघर्ष की एक झलक देते हैं, जो तत्कालीन जातियों की परिस्थिति को प्रकट करती है। इस युग का नायक भृगुवंशीय ब्राह्मण परशुराम है, जो इसी समय में था, बाद में जो राम के तथा महाभारत के युग में इसके उल्लेख हैं, वे इसके नहीं, इसी के कुल के वंशजों के हैं, जो सम्भवतः फरसे रखते थे।

हैहयों से परशुराम का युद्ध हुआ। एक परम्परानुसार परशुराम की माता रेणुका क्षत्रिय थी। मैं अपनी 'प्राचीन भारतीय परम्परा और इतिहास' में परशुराम और कार्त्तवीर्य्यार्जुन के युद्ध की पृष्ठभूमि दिखा चुका हूँ, अतः उसे यहाँ दुहराने की आवश्यकता नहीं है। कार्त्तवीर्य्यार्जुन का गुरु दत्तात्रेय को बताया जाता है। कार्त्तवीर्य्यार्जुन के एक हजार हाथ थे और दत्तात्रेय की कृपा से उनके पास एक सोने का विमान था (महाभारत : वनपर्व : 115 अ०)। दत्तात्रेय के पुत्र का नाम निमि था और इस पुत्र ने नए ढंग का श्राद्ध किया था, जिसे करके यह डर गया था। दत्तात्रेय अधि के वंश में पैदा हुआ था (अनुशासन-पर्व : 91 अ०)। कार्त्तवीर्य्य ने क्षत्रियधर्म के अनुसार बहुत दिनों तक महर्षि दत्तात्रेय की आराधना की थी और उनको बहुत-सा धन दिया था। एक दिन ऋषि ने उससे तीन वर माँगने को कहा। उसने तीन वर माँगे—

(1) जब युद्ध करने जाऊँ तो मेरे 1000 बाहु उत्पन्न हो जाएँ।
(2) सम्पूर्ण पृथ्वी जीतकर धर्मानुसार शासन करूँ।
(3) यदि सत्यमार्ग से विचलित होऊँ तो सज्जन उपदेश दें।

दत्तात्रेय ने तथास्तु कहा।

इस कार्त्तवीर्य्य ने अपने को सर्वश्रेष्ठ कहा और आकाशवाणी हुई कि—ब्राह्मण क्षत्रिय से श्रेष्ठ हैं, क्योंकि ब्राह्मण की सहायता के बिना क्षत्रिय शासन नहीं कर सकता।

कार्त्तवीर्य्यार्जुन ने इसको स्वीकार न करके कहा कि क्षत्रिय ब्राह्मण से श्रेष्ठ है : 'ब्राह्मण अध्ययन और अध्यापन करने तथा यज्ञ कराने के बहाने क्षत्रियों का आश्रय लेकर निर्वाह करते हैं, किन्तु क्षत्रिय कभी ब्राह्मण का आश्रय नहीं लेता। जब ब्राह्मण क्षत्रिय पर आश्रित है तो वह उससे श्रेष्ठ कैसे हो सकता है ? अब मैं भीख माँगकर खानेवाले मृग-चर्मधारी आत्माभिमानी ब्राह्मणों को अवश्य पराजित और वशीभूत करूँगा। मैं इस ब्राह्मणप्रधान जगत् को क्षत्रियप्रधान बनाऊँगा।'

आकाश से पवन देव ने कहा : 'तुम ब्राह्मणों का बुरा चेतोगे तो तुम्हारे राज्य में अवश्य विप्लव हो जाएगा। वे या तो तुमको नष्ट कर देंगे या राज्य से निकाल देंगे। प्राचीन समय में अंगराज की स्पर्धा न सह सकने के कारण पृथ्वी पृथिवीत्व को त्यागकर चली जा रही थी, तब महर्षि कश्यप ने उसे रोक लिया था। महर्षि अंगिरा ने पृथ्वी का सब

जल पी लिया था और फिर उसे जलपूर्ण कर दिया था। एक बार वे मुझ पर क्रुद्ध हो गए थे, तो इनके डर से मैंने पृथ्वी छोड़कर अग्निहोत्र में निवास किया था। अहल्या का सतीत्व नष्ट करने पर महर्षि गौतम ने इन्द्र को शाप दिया था, केवल धर्म की रक्षा के लिए उनके प्राण नहीं लिये थे। समुद्र अगाध जल से पूर्ण होने पर भी ब्राह्मण के शाप से खारा हो गया। अग्नि के समान तेजस्वी शुक्राचार्य रूपवान थे, पर महर्षि अंगिरा के शाप से निस्तेज हो गए। महात्मा कपिलदेव ने कुपित होकर सगर के पुत्रों को समुद्र में भस्म कर डाला। महर्षि शुक्राचार्य ने विस्तीर्ण दण्डक राज्य को और महात्मा और्व ने क्षत्रिय कुलोत्पन्न तालजंघ को नष्ट कर दिया था। तुमने केवल दत्तात्रेय की कृपा से राज्य, बल, धर्म और शास्त्रज्ञान प्राप्त किया है। तुम देवताओं के हव्य-कव्य से भगवान् अग्निदेव की उपासना करते हो, वे भी ब्राह्मण हैं।'

तब अर्जुन चुप हो गया। (अनुशासन-पर्व : 153 अ०)।

यह प्रकट करता है कि सहस्रबाहु की हजार भुजाएँ युद्ध के समय पैदा हो जाती थीं, अर्थात् यह परवर्ती वर्णन है और यह वर्णन उपदेशात्मक है। इतना ही ऐतिहासिक तथ्य है कि कार्त्तवीर्य्य ब्राह्मणविरोधी था। इसके अतिरिक्त अधिक प्रकट नहीं होता।

मार्कण्डेय पुराण में दत्तात्रेय की कथा आई है।

अत्रि की स्त्री अनुसूया के गर्भ से तीन पुत्र जन्मे।

अनुसूया को देख जो ऋषि के मन में विचार हुआ, वह तेज रजोमय था। जब वह गिरने लगा तो दसों दिशाओं ने उसे घेर लिया। वही अनुसूया से अत्रि का मानसपुत्र चन्द्रमा है। भगवान विष्णु ने संतुष्ट होकर अपने श्रीविग्रह से सत्वमय तेज को उत्पन्न किया। उससे दत्तात्रेय का जन्म हुआ। भगवान विष्णु ने ही दत्तात्रेय नाम से प्रसिद्ध होकर अनुसूया का स्तनपान किया। वे अत्रि के दूसरे पुत्र थे। हैहयराज कृतवीर्य्य बड़ा उद्दण्ड था। उसने एक बार महर्षि अत्रि का अपमान कर दिया। यह देख अत्रि के तीसरे पुत्र दुर्वासा, जो माता के गर्भ में ही थे, क्रोध में भरकर माता के उदर से सात दिन में ही निकल आए। वे हैहयराज को तत्काल भस्म कर देने को उद्यत हो गए थे। वे रुद्र के अंश थे। इस प्रकार अनुसूया के गर्भ से ब्रह्मा, विष्णु और शिव के अंशभूत तीन पुत्र हुए।

सोमोब्रह्माभ   द्विष्णुर्दत्तात्रेयोऽभ्यजायत
दुर्वासाः शंकरौ जज्ञोवरदानाद्दिवौकसाम्॥ (17।11)

'प्रजापति के अंश चंद्रमा स्वर्ग में रहते हैं।'

'दत्तात्रेय दुष्ट दैत्यों का संहार करते हैं।'

'दुर्वासा अपमान करनेवालों को भस्म कर देते हैं।' उन्होंने 'उन्मत्त' नामक उत्तम व्रत का आश्रय ले लिया था और पृथ्वी पर विचरने लगे थे।

कुछ काल बीतने पर कृतवीर्य्य स्वर्ग गया। मंत्रियों, पुरोहितों और पुरवासिनी ने राजकुमार अर्जुन को राज्याभिषेक को बुलाया। उसने कहा : 'जो राज्य नरक को ले जानेवाला है, वह मैं नहीं लूँगा।' (यहाँ पुराणकार ने न जाने कुमार को क्यों न समझा दिया कि पिता स्वर्ग गए थे?) जिसके लिए प्रजा से कर लिया जाता है, उस उद्देश्य का पालन न हो तो राज्य लेना व्यर्थ है। उसने कहा—

पण्यानां द्वा शं भागं भूपालाय वणिक्जनः
दत्वार्थरक्षिभिमर्गे रक्षितो याति दस्युतः।
गोपाश्च घृतराप्रादेः षड्भागं च कृषीवलाः
दत्तवान्यद् भूभुजेद्ष्युर्थविभागं ततोऽधिकम् ॥
पण्यादीनामशेषाणां वणिजो गृह्णातस्ततः
इष्टापूर्त विनाशाय तद्राज्ञश्चौरधर्मिणः॥ (18 । 3-5)

अर्थात्, 'वैश्य लोग राजा को अपने व्यापार से होनेवाली आय का 12वाँ भाग देते हैं कि वे मार्ग में डाकुओं द्वारा लूटे न जाएँ। ग्वाले घी मट्ठे का और किसान अनाज का छठा भाग इसी उद्देश्य से देते हैं। यदि राजा वैश्यों से सम्पूर्ण आय का अधिकांश भाग ले ले तो वह चोर का काम करता है।'

तब गर्ग ने कार्त्तवीर्य्यार्जुन को दत्तात्रेय का माहात्म्य सुनाकर उसके पास जाने की राय दी।

गर्ग ने कहा कि देवासुर-संग्राम में दत्तात्रेय के साथ की स्त्री ने, जो कि वास्तव में लक्ष्मी थी, अपने रूप से असुरों को मोह लिया और तब सुरों ने उन्हें मार डाला।

कार्त्तवीर्य्यार्जुन उनके पास गया। वे सह्याद्रि में रहते थे और वहीं उन्हें प्रसन्न करके उसने अमोघशक्ति होने का वर पाया। उसकी घोषणा थी कि राजा के अतिरिक्त कोई शस्त्र ग्रहण न करेगा।

इसके अतिरिक्त दत्तात्रेय के वर्णन में कोई विशेषता यहाँ नहीं है।

दत्तात्रेय के तीन मुख माने जाते हैं। बैल उनके साथ रहता है और कुत्ते उन्हें घेरे रहते हैं। जहाँ तक देवताओं का विषय है, भैरव के साथ भी कुत्ते रहते हैं। परवर्ती काल में योग सम्प्रदायों में दत्तात्रेय का प्रमुख सम्प्रदाय था और वह सम्प्रदाय वेदविहित नहीं, बल्कि वेदवाह्य था। यह क्या प्रकट करता है?

दत्तात्रेय का महाभारत में उल्लेख होना बताता है कि वह बहुत प्राचीन व्यक्ति था। बैल का महत्व शिव के साथ है, ऋषभदेव जैनतीर्थंकर के साथ है और तीसरे रूप में दत्तात्रेय के साथ है।

कार्त्तवीर्य्यार्जुन को बड़ा धर्मात्मा कहा गया है। वह वास्तव में परशुराम के हाथों मारा गया था। उसने रावण को हराया था। वह ब्राह्मण-विरोधी क्षत्रिय था।

परम्परा से सापेक्ष रखकर देखने पर लगता है कि दत्तात्रेय का वेदवाह्य चिंतन था, जैसे ऋषभ का था। तभी वह ब्राह्मण-विरोधी राजा का मददगार था। यह बात कि वह अवतारों में विष्णु माना गया है, केवल यह बताती है कि वह कालांतर में अंतर्भुक्त किया गया है, क्योंकि इसी प्रकार विरोधी ऋषभ और विरोधी बुद्ध को ही ब्राह्मण ने अवतार कहकर स्वीकृत कर लिया था।

दत्तात्रेय के उपासक अभी तक महाराष्ट्र में बहुत हैं। योगमार्ग से सम्बन्ध यह भी प्रकट करता है कि सम्भवतः दत्तात्रेय का अनार्य्यों के योगमार्ग से सम्पर्क था। यह सत्य है कि अनार्य्यों की योग-परम्परा बड़ी प्राचीन है। यद्यपि सम्भवतः प्राचीन काल में वह बाद की भाँति उन्नत अवस्था में नहीं थी।

इसी पुराण के ही अनुसार दत्तात्रेय ने अलर्क को योग का उपदेश दिया था। वह योग-सम्प्रदाय का उपदेश है और ऐतिहासिक दृष्टि से बहुत परवर्ती है, अतः यहाँ उसकी व्याख्या अनुचित है। हम केवल इतना कह सकते हैं कि योग-मार्ग से दत्तात्रेय का सम्बन्ध था।

मार्कण्डेय पुराण की अलर्क की कथा बहुत परवर्ती है, परन्तु वह एक दृष्टि से बड़ी महत्वपूर्ण है, क्योंकि उसमें मदालसा अलर्क की माता गंधर्व-कन्या है, नागराज अश्वतर और उसी के समान उसका संगीतज्ञ भाई (नागेश्वरम् नामक बाजा भारतीय संगीत को नागों की ही देन मानी जाती है।) दोनों नाग हैं और अलर्क की कथा अनेक जातियों की अंतर्भुक्ति को प्रकट करती है। ब्राह्मण-कृत साहित्य में ऐसी कथाएँ और भी हैं। बल्कि गंधर्व जाति की कन्या मदालसा वैराग्य की ओर आत्मा के निरासक्त होने का उपदेश अपने पुत्रों को देती है। हम नहीं कह सकते कि गंधर्वों की जाने कितनी देन है, जो हमारे दर्शनशास्त्रों में घुस आई है।

जिस प्रकार शिव अपने श्मशानस्थ रूप में पागल-से रहते हैं, वैसे ही दत्तात्रेय के विषय में भी कहा गया है—

"दूसरे प्रकार के वे पुरुष होते हैं, जिनमें धर्म अधर्म-सा प्रतीत होता है, जैसे दत्तात्रेय आदि योगीजन रागद्वेष आदि से शून्य और योगधर्म का आचरण करने पर भी पागलों की तरह रहते हैं।" (महाभारत, उद्योगपर्व, 28 अ०)

इससे स्पष्ट होता है कि—

(1) कार्त्तवीर्य्यार्जुन हैहय था।

(2) वह उन क्षत्रियों में था जो ब्राह्मणों के आधिपत्य के विरोधी थे।

(3) उसका गुरु दत्तात्रेय था।

(4) दत्तात्रेय पागल-सा रहता था, अर्थात् उसका आचरण वैदिक नहीं था।

(5) दत्तात्रेय ब्राह्मण था, आर्य्य था, किन्तु उस पर सम्भवत अनार्य्य चिंताओं का प्रभाव पड़ा था और वह क्षत्रियों का सहायक था।

(6) क्षत्रियों पर बहुत पुराने समय से ही ब्राह्मणविरोध में स्वतंत्र चिंतन करने का जोश रहा है, जिसने निरन्तर अपना विकास किया है। हो सकता है, योगमार्ग पर ही दत्तात्रेय चला था। वह योगमार्ग उस समय आर्यों में प्रायः नहीं के बराबर स्वीकृत था।

(7) जिस परम्परा में अनार्य्य-प्रभाव अथर्ववेद में मिलता है, उसी की-सी एक परम्परा में योग-प्रभाव भी पड़ा था। उसी की भाँति जैन-चिंतन का भी विकास हुआ था, जो भी ब्राह्मणों का आधिपत्य नहीं मानता था।

(8) दत्तात्रेय धन स्वीकार करता था। यह प्रकट करता है कि वह कोई बड़ा ऊँचा योगमार्गी नहीं था। योग का विकास तो परवर्ती काल में हुआ है। पतंजलि तक तो योगमार्ग में आर्यों ने केवल राजयोग को मान्यता दी थी। गोरखनाथ के बाद ही हठयोग भी राजयोग का माध्यम होकर स्वीकृत हुआ। हठयोग अनार्य जातियों से आया था। महाभारत की अनुगीता में सर्वप्रथम मूलाधार चक्र का उल्लेख आता है। योगवासिष्ठ में कुण्डलिनी की स्वीकृति है। गोरख के बाद तो हठयोग का भी एक मान्य शास्त्र बन जाता है।

(9) जिस प्रकार व्रात्य लोग प्रारम्भ में घूमते-फिरते थे और बाद में ही उन्हें मान्यता दी जाने लगी, सम्भवतः उस युग में योगमार्ग पकड़ने के कारण ब्राह्मण लोग दत्तात्रेय को भी

स्वीकार नहीं करते थे, तभी वह ब्राह्मणों के प्रति विद्रोह करनेवालों का गुरु था।

(10) वेदसम्मत अर्थात् तत्कालीन ब्राह्मण वर्ण में स्वीकृत नियमों का पालन न करने के कारण सम्भवतः उसे पागल कहा गया।

(11) कालांतर में उसे अवतार स्वीकार किया गया। अवतारवाद की मान्यता उपनिषद् काल के बाद की ही है, क्योंकि उपनिष्दों में अवतारों का कोई उल्लेख नहीं हुआ है। प्रश्न यह उठाया जा सकता है कि वह अवतार क्योंकर माना गया? इसका उत्तर है कि उसके दर्शन के अनुयायी काफी रहे होंगे। जिन अनुयायी लोगों ने आर्य्य आचार-व्यवहार के वेदसम्मत स्वरूप को स्वीकार कर लिया, वे तो शैवों की भाँति मान्य हुए, और उनकी अंतर्भुक्ति से ही दत्तात्रेय अवतार बना। जो दत्तात्रेय के अनुयायी, अवैदिक शैवों की भाँति, योगमार्ग पकड़े रहे और वेदमार्ग के बाहर ही बने रहे, वे काफी बाद तक रहे। ऐसे दत्तात्रेय सम्प्रदाय माननेवालों का गाणपत्यों, नाथों और सौरों के साथ उल्लेख हुआ है, जबकि पाशुपत सम्प्रदाय धीरे-धीरे लुप्त हो रहा था। हमें दत्तात्रेय के उस स्वरूप को ही मान्य समझना चाहिए, जिसकी सम्भावना हमें उसके परवर्ती साहित्य की तुलनात्मकता में उचित जान पड़े।

गाथा

[1]

वह युद्ध पीढ़ियों से चला और पीढ़ियों ने उसके लिए अपना रक्त बहाया। और अन्त में परशुराम ने समन्तपञ्चक में रक्त के पाँच कुण्डों के किनारे अपना परशु रख दिया। उस समय भार्गव कुल के फरसे धारण करनेवाले युवक खड़े हुए देख रहे थे। उनकी माताएँ और बहनें कुछ आशंकित-सी, कुछ आतंकित और कुछ गर्वित-सी देख रही थीं।

बलिष्ठ, गौरवर्ण, पिंगलकेश परशुराम ने चारों ओर अपनी नीली आँखों से देखा। उनमें अभी तक कठोरता थी, वैसी ही जैसे कि उसके बैलों के-से कंधों में थी, या उसके सुदृढ़ वक्षस्थल पर थी। अपनी ऊँची लम्बी नाक और धनुष की-सी भौंहोंवाले उस व्यक्ति ने एक बार विद्रूप से मुस्कराकर कहा : "अम्ब !"

वृद्धा रेणुका आगे आई। वह सीधी खड़ी रही, तनिक भी झुकाव नहीं था। एक दिन जब वह जल-सरोवर में गंधर्वराज को नग्नप्राय स्त्रियों से जलक्रीड़ा करते हुए देखकर लौटी थी और उसने जल के घड़े रखे ही थे कि पिता जमदग्नि ने संदेह किया था और क्रोध से पुत्रों को आज्ञा दी थी कि उसका वध कर दें। तब यही परशुराम माँ को काटने को तत्पर हो गया था, क्योंकि वह परम्परा का असहिष्णु पालक था। ब्राह्मण भार्गव बहुत दिनों से क्षत्रियों का गर्व देखकर जल रहे थे। यहाँ तक कि जब ब्राह्मणविरोधी अनार्य्य धर्म से प्रभावित दत्तात्रेय को गुरु मानकर कार्त्तवीर्य्यार्जुन ने यह घोषणा की कि क्षत्रिय ही शस्त्र बाँध सकेंगे, तब यही कुल था जिसने शस्त्र त्यागना स्वीकार नहीं किया। और परशुराम ने मुस्कराकर कहा : "अम्ब ! मदांध क्षत्रिय कृतवीर्य्य ने जैसे नागों को कुचल डाला, वैसे ही उसके पुत्र ने समझा था कि ब्राह्मणों का सर्वनाश कर देगा।"

माता अपने सफेद बालों पर हाथ फेरती देखती रही। परशुराम ने फिर कहा : "अम्ब !"

"क्या है वत्स ?" माँ ने पूछा।

सब चौंक गए थे।

"अम्ब," परशुराम ने रक्त-कुण्डों की ओर वीभत्सा से देखकर हँसते हुए कहा, "वह समझता था कि वह ब्राह्मणों का धन छीनता चला जाएगा और ब्राह्मण चुप बैठे रहें। अम्ब ! और वह भी अग्निहोत्र की गाय ले जाना चाहा था उसने। मूर्ख ! आज देखती है ? जिस दिन मैं आश्रम में लौटा था, पिता मरे पड़े थे। चारों ओर घायल ब्राह्मणकुमार बैठे कराह रहे थे। बच्चे तड़प रहे थे, तूने इक्कीस बार न छाती पीट-पीटकर रो-रोकर मुझे यह शक्ति दी थी ? अम्ब ! आशीष दे। मैंने पृथ्वी को निःक्षत्रिय कर दिया। गुणवती के उत्तर और खाण्डव वन के

दक्षिण में एक भी क्षत्रिय जीवित नहीं, जो सिर उठा सके। अम्ब ! मैंने प्रतिज्ञा पूरी कर दी। कार्त्तवीर्य्य के अहंकारी सैनिक ब्राह्मणों के गाँव-के-गाँव जलाया करते थे। आज वे निःशेष हो गए।"

रेणुका सहसा रो पड़ी। सम्भवतः उसे मृत पति और अन्य मृत पुत्रों की याद आ गई थी। उसकी आँखों में आँसू देखकर परशुराम बर्बरता से हँसा। उसने आगे बढ़कर रक्त-कुण्डों में हिलते रक्त को देखा और चिल्लाया : "आओ वीरो ! आओ ! आज हम अपने पूर्वज आर्य्य ऋचीक की हत्या का बदला लें। अम्ब ! तू देख। मैं पितरों को तृप्त करता हूँ....."

और तब उसने दोनों हाथ मिलाकर अंजलि भर ली और फिर कुण्ड में डुबाकर रक्त भरकर जब उसे बाहर निकाला, तब लहू की बूँदें टपकने लगीं।

उस समय परशुराम के साथ खड़े तरुणों ने भी अंजलियों में रक्त भर लिया और फिर वहाँ मंत्रोच्चारण होने लगा। वह गम्भीर निनाद उठता और गिरता हुआ गूँज उठा और परशुधारी ब्राह्मण आज दुर्विनीत-से, रक्त से पूर्वजों का तर्पण कर रहे थे। उस भयानक दृश्य को देखकर दासों के रोंगटे खड़े हो गए और वे आश्रमों के पीछे जाकर छिपने लगे।

वह रक्त था। वही रक्त जो कि विद्रोही था, जिसने दासों और शूद्रों पर अपना शासन जमाने के लिए विद्रोह किया था, और उस विद्रोह को ब्राह्मणों ने सशस्त्र दबा दिया।

रक्तभरी अंजलियों से तर्पण होता रहा और रेणुका अपलक देखती रही। उसका वह विशालकाय गोरा, नीली आँखोंवाला पुत्र, कितना कठोर था...एकाकी...कभी जिसने स्त्री का स्पर्श भी नहीं किया...ज्वालामुखी-सा सदैव धुआँ देनेवाला वह पुत्र...उसने पुकारकर कहा : "पुत्र !"

तर्पण रुका।

"क्या है अम्ब ?" परशुराम ने कहा।

"रोक दे," माँ ने कहा, "इस पापी लहू में से दुर्गंध आ रही है....."

"आने दो अम्ब !" परशुराम ने कहा, "इस रुधिर को इतिहास याद रखेगा। मैं ब्राह्मणों की आनेवाली पीढ़ियों को सौगंध दिलाता हूँ कि वे इन कुण्डों को युगों तक सिर झुकाएँ; क्योंकि इससे पवित्र कुछ नहीं है। जिस प्रकार भृगु ने एक समय ब्रह्म की रक्षा की थी, उसी प्रकार हमने भी वही कार्य किया है....."

एक तरुण चिल्लाया : "अग्रज, चलने दो...."

और फिर वही मंत्र गूँजने लगे।

रेणुका ने देखा और निढाल-सी वहीं बैठ गई। यह सब क्या था, सब कुछ समझकर भी नारी का कोमल हृदय सब कुछ से तादात्म्य करने में न जाने कहाँ कुछ व्याघात-सा पा रहा था। किन्तु भार्गवों का कठोर स्वर गूँजता रहा, गूँजता रहा...

परशुराम ने स्वर उठाकर कहा : "जिस दिन इस भृगु-कुल के ब्राह्मणों को हैहयों ने जड़ समूल नष्ट करने की चेष्टा की थी, उस दिन केवल एक ब्राह्मण स्त्री पर्वत की कंदरा में छिपकर अपने प्राण बचा सकी थी; क्योंकि वह गर्भवती थी और वह उसे बचाना चाहती थी। उसके पुत्र ऊर्व ने बड़े होने पर प्रतिज्ञा की थी कि वह अपने कुल के विनाश का बदला लेगा। आज वह प्रतिज्ञा पूर्ण हुई। जिस समय मैं बीच में चुप हो गया था, तब रैम्य के पुत्र परावसु ने मुझे

धिक्कारा था। किन्तु अब कोई नहीं रहा। पुण्ड, शबर, द्रविड़ देशों के क्षत्रियों ने अपने को शूद्र घोषित कर दिया है अम्ब !"

उस स्वर को सुनकर माँ ने आँखें उठाईं। समस्त समुदाय ठठाकर हँसा। बाहर जयध्वनि हुई। कुछ ही देर में वहाँ असंख्य शस्त्रधारी ब्राह्मण आ गए और वज्र-निर्घोष करके पृथ्वी और आकाश को कम्पित करने लगे। वे विजयी थे।

परावसु आगे आया और उसने कहा : "आर्य्य !"

रेणुका ने देखा।

परावसु ने कहा : "अम्ब ! देखती है, तेरा पुत्र कितना यशस्वी है ! आज तक किसी ने इतना पराक्रम नहीं दिखाया। देखती है ? कितना भीषण प्रतिशोध है ! कहाँ है अब क्षत्रिय ?"

और वे सब अट्टहास कर उठे।

"परशुराम !" परावसु ने कहा, "तुम सम्पूर्ण वसुधा के स्वामी हो ! फिर से ब्राह्मणों का शासन अब होगा और जैसे प्राचीन काल में था, वही अब फिर इस पृथ्वी पर होगा।"

परशुराम ने कहा : "नहीं परावसु ! मुझे राज्य नहीं चाहिए। मैंने जो कुछ किया ब्राह्मणों के लिए किया। यह सब ब्राह्मणों का है, सब कुछ उनका है।"

रेणुका मुस्करा उठी : "पुत्र !"

उसका स्वर गद्‌गद था। कितना त्यागी था उसका पुत्र ! और पुत्र ने रक्त से भींगे हाथों को उठाकर कहा : "यह रक्त मैंने अपने लिए नहीं बहाया, तुम्हारे सब के लिए बहाया है··· मैं चाहता हूँ जैसे ब्राह्मण पहले सभा बनाकर रहते थे, वैसे ही फिर से रहें और उनके सामने कोई भी सिर नहीं उठा सके।"

सबने सुना और जय-जयकार किया।

[2]

रात हो गई थी। परशुराम लेट गया और सोचने लगा।

क्या था यह जीवन ?

यज्ञ-धूम से घिरा हुआ आकाश और मन्त्रों के घोष से प्रतिध्वनित होती हुई पृथ्वी।

पहले सब सुखी थे। उस सुखी समय में ब्रह्म में सब समान थे। फिर देवों ने सृष्टि को सुखी किया। असुरों का वध करके आदिब्राह्मण भृगु ने अग्नि स्थापित किया। उसी अग्नि को लेकर ब्राह्मणों में से निकले हुए क्षत्र पृथ्वी पर फैलने लगे और ब्राह्मण उनको शक्ति देने लगे। उत्तर-पश्चिम के गण-गोत्रों में अभी तक ब्रह्म जीवित था। वहाँ आर्यों में कोई भेद न था। पृथ्वी के इस भाग में आकर यह भेद क्यों हुआ ? और क्षत्रिय इतने मदांध हो गए कि ब्राह्मण का ही नाश करने पर उतारू हो गए ?

परशुराम को एक-एक चित्र याद आने लगा।

उस दिन पिता ने कहा था : "रेणुका, तू मलिन क्यों है ?"

माता सकपका गई थी।

पिता ने कहा था : "तू अपवित्र है। तू पति के अतिरिक्त···"

परशुराम बाहर था। जब वह घर आया उसने सुना, उसका एक भाई कह रहा था : 'पिता! क्रोध न करें। देवों में क्या ऐसा नहीं हुआ? श्वेतकेतु के पहले स्त्री-पुरुषों में यह मर्यादा थी ही कब?'

'हाँ,' पिता ने कहा था, 'ब्राह्मण सर्वश्रेष्ठ है। अब भी क्षत्रियों में यह नियम है। पूर्व के क्षत्रिय रक्तशुद्धि के लिए भाई-बहन में विवाह करते हैं, परंतु यहाँ की मर्यादा का यहीं पालन होगा।'

पिता की आज्ञा से परशुराम माता की हत्या करने को खड़ा हो गया था।

वह कैसी घड़ी थी! परशुराम सोचते-सोचते सिहर उठा।

धीरे-धीरे फिर आँखों के सामने चित्र आने लगा, किन्तु यह दूसरा चित्र था। इसमें पिता का शव पड़ा था, माता रो रही थी, विध्वंस था, भार्गवकुलीन ब्राह्मण धनहीन लुटे-से पड़े थे, उस समय परशुराम ने प्रतिज्ञा की थी···

वह हिल उठा। इसके बाद कोई चित्र स्पष्ट नहीं रहा। वह एक बार ब्राह्मणों को साथ लेकर क्षत्रियों से युद्ध करने गया। उसने क्षत्रियों को हराया। वे पहले ब्राह्मणों को हराते थे, क्योंकि उनके पास सेना-संगठन था और ब्राह्मण वैसे ही लड़ते थे। किन्तु परशुराम ने सेना-संगठन किया। उसने उनको डुबाकर मारा, फाँसी लगाकर मारा, खड्गों और मूसलों से मार-मारकर विनष्ट कर दिया। उस समय अनार्य्य दैत्यों ने आक्रमण किया। तब परशुराम ने अनार्य्यों को ही मित्र बना।। महादेव के उपासकों को साथ लेकर दैत्यों को कुचल दिया। उसके लिए उसे महेन्द्र पर्वत पर जाना पड़ा था। किन्तु फिर पथ स्वच्छ हो गया था।

किन्तु कितने दिन? क्षत्रिय फिर संगठन करने लगे। परशुराम ने फिर सैन्य संगठन किया। और महेन्द्राचल? कुछ दिन वहाँ जीवन कितनी शांति से व्यतीत हुआ? विचार आया। मन ने कहा : 'परशुराम!'

'हाँ।'

'तू वहीं चलकर जीवन क्यों नहीं व्यतीत कर देता?'

'वहाँ?'

'हाँ।'

'वहाँ तो अनार्य्य हैं।'

'हों तो क्या? तू तो ब्राह्मण है। तू उन्हें क्षत्रिय बना सकता है। वे तो योद्धा हैं। वे आर्य्यों से प्रभावित हैं।'

'देखा जाएगा।' दूसरे विचार ने कहा।

परशुराम फिर सोचने लगा।

सामने उधर अग्निहोत्र जल रहा था। वह ऐसे ही तो जलता रहता है। कभी नहीं बुझता। जिस दिन वह बुझ जाएगा, ब्राह्मण भी बुझ जाएगा। विचार आया—क्षत्रिय भाग गए।

कहाँ?

परशुराम की विकराल प्रतिहिंसा उस अंधकार में हँस पड़ी। अग्निहोत्र के रक्षक शूद्र चौंक उठे। किसी ने पुकारा : "पुत्र!"

"आर्य्ये !" परशुराम ने कहा।

वह रेणुका थी।

"तू सोया नहीं ?"

"नहीं अम्ब ! नींद नहीं आई।"

"क्यों ?"

"अम्ब ! मेरा सारा यौवन युद्ध में बीत गया है। मैं सेना के शिविरों में रहा हूँ। आज तक लगता था जैसे जीवन का एक ध्येय है, मैंने असंख्यों की हत्या की है। अम्ब ! मैंने गर्भ के भीतर पलते क्षत्रिय बालकों को काटा है।"

"बर्बर !" हठात् माँ ने कहा।

परशुराम की आँखें आश्चर्य से फैल गईं।

"अम्ब !"

"नहीं पुत्र !" माँ ने आँखों को रोते हुए ढँककर कहा, "नहीं, नहीं। बर्बर नहीं, पुत्र ! मुझे क्षमा कर, मुझे क्षमा कर···"

वह चली गई।

परशुराम को लगा, चारों ओर घोर अंधकार था। कुछ भी नहीं था, कुछ भी नहीं था !

बर्बर !

क्या वह बर्बर था ! !

किंतु क्या इंद्र ने कृष्णासुर की गर्भवती स्त्रियों के पेट को काटकर नहीं गिराया था ?

वह फिर हँसा !

स्त्री !

कायरता ! !

वह कठोर हास्य उठता रहा, और लोगों को लगा जैसे परशुराम अर्द्धव्याकुल-सा आज रात्रि के एकांत में कराह रहा था। किंतु परशुराम ने अपने परशु की पैनी धार पर उँगली फिराकर अपना लहू उस पर लगा दिया था और धीरे से कह उठा था : "क्या अभी भी तेरी प्यास नहीं बुझी ?"

[3]

अंगिरागोत्रीय ऋषि काश्यप का आश्रम विशाल था। असंख्य दास-दासियाँ थीं। वह बैठा हुआ हवन कर रहा था। जब वह उठकर बाहर आया, उसने देखा—दस ब्राह्मण एक मृत ब्राह्मणी को उठाकर ले आए थे।

तितीर्षु ऋषि ने आगे बढ़कर कहा : "महर्षि, मैं परशुराम के क्रोध की भेंट लाया हूँ।"

ऋषि समझा नहीं।

ऋषियों ने शव उतार दिया। स्त्री कई जगह से घायल भी थी और उन ऋषियों के शरीरों पर भी युद्ध के घाव थे।

उस एकांत में, जबकि दास कर्मांत की ओर गए थे, काश्यप ने अपनी पत्नी को दूर से

आते देखा और जब वह पास आ गई तो उसकी आँखों को फटते हुए भी देखा।

"यह क्या है आर्य्य !" काश्यप-पत्नी ने पूछा।

"यह परिणाम है। ब्राह्मणों ने क्षत्रियों का सर्वनाश कर दिया। उन्होंने कुछ भी नहीं देखा। हैहय ब्राह्मणशत्रु थे, किन्तु भार्गवों ने अपने क्रोध में जब सब ब्राह्मणों को संगठित किया तो ब्राह्मणों के मित्र क्षत्रियों को भी काटना प्रारम्भ किया। उस समय आंगिरसों में श्रेष्ठ आपने भी भार्गवों की सहायता की आज्ञा दी। और वे हमारे पुराने मित्र क्षत्रिय प्राणों के भय से भाग गए। आप बुरा अवश्य मानेंगे, किंतु हमने स्वयं असंख्य क्षत्रियों को चुपचाप छिपा दिया था। भार्गव इतने पागल हो गए थे कि उन्होंने वैश्यों और शूद्रों को अपने साथ लेकर क्षत्रियों का विनाश किया। क्या आप समझते हैं कि ब्राह्मणों ने अकेले ही क्षत्रियों का विनाश किया है ?"

काश्यप चुप था। तितीर्षु कहता रहा : "ब्राह्मणों ने अपने में से निकले हुए क्षत्रियों का विनाश किया और वैश्यों और शूद्रों, अनार्य्यों को इतनी सिर उठाने की शक्ति दी कि आज यह ब्राह्मणी अपनी बलि देकर ब्राह्मणों की आँख खोलने आई है।"

काश्यप की स्त्री ने क्षण-भर रुककर कहा : "आर्य्य ! सच कहते हैं। आश्रम में भी दास, शूद्र अब पहले का-सा काम नहीं करते। वैश्य भी सिर उठा रहे हैं।"

तितीर्षु ने कहा : "शूद्रों और वैश्यों ने इस स्त्री से बलात्कर करके इसकी हत्या की है।" उसके स्वर में ठंडा क्रोध था। वह कहता गया : "हमने उस समय युद्ध किया किन्तु उनकी संख्या कहीं अधिक है। क्या अब परशुराम क्षत्रिय-संहार के बाद वैश्य और शूद्रों का भी संहार करेगा ?"

"नहीं वे असंख्य हैं।" एक और ने कहा।

तितीर्षु ने कहा : "अनार्य्य विद्रोह के स्वर में हैं। सब कुछ नष्ट हो जाएगा। यह मेरी पत्नी है।" उसका स्वर थर्रा उठा, "जानते हैं आर्य्य ! क्षत्रियों को तो ब्राह्मणों ने शूद्रों और वैश्यों को साथ लेकर पराजित किया, किन्तु अब किसकी सहायता लेकर शूद्रों-वैश्यों को पराजित करेंगे ?"

काश्यप सोच रहा था। कितनी भयानक बात थी। सब कुछ नष्ट हो जाएगा। युद्ध से थके हुए ब्राह्मण क्या कभी भी शूद्रों और वैश्यों के असंख्य दलों को जीत सकेंगे ? क्या अब यह नीच दास उच्च वर्णों को कुचल नहीं देंगे ? ब्राह्मणों में इतनी शक्ति कहाँ है कि वे इन सबको दबा सकें ? और कैसा है यह तितीर्षु ! पत्नी का शव लेकर आया है और बिल्कुल शांत लगता है। किंतु...किंतु भीषण क्रोध इसके भीतर जम गया है। अपमान से इसकी आँखें कितनी जल रही हैं !

काश्यप की पत्नी ने बढ़कर शव को देखा और न जाने क्यों फूट-फूटकर रो उठी।

उस नीरवता में वह स्वर कितना भयानक लगा !

तितीर्षु हँसा। उसने कहा : "प्रजापति की उत्तर वेदी अब शूद्रों के शासन में रहेगी जैसे कभी पहले थी, जब पृथ्वी को आर्यों ने नहीं बनाया था।[1] उस दिन के लिए अभी से तत्पर हो लो देवी ! वह समय दूर नहीं है जब अग्निहोत्रों की अग्नि सदा के लिए बुझ जाएगी और

---

1. विश्वम् कृण्वन्तम् आर्य्यम्।

ब्राह्मणियों, शूद्रों और चाण्डालों के गर्भ धारण करेंगी। जब समस्त अनार्य्य जातियाँ हमें सदा के लिए समाप्त कर देंगी और पृथ्वी से धर्म सदैव के लिए लुप्त हो जाएगा।"

तितीर्षु का स्वर बिल्कुल नहीं उठा। उसका रोष संतुलित था, जैसे अवश्यम्भावी मृत्यु को सामने देखकर उसकी मानवीयता बिल्कुल विनष्ट हो चुकी थी।

उसने फिर कहा : "महर्षि जानते हैं कि आज जगह-जगह उत्पात हो रहे हैं। यथा इच्छा जिनका वध किया जा सकता था, वे ब्राह्मणों को नष्ट करने का स्वप्न देख रहे हैं? और इन अनार्य्यों से आर्य्यों के वैश्य समुदाय का संगठन हो रहा है। वे कहते हैं कि यह संघर्ष निश्चित है। वे कहते हैं कि जिस प्रकार इन क्षत्रियों को अवध्य जाना जाता था, किन्तु जब मार पड़ी तो यह लोग खंड-खंड हो गए, क्षत्रियत्व छोड़कर अनार्यों में जाकर शरणागत हुए, ऐसे ही यह नृशंस ब्राह्मण भी एक दिन ऐसे मिट जाएँगे कि फिर हम ही हम रह जाएँगे।" उसने साफ कहा : "ब्राह्मण! तू क्यों श्रेष्ठ है? किसने तुझे श्रेष्ठ बनाया? जिस लोहे से तू काटता था वह लोहा क्षत्रिय था। तूने जब उसे ही हमारे हाथ से घिसवा दिया, तो फिर तू स्वयं क्या उस आपत्ति से बच जाएगा?"

महर्षि काश्यप ने कहा : "तितीर्षु! दास आते होंगे। चलो पहले इस ऋषि-पत्नी के शव की क्रिया समाप्त कर दें, फिर इस पर एकांत में विवेचन करेंगे, क्योंकि मैं नहीं चाहता कि दासों के उठते विद्रोह का सम्वाद फैले और आश्रम में भी विद्रोह हो।"

काश्यप की स्त्री ने कहा : "महर्षि से मैंने कहा नहीं। किन्तु यह सम्वाद क्या उन दासों शूद्रों से छिपे हुए हैं? यदि यहाँ इतने ब्राह्मण युवक आपके विद्यार्थी होकर न रहे होते तो इन्होंने कभी का विद्रोह कर दिया होता।"

काश्यप ने कहा : "आर्य्ये! ब्राह्मण की एक ही विशेषता है। वह सहता है, सहता है। उसका क्रोध क्षणिक आवेश नहीं होता। वह दबने के समय इसीलिए दबता है कि शत्रु को जड़समूल नष्ट कर दे। उस समय क्षत्रिय इतने मदांध थे कि अनार्य्यों की सहायता लेना आवश्यक हो गया था। क्या तुम भूल गईं कि पूर्व काल में विश्वामित्र से अपनी रक्षा के लिए वसिष्ठ ने शबरों को बुलाया था? क्या तुम भूल गईं कि विश्वामित्र ने सरस्वती-तीर पर राक्षसों की सहायता से ऋषियों को पराजित किया था। क्या तुम भूल गईं कि 12 वर्ष का यज्ञ करके ऋषियों ने राक्षसों को मारकर अंत में दक्षिण में भगाया था? और कार्त्तवीर्य्यार्जुन का वह अनार्य्यों का मित्र गुरु दत्तात्रेय! वह तो ब्राह्मणों को जड़समूल नष्ट कर देता। वह चाहता था कि वैश्यों और शूद्रों की भाँति ब्राह्मण भी क्षत्रिय का दास बनकर रहे। उस समय ब्राह्मण के जीवित रहने के लिए यही आवश्यक था, जो परशुराम ने किया। परशुराम महान् है। लेकिन हमारा दुर्भाग्य है कि हमने अपने भीतर से जन्मे क्षत्रियों को, मदांध होने पर, दासों, वैश्यों, शूद्रों की सहायता से पराजित करके अपने प्राण बचाए, तो अपने प्राण बचाने के लिए हमें फिर उठना होगा। लेकिन जब नीच को उँगली पकड़ाई जाती है, तब वह अवश्य पहुँचा पकड़ता है। उसमें उसका कोई दोष नहीं। वह तो नीच है ही। किंतु ब्राह्मण शासन करने के लिए जन्मा है।"

"जानता हूँ," तितीर्षु ने कहा, "इसीलिए मैं अपनी प्रिया के रक्त का प्रतिशोध माँगने नहीं आया हूँ आर्य्य! मैं आया हूँ ब्राह्मण-कुमारियों और स्त्रियों की रक्षा माँगने, ब्रह्मघोष की

रक्षा माँगने।"

काश्यप की स्त्री देखती रही। उसका हृदय व्याकुल था। उन्होंने बढ़कर उस शव को उठा लिया और ले जाकर यंत्रों के घोष के बीच चिता बनाकर आग लगा दी। आज रात को किसी ने कुछ नहीं खाया। केवल बालकों को नए बछड़े का कटा हुआ मांस पकाकर खिला दिया गया, क्योंकि दासों को अतिथियों के आने का कारण मालूम नहीं था और उन्होंने स्वागत में बछड़ा काट डाला था। आज आर्य्यों ने मदिरा भी नहीं पी। दासों में भीतर-ही-भीतर फुसफुसाहट हो रही थी। किंतु कारण स्पष्ट नहीं होता था।

रात्रि के अंधकार में सब सो गए थे। केवल तितीर्षु और काश्यप बैठे थे। दूर अग्निहोत्र जल रहा था, जिसकी अग्निशिखा काँपकर ऊपर उठती हुई चमक रही थी।

तितीर्षु ने धीरे से कहा : "महर्षि काश्यप!"

"क्या है आर्य्य?" काश्यप ने धीरे से पूछा।

"क्या यह अग्नि सचमुच बुझ जाएगी?"

"नहीं आर्य्य!"

"तो क्या ब्राह्मण बच सकेंगे? मुझे तो असम्भव लगता है।"

"असम्भव!" काश्यप ने कहा, "कितनी पीढ़ियों का रक्त देकर ब्राह्मण ने अपनी ही भुजा को काटकर अपना प्रतिशोध लिया है आर्य्य!"

हठात् तितीर्षु ने कहा : "आर्य्य! आप ठीक कहते हैं। ब्राह्मण ने अपनी ही भुजा काट डाली है।"

काश्यप ने कहा :"इसलिए ये नीच उठ रहे हैं। पुराना ब्रह्म फिर संगठित करना ही होगा। और इसके लिए आवश्यक है कि वैश्यों और शूद्रों में पहले भेद डाला जाए।"

"वह तो कठिन नहीं," तितीर्षु ने कहा, "किंतु क्या इन वैश्यों को अपनी भुजा बनाना पड़ेगा?"

काश्यप ने सुना और सोच में डूब गया।

[4]

रेणुका बैठी थी। दासियाँ बैठी हुई बनैले सूहर का मांस पका रही थीं। शूद्रा कहोड़ा ने कहा : "आर्य्य!"

रेणुका ने मुड़कर देखा।

"आर्य्य परशुराम को पूछते हुए एक ब्राह्मण श्रेष्ठ आए हैं।"

"बुलाकर तो ला।"

दासी कुछ ही देर में लौटी तो साथ में तितीर्षु था। गंभीर और अचंचल।

दासी दौड़कर जल ले आई। आगंतुक का पाद-प्रक्षालन होने पर वह एक कंबल के आसन पर बैठ गया। इस समय वह मृगचर्म कटि पर बाँधे था और कंधे पर शुद्ध श्वेत उत्तरीय पड़ा था।

रेणुका ने कहा : "आर्य्य किस गोत्र के हैं?"

"आंगिरस हूँ आर्ये !"

"दासी मधुपर्क ले आ।"

कहोड़ा ने मधुपर्क दिया। आगंतुक ने उसे केले के पत्ते से उँगली से लेकर चाटा और फिर हाथ धोया।

"आर्य्ये ! परशुराम के दर्शन करना चाहता था।" तितीर्षु ने कहा।

"कहीं गया है।" रेणुका ने उत्तर दिया।

"शिकार पर ?"

"हाँ !" रेणुका ने कहा, "जब आयुध उठाया तब ही आभास हो गया था। उसके कुत्ते बड़े भयानक हैं। कुत्तों से उसे स्नेह है अपने। कहते हैं दत्तात्रेय भी श्वान-प्रेमी है ?"

"हाँ आर्ये !" तितीर्षु ने कहोड़ा को देखकर कहा।

कहोड़ा चली गई। वह कुछ संदेहग्रस्त-सी थी।

तितीर्षु ने कहा : "मैंने सुना है, वह कहता है कि श्वान मनुष्य से अधिक सत्यधारी होता है।"

रेणुका हँसी। तितीर्षु नहीं हँसा।

रेणुका ने पूछा : "संध्या तक आ जाएगा। मिलकर ही जाना होगा। वैसे नहीं जा पाएँगे।"

तितीर्षु ने कहा : "वैसे जाऊँगा भी नहीं देवी !"

उसके स्वर में कुछ ऐसी विशेषता थी कि रेणुका को किसी रहस्य का आभास हुआ।

"क्यों आर्य ! कोई विशेष बात हुई ?"

"नहीं आर्ये ! धन का अभाव हो गया है। सुना था कि इस युद्ध में आर्य परशुराम को शत्रुओं का अपरिमित धन मिला है। सोचा, शायद ब्राह्मण को भी कुछ मिले ?"

इसी समय पीछे से सुनाई दिया : "कुछ ही क्यों आर्य ! सब कुछ वह ब्राह्मणों का ही है।"

तितीर्षु ने मुड़कर देखा। रेणुका ने धीरे से कहा : "लो आ गया।"

तितीर्षु ने खड़े होकर प्रणाम किया। परशुराम ने भी अभिवादन किया और कहा : "स्वागत अतिथि ! बैठें।"

तितीर्षु ने देखा, एक शूद्र परशुराम का घोड़ा और कुत्ते लिये जा रहा था। कुत्ते अभी भी कर्कश स्वर से भूँक रहे थे। जब वे चले गए तो फिर वृक्षों की ओट से स्वच्छंद घूमते हिरन निकल आए और पक्षी चहचहा उठे।

परशुराम ने बैठकर कहा : "आर्य्य कुशल से तो हैं ?"

"हाँ आर्य्य !" तितीर्षु ने कहा, "घर शूद्रों ने जला दिया है। वैश्यों ने सारी गाएँ हाँक ली हैं। दासों ने पत्नी से बलात्कार करके उसे जान से मार डाला है। संतान की रक्षा में हमारे कुल के समस्त पुरुषों ने युद्ध किया और काफी घायल होकर इधर-उधर भाग सके। आश्रम को शबरों ने अपने कब्जे में कर लिया है। अब कोई रक्षक तो रहा नहीं। पहले क्षत्रिय थे तो घूम-घूमकर सेना रक्षा करती थी, अब ब्राह्मणों के प्रत्येक आश्रम में अपना-अपना बल है, किंतु संगठन तो है नहीं। फिर ब्राह्मणों ने भी तो शूद्रों और वैश्यों को मिलाकर ही क्षत्रियों को

हराया था। क्षत्रिय तो मारे गए, परंतु अब शूद्रों और वैश्यों को कैसे कुचला जाए?"

परशुराम और रेणुका चौंक उठे। यह व्यक्ति कितने ठंडे दिल से सब कुछ कह गया था।

"आर्य्य!" रेणुका ने कहा, "यह सत्य है?"

"क्यों आर्य्ये," आगंतुक ने उसी ठंडे स्वर से पूछा, "क्या आपके यहाँ कोई हलचल नहीं? या आपने अभी सुना नहीं?"

परशुराम ने पूछा : "क्या?"

"ठौर-ठौर पर शूद्र और वैश्य संगठन करके ब्राह्मणों का विनाश करने की योजना बना रहे हैं। नित्य ही तो दुर्घटनाएँ हो रही हैं। आपके शूद्र और दास तो..."

परशुराम ने कठोर स्वर से कहा : "आर्य्य! शायद आप नहीं जानते कि मेरे परशु का बल शूद्रों और दासों को अज्ञात नहीं है।"

"ठीक है, ठीक है," तितीर्षु ने कहा, "आपका बल देखकर अभी विद्रोह यहाँ नहीं उठा। किंतु ग्राम-ग्राम में यही स्पर्धा है। खुलेआम पथ पर ये लोग ब्राह्मणों का अपमान करते हैं। वे कहते हैं कि ब्राह्मण ही सारी लूट का माल क्यों खा गए? वैश्य तो कहते हैं कि कर वे ही देते थे। क्षत्रियों के पास धन आया ही कहाँ से? वैश्यों ही से न? और शूद्र कहते हैं, यह सब हम अनार्य्यों का है। आर्य्यों का इस पर अधिकार ही क्या?"

परशुराम का मुँह विकृत हो गया था। उसने भर्राए स्वर से कहा : "और ब्राह्मण क्या कहते हैं?"

"ब्राह्मण क्या कहेंगे आर्य्यश्रेष्ठ!" तितीर्षु ने कहा, "अपना समय किसी प्रकार व्यतीत कर रहे हैं।"

"क्यों?"

"तो क्या प्रायोपवेशन[1] कर लें?"

परशुराम चुप हो गया। उसके सिर में आँधी-सी चल रही थी। उसने घुटनों पर कुहनियाँ टेक लीं और दोनों हथेलियों में मुँह छिपाकर कुछ सोचने लगा।

रेणुका ने कहा : "आर्य्य!"

तितीर्षु ने पूछा : "आर्य्ये!"

"तो क्या ब्राह्मणों का सर्वनाश होगा?"

"नहीं आर्य्ये!" तितीर्षु ने कहा, "बच सकता है।"

"कैसे?"

परशुराम ने भी मुँह उठाया।

"शक्ति के प्रयोग से।"

"आपका अर्थ है, युद्ध किया जाए?" रेणुका ने कहा, "लेकिन किनसे युद्ध? शूद्रों और वैश्यों से? वे तो प्रतिद्वंद्वी नहीं।"

"वह मन का अहंकार है देवी!" तितीर्षु ने कहा, "सच तो यह है कि इनसे युद्ध करके

---

1. बिना खाए-पिए मरना प्रायोपवेशन कहलाता था।

क्या ब्राह्मण जीत सकेंगे ? क्या ब्राह्मणों की इतनी संख्या है या शक्ति इतनी है ? और ये तो असंख्य हैं। वे तो कहते हैं कि यदि हमें युद्ध में मरना है, तो युद्ध में ही सही। वैसे भी तो हम जीवित रहने के लिए अन्यों पर आश्रित हैं। तुम हमें पशुओं की भाँति बेचते हो ? आर्य्यों से उन्हें घोर द्वेष है।"

"परंतु क्या अनार्य राज्यों में वे दास नहीं बिकते ?"

"अवश्य बिकते हैं।"

"फिर ? और वैश्य तो आर्य्य हैं न ? वे शूद्र अनार्यों से कैसे मिल गए ?"

"देवी, त्रिवर्ण में से हर एक दूसरे को काँटा समझकर निकालने की कोशिश में है।"

परशुराम सुन रहा था। हठात् उसने फूत्कार किया : "आर्य्य !"

तितीर्षु ने देखा, उसके नयनों में प्रश्न था। वह कुछ सहमा-सा था !

परशुराम ने कहा : "ब्रह्म नष्ट हो जाएगा ?"

तितीर्षु ने उत्तर नहीं दिया।

परशुराम ने फिर कहा : "युद्ध में हमने जब वैश्यों और शूद्रों को साथ लिया था, तब इन्हीं की मार से क्षत्रिय अकुला गए थे, क्योंकि हमसे भी अधिक घृणा तो इनमें थी, वास्तव में तो यही क्षत्रियों के विरोधी थे। मैंने सुना है स्वयं अपने कानों से, यह लोग रणभूमि में पड़े शिविरों में बातें करते थे कि क्षत्रिय ही वास्तविक अत्याचारी हैं।"

"हाँ आर्य्य !" तितीर्षु ने कहा, "तभी तक जब तक क्षत्रियों की शक्ति शेष थी। सम्भवतः आर्य्य को यह स्मरण है कि यह क्षत्रिय भी कोई नहीं, केवल प्राचीन काल में आयुध धारण कर लेनेवाले ब्राह्मण ही हैं।"

"मैं जानता हूँ।"

"फिर यह तो सहज ही हो गया कि जिस शक्ति से उन्होंने एक शासक को कुचला, उसी से दूसरे को भी कुचल दें।"

परशुराम ने दाँतों से होंठ काटकर कहा : "तो आर्य्य ! ब्राह्मण क्या फिर संगठित नहीं हो सकते ?"

"क्यों नहीं हो सकते ? आप नेता हैं।"

"तो मैं, यदि ब्राह्मण आज्ञा देंगे, तो इन शूद्रों और वैश्यों का भी सर्वनाश कर दूँगा।"

"ठीक है आर्य्य !" आगंतुक ने हँसकर कहा, "देव के तो रक्त में ही ऐसा है। ऊर्व के पुत्र और्व ने भी तो सृष्टि का ध्वंस करना चाहा था, क्योंकि क्षत्रियों का अत्याचार असह्य हो गया था। और फिर आप भी इसी वंश में हुए हैं। और्व ने भी पृथ्वी को ही समाप्त करना चाहा था। आप भी पृथ्वी को निःक्षत्रिय कर चुके हैं।"

"आर्य्य !" परशुराम ने कहा : "यदि ब्राह्मण कायर हैं तो अनार्य ही अच्छे। मैं तो मरते दम तक लड़ना ठीक समझता हूँ। चाहे पृथ्वी से ब्राह्मणों का नाम भी उठ जाए।"

तितीर्षु ने सिर हिलाकर कहा : "आर्य्य कह सकते हैं, क्योंकि न आर्य्य के स्त्री है, न पुत्र। आर्य्य के पितरों की भी तृप्ति अभी नहीं हुई होगी।"

"मैंने रक्त के तर्पण से पितरों की प्यास बुझाई है।" परशुराम ने कहा, "आर्य्य ! मुझे भय नहीं है।"

"उचित है आर्य्य !" तितीर्षु ने तीखे स्वर से कहा, "किंतु यदि यह ब्राह्मण हठ से समाप्त हो गया तो फिर पितरों को, देवताओं को हव्य और कव्य कौन पहुँचाएगा? यह शाश्वत ब्रह्म कैसे जीवित रहेगा? फिर अग्निहोत्रों से यह पवित्र धूम कैसे उठेगा, और जब यह न उठेगा तो मेघ कैसे बनेंगे? आर्य्य सम्भवतः भूल गए कि विपत्ति में बुद्धिमान हठ से काम नहीं लेता।"

"तो फिर आर्य्य कहना क्या चाहते हैं?" हठात् परशुराम ने बात काटकर कहा।

"कुछ नहीं आर्य्य ! आज मैं भिक्षा लेने आया हूँ। आपने देखा होगा, ये बहुत-से अनार्य्य वनों में भूखे-प्यासे मरते हैं, संसार से दूर रहते हैं। वे कहते हैं, वे किसी बड़े रहस्य को जानते हैं। जानते होंगे आर्य्य ! शासन हम करते हैं। मुझे तो सब कायरता लगती है, पराजय, पलायन। ब्राह्मण ही इस पृथ्वी के अधिकारी हैं। किंतु आज वे अधिकारी प्राणपन से आक्रांत हो गए हैं। मैं तो थोड़ा-सा धन चाहता था, ताकि अपनी संतान् का पेट पालने के लिए कहीं उत्तर-पश्चिम के किसी आर्य्यगण में जाकर छिप सकूँ, वहाँ जहाँ अभी अनार्य्यों से संघर्ष नहीं है।"

रेणुका ने व्यंग्य किया : "उससे क्या आर्य्य बच जाएँगे?"

"क्यों नहीं आर्य्ये !" आगंतुक ने अविचलित स्वर से कहा, "अश्विद्वय चाहेंगे तो मैं बच ही जाऊँगा। आज तक मैंने पूर्वजों के नियम का प्रतिपालन किया है। और फिर मेरे पास चारा भी क्या है?"

"क्यों?"

"मेरे पास अब है ही क्या? आपके पास युद्ध में प्राप्त हैहयों का अपार धन है। यदि उसमें से मुझे कुछ भी प्राप्त हो जाए तो काफी है। सारे ब्राह्मण आप ही की ओर आशा लगाए बैठे हैं।"

"सारे ब्राह्मण?" परशुराम ने कहा।

"हाँ आर्य्य !"

परशुराम सोचने लगा। क्षण-भर ठहरकर उसने कहा : "ब्राह्मण ! मेरे पास धन तो है !"

"इसी से मैं आया हूँ।"

"तुम कितना धन चाहते हो?"

ब्राह्मण समझा नहीं।

परशुराम हँसा। उसने कहा : "मेरे पास रत्नों के ढेर हैं। असंख्य सुवर्ण हैं और···और जानते हो मेरे पास क्या है?"

"नहीं आर्य्य !"

"यह समस्त पृथ्वी मेरी है। मैं ही इसका विजेता हूँ। किंतु मैं ब्राह्मण हूँ, इसी से आश्रम में मैंने वही बेरोक-टोक मार्ग रखा है। वही परंपरा, जिसमें राजा भी आज्ञा लेकर घुसे, और जो मित्र हो, वह एकदम आ जाए। शूद्र और वैश्य आदि सिर उठा रहे हैं, तो उठाएँ। मैं ब्राह्मणों का गौरव नहीं गिरा सकता। मैं समाप्त हो जाना ही ठीक समझता हूँ। धन आपको मैं आज नहीं दूँगा।"

आगंतुक ने कहा : "फिर?"

"आपको मेरा काम करना होगा !"

"वह क्या आर्य्य ?"

"मैं यज्ञ करूँगा।"

"वह तो धर्म का कार्य होगा।"

"परशुराम किसी के साथ अन्याय नहीं करता। उसने केवल धर्म और मर्यादा का पालन किया है। शूद्र दास है, वैश्य सेवक है। यही सनातन नियम है, मैंने यही सुना है, यही जानता हूँ। इसके अतिरिक्त भी सत्य हो सकता है, यह मुझे पुरुष परम्परा से ज्ञात नहीं है। मैंने सुना है कि प्राचीन काल में उत्तर कुरु में सब समान थे, किंतु जब ये अनार्य्य भी नहीं थे। जब असुरों से देवों का युद्ध हुआ, तब नई परम्परा बनी। परंतु वह सब हमारी सभ्य जातियों की बात थी। अनार्य्य असभ्य हैं। क्षत्रिय और ब्राह्मणों का युद्ध ब्राह्मण के ही दो स्वरूपों का युद्ध था। यदि आवश्यकता होगी तो हम वैश्यों और शूद्रों से भी युद्ध करेंगे, चाहे सबका सर्वनाश हो जाए। मित्र और वरुण चाहेंगे तो हम ही विजयी होंगे। मेरी ब्राह्मण सेना आश्रम में सदैव परशु धारण करके तत्पर रहती है। उसका प्रताप सूर्य्य का-सा है। मेरे पिता जमदग्नि गाया करते थे :

वण्महां असि सूर्य्य
बडादित्य महाँ असि
महस्ते सतो महिमापनिष्टममह्ना
देव महाँ असि।

तब से मैं जानता हूँ कि सूर्य्य ही सर्वप्रतापी है। आर्य्य प्रवर!" परशुराम ने स्वर बदलकर कहा : "ब्राह्मण क्या मुझे लोभी समझते हैं? अच्छी बात है। यज्ञ का निमंत्रण देने सबके पास आप ही जाएँगे। मैंने जितनी पृथ्वी जीती है, उतनी आज तक किसी ने नहीं जीती न?"

"तो क्या अब ऋषिश्रेष्ठ क्षत्रियों की भाँति चक्रप्रवर्त्तन करना चाहते हैं?"

रेणुका ने देखा, परशुराम हँसा। वह समझी नहीं।

परशुराम ने कहा : "आर्य्य!"

"देव!"

"आपको जाना ही होगा। कहें कि परशुराम के यज्ञ में ब्राह्मण मात्र निमंत्रित हैं। ऋत्विक, होता, अध्वर्यु अदि निमंत्रितों के अतिरिक्त यह आर्य्यों का पुरातन नियम है कि यदि कोई सुन ले कि कहीं यज्ञ हो रहा है, जहाँ देवताओं और पितरों को हव्य और कव्य दिए जा रहे हों, तो जाना ही चाहिए।"

"जानता हूँ आर्य्य! मैं कल ही संवाद देने जाऊँगा।"

[5]

यज्ञ का ऋत्विज काश्यप ब्राह्मण था, क्योंकि वह प्रसिद्ध ऋषि था। कारप वन से, प्लक्ष प्रसव्रण से आए ब्राह्मण अध्वर्यु और होता थे। उस यज्ञ में असंख्य ब्राह्मण आकर एकत्र हुए। शूद्र खाना पकाते, परोसते, मांस की गंध उड़ती, दाल बनती, और दही, दूध, खीर के अतिरिक्त घी के पक्वान्नों के ढेर लगे रहते। इतने कि खाए नहीं जाते। ब्राह्मणों के यूथ के यूथ सशस्त्र

आए थे। उस सम्मिलन से आतंक छा गया था। वैश्य और शूद्र सशंक थे। अनार्यों की भौएँ फिर काँपने लगी थीं।

बत्तीस हाथ ऊँची सुवर्ण की रत्नजटित वेदी बनाई गई थी। वह शूद्रों ने बनाई थी, किंतु जब वे बना रहे थे तब सशस्त्र ब्राह्मण चारों ओर पहरा देते और बाद में भी सदैव प्रहरी बने रहते। वह लूट का माल था।

यज्ञ समाप्त हो रहा था।

परशुराम ने खड़े होकर कहा : "आर्य्यगण सुनें।"

चारों ओर निस्तब्धता छा गई।

परशुराम ने कहा : "आर्य्यगण! यह सब सुवर्ण मुझे युद्ध में मिला है। मैं इसे ब्राह्मणों को दान देता हूँ।"

उस त्याग को देखकर एक ओर से भार्गवों ने जयध्वनि की, किंतु काश्यप चुप खड़ा रहा।

परशुराम का मुख गम्भीर था। उसने काश्यप की ओर देखा। "ब्राह्मण!" परशुराम ने कहा, "तुम क्यों अप्रसन्न हो?"

काश्यप ने कहा : "परशुराम! तू पृथ्वी का विजेता है। हम जानना चाहते हैं कि तू अब क्या करना चाहता है। हम समझे थे तू अश्वमेध यज्ञ करेगा और समस्त वसुंधरा को जीत लेगा।"

"जीत में क्या शेष है ऋषि?" परशुराम ने उत्तर दिया, "जो कुछ था वह सब मेरे अधीन है। मैं सबका स्वामी हूँ। किंतु मैं क्षत्रिय नहीं हूँ कि सबको स्वायत्त कर लूँ। इस सारी पृथ्वी को मैंने अपने लिए नहीं जीता, ब्राह्मणों के लिए जीता है। इसीलिए मैं यह सारी पृथ्वी तुझे दान करता हूँ।"

परशुराम का वाक्य सुनकर सब स्तम्भित रह गए। आकाश को फाड़नेवाला वज्रनिनाद गूँजा—"परशुराम की जय!"

किंतु काश्यप फिर भी चुप रहा।

"ब्राह्मण!" परशुराम ने कहा, "तुम अब भी प्रसन्न नहीं हो?"

"नहीं!" काश्यप ने कहा।

"क्यों?"

"क्योंकि यह दान एक भार है!"

"भार क्यों आर्य्य?"

"इसलिए कि मैं परिस्थिति को स्पष्ट देख रहा हूँ। ब्राह्मण नाश की ओर चले जा रहे हैं।"

"तो मुझे अधिकार दें। जैसे प्राचीन काल में ब्रह्म ने मनु प्रजापति को वर्णों की मर्यादा स्थापित करने की शक्ति दी थी, वैसे ही मुझे भी अधिकार दें। मैं फिर मर्यादा स्थापित करूँ, ताकि धर्मात्मा इस पृथ्वी पर निःशंक रह सकें।"

काश्यप ने हँसकर कहा : "भार्गव! तुम इतिहास को भूल रहे हो। तब ब्राह्मणों में से ही क्षत्र निकला था और ब्राह्मण ने ही दो रूप धारण करके मर्यादा स्थापित की थी। आज हम

क्या करें ?"

परशुराम चिल्लाया : "तू कायर है !"

"कायर !" भीड़ फुसफुसाई। वह क्षुब्ध थी।

कुछ भार्गव आगे बढ़े।

सहसा भीड़ चिल्लाई : "काश्यप ठीक कहता है। काश्यप ठीक कहता है।"

परशुराम को लगा, चारों ओर अँधेरा छा गया था। तो क्या इन्हीं के लिए इतना रक्त बहाया था उसने ?

काश्यप ने कहा : "गृहयुद्ध हो चुका परशुराम! हठधर्मी में अवश्यम्भावी विनाश है। एक समय आवश्यकता पड़ने पर नाग नहुष को भी ऋषियों ने इंद्रपद पर बिठाया था और जब वह सिर पर चढ़ा था, तो उसे फिर गिरा दिया था। ब्राह्मण अखंड है। वही शाश्वत है।"

उस समय मृग-चर्म पहने हुए असंख्य ब्राह्मण चिल्लाए : "ब्रह्म की जय! ब्रह्म अमर है! ब्रह्म सर्वोऽपरि है!"

काश्यप ने फिर कहा : "परशुराम! क्षत्र हमारे ही अंश हैं। मैंने परिस्थिति की जाँच की है और असंख्य वयोवृद्ध ऋषियों से मंत्रणा की है। पाप अपनी सीमा पर आ गया है कि शूद्र और वैश्य सिर उठा रहे हैं। कितनी कठिनाई से आज तक इस युद्ध के बाद ब्राह्मण अपनी रक्षा कर सके हैं, यह तू भी जानता है। क्षत्रिय इनकी तुलना में अपने हैं। ब्रह्म और क्षत्र का मिलन ही मर्यादा का असली रूप है, क्योंकि क्षत्र ही ब्रह्म की भुजा है। क्या उन कुलीनों को हम छोड़ सकते हैं? पौरववंशी विदूरथ पुत्र ऋक्षवान् पर्वत की ऋक्ष जाति में जा छिपा था, वह अपनी सेना के अवशेष के साथ लौटकर मेरे पाँवों पर त्राहिमाम् कहता हुआ गिर पड़ा था। आंगरस ऋषि पराशर ने सौदास के पुत्र को दास बनाकर उसके बंधुओं के साथ छिपा रखा है। प्रतर्दन पुत्र वत्सों के गोष्ठों में जा छिपा था। शिवि का पुत्र गो जाति ने छिपाया था। दधिवाहन का पौत्र और दिविरथ का पुत्र गंगातीर के खारों से निकल आए हैं। गौतम ऋषि ने उन्हें आश्रय दिया है। गृध्रकूट पर्वत पर गोलांगूल जाति ने ब्रहद्रथ को बचा रखा था। मरुत्तकुलीन राजकुमारों को समुद्र के तीर से मैंने बुलवाया है। वे द्याकारों (सुनारों) के यहाँ छिप गए थे। तू सम्भवतः नहीं जानता कि मैंने इन सबको बुला लिया है और अभी इंगित करते ही वे पास के वन से यहाँ आ जाएँगे। वे हमारे मित्र हैं। वे हमसे, जो हम चाहें, उसी शर्त पर संधि करने को तत्पर हैं, क्योंकि वे जानते हैं कि हमारे बिना वे कुछ भी नहीं हैं।" काश्यप ने रुककर कुछ इंगित किया। कुछ ब्राह्मण मंडप के बाहर चले गए।

परशुराम सुनता रहा। क्रोध से वह चिल्लाया :"किंतु मैं इसे स्वीकार नहीं करता।''

"तो क्या तू ब्राह्मणों में भी परस्पर युद्ध चलाएगा?" काश्यप ने कठोर स्वर से पूछा।

परशुराम की उन अंगार-जैसी आँखों में भी पानी आ गया। उसने विचलित स्वर से कहा : "बृहस्पति! बृहस्पति! यह क्या हो रहा है। यह ऋषि क्या कह रहा है? काश्यप! क्या तू समझता है कि मैं ब्राह्मणों का शत्रु हूँ?"

"नहीं," काश्यप ने कहा, "मैं जानता हूँ कि यदि तू न होता तो यह ब्राह्मण कभी भी जीवित नहीं रहता। तू ही हमारा उद्धारक है। किंतु क्या यही महानता ऐसी है कि तेरी बात मानकर हम अब भी सबका नाश कर दें। याद रख, तू सारी पृथ्वी मुझे दे चुका है।"

"जानता हूँ," परशुराम ने कहा, "किंतु मैं इसे स्वीकार नहीं करता।"

"तो," काश्यप ने स्वर ऊँचा उठाकर कहा, "तो सुन! ब्रह्म तुझे आज्ञा देता है कि जिस पृथ्वी को तूने मुझे दान दिया है, तू उसमें से चला जा, ताकि यहाँ सर्वनाश होने से बच जाए। मैं तुझे निर्वासित करता हूँ।"

भीड़ चिल्लाई : "काश्यप ठीक कहता है, काश्यप ठीक कहता है।"

रेणुका ने देखा, केवल थोड़े-से भार्गव परशुराम के पास खड़े थे, और सब ब्राह्मण एक स्वर थे। उसी समय बाहर घोड़ों के रुकने का शब्द हुआ। कुछ ही क्षणों में असंख्य क्षत्रिय भागते हुए आए और काश्यप के चरणों के पास लेट-लेटकर दण्डवत करने लगे।

परशुराम ने देखा तो आँखों पर हाथ रख लिया

ब्राह्मणों ने समवेत स्वर से गाया—"क्षत्रियो उठो! तुम अभय प्राप्त करो! तुम ब्रह्म की भुजा हो, तुम हमारे द्वारा शक्ति प्राप्त हो···"

और क्षत्रियों ने एक स्वर से कहा : "ब्राह्मण पृथ्वी का देवता है, हमारा स्वामी है···हम उसके नियमों के पालक हैं, ब्राह्मण अवध्य है, ब्राह्मण की सम्पत्ति पर हमारा अधिकार नहीं, ब्राह्मण सर्वश्रेष्ठ है···"

और समवेत स्वर उठा : "ब्रह्म अखंड है, ब्रह्म की जय···ब्रह्म शाश्वत और अक्षय है···"

काश्यप ने पौरववंशी विदूरथ के पुत्र को हाथ से छूकर कहा : "आ क्षत्रिय! जैसे एक दिन उशना (भृगु) ने मघवा (इंद्र) को नायक बनाया था, वैसे ही पृथ्वी पर फिर से धर्म-स्थापना करने को मैं तुझे नेता बनाता हूँ···"

परशुराम ने देखा, केवल वे ही मुट्ठी-भर भार्गव पास थे। रेणुका अपने अन्य पुत्रों के साथ उसी समुदाय में थी। पृथ्वी का विजेता आज मौन खड़ा था। बत्तीस हाथ ऊँची सोने की चमचमाती वेदी पर रत्न चकाचौंध पैदा कर रहे थे। अब क्षत्रियों के हिनहिनाते अश्वों की खूँद, ब्राह्मणों का गम्भीर मंत्रोच्चारण, क्षत्रियों का जय-जयकार गूँज रहे थे···

उधर विधवा क्षत्राणियों के द्वारा 'क्षेत्र' से निर्णीत होनेवाली संतान के लिए ब्राह्मण नियोग की व्यवस्था कर रहे थे, इधर परशुराम अकेला-सा अपने कुछ साथियों के साथ चला जा रहा था···

उपसंहार

कहते हैं परशुराम दक्षिण में शूपरिक बंदरगाह में जाकर कुछ दिन रहा, जहाँ अनार्य्यों का व्यापार चलता था और फिर वह दक्षिण में महेंद्राचल की ओर उतर गया।

परिशिष्ट

वाल्मीकि रामायण में एक विचित्र बात मिलती है। परशुराम और राम की टक्कर होती है। दो अवतारों में मुठभेड़ होती है, अवतारवाद तो बाद की कल्पना है जिसके अनुसार एक ही समय में दो अवतार मानने का भी कुछ कारण होना चाहिए। इसका कारण मुझे यह लगता है कि राम तो क्षत्रिय थे। परशुराम ब्राह्मण थे। दो युगों में भगवान विष्णु दो वर्णों में जन्म लेते हैं। ध्यान रखने की बात है कि पुराने अवतार जो माने गए हैं, वे बहुत करके वर्णों में जन्म लेनेवाले मनुष्यों के नहीं, टॉटेमों की स्वीकृति है।

अवतार उसी को माना गया है जो या तो—

(1) ब्राह्मण धर्म का रक्षक हो,

(2) या उसके अनुयायी बहुत हों और वे सब ब्राह्मण धर्म में अंतर्भुक्त कर लिये गए हों।

राम के समय में परशुराम इतिहास की दृष्टि से तो नहीं हो सकते, क्योंकि दोनों के समय में काफी अंतर होना चाहिए। हम तो इतिहास में व्यक्ति का समय उसके सबसे पुराने संदर्भ से निकालते हैं। जैसे—

(1) इंद्र देवता है। 14 इंद्र कहे गए हैं, अर्थात् वह एक पद था।

(2) देवता अमर माने गए हैं, परंतु हम उनकी परवर्ती स्वरूप सत्ता को रूपक ही कह सकते हैं।

(3) ऋषियों के बारे में भी यही कहना चाहिए।

(4) एक ही नाम बार-बार भी आ सकता है, क्योंकि नाम फिर रखे जाने की प्रवृत्ति रही है।

(5) कुछ सम्प्रदायों की स्थिति में उन्हें उनके पूर्वपुरुष के नाम पर ही याद किया गया है।

तो परशुराम इतिहास के क्रम में राम के समय में नहीं थे। हो सकता है उस समय, जबकि यह निश्चित हो गया था कि अनार्यों को हराने या शूद्रों को दबाने के लिए आवश्यक था कि ब्राह्मण और क्षत्रिय मिलकर रहें, तब पुराने असहिष्णु वे ब्राह्मण जो नई परिस्थिति न देखकर , पुराने विद्वेष को ही चालू रखकर आर्य्यों की शक्ति को क्षीण करना चाहते थे, उनका ब्राह्मणों ने ही विरोध किया। इसमें आश्चर्य की कोई बात नहीं है। ऐसे ही प्रभाव के परिणामस्वरूप कार्त्तवीर्य्यार्जुन भी बाद में धर्मात्मा कह दिया गया, ताकि आपस के पुराने विद्वेष मिट जाएँ, क्योंकि तब ब्राह्मणों और क्षत्रियों को मिलकर रहने का समय था।

महाभारत में तो ब्राह्मण और क्षत्रिय के संगठन पर बहुत अधिक जोर दिया गया है। जब श्रीकृष्ण कौरव-पांण्डव युद्ध करके लौटते हैं, तब ब्राह्मण उपमन्यु कहता है कि युद्ध रुका या नहीं ? कृष्ण कहते हैं कि कौरवों का नाश हो गया।

ब्राह्मण कृष्ण को शाप देने को तैयार हो जाता है, क्योंकि कृष्ण ने क्षत्रियों को परस्पर लड़ाकर आर्य्यों की शक्ति का नाश करा दिया था। महाभारतकार वहाँ उपमन्यु का क्रोध यों शान्त कराता है कि कृष्ण उसे अपना वही विध्वंसक विराट् रूप दिखाते हैं जो कि उन्होंने

महाभारत-युद्ध के पहले रणभूमि में अर्जुन को दिखाया था। मैं तो इसका यही अर्थ समझता हूँ कि कृष्ण ने नई परिस्थिति समझाई होगी, जो कालांतर में इस प्रकार चमत्कार का रूप धारण करके महाभारत में अभिव्यक्त हुई है।

जो हो, ब्राह्मण ने भीष्म के मुख से महाभारत में कहलाया है कि महाभारत-युद्ध से—'ब्रह्म न नाश हो', 'हाय, ब्रह्म नष्ट हो गया', अर्थात आर्य्य-शक्ति क्षीण हो गई।

राम के समय में पुराना ब्राह्मण-विरोध नष्ट हो गया और यह पूर्णतया मान लिया गया कि क्षत्रिय और ब्राह्मण आपस में लड़कर कभी जीवित नहीं रह सकते, इन दोनों का मिलकर ही रहना आवश्यक था । यहीं परशुराम-प्रसंग की महत्ता मालूम देती है।

महाभारत की रामकथा में तो राम और परशुराम का मिलन कहीं उल्लिखित नहीं है। यह प्रकट करता है कि पुरानी परम्परा में यह चीज नहीं थी। यह कालान्तर में जुड़ी है। इसी तरह अन्य कारणों से भीष्म और परशुधारी ब्राह्मणों के संघर्ष में भी परशुराम का उल्लेख किया गया है।

भार्गववंश के असुर पौरोहित्य करने और क्षत्रिय विरोध के तो अनेक उल्लेख आते हैं। देवों का पुरोहित तो अंगिरा का अग्निवंश था, तभी बृहस्पति को ही देवगुरु माना गया था। अपने-अपने समय में इन दोनों ब्राह्मण-कुलों ने इतिहास में अपना महत्त्व प्रकट किया है। इनका विवेचन युगानुसार होना ही आवश्यक है।

अध्याय 2

त्रेतायुग

भूमिका

[जब क्षत्रियों का पृथ्वी पर शासन प्रारम्भ हुआ और ब्राह्मणों के अधिकार पहले से कम हो गए, तब से त्रेतायुग प्रारम्भ हुआ। यह समय पारस्परिक युद्ध का नहीं रहा। अब भारत में आर्य्यों के अतिरिक्त जो जातियाँ थीं उनमें राक्षस बड़े बलवान थे। वे समुद्र में टापू पर रहते थे, परन्तु उनका शासन दण्डक वन तक था। राम के युग में उनसे युद्ध हुआ और आर्य्य-अर्नार्य्य एक दूसरे के निकट आए।]

आर्य्यों की व्यवस्था में सम्भवतः इसी युग में दास बहुत अधिक हो गए थे। उनको पालना स्वामी वर्ग के लिए व्यर्थ ही अपने सिर पर खर्चा मोल लेना था। अतः शूद्र उस समय अलग माने गए। शूद्र वे बने जो अपनी खेती करते थे, अन्न पैदा करते थे, और अपना पेट भर लेते थे, परन्तु उनका धरती पर अधिकार नहीं था। उनके पैदा किए धन में से राजा अपना हिस्सा कर के रूप में ले लेता था। कभी वह अधिक लेता था तो उसे अत्याचारी कहते थे, जो बलि और भाग ठीक लेते थे, वे राजा अच्छे कहलाते थे। इसका अर्थ यह नहीं कि राजा के अपने कर्मान्त (खेत) में दास नहीं थे। उच्चवर्णों में ब्राह्मण और क्षत्रिय दास रखते थे। शूद्रों को सम्पत्ति का अधिकार ही नहीं था।

त्रेता में ही यजुर्वेद के पुरुषसूक्त में शूद्रों को समाज का आवश्यक अंग, ब्रह्म का 'चरण' माना गया, क्योंकि ऋग्वेद में प्रारम्भ में शूद्र नहीं थे।

त्रेता में सम्भवतः कुछ क्षत्रिय भी, जो कि दरिद्र हो गए थे, शूद्रों में मिल गए थे।

अश्वमेध के विषय में ऊपर कहा जा चुका है।

यहाँ हम राम के युग के विषय में लिखते समय यह कहना चाहते हैं कि वाल्मीकि रामायण पहली रामायण मानी जाती है। उसके अतिरिक्त लगभग 25 या 30 रामायण कथाएँ और हैं और उनमें विभिन्न रूप में रामकथा कही गई है। सीता की उत्पत्ति के बारे में भी मतभेद है। बहुधा अहल्या को पत्थर की ही माना जाता है, परन्तु कुछ वाल्मीकि रामायणों में अहल्या को 'अदृश्य' माना गया है। जब राम ने अहल्या के पाँव छुए, तब अहल्या ने भी उनके पाँव छुए और अहल्या तब दिखाई देने लगी। ऋषि गौतम और इन्द्र की कथा भी एक

नहीं है। एक कथा में इन्द्र को शाप मिलता है कि उसके 'सहस्र भग' हो जाएँ, दूसरी कथा में उसे शाप मिलता है कि उसके 'अण्डकोश' गिर जाएँ। शुनःशेष की एक कथा में वरुण के लिए शुनःशेष बलि दिया जा रहा है। दूसरी कथा में उसका वरुण से कोई सम्बन्ध नहीं है। वाल्मीकि रामायण में सीता का अग्नि-प्रवेश होता है। महाभारत की रामकथा में सीता अग्नि में प्रवेश नहीं करती। किं बहुना। यह घटनाएँ पुरानी हैं और लिखी बहुत बाद में गई हैं। और जिस युग में लिखी गई हैं, उस युग का उन पर प्रभाव पड़ा है। वाल्मीकि रामायण का मौजूदा रूप ईसा के लगभग 200 वर्ष पूर्व सम्पादित किया गया था। महाभारत की कथा रामायण की कथा के बाद की है, परन्तु अधिकांश महाभारत ग्रन्थ, वर्तमान वाल्मीकि रामायण के रूप से पुराना है।

वाल्मीकि रामायण में एक आदर्श सांमतीय जीवन का चित्र है, जिसमें प्राचीनता भी विद्यमान है। हम जानते हैं कि महाभारत में रामायण कथा प्राचीन मानी गई है। कृष्ण का जो युग महाभारत में मिलता है, हम राम के युग को उससे पुराना ही मानने को बाध्य हैं। हम इसे स्वीकार नहीं करते कि पहले सब अच्छा था, जो बाद में बिगड़ता गया। अगर उस पहले की अच्छाई के वर्णनों में भेद नहीं मिलता तो सम्भवतः हम कुछ और सोचते। परन्तु अब तो विकास-क्रम को देखना ही आवश्यक है। इस दृष्टि से हम राम की मूल कथा का स्वरूप प्रस्तुत करने की चेष्टा करते हैं, जिसमें हम यह भी बताएँगे कि राम ने वास्तव में समाज में किया क्या था।

राम अवध में रहनेवाले पुराने आर्य्यों में से थे और उनका विवाह-सम्बन्ध भी जनक के कुल में हुआ था, जिनके वंश के आदि पुरुष का उल्लेख हम ऊपर कर आए हैं।

चौंकने की आवश्यकता नहीं है। यहाँ हम ब्राह्मण, जैन और बौद्ध तीनों की राम कथाओं की परम्पराएँ पढ़ने के उपरान्त तथा महाभारत से पुराने युग की, यजुर्वेद का आधार लेकर ही , इस कथा को प्रस्तुत कर रहे हैं। हो सकता है पाठकों में सन्देह जाग्रत हो, किन्तु इसके लिए उन्हें मूल ग्रन्थों को पढ़ना चाहिए, और तब वे स्वयं ही हमारे दृष्टिकोण में औचित्य देखेंगे। वाल्मीकि रामायण के आदि कांड में चौथे सर्ग का प्रथम श्लोक ही कहता है कि राम के राज्य-सिंहासन पर बैठ जाने पर ऋषि ने इस ग्रन्थ को बनाया। इसी सर्ग में लिखा है कि रामायण का पहला नाम ऋषि ने 'पौलस्त्यवध' रखा। रावण पुलस्त्यवंशी था। अतः राम-कथा को ऋषि ने राम से पहले बनाया, यह तो बाद की मनगढ़ंत ही प्रमाणित होती है।

यद्यपि इस काल में अनेक घटनाएँ हुई थीं, परन्तु उनको विस्तार से हम यहाँ नहीं देंगे। मूल रामायण-कथा का प्रसंग ही बहुत-सी बातों को युगानुरूप स्पष्ट करने में समर्थ हो सकेगा, अतः हम उसी पर दृष्टिपात करना आवश्यक समझते हैं।

सरयू-तीर पर धन-धान्य से पूर्ण कोसल प्रदेश था। अयोध्या उसकी राजधानी थी। वह एक विशाल नगर था, जिसमें सुन्दर उपवन और बड़े-बड़े राजमार्ग थे। राजा दशरथ वहाँ शासन करते थे। चातुर्वर्ण्य की व्यवस्था में राजा परम न्यायशील और सतर्क रहा करते थे। राजा दशरथ के आठ मंत्री थे जिनके नाम क्रमशः धृष्टि , जयंत, विजय , सुराष्ट्र, राष्ट्रवर्द्धन, अकोप, धर्मपाल और सुमंत्र थे। उनके विशेष यज्ञ करानेवाले वसिष्ठ कुलीन ब्राह्मण थे, जिन्हें वसिष्ठ ही कहा जाता था। दूसरे वामदेव थे। राजा को सलाह देनेवाली एक समिति भी थी

जिसमें सुयज्ञ , जाबालि, काश्यप, गौतम, मार्कण्डेय और कात्यायन नाम के ब्राह्मण थे।

राज्य-भर में अमन था। न्याय होता था। अपराधी का बलाबल देखकर, विचारकर मामूली या कड़ा दण्ड देने की प्रथा थी। शूद्र, ब्राह्मण और क्षत्रियों की सेवा करते थे। वैश्य भी सेवा में ही लगे रहते थे, व्यापार भी करते थे। सब कुछ था, परन्तु राज्य के लिए उत्तराधिकारी नहीं था। दशरथ के शांता नामक एक पुत्री हुई थी, जो उन्होंने अपने मित्र राजा रोमपाद को दे दी थी। शांता का विवाह वनवासी विभाण्डक ऋषि के पुत्र ऋष्यशृंग से हुआ था। मृग की उपासक जाति की एक स्त्री से कुछ दिन सहवास करके विभाण्डक ने इस पुत्र को पाया था। राजा दशरथ ने समिति और आमन्त्रण (मंत्रिमंडल) में परामर्श किया और पुत्र्येष्टि यज्ञ करने को ऋष्यशृंग को शांता के साथ ले आये। ऋषि ऋष्यशृंग और उनकी क्षत्रियापत्नी के आने पर राजा दशरथ ने अश्वमेध का घोड़ा छोड़ दिया : यज्ञ कराने की विधि जाननेवाले ब्राह्मण, रथ बनानेवाले शिल्पी, बढ़ई, पृथ्वी खोदनेवाले, गणक , नट और नर्त्तक अपने काम में लग गए। अनेक पास के राजा भी आ गए जो दशरथ के अधीन थे। दास, शूद्र और वैश्य सेवा में लग गए। अच्छे चतुर दूत भेजकर मिथिला, काशी, केकय, अंग , कोसल के अन्य राजा (भानुमान), मगध इत्यादि के राजाओं को बुलावा भेजा गया और वे भी यथासमय आ पहुँचे। अन्न की ढेरियाँ लग गईं। ब्राह्मणों को भूरिशः दान दिया गया और विराट भोज प्रारम्भ हो गए। यज्ञ में अठपहल 21 स्तम्भ गाड़े गए। उनमें 6 स्तम्भ खैर के और उनके सामने 6 बेल के, 6 ढाक के, 1 लिसोड़े का और 2 देवदारु की लकड़ी के थे। वे प्रत्येक इक्की सअरलि ऊँचे थे और उन्हें सुवर्ण और वस्त्र से सजा दिया गया था। चतुर ब्राह्मणों ने अग्नि-स्थापन के लिए ईंट लाकर त्रिगुण गरुड़ाकार 6 वेदियाँ बनाईं। उन गरुड़ों के पक्षस्थान पर सुवर्ण की ईंटों को रखा। वहाँ उन देवताओं के लिए सर्प, पशु और पक्षी बनाए गए। घोड़ों और जलचर जन्तुओं को ऋषियों ने शास्त्र की रीति से बनाया। तीन सौ पशु खम्भों से बाँध दिए गए । फिर पट्टमहिषी कौशल्या ने उस घोड़े को प्रोक्षण करके तीन तलवारों से काटा और अश्वमेध की समस्त रीतियाँ होने लगीं।

अधीन राजाओं के कर इकट्ठे हो गए और मित्र राजाओं की सेवा भी बढ़ चली। राजा दशरथ ने अपने होता को पूर्व दिशा, अध्वर्यु को पश्चिम दिशा, ब्रह्मा को दक्षिण दिशा और उद्‌गाता को उत्तर दिशा में भूमि प्रदान की, जिससे वे बड़े प्रसन्न हुए और पृथ्वी को ब्राह्मण के लिए व्यर्थ जानकर उन्हें लौटा दिया। तब राजा ने उन्हें सोना, चाँदी, गाएँ प्रदान कीं। ऋत्विजों ने वह धन ऋष्यशृंग और वसिष्ठ के सामने रख दिया, उन्होंने वह धन सब ब्राह्मणों को यथायोग्य बाँट दिया। फिर राजा दशरथ ने भिखारियों को सुवर्ण बँटवाया। एक भिखारी ब्राह्मण को दरिद्र देखकर उन्होंने उसे अपने हाथ का भूषण उतारकर दे दिया और प्रणाम किया। ब्राह्मण ने उन्हें आशीर्वाद दिया।

यज्ञ निर्विघ्न समाप्त हो गया। और दशरथ के तीन रानियाँ थीं, कौशल्या, सुमित्रा, तथा कैकेयी। कौशल्या के राम, सुमित्रा के लक्ष्मण और शत्रुघ्न तथा कैकेयी के भरत नामक पुत्र उत्पन्न हुए। इसके बाद प्रसिद्ध हो गया कि राजा के यज्ञ से सुफल मिला। क्रमशः चारों राजपुत्र बड़े हुए।

एक दिन ऋषि विश्वामित्र राजा दशरथ के पास आये। अनेक वर्षों पूर्व विश्वामित्र एक

क्षत्रिय राजा थे, जो ब्राह्मणों से संघर्ष करके ब्राह्मण बन गए थे। उनकी सन्तान अपने को विश्वामित्र ही कहती थी। यह ऋषि भी उसी कुल के थे। इनके यज्ञों में दक्षिण के राक्षस विघ्न डालते थे। राक्षस सशक्त थे और आर्य्यों को दक्षिण में बढ़ने नहीं देते थे। राजा दशरथ तो वृद्ध हो चले थे, परन्तु उनके पुत्रों को विश्वामित्र ने माँग लिया। राजा को ब्राह्मण की सहायता के लिए पुत्रों को भेजना पड़ा। विश्वामित्र स्वयं भी योद्धा थे। अन्त में वे कुछ सेना लेकर चल पड़े। सरयू नदी उन्होंने नौकाओं पर बैठकर पार की। मार्ग में ताड़का नामक राक्षसी मिली, जिसने अपने साथ अनेक राक्षसों को एकत्र करके उनका पथ रोका। युद्ध होने लगा। विश्वामित्र ने स्त्री से युद्ध करने का न्याय दिया। कहा कि प्राचीन काल में एक इन्द्र ने विरोचन की पुत्री मंथरा को मारा था। राम ने देखा, वह इच्छा-रूप थी। उसका मुख वे नहीं देख सके। ताड़का का पति सुन्द मर चुका था। उसका पुत्र राक्षस सुन्द का कठोर पुत्र मारीच था, जो दक्षिण में राजा रावण की सेवा में रहता था। ताड़का पथ में आने-जानेवालों को लुटवा लेती थी। राम ने विश्वामित्र की आज्ञा से युद्ध किया और शीघ्र ही यह लोग जीत गए। समस्त यक्ष, राक्षसों को मार डाला गया। विश्वामित्र ने राम को वाणविद्या की कुशल कला की शिक्षा दी और फेंकने पर लौट आनेवाले वाण (बूमिरेंग) की विद्या भी सिखाई।

अन्त में वे विश्वामित्र के आश्रम में पहुँचे। विस्तृत भूमि फैली थी और विश्वामित्र वहाँ अपने कुल, शिष्य, और शूद्रों तथा दासों के साथ रहते थे। उन पर कोई कर नहीं था, उनके पास अनेक गाएँ थीं। धन था। शूद्र भोजन परोसते थे।

इनके पहुँचते ही आश्रम में यज्ञ प्रारम्भ हो गया। उधर बचे हुए राक्षसों ने मारीच को ताड़का की मृत्यु की सूचना दी। मारीच ने आश्रम को नष्ट करने के लिए आक्रमण किया, किन्तु आर्य्यों की सेना सन्नद्ध थी। राम और लक्ष्मण ने मारीच को मार डाला और यज्ञ पहली बार उस स्थान पर निर्विघ्न समाप्त हो गया।

संध्या हो गई थी। दास ने आकर सूचना दी कि मिथिला-नरेश सीरध्वज जनक के यहाँ धनुर्यज्ञ है। कहा जाता है कि वह पुराना धनुष है। बहुत भारी है, उसे कोई उठा भी नहीं सकता।

विश्वामित्र दोनों क्षत्रिय पुत्रों को साथ लेकर सिद्धाश्रम से मिथिला की जनकपुरी की ओर चल दिए।

उपर्युक्त कथा से प्रतीत होता है कि यज्ञ उस समय राज्य बढ़ाने के लिए तो किए ही जाते थे, परन्तु वे आर्य्यों के धार्मिक व्यवहार भी थे। दशरथ के यज्ञ में गरुड़ का आकार बनाना और अन्य पशु-पक्षियों के रूपों का बनाया जाना प्रकट करता है कि यह आर्य्य अन्य अनार्य्य जातियों के टॉटेमों और विश्वासों को अपने भीतर अंतर्भुक्त कर चुके थे। इक्ष्वाकु का वंश बहुत पुराना था और कोसल काफी पूर्व का प्रदेश था, जहाँ अनार्य्य काफी रहे होंगे। यहाँ ध्यान देना आवश्यक है। आगे चलकर स्पष्ट होगा कि राम ने अनार्य्यों से अन्य आर्य्य-परम्परा की भाँति घृणा नहीं की।

विश्वामित्र जब मिथिला पहुँचे, तब वहाँ जनक ने उनका स्वागत किया। फिर बातें होने लगीं और राम को तब ज्ञात हुआ कि प्राचीन काल में वसिष्ठ और विश्वामित्रगोत्रियों में ब्राह्मण और क्षत्रियों की शक्ति और अधिकार की खूब लड़ाई हुई थी। उस समय दोनों पक्षों

ने गोधन के लिए अनेक बर्बर और अनार्य्य जातियों को अपने-अपने पक्ष में कर लिया था। विश्वामित्र ने तो सरस्वती-तीर पर राक्षसों तक को मित्र बनाया था। बाद में फिर ब्राह्मणों और क्षत्रियों में मित्रता हो गई, क्योंकि अनार्य्यों की शक्ति , वैश्यों और शूद्रों की शक्ति इनके पारस्परिक वैर से बढ़ जाती थी। उस युद्धकाल में राम का एक पूर्वज त्रिशंकु भी वसिष्ठगोत्रीय पुरीहितों को छोड़कर विश्वामित्रगोत्रीय क्षत्रिय पुरोहितों के साथ हो गया, परन्तु वह अंततोगत्वा न इधर का रहा न उधर का।

जनक को एक लड़की यज्ञ-काल में खेत जोतने के लिए हल चलाते समय मिल गई थी। उसने उसे पाला और 'वीर्य्यशुल्का' कहा अर्थात् जिसमें बल हो वह स्वयंवर में धनुष तोड़कर उसे ले जाए। परन्तु अब तक के आर्य्य राजा उसे नहीं तोड़ सके थे, बल्कि चिढ़कर वे मिथिला पर हमला भी कर उठे थे, परन्तु सीरध्वज ने उन्हें हराकर, उनका राज्य अपने छोटे भाई कुशध्वज को दे दिया था । उस धनुष को दैत्य, राक्षस गंधर्व, यक्ष , और नाग जातियों के व्यक्ति भी देख गए थे, परन्तु वे भी नहीं तोड़ सके थे।

राम ने उसे तोड़ डाला। राजा ने तब मंत्री भेजकर दशरथ को अयोध्या से बुलाया और सम्बन्ध निश्चित हो गया। सांकाश्य नगरी से कुशध्वज अपनी दोनों पुत्रियों माण्डवी और श्रुतिकीर्ति के साथ इक्षुमती नदी पार करके आ गए। दोनों के वंशों का वर्णन हुआ। दोनों में अनेक प्रतापी राजा हुए थे, दोनों ही आर्य्यों के पुराने कुल थे। इस प्रकार तीन बार कहकर कि मैं पुत्री देता हूँ, मैं पुत्री देता हूँ , मैं पुत्री देता हूँ, जनक ने राम से सीता नामक पुत्री का विवाह कर दिया, जो उनकी पालिता पुत्री थी। अपनी बेटी उर्मिला लक्ष्मण को और कुशध्वज की श्रुतिकीर्ति और माण्डवी नामक पुत्रियाँ क्रमशः शत्रुघ्न और भरत को ब्याह दीं।

अपार दहेज, दास, दासी, कन्याएँ, सुवर्ण आदि लेकर राम आदि अयोध्या लौट रहे थे कि भृगुवंश के परशु धारण करनेवाले क्षत्रियविरोधी ब्राह्मणों ने क्षत्रियों को आ घेरा। यह ब्राह्मण अभी तक क्षत्रियों के शत्रु थे। किन्तु राम ने अपने पराक्रम से उन्हें पराजित कर दिया और फिर उनसे मित्रता की याचना की। ब्राह्मण अंततोगत्वा क्षत्रियों के मित्र बन गए।

अब वे सब अयोध्या लौट आए, और आन्नद से रहने लगे। भरत और शत्रुघ्न, केकयराज के पुत्र और भरत के मामा युधाजित के साथ केकय देश चले गए।

राजा दशरथ ने राम को युवराज बनाने का निश्चय किया। नगरों और राष्ट्रों के प्रधान-प्रधान राजा बुलवाये गए। जल्दी में वे केकय और मिथिला के राजाओं को न बुला सके। उनके विषय में उन्होंने सोच लिया कि वे फिर सुन लेंगे। खबर देनी थी, फिर दे देंगे। अधिकार तो अपना ही था। सब ने सभा में राम को उत्तराधिकारी चुना, क्योंकि वे चातुर्वर्ण्य के अच्छे प्रतिपादक थे और अनेक विद्याओं के साथ गान विद्या में भी निपुण थे। फिर राम को युवराज बनाने का निश्चय हुआ। राम रात में ब्रह्मचर्य से रहे। सीता ने भी ब्रह्मचर्य रखा।

नगर सजने लगा। कैकेयी रानी की मंथरा दासी ने, जो केकय से आई थी, वह आनन्द देखा। वह जल उठी। उसने कैकेयी को जाकर भड़काया। उसने कहा कि दूसरी स्त्री और उसके पुत्र का मान बढ़ने से कैकेयी और भरत का मान घट जाएगा। कैकेयी भी पहले नहीं समझी। बाद में मंथरा की सीख काम कर गई। उसने कहा कि कल पुण्य नक्षत्र में ब्राह्मण राम को सिंहासन पर बिठा देंगे।

उस समय राजाओं की कई रानियाँ होती थीं और उनके पुत्र भी कई होते थे।

कैकेयी डर गई। कोपभवन में चली गई। दक्षिण दिशा में दण्डक वन के पास वैजयन्त नामक पुर था। वहाँ तिमिध्वज राक्षस रहता था। उसे शबर भी कहते थे। इन्द्र के उपासक उससे लड़े थे, तब दशरथ भी वहाँ लड़ने गए थे। साथ में स्त्रियाँ भी जाती थीं, सो कैकेयी को ले गए थे। कैकेयी ने उस युद्ध में उनकी रक्षा की थी, तब राजा ने कहा था : 'मैं तुम्हें दो मुँह माँगे वर दूँगा।'

कैकेयी ने अब वही वर माँगने की बात सोची।

उसने भरत का राज्याभिषेक और राम को 14 वर्ष का वनवास—यही दो वर दशरथ से माँगे।

उस समय सम्भवतः कुब्जा दासियाँ रखी जाती थीं, क्योंकि कैकेयी ने कुब्जा दासियों में मंथरा को सर्वश्रेष्ठ माना था। मंथरा रेशमी वस्त्र पहनती थी। वैसे सुन्दर भी थी। कुब्जा का उल्लेख बाद में कंस के यहाँ भी आया है।

कैकेयी की वर की बात सुन दशरथ घबरा गए। उन्होंने डाँटा, मनाया, खुशामद की, किन्तु काम न चला।

उस समय रसोइये कानों में कुण्डल पहनते थे, क्योंकि कान के कुण्डलों का उल्लेख हर जगह हुआ है।

परन्तु कैकेयी न मानी।

सुबह वसिष्ठ आदि आ गए, और राज्याभिषेक की पूरी तैयारी हो गई। गूलर की लकड़ी की बनी हुई चौकी तैयार हो गई। मंत्री सुमंत्र दशरथ के पास गया। कैकेयी ने सुमंत्र को भेजा कि वह राम को बुला लाए। राम सात खण्डोंवाले अन्तःपुर में रहते थे। वहाँ वृद्ध कंचुक स्त्रियों की देख-भाल करने को रहते थे। राम लाल चंदन लगाए बैठे थे, जो सूअर के रक्त की तरह था। रामचंद्र राजा दशरथ के पास गए। रामचंद्र चारों वर्णों पर यथोचित दया करते थे। वे चौराहों, देवमार्गों, चैत्यों (यक्षपूजा के चबूतरे) और सभामण्डप बाईं ओर छोड़ते गए। कैकेयी ने बात सुना दी। राम ने मान लिया। वे दण्डकारण्य जाने का तैयार हो गए। वे कौशल्या के पास गए जो उनकी माता थी। लक्ष्मण ने विरोध किया, कौशल्या रोई भी, परन्तु राम नहीं माने। पिता की आज्ञा मानने का आदर्श पितृसत्तात्मक समाज की एक महान् बात थी। धर्म का आधार समाज की व्यवस्था थी। पिता का पुत्र पर पूर्ण अधिकार समझा जाता था। राम ने लक्ष्मण को रोक दिया। कौशल्या ने भी अन्त में यही आज्ञा दी कि पिता का कहना ही मानना चाहिए। राजा की आज्ञा सर्वोपरि मानी जाती थी। स्वस्त्ययन किया गया। कौशल्या ने सिद्धार्थ विशल्यकरणी नामक दवा राम के माथे पर लगाई और रक्षा के मंत्र जपे। बाद में अथर्ववेद में यह जादू-टोने के मंत्र काफी मिलते हैं। यह उस समय के समाज के विश्वास को बताता है। कौशल्या ने शिव, भूत, नाग आदि देवताओं की पूजा की। राम ने फिर सीता से कहा कि वह घर पर ही रहे। परन्तु सीता ने पति को ही स्त्री का आदर्श माना। वह अयोध्या में रहने को तैयार नहीं हुई। सीता ने अपना सब कुछ ब्राह्मणों को दान कर दिया। लक्ष्मण भी संग जाने को तैयार हो गए। राम ने ब्राह्मण, सूत आदि को अपना धन बाँट दिया। त्रिजट नामक गर्ग कुल का पिंगल वर्ण (पीला ?) ब्राह्मण था। वह जंगल से लकड़ी

काटकर पेट भरता था, परिवार पालता था। उसकी स्त्री तरुणी थी, वह वृद्ध था। राम ने उसे बहुत-सी गाएँ दीं। राम ने कहा कि मेरा धन ब्राह्मणों के लिए ही है।

ऐसा लगता है कि राक्षसों से जो राम का युद्ध कालांतर में हुआ, वह एक लम्बी परम्परा लिये हुए था। दशरथ को भी अपने समय में राक्षसों से लड़ना पड़ा था। तिमिध्वज इसी का प्रतीक है। दक्षिण में राक्षसों की बस्तियाँ बसी हुई थीं, जो लंका तक पहुँचती थीं। बीच-बीच में अन्य जातियाँ रहा करती थीं। उत्तर भारत में—पश्चिमोत्तर भारत में आर्य्य जगह-जगह शासन करते थे, किन्तु केवल आर्य्य ही शासन करते हों, ऐसा नहीं था। विभिन्न जातियों के भी राज्य थे, जिनमें नाग इत्यादि थे। गरुड़ भी थे। सम्भवतः असुर भी बाकी थे। समस्त आर्य्यों में भी सामाजिक व्यवस्था एक-सी नहीं थी। कुछ कुलों में राज्यतंत्रात्मक व्यवस्था थी, जहाँ राज्य समिति के रहने पर भी पैतृक उत्तराधिकार व्यवस्था को मान चुके थे। और कहीं-कहीं गोत्र गण थे।

प्रजा और राजा का सम्बन्ध 'कर' के ऊपर निर्भर था। कौन कितना कर लेता है, यह देखा जाता था। इस कर को नियत करना , एक वर्ण से दूसरे वर्ण का ठीक सम्बन्ध रखना राजा का कर्त्तव्य था।

अश्वमेध के रूप में लूट अब भी चलती थी और वह युद्ध का मार्ग था। यह कहना गलत होगा कि अश्वमेध में केवल अनार्य्य राज्य लूटे जाते थे। सत्ता और शक्ति अपने सगे को भी नहीं छोड़ती थी। वह आज भी नहीं छोड़ती । इन यज्ञों की लूट में ब्राह्मणों को बहुत बड़ा भाग मिलता था। वैश्यों को भी मिलता था। शूद्र को नहीं, क्योंकि शूद्र को सम्पत्ति रखने का अधिकार ही नहीं था।

दासों की परिस्थिति क्या रही होगी यह स्पष्ट नहीं मिलता; क्योंकि रामायण का यह रूप दास-प्रथा के ह्रास के बाद सामंतकाल के उदय के समय लिखा गया है। परन्तु शूद्रों पर जो रोक लगी थीं, उनसे अनुमान किया जा सकता है कि दासों की अवस्था अच्छी नहीं थी।

क्षत्रिय राजकुलों में प्रतिज्ञा का निर्वाह करना सम्भवतः बहुत बड़ी और आवश्यक बात समझी जाती थी और समिति उसका मान करती थी। तभी कैकेयी की बात का यद्यपि विरोध हुआ, किन्तु उसे स्वीकार करना ही पड़ा।

राम ने दशरथ से जाकर बिदा माँगी। कैकेयी को छोड़ सब राजपत्नियाँ (कई ?) रोने लगीं। सुमंत्र ने कैकेयी से कटु वचन कहे। [यह मंत्री के अधिकारों की ओर इंगित करता है कि राज की चहेती (वावाता) रानी को भी डाँट सका]। परन्तु कैकेयी ने कुछ नहीं सुना। दशरथ ने सुमंत्र से कहा कि राम के साथ सेना, वेश्याएँ, व्यापारी और सेवक आदि भेजो ताकि वन में इन्हें अभाव न रहे। वेश्याओं से इनका समय बहले। राजा का अधिकार था कि वह चाहे जो करे। वह पुत्र को कुछ भी दे। सो राजा ने कहा कि राज्य का धान्यकोश और धनकोश राम के साथ कर दो।

कैकेयी डर गई। उसने कहा कि पूर्वकाल में इसी वंश में सगर ने असमंजस को अकेला ही निकाला था। तब सिद्धार्थ नामक एक मंत्री ने कहा कि असमंजस नागरिकों पर अत्याचार करता था। वह सदा के लिए निकाल दिया गया था। प्रजा उससे असंतुष्ट थी। राम ने ऐसा नहीं किया।

परन्तु कैकेयी की बात ही चली, राम को धन आदि नहीं मिले। राजा ने उन्हें वल्कल धारण करके जाने की आज्ञा दी। वसिष्ठ ने कहा था कि सीता नहीं जाएगी। वह राम के सिंहासन पर बैठकर शासन करेगी, क्योंकि स्त्री आत्मा (सद्गृहस्थ की आत्मा) के तुल्य है।

अंततः वे तीनों वन जाने को तैयार हो गए। राम-लक्ष्मण ने चीर धारण किए। सीता ने गहने पहने रखे। नगरवासी रोने लगे। राम के मित्रों की तो नींद भी छूट गई। दशरथ रोने लगे कि प्रासाद में जिस राम को उत्तम अलंकारों से सजी हुई स्त्रियाँ पंखा झलती थीं, पृथ्वी पर कैसे सोएँगे।

नागरिक विलाप करके लौटने लगे। राम रथ पर सीता, लक्ष्मण और सुमंत्र के साथ शृंगवेरपुर पहुँच गए, जहाँ कोसल देश की सीमा समाप्त हो गई। वहाँ चैत्य और यूप थे। वहाँ ब्राह्मण भी रहते थे। परन्तु उस देश का राजा गुह निषाद जाति का था। वह राम का मित्र था। राम ने उसके पैदल आकर अगवानी करने को सराहा और कहा कि मुझे कुछ भी नहीं चाहिए।

यह स्पष्ट करता है कि आर्य्य और अनार्य्यों के राज्य आस-पास होते थे और उनमें मित्रता होती थी। गुह ने राम की वन में रक्षा करने की प्रतिज्ञा की।

गुह का मंत्री अच्छी नाव ले आया। सुमंत्र लौट गया। राम का सामान नाव पर चढ़ा दिया गया और फिर राम, लक्ष्मण और सीता भी नाव पर चढ़ गए और राम ने गुह से कहा कि तुम सेना, कोश, दुर्ग और राष्ट्र पर सावधानी से राज्य करो।

निषाद अवश्य ही जंगली नहीं थे। उनकी राज्य-व्यवस्था काफी उन्नत अवस्था में रही होगी।

गुह के सेवक नाव खेने लगे।

यहाँ बौद्ध परम्परा को भी उल्लिखित करना चाहिए, जो कहती है कि उस समय रघुकुल के आर्य्य आपस में भाई-बहन में शादी करते थे और सीता और राम भी भाई-बहन थे। यह सुनकर अच्छा नहीं लगता , किन्तु इसमें बहुत असम्भव कुछ नहीं। चचेरे भाई-बहनों में लिच्छवियों में विवाह होता था, जो अपने को बहुत बाद में भी इक्ष्वाकु (ओक्काक) का वंशज कहते थे।

गुह स्वयं साथ नहीं गया, उसके सेवक गए और राम, लक्ष्मण, सीता को गंगा के पार छोड़ आए।

राम अब वत्सदेश में पहुँचे, जहाँ दोनों भाइयों ने हिरन मारकर उसका मांस खाकर रात बिताई।

फिर वे वहाँ चले जहाँ गंगा से यमुना मिलती थी। प्रयाग वन के बीच बसी छोटी-सी वनवासियों की बस्ती थी। वनवासी आर्य्य लकड़ी काटकर जलाया करते थे। संगम पर भरद्वाज ऋषि रहते थे। तीनों वहीं पहुँचे । भरद्वाज तक राम के वनवास की खबर पहुँच चुकी थी। उन्होंने स्वागत किया। प्रयाग पुरवासियों के पास पड़ता था। राम को इसी से वह जगह ठीक नहीं लगी। दस कोस दूर पर चित्रकूट था जहाँ वानर , और ऋक्षजाति के लोग रहा करते थे। राम वहीं चल दिए। उन्होंने नाव में यमुना पार की। यह नाव लकड़ियों और पेड़ों की छाल से बाँधकर राम-लक्ष्मण ने स्वयं बनाई। उस पर बेंत बिछाए और उस पर खोदने का शस्त्र, आभूषण , आदि रख दोनों भाइयों ने सीता को बिठाकर उसे खेया और जब नदी के

बीच वह नाव पहुँची तो सीता ने कहा : 'यदि मेरे पति वनवास-व्रत को कुशलतापूर्वक समाप्त करेंगे तो मैं 1000 गायों और सुरा के घड़ों से (नदी) आपका पूजन करूँगी।'

यह प्रकट करता है कि गोमेध और सुरा दोनों का ही प्रयोग तब चलता था।

नदी पार करके इन लोगों ने एक वट वृक्ष की पूजा की। फिर वहाँ एक कुटी बनाई। लक्ष्मण एक काला मृग मार लाए। मांस पकाया गया। फिर उससे देवयज्ञ किया। वैश्वदेवबलि, रौद्रबलि और वैष्णवबलि देकर और पिशाचों की भी मांस से पूजा करके वे कुटी में घुसे। यह कुटी पत्तों और बेलों की बनी हुई थी।

सुमंत्र ने राजा को लौटकर सब संवाद दिया और सब विलाप करने लगे।

राजा दशरथ ने बताया कि विवाह के पहले वे एक बार शिकार खेलने गए थे । जंगल में एक मुनि रहता था। उसका नाम श्रवणकुमार था। उसका पिता वैश्य और माता शूद्रा थी। वह राजा के हाथ से भूल से मारा गया था। शायद यह उसी पाप का बदला था।

वैश्य तब मुनि हो सकते थे, इस घटना से पता चलता है।

रात को राजा दशरथ मर गए। विलाप हुआ।

मंत्रियों ने तय किया कि किसी को भी तुरन्त सिंहासन पर बिठाना चाहिए, क्योंकि राजा के बिना अराजकता छा जाती है, और धर्म अर्थात् वर्ण-व्यवस्था नहीं रहती। वसिष्ठ ने दूतों को भेजा कि वे बिना कुछ कहे भरत को ले आएँ।

दूत राजवस्त्र और भूषणादि लेकर रास्ते के लिए भोजन संग लेकर केकय देश चले। उनका मार्ग यह था—वे अपरताल नामक देश के पश्चिम भाग से प्रलम्ब देश के उत्तर भाग की ओर मालिनी नदी के मध्य से यात्रा कर, हस्तिनापुर में गंगा के पार हो पश्चिम की ओर गए। पाञ्चाल देश पार करके कुरुजांगल देश से होते हुए शरदण्डा नदी के पश्चिम तीर पर सत्योवयाचन नामक महावृक्ष के पास से होते हुए गए। इस वृक्ष की पूजा होती थी (वृक्ष टॉटम)। फिर वे कलिंग पुरी गये। फिर अभिकाल ग्राम मिला। फिर योधिवन मिला और तब वे इक्ष्वाकुवंश की पितृपितामह सम्बन्धिनी इक्षुमती नदी के पास पहुँचे । यह स्पष्ट करता है कि मूलतः उत्तर-पश्चिम की ओर इक्ष्वाकु वंश के आर्य्य रहते थे। वाल्मीकि रामायण में वंश-परम्परा यों दी गई है—

ब्रह्मा
।
मराचि
।
कश्यप
।
सूर्य्य
।
वैवस्वत मनु
।

इक्ष्वाकु
|
कुक्षि
|
विकुक्षि
|
बाण
|
अनरण्य
|
पृथु
|
त्रिशंकु
|
धुंधुमार
|
युवनाश्व
|
मांधाता

यद्यपि यह सूची ऐसी नहीं कि हर जगह इक्ष्वाकुवंश का यही स्रोत मिलता हो, यही वर्णन प्राप्त होता हो, परंतु यह अवश्य प्रकट होता है कि आगमन उत्तर-पश्चिम से हुआ, क्योंकि केकय देश सीमाप्रांत की ओर था। फिर दूतों को जल पीकर रहनेवाले तपस्वी मिले। तप आर्य्यों और ब्राह्मणों में चल गया था। फिर दूत वाल्हीक देश में सुदामा पर्वत पर गए। वहाँ विष्णु का चरण-चिह्न था। अर्थात् काफी प्राचीन काल में ही विष्णु, जो सम्भवतः पश्चिमोत्तर में अधिक मान्य था, वहाँ उसकी पूजा प्रारम्भ हो गई थी। फिर विपाशा और शाल्मली नदियाँ पार करके, वे राजमार्ग से चले। फिर वे गिरिव्रज नामक केकय राजा की राजधानी में पहुँचे। युधाजित् गिरिव्रज का पुत्र था। दूतों ने उन्हें भेंट दी और भरत से चलने को कहा। भरत जब चले तो उन्हें मामा ने विशाल कुत्ते भेंट में दिए, कम्बल , धन आदि भी दिया। इन्द्रशिर देश के हाथी दिए और कई खच्चर भी। भरत चल पड़े। भरत ने दूसरा रास्ता पकड़ा। वह यों था—पूर्व की ओर चलकर सुदामा नदी पार की, फिर पश्चिम की ओर बहनेवाली चौड़ी नदी ह्लादिनी को पार किया, फिर शतद्रु नदी पार की और ऐल धनात्मक ग्राम में ऐलधानी नदी पार की। फिर अपर पर्वत नामक राष्ट्रों को पार किया। वहाँ शिलावहा नदी पार करके वे शल्यकर्षण नामक नगर में पहुँचे । फिर वे चैत्ररथ वन के पास पहुँचे। (इस चैत्ररथ में गंधर्व रहते थे, ऐसा उल्लेख हुआ है)। वहाँ से सरस्वती नदी और गंगा के संगम पर होकर वीर मत्स्य नामक देशों के उत्तर भागों में होते हुए वे भारुण्ड वन में आ पहुँचे । फिर कुलिंग नदी को पार करके यमुना-तीर पर पहुँचे । फिर हाथी पर महावन पार किया। फिर अंशुधाम ग्राम के पास भागीरथी(?) नामक महानदी पार करके वे प्राग्वट नामक पुर में आ

बड़े उपाय से पार हुए (यात्रा कठिन थी ?), फिर कुटि कोष्टिका नदी पार करके धर्मवर्द्धन नामक ग्राम में पहुँचे। और तोरण ग्राम के दक्षिण भाग में जम्बूप्रस्थ ग्राम में पहुँचे । फिर वरूथ ग्राम के वन में वास करके पूर्व की ओर चले। उज्जिहाना नगरी पहुँचकर वे घोड़ों के रथ पर चढ़े और फिर सर्वतीर्थ ग्राम पहुँचे। वहाँ उत्तरगामिनी नदी पार की और पहाड़ी टट्टुओं से छोटी नदियाँ पार करके हस्तिपृष्ठक नगर में कुटिका नदी को, और लोहित्य नगर की कपीवती नदी को और एकसाल नगर में स्थाणुमती नदी को, विनत नगर में गोमती नदी पार करके कलिंग के सखुआ जंगल में पहुँचे। फिर वे अयोध्या पहुँचे।

उस समय वन बहुत थे। नदियाँ खूब पार की जाती थीं, नगर नदियों के किनारे बने थे, वैसे ग्राम ही मिलते हैं।

नगर उजाड़-सा था। उन्होंने देखा, राजा दशरथ का शव तेल में रखा था। सब हाल जाना। कैकेयी से मिले। सात दिन में वे रास्ता पार करके आए थे। सम्भवतः सात दिन की यात्रा नदियों के कारण सुगम हो सकी। वे पहले पहुँच गए थे। बाकी लोग अभी धीरे-धीरे आ रहे थे। भरत ने माता को धिक्कारा। कौशल्या से अपनी निर्दोषिता की शपथ खाई। दशरथ की अंत्येष्टि-क्रिया की। फिर दशरथ का श्राद्ध किया। शत्रुघ्न ने कुब्जा को मारा-पीटा। भरत ने राज्य लेना स्वीकार नहीं किया। उन्होंने राम के पास चलकर लौटाने की आज्ञा दी। मंत्री और नगरवासी प्रसन्न हो उठे। शिल्पी रास्ता बनाने को भेज दिए गए। इस प्रकार शीघ्र ही वन में सड़क बन गई, बीच-बीच में भरत के रहने को जो स्थान बनवाये गए, उन्हें मिट्टी के धूसों और खाइयों से घिरवा दिया गया। ऊपर कबूतर पालने की छतरियाँ लगा दी गईं। वसिष्ठ ने न जाने की राय दी। परन्तु भरत ने नहीं सुना। भरत रथ पर चढ़े। सेना साथ चली। चारों वर्णों के लोग ऊँट, रथ, खच्चर, हाथी आदि पर चले। इनमें बढ़ई, सुनार, शिल्पी, हाथी दाँत का काम करनेवाले, रसोइये, धातुओं का काम करनेवाले, गंधी, कम्बल बनानेवाले, स्नान करानेवाले, देह मलनेवाले, मद्य बनानेवाले, धोबी, रंगरेज, दरजी, मोटे-ताजे गोप, नट और निषाद थे। उनकी स्त्रियाँ भी साथ चलीं। ब्राह्मण गाड़ियों पर चले।

वे शृंगवेरपुर पहुँचे। गुह मिला। उसने सोचा कि यदि भरत राम को मारने आए हैं तो मैं युद्ध करूँ। परन्तु बाद में भरत का विचार जानकर वह प्रसन्न हुआ। उसने वन पार कराने का वचन दिया। गुह ने बताया कि पहली रात उसने राम की रक्षा की थी। भरत बहुत दुखी थे। गंगा पार उतरकर भरत प्रयाग पहुँचे। निषाद राजा ने उन्हें इसके लिए 500 नावें दे दीं। इन नावों में कुछ को स्वास्तिक नौका कहते थे जिन पर बड़े-बड़े घण्टे टँगे रहते थे, पताकाएँ फहराती थीं। नावों और घरनइयों से वे पार हो गए। भरद्वाज ऋषि मिले। सेना ने यहाँ आनन्द किया। फिर भरत चित्रकूट पहुँचे। वन में राम का आश्रम खोजा गया, आखिरकार मुलाकात हुई। संदेह दूर किए गए और बड़ा आनन्द रहा। भरत वल्कल पहने थे। राम ने पादुका दे दीं, पर वे नहीं आए, यह कथा प्रचलित ही है।

वसिष्ठ ने यहाँ मांधाता से आगे इक्ष्वाकुवंश का वर्णन किया है, जो इस प्रकार है—

मांधाता

।

सुसन्धि

|
ध्रुवसंधि
|
भरत
|
(इसे तालजंघ, हैहय और शशविन्द नामक राजाओं ने हिमालय भगा दिया।)
असित
|
सगर
|
असमञ्जस
|
अंशुमान
|
दिलीप
|
भगीरथ
|
ककुस्थ
|
रघु
|
सौदास
(इसके अन्य नाम थे—पुरुषादक और कल्माषपाद)
|
शंखण
|
सुदर्शन
|
अग्निवर्ण
|
शीघ्रग
|
मरु
|
पशुश्रव
|
अम्बरीष

|
नहुष
|
नाभाग
|
अज
|
दशरथ
|
राम

भरत भरद्वाज से मिलकर अयोध्या लौट आए। फिर वे नन्दिग्राम चले गए।

राक्षस रावण का एक छोटा भाई खर था, जो जनस्थान के आर्य्यों को कष्ट देता था। वह उन्हें मार डालता था। ये तपस्वी आर्य्य मिशनरियों की भाँति थे। राक्षस उन्हें मारते थे। ऋषि वह स्थान छोड़कर चले गए। कुछ वहीं राम के साथ रहने लगे।

फिर राम वहाँ से चल पड़े और अत्रि ऋषि के आश्रम में पहुँचे।

आगे के मार्ग में राक्षस रहते थे। नाग रहते थे। वे आर्य्यों के शत्रु थे। राम उधर ही वन में चल पड़े।

अब वे दण्डकारण्य में आ गए। वहाँ ऋषि मिले। राम ने उनसे भी राक्षसों के उपद्रव के बारे में सुना। तब वे आगे चले। सम्भवतः उनके साथ आर्य्य तरुण मिलते जा रहे थे। मार्ग में विराध राक्षस मिला, जिसने सीता को छीन लेना चाहा। परन्तु इन लोगों ने उसे मार डाला और धरती में गाड़ दिया। विराध के अनुसार राक्षसों को मरने पर गाड़ना अधिक अच्छा होता था। सम्भवतः मुर्दा गाड़ने की ही प्रथा उनमें रही हो।

वहाँ से वे शरभंग ऋषि के आश्रम में गए। शरभंग अग्नि में कूदकर मर गया। प्राचीन काल में स्टोइक्स भी अपनी इच्छा से मर जाया करते थे। सम्भवतः वह आर्य्यों में कुछ ऐसी ही विचारधारा थी, जिसके अनुयायी शरभंग थे, जो स्वयं जलकर मर गये। राम को वहाँ वैखानस, बालखिल्य, संप्रक्षाल, मरीचिप, अश्मकुट्ट, पत्राहार, दत्तोलूखली, उन्मज्जक, गात्रशय्य, अशय्य, अनवकाशिक, वायु यक्ष , जल भक्ष, इत्यादि अनेक सम्प्रदाओं के आर्य्य ऋषि मिले। उन्होंने बताया कि पम्पा नदी , मंदाकिनी नदी और चित्रकूट तीर पर बसनेवाले आर्य्यों को राक्षस मारते थे। राम ने बचाने का वचन दिया और वे ऋषि सुतीक्ष्ण के आश्रम में चले गए। वहाँ से वे आगे बढ़े। सम्भवतः उनके साथ अन्य आर्य्य थे। 'पाञ्चाप्सर' नामक तालाब मिला। उसे माण्डकर्णि नामक ऋषि ने बनाया था। यहाँ अप्सराओं से इस मुनि का विवाह हुआ था।

इस प्रकार महीनों वे वहाँ घूमते रहे। रहते-रहते राम को दस वर्ष बीत गए। वे फिर सुतीक्ष्ण के आश्रम में लौट आए। दक्षिण की ओर वहाँ से चार योजन के फासले पर अगस्त्य

ऋषि के भाई का बसाया आश्रम था। वहीं किसी समय आर्य्य शत्रु इल्वल और वातापि नामक असुर रहा करते थे। अगस्त्य ने उन्हें नष्ट कर दिया था। वे वहाँ गए। दूसरे दिन वे अगस्त्याश्रम को चल पड़े। उस आश्रम में ब्रह्मा, अग्नि, विष्णु, इन्द्र, सूर्य, चंद्र, भृगु, कुबेर, धाता, विधाता, वायु, गायत्री, अष्टवसु, नागराज, गरुड़, स्वामिकार्त्तिक और धर्म के स्थान बने हुए थे। इनमें कुबेर यक्ष प्रभाव का तथा नाग, गरुड़ जातियों के देवता थे और स्वामीकार्त्तिक कार्त्तिकेय था।

वहाँ उन्हें ऋषियों ने शस्त्रास्त्र दिए, मुनियों के राक्षसों द्वारा मारे जाने का हाल बताया और राम राक्षस-वध करने का विचार करके पंचवटी चल पड़े। राह में जटायु मिला, जो गृध्र जाति (टॉटेम) का था। वह दशरथ का मित्र था। गृध्रों का राजा था। वंशपरम्परा में वह अपने को गरुड़ केणऊ के वंश का कहता था। सम्भवतः गृध्र और गरुड़ दोनों ही पक्षी टॉटेम के कारण एक-दूसरे के समीप थे, मित्र थे।

लक्ष्मण ने पंचवटी में कुटी बनाई, जहाँ यह लोग रहने लगे। वे गोदावरी नदी में स्नान करते थे।

गोदावरी के तीर से ही राम-कथा एक नया मोड़ लेती है। इससे पूर्व कि हम आगे चलें, हम यहाँ स्पष्ट करना चाहते हैं कि राम के समय में—

(1) दास-प्रथा थी, क्योंकि वाल्मीकि रामायण जिस युग की कथा कहती है, वह युग वैदिक और महाभारत काल के बीच का है, जिसमें दास-प्रथा थी।

(2) सम्भवतः राम के युग में , कुछ पहले या बाद में, शूद्रों को समाज का आवश्यक अंग माना गया था और बहुत करके कमकर वर्ग शूद्र मान लिया गया था।

(3) राम के समय में निषाद आर्यों के मित्र थे।

(4) राम के समय में अनार्य्य जातियों से काफी सम्बन्ध हो चुके थे। सगर के पुत्रों ने जब अश्वमेध का घोड़ा ढूँढ़ने में अनेक राक्षस, पिशाच , नाग, दानव आदि को मार डाला था, तब वे अन्त में कपिल द्वारा मार दिये गए थे। सगर का नाती अंशुमान उन्हें ढूँढ़ने गया था। उसे वहाँ मृतकों के पास गरुड़ मिला था, जो कि उसके पितरों का मामा था। (आदि काण्ड—वाल्मीकि रामायण, 41वाँ सर्ग)। गरुड़ की भाँति आर्यक नाग पाण्डव भीम का नाना था। पाण्डव भीम के पूर्वज शांतुन की स्त्री सत्यवती निषाद जाति की थी। अतः इक्ष्वाकुओं में गरुड़ जाति की स्त्री का आना देखकर आश्चर्य नहीं करना चाहिए। ऊपर हम यज्ञ-वेदी का गरुड़ाकार बनाया जाना दिखा चुके हैं। गरुड़ की आकृति मिस्र, असीरिया और बैबीलोन में भी बनाई जाती थी। इक्ष्वाकु के वंशजों का कुलदेवता सूर्य ही था। रक्त-शुद्धि का जो भाव परवर्त्ती बौद्ध ग्रंथों में वर्णित इक्ष्वाकुवंशी क्षत्रियों में मिलता है, वह परवर्ती हो सकता है। सगर के पुत्रों ने घोड़ा ढूँढ़ने में जब पृथ्वी खोदी तो देवताओं को भी मार डाला, ऐसा वाल्मीकि रामायण में मिलता है। क्योंकि यह पुरानी जातियाँ देव जातियाँ मानी जाती थीं, वाल्मीकि रामायण का कोई परवर्ती सम्पादक बिना समझे ही झटसट में देवताओं को भी अलग करना भूल गया। वह यह भूल गया कि यज्ञ में देवताओं की ही तो उपासना होती थी। वाल्मीकि रामायण में विष्णु का स्थान इंद्र से ऊपर है, यह भी प्रमाणित करता है कि रामायण का प्रस्तुत रूप परवर्ती रचना है, जब विष्णु को इंद्र से बड़ा मान लिया गया था।

(5) हैहयों से युद्ध करनेवाले इक्ष्वाकुवंश को एक समय भागकर हिमालय में शरण लेनी पड़ी थी। इक्ष्वाकु पहले दल के आर्य्य थे, जो हैहयों से पहले आए थे।

(6) राम का राक्षसों से युद्ध केवल आर्य्य और अनार्य्य का झगड़ा नहीं, एक राजनीतिक युद्ध था।

(7) इस कुल के कुछ राजा प्रसिद्ध भी हुए थे, जिनमें भगीरथ था। सम्भवतः उसी ने पहले अनार्य्यों से अधिक मित्रता करके गंगा का प्रवाह-मार्ग देखा था।

(8) पुरानी घटनाओं में प्रत्येक के रूप में कोई रूपक और संकेत ढूँढ़ना ठीक नहीं होता, क्योंकि बहुत-सा तो केवल अजीब रूप से इसलिए लिख दिया गया है कि वह जिस युग में लिखा गया था, तब चमत्कारों पर विश्वास करने की बातें प्रचलित थीं, उनको तब असम्भव नहीं माना जाता था।

पंचवटी में रहते समय ही शूर्पणखा नामकी राक्षसी, जो कि रावण की बहन थी, राम को देख मोहित हो गई थी। उसने सीता पर प्रहार किया या कुछ कि लक्ष्मण ने उसके शरीर में विकृति डाल दी। वह क्रुद्ध होकर चली गई। वह कामरूपिणी थी। उसने राम से काम की याचना करते समय अपना रूप नहीं बदला था। उसने अपना स्पष्ट परिचय दिया था, यह भी कहा था कि वह सीता और लक्ष्मण को खा जाएगी (अरण्यकांड, 17वाँ सर्ग)। वनवास के $12\frac{1}{2}$ वर्ष बीत चुके थे। बस यहीं से राम का रावण से युद्ध प्रारम्भ हो गया। अब हम कथा-विस्तार में न जाकर कुछ महत्वपूर्ण बातों की ओर ही संकेत करेंगे—

(1) राम ने खर से युद्ध करते समय कवच धारण किया था। सम्भवतः उनके साथ कुछ और लोग भी थे।

(2) रावण मारीच से मिलने समुद्र के एक टापू में गया था, जहाँ उसे मार्ग में वह स्थान मिला था जहाँ गरुड़ों ने निषादों का प्राचीन काल में ध्वंस किया था।

(3) मारीच जटा-वल्कल धारण करके रहता था। तपस्या राक्षसों में भी चलती थी।

(4) मारीच को राम ने पहले ही मार भगाया था।

(5) राक्षस लोग चन्दन लगाते थे और आभूषण पहनते थे। राक्षस लोग सुन्दर स्त्रियों का भोग करते थे।

(6) मारीच एक बार और हिरन बनकर राम से लड़ चुका था। अर्थात् दो बार उसकी राम से टक्कर हो चुकी थी।

(7) मारीच की मदद से रावण ने राम को छला और सीता-हरण किया। (जैन रामायण रावण को क्रूर नहीं बताती। रावण को मनुष्य-रूप में ही उसमें चित्रित किया गया है। दक्षिण भारत की परम्पराएँ भी उसे मनुष्य ही मानती हैं)।

(8) रावण सीता के पास ब्राह्मण बनकर गया। वाल्मीकि रामायण में 'लक्ष्मणरेख' नहीं मिलती। रावण प्रारम्भ में ही कामुक ब्राह्मण दिखाई देता है। वह शीघ्र ही अपना परिचय देता है। वह सीता को रथ पर चढ़ाकर ले चलता है।

(9) मार्ग में गृध्र जाति के राजा जटायु ने उसे रोका। दोनों में घोर युद्ध हुआ। जटायु ने रावण को बहुत मारा, किन्तु उसने जटायु को बहुत घायल कर दिया और बढ़ चला।

(10) किष्किन्धा में वानर जाति रहती थी। सीता ने उन्हें देखकर अपने आभूषण गिरा दिए।

(11) राम ने जटायु को जलाकर रोही मृग मारकर उसके मांस से पिण्डदान दिया था। उन्होंने वहाँ क्षत्रिय होकर भी वे मंत्र जपे, जो ब्राह्मण लोग प्रेत को स्वर्ग पहुँचाने को जपते हैं।

(12) कबन्ध ने सुग्रीव का पता बताया था जो बाली से डरकर पम्पा के प्रदेश में घूमा करता था। वह राक्षसों के सब स्थानों को जानता था।

(13) शबरी शबर जाति की तपस्विनी थी, अनार्य्य थी। वह मतंग वन में रहती थी। मतंग ऋषि उसके गुरु थे। वह जहाँ मरे थे, उस जगह को प्रत्यक्स्थली कहते थे।

(14) पम्पा के वन में किन्नर, नाग, गंधर्व, यक्ष और राक्षस (किरात परिवार की जातियों के कबीले) रहा करते थे।

(15) हनुमान भिक्षुक बनकर राम और लक्ष्मण से मिलने आए। हनुमान वेद को जानते थे। (ऋग्वेद, यजुर्वेद और सामवेद का ही उल्लेख हुआ है), (किष्किंधाकाण्ड, 3 सर्ग)। ब्राह्मण परम्परा में हनुमान ब्रह्मचारी हैं, जैन परम्परा में उनके 1000 स्त्रियाँ हैं। यह वानर टॉटेम के लोगों के एक नेता हैं।

(16) लक्ष्मण ने हनुमान से कहा कि वह और राम सुग्रीव की शरण में आए हैं। वे सुग्रीव को अपना नाथ बनाना चाहते हैं। हनुमान उन्हें सुग्रीव के पास ले गए। राम और सुग्रीव ने अग्नि को साक्षी करके मित्रता के हाथ मिलाए। सुग्रीव ने सीता के आभूषण दिखाये। सुग्रीव भी निर्वासित था और राम भी। दोनों में खूब पट गई। सुग्रीव की स्त्री रुमा को बाली ने छीन लिया था। बाली बड़ा पराक्रमी वानर था। उसने दुंदुभि नामक असुर को मारा था। मतंग ऋषि ने वानरों को दक्षिण भगा दिया था।

यह पृष्ठभूमि न केवल तत्कालीन परिस्थिति पर प्रकाश डालती है, वरन् उस युग को भी प्रकट करती है।

राक्षसों की उत्पत्ति के विषय में रामायण में अंत में कुछ प्रकाश डाला गया है, जो इस प्रकार है—

पुलस्तय ब्रह्मा था। उसके एक पुत्र हुआ पौलस्त्य। पौलस्त्य का दूसरा नाम विश्रवा था। विश्रवा के वैश्रवण कुबेर हुआ। वह यक्ष था। वह दक्षिण में राक्षसों की नगरी लंका का राजा हुआ। राक्षस भाग गए थे। वह वहाँ जा बसा।

राक्षसों की उत्पत्ति रावण से बहुत पुरानी मानी गई है।

ब्रह्मा—पद्मसम्भव ने जल रचा और जल की रक्षा करने को कई प्राणी पैदा किए। कुछ ने कहा : रक्षामः (रक्षा करते हैं), कुछ ने कहा : यक्षामः (वृद्धि करते हैं), तब रक्षामः कहनेवाले राक्षस और यक्षामः कहनेवाले यक्ष बने। वे जल के जीवों की रक्षा करने लगे। उनमें हेति-प्रहेति दो भाई राक्षसों के राजा हुए। प्रहेति वन में चला गया। हेति रह गया। काल की बहन 'भया' से उसका ब्याह हुआ। विद्युत्केश नामक पुत्र हुआ। संध्या की पुत्री सालकटंकटा से उसका ब्याह हुआ। मंदराचल पर उसके पुत्र जन्मा। वह तो जन्म देकर छोड़ गई, शिव-पार्वती ने वह पुत्र पाल लिया। उसका नाम सुकेश हुआ।

सुकेश को ग्रामणी गंधर्व ने अपनी कन्या देववती ब्याह दी।

- माल्यवान्
- सुमाली
- माली

उन्होंने मेरु पर तप किया। वे ब्रह्मा से वर पाकर, अभय होकर देवता और दैत्यों को सताने लगे। विश्वकर्मा ने दक्षिण समुद्र के त्रिकूटाचल पर्वत और सुबेल पर्वत के पास बसी लंका में उन्हें रहने की राय दी। वे वहीं बस गए। नर्मदा नामक गंधर्व ने अपनी तीन कन्याओं का उन तीन से विवाह कर दिया। फिर यों संतान हुई—

माल्यवान्
(स्त्री, सुन्दरी)

- वज्रमुष्टि
- विरूपाक्ष
- दुर्मुख
- सुप्तघ्न
- यज्ञकोप
- मत्त
- उन्मत्त अनला (पुत्री)

सुमाली
(स्त्री, केतुमती)

- भासकर्ण
- प्रहस्त
- अकम्पन
- विकट
- कालिकामुख
- धूम्राक्ष
- दण्ड

महाबली सुपार्श्व संह्रादि प्रघस

(तथा पुत्रियाँ)
- राका
- पुष्पोत्कटा
- कैकसी
- कुम्भीनसी

माली
(स्त्री, वसुदा)

- अनल
- अनल
- हर
- सम्पाति

जब यह सब अत्याचार करने लगे तब सताए देव-दानव शिव के पास गए। शिव ने सुकेश की संतान का ही पक्ष लिया। तब वे विष्णु के पास गए। नारायण ने अभय दिया।

राक्षसों ने देवों पर हमला बोल दिया। गरुड़ पर सवार नारायण ने उनसे युद्ध किया। माली मारा गया। माल्यवान् लंका को भाग गया, फिर पाताल चला गया। माल्यवान् ने गरुड़ को मारा। गरुड़ का भी हमला देखकर सुमाली लंका चला गया। सालकटंकट वंश के सब राक्षस फिर पाताल चले गए। वहाँ सुमाली उनका राजा हुआ। सुमाली, माल्यवान् और माली पुलस्त्य वंश से भी अधिक बलवान थे।

सुमाली जब बाहर आया तो उसने अपनी लड़की कैकसी विश्रवा को दे दी। उसने रावण जन्मा। फिर कुम्भकर्ण, फिर विभीषण का जन्म हुआ। शूर्पणखा नामक कन्या जन्मी।

माता के कहने से रावण ने कुबेर से वैभव छीन लिया। उसने उसे लंका से निकाल दिया।

शूर्पणखा का कालकेयवंशी दानवराज विद्युज्जिह्व से विवाह हुआ। रावण को वन में मय दानव मिला। हेमा अप्सरा थी। वह 13 वर्ष के लिए मय के पास से चली गई थी। उसकी पुत्री मय के पास थी। उसके दो पुत्र थे—मायावी और दुंदुभि। रावण ने मय की पुत्री मन्दोदरी से ब्याह कर लिया। विरोचन दैत्य की नातिनी, अर्थात् बलि की लड़की कुम्भकर्ण को ब्याही गई। उसका नाम वज्रज्वाला था। गंधर्वराज शैलूस की लड़की सरमा का विभीषण से ब्याह हुआ।

रावण का इनसे युद्ध हुआ—

(1) कुबेर—यह यक्ष था।

(2) उसने राज मरुत्त को जीता। मरुत्त यज्ञ में लगा था। लड़ा नहीं। रावण ने यज्ञ ध्वंस कर दिया।

(3) रावण ने दुष्कन्त, सुरथ, गाधि, गय को हराया। अयोध्या के अनरण्य को हराया।

(4) रावण ने नागों को जीता।

(5) रावण ने दानवों को जीता।

(6) रावण का मान्धाता से युद्ध हुआ था। इस युद्ध में गालव और पुलस्त्य ने बीच-बचाव करा दिया। मान्धाता अनरण्य से छठी पीढ़ी में था।

(7) रावण बहुतों की स्त्रियों को हर लाया था।

(8) रावण का सहस्रार्जुन हैहय से युद्ध हुआ। रावण यहाँ बाँधा गया। पुलस्त्य ने आकर उसे छुड़ाया।

(9) रावण बाली वानर से अटका, बाली ने उसको अपमानित करके भगा दिया।

(10) श्वेत द्वीप की स्त्रियों ने रावण को खूब छकाया था। वह वहाँ बहुत ही कमजोर पड़ा। कुछ भी नहीं कर सका था।

इन कथाओं से स्पष्ट हो जाता है कि रावण एक पद था। यह कथाएँ विभिन्न रावणों की हैं क्योंकि इनका समय बहुत लम्बा है। पहले भी इक्ष्वाकुवंशियों की राक्षसों से लड़ाई हो चुकी थी।

यद्यपि रामायण में जहाँ सुग्रीव ने दिशाओं का वर्णन किया है, वह वर्णन परवर्ती है, क्योंकि उसमें ऋष्यमूक को विंध्य के उत्तर में माना गया है, जब कि उसके पहले ही गोदावरी के दक्षिण में राम को पहुँचा दिया गया है, फिर भी परवर्ती भूगोल का वह रूप मिलता है जो भारत के विषय में

लोग मानते थे, जिसमें रूपकों के वर्णन में से बहुतेरे तथ्यों की ओर इंगित होता है—

भूगोल	संकेत
पूर्व में भागीरथी, सरयू, कौशिकी नदी हैं। कलिंद पर्वत से कालिंदी (यमुना) निकलती है। सरस्वती, सिंधु, और शोण प्रसिद्ध नदियाँ हैं। मही और काल-मही दो और नदियाँ हैं।	यद्यपि यह पश्चिम में हैं।
पूर्व में ब्रह्ममाल, विदेह, मालव, कालिकोशल, मगध, महाग्राम पुंड्र, अंग, रेशम के कीड़ेवाले देश और चाँदी की खानवाले देश हैं।	
समुद्र में छोटे-छोटे टापू हैं। मन्दराचल पर्वत है। कहीं बड़े कान के लोग हैं। कहीं वे हैं, जिनके कान ओठ तक फैले हैं।	सम्भवत : यह कोई वैसी जाति है, जो कुछ अफ्रीका की जातियों की भाँति कान बड़े कर लेती थी।
एकटंग जाति है। किरात बलवान लोग हैं। वे पुरुष का मांस खाते हैं। खड़ी चोटी रखते हैं। सोने की तरह पीले हैं, सुन्दर हैं।	
किरात कई द्वीपों में रहते हैं और कच्ची मछलियाँ खाते हैं। समुद्र में उनकी जाति है।	सम्भवतः नाविक हैं।
कुछ किरात नर-व्याघ्र हैं। उनका ऊपर का हिस्सा शेर का-सा, और धड़ मनुष्य का-सा होता है।	नृसिंहावतार का-सा यह स्वरूप है। सम्भवतः यह कोई मॉस्क जाति भी हो सकती है।
वानर नावें चलाना भी जानते हैं।	
यवद्वीप में सात राज्य हैं।	
स्वर्ण द्वीप और रजतद्वीप भी प्रसिद्ध हैं। वहाँ सोना बनानेवाले रहते हैं।	यवद्वीप जावा है। सम्भवतः खानों से तात्पर्य है।
यवद्वीप के आगे शिशिर पर्वत है। वह बहुत ऊँचा है। वहाँ दानव रहते हैं।	दानव समुद्री लोग थे।
समुद्र पार जाने पर लाल रंग का शोणनद है।	सम्भवतः यह दूसरा ही शोणनद था। आर्य्यों ने स्याम में भी अयोध्या बसाई थी, जो आज तक अभूतिया कहलाती है।
समुद्र में अनेक भयंकर द्वीप है। वहाँ असुर रहते हैं।	असुर समुद्री लोग थे। व्यापार करते थे।

एक लाल समुद्र है। वहाँ गरुड़ रहता था। वहाँ मन्देह नामक राक्षस पर्वत शिखरों पर लटके रहते हैं। ब्राह्मण उन्हें आर्य्य की अंजलि से मारते हैं, पर वे फिर जीवित हो जाते हैं।

गरुड़ जाति ?
यह मन्देह राक्षस कोई और ही है। यह ब्राह्मण-राक्षसों के युद्ध की ओर इंगित करती है।

फिर क्षीरोद सागर है।

फिर शुद्ध जल का सागर है।

सम्भवतः पहले केवल नाम था, बाद में दूध का समुद्र माना जाने लगा।

वहाँ बडवानल रहता है। उसके उत्तर में जातरूपशिल नामक पर्वत है। वहाँ वित्रवनपूज्य एक सफेद सर्प नीले वस्त्र पहनकर पृथ्वी को धारण करता है। वहाँ एक ताल वृक्ष है। उसे देवताओं ने पूर्वदिशा की सीमा के ज्ञान के लिए चिह्न-स्वरूप बना रखा है।

नाग रहते थे ?

तदनंतर श्रीमान् पर्वत है। इसी पर विष्णु ने त्रिपाद से सब नापते समय पहला चरण रखा था। यहाँ वैखानस बालखिल्य ऋषि रहते थे।

बालखिल्य देवकालीन ऋषि थे।

समीप में सुदर्शनद्वीप है। यह पूर्व दिशा का द्वार है। यह उदयाचल भी है। उसके आगे पूर्व दिशा अगम्य है। आगे देवता निवास करते हैं। अंधकार ही अंधकार है।

दक्षिण में विंध्य है। वहाँ नर्मदा नदी है, जहाँ नाग रहते हैं।

नर्मदा-तीर पर माहिष्मती नागों की बस्ती थी। यहाँ कर्कोटक नाग रहते थे। कृतवीर्य्य हैहय ने इन्हें हराकर माहिष्मती छीन ली थी।

गोदावरी, महानदी , कृष्णवेणी नदियाँ हैं। आगे मेखल, उत्कल , दशार्णदेश, आब्रवंती और अवन्ती हैं। विदर्भ, ऋष्टिक, माहिषक, मत्स्य, कलिंग, कौशिक देश हैं। फिर दण्डकारण्य है। फिर आंध्र, पुंड्र, चोल, पांड्य और कोल देश हैं। फिर अयोमुख (मलय) पर्वत है। वहाँ चंदन का जंगल है। वहाँ कावेरी नदी है। वहाँ अप्सराएँ रहती हैं। वहाँ अगस्त्य ऋषि रहते हैं, जो तपस्वी हैं।

मत्स्य बाद में विराट के समय जयपुर-भरतपुर का इलाका था। मनु के समय में मत्स्य सारस्वत प्रदेश के उत्तर में थे।

अप्सराओं का दक्षिण में होना सम्भव है, क्योंकि किरात परिवार की सभी जातियों के दक्षिण में उल्लेख मिलते हैं। अगस्त्य दक्षिण में जानेवाला पहला आर्य्य था।

ताम्रपर्णी नदी है। इसके तीर पर चंदन बहुत होता है। यह नदी समुद्र में गिरती है। इसके बाद पाण्डवों के नगर-प्राकार का द्वार है। उसके आगे समुद्र है।

समुद्र के बीच में अगस्त्य का डाला हुआ महेंद्राचल पर्वत है।

शायद अगस्त्य वहाँ तक गए होंगे।

उसमें यक्ष रहते हैं।

देव जाति थी।

वहाँ एक विशाल द्वीप है। वहाँ रावण प्रायः रहता है।

लंका।

दक्षिण समुद्र के मध्य में छायाग्राहिणी अंगारका राक्षसी है।

उसके आगे विशाल पुष्पितक पर्वत है। वहाँ सिद्ध चारण रहते हैं।

यह भी देव जातियों के साथ ही गिनाए जाते हैं।

फिर सूर्य्यवान पर्वत है। फिर वैद्युत पर्वत है। फिर कुञ्जर पर्वत है। अगस्त्य का वहाँ गृह है।

अगस्त्य वहाँ पहुँचे थे?

वहाँ सर्पों की अनेक जातियोंवाली भोगवती है। वहाँ वासुकि नाग राजा रहते हैं। वहाँ चंदन होता है, परंतु उसकी रक्षा रोहित नामक गंधर्व करते हैं। इन गंधर्वों के नाम शैलूस, ग्रामणी, शिक्ष, शुक और वभ्रु हैं।

भोगवती नाग वासुकि की राजधानी थी, जो अन्य आधारों पर प्रयाग के पास लगती है। सम्भवतः यह नागों की किसी अन्य बस्ती का उल्लेख हो। गंधर्व नागों के पास रहते हैं?

इसके आगे पृथ्वी का अन्त है। वहाँ दारुण पितृलोक है, जो यम की राजधानी है। वहाँ घोर अन्धकार है।

पश्चिम में सौराष्ट्र, वाह्लीक और चंद्रचित्र देश हैं। ऊपर बड़े-बड़े नगर हैं। नागकेशर, मौलसिरी, लसोड़ा, केवड़े आदि वहाँ खूब होते हैं। उधर ऊँची और ठंडी शिलाएँ हैं। मुरची नागर, जटापुर, अंगलेपा, अवन्ती, आलक्षित वन हैं। सिंधु और सागर के संगम पर सोम पर्वत है। वहाँ पंखवाले सिंह रहते हैं।

मिस्र के स्फिक्स और बैबीलोन के प्राचीन सिंह चित्रों से तुलनीय वर्णन।

वहाँ समुद्र के बीच में पारियात्र पर्वत है। वहाँ गंधर्व रहते हैं। वे भयानक लोग हैं। वे बागों की रक्षा करते हैं। वहाँ वज्र पर्वत है। उसमें गुफाएँ

हैं। समुद्र के चौथे भाग में चक्रवान पर्वत है। वहाँ पंचजन और हयग्रीव दानव को विष्णु ने मारा था। फिर वराह पर्वत है। उस पर प्राग्ज्योतिष नामक सुवर्णमय नगर है। उसके बाद एक सुवर्ण पर्वत है, जिस पर इंद्र को देवताओं ने राजा बनाया था। फिर 60,000 पर्वत हैं। इनके मध्य में सुमेरु पर्वत है। यहाँ देव रहते हैं। सूर्य इसका चक्कर देता है। यहाँ वरुण का प्रासाद है। उसे विश्वकर्मा ने बनाया था। वहाँ मेरुसावर्णि ऋषि रहते हैं। उसके आगे अंधकार है। न पृथ्वी है।

गंधर्व ?

रहते थे ?

उत्तर दिशा में हिमालय है।

म्लेच्छ, पुलिंद, शूरसेन, प्रस्थल, भरत दक्षिण कुरु, काम्बोज, भद्र, यवनदेश, शक नगर वहाँ हैं। देवगंधर्व सेवित काल पर्वत है। फिर हेमगर्भ सुदर्शन पर्वत है। फिर देवसखा पर्वत है। उसके अनंतर 100 योजन मैदान खाली पड़ा है। वहाँ न पर्वत है, न नदी, न वृक्ष, न कोई जंतु। देखते ही रोमांच होता है।

यह प्रकट करता है कि यह वर्णन शकों की जानकारी से स्पष्ट ही परवर्ती है।

गोभी रेगिस्तान ?

फिर कैलाश पर्वत है। वहाँ कुबेर का घर है। यहाँ एक सरोवर है। अप्सराएँ उसमें नहाती हैं और यक्ष, गुह्यकों के साथ वहाँ रहते हैं।

फिर क्रौंच पर्वत है। उसमें बिल है।

कालिदास ने मेघदूत में क्रौंचद्वार का उल्लेख किया है।

वहाँ से आगे मानस नामक अगम्य कामशैल है जहाँ पक्षी रहते हैं और कुछ नहीं, वृक्ष भी नहीं हैं।

उसके आगे मैनाक पर्वत है। वह मय दानव का भवन है। वहाँ अश्वमुखी स्त्रियों के घर हैं। उसके बाद सिद्ध देश है। वहाँ वैखानस और बालखिल्य तपस्वी रहते हैं। कुबेर का वाहन हाथी 'सार्वभौम' वहाँ के सरोवर में आता है।

अश्वमुखी किन्नरियाँ थीं।

उसके आगे न सूर्य है, न चंद्र, न नक्षत्र, न मेघ, केवल आकाश है—अनाद्यन्त शून्य है। परंतु वहाँ उजाला सूर्य की किरणों का-सा दिखाई देता है। वहाँ सिद्ध रहते हैं।

टुंड्रा के 6 महीने का-सा दिन, जैसा कि उत्तरी ध्रुवप्रदेश में होता है ?

उसके आगे शैलोदा नदी है। वहाँ बाँस (?) उगते हैं। इस नदी के पार उत्तर कुरु है।

वहाँ पुण्यात्मा रहते हैं। वहाँ वृक्ष कल्पवृक्ष हैं। वहाँ नाग, किन्नर, सिद्ध, गंधर्व, विद्याधर स्त्रियों के साथ निवास करते हैं। ये पुण्यवान रति में तत्पर कामयुक्त होते हैं। वहाँ गीत-वाद्य का शब्द उठा ही करता है। वहाँ दुख नहीं है।

उसके बाद उत्तर समुद्र है। उसके बीच में विशाल सोमगिरि है जो सुवर्णमय है। वहाँ सूर्य का प्रकाश नहीं है, परंतु प्रकाश पर्वत से निकलता है। ऐसा जान पड़ता है जैसे सूर्य ही प्रकाश कर रहे हैं। उत्तरकुरु में प्राणि की गति नहीं है। वहाँ केवल ब्रह्मर्षि जा सकते हैं। वहाँ भगवान विश्वरूप एकादश रुद्रात्मक श्री ब्रह्मा रहते हैं।

स्वर्ग की कल्पना

उत्तरकुरु देवताओं के लिए भी दुर्गम है।

उपर्युक्त वर्णन में यद्यपि काव्यमय वर्णनों का भंडार है, किंतु कुछ विदेशों के नाम (जावा) सही हैं। कालांतर में यह नाम इस प्रकार प्रस्तुत किए गए हैं कि निश्चय से उनको पहचाना नहीं जा सकता। हम निश्चय से नहीं कह सकते कि जिन जातियों का जहाँ उल्लेख हुआ है, वहाँ थीं ही, क्योंकि बाद में जब पुरानी जातियाँ देवयोनि मान ली गई थीं, तब बहुधा सभी का प्रयोग—'देवता' के लिए किया गया है, क्योंकि बाद की अंतर्भुक्ति में सभी जातियों के पूज्य 'देव' देवताओं में गिन लिये गए थे। इसके अतिरिक्त देव, गंधर्व, राक्षस, आदि के साथ देवों को अमूमन गिना दिया गया है और अक्सर राक्षसों, दैत्यों और असुरों के साथ-साथ देवों की भी पिटाई हो जाती है। वाल्मीकि रामायण में ही जब कोई पराक्रम की बात की जाती है, तब पक्ष-विपक्ष का ध्यान छोड़कर देव, दानव, गंधर्व, दैत्य, राक्षस, यक्ष, किन्नर, अप्सरा, सिद्ध, चारण, सभी आकाश से फूल बरसाने लगते हैं। यह वस्तुतः परवर्ती क्षेपक हैं, जिस समय 'देव' शब्द अपनी पुरानी सार्थकता को लुप्त कर चुका था और पौराणिक रूप ग्रहण करके पुरानी बातें अपना स्वरूप खो चुकी थीं। इस भूगोल से यद्यपि इतना ही लाभ है कि कुछ विशेष तथ्यों की ओर इंगित करता है। यह बताता है कि समुद्र की बहुत चर्चा थी, फिर भी किसी गुणकारक अंत की ओर नहीं पहुँचाता।

अतः हम रामकालीन भूगोल को तो नहीं बता सकते। किंतु यह स्पष्ट होता है कि किरात परिवार की जातियों ने उत्तर से दक्षिण में गमन किया था। किरात परिवार की कुछ जातियों का समुद्र से भी सम्बन्ध था।

राक्षसों से जो आर्य्यों का युद्ध चला आ रहा था, उसका अंतिम निर्णय राम के समय में हो गया। राम ने अनार्य्य जातियों को अपने साथ लिया और मदांध राक्षसों को हरा दिया।

राक्षस जाति में दास-प्रथा थी। वे अत्याचार करने लगे थे क्योंकि उनके पास धन बहुत हो गया था। समुद्र की यात्रा तो वे करते ही थे। स्त्री उनमें 'सम्पत्ति' मानी जाती थी। राक्षसों के हारने से केवल आर्य्य ही सुखी नहीं हुए, अनार्य्य जातियाँ भी खुश हुईं और राम इसीलिए भारत में प्रसिद्धि पा गए। राम ने राक्षसों को हराया अवश्य, परंतु उन्होंने राक्षसों को मित्र बनाया, दास नहीं। बाद में राक्षस विवाह क्षत्रियों में प्रचलित हो गया।

इस घटना के बाद भारत-भर में आर्य्य फैल गए। कोई प्रचण्ड शक्ति उनका विरोध करनेवाली नहीं रही। दास-प्रथा के समाज में यद्यपि राम ने इतना बड़ा कार्य किया, और शूद्रों को भी उसी समय शक्ति मिली, फिर भी समाज में हमें वह चित्र कल्पित नहीं करना चाहिए, जोकि वाल्मीकि रामायण में मिलता है। वाल्मीकि रामायण का यह चित्र उस समय का है, जब वैष्णव मत का प्रभाव बढ़ रहा था और भारत में सामंतकाल का उत्थान प्राचीन देववाद का विरोध कर रहा था। राम के युग का चित्रण करने के लिए हमें महाभारतकालीन से पुराने समाज की कल्पना करना आवश्यक है, उस समाज की जिसकी कि यजुर्वेद में छाया मिलती है। हमने वाल्मीकि रामायण में पुरातनतम रूप को खोज कर सामने रखने की चेष्टा की है।

आगे की कथा बहुत लम्बी है और उसमें भी बहुत-से महत्वपूर्ण तथ्य हैं। परन्तु यहाँ हम विस्तार-भय से उन सबको यहाँ नहीं ले सकेंगे। वाल्मीकि रामायण की सब प्रतियों में थोड़ा-थोड़ा भेद मिलता है। दक्षिण की प्रतियों में कहीं-कहीं अधिक चमत्कार मिलते हैं। महाभारत में भी राम-कथा है। वह वाल्मीकि रामायण की राम-कथा से पुरानी है। उसका उल्लेख हम अन्यत्र कर चुके हैं। अब हम यहाँ उस युग का एक चित्र देते हैं। इस कथा में विभिन्न जातियों के व्यक्तियों के लिए वे ही नाम प्रयुक्त किए गए हैं जो आर्य्य-स्रोत से प्राप्त हुए हैं। मूलतः अनार्य्य स्त्री-पुरुषों के नाम अलग ही रहे होंगे, क्योंकि तमिल में बहुत बाद में संस्कृत शब्दों ने थोड़ा प्रवेश पाया था। ईसा के बाद ही तमिल में संस्कृत शब्दों का प्रवेश अधिक हुआ था।

गाथा

[1]

पर्वत की गुफ़ा में पशु-चर्म पर बैठा हुआ एक व्यक्ति केले छील-छीलकर खा रहा था। वह बूढ़ा था, उसके बाल सफेद हो गए थे। उसका शरीर भारी था। उसकी नाक चपटी थी, और गालों की हड्डियाँ उठी हुई थीं। वह पीला था, जैसे कि उत्तर के पर्वतों में रहनेवाले आदमी होते हैं। उसकी आँखें सँकरी थीं और दाँत कुछ बड़े-बड़े थे। वह शरीर पर रीछ की खाल डाले था, हालाँकि उसकी कमर में एक सूती धोती थी। गले में वह मालाएँ पहने था। हाथ में सोने का कड़ा था। उसकी तलवार चौड़े फलक की थी और वह मुग्दर के बगल में रखी थी।

वह केले छीलकर खाने में इतना तन्मय था कि गुफ़ा के द्वार पर खड़े हुए दूसरे आदमी को नहीं देख सका।

आनेवाले ने हँसकर कहा : "सेनापति!"

भीतरवाला आदमी चौंक उठा।

आगन्तुक हँसा और उसने कहा : "सेनापति तो केलों से इतने प्रसन्न हैं कि दूसरी वस्तु पर ध्यान ही नहीं देते।"

"आओ-आओ नल!" वृद्ध ने कहा, "सचमुच यह बहुत मीठे हैं।"

आगंतुक नल नामक वानर था। उसने शेर की खाल ऐसे ओढ़ रखी थी कि उसकी खाल की पूँछ पीछे लटकती थी। वह वानर का उपासक था। वानर को सूर्य माना जाता था। जो व्यक्ति बैठा था, वह तार था।

नल ने अपनी तलवार रख दी और एक केला छीलकर खाते हुए कहा : "राजा नहीं आए?"

"नहीं," तार ने कहा, "तुम्हें पता है वे कहाँ गए हैं?"

"हाँ। आपको नहीं पता?" नल ने चौंककर पूछा। इस समय उसकी भौंहों पर आश्चर्य था। उसकी जाति के लोग भी पीले रंग के थे।

"मुझे नहीं पता। मैं तो वन में चला गया था।"

"फिर आपने क्या किया?"

"कर क्या सकते हैं नल! अभी समय अपना साथ नहीं दे रहा है।"

"क्यों?"

"वन महावन है, नल! यहाँ कहीं गन्धर्व हैं, कहीं अप्सराएँ उनके साथ घूमती हैं। मैंने

कहा था।"

"किससे ?"

"भूमन्यु गन्धर्व से।"

"क्या कहा उसने ?"

"वह सब भूल-भाल गया है। उसे यह भी याद नहीं कि एक समय राक्षस, यक्ष, गन्धर्व, अप्सरा, वानर और ऋक्ष उत्तर में हिमालय प्रदेश में रहा करते थे। न वह जानना चाहता है। मैंने कहा : 'अरे गन्धर्व ! देख ! रावण ने क्या नहीं किया ? वह राक्षस ! उसने तुमको दबाया, यक्षों को पराजित किया।' वह बोला : 'मैं क्या करूँ ? नागों में परस्पर लड़ाई है। वह उत्तर में भोगवती से नाग राजकुमारी हरण कर लाया, पर लंका में नाग उसके साथ हैं। बहुत-से यक्ष-गन्धर्व उसकी सेना में हैं। कुछ नहीं हो सकता।' " तार ने उदासी से सिर हिलाया। फिर कहा : "हनुमान के पिता का संवाद आया ?"

"अरे केसरी वानर की बात कहते हो ?" नल ने कहा, "उनका देहान्त हो गया।"

"उनके यूथ का क्या हुआ ?"

"वह सब सेना हमारी की ओर आ जाएगा।"

"हाँ, सो तो होना ही था," तार ने कहा, "वह तो कहो, यहाँ आर्य्यों का जोर है, वरना क्या बाली किष्किंधा से ऋष्यमूक पर्वत पर नहीं आ सकता था ? उसने एक छोटा-सा असुर क्या मार लिया, अपने को समझने लग गया ! इस रावण का पिता था न वह रावण ? क्या नाम था उसका ? उस समय सब वानर एक थे। रावण को कैसा मारकर भगाया था। उससे पहले रावण की वानरों पर आज्ञा चलती थी ! केसरी वानर को उसके अधीन होकर नागों से युद्ध करना पड़ा था।"

"तारा भी तो चुप हो गई ?"

"क्या करती ? स्त्री ही तो थी ?"

"उसका पुत्र अंगद तो अब जवान हो गया है न ?"

"क्यों नहीं होगा ? मुझे ही देखो। कितना वृद्ध हो गया हूँ।"

"फिर भी आप में बहुत शक्ति है सेनापति !"

"हमारे समय में बचपन से ही खूब परिश्रम कराया जाता था।"

"परिश्रम तो अब भी कम नहीं देव ! परन्तु अब क्या है ? हनुमान को तो आप जानते ही हैं। उसने अपनी भाषा तो क्या, आर्य्यों की भाषा पर भी कितना अधिकार प्राप्त कर लिया था ! कितना सुन्दर गाता था वह ! किन्तु जब से राजा सुग्रीव का राज्य गया है, उन्होंने तो ब्रह्मचर्य धारण कर लिया है। स्त्री उन्हें नहीं सुहाती !"

"और उस हनुमान को, जिसके पास···जाने दो नल ! तुम क्या किसी से कम हो ! नल और नील की शिल्प-विद्या और स्थापत्य-ज्ञान को नहीं माने, सो कोई संसार में है ? फिर भी कहो, अब बाली के पास है ही कौन ? नील भी तो हमारे साथ है ?"

इसी समय बाहर किसी की पद-चाप सुनाई दी।

"कौन ?" नल ने आवाज दी।

"मैं हूँ, नील।" किसी ने कहा और भीतर आ गया।

"कहाँ हो आए। बैठो।" नल ने कहा।

केले खत्म हो गए थे।

"देर से आए।" नल ने कहा।

नील बैठ गया। उसने अपने कंधे पर पड़ी खाल को उतारकर धर दिया और कहा : "राजा सुग्रीव और हनुमान ने अंत में निश्चित कर लिया।"

"क्या ?" तार ने कहा।

"कोई आर्य आए हैं। योद्धा लगते हैं," नील ने कहा, "सुग्रीव ने हनुमान को भेजा।"

"अच्छा !" नल ने कहा।

"हनुमान ने भिक्षुक का वेष धारण किया और उनके पास गए।"

"कौन हैं वे लोग !" तार ने पूछा।

"वे लोग कोसल देश के वासी हैं।"

"कोसल के ?"

"हाँ।"

"क्षत्रिय हैं ?"

"हाँ।"

"किस कुल के हैं, कुछ पता चला ?"

"पता," नील ने कहा, "क्या नहीं चला। हनुमान उन्हें साथ ले आए। वे तो राजा सुग्रीव के साथ पूर्व की गुफा में बैठे बातचीत कर रहे हैं।"

"अच्छा ! फिर क्या हुआ ?"

"हुआ क्या ? हनुमान ने उन वीरों को देखा तो पास गए। उन्होंने पूछा। हनुमान ने भी पूछा। परिचय हुआ।"

"कौन हैं वे लोग ?"

"एक का नाम राम है, दूसरे का लक्ष्मण। भाई-भाई हैं। राजा दशरथ के पुत्र हैं।"

"दशरथ ! अच्छा, उस कुल के हैं ! बड़ा पुराना कुल है। मानव हैं यह लोग। इनका वंश मनु से चलता है।" तार ने कहा, "मैं अपने पूर्वजों से सुन चुका हूँ। पुरुष-परम्परा से हमारे यहाँ इनके विषय में ज्ञात है। इनके एक पूर्वज अनरण्य को रावण ने बुरी तरह हराया था। बाद में एक और रावण से इनके एक पूर्वज मांधाता का युद्ध हुआ था। दशरथ को तो मैंने भी देखा था। तिमिध्वज राक्षस को हराया था उसने। उसके साध उसकी स्त्री भी थी। अच्छी ही थी।"

"देव !" नील ने कहा, "वह अच्छी ही होती तो इन दोनों को निर्वासन क्यों मिलता। फिर कोई इनकी स्त्री सीता को हर ले गया।"

"अरे नहीं," तार ने कहा, "कैसे ?"

"मैंने कहा था न ? आभूषण पड़े मिले थे। दूर से कोलाहल सुनाई पड़ा था पर्वत पर। हम जब तक ऊपर जाते, वहाँ कोई न था।"

"हाँ-हाँ। तो वह स्त्री इसी राम की थी ?"

"हाँ।"

"कौन ले गया ?"

"कौन जानता है ? राम चाहते हैं, हम उनकी मदद करें। उनके साथी आर्य्य सब छूट गए। राजा सुग्रीव ने कहा : 'तुम बाण-विद्या में कुशल हो। बाली के विरुद्ध मेरी सहायता करो तो मैं सहायता कर सकता हूँ।' "

"भला कहा !" नल ने कहा, "आर्य्य हैं। पहले काम करा लो। फिर की कोई नहीं जानता। आप तो शिकार करके मांस खाते हैं, हमें बर्बर कहते हैं।"

"नहीं," नील ने कहा, "मुसीबत का मारा है। तैयार हो गया। राम और सुग्रीव अग्नि की शपथ खाकर मित्र हो गए हैं। राम हनुमान को मानते हैं।"

"क्यों ?"

"हनुमान ने उन्हें जो ब्राह्मणोंवाले, उनकी भाषा के मंत्र सुनाए तो चकित रह गए।"

"सो तो रावण भी जानता है।"

"रावण तो खैर, राक्षसों के पुरोहित कुल में है। राक्षस तो सरस्वती नदी के तीर पर बसे थे, तब से आर्य्यों की भाषा जाननेवाले उनके यहाँ बराबर चले आ रहे हैं।"

"आपने रावण को देखा है ?"

"नहीं," तार ने कहा, "हाँ, फिर क्या हुआ ?"

"राम और सुग्रीव एक-दूसरे को प्रसन्न होकर देखते रहे।"

"कैसा है राम ?" तार ने कहा।

"साँवला रंग है। काली आँखें हैं। विशाल पुरुष है। सिंह-से लगते हैं। भाई जो लक्ष्मण है, बहुत गोरा है।" यह कहते हुए पीली आँखोंवाले वानर नील की पलकें फैल गईं। वह कहता गया : "राजा सुग्रीव ने कहा कि गृध्रों के राजा जटायु को किसी राक्षस ने ही मारा है। वह मरते समय आपको अपने हत्यारे का नाम रावण बता गया है। न सही। मैं अवश्य अपनी सेना से खोज निकालूँगा। परन्तु मेरी सहायता करनी पड़ेगी। बाली की सेना भी कम नहीं। मैं उसे द्वन्द्वयुद्ध को भी ललकार सकता था, किंतु वह मुझसे बलिष्ठ है। और तब सुग्रीव ने सीता के आभूषण दिखाए। राम रोने लगे। सब पहचान लिये गए। सुग्रीव राजा ने कहा : 'वह कौन था, मैं नहीं जानता। कोई भी वह राक्षस हो, परन्तु मैं अवश्य उसका पता लगाऊँगा। धैर्य धारण करिए।' तब राम ने कहा : 'सुग्रीव, मैं तुम्हारा मित्र हूँ।' राजा सुग्रीव ने कहा : 'आप नरों में इन्द्र हैं।' "

"और उसने कहा : 'आप वानरेन्द्र हैं।' यही न ?" तार ने कहा, "किन्तु मैं पहले उन्हें देख लूँ तब कहूँगा। तुम लोग कुछ भी नहीं जानते। बाली बड़ा सशक्त है। वह सहज नहीं हारेगा।"

"वह तो ठीक है," नील ने कहा, "किन्तु राम के पास ऐसा धनुष है, जिस पर ऐसा बाण चढ़ता है कि चलता है, मारता है और राम के हाथ में लौट जाता है।"

"यह कैसे हो सकता है ?" तार को आश्चर्य हुआ।

"हो सकता है," नील ने कहा, "मैंने अपनी आँखों से देखा !"

"तब तो बाली का शायद समय आ गया !" वृद्ध ने शंकित स्वर से कहा, "चलो, वहीं चलें। रावण बड़ा भयानक है। न जाने उसने सीता को कहाँ छिपाया होगा !"

जब ये लोग बाहर आए, सामने से अनेक वानरों के आगे राजा सुग्रीव, हनुमान और राम तथा लक्ष्मण के साथ आ रहा था। सुग्रीव ने परिचय कराया : "राजा राम !"

राजा को सबने सिर झुकाया।

"यूथपति !" सुग्रीव ने तार की ओर हाथ करके कहा। राम और तार ने एक-दूसरे को प्रणाम किया। वे दोनों प्रसन्न थे।

[2]

बातें धीरे-धीरे वानरों में फैल गईं। वे वानर तार के यूथ के थे।

प्रभात हो गया। साखू के तने पर राम ने बैठकर कहा : "राजा सुग्रीव !"

सुग्रीव ने पास ही एक और वृक्ष की चौड़ी जड़ पर पीठ टेककर बैठते हुए कहा : "आर्य्य !"

"बाली बहुत बली है ?" राम ने पूछा।

"बहुत।"

राम सोचने लगे। उन्होंने कहा : "सुग्रीव ! राजा का पद बड़ा दुखदायी होता है। होता है न ?"

सुग्रीव उत्तर नहीं दे सका। आजानु बाहु उस विशालकाय वीर को देखता रहा, देखता रहा, जिसके मुख पर उदासी छा रही थी। वहाँ एक वेदना थी, जिसने उस गम्भीर मुख को अपनी छाया से रँग दिया था। उसके विशाल लोचनों में एक तरलता थी।

"आर्य्य !" सुग्रीव ने कहा, "उठिए। हम लोग चलें।"

"कहाँ चलोगे ?" राम ने उठकर कहा।

"देव ! हम हनुमान को ढूँढ़ लें।"

"वे कहाँ होंगे ?"

"यहीं कहीं वन में वे सेना के साथ ही होंगे।"

"मैंने," राम ने चलते हुए कहा, "मार्ग सोच लिया है।"

"क्या ?"

"किष्किंधा चलना होगा !"

"किष्किंधा !" राम की बात सुनकर सुग्रीव घबरा गया।

"हाँ।" राम ने कहा, "लक्ष्मण कहाँ हैं ?"

"वह वन देख रहे हैं।"

"साथ कौन हैं ?"

"अनेक सैनिक हैं। आप चिंता न करें।"

"मुझे याद आ रहा है, राजा सुग्रीव !"

"अभी मैं राजा नहीं हूँ, आर्य्य !"

"राजा सदा ही राजा रहता है वानरेन्द्र !"

"सो तो ठीक कहते हैं देव !" सुग्रीव ने कहा, "किन्तु किष्किंधा में बाली है।"

"मुझे बताओ ! बाली की सेना कैसी है ?"

"प्रचण्ड है। किन्तु शायद सेना मेरे विरुद्ध नहीं है। बाली बड़ा है। मैंने उसका सम्मान भी किया, किन्तु उसने मुझे निकाल दिया। वह भाई है तो क्या, मैं उसका शत्रु हूँ। मैं उसे नहीं चाहता।"

राम की आँखों में एक सुदूर की चमक आई और चली गई। उन्होंने मन-ही-मन लक्ष्मण और भरत का स्मरण किया। परन्तु उन्होंने कुछ भी प्रकट नहीं होने दिया। कहा : "मैं उसे मारूँगा वानरेन्द्र ! मारूँगा। उसने तुम्हारी स्त्री को छीन लिया है न ? उसने पाप किया है। छोटे भाई की स्त्री का अपहरण किया है।"

सुग्रीव नहीं बोला। वह इस विषय को उभाड़ना नहीं चाहता था। वानर जाति के समाज में छोटे-बड़े का भेद नहीं था। स्त्री स्त्री थी। किसी की भी हो। मनु का वंशज जिस पाप-पुण्य को मानता था, वह वानरों में प्रचलित नहीं था। उसने कहा : "आर्य्य ! चलिए ! भोजन करें ! मृग का प्रबन्ध करूँ ?"

"नहीं !" राम ने मुस्कराकर कहा, "मेरा काम अन्न, फलादि से ही चल जाएगा। तुम लोग तो मांस नहीं खाते ?"

"नहीं देव ! हम लोग आमिष नहीं खाते। हमारा देवता भी नहीं खाता।"

राम ने कुछ नहीं कहा।

[3]

किष्किंधा नगरी में सुरम्य उपवन थे और राजप्रासाद के सामने वन था। दाईं ओर नागरिकों के भवन थे और नगरी में कूप-तड़ाग दिखाई देते थे। बाहर की ओर के घर फूस और नारियल के पत्तों की छतों से ढँके हुए थे। विशाल प्रांगण में सूर्य की वानर-रूप से उपासना होती थी। देवमूर्ति एक पीपल के वृक्ष के नीचे चैत्य पर रखी थी।

वानरों की स्त्रियाँ और पुरुष बहुत कम वस्त्र पहनते थे और मद्य की दूकान पर नृत्य हुआ करता।

दूर से एक फलक देखते हुए राम वृक्षों के पीछे ही रुक गए। घने झुरमुट में उन्होंने लक्ष्मण, सुग्रीव और वृक्षों की ओर देखा और कहा : "राजा सुग्रीव !"

सुग्रीव गम्भीर था। कुछ-कुछ आतंकित-सा भी। उसने आँखें उठाकर देखा।

"बस !" राम ने कहा, "मैं और आगे नहीं जाऊँगा।"

सुग्रीव ने अपने हाथों को मलकर कहा : "किन्तु यह स्थान प्रासाद से कुछ दूर है।"

"नहीं", लक्ष्मण ने कहा, "यहाँ से बाण की अचूक मार हो सकती है। आगे जाने से तो सबको ज्ञात हो जाएगा। बाली निर्द्वन्द्व बाहर नहीं आएगा। आप जाकर उसे ललकारें। नगर में लोग आश्चर्य करेंगे। बाली बाहर आएगा। आप उससे युद्ध करें।"

"देव ! वह बहुत बली है।" सुग्रीव ने हिचकिचाकर कहा। वह डरा हुआ-सा था।

"आप महाबली हैं," राम ने कहा, "मैं यहीं से उसे बाण मार दूँगा। उसके बाद आपका इतना प्रभाव तो है न कि वानर आपके अधीन हो जाएँगे ?"

"आप जैसे वीर को साथ देखकर वे समझ लेंगे कि मेरे साथ आर्य्य हैं। फिर कोई भय नहीं है। स्वयं राजधानी में मेरे गुप्त सहायक फैले हुए हैं। और चारों ओर वन में हनुमान, जाम्बुवान, नल, नील और सुषेण सेना के साथ राह देख रहे हैं।"

"तो फिर आप जाइए।" लक्ष्मण ने कहा।

सुग्रीव वीर गति से प्रासाद के सामने जाकर गरज उठा : "बाली ! आ ! बाहर आ ! आज मैं तुझे द्वन्द्वयुद्ध के लिए ललकारता हूँ। बाली ! बाली ! !"

अचानक ही सुग्रीव को वहाँ देखकर पहरेदार वानर हाथ की गदा छोड़कर भीतर की ओर भाग गया।

बाली उस समय विशाल पर्यंक पर लेटा अधमुँदे नयनों से देखता हुआ कुछ सोच रहा था। उसके कानों में गर्जन पड़ चुका था। सहसा प्रतीहार ने प्रवेश किया। "देव !" उसने काँपते हुए कहा।

"क्या है गज !" बाली ने कुहनी के बल लेटकर कहा, "यह कौन कोलाहल कर रहा है !"

रानी तारा अपने केशों में फूल गुँथवा रही थी। सखियों के साथ वह उठकर आ गई।

गज ने कहा : "महाराज ! सुग्रीव आपको द्वन्द्वयुद्ध के लिए ललकार रहे हैं।"

तारा का मुँह पीला पड़ गया। वह स्तब्ध खड़ी रह गई। बाली उठा और उसकी मांसपेशियाँ फूल उठीं। उसके नथुने फड़क उठे। उसकी भँवें तन गईं। उसके मुख से फूटा : "सुग्रीव !"

अपनी विशाल गदा उठाकर वह बाहर चला आया। राह में जो वानर खड़े थे, वे आदर से झुकने लगे।

बाली तोरण पार करके बाहर के मैदान में आया और उसने गदा को कंधे पर रखकर कहा : "सुग्रीव !"

"हाँ। मैं हूँ, सुग्रीव !" राजा सुग्रीव ने पुकारकर कहा।

बाली मुस्कराया। कहा : "क्यों आया है ?"

"मैं तुझे द्वन्द्वयुद्ध के लिए ललकारने आया हूँ।"

"मुझे !" बाली को परम आश्चर्य हुआ, "ऐसा साहस तुझे कैसे हुआ सुग्रीव ! बाली को, किस वानर में ऐसी शक्ति है जो ललकार सके ? आज लगता है तेरी मृत्यु तेरे सिर पर खेल रही है। राज्य की भूख ने तुझे पागल बना दिया है। एक दिन पहले भी जब मैं दुन्दुभि असुर से युद्ध करने गया था, तूने मुझे मरा समझकर राज-सिंहासन को अपवित्र किया था।"

"झूठ है," सुग्रीव ने सामने की ओर एकत्र हो जानेवाले वानरों की ओर देखकर कहा, "मैं स्वयं सिंहासन पर नहीं बैठा। तू जब बहुत दिनों तक नहीं लौटा तब मुझे इन्हीं लोगों ने सत्ता सँभालने पर विवश कर दिया था। नीच तू है ! तूने मेरी स्त्री का हरण किया है।"

"स्त्री !" बाली हँसा, "संसार का नियम है कि जिसमें शक्ति है वही स्त्री का स्वामी हो सकता है, अन्यथा कोई भी उसे छीन सकता है। अपने पराक्रम के बल पर ही बाली आज तक जीवित रहा है और आगे भी वह जीवित रहेगा।"

"मृत्यु तेरे सिर पर मँडरा रही है," सुग्रीव ने पुकारकर कहा, "आ ! दोनों ओर से सैन्य

विनष्ट करने से लाभ नहीं। मैं तुझसे द्वन्द्वयुद्ध चाहता हूँ। तू और मैं आज फैसला कर लें। या तो तू रहे, या मैं रहूँ।"

बाली विद्रूप से हँसा। उसने हाथ की गदा फेंककर कहा : "आ!"

उस समय दोनों एक-दूसरे की ओर झपटे और एक-दूसरे से गुँथ गए। क्षण-भर में वे ऊपर-नीचे गिरने लगे और एक-दूसरे पर भयानक शक्ति से आघात करने लगे।

वृक्ष के पीछे राम ने धनुष पर बाण चढ़ा लिया था। लक्ष्मण वृक्षों की सीध में से देख रहे थे।

हठात् राम ने कहा : "लक्ष्मण!"

"आर्य्य!"

"अनर्थ हो गया!"

"क्यों आर्य्य!" लक्ष्मण चौंके।

"इनमें से सुग्रीव कौन है? बाली कौन है?"

"देव, दोनों एक-से ही हैं। एक ही-से वस्त्र हैं। आप बाण न छोड़िए, कहीं बाली की जगह सुग्रीव न मारा जाए!"

राम ने बाण उतार लिया और ध्यान से देखा।

उन दो में से एक के मुख से रक्त गिर रहा था और दूसरा उसे बुरी तरह मार रहा था। देखते-ही-देखते एक उठा और क्षिप्र गति से भागा। दूसरा उसे पकड़ने को दौड़ चला। वानरों के समूह में कोलाहल हुआ। देखते-ही-देखते एक वन में छिप गया। दूसरा गरजा : "चला जा! छोड़ देता हूँ। किन्तु फिर न आना।"

लक्ष्मण ने धीरे से कहा : "आर्य्य! चलिए। जान पड़ता है, सुग्रीव भाग गया।"

दोनों वृक्षों की आड़ में जाने लगे। उन्होंने फिर मुड़कर वृक्षों में से झाँककर देखा। बाली प्रासाद के सामने खड़ा था और उसके आदमी जय-जयकार कर रहे थे। स्त्रियाँ नृत्य कर रही थीं।

राम ने कहा : "लक्ष्मण!"

"देव!"

"अनर्थ हो गया!"

"क्यों आर्य्य!"

"सुग्रीव पिट गया लगता है।"

"चलिए! ऋष्यमूक पर्वत पर चलें," लक्ष्मण ने कहा, "इन अनार्य्यों की सूरत एक-दूसरे से कितनी मिलती है!"

वे दोनों वन में बढ़ चले।

"सुग्रीव क्रुद्ध होगा लक्ष्मण!" राम ने कहा, "वह अब हम पर अविश्वास करने लगा होगा।"

लक्ष्मण ने कहा : "बिचारा! कितना पिटा है वह!" और रोकने पर भी वह मुस्करा ही पड़े।

कंदरा में लहू से भींगा हुआ सुग्रीव पड़ा था। हनुमान उसके रक्त को पोंछ रहा था।

नल तार के पास बैठा था। नील कोई जड़ी पीस रहा था। उसने जड़ी पीसकर छान ली और कहा : "देव ! इसे पिएँ।"

सुग्रीव ने पीकर उदासी से मुँह फेर लिया।

इसी समय राम और लक्ष्मण ने प्रवेश किया।

सुग्रीव उठ बैठा। वह स्तब्ध दृष्टि से राम की ओर देखता रहा। फिर अचानक ही उसने सिर झुका लिया।

राम वहीं पड़ी पशु की खाल पर बैठ गए। वे चुपचाप देखते रहे।

तार ने लक्ष्मण की ओर देखा और फिर धीरे से कहा : "रामचन्द्र ! देख रहे हैं?"

राम ने सिर हिलाकर कहा : "मुझे खेद है।"

"खेद है !" सुग्रीव ने फूत्कार करते हुए कहा, "धोखा ! आपने धोखा दिया है रामचन्द्र ! आपने ही मुझे बाली को ललकारने भेजा था और स्वयं ही चुपचाप खड़े-खड़े वैरी से मेरा घात करवाते रहे। मैं अपनी शक्ति के सहारे वहाँ नहीं गया था।"

"जानता हूँ," राम ने कहा, "जानता हूँ।"

हनुमान चौंका। पूछा : "आर्य्य, फिर क्यों चुप रहे?"

राम ने धीरे से कहा : "तुम नहीं समझ सकोगे सेनापति हनुमान ! मेरी समस्या ही ऐसी थी।"

सुग्रीव ने कौतूहल से देखा।

लक्ष्मण ने कंदरा से पीठ टेककर कहा : "हम लोग यही नहीं पहचान सके कि कौन बाली है, कौन राजा सुग्रीव हैं। दोनों एक ही-से हैं। कहीं भूल हो जाती तो?"

तार ने कहा : "ठीक कहते हैं आर्य्य ! हमको भी कभी-कभी एक आर्य्य को दूसरे आर्य्य से पहचानने में भूल हो जाती है। सब एक ही-से लगते हैं। फिर आप लोगों में तो रंग का भेद भी है। यह दोनों भाई तो दोनों के दोनों एक ही-से हैं। फिर आप दूर भी तो थे।"

सुग्रीव ने दृढ़ दृष्टि से राम की ओर देखा और कहा : "समस्त सेना देखती रही। मेरे सहायकों को विश्वास था कि मैं अवश्य किसी कारण विशेष से ही वहाँ पहुँच सका था। अब मैं उपहास का पात्र हो गया हूँ।"

वह और नहीं कह सका।

राम ने उसकी ग्लानि को समझा और कहा : "राजा सुग्रीव ! यदि मैं भूल से आपको मार जाता तो? मैं जानता हूँ, मैं ही अपके अपमान के लिए उत्तरदायी हूँ। किन्तु मैं सत्य कहता हूँ कि इसमें मेरा कोई भी अपराध नहीं था। मैं इस वन में तुम्हारी शरण में हूँ। मैं, लक्ष्मण और सीता सभी तुम्हारे अधीन हैं। पिता के घर में मेरे लिए अभी जगह नहीं। यदि मैं समय से पहले वहाँ लौट जाता हूँ तो वहाँ मेरे लिए कोई सम्मान नहीं है। हम जिस समाज में रहते हैं, वह तुम्हारा जैसा समाज नहीं है। तुम्हारे यहाँ जो सबसे बली है, वही शासक है। हमारे यहाँ पिता श्रेष्ठ है, और राजा सबसे अधिक श्रेष्ठ है। राजा होने के लिए समिति की आज्ञा की भी आवश्यकता है। यहाँ मेरा और कौन है? वयोवृद्ध गृद्धराज जटायु और आपके कहने से ही मुझे आशा हुई है कि मैं अपनी धर्मग्रहीता पत्नी को फिर प्राप्त कर सकूँगा। मैं नहीं जानता उसे कौन ले गया है। केवल एक संदेह ही है कि कोई राक्षस उसे लेकर भाग

गया है। वह भी इसीलिए कि आपने देखा है और मैंने राक्षसों का वध किया है। इस समय मैं और लक्ष्मण आपकी मित्रता पर ही आश्रित हैं। और आप भी दुखी हैं, मुसीबत में पड़े हुए हैं। हम दोनों मित्र हैं। यदि आप ही मुझ पर विश्वास नहीं करेंगे तो फिर काम कैसे चल सकेगा ?"

तार सोचता रहा।

"यूथपति", राम ने कहा, "आपकी राय क्या है ?"

"आप ठीक कहते हैं।" तार ने कहा।

राम ने कहा : "आपको मुझ पर विश्वास रखना ही होगा। विश्वास के अतिरिक्त और कुछ हो ही नहीं सकता। आपको बाली को फिर जाकर द्वन्द्व युद्ध के लिए ललकारना होगा !"

"मुझे !" सुग्रीव ने कहा। उसके स्वर में अतीव भय था। लक्ष्मण को हँसी रोकना कठिन हो गया। वह बाहर चला आया।

"आपको ही।" राम ने कहा। वे अत्यंत गम्भीर थे; जैसे बहुत दूर की सोच रहे थे।

सुग्रीव ने आर्त्त स्वर में कहा : "ठीक है। मैं फिर जाऊँ और आप फिर सोचते रहिए कि बाली कौन है, सुग्रीव कौन है, और इस बार मैं लौटकर भी नहीं आऊँगा। आप नहीं जानते कि मैं फिर यदि लौटकर जाऊँगा तो सब लोग मुझे देखकर कितना उपहास करेंगे।"

"उपहास !" राम ने कहा, "नहीं। वे आश्चर्य करेंगे।"

"ठीक है," तार ने कहा, "यह राजनीति है। इसमें मान और अपमान का प्रश्न नहीं उठता।"

हनुमान ने सिर हिलाकर राय दी : "ठीक कहते हैं यूथपति ! गण उसी के पीछे चलता है, जो अंततोगत्वा विजयी होता है।"

नल और नील ने भी स्वीकार किया।

सुग्रीव अभी तक चुपचाप देख रहा था। उसने कहा : "वह तो ठीक है। राजनीति है। किन्तु मेरे अंगों की पीड़ा में जो राजनीति भर गई है, उसका भी आप लोगों ने अनुमान किया कि आप लोग राज्य के लिए मुझे फिर कहाँ भेजे दे रहे हैं।"

हनुमान ने कहा : "देव ! यह आप ठीक कहते हैं। कहीं फिर यही भूल आर्य्य से हुई तो ?"

"मैंने इसका उपाय खोज लिया है।" राम ने उत्तर दिया।

"वह क्या ?" सुग्रीव चौंका।

"आप गजपुष्पी की माला पहनकर जाएँ। वह मुझे दूर से दिखाई देती रहेगी और मैं बाण संधान कर सकूँगा।"

"साधु !" नील ने कहा, "साधु !"

"लक्ष्मण !" राम ने पुकारा।

लक्ष्मण भीतर आए।

"आर्य्य !" लक्ष्मण ने कहा, "मुझे लगता है कोई बाहर का आदमी था !"

"बाहर का आदमी ?" हनुमान ने कहा, "किस जाति का था ?"

"वानर ही लगता था।"

"वानर ! बाली का गुप्तचर तो न था !"

सुग्रीव उठकर बैठ गया। उसने कहा : "आपने क्या देखा ?"

"कोई बातें सुनने की चेष्टा कर रहा था। मेरी आहट पाकर वह वन में भाग गया।"

चिंता की रेखा दौड़ गई।

सुग्रीव ने उठकर कहा : "तुरन्त ही हमें यह गुहा छोड़नी चाहिए। यद्यपि बाली यहाँ आर्य्यों की बस्ती का प्रभुत्व समझकर नहीं आता, फिर भी यह खतरे से खाली नहीं है। सेना कहाँ है ?"

हनुमान ने कहा : "पर्वत के नीचे पश्चिम की ओर वे लोग खाना बना रहे हैं।"

तार ने बढ़ते हुए कहा : "जान पड़ता है शत्रु को हमारे निवास-स्थान का ज्ञान हो गया है !"

वे लोग शीघ्रता से गुहा छोड़कर वन में उतर गए और लक्ष्मण ने मुड़कर देखा, एक व्यक्ति दूर भागता हुआ चला जा रहा था।

"वह देखो !" लक्ष्मण ने कहा।

सबने मुड़कर देखा, किन्तु तब तक वह व्यक्ति फिर पेड़ों में खो गया था।

[4]

तारा सुन्दरी थी। यद्यपि उसकी भौंहें उठी हुई थीं और आँखें पतली लम्बी थीं, और रंग में पीलापन था, परन्तु लगभग पैंतीस वर्ष की होने पर भी वह स्त्री सघन जघना थी और उसके वक्ष में मादकता थी। वह सुवर्ण की मालाओं से अपने कण्ठ तक वक्ष को ढँक लेती थी। उसकी उँगलियों में अँगूठियाँ थीं। कटि के नीचे वह यक्षियों की भाँति चौड़ी रशना बाँधती थी जो नाभि पर चढ़ती हुई रोमराजि के नीचे उसके वस्त्र को बाँध लेती थी। उसके कन्धे पर पशुचर्म पड़ा रहता था। उसका सुनार देव उसके लिए कुछ-न-कुछ बनाया करता था और वह रानी थी, कभी भी उसे खाली नहीं रखती थी। उसके लिए विशेष मदिरा बनाई जाती थी और वह उसे पीकर मस्त हो जाती थी। उसका पिता सुषेण नामक वानर था। वह वयोवृद्ध था। सुग्रीव उसका सम्मान करता था। वह सुग्रीव से स्नेह रखती थी। जब सुग्रीव बाली से पराजित होकर भाग गया, तब तारा को स्वयं ही बाली ने आतुर नयनों से देखा और वह उसकी हो गई। वानरों में यह कोई बात नहीं थी। पुरुषानुक्रम से परम्परा चलती थी, किन्तु स्त्री पर प्रतिबन्ध नहीं थे। बहुत-से वानरों की स्त्रियाँ विभिन्न जातियों की थीं, कोई यक्षी, कोई गन्धर्वी और वानर नारियाँ भी पड़ोस की वन की बस्तियों में विजातीयों के यहाँ चली जाती थीं।

इस समय वह प्रायः अर्द्धनग्न बैठी थी और दो दासियाँ उसके शरीर पर सुगंधित तेल मल रही थीं। वे दोनों वानर जाति की ही थीं।

इसी समय एक दासी ने आकर कहा : "देवी !"

"क्या है गवाक्षिका ?" तारा ने पूछा।

"देवी ! राजकुमार अंगद आए हैं।"

"भेज दे।"

दासी चली गई। अंगद आ गया। वह एक तरुण था। उसके सिर पर सुवर्ण का मुकुट था और पिता बाली का ही प्रतिरूप-सा लगता था।

"अम्ब!" अंगद ने बैठकर चौकी पर पाँव फैला दिए और कहा : "तूने सुना!"

"क्या पुत्र!" तारा ने कहा और दासी के हाथ से पीठ पर तेल मलने का इंगित भी किया। दासी पीठ पर तेल मलने लगी।

अंगद सोच रहा था।

"क्या हुआ?" तारा ने कहा, "कहता क्यों नहीं?"

अंगद ने कहा : "अम्ब! मुझे शंका होती है।"

"कैसी?"

"मैं वन में गया था।"

"क्यों?"

"पितृव्य को ढूँढ़ने।"

"अरे!" तारा को आश्चर्य हुआ।

अंगद फिर चुप हो गया।

"क्यों?" तारा ने पूछा।

"मैं देखने गया था कि वे कहाँ रहते हैं?"

"क्यों?"

"अम्ब! दोनों भाई मिलकर नहीं रह सकते?" अंगद ने हठात् पूछा।

तारा सकपका गई। कहा : "अपने पिता को नहीं जानता?"

"जानता हूँ। परन्तु पितृव्य को तो उन्होंने बे-घरबार कर दिया!"

तारा समझी नहीं। कहा : "तू कहना क्या चाहता है? कहता क्यों नहीं?"

अंगद ने अपने कंधे पर खुजाकर कहा : "कहने को तो माँ! क्या कहा जा सकता है। सम्वाद अच्छा नहीं है। गुप्तचरों ने मुझे बताया है कि पितृव्य शक्ति एकत्र कर रहे हैं। आक्रमण करना चाहते हैं।"

तारा का मुँह आश्चर्य से फट गया। पूछा : "क्या कहता है तू?"

"क्यों? आश्चर्य क्यों करती है अम्ब! तूने मुझे जन्म दिया है, तो क्या मैं झूठ कहूँगा तुझसे? किन्तु वह सम्वाद गोपनीय है।"

तारा ने दासियों की ओर देखा। वे चली गईं। अंगद पास बैठ गया और माँ को धीरे-धीरे कुछ समझाने लगा। ज्यों-ज्यों वह सुनती जाती थी, उसका मुख विवर्ण होता जाता था। अंगद के मुख पर आतुरता थी, शंका थी।

सुनकर तारा ने कहा : "तुझे निश्चय है?"

"पूर्ण!" अंगद ने कहा।

"और सेना?"

"वह भी पिता से संतुष्ट नहीं है।"

"क्यों?"

"क्योंकि पिता प्रत्येक से कठोरता से बोलते हैं।"

तारा सिहर उठी। उसने उठकर वस्त्र ठीक किए और सिर के बालों का जूड़ा बाँध लिया।

द्वार पर प्रतिहार दिखाई दिया। उसने कहा : "युवराज की जय!"

अंगद ने सिर उठाकर देखा और पूछा : "क्या है ?"

"देव! द्वार पर एक व्यक्ति है, वह अपना नाम चंद्रविनाशन बताता है।"

"ले आओ।" अंगद ने कहा। प्रतिहार चला गया।

तारा ने पूछा : "कौन है ?"

"यह संकेत है।" अंगद ने कहा।

प्रतिहार एक व्यक्ति को भीतर ले आया, जिसने झुककर प्रणाम किया। वह गुप्तचर ताम्रौष्ठ था। वह वानर ही था, उसके कंधे पर मृग की नई ही सुखाई हुई खाल थी।

"यह खाल तो अच्छी है।" अंगद ने कहा।

"देव! यह मैंने यक्ष कसेरक को शिलाजीत देकर बदले में पाई है।"

"अच्छा," अंगद ने कहा, "सुन्दर है।"

"देव, संवाद है।" उसने तारा की ओर शंकित दृष्टि से कनखियों से इशारा किया।

"कहो," अंगद ने कहा, "अम्ब से कुछ छिपा हुआ नहीं।"

गुप्तचर ने कहा : "देव! मैंने किष्किंधा की गुहा में उन दोनों आर्य्यों को सुग्रीव तथा अन्य सेनापतियों के साथ मंत्रणा करते देखा था।"

"कुछ सुना ?"

"नहीं देव! मैं पास जाने लगा, तभी एक आर्य्य बाहर आ गया।"

"फिर ?"

"मैं भाग आया। उसके पास धनुष-बाण था। वह मुझे मार देता।"

"बाण!" अंगद ने कहा और चुप हो गया। वानरों के पास सोना था, ताँबा था, किन्तु लोहा नहीं था। राक्षसों में तो लोहे का प्रयोग होता था, किन्तु वानर उसका बहुत कम प्रयोग जानते थे।

गुप्तचर ने कहा : "देव!"

"क्या है ?"

"मुझे आशंका है...."

"क्या ?" तारा ने रोका।

"सम्भव है फिर आक्रमण होगा।"

"क्यों ?"

"मैंने असंख्य वानरों में यूथपति तार को दूर से भाषण देते हुए देखा है।"

"तार!" अंगद ने कहा।

तारा सिहर उठी। उसके स्तनों पर पड़े हार हिल गए।

अंगद ने धीरे से फिर दुहराया : "तार!"

तारा ने कहा : "आश्चर्य क्यों करता है पुत्र! वे तो प्रारम्भ से ही उस ओर हैं।"

अंगद ने देखा, तारा की आँखें भर आई थीं। उसने कुछ नहीं कहा।

गुप्तचर ने कहा : "और यद्यपि मैं उस भाषण को सुन नहीं सका, परंतु उनकी मुद्राओं से ऐसा लगता था, जैसे वे किष्किंधा को दिखा-दिखाकर कुछ कह रहे हैं।"

"और कुछ ?" अंगद ने कहा।

"बस देव !" गुप्तचर ने कहा और सिर झुकाकर चला गया।

तारा चुप खड़ी रही।

"हाँ !" अंगद ने कहा।

तारा ने मुड़कर देखा। बोली नहीं।

"क्यों चुप है माँ !"

"स्त्री बोल भी क्या सकती है पुत्र !"

"क्यों ?"

"पुत्र ! मैं उस नाव की भाँति हूँ, जिसे हवा और पानी दोनों के थपेड़े भयभीत कर रहे हों।"

"क्यों ?"

"दोनों ओर ही मेरा स्नेह है पुत्र ! मैं क्या करूँ ? मैं चाहती हूँ कि किसी भाँति वानरों में पड़ी यह फूट सदा के लिए मिट जाए। यह शक्ति खण्डित हो गई है। जो पुरुष उधर हैं, उनकी सन्तान इधर है। जो पुरुष इधर हैं, उनके सम्बन्धी उस ओर हैं। बता ! क्या हृदय दूसरी ओर के लिए विचलित नहीं होगा। क्या वे तुझे मार सकते हैं ? अपने सम्बन्धियों के गर्भ से जिसने जन्म लिया है, उसे ही वे विनष्ट कर सकते हैं ?" तारा का स्वर भर्रा गया। वह और भी कहना चाहती थी किन्तु रुक गई, जैसे वह गम्भीर व्यथा में डूब गई थी। क्या कहे वह ! इस द्वन्द्व का परिणाम क्या होगा !

वह सामने पड़ी चन्दन की फलका पर बैठ गई और उसने सुवर्ण के चषक में भरकर मदिरा को गटगट गले के नीचे उतार लिया और कहा : "लेगा पुत्र ?"

"नहीं माँ !" कहकर अंगद उठा और बाहर चला आया। प्रतिहार ने सिर झुकाकर कहा : "देव !"

"क्या है ?"

"बाहर एक गुप्तचर आपकी प्रतीक्षा कर रहा है।"

अंगद बाहर चल पड़ा।

[5]

पथ पर घनी घास उगी हुई थी। चारों ओर वन के विशाल वृक्ष खड़े हुए थे, जिन पर विचित्र रंगों से शोभित पक्षी चहचहा रहे थे। सूर्य की किरणों से हिलते पत्तों पर धूप और छाया का खेल हो रहा था।

आर्य्य राम के बाएँ हाथ में धनुष था और दाहिने हाथ में बाण था। उनके तरकस में सजे हुए बाणों के पुच्छ धूप में चमक रहे थे। सिर पर जटाएँ बँधी थीं और शरीर पर वल्कल वसन था। आर्य्य लक्ष्मण पीछे था। उसने भी धनुष-बाण हाथ में ले रखे थे। राजा सुग्रीव के

हाथ में पट्टिश था। वे तीनों इधर-उधर देखते हुए चले जा रहे थे।

"ठहर जाएँ।" सुग्रीव ने कहा।

वे ठहर गए। वन में किसी के चलने की आहट सुनाई देने लगी। कुछ ही देर में अलग-अलग ओर से हनुमान, नल, नील और अन्य योद्धा आते हुए दिखाई दिए।

सुग्रीव ने कहा : "क्या संवाद है?"

"सब कुशल है।" हनुमान ने कहा।

राम ने पूछा : "सेना?"

"भेज दी है। वन ही वन में होकर यूथपति सेनापति तार उसका नेतृत्व कर रहे हैं। चारों ओर से वे जाकर किष्किंधा को घेर लेंगे। वे जाल की भाँति फैल जाएँगे।"

"ठीक है," राम ने कहा, "यूथपति को संकेत समझा दिए हैं न?"

"हाँ आर्य्य!" हनुमान ने कहा।

वे फिर चलने लगे। धीरे से। आहट न हो, इसलिए सँभाल-सँभालकर पाँव धरते थे।

पुष्पों के भार से वृक्ष लदे हुए थे। प्रसन्न जलवाली नदियाँ समुद्रों की ओर कलकल निनाद करती हुई बह रही थीं। पन्ने की तरह विमल जलों से युक्त सुन्दर तड़ागों में कमल झूम रहे थे। जलकुक्कुट, सारस, हंस, वकुल, पण्डुक और चक्रवाक अपने कलकूजन से वन को गुंजा रहे थे। कोमल घास चरते हुए हिरन जब इन्हें जाते देखते तो सिर उठाते और फिर कुलाँच मारकर हरियाली में छिप जाते। दूर भयंकर सफेद दाँतोंवाले जंगली हाथी सरोवरों के किनारे अपने दाँतों और माथे की चोट से पेड़ों को गिरा देते थे और कभी-कभी सूण्ड उठाकर चिंघाड़ उठते थे, जिस स्वर को सुनकर पक्षी कूजन छोड़कर जल्दी-जल्दी चुग-चुग-चुग-चुग करने लगते थे, मानो वे शंकित होकर एक-दूसरे से बातें करने लगे हों और फिर वे टोल के टोल बाँधकर इधर से उधर उड़ने लगते। पर्वत के किनारे पर टक्कर मारनेवाले, चलते-फिरते पर्वत जैसे मतवाले बनैले हाथियों की तरह दीर्घकाल वानरजाति के पुरुष, दूर धूलि में जैसे नहा रहे थे। वे सम्भवतः किसी पर्वत में कन्दरा ढूँढकर उसमें कुछ सफाई कर रहे थे, ताकि वर्षाकाल में वहाँ बैठकर आपानक रचाए जा सकें।

वे लोग शीघ्रता से चले जा रहे थे।

हठात् राम रुक गए।

"क्या हुआ?" नील ने पूछा। वह पीछे था।

राम ने सुग्रीव से कहा : "वह जो आकाश में मेघ की भाँति वृक्षों का घना समूह दिखाई दे रहा है, जिसके चारों ओर केले के पेड़ लगे हैं, वह क्या है?"

सुग्रीव ने देखा और वह रहस्यमय ढंग से एक पल हनुमान की ओर देख उठा। फिर उसने कहा : "वह एक बहुत बड़ा आश्रम है।"

"आश्रम?" राम ने प्रफुल्ल स्वर से पूछा।

"हाँ आर्य्य!" सुग्रीव ने कहा, "बहुत सुन्दर स्थान है। किसी समय यहाँ आर्य्य सप्तजन रहा करते थे।"

"सात!"

"हाँ।"

"वे क्या हुए ?"

"समय आने पर मर गए।"

"अब वहाँ कौन है ?"

"कोई नहीं। किंतु उस आश्रम में कोई जाता नहीं।"

"क्यों ?" राम को कौतूहल हुआ।

"उसमें जब आर्य्य रहते थे, तब से कोई जाता नहीं।"

राम ने लक्ष्मण की ओर देखा। सुग्रीव ने हनुमान की ओर।

नल ने कहा : "जब आर्य्य वहाँ रहते थे तब वहाँ जानेवाला, वहाँ से लौटकर नहीं आता था।"

राम ने आश्चर्य नहीं किया। चुप रहे।

नील ने कहा : "तब से लोग डरते हैं। वानरजाति के लोग तो उधर नहीं जाते थे, परन्तु गन्धर्व अवश्य गए थे।"

राम ने कहा : "लौटे नहीं ?"

"नहीं।"

"अब भी", नल ने कहा, "वहाँ कोई रहता है जो दीखता नहीं।"

"तो क्या वहाँ कोई देवता है ?" राम ने जिज्ञासा से पूछा।

सुग्रीव ने कहा : "पता नहीं आर्य्य ! सब ही उस स्थान से डरकर उसे प्रणाम करते हैं, दूर ही से।" कहकर सुग्रीव ने प्रणाम किया।

राम और लक्ष्मण ने भी प्रणाम किया। उनको प्रणाम करते देखकर नील ने नल की ओर देखा और उस दृष्टि का अर्थ था कि यह प्रणाम आर्य्य अपने अग्रगामी आर्यों को कर रहे हैं। कितनी श्रद्धा है इन लोगों में।

राम ने लक्ष्मण से कहा : "देखा लक्ष्मण ! यह लोग भी कितने साहसी थे। कहाँ आकर बसे यह लोग। दुर्गम गिरि वन को लाँघकर आए और यहीं मर गए, किसी को पता भी नहीं चला।"

लक्ष्मण ने उत्तर दिया : "कौन जाने हमीं लोगों का क्या हो ? परिजन कोई नहीं। सुदूर निर्वासित-से जो हम भटक रहे हैं।"

राम चल पड़े। सब लोग फिर चलने लगे। राम ने कहा : "अब तो हम अकेले नहीं हैं भ्रातर ! राजा सुग्रीव हमारे मित्र हैं। उन्होंने हमारी रक्षा करने की अग्नि के सामने शपथ खाई है।"

"निश्चय !" सुग्रीव ने कहा।

लक्ष्मण रुक गए। उन्होंने राम को इंगित किया। देखा। उस वन पर से धुआँ उठ रहा था।

"वह क्या है ?" राम ने पूछा।

"धुआँ है आर्य्य।" हनुमान ने कहा।

"धुआँ ! तो क्या वहाँ कोई रहता है ?"

"रहता होगा आर्य्य !"

"किन्तु वह स्थान यहाँ से एक योजन दूर होगा," नील ने कहा, "आर्य्य चाहेंगे तो हम लोग फिर वहाँ चलेंगे। ऐसे छोटे-छोटे आश्रम तो आर्य्यों के न जाने कितने होंगे। इनका राक्षसों से युद्ध हुआ ही करता है।"

"वानर इनकी सहायता नहीं करते ?" राम ने पूछा।

"क्यों नहीं आर्य्य !" नील ने कहा, "जब कभी कोई सहायता माँगता है तब हम अवश्य सहायता करते हैं।"

"अभी कितना मार्ग और है ?" लक्ष्मण ने चलते-चलते पूछा।

"देव ! वह वन की सीमा है, जहाँ वह शशक भाग रहा है।"

सामने ही घने वन के वृक्षों की कतारों में से हल्कावाला वन दिखाई दे रहा था, जिसके पशु इधर-उधर भाग रहे थे। वे ऋष्यमूक से किष्किंधा के समीप आ गए थे।

"ठहरिए," नील ने कहा, "अब यहाँ हमें तब तक रुकना होगा, जब तक सेना का समाचार लेकर यूथपति यहाँ नहीं आ जाते।"

"मैं आ गया हूँ।" वृक्षों के पीछे से किसी ने कहा। वह यूथपति तार ही था।

[6]

विशाल प्रकोष्ठ में सुवर्ण के सिंहासन पर बाली बैठा था। उसके कन्धे पर सिंह-चर्म था और वह कटि-प्रदेश में रेशमी वस्त्र बाँधे था। उसका रंग श्वेत था। उसके दृढ़ लोहे के-से भुजदण्ड इस समय सिंहासन के हत्थे पर रखे थे। भीतों पर अनेक प्रकार के पशुओं के मुख लगे थे और सामने एक सुन्दरी नृत्य कर रही थी। वह गंधर्वी थी। एक यक्षी, जो कि कटि-प्रदेश पर चौड़ी-सी रशना के अतिरिक्त कुछ भी नहीं पहने थी, उसे मदिरा पिला रही थी। उसकी जंघाओं पर लटकती मणि-मालाओं ने ही उसे सामने से ढँक रखा था। स्त्री के कंधों पर उसके पिंगल केश बिखरे हुए थे। बाली की खिंची हुई भवें इस समय मदिरा के नशे से कुछ फड़कने लगी थीं। द्वार के बाहर दो मोटे-ताजे प्रहरी घूम रहे थे। गंधर्वी का नृत्य मनोहर था। पृथ्वी पर बिछे सुन्दर वस्त्र पर कारीगरों ने जो रंगीन डोरों का गोला बनाया था। उसके बीचो-बीच वह खुले स्तन और नंगी जंघाओंवाली स्त्री जब अपने पीन नितम्बों को हिलाती थी, तब बाली की मादकता स्फुरित होने लगती थी। वह प्रचण्ड योद्धा था। वानरों के गणों का वह अप्रतिहत नेता था। उसके सामने महाबली सुग्रीव और हनुमान, और यूथपति तार—सब भाग जाते थे। बाली का नाम काफी प्रसिद्ध था। दक्षिण के राक्षसों के राजा को वह पराजित कर चुका था। उसी का बल था कि जनस्थान तक फैले हुए राक्षसों के उपद्रव के बीच वह किष्किंधा नगरी बैसाए बैठा था, जिसका सुवर्ण, जिसके ध्वज, जिसके नाना प्रकार के यंत्र वानर जाति का गौरव बनकर दूर-दूर तक के शत्रुओं को डराते थे। पश्चिम के बन्दरगाहों तक उसने यात्रा की थी और अनेक कम्बल खरीदकर लाया था। उसके प्रासाद में विभिन्न प्रकार के मणि और रत्न थे। उसकी नगरी में बाजार में जहाँ एक वस्तु देकर दूसरी वस्तु खरीदी जाती थी, और जहाँ उसके नाम की सुवर्ण मुद्राएँ भी चलती थीं, वहाँ कौन चकित नहीं होता था। उसकी

नगरी के चारों ओर बसे हुए वानरों के ग्रामों पर उसकी ही पताका उड़ती थी। उसकी नगरी में गंधर्व गायक थे, अप्सराएँ नृत्य करती थीं। यह पार्वत्य जातियाँ वानरों से आज से नहीं, शताब्दियों से घुल-मिल गई थीं। उसके यहाँ राक्षस आते और विचित्र-विचित्र पशु-चर्म बेच जाते थे और वानर उन्हें उनके बदले में पर्वतों में से ढूँढ़-ढूँढ़कर अनेक प्रकार के पत्थर देते थे, जिनमें विद्रुम की-सी चमक होती थी। उन्हीं निकटस्थ पर्वतों में सुवर्ण मिलता था, जिसकी खदानों में वानर लोग पराजित जातियों से दासों के काम लेते थे। वानरों के भवनों में अद्भुत शिल्प और स्थापत्य के नमूने थे।

वानरों की पाठशालाओं में न केवल कलाओं की शिक्षा दी जाती, कुछ वानर जो विभिन्न भाषाएँ भी जानते थे, भाषाएँ सिखाते थे। उन्हीं में हनुमान ने शिक्षा पाई थी और वह आर्य्यों की भाषा का पण्डित हो गया था। बाली को कभी-कभी खेद होता कि हनुमान-जैसा चतुर व्यक्ति उसकी ओर नहीं हो सका था। किंतु जब से उसने दुन्दुभि असुर को मारा था, उसका गर्व बहुत बढ़ गया था। फिर भी बाली दूरदर्शी था। वह आर्य्यों से नहीं लड़ता था। वह उन्हें विचित्र संदेह की दृष्टि से देखता था। वह समझ नहीं पाता था कि यह लोग कैसे हैं। उसकी अपनी जाति के पुरोहितों का भी जाति में बड़ा मान था, जो सूर्य को वानर-रूप में चैत्य पर स्थापित करके पूजते थे। परंतु आर्य्यों को वह नहीं समझ पाता था। बुड्ढे-बुड्ढे वानर कहते थे कि प्राचीन, बहुत प्राचीन काल में आर्य्यों का देवता इंद्र जब असुरों का नाश कर रहा था, तब वानर उसके मित्र थे। परन्तु यह तो किंवदंती मात्र थी। इसका आधार ही क्या था। इतना बाली जानता था कि यह आर्य्य अपने को मानव कहते थे। जैसे अन्य लोग थे, कोई वानर था, कोई नाग, राक्षस, असुर, दानव, दैत्य, गरुड़ और गंधर्व, यक्ष, आदि। यह लोग अपने को मनु की संतान कहते थे। यह अवश्य ही कोई नई जाति थी। इसका प्रारम्भ पुरुष से था, जबकि प्रायः सब ही पुरानी जातियों का प्रारम्भ किसी-न-किसी स्त्री से हुआ था। यह आर्य्य भी राक्षसों और यक्षों की भाँति अपने को पुरुष-परम्परा से गिनते थे।

किन्तु इस समय वह झूमने लगा था। सुन्दरी गंधर्वी के उन्मुक्त उन्नत स्तन उसके मन को एक विचित्र वासना से भर रहे थे और यक्षी की स्निग्ध जंघाएँ उसके मन में व्याकुलता भर रही थीं।

इसी समय बाहर किसी का स्वर सुनाई दिया—"मैं महाराज से मिलना चाहती हूँ।"

प्रतिहार हट गया।

बाली ने देखा, द्वार पर रानी तारा खड़ी थी। उसके सिर पर सुवर्ण मुकुट था और उसकी चौड़ी सुवर्ण रशना चलने में किण-किण करती थी। जब वह गज-गामिनी अपने सुन्दर पग उठाकर धरती थी, तब उसके नूपुरों से मनोहर झंकार उठती थी। उसे देखकर गंधर्वी और यक्षी अपने-आप बाहर चली गईं। वह आकर सामने पड़ी एक चौकी पर बैठ गई और उसने अपने गाल को तनिक खुजाकर कहा : "देव !"

बाली इस समय और किसी प्रकार की बात करना नहीं चाहता था। उसने कहा : "देवी ने कैसे कष्ट किया ?"

"कष्ट किया नहीं," तारा ने कहा, "देने आई हूँ।"

बाली का नशा उतरा।

बाहर प्रचण्ड गर्जन सुनाई दिया : "बाली ! आ ! बाहर आ ! मैं फिर आ गया हूँ। देख तेरी मृत्यु तुझे ललकार रही है।"

बाहर फिर अट्टहास सुनाई दिया।

"मैं सुग्रीव हूँ ! देख ! आज मैं तेरा वध करके ही हटूँगा।"

बाली क्रोध से खड़ा हो गया। उसे देखकर तारा भी सहसा ही खड़ी हो गई और उसने कहा : "राजा !"

बाली का क्रोध बढ़ता जा रहा था।

जैसे तारा ने देखा कुछ नहीं, फिर कहा : "राजा !"

"क्या है ?" बाली ने कठोर स्वर से पूछा।

"वह फिर आ गया है।"

"कौन ?" वह गरजा।

"सुग्रीव।"

"क्यों डरती हो तुम ! मैं अभी जाकर सदा के लिए उसका नाश कर दूँगा।" बाली द्वार की ओर बढ़ा। परन्तु तारा उसके शरीर से दौड़कर लिपट गई और उसने कातर स्वर से कहा : "नहीं, मैं तुम्हें आज नहीं जाने दूँगी। आज नहीं। इस समय तुम क्रोध से अंधे हो रहे हो। मेरी बात मानो—कल चले जाना !"

बाली रुका। उसने पूछा : "क्यों ?" किन्तु उसके कठोर चरणों के रुकने से जैसे प्रकोष्ठ की भूमि कराह उठी।

"षड्‌यंत्र !" तारा ने कहा, "भयानक षड्‌यंत्र हुआ है। जानते हो ? कल ही तो वह पिटकर गया है। आज फिर लौटा है। उसका लौट आना संदेह से खाली नहीं है स्वामी ! देखो कैसा पुकार रहा है वह ! इस समय उसका अहंकार, उद्योग और उसके नाद का आवेग कैसा है !"

बाली ने तारा की ओर देखकर कहा : "और तू तुझे कायर समझती है ? मेरी भुजाओं का बल तूने देखा नहीं ? मत्त गजराज जैसे फूलों की टहनी को लेकर केवल झुलाता है, उन पर बल-प्रयोग नहीं करता, उसी प्रकार मैंने भी तुझे कभी अपनी शक्ति नहीं दिखाई। तूने भी तो सुग्रीव को पिटकर भागते हुए अटारी पर से देखा था !"

"इसी से तो कहती हूँ राजा !" तारा ने करुण स्वर में कहा, "न जाओ। वह किसी दूसरे की सहायता लेकर आ रहा है। अंगद ने गुप्तचरों के द्वारा जान लिया है कि उत्तर के किसी देश के दो आर्य्य आए हैं। वे उसके साथ हैं। धैर्य से काम लो राजा ! मैं तुम्हारे हित की बात कहती हूँ स्वामी ! तुम इसी समय सुग्रीव का यौवराज्यासन पर अभिषेक करो ! हे वीर ! वह तुम्हारा छोटा भाई है। उसका जैसा भ्राता तुम्हें कभी नहीं मिल सकता !"

"रानी !" बाली गरजा, "मुझे उपदेश देने के बहाने अपने भय को उखाड़ रही है ! सुग्रीव भ्राता है ? वह बाहर गर्जन करके मुझे द्वन्द्वयुद्ध के लिए खुलेआम ललकार रहा है, वह भाई है कि शत्रु है ? यदि मैं बाहर न जाकर उसे युवराज बना दूँ तो स्पष्ट अर्थ है कि मैं उससे भयभीत हो गया हूँ। रानी ! जिसकी कभी पराजय नहीं हुई, जो समर में शत्रु को कभी पीठ

नहीं दिखाता, उसके लिए इस प्रकार की ललकार सहना मृत्यु से भी बुरा है। हीन ग्रीवावाला सुग्रीव युद्धार्थी होकर आया है। उसकी गर्वपूर्ण गर्जना सुनने को मैं इतना धैर्य कहाँ से लाऊँ? और तू आर्य्यों को कहती है? मेरा कोई भी आर्य्य शत्रु नहीं है।"

"मैं तुम्हें नहीं जाने दूँगी।" तारा ने रोते हुए बाली के चरण पकड़ लिये।

किन्तु बाली ने उसे उठा लिया और स्नेह से कहा : "तू लौट जा तारा! अंतःपुर में जा। मैं उसे पराजित करके अभी आता हूँ।"

बाहर खड़ी स्त्रियाँ भीतर आ गई थीं। तारा ने बाली की प्रदक्षिणा की और वे सब अपनी भाषा के मंत्र पढ़ने लगीं। बाली ने क्षण-भर देखा और वह प्रासाद से बाहर निकला। उसको महागज की भाँति आते देखकर प्रासाद के प्रहरी नरसिंघे बजाने लगे। बाहर उसकी सेना नगर की परिखा के पास आ गई थी। प्रजा के स्त्री-पुरुष एकत्र हो गए थे। किंतु यह द्वन्द्वयुद्ध की ललकार थी। सुग्रीव खड़ा गर्जन कर रहा था। उसके गले में गजपुष्पी की मालाएँ थीं। क्षण-भर पहले उसके गर्जन से किष्किंधा काँप उठी थी। राम की बात ठीक निकली थी कि स्त्री के पास रहनेवाला वीर बाली कभी भी ललकार को सुनकर चुप नहीं रह सकेगा। सुग्रीव के गर्जन से प्रजा घबरा गई थी। भगदड़ में गाएँ इधर-उधर छूट गई थीं। सुग्रीव की सेना ने इस समय सारी किष्किंधा को चारों ओर से घेर लिया था, किन्तु सामने इस समय अकेला सुग्रीव खड़ा था, और उस मैदान में कोई भी नहीं था।

बाली को यह देखकर प्रभूत आश्चर्य हुआ। उसे संदेह भी हुआ। उसने तुरंत अपनी कमर कस ली और दोनों एक ही क्षण बाद एक-दूसरे की ओर भयंकर वेग से झपटे।

"सँभल!" बाली गरजा, "आज तुझे जाने नहीं दूँगा।"

सुग्रीव चिल्लाया : "मृत्यु तेरे सिर पर नाच रही है।"

बाली का एक घूँसा जब सुग्रीव के मुँह पर पड़ा, उससे रक्त बहने लगा। किंतु वह भागा नहीं। दोनों ऊपर-नीचे होते युद्ध करते रहे।

दूर वृक्ष के पीछे खड़े हुए नील ने कहा : "आर्य!"

"क्या है?" राम ने धीरे से कहा।

"बाण चलाइए। राजा सुग्रीव का बल क्षीण हो रहा है। विलम्ब होने से अबकी बार वे भागेंगे भी नहीं, बाली उनकी हत्या कर देगा।"

क्षण-भर में राम का हाथ काँप उठा। जीवन में पहली बार वे ऐसा आक्रमण कर रहे थे। तभी याद आया—विश्वामित्रवंशी उस ऋषि ने ताड़का नामक स्त्री का इन्हीं हाथों से वध कराया था, क्योंकि कार्यसिद्धि के लिए सब कुछ न्याय्य था। और राम ने कान तक प्रत्यंचा खींचकर, धनुष झुकाकर बाण छोड़ दिया जो सनसनाता हुआ गया और बाली के वक्षस्थल में गड़ गया। अचानक ही जो वार हुआ, बाली अचेत होकर पृथ्वी पर गिर पड़ा। सुग्रीव ने देखा, उसकी सेना 'पाप, पाप' करके बढ़ी, किन्तु तभी हनुमान ने शंख बजाया और वानरों की सन्नद्ध सेना ने किष्किंधा के चारों ओर से गर्जन किया : 'राजा सुग्रीव की जय!'

उस तुमुल निनाद को सुनकर सब जहाँ के तहाँ ठगे-से खड़े रह गए। देर तक वह निनाद होता रहा। तब हनुमान, तार, नल और नील से घिरे दो आर्य्य आते हुए दिखाई दिए, जिन्हें देखकर सुग्रीव की सेना ने जयध्वनि की : 'कोसलाधिपति काकुत्स्थ आर्य्य राम की जय!"

वह जयध्वनि किष्किंधा में पहली बार गूँज उठी। लोगों ने उस विशालकाय गम्भीर और नव योद्धा आर्य को देखा।

प्रजा इधर-उधर भागने लगी। सुग्रीव राम को गले लगाने बढ़ा। किन्तु राम ने उसे हटा दिया और वे जाकर बाली के पास खड़े हो गए।

बाली की मूर्च्छा दूर हो गई थी, किन्तु उसके वक्ष में बाण की असह्य पीड़ा हो रही थी। क्षण-भर वह देखता रहा और फिर उसने उस समय भी कठोर, किन्तु राजस स्वर से कहा : "आर्य ! तू कौन है, जिसने पीछे से भीषण आघात करके ऐसा पाप किया ? मैं तुझसे तो नहीं लड़ रहा था। तू कौन है ? मैं तुझे जानता भी नहीं ! मैंने तो किसी आर्य्य को कभी भी कष्ट नहीं दिया। तू कौन है सज्जन के वेष में ? कौन पापी और अधर्मी है तू ? कपटी ! मैंने तेरे देश या नगर में कोई पाप नहीं किया।"

उसका स्वर भर्रा गया था, किन्तु एक हाथ से बाण पकड़े बाली कहता रहा : "कायर ! तुझे लज्जा नहीं आई ! क्या तेरे देश में कोई धर्म नहीं ?"

राम ने देखा और उनके मुख पर पसीना छलक आया, परंतु उन्होंने कठोर स्वर से कहा : "तुम धर्म, अर्थ, काम और लोकाचार को जाने बिना क्यों मुझे धिक्कारते हो। यह सम्पूर्ण पर्वत और जंगलों सहित जो भूमि है, वह इक्ष्वाकुवंशवालों की है। इस भूमि के रहनेवाले मृग, पक्षी और मनुष्यजाति को दंड देने, और उन पर अनुग्रह करने की सामर्थ्य इक्ष्वाकुवंशवालों को है। अब इस समय इस भूमि का पालन धर्मात्मा भरत करते हैं। वे सत्यवादी, सीधे, धर्मार्थकामतत्वज्ञ और निग्रह-अनुग्रह तत्पर हैं। वे राजा पराक्रमी हैं और देशकाल को यथोचित जानते हैं। उन्हीं की धर्माज्ञा के पालक हम और दूसरे राजा, धर्म बढ़ाने की इच्छा से, सम्पूर्ण पृथ्वी पर घूमा करते हैं। राजसिंह, धर्मवत्सलराजा भरत के राज्य-पालन करते समय कौन पुरुष धर्म से विपरीत कर्म कर सकता है ?"

राम की बात सुनकर महाबली वानरों के मुख पर एक विस्मय छा गया। सुग्रीव चकित था।

बाली ने कराहकर कहा : "सम्पूर्ण पृथ्वी तेरी कैसे हुई आर्य्य ?"

सुग्रीव को याद आया। यही राम कहता था कि मैं तेरी शरण हूँ। इस समय यह क्या कह रहा है ! तार ने रहस्यमय ढंग से नल की ओर देखा।

राम ने देखा और उन्होंने कहा : "हम लोग भरत की आज्ञा को मानकर और अपने उत्कृष्ट धर्म के मार्ग पर स्थित होकर, धर्म-मार्ग से च्युत व्यक्ति का यथाविधि विचार करते हैं। तुम धर्म को क्लेश देते हो, कुकर्म में तत्पर और केवल काम के सेवक हो। तुम राजमार्ग पर भी तो स्थित नहीं। बड़ा भाई पिता के समान होता है। छोटा भाई पुत्र के समान होता है।"

बाली ने शिथिल होते हुए कहा : "वह तेरे समाज की बात है आर्य्य ! वानरों का धर्म अपना है। और क्या तेरे आर्य्यों में देवर जब बड़े भाई के मरने पर उसकी स्त्री का स्वामी होता है और जब नियोग होता है, तब पाप नहीं होता !"

बाली के उत्तर से राम क्षण-भर ठिठक गए। किन्तु उन्होंने कठोर स्वर में कहा : "ओ चपल बुद्धि वानर ! तू असभ्य है। तू आर्य्यों से अपनी तुलना कर रहा है। तूने धर्म छोड़कर छोटे भाई की स्त्री के साथ अनाचार किया है। सुग्रीव धर्मात्मा है।"

राम का स्वर उठा। सुग्रीव का सिर झुक गया। राम कहते रहे : "बाली ! तूने सुग्रीव की भार्या रुमा से पाप किया। तूने उस पुत्री समान स्त्री से अनाचार किया।"

सुग्रीव का क्रोध भड़का। उसने पुकारकर कहा : "राम धर्म-संस्थापक हैं। उनकी जय बोलो।"

वानरों की सेना जय-जयकार कर उठी।

राम ने लक्ष्मण की ओर देखा और फिर बाली से कहा : "मैं कुलीन क्षत्रिय हूँ, इसलिए तुम्हारे इस पाप को नहीं सह सकता। एक पेट की बहन और छोटे भाई की स्त्री से काम-व्यवहार के लिए अंत में तो प्राणदण्ड ही है। हमारी धर्म-व्यवस्था के पालक भरत राजा हैं। हम उन्हीं की आज्ञा का पालन करते हैं। मेरे लिए जैसे लक्ष्मण मेरा भाई है, वैसे ही सुग्रीव भी मेरा भाई है। यह मैत्री स्त्री और राज्य के लिए हुई है। मैंने सुग्रीव से प्रतिज्ञा की है। प्रतिज्ञा का उल्लंघन मैं कैसे कर सकता था। क्षत्रिय दृढ़-प्रतिज्ञ होते हैं। मनु ने भी यही कहा है। ऐसा ही पाप करने पर एक श्रमण को मेरे पूर्वज मांधाता ने घोर दण्ड दिया था। तू मुझ पर छिपकर मारने का लांछन लगाता है? युद्ध में, अहेर में कौशल कौन नहीं करता? मैंने तुझे इसी से युद्ध में मारा है।"

बाली के शरीर से रक्त स्रवित हो रहा था। वह अधिक नहीं बोल सका। उसने घृणा और विद्रूप से कहा : "आर्य्य ! कुटिल ! षड्यंत्रकारी ! !"

और वह चुप हो गया। मूर्च्छित हो गया। उसी समय करुण क्रंदन गूँज उठा। वह रानी तारा थी। उसके पीछे अंगद था, और कोई नहीं। नगर के बाहर युद्ध हो रहा था। धीरे-धीरे बाली के सहायक भागे जा रहे थे। अंगद गम्भीर और व्यथित था। तारा के बाल बिखरे हुए थे। वह चिल्ला रही थी : "भागो नहीं वीरो ! भागो नहीं। क्या राज्य के लिए राम से उस निर्दय भाई ने अपने भाई को मरवा डाला है। क्या वह घर का भेदी जीवित है?"

दूर भागते हुए एक वानर ने कहा : "भागो रानी ! भागो ! वानरराज छल से मारे गए। नगर के द्वार बंद करवा दो और अंगद का राज्याभिषेक करो। हम उन्हीं की सेवा करेंगे। द्वार बन्द कर दो। हनुमान आदि किष्किंधा के दुर्गों में आप ही लौट जाएँगे। सुग्रीव पुराना शत्रु है। राज्य का लोभी है।"

तारा ने सुना तो दौड़कर पति के शरीर से चिपक गई और फूट-फूटकर रोने लगी। उसे देख हनुमान विचलित हो उठा। उसने भर्राए स्वर से पुकारा : "महारानी !"

"हनुमान् !" तारा ने बफरकर कहा, "देख रहा है केसरी के पुत्र ! देख रहा है आंजनेय ! जिसने रण-दुर्मद वानरों को झुका दिया था, वह संग्राम-कर्कश, पराक्रमी वीर इस समय धूलि में पड़ा है। वह श्रेष्ठ राजा होकर पृथ्वी पर सो रहा है। सचमुच इसे पृथ्वी बड़ी प्यारी है, तभी तो यह मुझे छोड़कर पृथ्वी पर सो रहा है।" तारा का करुण स्वर उठा : "वह स्वर्ग चला गया है। महायूथपतियों का यूथपति ! आज वह धराशायी हो गया है।" उसका हाहाकार गूँजने लगा। उसने फिर कहा : "सुग्रीव ! यही है वह आर्य्य, जिससे तूने अपने भाई की हत्या करवाई है? यही है वह पराक्रमी, जिसने छल से मेरे पति को मारा है। यही है जो धर्म फैलाने आया है? वानरों में क्या कोई और अपने छोटे भाई की पत्नी को नहीं रखता? अप्सराएँ क्या स्वेच्छाचार नहीं करतीं? क्या वे पापिनी हैं?"

दूर वानर मुखों पर चेहरे चढ़ाए, अपने रूप को छिपाए इधर-उधर जा रहे थे। नगर का एक द्वार बन्द हो गया था।

तारा खड़ी हो गई। उसने सुग्रीव से कहा : "सुग्रीव ! ले ! भाई के लहू से अपने माथे पर विजय का तिलक कर और स्वतंत्र वानरों के माथे पर आर्य्य के दास बनकर जीवित रहनेवाले वैभव को भोग। देख, तेरी रुमा भी मेरे स्वामी के लिए रो रही है।"

देखा, रुमा थी। सुग्रीव आहत-सा देख रहा था।

उस जगह कई वानरियाँ एकत्र होकर रो रही थीं।

तारा शव के पास बैठ गई थी। उसके पास ही उसका पिता सुषेण स्तब्ध खड़ा था।

हनुमान आगे बढ़ आया। उसने कहा : "महारानी ! तुम स्त्री हो। तुम राजनीति नहीं जानतीं। राज्य के लिए पुरुष सब कुछ करते हैं। बाली धर्मात्मा था। हम वानरों के समाज का नियम ही हमारा धर्म है। अंगद और बाली का राज्य, महारानी तेरा है। आज्ञा दो। तेरी देख-रेख में रहकर अंगद इस पृथ्वी पर शासन करे। उठ। अंगद का राज्याभिषेक कर !"

"नहीं, नहीं," तारा ने कहा, "यह झूठ है। सुग्रीव ही शासक हुआ है।"

बाली को अंतिम बार चेतना आई। उसने एक बार चारों ओर देखा और फिर सुग्रीव को देखकर कहा : "अंगद···"

और उसका सिर लुढ़क गया।

सुषेण खड़ा-खड़ा देखता रहा। सुग्रीव व्याकुल होकर पीछे हट गया। चारों ओर हाहाकार मचने लगा था। वानर अब भय छोड़कर एकत्र होने लगे थे। नगर में से झुण्ड-के-झुण्ड प्रासाद के सामने के वन में आ रहे थे। दूर कोलाहल सुनाई दिया : "महाराज सुग्रीव की जय !"

वह सुग्रीव की सेना के एक यूथ ने सीमांत के दुर्ग पर जो विजय प्राप्त की थी, उसका हर्षोल्लसित कोलाहल था।

तारा हाहाकार करती हुई चिल्ला रही थी : "यही है वह वीर, जिसने पन्द्रह वर्ष तक गोलभ नामक गंधर्व से युद्ध किया था, जिसकी सेना कभी भी पराजित नहीं हुई। अंगद ! आ ! अब तेरा सब कुछ छिन गया है। अपने पितृव्य को सिर झुका दे। मध्यभाव से रह पुत्र ! न प्रेम कर, न द्वेष ! आ ! अपने प्राणों की भीख माँग। वानरराज, यह तुम्हारे वक्ष में बाण गड़ गया है कि मैं तुमसे अंतिम बार आलिंगन भी नहीं कर पाती !"

तब नील बढ़ आया। उसने बाण खींच लिया। रक्त फूट निकला। सुग्रीव उस रक्त को देखकर काँप उठा। उसने देखा, राम वहाँ नहीं थे। वे लक्ष्मण के साथ धनुषों पर तीक्ष्ण बाण चढ़ाए तैयार खड़े थे।

सुग्रीव अपने चारों अनुचरों के साथ उनके पास चला गया और उसने कहा, "आर्य राम ! तुमने प्रतिज्ञा पूरी कर दी। किन्तु मुझे यह सब देखकर घोर घृणा हो रही है। अरे मेरे ही कारण बाली जैसा वीर वानर मारा गया। आज रानी धूलि में पड़ी है। अंगद निराश्रय खड़ा है। मैं ही षड्यंत्रकारी कुटिल लोभी हूँ। मैंने ब्रह्मा की संतान के मुख पर कालिख लगा दी है। प्रजा व्याकुल हो रही है। नहीं, नहीं, मैं किष्किंधा नहीं चाहता। मैं उसी ऋष्यमूक पर लौट जाऊँगा। किसी प्रकार भी अपनी जीविका चलाऊँगा। मैं वानरों को दास नहीं बनाना चाहता। बाली महान्

था रामचन्द्र ! उसने कहा था : 'मै तेरा घात नहीं करना चाहता, तू मनमाना घूमा कर।' मेरा वचन और उसके अनुसार यह मेरा कर्म क्या उस वचन के योग्य हो सकता है ? हे राम ! भाई कैसा भी लोभी हो तो भी क्या कोई ऐसे महागुणी भाई के वध को चाहेगा !"

सुग्रीव का गला रुँध गया था। उसने फिर कहा : "उसने अपने बड़प्पन के कारण मुझे मारने का विचार नहीं किया, किन्तु मैंने दुष्ट बुद्धि से उसको मरवा डाला। यह पाप अधर्मयुक्त और कुल का नाशक है। राज्य की नहीं, मुझमें तो यौवराज्य की भी योग्यता नहीं। मैंने यह निन्दित, क्षुद्र और लोकापकारी कार्य किया है।"

आर्य राम को यह आशा नहीं थी। वे उदास होकर सोचने लगे—यह क्या हुआ ! बार-बार भूमि की ओर देखते हुए वे दुःखसागर में डूबी और रो रही तारा की ओर देखने लगे। सुन्दर नेत्रोंवाली तारा अपने पति का आलिंगन किये भूमि पर पड़ी थी। उसको मंत्रियों ने पति से अलग करवा दिया। हठात् उसकी दृष्टि राम पर पड़ी। वह अत्यन्त विह्वल होकर राम के पास आ गई। उसने कहा : "हे धर्मधारी ! हे आर्य ! तुमने ही मेरे देवर को उकसाकर मेरे पति को मारा है। आओ ! उसी बाण से मुझे भी मार डालो जिससे मरकर मैं भी उसी के पास चली जाऊँ; क्योंकि मेरे बिना बाली की आत्मा को आनन्द प्राप्त नहीं होगा। जब वह स्वर्ग के लोगों से मिलेगा और मुझे वहाँ नहीं पाएगा तो वह वहाँ की सुन्दरियों से विहार भी नहीं करेगा। जानते हो न आर्य्य ! तुम तो सारी पृथ्वी के स्वामी बनते हो न ? तुम्हारे अतिरिक्त तो सब असभ्य हैं ? मैंने सुना है तुम स्त्री के वियोग में ऐसी मित्रता कर बैठे कि छल से एक अनजाने व्यक्ति को मार बैठे। तुम क्या मेरी वेदना नहीं समझ सकते ? हम वानरों में स्त्री और पुरुष की आत्मा मिलकर ही एक बनती है।"

राम सोचने लगे। वे उससे दृष्टि नहीं मिला सके। तब उन्होंने आकाश की ओर देखकर कहा : "मघवन् ! इन्द्र !" और फिर उन्होंने कहा : "सुग्रीव ! अंगद को युवराज बनाओ और तुम राज्य-सिंहासन पर बैठो। महारानी तारा को दुःख ने ग्रस लिया है। इनके पुत्र का कल्याण करके इन्हें सुख दो।"

वानर महावीर स्तब्ध खड़े थे। राम और लक्ष्मण के मुख विवर्ण हो गए थे।

सुग्रीव पृथ्वी पर बैठ गया था। लक्ष्मण ने नम्रता से उससे कहा : "वानरराज ! उठिए ! अंतिम क्रियाएँ करिए। धैर्य रखिए। यह तो आप पहले भी जानते थे।"

सुग्रीव उठा। वह कातर था, लज्जित भी। लक्ष्मण ने फिर कहा : "वानरराज ! देखिए ! हम आपके शरणागत हैं। जो कुछ हमने किया है, मित्रता और प्रतिज्ञा के हेतु किया है। इसका दोष हम पर डालना तो उचित नहीं। हम तो महाराज बाली को जानते भी नहीं थे। चारों ओर व्याकुल प्रजा खड़ी है। महारानी रो रही हैं। राजकुमार अंगद रो रहे हैं। इन्हें धैर्य धारण कराइए। इन्हें भेजिए कि ये पुष्प, वस्त्र, घृत, तैल तथा गन्ध पदार्थ ले आवें। महावीर तार ! आप पालकी ले आएँ और वीर राजा बाली के शरीर को ले चलें।"

लक्ष्मण फिर राम के पास चले गए। तार पालकी लिवा लाया। वह पालकी चतुर शिल्प का नमूना थी। रक्त चंदन से सजी हुई मालाओं से भूषित थी। तब सुग्रीव और अंगद दोनों ने बाली को वानरों की रीति से सज्जित करके पालकी पर चढ़ा दिया और राजा के पूर्ण गौरव को निभाते हुए वे सब श्मशान भूमि की ओर चल पड़े। उस प्रतिध्वनित रुदन का जैसे

छोर ही नहीं था; मानो नगर, पर्वत, वन और आकाश भी रो रहे थे।

पार्वत्य नदी के तीर पर वानरों ने विशाल चिता बनाई। वानरियाँ श्मशान भूमि में अपनी परंपरा के अनुसार एकत्र होकर रो रही थीं। इस समय वे चंद्रमुखी वानरियाँ आँसू बहा रही थीं। सचिव और पुरवासी उदास खड़े थे।

तारा अंतिम बार बाली के शव को गोद में लेकर रोई।

अंगद ने सुग्रीव की सहायता से बाली का शव चिता पर रखा। वानरों के नियमानुसार चिता धधका दी गई और प्रेत कर्म की अपनी विधियाँ करने लगे, जो ब्राह्मणों के अनुसार आर्य्य विधियाँ नहीं थीं। राम और लक्ष्मण चुपचाप देखते रहे। इस समय नगरवासियों का उद्वेग पहले से कम हो गया था, परन्तु चारों ओर वानर अभी तक राम और लक्ष्मण की ओर अविश्वास से देखे जाते थे। कुछ के मुख पर घृणा भी झलक आती थी।

[7]

सुग्रीव गीले कपड़े पहने खड़ा था। दुःख से उसका सिर झुका हुआ था। प्रधान मंत्रियों के साथ सब लोग राम के समीप गए। हनुमान ने कहा : "आर्य्य! जो भी हुआ, अब उस पर व्यर्थ चिन्ता करने से कोई लाभ नहीं। आपके प्रसाद से सुग्रीव को अपने बाप-दादा का दुर्लभ राज्य मिल गया। सुग्रीव वानरों के राजा हुए। किष्किंधा में आपका स्वागत है।"

यह सुनकर राम ने कहा : "हे सौम्य! मैं चौदह वर्ष तक न नगर में प्रवेश करूँगा, न ग्राम में। मुझे तो अपने पिता की आज्ञा पूरी करनी है। मैं किसी को दास नहीं बनाना चाहता। मुझ पर यह लांछन व्यर्थ है। मैं सुग्रीव का मित्र हूँ और मित्र ही रहूँगा। सुग्रीव नगर में जाएँ और राज्यसिंहासन पर बैठें। अंगद बली और योग्य हैं। उन्हें युवराज बनाएँ। यह वर्षा ऋतु का पहला महीना श्रावण है। यह उद्योग का समय नहीं है। मैं इसी पर्वत पर लक्ष्मण के साथ रहूँगा। जब कार्तिक लगे, तब तुम सीता को खोजने का उद्योग करना। हमारी-तुम्हारी यही प्रतिज्ञा थी।"

राम का वचन सुनकर नल ने कहा : "सुग्रीव महाराज! नगर की ओर चलिए।"

भीड़ नगर की ओर चल दी। जब नगर में सुग्रीव ने प्रवेश किया, नागरिक वानरों ने पृथ्वी पर माथा टेककर उनको दण्डवत् प्रणाम किया। सुग्रीव ने सबको समझा-बुझाकर अंतःपुर में प्रवेश किया।

दूसरे ही दिन सुग्रीव का राज्याभिषेक हुआ और अंगद युवराज घोषित किया गया। सुग्रीव ने उसे गले लगाया। नगर में सुग्रीव की प्रशंसा होने लगी और चारों ओर जय-जयकार होने लगा। दुर्गों में संवाद पहुँचा दिया गया।

किन्तु राम और लक्ष्मण प्रवर्षण पर्वत पर चले गए। एक कन्दरा में उन्होंने अपना निवास-स्थान बना लिया था। धीरे-धीरे वर्षा ने अपना सौन्दर्य प्रकट करना प्रारम्भ किया और वन अत्यन्त सुन्दर हो उठा। पर्वतों के शिखरों पर मेघ झूलने लगे। उन्हें देखकर राम का हृदय वैदेही की स्मृति में अत्यन्त विह्वल हो उठा। वे दिन-भर बैठे हुए प्रकृति की अनिंद्य शोभा को देखा करते। इस समय वे सब कुछ भूल गए थे। लक्ष्मण वन से फल-फूल एकत्र कर लाते, या

कभी अहेर कर लाते और अग्नि जलाकर शिकार को पका लेते और देवताओं को बलि देकर दोनों उस भोजन से ही पेट भर लेते।

धीरे-धीरे वर्षा ऋतु बीत चली। शरद् अपनी सुहासिनी छाया डालने लगी। अब जल स्वच्छ होने लगा, आकाश के काले बादल श्वेत हो गए। पृथ्वी पर कीचड़ भी शुष्क हो चली।

हनुमान अपने कक्ष में गम्भीरता से सोचते हुए पर्यंक पर लेटा था। वह सोच रहा था कि यह निर्वासित राम इतना कष्ट क्यों झेल रहा है। इसकी स्त्री हर ली गई है। राज्य भी छिन गया है। लेकिन राज्य जाने का तो इसे दुःख नहीं। क्यों? क्योंकि यह धर्म का प्रतिपालक क्षत्रिय है। और हमारा सुग्रीव—वह राजा होकर सब कुछ भूल गया है। उसका ध्यान राज-काज में भी नहीं लगता। और वह रुमा और तारा के साथ काम-क्रीड़ाओं में मस्त है। स्त्री भी कितनी विचित्र होती है। यही तारा उस दिन, जब बादल गरजनेवाले थे, बाली के साथ ही मर जाना चाहती थी। किन्तु अब न चपला चमकती है, न बादल गरजते हैं। अब तो सारस बोलते हैं, और चटकीली चाँदनी छिटकती है। फिर भी विलास पूरा नहीं होता। सुग्रीव के भी मनोरथ तो पूर्ण हो गए।

तार ने द्वार पर खड़े होकर कहा : "हनुमान!"

"अरे सेनापति!" हनुमान शय्या पर से उठ खड़ा हुआ और दीपाधार पर लटके दीप की शिखाएँ ऊँचा करते हुए कहा, "आएँ सेनापति! स्वागत है।"

तार एक चंदन की चौकी पर बैठ गया।

उसने कहा : "वत्स! सब कुशल है न?"

"हाँ देव!"

"कर तो सब ठीक से उगाह लिया है न?"

"हाँ, देव!"

"कृषकों और शिल्पियों में तो काफी संतोष है। मैंने भी पूछताछ की थी। किन्तु सीमांत के दुर्गों का क्या हाल है?"

"यूथपति! यथासमय वे भेंट और कर देते हैं।"

तार ने कहा : "और तुम विवाह कब कर रहे हो? अब तो काफी आयु हो चुकी। क्या यौवन बीत जाने पर ही करने का विचार है? पहले की बात तो याद करो। खैर, जाने दो। परन्तु तुमने तो राजा सुग्रीव की मित्रता में सब सुख छोड़ दिए थे न? अब क्या है?"

"देव, मैं सोच रहा हूँ।"

"क्या?"

"दो विदेशी आर्य्यों ने प्रतिज्ञा के लिए अनजान बाली की भी हत्या कर दी।"

"उसमें क्या उनका स्वार्थ नहीं था हनुमान? वे निस्सहाय हैं। हमारे शरणागत हैं।"

"वह तो ठीक है देव! किन्तु क्या हमें अपनी प्रतिज्ञा पूर्ण नहीं करनी चाहिए? वर्षाकाल समाप्त हो गया है। मित्र का काम सबसे बड़ा काम है देव! मित्रता तो एक बहुत बड़ी बात है देव! बाली का घात करना कितना अनुचित था, किन्तु मित्रता के लिए ही तो राम ने ऐसा किया! वन कन्दरा में रहते हुए भी उस आर्य्य ने अभी तक प्रतीक्षा की है। वह आया नहीं। क्या हमें इस पर स्वयं ध्यान नहीं देना चाहिए? पुरुष के वचन का ही तो मोल है।"

"फिर? तुमने राजा से पूछा नहीं?" तार ने कहा।

"पूछा देव!"

इसी समय एक दास आया और अगरुधूम का पात्र वहाँ धर गया। गंधधूम प्रकोष्ठ में झूमने लगा।

"फिर क्या कहा उन्होंने?" तार ने पूछा।

"उन्होंने नील को बुलाया और आज्ञा दी कि सम्पूर्ण सेना, समस्त सेनापति, महासेनापति सबको राजा की आज्ञा से एकत्र किया जाए। सेना की गणना, व्यवस्था आदि नील को ही करने की आज्ञा दी। प्रातःकाल राज्य-भर में घोषणा कर दी जाएगी कि पन्द्रह दिन में ही समस्त वानरों को आकर इकट्ठा हो जाना चाहिए। जो इस समय के बाद आएगा, उसे प्राणदण्ड दिया जाएगा।"

"बहुत अच्छा किया," तार ने उठते हुए कहा, "और कोई संवाद मैं कहीं पहुँचा दूँ? बताओ।"

"क्या आवश्यकता है देव! हम तो हैं ही। आवश्यकता होगी तो फिर आप तो हैं ही।"

हनुमान उठ खड़ा हुआ और तार को द्वार तक पहुँचा आया। द्वार के प्रहरी ने प्रणाम किया। जब तार चला गया, हनुमान दूसरे प्रकोष्ठ में जाकर बैठ गया और वह वीणा बजाने में तल्लीन हो गया। रात्रि के अंधकार में वह मधुर स्वर बार-बार झूमने लगा और शीघ्र ही चारों ओर के उपवन में व्याप्त हो गया।

सुटूर पर्वत पर उस समय राम सीता की याद में बैठे थे। लक्ष्मण ने उन्हें न सोते देखकर कहा : "आर्य्य पुत्र!"

किन्तु राम अपने ध्यान में मग्न थे। रात जागते ही बीत गई। बाद को चाँदनी खिली और लय हो गई। प्रातःकाल में मानसरोवर से आए चकवे अपने कमलों के पराग से सने पंख फैलाए अपनी क्रीड़ा करने लगे। पवन के शीतल स्पर्श से मस्त हाथी झूम-झूमकर चल रहे थे। छितिवन की गंध से वायु जर्जर हो गया था। भ्रमरों का मत्त गुंजन गूँज रहा था। मोरों ने पंख गिरा दिए थे। असन वृक्षों की शाखाएँ पुष्प-भार से झुक गई थीं। मनोहर सारसों की पंक्ति पके धानों की बालें खाकर कलक्रेंकार करती पुष्पमाला की भाँति उड़ी जा रही थी। कुँई के पुष्प निर्मल जलाशयों में खेल रहे थे।

"आर्य्यपुत्र!" लक्ष्मण ने कहा, "उठिए!"

"नहीं लक्ष्मण!" राम ने विचलित स्वर से कहा, "देखते हो! प्रातःकाल के समय यह वायु छिद्रयुक्त बाँसों में बाँसुरी-सी बजा रहा है। यह शब्द बड़े-बड़े शैलों और गुफाओं की ध्वनि से मिलकर गूँज रहा है। अपने पतियों से उपभोग को प्राप्त करके कामिनियाँ प्रातःकाल के समय जिस प्रकार आलस्ययुक्त मंद गति से चलती हैं, उसी तरह यह नदी-रूप वधुएँ मत्स्यरूपी रशना पहने मन्द बह रही हैं। हे लक्ष्मण! यह वर्षाकाल के चार मास सौ वर्षों की भाँति बीत गए हैं। एक तो मैं पहले ही शोकाहत था, फिर सीता भी पास नहीं रहीं। मैं निर्वासित हूँ लक्ष्मण! मेरा राज्य भी ले लिया गया है। अनाथ समझकर सुग्रीव भी मुझ पर कृपा नहीं करता। वह यह नहीं सोचता कि मेरा राज्य छिन गया है, रावण ने मेरा अपमान

किया है। वह यह नहीं सोचता कि मेरा घर बहुत दूर है, और मैं दीन होकर, उसकी शरण में आया हूँ। मुझ पर उसे कृपा करनी चाहिए। लक्ष्मण ! मुझे इस दुरात्मा वानरराज ने ठग लिया है। समय निकल गया, किन्तु उसने कोई ध्यान नहीं दिया।"

राम के दारुण वचन सुनकर लक्ष्मण व्याकुल हो उठे। उन्होंने कहा : "आर्यपुत्र, आप विचलित हो रहे हैं।"

"नहीं परंतप ! तुम जाओ," राम ने कहा, "उससे कहो कि वह प्रतिज्ञा नष्ट कर रहा है। उसे याद भी नहीं रहा। वह स्त्रियों में लीन है। अपने मंत्रियों और सभासदों के साथ क्रीड़ा करता हुआ वह मद्यपान में ऐसा संलग्न हो रहा है कि शोक से दुखी मुझ दीन पर कृपा नहीं करता। यदि वह प्रतिज्ञा का नाश करेगा तो मैं उसे भी मार डालूँगा लक्ष्मण ! बाली का मार्ग अब भी प्रशस्त है। यदि वह मुझसे विश्वासघात करेगा तो मैं उसे सपरिवार मार डालूँगा।"

"निश्चय ही," लक्ष्मण ने कहा, "वह अस्थिर मति है। वह निश्चय ही मारे जाने के योग्य है। वह अधर्मी है।"

"नहीं लक्ष्मण !" राम ने कहा, "धैर्य से काम लो। तुम जाकर उसे मित्रता का स्मरण कराओ। उससे मीठे वचन कहो। उसे केवल समझाना कि प्रतिज्ञा का समय बीत गया है। मित्रता न छोड़ देना।"

लक्ष्मण सोचते रहे। उन्होंने कहा : "यही सही।"

किन्तु वह क्रोधी स्वभाव के व्यक्ति थे। राम से दूर होते ही उनका क्रोध बढ़ने लगा—

'यह सुग्रीव !····यदि हम सहायता न देते तो यह क्या राजा हो जाता ?····और राजा होकर यह हमें ही भूल गया ?····इतना दुरभिमान !'

फिर ध्यान आया : 'हमारा यहाँ कौन है। यह सब अनार्य हैं। इनसे ही तो काम चलाना है। उनसे लड़ाई करके कैसे काम चलेगा !····किन्तु क्या इसी से दबना ही होगा ?····नहीं, मैं उसे शक्ति दिखाऊँगा।····और यदि झगड़ा हो गया तो !'

लक्ष्मण ठिठक गए।

उनके भीतर हलचल थी। कितना दारुण था जीवन ! स्त्री ! स्त्री ही के कारण तो यह सब अनर्थ था। कैकेयी की लिप्सा, सीता की कठोर शब्दावली, और अब तारा-रुमा का भोग ! क्या सब ही जाति की स्त्रियाँ एक-सी होती हैं। और तभी उनकी आँखों के सामने एक तपस्विनी खड़ी हो गई। कौन थी वह ? उर्मिला ! और यह कौन हैं ? कौशल्या और सुमित्रा !

लक्ष्मण अधिक नहीं सोच सके। वह फिर आतुर हो उठे थे।

[8]

लक्ष्मण ने जब किष्किंधा नगर में प्रवेश किया, तब वानरों को असभ्य समझनेवाले उस आर्य्य के नेत्र वहाँ के शिल्प और स्थापत्य को देखकर टँग गए। वानर बड़े गर्वीले थे। वे अपने को संसार की आदि जाति मानते थे। जब लक्ष्मण चले तो राह में कुछ लोगों ने उन्हें मुड़कर भी देखा, किन्तु किसी ने विशेष ध्यान नहीं दिया। लक्ष्मण मन में उत्तर-प्रत्युत्तर करते जाते थे। क्या कहना होगा सुग्रीव से ?

पर्वत की संधि में बसी, सेनाओं से भरी वह दुर्गम नगरी लक्ष्मण के अभिमान को कचोट रही थी। दृढ़ांग वानर इधर-से-उधर घूम रहे थे। किन्तु लक्ष्मण सीधा राजमार्ग पकड़कर प्रासाद की ओर चल पड़े।

प्रहरी ने देखा तो प्रणाम किया। वह जानता था कि यह राजा के मित्र हैं।

इसी समय वानर अंगद प्रासाद से निकलता हुआ दिखाई दिया। उसने कहा : "आर्य! बहुत दिनों में आए?"

"आना पड़ा युवराज! आप तो भूल ही गए। आर्य्य ही तो मूर्ख होते हैं जो अपनी प्रतिज्ञा के लिए सब कुछ करने को तत्पर हो जाते हैं।"

व्यंग्य ने अंगद के मर्म को कचोटा। वानर आकर एकत्र हो गए थे। वे दुर्धर्ष वानर-समूह प्रासाद के पास ही खड़े थे। उन्हें देखकर लक्ष्मण को लगा कि कुछ हो अवश्य रहा है। प्राकार और खाइयों पर काम हो रहा था। किन्तु हमारा ध्यान कहाँ था? उसे यही बार-बार याद आता था। वह स्पष्ट ही क्रुद्ध दिखाई देता था। अंगद ने देखा। महाबली बाली को राम ने एक ही बाण से मार डाला था। वह घबरा गया। वह यह नहीं सोच पाया कि राम का वह कार्य घर की फूट पर निर्भर था।

उसने लक्ष्मण को आदर से एक फलका पर बिठा दिया और सामने की चौकी पर बैठ गया। रक्त चंदन की उन चौकियों के छोरों पर रत्न जड़े हुए थे।

"पुत्र!" लक्ष्मण ने कहा, "राजा सुग्रीव को मेरे आने की सूचना दे दो कि भाई की वेदना से पीड़ित लक्ष्मण द्वार पर आए हैं। और मुझे उनका उत्तर लाकर तुरन्त दो।"

अंगद और भी घबरा गया। उसने प्रासाद में जाकर देखा, सुग्रीव उस समय नशे में मस्त था।

उसने कहा : "महाराज!"

"ऐं, क्या है?" सुग्रीव ने झूमते हुए कहा और वह करवट लेकर सो गया।

बाहर वानर लक्ष्मण को देखकर, मित्र का आगमन समझकर अपनी भाषा में गाने लग गए थे। वह प्रचण्ड स्वर एक साथ उठता था, गिरता था। लक्ष्मण का हृदय अधीर होता जा रहा था।

अंगद की समझ में नहीं आया कि क्या करे? वह माता तारा के पास गया। वह उस समय मदिरा पी रही थी। वह रुमा के पास गया। रुमा सो रही थी।

द्वार पर तभी यक्ष और प्रभाव नामक सचिव दिखाई दिए, जिनकी गति प्रासाद के अन्तःपुर तक थी। वह दोनों किसी राज्य-कार्य से आए थे।

अंगद ने उनसे कहा : "पिता सो रहे हैं। और बाहर वह आर्य्य आया है।"

"महाराज से नहीं कहा?" सचिव यक्ष ने पूछा।

"वे तो मद्य के प्रभाव में हैं।"

"अच्छा!" प्रभाव ने कहा और वह सुग्रीव के कक्ष में घुस गया।

बाहर हनुमान आ गया था। उसने कहा : "स्वागत आर्य्य! कब आना हुआ?"

लक्ष्मण ने बैठे-बैठे ही कहा : "काफी समय हुआ।"

"राजा से नहीं मिले?"

लक्ष्मण का गुस्सा भड़का। कहा : "यहाँ कोई नहीं है श्रीमान्! आर्य्य ही मूर्ख होते हैं। रघुवंशियों को फँसाकर काम निकालना आप ही जैसे चतुर व्यक्तियों का काम था। उस समय तो फूट थी, सो विदेशियों को ढूँढ़ा। जघन्य से जघन्य कार्य करा लिया। उस समय प्रजा यदि अधिक विरुद्ध हो जाती तो हम लोगों को घेर दिया जाता! यही तो है आपकी शरणागतों की सहायता! अब राज्य मिल गया है तो पूछताछ की क्या आवश्यकता है? जब विपत्तिग्रस्त थे, तब वन के पशु भी आपके मित्र थे।"

वानरों का गान अब प्रचण्ड हो उठा था। वह वैभव, वह कोलाहल, वह सेनाओं का इधर-से-उधर आना-जाना, वह कोट, वह खाइयाँ, वह शस्त्रों की झंकार, सब ही लक्ष्मण को उनकी लघुता का भान करा रहे थे।

हनुमान को लज्जा भी हुई। दया भी आई। वह बिना बोले भीतर चला गया। हनुमान सीधा सुग्रीव के पास गया और कहा : "राजा! वचन पालन करने का समय आ गया है। पुरुष-परम्परा से वानर अपने वचन को निबाहते आए हैं। आपने मद्य और मैथुन में अपने अनमोल वचन को भुलाकर ब्रह्मा का अपमान किया है।"

स्पष्ट ही यह वानरों का अपना ब्रह्मा था। सुग्रीव जाग उठा। हनुमान और भी व्यंग्यभरे शब्दों में उसे उसकी विपत्ति के दिन याद दिला रहा था।

सुग्रीव ने देखा। सचिव, युवराज, और सब खड़े थे। उसे अपने ऊपर घोर लज्जा हुई।

बाहर लक्ष्मण उन अटारियों को देख रहे थे जिन पर सुन्दर मालाएँ लटकी हुई थीं। सारी किष्किंधा वैभव की खान थी। राजमार्ग पर अंगद, मैन्द, द्विविद, गवय, गवाक्ष, गज, शण, विद्युन्माली, सम्पाति, सूर्याक्ष, हनुमान, वीरबाहु, सुबाहु, नल, कुमुद, सुषेण, तार, जाम्बवान, दधिवक्त्र, नील, सुपाटल और सुनेत्र, जो प्रधान वानर थे, उनके विशाल पक्के भवन बने हुए थे। उनकी सफेद भीतें दूर से चमकती थीं। गंध, माला, अन्न, और सुन्दर स्त्रियों से भरे वे भवन अत्यन्त मोहक थे। सुग्रीव का श्वेत प्रासाद जितना सुन्दर था, उतना तो सम्भवतः अयोध्या का राजभवन भी नहीं था। स्वयं लक्ष्मण को यहाँ तक आने में आसनों और वाहनों से पूर्ण सात कक्षाएँ पार करनी पड़ी थीं।

अंगद ने बाहर आकर कहा : "आर्य्य! चलें। राजा आपको बुलाते हैं।"

लक्ष्मण उठ खड़े हुए। विशाल अन्तःपुर में सुवर्ण और चाँदी के पलंग और आसन पड़े थे। उन पर बहुमूल्य आस्तरण बिछे हुए थे। भीतर से समतालयुक्त पदों के अक्षरों से मनोहर वीणा और गीतों से पूर्ण मधुर शब्द बाहर आ रहा था। रूप और यौवन से अलंकृत अनेक स्त्रियाँ वहाँ दिखाई पड़ीं। उनकी रणन करती रशनाओं और क्वणित कंकणों का नाद गूँज रहा था। कुछ स्त्रियाँ माला बना रही थीं। लक्ष्मण उससे लज्जित हो उठे।

लक्ष्मण को हठात् याद आया। वह रुक गए। कहा : "मैं राजा का पुत्र हूँ। राजा के अधीन नहीं हूँ। मैं राजा का मित्र हूँ। मैं इतना चलकर आया हूँ। राजा भी मेरे लिए क्या चलकर नहीं आएँगे!"

सुग्रीव को जब सम्वाद पहुँचा तो वह चिंतित हो उठा। उसे एक ही चिन्ता थी। वह कैसे जाएगा उस आर्य्य के सामने? उसके उलाहने कैसे सुन सकेगा वह? और वह तो सबके सामने ही कह डालेगा! उसे चिंतित देख तारा समझ गई।

वह चल पड़ी।

स्तन-भार से झुकी हुई तारा लक्ष्मण के पास चली गई। मद से उसके नेत्र व्याकुल थे। सुवर्ण की काञ्ची की लड़ उसकी लड़खड़ाती मंथर गति से झूलने लगती थी। उस रूप को देखकर लक्ष्मण का सिर झुक गया। उनका क्रोध शांत हो गया।

तारा ने मुस्कराकर कहा : "आर्य्य! बड़े क्रुद्ध दिखाई देते हैं। सोचा होगा राजा सुग्रीव तो वचन टाल गए। यही न? इसी वचन के लिए तो आर्य्य के बड़े भाई ने परमवीरता से वृक्ष के पीछे से अपना कौशल दिखाया था!"

लक्ष्मण का मन पानी-पानी हो गया। तारा के सामने आँखें मिलाने का साहस नहीं था। परन्तु लक्ष्मण को याद आया। यही स्त्री बाली के लिए रोई थी! और अब! पूछा : "देवी तो सकुशल हैं। पति की सेवा में हैं न? आप तो पति को कर्त्तव्य-विमुख होते नहीं देखेंगी?"

तारा ने कहा : "आर्य्य को बहुत याद रहा। वानर जाति की परम्परा जो है, वही मैं करती हूँ। आप भी तो आर्य्यों की परम्परा का निर्वाह करते हैं न?"

तारा का व्यंग्य सशक्त था। चुभ गया।

तारा ने पुनः कहा : "चलें देव!"

लक्ष्मण ने जाकर देखा, सुग्रीव अनेक स्त्रियों से घिरा हुआ सुवर्ण के आसन पर बैठा था।

लक्ष्मण को देख सुग्रीव उठा। कहा : "स्वागत आर्य्य!"

सब खड़े हो गए, क्योंकि राजा खड़ा था।

रुमा ने कहा : "विराजें आर्य्य!" वह अभी ही सोकर उठी थी।

लक्ष्मण बैठ गए।

"सकुशल तो हैं?" सुग्रीव ने कहा।

"आपकी दया है। हमें तो पुराना ही वचन याद है। सम्भवतः आपको याद नहीं रहा हो!"

तारा ने कहा : "याद भी क्यों रहे आर्य्य! यह तो राज्य-प्राप्ति के वे मार्ग जानते भी न थे, जो आप लोगों ने इन्हें बताए। उस कौशल को यह कहाँ से जान लेंगे। जो मिल ही गया तो भूल गए। वैभव ही तो है। इसी प्रकार की राजनीति आप सिखाते रहें तो वानरों का भी उद्धार हो जाएगा।"

तारा मद्य पिए थी। निर्भय थी। कहती गई : "राजा सुग्रीव! भाई के लिए किए उपकार का बदला लेने आर्य्य आए हैं और मित्रता के नाम पर बड़ा आक्रोश भी तो है!"

सुग्रीव ने डाँटा : "तारा!"

रुमा तारा को भीतर ले गई।

लक्ष्मण की ओर देखकर सुग्रीव ने कहा : "आर्य्य ने कुछ बुरा तो नहीं माना?"

लक्ष्मण ने मुस्कराकर कहा : "नारी है। वह राजनीति क्या जाने।"

नल ने तिरछी दृष्टि से नील की ओर देखा।

सुग्रीव ने कहा : "आर्य्य! जटायु और कबंध की साक्षी के अतिरिक्त जो मैंने देखा,

उससे ज्ञात होता है कि सीता को हरनेवाला राक्षस रावण था! आप जानते हैं उसे?"

"नहीं। मैंने सुना है, प्राचीन काल में राक्षसों के युद्ध हमारे पूर्वजों से हो चुके हैं।"

"हो चुके हैं?" सुग्रीव ने कहा, "बाली के समय में वानरों से भी युद्ध हुआ था, उनका। वे बड़े भयानक लोग हैं, बड़े धनी हैं। एक समय तो वानर उनसे डरते थे। परन्तु अब नहीं। वैसे राक्षसों का अधिकार जनस्थान तक है।"

"मैं जानता हूँ," लक्ष्मण ने कहा, "यह राक्षस आर्य्यों के घोर शत्रु हैं।"

नल ने फिर नील की ओर देखा।

सुग्रीव ने कहा : "मैं अवश्य पता लगाऊँगा। रावण तो लंका में रहता है। मैं जानता हूँ। परन्तु सीता को उसने न जाने कहाँ रखा होगा। उनका तो पता ही लगाना होगा। आर्य्य! राक्षसों से हमारी पुरानी शत्रुता है। वानर चाहते हैं कि उनका नाश किया जाए। आज ही समस्त वानर किष्किंधा में एकत्र होनेवाले हैं, मैंने पन्द्रह दिन पहले आज्ञा दे दी थी। गोलांगूल जाति के तथा ऋक्ष जाति के वानर यहाँ आनेवाले हैं।"

ऋक्ष और गोलांगूल दो वानरों की शाखाएँ थीं। यह सब पशुओं की उपासक जातियाँ थीं। गोलांगूल गोलांगूल की पूजा करते थे, और ऋक्ष ऋक्ष (रीछ) की। वे सब मूलतः वानर ही थे।

लक्ष्मण का मन प्रसन्न हो उठा। सुग्रीव ने दृढ़ता से बैठकर कहा : "अब मैं विलास को छोड़ता हूँ।" और उसने गले में पड़ी फूलों की माला को तोड़कर फेंक दिया। कहा : "राम ने मेरी सहायता की थी। यह क्या मैं कभी भूल सकता हूँ आर्य्य!"

लक्ष्मण ने कहा : "हे वानरेश्वर! आप जैसे नाथ को पाकर, क्यों न मेरे भाई सनाथ हों।"

लक्ष्मण के ये वचन सुनकर फिर नल ने नील की ओर रहस्यभरी दृष्टि से देखा।

भीतर वानर सचिव परस्पर मंत्रणा कर रहे थे। हनुमान का मत था कि राम और लक्ष्मण धनुर्धर हैं। इन्हें रावण से अवश्य लड़वाना चाहिए। इस प्रकार वानर तो हैं ही, सब मिलकर इस समय प्रतिज्ञा-पूर्ति के नाम पर राक्षसों को मार सकेंगे। राक्षसों का मद भी बहुत बढ़ गया है। हाल ही में राक्षसों ने वानरों को दक्षिण में कुचला भी था। फिर यह आर्य्य तो उत्तर लौट जाएँगे, दक्षिण में वानर ही सशक्त रह जाएँगे।

सचिवों ने स्वीकार कर लिया।

इस दौरान में किष्किंधा के बाहर और भीतर वानर सैनिकों के ठठ्ठ जुड़ गए थे। वे मूलतः उनकी संतान थे जो किसी समय उत्तर के महेन्द्र, हिमालय, विंध्य, कैलाश और मन्दराचल के निकट रहते थे। कालांतर में वे विभिन्न कारणों से दक्षिण में आ गए थे। उदयाचल के वानर आ गए थे। पद्माचल के रीछ के पूजक आ गए थे। अंजन और महाशैल के वासी वानर सन्नद्ध थे। कभी मेरु पर रहनेवालों के वंशज तथा धूम्र और महारुण के वासी आ गए थे, जो मैरेय मधु पीते थे। वे आर्य्यों के आश्रमों के पास रहते थे और उनके मित्र भी थे। सुग्रीव की आज्ञा थी। वह वानरों का सर्वेसर्वा था। समुद्रतटों के वासी वानर, जिनका समुद्री व्यापार में राक्षसों से सदैव संघर्ष चलता था, इस समय स्वयं आ गए थे।

वानरों ने आकर राजा सुग्रीव को भेंट दी और सुग्रीव ने उनका आदर किया।

अन्त में सुग्रीव की आज्ञा से स्त्रियाँ प्रासाद के भीतर चली गईं और वानर सेवक पालकी ले आए, जो सुवर्णमंडित थी। सुग्रीव ने लक्ष्मण को अपने साथ बिठाया और स्वयं बैठा। सुग्रीव पर श्वेत छत्र लगा दिया गया। चामर दोनों ओर हिलाए जाने लगे, शंख और नगाड़े बजने लगे। सैकड़ों सशस्त्र सैनिक आगे-पीछे चलने लगे।

सब लोग राम के पर्वत पर जाकर ठहर गए। किष्किंधा में इतनी जगह भी नहीं थी। वानर अब मैदानों में भर गए थे। किसी-किसी ने पशुचर्म ऐसे ओढ़ रखा था कि उसकी पूँछ पीछे लटकती थी।

राम और सुग्रीव गले मिले। बैठे।

राम ने कहा : "कपिराज! आपकी यह दुर्धर्ष वाहिनी देखकर तो निश्चय ही विश्वास होने लगा है। आपके रहते हुए भी राक्षस इतने दुर्मद हैं।"

आर्य्य की कूटनीति ने सुग्रीव को गर्व से भर दिया। वह समझा नहीं। कहने लगा : "राक्षस बड़े कठोर हैं आर्य्य! वे भी हमारी भाँति मुखों पर चेहरे लगाते हैं। कहते हैं प्राचीन काल में हम सब कहीं हिमालय में रहते थे। परन्तु वे निर्दय हैं आर्य्य!"

राम ने कहा : "तुम्हारी कृपा का अंत नहीं है वानरराज! मैं तो जानता हूँ कि जो कुछ अच्छे काम तुमसे हों, उसमें कुछ भी विचित्रता नहीं है। कहते हैं अनुह्लाद ने धूर्त्तता से इन्द्राणी के पिता पुलोमा से स्वीकृति लेकर शची को हर लिया था। इन्द्र ने अनुह्लाद को मारा और फिर शची के पिता पुलोमा को भी। मैं भी वैसे ही उस दुर्मद रावण को मारना चाहता हूँ। मुझे मार्ग में ऋषियों ने राक्षसों द्वारा मारे गए ब्राह्मणों की हड्डियाँ दिखाई थीं। तभी मैंने राक्षसों को नष्ट करने की प्रतिज्ञा की थी।"

मैदान में पहाड़ी मुखाकृतिवाले वानर जाति के सैनिक इकट्ठे हो रहे थे। वे गोरे थे। शतबलि वीर आगे खड़ा था। सुषेण, तारा का पिता, उससे बातें कर रहा था। रुमा का पिता अन्यों से कुछ कह रहा था। गवाक्ष के गोलांगूल जाति के वानर इस समय ऋक्ष जाति के नेता धूम्र से बातें कर रहे थे। पनस यूथपति नील के साथ जा रहा था। गवय, परीमुख, मैन्य, द्विविद, गज, वयोवृद्ध ऋक्षराज जाम्बवान से बातें करके हँस रहे थे। रुमण वानर और गंधमादन वानर अंगद के साथ मंत्रणा कर रहे थे। तार, इंद्रजानु, रम्भ, दुर्मुख, हनुमान, नल, सुग्रीव के पास आने लगे थे।

धीरे-धीरे मंत्रणा होने लगी। राम ने अपनी योजना प्रस्तुत की। वानरों के श्रेष्ठ सेनानायक उस पर विचार करने लगे थे। कुछ लोगों का मत था कि सम्भवतः रावण ही यदि सीता को ले गया हो तो सीता को छुड़ा लिया जाए। रावण से क्यों लड़ा जाए? कुछ का मत था कि राक्षसों को अवश्य एक बार पराजित करना चाहिए, परन्तु रावण ने न जाने सीता को कहाँ रखा होगा!

इसी प्रकार रात बीत गई और अंत में यही निश्चय हुआ कि पहले यह तो निश्चित किया जाए कि सीता को कौन ले गया है, और वह है कहाँ?

"यह क्या सहज है?" मैन्द ने पूछा।

"नहीं," राम ने कहा, "किन्तु मैं तो सुग्रीव राजा का शरणागत हूँ। वे कहें तो सब कुछ हो सकता है। प्रयत्न करना ही तो पुरुष का कर्त्तव्य है।"

सुग्रीव ने कहा : "पुरुष के अतिरिक्त एक बात और है।"

सब सुनने लगे।

सुग्रीव ने कहा : "यह तो सहज है कि हम पता लगा लें। इस देश में आर्य्य जाति की सुन्दर स्त्री, मैं कहता हूँ स्त्री ही कहाँ है! क्या एक आर्य्य स्त्री छिप सकती है? चुपचाप वानर जाएँ, ग्राम-ग्राम में देख डालें। एक बार बहाना मिल जाए, तो राम को आगे करके, इनके मित्र बनकर, हम राक्षसों से युद्ध मोल ले लेंगे, और क्या इस अपार शक्ति से भी हम उस रावण को हरा नहीं सकेंगे? समुद्र-तीर के गरुड़ हमारी ओर से हो जाएँगे। वे नागों के शत्रु हैं और नाग रावण के मित्र हैं। यक्षों में भी राक्षसों के विरुद्ध द्वेष है। रावण ने तो सबको दबा लिया है। गंधर्व भी क्या उससे प्रसन्न हैं?"

सुग्रीव कहता रहा। सेनापति सुनते रहे। धीरे-धीरे सुग्रीव की बात जीत रही थी। राम ने सोचा कि बाली की मृत्यु के समय जो यह सुग्रीव इतना विचलित हो गया था, वह सच था, या वानरों में उठते विक्षोभ को दबाने की कूटनीति थी। राम ने देखा, सुग्रीव पूरा राजनीतिज्ञ था।

सुग्रीव कह रहा था : "हमारा राक्षस से कैसा भी द्वेष न हो, फिर भी आर्य्य राम हमारे मित्र हैं। उनका कार्य ही सर्वश्रेष्ठ है, सर्वोपरि है। वे चाहते हैं कि उनके ऋषि दक्षिण में भी आ सकें, राक्षस नहीं आने देते, अतः राक्षसों को मारा जाए, उनकी स्त्री का उद्धार किया जाए। ठीक है। ऋषि आएँ, स्त्री मिले, मित्र का कल्याण हो। और यह तो सत्य ही है कि राक्षस हमारे भी शत्र हैं। क्यों न दो काम एक साथ हों। ऋषि हैं, आएँ। वे क्या लेते-देते हैं। राक्षसों का दमन हो जाए तो ऋषि आएँ। हम ही तो उनका स्वागत करने को रहेंगे। फिर तो कोई भी विपत्ति नहीं होगी। जगह-जगह हम वानर सेना रखकर दुर्ग बना देंगे। फिर ब्राह्मणों और क्षत्रियों को कोई कष्ट नहीं रहेगा।

नल प्रसन्न हुआ। नील भी।

सुग्रीव ने कहा : "आर्य्य! यह समस्त सेना आपके अधीन है।"

राम क्षण-भर सोचते रहे। फिर उन्होंने सुग्रीव को गले लगाकर कहा : "हे सौम्य! पहले यह जानना चाहिए कि वैदेही जीती है या नहीं? रावण कहाँ रहता है?"

नल मुस्कराया। यही व्यक्ति तो कहता था कि सम्पूर्ण पृथ्वी पर भरत का शासन है। इसे यह तक नहीं मालूम कि भरत के राज्य के किस प्रदेश पर रावण का राज्य है?

वृद्ध जाम्बवान ने बढ़कर कहा : "वानरराज की जय! मैं जानता हूँ, रावण लंका में रहता है। रावण जैसे पराक्रमी को कौन नहीं जानता?"

"ठीक है," राम ने कहा, "मैंने न उस पथ को देखा है, न जानता हूँ। पता चलने पर समयानुसार मैं भी उद्योग करूँगा। इस समय न तो मैं जानता हूँ, न लक्ष्मण ही। हे कपिराज! इस समय तो आप ही कारण और आप ही प्रभु हैं। अतएव आप ही आज्ञा दीजिए। एक तो आप मेरे सुहृद, दूसरे पराक्रमी, तीसरे पण्डित, चौथे समय का विचार करनेवाले, पाँचवें हमारे हित में तत्पर, छठे मित्रता का गौरव रखनेवाले और सातवें अर्थ जाननेवालों में श्रेष्ठ हैं, अतः आप ही आज्ञा दीजिए।"

राम की बात सुनकर सुग्रीव मुस्कराया। उसने मन-ही-मन स्वीकार किया कि सामने

बैठा व्यक्ति भी बहुत ही गूढ़ है। उसने सोचा—यह मेरा मित्र है। यह अपार सेना मेरी है। और यह दो हैं। किन्तु उसने सोचा—'नहीं, यह तर्क ठीक नहीं है। इन विजातियों को शरणागत बनाकर राक्षसों का दमन करना उत्तम है, क्योंकि वैसे कोई विशेष कारण नहीं है। सुग्रीव जानता था कि राक्षसों में भी वानरों, यक्षों, गंधर्वों, नागों और सुपर्णों (गरुड़ों) की भाँति परस्त्री-भोग पाप नहीं माना जाता था। और राक्षस तो स्त्री-हरण ही करते थे। राक्षसों के मित्रों में जो पिशाच लोग थे, वे तो पकड़कर स्त्री से बलात्कार करते थे। राक्षस बर्बर नहीं थे। रावण तो उच्च पुरोहित कुल का था। सारी प्रजा उसे ब्रह्मा का ही वंशज मानती थी। वह लिंगोपासक था। प्रवीण गायक था। राक्षसों की दृष्टि में स्त्री-हरण कोई पाप नहीं था। अवश्य रावण स्त्री को नहीं छोड़ेगा। युद्ध होगा और वानर यदि जीत गए तो वे ही संसार के स्वामी हो जाएँगे। क्या वानर जीत सकेंगे ?'

सुग्रीव यहीं अटका। परन्तु उस पर्वत पर बैठे हुए उसने दुर्दान्त सेना को देखा और उसे लगा, वह अवश्य विजयी होगा।

"यूथपति विनत," उसने कहा, "आप देश, काल और नीति से युक्त हैं, कार्यदक्ष हैं। आप पूर्व दिशा में जाकर सीता को खोजिए।"

इसी प्रकार तारा के पिता सुषेण को पश्चिम, शतबलि को उत्तर और हनुमान, जाम्बवान्, सुहोत्र, शरारि, शरगुल्म, गज, गवाक्ष, गवय, सुषेण-वृषभ, मैन्द, दूसरे सुषेण, द्विविद, गंधमादन, अग्निपुत्र उल्कामुख तथा अनंग आदि महावीर वानरों को दक्षिण में अपने-अपने साथ सेना लेकर सीता को ढूँढ़ने की आज्ञा हुई। दक्षिण जानेवाले दल का नेता अंगद बनाया गया।

"हनुमान !" सुग्रीव ने स्नेह से पुकारा।

हनुमान ने पास आकर प्रणाम किया।

"हनुमान !" सुग्रीव ने कहा, "शतबलि, सुषेण और विनत जिन दिशाओं में जा रहे हैं, वहाँ केवल संदेह है।"

हनुमान समझ गया। वहाँ वानर केवल अन्यों की परिस्थिति का अध्ययन करने भेजे जा रहे थे, ताकि युद्ध के पूर्व सबकी वस्तुस्थिति का ज्ञान हो जाए। उसने कहा : "राजा ! मुझे आज्ञा दें।"

"आज्ञा ?" सुग्रीव ने कहा, "तुम मेरे विपत्ति-काल के मित्र हो। तुम दक्षिण जा रहे हो। वहीं लंका है। अवश्य ही सीता को खोजकर संवाद लाना। अंगद युवराज तरुण है। उसका ध्यान रखना।"

हनुमान ने सिर झुकाया।

राम ने देखा, हनुमान पर सुग्रीव का विशेष विश्वास था। राम ने स्नेह से पुकारा : "महावीर !"

हनुमान ने झुककर कहा, "आर्य्य !"

"यह मेरे नाम से अंकित मुद्रा है मित्र ! यदि तुम्हें सीता मिले तो इसे दिखाकर उसका विश्वास प्राप्त करना।"

हनुमान को प्रसन्नता हुई। यदि वह सफल होगा तो निस्संदेह उसकी यशोगाथा फैल जाएगी। वह रावण के देश में जा रहा था···रावण के !

धीरे-धीरे संध्या हो गई।

एक मास बीत गया। सब लौट आए थे, सीता कहीं नहीं मिलती थी। केवल दक्षिण से हनुमान लौटकर नहीं आया था। सुग्रीव अधीर होकर दिन गिन रहा था। वह सोच रहा था : 'क्या यह सब व्यर्थ जाएगा?'

[9]

प्रवर्षण पर्वत पर आज समस्त वानर सेना में भीषण जय-जयकार हो रहा था। एक सुन्दर स्निग्ध शिला पर आर्य्य राम राजा सुग्रीव के साथ बैठे थे। लक्ष्मण के साथ अंगद थे और यथास्थान अनेक वानर महासेनापति उपस्थित थे। उस समय हनुमान ने उठकर कहा : "कार्य सफल हुआ। वानर देवता ने सूर्य रूप में मंगल किया। अनुष्ठान पूर्ण हुआ।" और यह कह उसने आगे बढ़कर एक मणि राम के हाथों पर रख दी।

उसे देखकर राम चौंक पड़े। उस गम्भीर पुरुष के मुख से सहसा आर्त्त स्वर निकला : "वैदेही!"

समस्त समुदाय स्तब्ध रह गया।

उस विकृत स्वर में कितना विक्षोभ, कितना अपरिमित स्नेह था। हनुमान ने कहा : "राजा सुग्रीव! आपकी आज्ञा से मैं सीता से मिल आया हूँ और यह उनकी अभिज्ञान मणि है जो मैंने अभी आर्य राम के हाथ में दी है। वे राम का ही ध्यान किए हुए, राक्षसियों से घिरी, रावण की लंका के एक अंतःपुर में अपना समय रो-रोकर व्यतीत कर रही हैं। वे एक वेणी धारण किए हैं और भूमि पर सोती हैं।"

राम विह्वल हो उठे : "भूमि पर सोती हैं!" उन्होंने आर्त्त स्वर से कहा।

लक्ष्मण की आँखों में पानी भर आया था।

"लक्ष्मण!" राम ने पुकारा, "यही तो है वह मणि जिसे सीता ने अपने पिता जनक विदेह से पाया था? यही मणि सीता के मस्तक पर रहती थी न? यह मणि नहीं है सौमित्र! यह तो सीता है। हे सौम्य हनुमान! जो सीता ने कहा है, वह मुझसे बार-बार कहो! राक्षस उसे ले गए हैं?"

राम का स्वर रुँध गया। उस समय सुग्रीव ने गम्भीर स्वर से कहा : "आर्य्य! आप रोते हैं?"

राम ने सुग्रीव के कंधे पर सिर रखकर अत्यन्त करुण स्वर से कहा : "मैं बहुत अभागा हूँ सुग्रीव! बहुत अभागा हूँ।"

उस स्वर को सुनकर आर्य्यों के प्रति अत्यन्त संदिग्ध रहनेवाले भी तरल चित्त हो गए।

सुग्रीव ने कहा : "हनुमान! सेना को आज्ञा दो कि वह दिन का काम करे। फिर एकांत मंत्रणा के लिए सब वीर सेनापति आकर बैठें और फिर तुम अपनी यात्रा का वर्णन विस्तार से सुनाओ, ताकि भविष्य का कार्य निर्धारण हो सके।"

सेना अपने काम में लग गई। दक्षिण से लौटे हुए वानरों का आज जगह-जगह सम्मान हो रहा था। सैनिक उन्हें मद्य पिला रहे थे और उनसे समस्त कथा सुन रहे थे और पूछते थे :

"युद्ध होगा या नहीं ?"

धीरे-धीरे समस्त प्रमुख सेनापतिगण आकर बैठ गए। चारों ओर प्रहरी खड़े हो गए। सुग्रीव की आज्ञा से हनुमान ने कहना प्रारम्भ किया : "हे वानरश्रेष्ठ राजा सुग्रीव ! एक महीने तक खोजने पर जब अवधि का समय निकल गया, तब अन्य दिशाओं से सब लौट आए होंगे। किन्तु मेरी कथा तनिक लम्बी है और उस ओर की है, जिसे हम नहीं जानते, किन्तु हमारे शत्रु राक्षस अच्छी तरह जानते हैं। जनस्थान तक आते-जाते रहने के कारण उनकी जानकारी बहुत अच्छी है।"

हनुमान ने साँस खींचकर कहा : "दक्षिण का मार्ग अत्यन्त दुर्गम है। पर्वतों के कारण भूमि पथरीली है। कई गुफाएँ पार करनी पड़ती हैं। किन्तु आपको आश्चर्य होगा कि आर्य्य, ब्राह्मणों के जत्थे दक्षिण तक जा चुके हैं, क्योंकि उनके अवशेष के चिह्न मिलते हैं, यद्यपि उन्हें राक्षसों ने मार डाला है। कंडु नामक ऋषि का भग्नावशिष्ट आश्रम पड़ा है। दक्षिण के वनों में छोटी-छोटी बस्तियाँ बसी हैं और उनमें विभिन्न जातियाँ रहती हैं। हमें भी एक असुरों का ग्राम मिला था। हमने उसे नष्ट कर दिया। किन्तु कोई लाभ नहीं हुआ। युवराज अंगद की आज्ञा से हम फिर ढूँढ़ने लगे। राजा का क्रोध सबको डरा रहा था। वन में कहीं भी कोई मनुष्य प्राणी नहीं था। न गंधर्व जाति का, न राक्षस जाति का। एक पर्वत में एक विशाल गुहा देखकर हम उसमें घुस गए। उसका नाम ऋक्षबिल मालूम हुआ। किन्तु जब असंख्य दुःख उठाकर उसके पार पहुँचे, वहाँ हमें एक तपस्विनी स्त्री मिली। वह किसी समय दानवों की बस्ती थी, किन्तु अब वहाँ सब भग्नावशेष था। केवल एक अत्यन्त बूढ़ी थी। वह दानवी थी, जो पुरानी कथाएँ ही सुनाया करती थी। उसका नाम स्वयंप्रभा था। उसने हमें अपनी बस्ती से दूसरी ही गुफा से निकाला, जहाँ हम समुद्र-तीर पर पहुँच गए थे। इसी बीच अवधि का समय निकल जाने से चिन्ता ने ग्रस लिया। युवराज अंगद ने कहा कि लौटने में भी मृत्यु है, यहीं सही। वानर अंगद के साथ हो लिये। तार ने भी कहा कि यहीं रहें। कहीं जाकर भी क्या होगा। अंगद ने वहीं प्राण त्याग करने का निश्चय कर लिया। किन्तु उसी समय वहाँ गृध्रराज सम्पाति आ गए। वे गृध्र जाति के राजा थे। वे जटायु गृध्रराज के भाई लगते थे। हमें गृध्रों ने घेर लिया और हमें लगा कि युद्ध अवश्यम्भावी है। किन्तु आपको यह सुनकर आश्चर्य होगा कि गरुड़, गृध्र आदि जातियाँ भूमि मार्ग और समुद्र मार्ग से खूब यात्राएँ करती हैं और उत्तर तक फैली हुई हैं। वे जातियाँ राक्षसों की शत्रु हैं। उन्हें जब हमने सुनाया कि हम वानर हैं और सारी कथा कहते समय जटायु का नाम आया, तो गृध्र हमारे मित्र हो गए। वे कोसल के आर्यों के नाम से परिचित थे; क्योंकि उनका व्यापार समुद्र से होकर भूमि पर उस ओर चलता था। गृध्रराज जटायु तो राजा दशरथ का मित्र भी था। वह राक्षस तिमिध्वज के युद्ध के समय जीवित था। यद्यपि सम्पाति की शक्ति क्षीण हो चुकी थी, फिर भी वह जानता था कि राजा सुग्रीव के पिता का नाम ऋक्षराज था। युवराज अंगद से उसे स्नेह हो गया। वह हमारी मृत्यु का निश्चय सुनकर करुणा से रोने लगा। उसने बताया कि बहुत प्राचीन काल में इन्द्र नामक राजा था। उस समय गृध्रों की शक्ति बड़ी थी, जो गिरती ही जा रही थी। तब से जो दक्षिण में आ गए, वे कभी भी सिर नहीं उठा सके, क्योंकि राक्षस उनके शत्रु थे। उसने भी एक दिन दूर से देखा था कि कोई स्त्री आभूषण फेंकती जाती थी और एक राक्षस उसे रथ पर बिठाए

भागा जा रहा था। किन्तु पीछा कर सकने के पूर्व ही रथ वन में खो गया। गृध्रराज ने बताया कि समुद्र के पार लंका नगरी में रावण रहता है। अब हमारे सामने समुद्र पार करने की समस्या आ गई। यह तो निश्चित हो गया कि वह राक्षस रावण ही था, जो सीता को हरकर ले गया था। सम्पाति के पुत्र सुपार्श्व की बातों से भी यही प्रकट हुआ। हमने देखा कि गृध्र और गरुड़ भी हमारी ही भाँति मुख पर चेहरे लगा लेते थे। गृध्रों के ग्राम में चैत्य-पूजा होती थी और वहाँ वे गृध्र देवता को मांस बलि दिया करते थे। उनकी ध्वजा पर गृध्र बना हुआ था। उनकी बात से पता चलता था कि प्राचीन काल में उनका आर्य्यों से सम्बन्ध रह चुका था। गृध्रों ने गरुड़ों को संवाद पहुँचाया। ऐसा लगा जैसे फिर से दोनों जातियों में नवीन शक्ति भर गई थी। हमें लगा कि यदि राक्षस पर आक्रमण होगा तो यह जातियाँ हमारी मित्र हो जाएँगी। किन्तु समुद्र-तीर पर पहुँचने पर हमारा साहस छूटने लगा। समुद्र पार करने की समस्या आ खड़ी हुई थी।"

सब स्तब्ध बैठे सुन रहे थे। सुग्रीव को लग रहा था कि गरुड़ों की सहायता से बहुत ही अच्छा होगा।

राम सोच रहे थे—'गरुड़! और गृध्र! श्येन! यह सब तो राक्षस-शत्रु हैं। अवश्य ही वे हमारे भी मित्र हैं। क्यों न वानरों की भाँति इन अनार्य्यों को भी एकत्रित किया जाए, जिससे राक्षसों की शक्ति का नाश हो सके।'

राम के नयनों में सीता का चित्र घूम गया। उन्होंने लम्बी साँस खींची। सुग्रीव ने कन्धे पर हाथ रखकर हनुमान की ओर इंगित किया, जो कि अब आगे कहने लगा था: "मैंने देखा, दक्षिण के समुद्र में व्यापार चल रहा था। जहाज इधर से उधर आ-जा रहे थे। कुछ पोत दो पालों के थे, कुछ तीन के भी थे। उनके अगले हिस्से पशुओं के आकार के बने हुए थे। समुद्र-तीर के वानरों से मिलकर मुझे उत्साह हुआ। उन्होंने बताया कि वे सुदूर बावेरु[1] से व्यापार करते थे। मिस्र देश तक जाते थे। कहते हैं यह देश कहीं रक्तसमुद्र[2] के पास है। मैं एक व्यापारी पोत पर चढ़ गया, जो लंका जा रहा था। मेरे साथी यहीं तीर पर रह गए। समुद्र कितना भयानक था, यह मैंने अबके ही देखा। नाविक पोत को खे रहे थे। मार्ग में कोलाहल हो उठा। एक कोई पर्वत डूबा हुआ था। भूमि की कई चट्टानें पानी में उठी रहती हैं। बड़ी ही कठिनाई से हम पार हुए। मैं भी पोत के डाँडों को खेता रहा। जल-मार्ग में समुद्री डाकू रहते हैं। एक दल का नेतृत्व करती हुई सुरसा नामक राक्षसी मिली। उससे युद्ध करके उसे मारकर हमारा पोत आगे बढ़ा। अनेक कठिनाइयों को झेलकर जब मैं लंका पहुँचा तब पोत तो व्यापार-कार्य में लगने तीर पर चला गया, किन्तु मैं अपने कार्य पर चल पड़ा। मैंने त्रिकूट पर्वत से देखा कि पर्वत के अग्रभाग में लंका बसी थी। सुन्दर वृक्षों ने उसे घेर रखा था। सुन्दर बावलियाँ बनी हुई थीं। राज-विहार के योग्य वाटिकाओं में जलाशय झलमला रहे थे। लंका खाई में बसी हुई थी और दुर्गम थी। चारों ओर धनुर्धारी राक्षस बड़ी सावधानी से नगर की रक्षा में तत्पर थे। उसके ऊँचे भवनों को देखकर मैं चकित रह गया। बस्ती में ऊँची-ऊँची सड़कें थीं। वह नगरी सैकड़ों अटारियों और ध्वजा-पताका से भूषित थी। उसके भव्य द्वार

1. बैबीलोन। 2. लालसागर।

सुवर्णमंडित थे। उत्तर का द्वार भव्य और उत्तुंग था। मैंने सोचा कि समुद्र के कारण यह लंका अगम्य थी। मुझे लगा कि इस नगरी को जीतना वानर जाति के लिए अत्यन्त कठिन था। राम भी आकर क्या करेंगे? यहाँ तो राक्षस ऐसे मिले हुए एक हैं कि इनमें फूट भी नहीं डाली जा सकती। उस समय मुझे महाशिल्पी नल और महास्थापत्य-प्रवीण नील की याद आई। राजा सुग्रीव का मुख मेरे सामने नाच गया। सबसे प्रथम मैंने सोचा कि सीता का पता लगाना चाहिए। किन्तु वानर के रूप में तो मैं पकड़ा जाता। मैंने अपना वेष बदला और राक्षस-सा बन गया। मैंने मुख पर चेहरा लगा लिया जो मेरे साथ ही था और मैं कामरूपी होकर, पर्वत से उतरकर पुरी को देखते हुए लम्बी-लम्बी साँसें लेता उस महानगर को देखता घूमने लगा। पग-पग मुझे पकड़े जाने का भय था। मैं दिन ढलने की प्रतीक्षा करने लगा। जब साँझ का अँधेरा फैलने लगा, तब पहरा बदलने के समय मैं चुपचाप नजर बचाकर लंका में घुस गया। अब मैं लंका का वर्णन कहाँ तक करूँ। मुझे लगा, वह नगरी का भयानक रूप एक राक्षसी का था। वह एक अलंकृत स्त्री के तुल्य दीख पड़ती थी, जिसके मणिरूप वस्त्र और गोशाला तथा पहले के गृह-रूप कर्णाभूषण एवं आयुधों के गृह ही स्तन थे। दीपों से और चमचमाते हुए घरों से वहाँ पर प्रकाश हो रहा था। मुझे लगा, वह लंका नगरी मुझे देख रही थी। वह मानो मुझ पर झपटकर चिल्लाई : 'तू कौन है? क्यों आया है? हे वानर! देख! इस लंका में प्रवेश करने की तुझमें सामर्थ्य नहीं। रावण की सेनाएँ इसे चारों ओर से घेरे पड़ी हैं!'

"और मेरा प्रवेश ही उस वैभव की मृत्यु थी। मैंने उसे जैसे विकराल रूप में देखा। उसने जैसे मेरे प्रवेश पर कहा : 'मैं लंका हूँ। तुमने अपने पराक्रम से मुझे जीत लिया।' मुझे लगा कि विजय अपनी थी। सम्भवतः रावण स्वप्न में भी नहीं सोचता था कि उसकी नगरी में कभी वानर घुसेंगे। वानर का घुसना ही राक्षसों के विनाश का प्रारम्भ था।

"तब मैं रात को बढ़ चला। मैंने विजय की कांक्षा करके पहले लंका में अपना बायाँ पाँव रखा, क्योंकि शत्रु की नगरी में पहले बायाँ पाँव रखने से विजय होती है। राजमार्ग पर पुष्प पड़े थे। नागरिकों की भीड़ थी। अट्टहास और नगाड़ों की रोर गूँज रही थी। वहाँ मैंने अनेक घर देखे जिनमें किसी में वज्र की, और किसी में अंकुश की प्रतिमा देखी। कोई-कोई घर कमल के आकार का, कोई स्वास्तिका के आकार का, कोई वर्द्धमान-संज्ञक बना हुआ था। स्त्रियाँ मुखर आनंदमग्न थीं। वे अत्यन्त सुन्दरी थीं। उनकी रचनाओं और नूपुरों का क्वणन हो रहा था। राक्षस के मंदिरों में राक्षसों को मैंने स्तुति करते देखा। राजमार्ग से आगे मध्यम ड्योढ़ी में दूत, और संवाद ले जानेवाले तथा गुप्तचर मुझे दिखाई दिए। कुछ जटाधारी थे, कुछ मुण्डित थे, कुछ गो-चर्मधारी थे और वहाँ मैंने तांत्रिक भी देखे जो कृत्या की उपासना कर रहे थे। विभिन्न चेहरे लगाने के कारण बहुतों के तो मैं मुख भी नहीं देख सका। एक जगह नृत्य हो रहा था, जहाँ नर्तकों ने बहुत बड़े-बड़े विकराल चेहरे मुँह पर चढ़ा रखे थे। मुझे उस सबको देखकर आश्चर्य नहीं हुआ। मेरा भी चेहरा ढँका था। कई राक्षस तो अत्यन्त रूपवान और सुन्दर थे। बहुधा वे फरसा, धनुष, खड्ग, भाले या पाश लेकर चलते थे। कुछ के हाथ में मैंने पटा, किसी के वज्र और किसी के हाथ में मैंने भिन्दिपाल भी देखा। सांध्य भ्रमण को निकले नागरिकों के शरीर पर अंगराज लगा हुआ था। मालाएँ गले में पड़ी थीं। वे आभूषण पहने हुए थे। राजा की

आज्ञा से अन्तःपुर की ड्योढ़ी पर खास पहरा था। रावण का गृह पर्वत पर था। उसका द्वार स्वर्णमंडित था। चारों ओर प्राकार था। वहाँ घोड़े हिनहिना रहे थे। हाथी द्वार पर झूम रहे थे। उसके भीतर भी मैं कामरूपी होने के कारण घुस गया था। चेहरा लगाए रखने के कारण मुझे कोई पहचान नहीं सका।

"धीरे-धीरे चन्द्र उदय हुआ। मन्दिरों से घंटा-निनाद आने लगा। घर-घर में शंख बजने लगे। राक्षस नारियाँ अपने भवनों में बैठकर अपने पतियों के साथ मदिरा पी रही थीं। चारों ओर आनन्द छाया हुआ था। राक्षसियों में मैंने घूँघट की प्रथा देखी।

"मैंने सोचा, शायद सीता भी इन्हीं में कोई हों। किन्तु वे आर्य्य नहीं लगती थीं।

"धीरे-धीरे कुछ ही दिनों में मैंने प्रहस्त, महापार्श्व, कुम्भकर्ण, विभीषण, महोदर, विरूपाक्ष, विद्रमुज्जिह्व, विद्युन्माली, वज्रदंष्ट्र, शुक, सारण, मेघनाद, जम्बुमाली, सुमाली, रश्मिकेतु, सूर्यशत्रु, बब्रकाय, धूम्राक्ष, सम्पाति, विद्युद्रूप, भीम, घन, विघन, शतनाभ, अक्र, शठ, कपट, ह्रस्वकर्ण, दंष्ट्र, रोमश मत्त, ध्वजग्रीव, सादी, द्विजिह्व आदि सब के भवनों का पता लगा लिया। मैंने शीघ्र ही देख लिया कि यहाँ कोई विशेषता नहीं थी। अन्त में मैंने मृत्यु के मुख में जाना निश्चित किया और एक साँझ मैं रावण के शयन प्रासाद में जाकर छिप गया। उस वैभव का वर्णन करना तो मेरे लिए असम्भव है, किन्तु वहाँ असंख्य सुन्दरी रमणियाँ थीं। चारों ओर से मद्य की गंध आ रही थी। जब आधी रात हो गई तब मैं निकला। और मैंने देखा, वहाँ अनेक देशों की स्त्रियाँ थीं। कोई दैत्य जाति की थीं, कोई आर्य्य थीं, कोई गंधर्वी थीं। बहुत-सी तो हरण की हुई थीं, और कई स्वयं उससे मोहित होकर आ गई थीं। और आर्य्य राम! मैंने देखा कि रावण यद्यपि बड़ा पराक्रमी है, तथापि बलात्कार से किसी को वह हरकर नहीं लाया। उसने तब तक स्त्री पर हाथ नहीं रखा, जब तक स्त्री ने स्वयं उसकी कामना न की हो। वह महान् पंडित है। वह अद्‌भुत योद्धा ही नहीं, वीणावादक भी है। राक्षसों में मैंने एक बात विशेष यह भी देखी कि उच्चकुल के अधिकांश राक्षस संस्कृत भाषा जानते थे। उत्तर के व्यापार से या युद्धों से, वह सीख गए हैं। सारी लंका दासों से भरी पड़ी थी। वे दिन-रात परिश्रम करते थे। स्त्रियाँ भी दासियाँ थीं।

"मैंने वातायन से रावण को सोते देखा। वह बलिष्ठ व्यक्ति था। स्त्रियों से घिरा हुआ सो रहा था। एक अन्य स्थान पर मैंने एक इतनी सुन्दर स्त्री को राजसी ठाठ से सोते देखा कि मैं डर गया। मुझे लगा, वही सीता थी। किन्तु दासियों की बात से मुझे ज्ञात हो गया कि वह महारानी मन्दोदरी थी।

"मैं पानभूमि के दीर्घ स्तम्भों की अंधकारमय छाया में बैठा छिपा-सा सोचने लगा। नाच-गाकर थकी स्त्रियाँ वहाँ वाद्यों को लिये ही सो गई थीं। मैंने वहाँ मृगों, भैंसों, शूकरों का मांस देखा। सुवर्ण के बड़े-बड़े पात्रों में मोर और मुरगे का मांस देख पड़ा। वाध्रीशास, साही, हिरन आदि का मांस दही और नमक से लिपटा हुआ दिखाई पड़ा। कहीं आधा खाया हुआ कृकल पक्षी, बकरों का मांस, खरहे एकशल्य मांस थालियों में पड़े थे। लेह्य, पेय, खाद्य, वहाँ क्या नहीं था। कहीं शराब के प्याले पड़े थे, कहीं फूल बिखरे थे। मद्य, स्त्री और विलास का नग्न रूप देखकर मैं चकित रह गया। वहाँ मैंने बहुत-सी गंधर्व और नागकन्याओं को तो देखा किन्तु 'सीता' शब्द उनमें से मैंने किसी के लिए नहीं सुना। मुझे लगा, वह मर चुकी थी। तब

मैं उठा और चला। प्रहरियों के भय से मैं उपवन में निकल गया और फूलों से लदे एक अशोक वृक्ष पर चढ़ गया। और कुछ तो क्या कहूँ कि वह अशोक वन कितना सुन्दर था। तब मैं नीचे उतरा और फिर मैंने एक प्रासाद देखा। मैं एक शिंशपा वृक्ष पर चढ़ गया। और वहाँ से मैंने देखा कि अशोक वाटिका में पास ही एक गोल गृह था, जिसमें हजार खम्भे लगे थे। वह सफेद था। वह बहुत ऊँचा था। वहीं एक स्त्री मैले कपड़े पहने बैठी थी। वह एक जीर्ण-सा उत्तम पीला वस्त्र पहने थी। दीप के प्रकाश में मैं इतना ही देख सका। मुझे लगा, वही आर्य्या सीता थी। आभूषणहीन, पुष्पहीन! मुझे लगा, वह रो रही थी। वह पृथ्वी पर बैठी थी। मेरा हृदय व्याकुल हो उठा। गला भर आया।"

सुग्रीव ने देखा, राम विचलित हो उठे थे। उसने कहा : "सौम्य हनुमान! वह छोड़ो। फिर क्या हुआ?"

"फिर," हनुमान ने कहा, "देव! मैं अवसर पाकर, जब प्रहरी स्त्रियाँ सो गईं, तब वहाँ जाने की सोच ही रहा था कि मुझे राक्षस पुरोहितों के मन्त्रोच्चारण का स्वर सुनाई दिया। रावण के प्रासाद में मंगल-वाद्य बजने लगे। वह सम्भवतः जाग उठा था, क्योंकि कुछ ही देर में वह विशालकाय महाबली मुझे अशोक वाटिका में आता दिखाई दिया। उसके साथ अनेक स्त्रियाँ थीं। कोई हाथ में सुवर्णदीप लिये थी, कोई चँवर और कोई ताड़ के पंखे झल रही थी। रावण के शीश पर ऊँचा सुवर्ण रत्नजटित मुकुट था। उसके बीच में गधे का मुख लगा था। पता नहीं क्यों? सम्भवतः राक्षसों में उसका मान हो। बाकी मुकुट पर दोनों ओर चार-चार मनुष्य-मुख बने थे। एक झलक देखकर लगता था, उसके दस सिर थे।[1] कोई स्त्री उसके साथ दाहिने हाथ में मद्य से भरा रत्नपात्र लेकर चल रही थी। वे सब रावण की भुक्त स्त्रियाँ थीं। मैं घने वृक्ष की शाखाओं में छिप गया था। उसके बाद मैंने यही सुना कि रावण बल का प्रयोग नहीं कर रहा था। वह प्रेम की याचना कर रहा था। आर्य्य राम को भिखारी कह रहा था और सीता उसे डाँट रही थी। मुझे उस स्त्री का साहस देखकर हर्ष हुआ। सीता के कठोर वचन सुनकर उसने कहा : 'तुझे मैं दो मास का समय देता हूँ। यदि तू मेरा प्रेम स्वीकार न

---

1. यह मेरा अनुमान है। हो सकता है रावण का अनार्य्य नाम दशानन शब्द से मिलता-जुलता था, जो संस्कृत में दशानन बन जाने से ऐसा पड़ गया। वैसे संसार में मुकुट कई प्रकार के मिलते हैं : मिस्र के खोन्सूदेवता के सिर के मुकुट में चंद्र और पृथ्वी जैसी आकृति थी। आइसिस के मुकुट में सींग और गोला था। बैबीलोनिया के अशुर के मुकुट की जगह पंख थे। ट्यूटॉनिक हंडिंग्सबेन के सिर के मुकुट पर भी पंख दोनों ओर बने हुए थे। इसके अतिरिक मैंने और भी स्थलों पर ऐसा देखा है। सिकंदर यूनानी के मुकुट पर भी एक मुख बना रहता था। जर्मनी के कैसर के मुकुट पर भी गिंद्ध बना रहता था। कैल्ट चूचूलेन के सिर पर मुकुट में तीन सींग रहते थे। वासुकि नाग के सिर पर नाग का मुकुट था। इस बात पर अधिक विचार करने की आवश्यकता भी नहीं, क्योंकि वाल्मीकि रामायण में यद्यपि रावण को दशग्रीव, दशानन लिखा है परन्तु सदैव ही उसके एक मुख का वर्णन हुआ है। हनुमान ने उसे सोते देखा, तब भी एक सिर ही था। हर जगह एक ही सिर था। जब अन्त में युद्ध में राम रावण का सिर काटते हैं, तब वही सिर बार-बार उगता है। दस सिरों का नाम आता है अवश्य, परन्तु रावण के दस सिर का वर्णन कहीं नहीं है। यह भी हो सकता है कि अनेक प्रकार के मॉस्क का प्रयोग करता हो। सभी कामरूपी जातियाँ 'मॉस्क' चेहरे का प्रयोग करती थीं। रावण का रथ भी गधों या खच्चरों से खींचा जाता था, जो प्रकट करता है कि तब वहाँ खर का सम्मान काफी था। सम्भवतः आर्यों के साथ घोड़ा आया और पहले गधे को ही सवारी में प्रयुक्त किया जाता था।

करेगी तो मैं बलात्कार नहीं करूँगा, वरन् अपने रसोइयों सें तुझे कटवाकर पकवा दूँगा और खा जाऊँगा।"

"वे नरमांसभक्षी हैं?" सुग्रीव ने पूछा।

"हाँ, नैर्ऋत्य राक्षस तो ऐसे हैं। परन्तु वह तो क्रोध और प्रतिहिंसा के कारण उसने कहा था," हनुमान ने कहा, "उसके जाने के बाद सीता रोने लगी। जब सब चले गए तो मैंने वानर-रूप धारण किया। बढ़ा। मैंने सीता को मुद्रिका दी। वह आश्चर्यचकित हो गईं। तब मैंने सब हाल कहा और फिर अभिज्ञान मणि लेकर मैं सोचने लगा। सीता बहुत प्रसन्न हुईं। मैं सीता से संस्कृत में नहीं, पहले अपनी भाषा में बोला। फिर संस्कृत में बोला। पहले सीता ने मुझे भी राक्षस समझा था। परन्तु बाद में वह आनन्द से रोने लगीं। मुझे क्रोध आ आया। मैंने उपवन में प्रातः राक्षसों पर आघात किया, क्योंकि मैं देख लिया गया। मेरे हाथ से कुछ राक्षस मारे भी गए, किन्तु अंत में मुझे रावण के पुत्र मेघनाद ने पाश में बाँध लिया। मैं फँस गया। मुझे वे रावण की सभा में ले गए, जहाँ मुझसे पूछा गया कि मैं कौन था।"

सब उत्सुकता से सुन रहे थे। हनुमान ने कहा : "तब मैंने अपने को दूत के रूप में प्रकट किया, क्योंकि मैं जानता था कि दूत अवध्य होता है। मैंने किष्किंधा के राजा का नाम बताया और कहा कि इस समय आर्य्य राम वानरेश्वर के शरणागत हैं और शरणागत का प्रतिपालन हमारा धर्म है। इसी से मैं संवाद सुनकर आया हूँ कि राक्षसराज सीता का हरण कर लाए हैं, वे सीता को लौटा दें। सबको यह सुनकर आश्चर्य हुआ कि मैं सीधा अशोक वाटिका में पहुँच चुका था। मेरे चातुर्य से वे चकित थे। किन्तु रावण वानरराज बाली से हार चुका था। वह चिन्तित दिखाई पड़ा। और भी अधिक चिन्तित उसका भाई विभीषण दिखाई पड़ता था। मेरी वह खाल छीन ली गई थी, जो मैं ओढ़ता था। रावण ने मुझे मारने की आज्ञा दी, परन्तु विभीषण ने दूत को अवध्य जानकर कहा कि वध करना अनुचित है, उससे समस्त जातियाँ रावण की निन्दा करेंगी। तब रावण ने कहा : 'यह वानर है। इसकी खाल के पीछे लटकती पूँछ इसके वानर देवता की पूँछ है। उसे जला दो।' मैं यह सुनकर अत्यन्त क्षुब्ध हुआ। देवता का अपमान हो रहा था!! उन्होंने खाल की पूँछ जलाकर मुझे छोड़ दिया। मैं ग्लानि से तिलमिला रहा था। रात को हवा तेज थी। मैंने एक स्थान पर इस अपमान का बदला लेने को आग लगा दी और फिर मैं तीर की ओर भाग चला। वहाँ एक नाविक सो रहा था। मैं नाव लेकर खे चला। नाविक भागकर चिल्लाता रहा, किन्तु मैं दूर आ गया था। भाग्य से एक जहाज जा रहा था, जिसने मुझे चढ़ा लिया और मैं लौटकर आ सका। समुद्र में से मैंने देखा कि हवा ने आग पकड़ ली थी और चारों ओर लपटें ही लपटें छा रही थीं। घोर कोलाहल हो रहा था। हे वानरेश्वर! मैंने देवता के अपमान का बदला ले लिया है। सीता का पता ले आया हूँ, और वानरों की शक्ति का आभास भी राक्षसों के गढ़ में घुसकर दे आया हूँ। किन्तु हमसे एक अपराध हुआ है। सेना ने आनन्द में मत्त होकर राजा सुग्रीव का मधुवन अपने उन्मत्त हर्ष से उजाड़-सा दिया है। दधिमुख आएगा तो हमें दण्ड नहीं दिया जाए, क्योंकि सेना ने वनपालों और दासों को पीट दिया था।"

हनुमान बैठ गया। सेना हनुमान की जय बोलने लगी। कोलाहल होने लगा था। सुग्रीव प्रसन्न हो उठा। उसने उठकर हनुमान को गले से लगाकर कहा : "आंजनेय! तुम धन्य

हो। एक मधुवन नहीं, तुम पर सैकड़ों मधुवन न्योछावर हैं।"

दधिमुख ने दूर से सुना और माथा पीटता हुआ लौट गया। किन्तु वह मन-ही-मन प्रसन्न था। जब वह सेना में पहुँचा, तो चिल्लाने लगा : 'चलो ! चलो ! राजा की आज्ञा हुई। मधुवन सेना का है। लेकिन केवल दक्षिण जानेवाली सेना का। सबका नहीं।"

सैनिक हँसने लगे। चारों ओर अदम्य उत्साह छा रहा था।

उपसंहार

अनेक वर्ष व्यतीत हो गए थे। अयोध्या में राजा राम का राज्य था।

कहा जाता था कि राजा राम ने वानर जाति की सहायता से समुद्र को असंख्य जहाजों से पार किया और राक्षस को पराजित किया। राक्षसराज रावण का भाई ही आर्य्य राम की राजनीति के द्वारा प्रभावित हुआ। वानर राक्षसों को कुचल देना चाहते थे, किन्तु राम ने वानरों की शक्ति को दुर्मद नहीं बना दिया। राक्षस प्रचण्ड थे। वे दास नहीं बनाए जा सकते थे, सभ्य थे और समृद्ध थे। वानर बीच में सर्वेसर्वा होना चाहते थे। राम ने मित्रता करवा दी। राक्षसों को ही राज्य दे दिया और वानरों ने राक्षसों के राज्य में आर्य्यों के लिए रास्ता खोल दिया। राम ने कौशल से जानकी को वापस पा लिया। असंख्य आर्य्य व्यापारी अब दक्षिण में जाने लगे थे। अनेक क्षत्रिय भी जाते थे। कहते थे, राम ने दक्षिण में नागों और गरुड़ों को परस्पर लड़ा दिया था और गरुड़ों को अपना अच्छा मित्र बना लिया था।[1]

यद्यपि राम ने इतना बड़ा काम किया था किन्तु विंध्य के उत्तर के आर्य्य अब दूसरी ही दृष्टि से काम ले रहे थे। वे शीघ्र ही दक्षिण को जीत लेना चाहते थे। दक्षिण की मित्र जातियों ने राम के राज्याभिषेक के समय काफी भेंट दी थी, जिससे लोगों को दक्षिण की सम्पदा का ज्ञान हो गया था। किन्तु अनार्य्य पुरोहित वर्गों से विभिन्न प्रकार के विश्वास आ रहे थे, जिससे ऋषिगण के नये छंदों में तंत्र और मंत्र का प्रभाव बढ़ता जा रहा था।[2]

अयोध्या में पहले से कहीं अधिक सम्पदा आ गई थी। किंतु तब घर-घर यह चर्चा होने लगी कि आर्यों के राजपट्ट पर दक्षिण के राक्षसों से भुक्त स्त्री बैठी थी। वही रानी सीता के लिए काल हो गया। राम को सीता का त्याग करना पड़ा। समाज के भय से भले ही, वर्ण-व्यवस्था के प्रतिपालन और आर्य्य गर्व को अक्षुण्ण रखने को सीता त्याग दी गई थीं, परन्तु राम जानते थे कि सीता निर्दोष थीं। रावण ने बलात्कार नहीं किया था। जिस व्यवस्था की राम ने रक्षा की थी, वही उनके हृदय का भार बन गई थी। एक वन में एक बहेलिया रहता

---

1. महाभारत-काल में हमें दक्षिण भारत में ऐसे राजवंश मिलते हैं जो कालांतर में क्षत्रिय कहलाए। दक्षिण में गए ब्राह्मण अनार्य्य पुरोहित वर्गों से मिल गए। जातियों की अंतर्भुक्ति से जात-पाँत का रूप अनेक देवताओं को सहेज बैठा, परन्तु, पुरानी द्रविड़ परम्परा से दो दल हुए—ब्राह्मण, अब्राह्मण।
2. अथर्ववेद के प्रारम्भ का तात्पर्य है।

था, जिसका नाम वाल्मीकि था। वह मुनि हो गया। कवि होने के कारण उसका मान था। वह (वैदिक) संस्कृत में रचनाएँ किया करता था। अब वृद्ध हो गया था। इस विपत्ति के समय उसने सीता को आसरा दिया था। राम जानते थे, परन्तु धर्म की व्यवस्था वर्णाश्रम पर निहित थी। वे कुछ नहीं बोल पाते थे। उन्हें दुःख था कि उन्होंने शूद्रों के सिर उठाने के कारण ही तो गर्भवती सीता का त्याग कर दिया था।[1] कुछ भी हो, पट्टमहिषी के लिए तो पवित्र होना आवश्यक ही था।

वह पितृसत्तात्मक समाज था और पूर्व के अनार्य्यों की परम्परा से प्रभावित आर्य्य राज्यतंत्र कोशल में जिन मानदण्डों की ओर जा रहा था, वह मूलतः आर्य्य नहीं थे। किन्तु रक्त गर्व इतना अधिक था कि इक्ष्वाकु वंश के कुलीन क्षत्रिय किसी अन्य जाति की स्त्री लेते ही नहीं थे, जब तक कि वह कोई बहुत ही श्रेष्ठ क्षत्रिय नहीं हो।[2]

एक पात्र और....

यह इस गाथा का अंतिम पात्र है, किन्तु इतिहास की एक ऐसी कड़ी है जिसे हिलाते ही सारी शृंखला झनझनाने लगती है। क्या मैं यह कहूँ कि मैं किसी उपेक्षित की ओर से बोल रहा हूँ? नहीं। उपेक्षितों की सूची बनाते समय कवियों ने तपस्विनी उर्मिला की विरह-व्यथा को देखा है, अन्यों ने कहा है कि माण्डवी का त्याग तो उर्मिला के त्याग से भी बड़ा था, क्योंकि वह तो अपने पति के पास रहकर भी तपस्विनी बनकर ही जीवित रही थी। मेरा यह उपेक्षित वास्तव में उपेक्षित नहीं। उसे किसी ने दया न दी, उसके लिए दुःख का अनुभव नहीं किया, वरन् उसके सत्य को भी झूठ में बदल देने का प्रयत्न किया गया। उसके विषय में मुझे न वाल्मीकि ने साक्षी दी है, न किसी व्यास ने। उसके विषय में अतीत का सारा गौरव ऐसी निस्तब्धता साध गया है कि मुझे सचमुच आश्चर्य होता है। किन्तु क्या शताब्दियों के शिलाखंड भी उसकी दीपक की भाँति उजागर सत्ता को बुझा सके हैं या छिपा सके हैं? नहीं, वह उपेक्षित, घृणित और परित्यक्त आज भी अपने लिए न्याय माँग रहा है। वह कौन है?

मैं नहीं कहता कि मैं मनुष्य को उसकी युग-सीमाओं के बाहर देखना चाहता हूँ। मनुष्य के युगों के विभिन्न सत्य विभिन्न युगों में रहे हैं और मैं व्यक्ति को उसके युग से सापेक्ष रखकर देखता हूँ। जब मैं कहता हूँ कि फराऊन ने संसार की आश्चर्यजनक पिरैमिड बनाई,

---

1. वाल्मीकि रामायण में किसी धोबी का वर्णन नहीं, वरन् जनता में फैले अपवाद का उल्लेख है।
2. परवर्ती काल में जब अपने को इक्ष्वाकु का वंशज कहनेवाले शाक्यों और लिच्छवियों ने अयोध्या छोड़कर राज्यतंत्र हटाकर कुलीनों का गण उत्तर में बनाया था, उस समय ये इतने जातिवादी हो गए थे कि आपस में ही ब्याह-शादी कर लेते थे। बाहरवाले आर्य्यों से भी नहीं मिलते थे। इसी प्रकार प्राचीन काल में ब्राह्मण शूद्रों के हाथ का खा लेते थे। परन्तु जब ब्राह्मणों ने शूद्रों की शक्ति को बढ़ते हुए देखा, तब 'कलिवर्ज्य' कहकर शूद्र के हाथ से खाना छोड़ दिया और रूढ़िवादि जाति-प्रथा की परम्परा को पकड़ लिया, क्योंकि उन्हें लुप्त हो जाने का भय आ उपस्थित हुआ। अतः विकास को समझने में सावधानी से काम लेना चाहिए।

तब यह भी तो कहे बिना नहीं रहा जाता कि उस महान निर्माण का श्रेय दासों के उस नौ बटे दसवें हिस्से को है, जो कि उन अतिकाय पत्थरों को उठाने में मर गया था। मैं मानता हूँ कि उस युग में दास-प्रथा इतिहास के दौर में आई थी, उस समय यदि दास न होते तो आज का संसार इस विकसित अवस्था को कभी प्राप्त न होता। मैं यह भी मानता हूँ कि फराऊन निश्चय ही जब दासों की मृत्यु देखकर भी दयार्द्र नहीं होता था, तब जहाँ एक ओर उसकी मानसिक अवस्था में यह निश्चित था कि वह दासों से काम लेनेवालों में से पैदा हुआ है, वहाँ वह निश्चय ही अपने वर्ग की रक्षा के लिए स्वयं भी ऐसे ही काम करता था जिनसे उसका स्वार्थ भी अक्षुण्ण बना रहता। इतिहास के लम्बे पट को खोलकर देखता हूँ। अत्याचार का भी पक्ष है, और उसका प्रतिपक्ष भी है। क्लाइव और वॉरनहेस्टिंग्ज़ भी अपने राष्ट्र के लिए वीर थे, जबकि वे हमारे लिए अत्यन्त जघन्य और घातक थे। तब मेरे सामने यह स्पष्ट होता है कि इतिहास के पर्दे उठाते समय समाज का सांगोपांग चित्र उपस्थित करूँ। और जब मैं यह इरादा करता हूँ तब मुझसे राम के युग में निकलकर शम्बूक कहता है : “क्या तू भी मुझे नहीं देखेगा?”

मैं उसे देख रहा हूँ।

वह कौन है?

मेरे शताब्दियों के संस्कारों में राम का पूज्य स्वरूप है। क्या मैं शम्बूक की वाणी को सुनकर अपने उस पूज्य नायक का पवित्र चरित्र गिरा नहीं दूँगा? यह भी हो सकता है कि इसे राम ने मारा था, परन्तु राम ने क्या राज्य के लिए सीता को भी नहीं छोड़ दिया था? वह राम का युग-बन्धन ही तो था। उस समय शूद्र को वे छोड़ भी कैसे सकते थे? शताब्दियों के राजमार्ग पर रामचरित्र अपना रूप बदलकर आया है। त्रेता का—बर्बर दास-प्रथा के युग का राम जिसके समय की दास-प्रथा का वाल्मीकि रामायण में उल्लेख नहीं है, क्या उसे दास-प्रथा के युग का नायक कहकर मैं अपने आधुनिकतावाद की अति नहीं कर रहा हूँ? नहीं, नहीं! मैंने देखा है महाभारत-काल में दास-प्रथा थी। मैंने देखा है कौटिल्य के अर्थशास्त्र में दास-प्रथा का अंत झाँक रहा है। मैंने देखा है कि स्मृतियों में दास-प्रथा के अवशेषों के पदचिह्न बाकी हैं। तो क्या यह मान लूँ कि राम, जोकि कृष्ण के पूर्ववर्ती थे, इन सबसे पुराने थे, उनके समय में दास-प्रथा न थी? मुझे तो निश्चय ही लगता है कि थी। हाँ, राम जिस युग में हुए, उस युग का वर्णन आख्यानक काव्यों में युगानुरूप परिस्थितियों में बदलता चला गया और जब वाल्मीकि रामायण का प्रस्तुत स्वरूप बना, तब राम की एक वीर नायक के रूप में कल्पना हुई, वह जो भाग्य से लड़ रहा था और सामंतीय समाज का चित्रण हुआ। सब कुछ हुआ, किन्तु यह कौन है, जो इतनी उपेक्षा से वर्णित होकर भी मेरे सामने आ बैठा है?

शम्बूक!

इसने तप किया!

तप?

हाँ। यह शूद्र था।

इसके तप से एक ब्राह्मण का पुत्र मर गया। अपनी कुमारावस्था में ही मर गया। क्यों?

क्योंकि इसका तप एक पाप था।

पाप था, क्योंकि धर्म के चारों वर्णों के अलग-अलग काम बताए थे। इस दुष्ट ने वह नियम तोड़ा। नियम तोड़ते ही पाप ने सबसे पहले ब्राह्मण वर्ण पर आक्रमण किया, वह मर गया!

ब्राह्मण का पुत्र मर गया। और अकाल मर गया। तब ब्राह्मण ने देखा। पृथ्वी का प्रतिपालक उस समय क्षत्रिय राम था, जो ब्राह्मण के सामने पूर्ण श्रद्धा से सिर झुकाता था। ब्राह्मण ने राम के सामने जाकर दुहाई दी। राम पुष्पक विमान पर बैठकर गया और उसने शम्बूक का वध कर दिया।

मरने पर, राम के हाथ से वध होने के कारण, शम्बूक की मुक्ति हो गई।

ठीक होता है। मर्यादा का पालन ऐसे ही तो किया जाता है। कितना वीर शासक था। कैसा न्यायप्रिय था। उसने जिस तत्परता से यज्ञ-विध्वंसक, ऋषियों के नाशक राक्षसों को मारने का बीड़ा उठाया था, जिस महानता से उसने पिता की आज्ञा के लिए राज्य छोड़ दिया, जिसके प्रेम से प्रभावित भरत ने महान् आदर्श स्थापित किया, जिसके बाहुबल ने ऋषियों को सम्बल दिया, जिसका प्रेम अखंड और अनन्य था, जिसने प्रजा के कहने से प्राणप्रिया सीता का भी परित्याग कर दिया, जिसने भरत का राज्य बढ़ाने और रावण का पता लगाने को बाली को मारा था, उसके इन्हीं सब अति गौरवान्वित गुणों ने इस शूद्र को भी मार डाला था।

परन्तु मुझसे यह सामने बैठा शम्बूक मुस्कराकर पूछ रहा है : "क्या तू भी यही मानता है?"

"क्या मानता हूँ मैं? शम्बूक!····इक्ष्वाकु क्षत्रिय था। कोई कहता है वह मनु का पुत्र था, किंतु मुझे तो वह मनु की कई पीढ़ियों के बाद मिलता है। इतना अवश्य सत्य है, वह मनु के वंश में था और उसने ही अयोध्या बसाई थी। उसके ही वंशज पूर्वीय भारत, कोसल प्रदेश में शासन करते थे। उसके अनेक वंशज महावीर हुए। उसके वंशज सगर ने महान् यज्ञ किया था, किन्तु उसके पुत्र कपिल के शाप से मर गए। कपिल के बारे में जैन ग्रन्थ मौन हैं, वे कहते हैं कि नागराज ने उन्हें मार डाला था। क्या आश्चर्य है! राज्यलोलुप आर्य्यों को नागों ने मार डाला होगा। मैं तो वाल्मीकि रामायण में ही देख चुका हूँ कि सगर के मरे पुत्रों का पता गरुड़ ने दिया था, जोकि इक्ष्वाकुवंश का सम्बन्धी था। यह तो प्रकट करता है कि आर्य्य रक्त से गरुड़ जाति का रक्त मिल चुका था। और गरुड़ टॉटेम तो नाग टॉटेम का पुराना शत्रु था। इसी इक्ष्वाकु का वंशज भगीरथ गंगा को लाया था। क्या मैं यह समझूँ कि भगीरथ ने गंगा प्रदेश जीतकर गंगा का उद्‌गम शिव के उपासकों से मित्रता करके देखा था? क्योंकि गंगा स्वर्ग से आई थी, यह तो अलौकिक चमत्कार है। वाल्मीकि रामायण ही कहती है कि हिमालय पर्वत की दो पुत्रियाँ थीं—एक पार्वती और एक गंगा। अतः इन्हें तो पूर्ण रूप से ऐतिहासिक चित्रण नहीं माना जा सकता। ऊपर मैं मांधाता को तो देख ही चुका हूँ। और मैं इक्ष्वाकुवंशियों की गाथा कहाँ तक गाऊँ? इतना और कहना है कि राम के बहुत बाद भी इक्ष्वाकु के वंशज पृथ्वी पर बाकी थे। जहाँ पहले राम के पूर्वज और राम और राम के परवर्ती, एक कुल का शासन बनाए रह सके, वहीं बहुत बाद में इक्ष्वाकु के कुल के क्षत्रियों ने एक वंश का शासन समाप्त करके, अनेक उच्च कुलों का शासन निर्माण किया और गण बना। उन्हीं

गणों में से शाक्य बुद्ध हुआ, और ज्ञातृपुत्र महावीर जैन तीर्थंकर हुआ। इक्ष्वाकु कुल में से वेद में वर्णित ऋषभ देव जैन तीर्थंकर हुआ। इसी कुल में से महावीर से पहले ऋषभ के बाद लगभग 16 या 17 जैन तीर्थंकर हुए। क्या यह नहीं बताता कि यह कुल बहुत दिनों से ही ब्राह्मणविरोधी हो गया था। किन्तु सम्भवतः राम के समय में ब्राह्मणों का प्रभाव था। बहुल परवर्ती काल में बुद्ध के समय में शाक्यों में दास-प्रथा टूट रही थी। राम के समय में दास-प्रथा थी और कठोर थी। इक्ष्वाकु वंश में भाई-बहन का विवाह होता था। उसी इक्ष्वाकु कुल में उस महाभारत-युद्ध से भी पुराने काल में वीर नायक राम हुआ था। उसी इक्ष्वाकु के वंशज राम ने तुझे मारा था। उस राम ने मारा था, जिसने बाली का वध करके हत्या का न्याय यों दिया था कि सारी पृथ्वी भरत राजा की थी, आर्य्य भरत की थी, जिसका न्याय और धर्म फैलाने को असंख्य राजा युद्ध करते घूमते थे, जिसने स्वीकार किया था कि आर्य्य फैलना चाहते थे, जिसने स्वयं अश्वमेध करके पराक्रम दिखाया था, और पराक्रम के मूल में अनार्य्यों की पराजय थी, और साथ ही आर्य्य शासकों को भी अपने अधीन करना था। वह राम क्या इतिहास में प्रगतिशील नहीं था। देख तो शम्बूक! उसी राम ने तो आर्य्य-अनार्य्य का झगड़ा मिटाया था। उसने निरंकुश अनार्य्य राजा रावण का नाश करके अनेक जातियों को शांति दी थी, उसने अनार्य्यों से मित्रता की थी, उसके ही कार्य का परिणाम था कि आर्य्य दक्षिण में उतरे और दक्षिण और उत्तर की जातियों का भेद लुप्त हुआ। क्या तू इसे नहीं देखता?"

शम्बूक सुन रहा है। उसने धीरे से मुँह खोला और कहा : "क्यों नहीं? यदि उसका यह पक्ष न होता तो उसमें महानता ही क्या थी। किन्तु मैं कौन हूँ? तू इस पर विचार क्यों नहीं करता?"

मैं कहता हूँ—

"ठहर जा शम्बूक! मैं देखना चाहता हूँ, तू कौन है।····तू शूद्र है!"

"शूद्र! शूद्र कौन है?"

पहले अग्नि जलाकर मातृसत्ताक परिवार शिकार इकट्ठा करके भून-भूनकर खाता था। वह अग्नि और वह परिवार सब ब्रह्म कहलाते थे। जो स्तुतियाँ वे गाते थे, वे 'वेद' अर्थात् ज्ञान के पर्याय थे। वे जो मिल-बाँटकर खाते थे उसे दान कहते थे।

कालान्तर में जब खेती प्रारम्भ हुई और व्यक्तिगत सम्पत्ति का दौर प्रारम्भ हुआ और पितृसत्ताक समाज का उदय हुआ, तब सारा कबीला-गण-गोत्र इकट्ठा होता और अग्नि देवता के उपासक ऋषि कहलाते। वे ही कालांतर में ब्रह्म के असली ज्ञाता ब्राह्मण बने। तब ब्रह्म वह पुराना सादा ब्रह्म नहीं था। उस समय दो दल हो गए थे। पहले जो केवल ब्राह्मण थे, वे अब ब्राह्मण और विश् अर्थात् जनसमाज के दो दलों में बँट गए थे। उस समय बाहरी कबीलों का हमला होता तो सब लड़ते। कालांतर में कुछ ब्राह्मणों ने आयुध धारण किए। वे क्षत्र कहलाए—अर्थात् क्षत्रिय। वे असल में ब्राह्मण ही थे। उनको बाद में भी उनके पुरोहितों—ब्राह्मणों के गोत्रों से निकला हुआ माना गया। वे क्षत्र बाद में, जब विश ने अधिक सिर उठाया, तब ब्राह्मणों के नियम—राज्य—के लिए सेना का रूप धारण कर गए। जब यह सब

भारत आए तब यहाँ उन्हें कई जातियाँ मिलीं। उन जातियों में कबीले भी थे, और दास-प्रथा भी थी, पेशे के हिसाब से जातियाँ भी थीं। आर्य्य ब्राह्मण, आर्य्य क्षत्रिय और आर्य्य वैश्यों ने मिलकर, एक होकर युद्ध किया। वे जीते। पराजित अनार्य्यों को दास बनाया गया—शूद्र कहा गया। धनी शूद्र बच गए—धन देकर। ऐसा ही ऋग्वेद में वर्णित बल्बूथ शूद्र था, जो सशक्त था और आर्य्य ब्राह्मण को दान देता था—और आर्य्य ब्राह्मण ऋषि उसकी स्तुतियाँ गाते थे। किन्तु अधिकांश शूद्र कुचले गए। वे आर्य्य वैश्य जो कि आर्य्य ब्राह्मणों और आर्य्य क्षत्रियों के सामने दलित थे, अब वे अनार्य शूद्रों से काम करानेवाले बन गए और उनका दर्जा अपने आप बढ़ गया। शूद्र को यथा इच्छा पर जान से मारा जा सकता था। किन्तु धन और स्वामित्व की टकराहट बड़ी चीज़ होती है। अश्वमेध होने लगे। आर्य्यों के घोड़े छूटने लगे और आस-पास के राज्यों को लूटकर धन बढ़ाया जाने लगा। इससे ब्राह्मणों और क्षत्रियों—आर्य्यों—में ही फूट पड़ी। ब्राह्मणों में से ही जन्म लेनेवाले क्षत्रिय सब कुछ करके भी समाज के नियम बनाने के अधिकारी नहीं थे। क्षत्रियों ने विद्रोह किया। कई क्षत्रियों ने ब्रह्म ऋषि बनने की चेष्टा की। अंततोगत्वा अनार्य्यों को जीतते हुए ब्राह्मणों और क्षत्रियों में परिवर्तन आया। विश्वामित्र क्षत्रिय होकर भी ब्राह्मण का पद पा गया। और फिर भी संघर्ष न थमा। विशाल आश्रमों में दास-दासियों[1] और वैभव के स्वामी ब्राह्मण थे। अगस्त्य ऋषि की कथा बताती है कि ब्राह्मण किसी भी राजा से चाहे जितना धन ले सकता था। राजा को अपना हिसाब दिखाना पड़ता था। एक के बाद एक अनेक ब्राह्मणों की कथाएँ मिलती हैं, जिन्होंने अपना अधिकार जमाने को क्षत्रिय राजाओं पर घोर अत्याचार किया। हरिश्चंद्र ऐसा ही दुखियारा था। मानो क्षत्रिय केवल ब्राह्मण का मातहत प्रबंधक मात्र था। नए क्षत्रिय हैहय आए। उस समय का धन गोधन था। सुवर्ण था। उन्होंने ब्राह्मणों से उसे छीना। घोर युद्ध हुआ। ब्राह्मणों ने अंततोगत्वा शूद्रों और वैश्यों की मदद ली। पहले भी ब्राह्मण और क्षत्रिय आपसी विरोध में अनार्य्यों की मदद लेते थे। वसिष्ठ ने पुलिंद, शबर आदि जातियों की मदद ली थी। विश्वामित्र ने राक्षसों की मदद ली थी। अब वैश्यों और शूद्रों की ब्राह्मण ने मदद ली। शूद्र और वैश्य को कुचलते वक्त सामने कौन आता था? क्षत्रिय ही तो। युद्ध हुआ। परशुराम ने क्षत्रिय-संहार किया। किन्तु तब शूद्र और वैश्य ब्राह्मणों के दबाए न दबे। काश्यप ब्राह्मण ने परशुराम से पृथ्वी माँग ली और फिर क्षत्रियों को बुलाया। फिर दोनों में मित्रता हुई। क्षत्रिय राजा बना, परन्तु ब्राह्मण 'कर' नहीं देता था, वह मुक्त था, वह न्याय और धर्म का निर्माता था। वह अपने अधिकार हारकर भी खो नहीं बैठा था, उसने बँटवारा किया था।

इसी परिस्थिति में दास—शूद्र—काम नहीं करते थे, क्योंकि दास को लाभ क्या था? तब शूद्र को अधिकार मिला। शूद्र अपना खाए, कमाए, पर धरती उसकी न थी, वह फिर भी कानून तोड़ने पर जान से जब चाहे मारा जा सकता था। किन्तु शूद्र अब समाज का आवश्यक अंग

---

1. बहुधा ऋषियों को आश्रमों में दरिद्र कहा जाता है। याज्ञवल्क्य ऋषि था, आश्रम में रहता था। उसकी दो पत्नियाँ थीं—कात्यायनी और मैत्रेयी। याज्ञवल्क्य बृहदारण्यक उपनिषद में मैत्रेयी से कहता है : 'आ मैत्रेयी, मैं इस धन-धान्य, दास परिजन वृन्द, सम्पत्ति का तुम दोनों में बँटवारा कर दूँ। मैं संन्यास ले रहा हूँ।' यह न केवल आश्रमों में धन का वर्णन है, वरन् यह भी बताता है कि आश्रमों में तब संन्यासी नहीं रहते थे।

स्वीकार कर लिया गया था। वह समाज का चरण था। वह दासों से आगे की— तुलनात्मक प्रगति की अवस्था में था। उसी शूद्र वर्ग में शम्बूक उठा था। शम्बूक ने तप किया था।

तप! अर्थात् उसने अधिकारों के लिए सिर उठाया था। उस समय अश्वमेध होते थे। आर्य्यों के उच्च वर्ग फैलते जा रहे थे। राम नामक क्षत्रिय राजा ने अनेक सशक्त अनार्य्यों से मित्रता की थी। पुराने असहिष्णु अनार्य्य शासक ने रावण को अनार्य्यों की सहायता से हराया था। ठीक उसी समय समाज के चरण—शूद्रों के नेता शम्बूक ने अपने वर्ग की बराबरी के लिए, शिक्षा के लिए, अधिकार के लिए, अपना शीश उठाया था।

"क्या वह अकेला था?"

"शम्बूक, मैं ठीक कहता हूँ?"

"तू मुस्करा रहा है। तेरे मुख पर तृप्ति है।"

"तू अकेला नहीं था। तू एक महान् और सशक्त नेता था। तू निश्चय ही साधारण व्यक्ति तो नहीं था। यदि तू साधारण मनुष्य होता तो क्या स्वयं अपने समय में सबसे सशक्त क्षत्रिय को तेरी हत्या करने आना पड़ता। क्या तुझे कोई साधारण अफसर नहीं मार सकता था। जगद्विजयी रावण के हंता राम को ही तुझे मारने को आना पड़ा। मथुरा के असुर शासक को मारने को तो शत्रुघ्न ही काफी था। और तेरे तप से ब्राह्मण का पुत्र मरा? ब्राह्मण जैसा सशक्त भी तुझे न मार सका? ब्राह्मण के बल के सामने विश्वामित्र को अपने क्षत्रिय-बल पर अत्यन्त ग्लानि हुई थी। उसी ब्राह्मण वर्ण को इतना भय उत्पन्न हो गया कि उसे राम के पास आना पड़ा? जिनकी हुंकारों और शापों से त्रिभुवन काँपता था, वे इतने असहाय कैसे हो गए?"

शम्बूक मुस्करा रहा है।

किन्तु नहीं। क्या मैं इतिहास को विकृत कर रहा हूँ? क्या मैं जबर्दस्ती भारत के गौरवमय अतीत में वर्णसंघर्ष ढूँढ़ रहा हूँ? नहीं, नहीं। मैं यह कैसे मान लूँ कि किसी शम्बूक के उल्टे लटके रहने से किसी का पुत्र मर सकता था? क्या पहले किसी छोटे वर्णवाले ने बड़े वर्ण का होने के लिए तप नहीं किया था? विश्वामित्र ने तप किया था, तब उस तप से कोई क्यों नहीं मरा था? क्योंकि वे क्षत्रिय थे। और क्षत्रिय और ब्राह्मण का झगड़ा दो उच्च वर्णों का आंतरिक संघर्ष था। परन्तु शम्बूक शूद्र था। शूद्र का तो यथाकाम वध किया जा सकता था। वह इतना साहस करे कि उच्च वर्णों की नकल करे?

या मैं यह कहूँ कि तू उस समय के बन्धनों में वही काम ऊँचा समझता था, जिसे उस समय के उच्च कुल के लोग करते थे। जैसे चमारिनें ब्राह्मणियों की भाँति बिछुआ और कड़े पहनने के लिए जाटशाही में चेष्टा किया करती थीं? जिस भारत में मनु, याज्ञवल्क्य और आपस्तम्ब के बनाए नियम चलते थे, उस भारत में अब भीमराव अम्बेडकर जैसे अछूत को ही कानून बनाने का अवसर प्राप्त हुआ, किन्तु अब अपनी हीनता की भावना में वह व्यक्ति भी कहता है कि शूद्र असल में क्षत्रिय थे। तो क्या तुझमें भी ऐसा ही कोई अभाव था?

अभाव!

कहाँ से होता है अभाव का जन्म?

अभाव का जन्म असाम्य में है।

असाम्य की जड़ शोषण में है।

जो उस शोषण के विरुद्ध सिर उठाता है, वह विद्रोही होता है। उसका बलिदान व्यर्थ नहीं जाता। तूने बगावत की, और समय से पहले बगावत करके कुचल दिया गया? उस समय इतिहास तेरे लिए तैयार नहीं था। किन्तु तूने शूद्रों को जगाया अवश्य, क्योंकि महाभारत-युद्ध के बाद शूद्र यज्ञ का भी अधिकारी बना, वैष्णव-पद्धति के यज्ञ का। जानश्रुति पौत्रायण तेरी ही जाति का था। नन्द वंश भी शूद्र ही था। किन्तु जब ये उठे तब वे वह नहीं थे जो तू था। तू शोषित और दलित था। वे शूद्र होकर भी शोषक हो गए थे। मैं मानता हूँ उस समय शोषण व्यक्ति का दोष नहीं था। उत्पादन के साधन ही ऐसे थे कि शोषक और शोषित दो वर्गों का होना आवश्यक था, क्योंकि तब आर्थिक साधन खेतिहर उत्पादन-प्रणाली पर आश्रित थे। और दास-प्रथा भारत में इसी के झटके से नहीं टूटी, क्योंकि उत्पादन के साधन नहीं बदले, केवल व्यापार के पूर्व और दक्षिण में बढ़ जाने से व्यापार का संतुलन ही बदल गया। उस संतुलन के बदलने से क्रमशः दास-प्रथा टूट गई। वह कथा लम्बी है और उसको मुझे फिर भी सुनाना ही होगा, किन्तु तुझसे तो मुझे तेरे ही युग की बात कहनी है।

जो भी प्रमाण प्राप्त हैं, वे इतना ही कहते हैं कि तुझसे राम ने पूछा : "तुम कौन हो? राजर्षि या ब्रह्मर्षि?"

और तूने कहा : "शूद्र।"

तुरन्त ही खड्ग चला। तेरा सिर कटकर गिर गया।

शूद्र के लिए तो यह पाप था कि वह उच्च वर्णों के काम करे। फिर तर्क की गुंजायश ही कहाँ थी। कुत्ता मालिक पर ही भौंकने लगे?

कौन जाने तेरी ही भाँति एक बार बहुत दिन बाद रोम—साम्राज्यवादी महान् रोम—में दास स्पार्टाकस ने विद्रोह किया था। उसका विद्रोह क्रैसस नामक वीर नायक ने कुचला था। उस क्रैसस की वीरता का भी कोई गुणगान नहीं किया गया, क्योंकि दास की वीरता का जो उसमें गुणगान हो जाता। इसी प्रकार कौन जाने तेरे वध का भी वर्णन अधिक नहीं किया गया।

पर शम्बूक!

कुछ लोग यह भी कहते हैं कि राम के युग में तू था ही नहीं। तू तो एक कल्पित पात्र है। तेरी रचना ब्राह्मण ने बाद में इसलिए की कि शूद्र को डराया जा सके। यदि ऐसा था तो भले ही तू कोई व्यक्ति नहीं हो, किन्तु तू उस असंतोष का प्रतीक था, जो कि शूद्र में बलबलाकर उठ रहा था, जिसको दबाने के लिए राम को तलवार का आसरा ढूँढ़ना पड़ा। बात वही है। तू अपनी जगह विद्रोही ही रहा, और विद्रोह का दमन करनेवाला उच्च वर्णों का सबसे बड़ा नायक था।

शम्बूक!

वह राम जिसने जातियों के भेद की खाई को पाटा, वह अपने समाज के प्रति क्या सतर्क न होता? इस देश में क्या प्राचीन काल में लोग राज्य-व्यवस्था के प्रति जागरूक न थे? यदि न होते, तो ये वैराज्य, द्वैराज्य, साम्राज्य आदि राज्य के इतने भेद ही क्यों प्राप्त होते?

नहीं! तू एक सत्य ही-सा लगता है। सत्य केवल इतना कि शूद्र भी विद्रोह करता था। भले ही वह बार-बार पराजित होता रहता था।

और तभी मैंने तुझे देखा है। तभी मैंने कहा है : 'एक पात्र और…'

क्या होगा तेरा रूप? तीखी आँखें, कृश शरीर, कठोर जबड़े? मैं यह नहीं कह सकता, क्योंकि मैं तेरी मुस्कान देख सकता हूँ। तेरा रोना देख सकता हूँ, परन्तु तेरा मुख नहीं देख सकता। इतिहास के गहरे पर्दों ने उसे ढाँक लिया है।

उन ब्राह्मणों और क्षत्रियों के शासन में अनेक सशक्त अनार्य्यों से आर्य्यों की मित्रता होती जा रही थी, और आर्य्य साथ-ही-साथ अपना राज्य भी बढ़ाते जा रहे थे।

उन आर्य्यों के नेता राम के प्रति विभिन्न जातियों में स्नेह भी मिलता है।[1] परन्तु वे जातियाँ आर्य्यों के अधीन नहीं थीं। और तू जिस वर्ग का था, वह वर्ग अनार्य्यों के राज्य में भी तेरी जैसी ही हालत में था; क्योंकि तू मनुष्य नहीं, औजार था।[2] और औजार का विद्रोह उस समय के समाज के ढाँचे को ही पलट देने का प्रयत्न था!

इतना विद्रोह!

केवल इतना सत्य है कि एक दिन तूने अपने को इतिहास के बीच ला खड़ा किया था, जबकि महान् सेनाओं के स्वामियों के बीच तेरा नाम भी इतिहासज्ञों को लिखना ही पड़ा, चाहे उन्होंने तेरे जीवन और महत्व को कुछ भी महत्व नहीं दिया। भले ही तेरा नाम उस सिर की भाँति प्रयोग किया गया जो कि शत्रु को डराने को किले पर टाँग दिया जाता था, किन्तु आश्चर्य तो यह है कि तेरा सिर इतनी कीमत तो रखता ही था कि उसे विवश होकर इतिहास के किले पर टाँगना पड़ा।

मैं नहीं जानता, तेरे साथ कितना अत्याचार हुआ था, अवश्य तेरे जागरण में प्रलय था। तेरा विनाशक जब कालांतर में अवतार बनकर समाज का भाण बन गया, तब तेरा वर्णन भी परवर्ती रामायणों में वर्णित-सा हो गया, किन्तु तू जो साक्ष्य छोड़ गया है, वह मुझे मनुष्य के विविधांगों में होते विकास में, एक ऐसी कड़ी बनकर मिलता है, जिसे छूता हूँ तो सारी शृंखला झनझना उठती है।

---

1. अपनी 'हिन्दू मॉयथालॉजी' तृतीय संस्करण, सन् 1913 में डब्ल्यू० जे० विल्किन्स पृ० 174 पर कहता है : "यह एक आश्चर्य की किन्तु सच बात है कि विन्ध्याचल में अब भी कुछ आदिवासी जातियाँ हैं जो राम और सीता की अनेक कथाएँ सुनाती हैं। ये जातियाँ हिन्दू नहीं हैं और हिन्दू धर्म के बारे में कुछ भी नहीं जानतीं। इन जातियों के लोग शक्ल-सूरत में भी बिल्कुल हिन्दुओं के-से नहीं लगते। वे काले हैं, उनके बाल घुँघराले हैं, होंठ मोटे हैं और उनका अफ्रीका की जातियों से अधिक साम्य है।"

   विल्किन्स की पुस्तक का प्रथम संस्करण 1882 ई० में निकला था। उस समय आदिवासी जातियों में इस प्रकार का प्रचलित संवाद प्रकट करता है कि यह कथाएँ उनमें परम्परा से उतरकर आई होंगी।

2. रोम में दास को '(Instrumentum Vocale)' कहा करते थे। अरस्तू जैसे विद्वान् और सिसरो जैसे विचारक भी क्रमशः ग्रीस और रोम में दास-प्रथा रखने के पक्ष में थे, क्योंकि यह उनके युग का बन्धन तथा उनके वर्ग का ही सत्य था—स्वार्थ था। अरस्तू के समय में जब सिकन्दर भारत में आया था, तब अवश्य यहाँ दास-प्रथा नहीं थी। जो कुछ दास थे, वे केवल घरेलू दास थे जो धन देकर आर्य्य अर्थात् नागरिक बन सकते थे।

परिशिष्ट

राम-रावण युद्ध के बाद आर्य्यों की परिस्थिति यों थी। कोसल के आर्य्य क्षत्रिय बहुत वर्षों से रहते चले आ रहे थे और वे अपने को पुराना भी मानते थे, परन्तु बाद में भी वे अधिक अनार्य्यरक्त को अपने भीतर नहीं ले सके थे, यद्यपि अनार्य्यों के विश्वासों और धर्मों का उन पर पहले से भी अधिक प्रभाव पड़ता जा रहा था।[1]

इक्ष्वाकुवंश के विकास को समझने के लिए आवश्यक है कि हम उसके बुद्धकालीन स्वरूप को देखकर, पुराने साक्ष्यों को देखकर उसकी वास्तविकता का चित्र खींचें, क्योंकि इक्ष्वाकुवंश का वाल्मीकि रामायण में शुंगकालीन सामंतीय चित्रण है। हो सकता है हमारे द्वारा लिखे राम के चरित्र से लोगों को धक्का लगे, किंतु यहाँ हम स्पष्ट कर दें कि अधिकांश जो खटकनेवाली बातें यहाँ है, वे हमारी नहीं वरन् वाल्मीकि रामायण में से ही उद्धृत हैं। महाभारत की राम-कथा अत्यन्त संक्षिप्त है। वाल्मीकि रामायण का प्रस्तुत स्वरूप, जोकि शुंगकालीन है, अत्यन्त विस्तार से लिखा गया है। पुराने अंश फिर भी इसमें बचे ही रह गए हैं।

(1) यह ग्रन्थ भारत के सामन्तकाल के उदय के समय में लिखा गया है, किंतु इसकी कथा महाभारत ग्रन्थ-काल से पुरानी है। सम्भवतः मूल वाल्मीकि रामायण वैदिक संस्कृत में रही हो और गाई जाती रही हो। परन्तु गाने में आया हुआ काव्य भाषा के क्रमशः विकसित होने पर अपने आप बदलता रहा। उदाहरण के लिए जगनिक का आल्हा है जो लिखा गया अपभ्रंश भाषा में होगा, परन्तु समय बदलने के साथ रूप बदलता गया। जिस प्रकार उसमें

---

1. राम के समय में क्षत्रियों का शासन था और ब्राह्मणों के अधिकार पहले से कम हो गए थे। किन्तु अश्वमेध के युग में ब्राह्मण और क्षत्रिय दोनों मिलकर रहे, क्योंकि परस्पर एकता की आवश्यकता थी। पूर्व के अनार्य्य प्रदेश के ब्राह्मणधर्मविरोधी चिन्तन ने इक्ष्वाकु वंश के क्षत्रियों में अपना विकास किया। इससे क्षत्रिय धीरे-धीरे ब्राह्मणों के संर्वाधिकार को हटा सके। क्षत्रियों ने भिन्न प्रकार के दार्शनिक मत स्वीकार किए। और ब्राह्मणों और क्षत्रियों का एका फिर हमें कुरु पञ्चाल में ही मिलता है। पूर्व के भूभागों में क्षत्रिय ब्राह्मणों के विरोधी प्रतीत होते हैं। यद्यपि बुद्ध के समय में भी बौद्ध ग्रन्थों से प्रमाणित होता है, अधिकांश राज पौरोहित्य ब्राह्मणों के हाथ में था, किन्तु ब्राह्मणों को कुरु पञ्चाल जैसा सम्मान नहीं मिलता था। इसका एक कारण यह भी था कि महाभारत के बाद ब्राह्मण वर्ण भारत के अन्य पुरोहित वर्गों के धर्मों को स्वीकार करके महाभारत बना रहा था। जातियों की अंतर्भुक्ति हो रही थी। पूर्व के क्षत्रिय पुराने आर्य्य थे। जैसे-जैसे अनार्य्य शक्ति बढ़ती गई, वे अपनी राजनीतिक शक्ति को अलग और ऊँचा बनाए रखने के लिए संघर्ष कर रहे थे। उन्होंने एकतन्त्र हटाकर समस्त कुलीनों को एकत्र करने को गण बनाया और वे दास-प्रथा के द्वारा अपने अधिकार बनाए रखना चाहते थे। ब्राह्मण राजनीतिक शक्ति हाथ से जाने पर किसी प्रकार परिवर्तित परिस्थिति में अपने को बचाए रखने की चेष्टा कर रहा था। पूर्व के ब्राह्मणों और दक्षिण भारत के ब्राह्मणों में जो अधिक छूतछात और अलग रहने का गर्व है, वह इसीलिए कि किसी प्रकार वे अपने को अलग बनाए रहकर शासन करना चाहते थे। किन्तु सब प्रयत्न करने पर भी उठते हुए सामन्तवाद ने जाति गर्व के पुराने ढाँचे को तोड़ दिया। अनार्य्य पुरोहित वर्ग भी अंततोगत्वा ब्राह्मण वर्ण में अंतर्भुक्त हो गए और इस प्रकार एक-एक वर्ण में ही अनेक-अनेक जातियाँ बन गईं। जैसे-जैसे अंतर्भुक्ति बढ़ती गई, अपने को नई परिस्थिति में बचाने के लिए ब्राह्मणों और क्षत्रियों ने धर्मशास्त्र बनाकर नए नियमों में अपने अधिकारों को दृढ़ करने का प्रयत्न किया।

तोप-बंदूक घुस आई, उसे सब समझते हैं। इसी प्रकार नवीं-दसवीं सदी के गोरखनाथ के पदों ने भी, शिष्यों में गाए जाते रहने के कारण, अपना रूप धीरे-धीरे बदल लिया, और वे जिस सधुक्कड़ी भाषा में मिलते हैं, वह गोरखनाथ के युग की भाषा नहीं है। यदि बौद्ध विचारकों और अन्य यूरोपीय विचारकों की बात मानकर यह स्वीकार किया जाए कि वाल्मीकि के राम कभी हुए ही नहीं, तो फिर प्रश्न उठता है कि अश्वघोष से पहले ही राम के आख्यान गाए जाते थे, क्या वे किसी प्राचीन परम्परा को लिये हुए नहीं थे? बहुत-से विद्वान् वेद और उपनिषद् में हर एक बात की खोज करते हैं। किन्तु वेद और उपनिषद् में हर एक बात होने की आवश्यकता ही क्या है, जबकि पुराण और इतिहास को अलग ही विषय माना गया है। यही भूल सर आर० जी० भाण्डारकर ने भी की थी कि वे आर्य्यों का दक्षिण भारत में पहुँचना ईसा से 3 या 4 सौ वर्ष पूर्व मानते थे। उन्होंने आरण्यकों और ब्राह्मणों में विदर्भ देश का नाम नहीं देखा, जहाँ आर्य्यों का राज्य था और नल राजा ने राज्य किया था। इसी के कारण वे भ्रम में पड़ गए। यदि हम उत्तर भारत के इन उपनिषदों को ही देखें तो भारतीय समाज का विकास न तो समझ में आता है, न यही सुलझता है कि दक्षिण भारत में किस प्रकार विकास हुआ। दक्षिण भारत की उपासना-पद्धति, वहाँ की जातियों की टॉटेम-प्रथा, उनकी मॉस्क-प्रथा, जिसका अभी तक कथकलि जैसे नृत्य में अवशेष मिलता है, यह सब कुछ भी स्पष्ट नहीं होता।

हमें उपनिषदों की भाषा परवर्ती वैदिक संस्कृत में मिलती है। कृष्णदेव के पुत्र को जब उपनिषद् में प्राचीन माना गया है, तो महाभारत की परम्परा के साक्ष्य पर हम राम को कृष्ण से प्राचीन मानने में कोई हानि नहीं समझते, जबकि इस विवेचन से हमारे सामने उत्तर और दक्षिण की समस्या पर भी नया प्रकाश पड़ता है।

उत्तर भारत की जाति-प्रथा और वर्ण-व्यवस्था जिस रूप का प्रदर्शन करती है, वह दक्षिण भारत के इतिहास से मेल नहीं खाती। राम ने जो कार्य किया कि दक्षिण भारत का पथ खोल दिया, इसका परिणाम हमें आर्य साहित्य में मिलता है कि अनार्य्यों की विभिन्न सभ्य जातियों के प्रभाव अथर्ववेद में मिलते हैं और दक्षिण भारत का भी वर्ण-व्यवस्था के अंतर्गत प्रदेश के रूप में महाभारत में नाम आता है। तमिल काव्य में यद्यपि अत्यन्त प्राचीन समय में पुरोहित वर्ग प्रतीत होता है, किन्तु वर्ण-व्यवस्था वहाँ बाद में ही मिलती है। दक्षिण भारत में भी वर्ण-व्यवस्था ने अपना प्रभाव बढ़ाया, किन्तु वह उस रूप में नहीं मिलती जिस रूप में उत्तर भारत में दिखाई देती है। उत्तर भारत में ब्राह्मण हैं, क्षत्रिय हैं, वैश्य हैं, और शूद्र हैं तथा अन्त्यज हैं, जो छुए नहीं जाते। बाकी एक-दूसरे का खान-पान, पेशे और परिस्थिति की मर्यादा पर अवलम्बित हैं। अंत्यज वही जातियाँ हैं जो दास थीं और तब भी उनसे गन्दे से गंदा काम लिया जाता था। दक्षिण में एक ओर ब्राह्मण हैं, दूसरी ओर अब्राह्मण। यहाँ यह स्पष्ट कर देना आवश्यक है कि दक्षिण भारत में आर्य्यों के जाने के पहले के समाज में पुरोहित वर्ग था जो अनार्य्य ही था और उसका अन्यों पर शासन था। जब उत्तर से आर्य्य जातियाँ गईं और अनार्य्यों से मिलीं, तब आर्य्यों का ब्राह्मण वर्ण अनार्य्यों के पुरोहित वर्ग से अंतर्भुक्त हो गया। अनार्य्यों ने वेद को स्वीकार किया और आर्य्यों ने उनके सारे देवी-देवताओं को अपने भीतर पचा लिया, बल्कि यों कहें कि अपनी वैदिक पद्धति रखते हुए भी यह लोग अनार्य्य देवताओं की उपासना को स्वीकार कर गए। कार्त्तिकेय जो उत्तर में इंद्र बना था, वह राक्षसों का मित्र

था। दक्षिण में उसे पहाड़ी देवता माना जाता है। सम्भवतः वह किरात परिवार का (यक्ष, गन्धर्व आदि में से किसी का) देवता हो गया था, जो स्वामिकार्त्तिकेय के रूप में आर्य्यों में समा गया। यह कहना गलत होगा कि आर्य्यों के कारण पुरानी असुर, राक्षस, दैत्य, दानव आदि जातियाँ बुरी कहलाईं। यह जातियाँ सम्भवतः अपनी दास-प्रथा के कारण, अपने आतंक के कारण अनार्य्यों में भी बुरी कहलाईं। वानर राक्षसों के बाली के समय से ही विरोधी थे। दक्षिण में राजनीति का यह स्वरूप हम प्रकट कर चुके हैं। रहा यह प्रश्न कि यदि वानर, नाग आदि सभ्य जातियाँ थीं तो यह क्यों पशुओं के रूप में याद की गईं। प्रथम तो यह कि नाग और वानर दोनों ही गरुड़ आदि की भाँति आर्य्यों में पूज्य हो गए, ये जातियाँ घुल-मिल गईं। दूसरे इस प्रकार घुल-मिल जाने से लोग टॉटेम-प्रथा की उत्पत्ति को भूल गए और अंतर्भुक्त होने पर इनको इस रूप में याद किया जाने लगा। ध्यान रहे कि जिन भारशिवों ने दस अश्वमेध यज्ञ करके ब्राह्मण धर्म को फिर से प्रतिष्ठापित करने की चेष्टा की थी, वे स्वयं नाग थे। परन्तु वे नाग के रूप में केवल नाममात्र के नाग थे, वैसे वर्ण-व्यवस्था से अपने को अलग नहीं मानते थे, वे स्वयं भूल चुके थे कि किसी समय क्षत्रियों और ब्राह्मणों ने जनमेजय को नेता बनाकर नागों का विनाश किया था। पुरानी बातें परम्परा में अतिरंजित हो गईं, उनका फिर से रूपक के तौर पर अर्थ खोजा जाने लगा, जो परम्परा बन गई, और अब भी लोग इस तरह के अर्थ लगाने की चेष्टा करके यह प्रमाणित किया करते हैं कि पहले के वर्णन इस पृथ्वी के नहीं, पुराने कल्पों के और आकाश के वर्णन हैं। यह अवैज्ञानिक तर्क है, अतः हम इस पर ध्यान नहीं दे सकते। इसी प्रकार पूर्व भारत में वर्ण-व्यवस्था के रूप में भेद मिलता है। वहाँ ब्राह्मण, क्षत्रिय, वैश्य, और शूद्रों से साथ कायस्थ भी हैं, जिन्हें कहीं क्षत्रिय और कहीं शूद्र प्रमाणित किया जाता है। यह कोई सभ्य अनार्य्य जाति (सम्भवतः नाग) है, जो अन्तर्भुक्त तो हुई किन्तु उसने अपनी सत्ता को ऊँचा ही बनाए रखा। इसी प्रकार की जाति खत्री भी है, जो मूलतः क्षत्रिय प्रतीत होती है। हो सकता है कोई विदेशी भी इसमें आकर अन्तर्भुक्त हो गए हों। खत्रियों की स्त्रियाँ पुरुषों से अधिक आचार-विचार रखती हैं। अरोड़ा सम्भवतः आरट्टों के वंशज हैं। अतः जब हम इस प्रकार के विषय का विवेचन करें, तब हमें परिस्थिति विशेष का अध्ययन करना आवश्यक है।

राम की कथा के साथ हम यह भी स्पष्ट कर देना चाहते हैं कि कृष्ण के समय में महाभारत हुआ, यह बुद्ध से पहले ही प्रचलित था, परंतु उपनिषद् में 'देवकीपुत्र कृष्ण' कहकर यह सब उल्लिखित नहीं है कि वह राजनीतिज्ञ भी था। अतः आवश्यक नहीं है कि हर बात उपनिषदों में प्राप्त ही हो, क्योंकि यूरोपीय ढंग से ही तर्क को बाँध लेनेवाले अपने को उन्मुक्त नहीं रखते। राम के युद्ध ने समाज में कितना परिवर्तन कर दिया था, यह महाभारत-काल का अध्ययन करते समय स्पष्ट होता है। महाभारत-युद्ध में आर्य्यों की शक्ति क्षीण होने पर क्या हुआ था, यह धर्मशास्त्रों के 'कलिवर्ज्य' के प्रकरण को पढ़ने से ज्ञात हो जाता है।

(2) वैदिक मंत्र पुरोहितों के हाथ में थे। वे शब्द और अक्षर को पवित्र माने जाने के कारण ज्यों-के-त्यों ही रखे गए, परन्तु पुराणों के लिए ऐसी कोई व्यवस्था नहीं थी। वे तो समाज के सब लोगों के लिए थे। जिस प्रकार प्राचीन राम-कथा को लिखते समय तुलसी ने अपने युग का चोला पहनाकर राम को चौगोशिया टोपी भी पहना दी, उसी प्रकार इन प्राचीन

कथाओं के विभिन्न युगों में नये-नये संस्करण अनजाने ही हो गए। मूल कथा फिर भी बीच में से झाँकती हुई मिलती है।

(3) रामायण के उत्तरकाण्ड में बहुत-सी विचारणीय बातें मिलती हैं। राक्षसों, वानरों आदि के जन्म की कथाएँ दी गई हैं। यह परम्परा से चली आई कथाएँ थीं, जो इतिहास का क्रम न रखने, समय व्यतीत हो जाने के कारण, चमत्कारों से भर गई थीं। हम अन्यत्र प्रमाणित कर चुके हैं कि ऋग्वेद में ही राक्षसों के सशक्त होने, आर्य्यों को कष्ट देने के उल्लेख मिलते हैं, क्योंकि देवताओं से उनके विरुद्ध प्रार्थनाएँ की गई हैं। पहले भी हम इसका उल्लेख कर आए हैं।

ता महान्ता सदस्पती इन्द्राग्नी रक्ष उब्जतम्।
अप्रजाः सन्त्वत्रिः।
—ऋग्वेद 1।1। 2।5। 21।5

इस प्रकार के मुझे कई आधार प्राप्त हुए हैं।

पहले असुर, दानव, दैत्य और राक्षस अलग-अलग थे, क्योंकि इनका उद्‌भव अलग-अलग स्रोतों से माना गया है। दनु के दानव तथा दिति के दैत्य थे। यक्ष भी, गन्धर्वों के साथ ही, भयानक लोग माने गए हैं, यद्यपि इन्हें दार्शनिक भी मानने की परम्परा थी। नारद गन्धर्व थे, और यक्ष के 'वृक्ष' को 'ऊर्ध्वमूल वृक्ष' के रूप में बाद में स्वीकार किया गया है।

कालांतर में इनका पारस्परिक भेद भुला दिया गया। कितने आर्य्य इन जातियों में न घुलमिल गए, यह कहना कठिन है। यादवों को असुर कहा जाता था। गरुड़ और नागों का हम रघुकुल और कुरुकुल से सम्बन्ध दिखा चुके हैं।

रावण के वध के बाद भी पूर्व भारत के पश्चिम भाग में लवणासुर के शत्रुघ्न द्वारा मारे जाने का उल्लेख है, जो मधुपुरी में रहता था। वही देश बाद में शूरसेन देश के नाम से विख्यात हुआ था, अर्थात् मथुरा-वृन्दावन का प्रदेश। लवण असुर था। उसका मांधाता से भी युद्ध बताया गया है। इसका अर्थ है, वहाँ असुर राज्य करते थे।

आर्यों के राजाओं के पुत्र अपने लिए नई-नई जगहें खोजते थे। यहाँ तक उल्लेख है कि इक्ष्वाकु के मूर्ख पुत्र 'दण्ड' ने विंध्य और शैबल के बीच में सुन्दर 'मधुमन्त' नामक नगर बसाया था। उसी के नाम पर सम्भवतः वन का नाम दण्डकारण्य पड़ा। वह मूर्ख कहलाया, क्योंकि ब्राह्मणविरोधी था। भार्गववंशी ब्राह्मणों ने उसे मदांध क्षत्रिय जानकर नष्ट कर दिया था। महर्षियों ने भरत से कहा था कि सिन्धु नदी के पास शैलूष गंधर्व थे, जो बड़े लड़ाके थे। क्योंकि वह देश महर्षियों के देश से लगा हुआ था, अतः उन्होंने भरत से प्रार्थना की थी कि वह देश जीत लिया जाए। भरत ने स्वीकार कर लिया और ब्रह्मर्षियों की सहायता से, केकयनरेश युधाजित अश्वपति की सेना साथ लेकर भरत के गन्धर्वों को हरा दिया। वहाँ भरत ने दो नगर बसाए—एक तक्षशिला, दूसरा पुष्कलावत। हो सकता है तक्षशिला भरत का ही बसाया हो, जो कालांतर में तक्षकुल के नागों ने जीत लिया हो, क्योंकि जनमेजय का नागयज्ञ तक्षशिला में हुआ था जहाँ नाग राज्य करते थे। मुझे यही प्रतीत होता है कि तक्षशिला नागों ने बसाया था। कारण अन्यत्र दिया जा चुका है।

(4) राजा होने के बाद राम ने फिर अश्वमेध यज्ञ किया और अपने आसपास के प्रदेश

को जीता। यह प्रकट कर रहा है कि राम अपने युग से अलग नहीं थे। उन्होंने तत्कालीन आर्य्य-परम्परा को अन्य आर्य्यों को ही भाँति निभाया था। दक्षिण की विजय वास्तव में आर्य्यों की विजय नहीं थी, वह तो अनार्यों की मित्रता का प्रारम्भ था, सबसे बड़ी अनार्य्य शक्ति का पतन था। इसलिए उसे त्रेता युग का अन्त कहा गया। द्वापर के वर्णन में यह कहा ही गया है कि धर्म का एक और चरण पृथ्वी से उठ गया, किन्तु उसका कोई कारण नहीं कहा गया। कारण, वास्तव में आर्य्य-अनार्य्य का भेद धीरे-धीरे मिटने लगा था। अब समाज में विभिन्न जातियाँ थीं, और साथ ही वर्णाश्रम माननेवाली जातियाँ थीं, किन्तु आर्य्यों का पहले जैसा संकुचित क्षेत्र नहीं था, दक्षिण भारत भी खुल गया था।

यहाँ हमें एक बात और स्पष्ट देख लेनी चाहिए। आधार यह प्रमाणित करते हैं कि किरात परिवार की जातियाँ हिमालय प्रदेश से निकलकर भारत में विभिन्न स्थानों में फैल गई थीं। तो जब दक्षिण में इनका आधिपत्य हुआ, हमें यह नहीं सोच लेना चाहिए कि यही जातियाँ वहाँ रहती थीं। इनकी अधीनता में वहाँ की पुरानी जातियाँ भी वहाँ अवश्य रही होंगी।

(5) हमने रामायण के अध्ययन के समय चमत्कारों को छोड़ दिया है, क्योंकि चमत्कार सब जगह एक ही-से नहीं मिलते। उनमें जगह-जगह भेद हो जाता है।

परवर्ती रामायण में तो यह चमत्कार बढ़ते ही चले गए हैं। तुलसीदास ने अपना 'रामचरितमानस' जिस 'अध्यात्म रामायण' के आधार पर लिखा है, उसी से उन्होंने शिव-पार्वती-संवाद की भी परम्परा को प्राप्त किया है। अध्यात्म रामायण में अध्यात्म का चोला चढ़ाकर राम-कथा को प्रस्तुत किया गया है।

ब्रह्मा ने नारद के मुख से सुना कि कलि भयानक हो उठा है। तब ब्रह्मा ने कहा (बालकाण्ड, 18-19, 7 सर्ग)—

साधुपृष्टंत्वयासाधो वक्ष्येतच्छृणुसादरम्
पुरात्रिपुर हंतारं पार्वती भक्तवत्सला
श्रीरामतत्त्वंजिज्ञासुः पप्रक्षविनयान्वितः
प्रियायैगिरिशस्तस्यै गूढ़ं व्याख्यातवान् स्वयम्।

हे साधो, आपने अच्छा प्रश्न किया, बहुत अच्छा पूछा। आदर से मेरा वचन सुनिए। पहले भरत वत्सला पार्वती ने त्रिपुरहंता शिव से भी पूछा था कि श्रीराम तत्त्व क्या है। तब शिव ने उस परम रहस्य का उपदेश दिया। (वही, सर्ग 1, 20-21)

पुराणोत्तममध्यात्मरामायणमितिस्मृतम्
तत्पार्वती जगद्धात्री पूजयित्यादिवानिशम्
अलोचयन्तीस्वानन्दभग्नातिष्ठतिसंमतम्
प्रचरिष्यतितल्लोके प्राणयदृष्टवशाद्यदा।

पुराणों में उत्तम अध्यात्म रामायण है, पार्वती उसी की पूजा करती हुई मग्न हैं। इत्यादि।

वाल्मीकि रामायण में एक आदर्श पुरुष का वर्णन ही मुख्य ध्येय है, जैसा कि वाल्मीकि और नारद के संवाद से प्रकट किया गया है। उसमें एक आदर्श राजा का वर्णन किया गया है। सामन्त काल के उदय के समय एक श्रेष्ठ राजा का आदर्श उपस्थित करना आवश्यक भी

था। किन्तु जैसे-जैसे सामन्त काल अपनी अधोगति की ओर आकृष्ट हुआ और समाज में विषमता बढ़ती गई, नीच जातियाँ उच्च वर्णों का विरोध करती गईं, 'प्राचीन' को ही फिर से आध्यात्मिक रूप देकर 'ईश्वरीय' बनाकर प्रस्तुत करने की चेष्टा की जाने लगी।

सामन्त काल के उदय की वर्ण-व्यवस्था वैदिक काल की वर्ण-व्यवस्था से भिन्न थी। वैदिक वर्ण-व्यवस्था में ब्राह्मण, क्षत्रिय और वैश्य तो आर्य्य थे; अनार्य्य शूद्र थे। परन्तु बाद में जब जातियाँ अपने पेशे के हिसाब से मिलीं, सारे भारत में वह व्यवस्था फैली, तो आर्य्य-अनार्य्य का भेद नहीं रहा। विभिन्न जातियों के पुरोहित वर्ग ब्राह्मण कहलाते और यही हर पेशे का हर जाति में हुआ, यह वर्ण-व्यवस्था का नया रूप अपने समय में प्रगतिशील था, व्यापक भूमि पर बना था, और इसके पारस्परिक सम्बन्ध को स्थापित करके एक आदर्श राजा की कल्पना करते हुए वाल्मीकि रामायण के पुराने नायक राम को नया रूप दे दिया गया था। बाद के लोगों की समस्याएँ बदल गई थीं। समाज में वही वर्ण-व्यवस्था जो सामंतीय समाज के उदय में प्रगतिशील थी, अब भार बन गई थी। पहले वह प्रगतिशील इसलिए थी कि दासों का शूद्र बन जाना, पहले की अवस्था की तुलना में स्वतंत्रता पाना एक अच्छी बात थी। परन्तु अब शूद्र का सदैव ही शूद्र बना रहना कठिन था। वह उठने लगा था। इसलिए फिर से राम-कथा को ही लिया गया, क्योंकि रामराज्य की कल्पना सामंतीय व्यवस्था की सर्वश्रेष्ठ कल्पना थी। अपने समय में तुलसी ने जहाँ राम को ईश्वर ही माना और धार्मिक उलझनों को भी 'दैवी' 'वर्ण-व्यवस्था' के नाम पर सुलझाया, परन्तु उसके प्रसिद्ध होने का एक कारण जहाँ आततायी मुस्लिम साम्राज्य के सामने रामराज्य का आदर्श खड़ा कर देना था, दूसरा कारण यह था कि 'कर', 'बलि' और 'भाग' के विषय में तुलसी ने राजा को प्रजा का हितकारी होना ही श्रेष्ठतर सिद्ध किया।

इस प्रकार हमने रामकथा का अध्ययन करने के साथ तत्कालीन भारत के उस चित्र को उपस्थित किया, जो कि हमारे इतिहास की एक महत्वपूर्ण शृंखला है। विद्वानों को इस पर अभी खोज करने की बहुत गुंजायश है, क्योंकि मैं सब पर प्रकाश नहीं डाल सका हूँ।

(6) वाल्मीकि रामायण में कुछ विषय ऐसे हैं, जिन पर मनन कर लेना आवश्यक है। लोग वाल्मीकि रामायण को अक्षरशः सत्य मानकर ऐतिहासिक तथ्य खोजते हैं। किन्तु हम जानते हैं कि यह राम-कथा का काफी बाद में लिखा हुआ ही प्रतिबिम्ब है।

[अ] एक सज्जन ने रामायण-काल में आर्य्यों में पर्दा-प्रथा का उल्लेख किया है। पर्दे का इंगित अप्सरा शंकुतला देती है, जब वह महाभारत में मुख पर तनिक अवगुंठन खींच लेती है। किन्तु आर्य्यों में पर्दा अनार्य्यों से ही आया हुआ लगता है।

'या न शव्या पुरा द्रष्टुं भूतैराकाशगैरपि।' —वा० रा० 2।33।8। अर्थात्, उस सीता को आकाशचारी प्राणी भी न देख सके थे। यह उद्धरण देना पर्दे का चिह्न नहीं है, क्योंकि यह करुणा जगाने का प्रसंग है क्योंकि अब वह—'तामद्यसीतां पश्यन्ति राजमार्गगता जनाः।' (वही)। 'उसको (वन जाते समय) आज सर्वसाधारण राजमार्ग पर जाते हुए देख रहे हैं।' इसका अर्थ वही है कि हाय, जो पाँव कभी धरती पर नहीं चले, वे आज काँटों में चल रहे हैं। क्या इसका अर्थ यही है कि पहले यह पाँव उड़ा करते थे?

रावण के मरने पर राम ने विभीषण को आज्ञा दी कि यदि सीता मुझे देखने को

लालायित हो तो उसे अभी मेरे पास लाओ। 'क्या यह बात राम के प्रेम में संदेह नहीं झलकाती ? राम को क्या मालूम न था कि सीता पल-पल में उनके लिए आँखें बिछाए बैठी थी ?' (वा० रा० 6 । 114-20-23) तब विभीषण ने सीता को पालकी पर चढ़ाया, जिस पर बढ़िया पर्दा पड़ा था। उस पालकी के आगे कुन्चुक उष्णीष पहने, बेंत हाथ में लिये खोजे थे। वे चारों ओर घूम-घूमकर सबको हटाने लगे। तब ऋक्षों, वानरों और राक्षसों के दल वहाँ से हटाए गए और वे सब दूर जा खड़े हुए। उन्हें हटाने में शोरगुल हुआ।

राम को यह अच्छा न लगा। उन्होंने कहा : (वा० रा० 6 । 114) '(हे विभीषण !) तुम मेरा अनादर कर मेरे जनों को क्यों सता रहे हो ? ये सब मेरे स्वजन हैं। इष्टजनों का वियोग होने पर, राजविप्लव के समय, समरभूमि में, स्वयंवर में, यज्ञशाला में, विवाह-मण्डप में स्त्री के दर्शन में कोई दोष नहीं होता।'

इतने से क्या पर्दा प्रकट होता है ? बाकी रह कौन-सी जगह गई, जहाँ पर्दा चाहिए ? यज्ञ और विवाह और स्वयंवर, बहुधा यही स्त्रियों का मुख्य क्षेत्र होते थे ? फिर यह तो शुंगकालीन व्यवस्था है। राम के समय में तो स्त्रियाँ उष्णीष पहनती थीं और मद्य भी पीती थीं। राम के समय में यदि कुछ पर्दा होता तो क्या महाभारतयुगीन क्षत्रियों में वह तनिक भी दिखाई न देता ?

विभीषण राक्षस था। उसके समाज में स्त्री अपहरण की वस्तु थी। वह अपनी मर्यादा से सीता को लाया। वानरों f पर्दा नहीं था। उन्हें भी शायद बुरा लगा।

राम ने कहा :

न गृहाणि न वस्त्राणि, न प्राकारास्तिरस्क्रियाः
नेदृशा राजसत्कारा वृत्तमावरण स्त्रियः।—वा० रा० 6 । 114 । 27

'न स्त्रियों के लिए घर, न वस्त्र, न कनात का प्राकार, न ऐसा राजसत्कार ही आड़ कर सकता है।'

ततो लक्ष्मण सुग्रीवौ हनूमांश्च ह्यवंगमः
निशम्य वाक्यं रामस्य वभूर्व्यथिता भृशम्। —वा० रा० 6 । 114 । 32

'यह सुन लक्ष्मण, सुग्रीव, हनुमान और वानरों को दुःख हुआ।'

एक सज्जन कहते हैं कि पर्दा टूटते देखकर ही दुःख हुआ था। थोड़ी-सी भी बुद्धि इस विषय में काम दे जाती।

दुःख हुआ कि राम सीता से युद्ध के बाद इतनी कठोरता से पेश आ रहे थे कि 'लाओ, यहीं लाओ। हे विभीषण, यह सब स्त्री के बाह्य घेरे हैं। राक्षस के घर में रही इस स्त्री को मुझसे मिलने की इच्छा हो, तो लाओ। अपना यह प्रदर्शन रहने दो।' और बाकी लोग दुखी हुए कि राम इतने कठोर कैसे थे ?

इसी प्रसंग के अंत में राम ने वह कठोरता दिखाई है कि सीता की पवित्रता पर संदेह किया है और उसे अग्नि-परीक्षा के लिए अग्नि में प्रवेश करना पड़ा है (वा० रा०) अथवा अग्नि में जलने के लिए तैयारी करनी पड़ी है (महाभारत की राम-कथा)।

राम की इस कठोरता को देखकर सीता का क्या हुआ ? उसे लज्जा हुई। उसका पति उसे संदेह से देख रहा था। वही जिसके लिए वह एक-एक दिन गिनकर रोई थी। क्या सबके

सामने इस प्रकार ले जाई जाकर वह क्षुब्ध नहीं होती? क्या उसका पति उससे एकांत में जाकर मिल भी न सकता था कि उसे वहीं बुलाया था। तो वह—

लज्जया त्ववलीयन्ती स्वेषु गात्रेषु मथिली
विभीषणेनानुगता भर्त्तारं साम्यवर्त्ततः।
सा वस्त्रसंरुद्धमुखी लज्जया जनसंसदि
रुरोदासाद्य भर्त्तारमार्यपुत्रेति भाषिणी॥

—वा० रा० 6।114।34-35।

अर्थात् लज्जा के मारे मैथिली अपने शरीर में ही दबी जाती थी। विभीषण पीछे आ रहा था। वह पति के पास पहुँची। उसने लज्जा से अपना मुख ढाँक लिया था। लोग देख रहे थे। (क्या स्त्री इस परिस्थिति में नहीं लज्जित होती? यदि सीता पर्दा छोड़कर आने के कारण लज्जा करती, तो झेंपने का कारण तो होता? तब वह क्या राम की भाँति नहीं जानती थी कि युद्ध-भूमि में पर्दा नहीं होना चाहिए, इसी सीता ने जब स्वयंवर में यह नियम माना था कि पर्दा नहीं चाहिए, तब यहीं क्यों एतराज करती है? जब यह मर्यादा ही थी तो लक्ष्मण भी बुरा क्यों मानते? ध्यान रहे, कवि यह नहीं कहता कि उसने अवगुण्ठन खींच लिया था। उसने वस्त्र संरुद्ध कर लिया था। यह तो वाल्मीकि ने लिखा है कि रावण (पर पुरुष) से बात करते समय सीता ने बीच में तिनका तोड़कर रख लिया था, पर यह कहीं नहीं लिखा कि वह रावण को देखकर घूँघट काढ़ लेती थी।) उसने 'आर्य्य पुत्र!' कहा और रो पड़ी। (अर्थात् यह संदेह? मुझ पर? इतने दिन बाद मिलने पर यह कठोरता?)

किन्तु राम ने कुछ नहीं सुना और अग्नि-परीक्षा लेने पर तुल गए, जो पितृसत्ताक समाज की ही व्यवस्था का प्रभाव था।

रही अनार्य्यों में पर्दे की बात? पर्दा होता तो सुग्रीव की स्त्री तारा अधनंगी लक्ष्मण के सामने आती?

हाँ, राक्षसों में पर्दा चालू लगता है।

मंदोदरी रावण-मृत्यु पर रोती है : 'हे स्वामी! मैं बिना अवगुण्ठन आई हूँ, तुम क्रुद्ध क्यों नहीं होते? तुम्हारी स्त्रियाँ बिना अवगुण्ठन आ गई हैं, क्यों तुम क्रोध नहीं करते? (वा० रा० 6।111।61-62)।

इसके अतिरिक्त यह कहना कि रनिवास में वृद्ध, बालक, स्त्री और नपुंसक को रखना पर्दे का चिह्न है, यह भी गलत है। यह तो इसलिए था कि पर पुरुष भीतर जाकर गड़बड़ न करे। कौटिल्य के समय में भी यही व्यवस्था थी। और यह भी परवर्ती व्यवस्था है। महाभारत के समय में तो पुरुष भीतर जाता था। द्रौपदी को लेने प्रतिकामी गया था, दुःशासन घुसा चला गया था। और कीचक-वध के प्रसंग में जब भीम ने छद्म रूप से स्त्री बनकर उसे छला था, तब वह लज्जा का रूप दिखाकर अवगुण्ठन-सा किए था। व्यास ने उस स्थान पर भी अवगुण्ठन का वर्णन नहीं किया है। पर्दा राक्षस समाज की ही देन मालूम होती है, जिसने कालांतर में प्रभाव डाला। और क्या यह आश्चर्य नहीं कि दक्षिण भारत में पर्दा नहीं है, जहाँ कि होना चाहिए था? वहाँ की स्त्रियाँ मुँह नहीं ढँकतीं। हम यही कह सकते हैं कि राक्षस प्रभाव से बराए नाम पर्दा भले ही रहा हो, पर्दा असल में उत्तर से आई नई जातियों की ही देन है, जो

हर्षवर्द्धन के बाद ही अपना प्रभाव डाल सका है।

[आ] बाली और रावण ने अग्नि की सौगंध खाई थी कि वे एक-दूसरे पर आक्रमण नहीं करेंगे, यह वाल्मीकि रामायण में आता है। किन्तु मरते समय बाली स्वयं कहता है : 'हे राम ! यदि तू रावण को ही मारना चाहता था तो मुझसे क्यों न कहा ? मैं ही मार डालता।'

यह इस संधि का मूल्य बतानेवाली बात है। अतः बाली को मारने में औचित्य सिद्ध नहीं होता। राम की आर्य्य विजय की भावना हम ऊपर स्पष्ट कर चुके हैं।

[इ] अवतारवाद के कुछ प्रसंग वाल्मीकि रामायण में आते हैं, किन्तु वे क्षेपक हैं। राम की पूजा काफी बाद की है। वासुदेव माधव का रूप कहकर जो कपिल को विष्णु का अवतार कहा गया है, स्पष्ट कर देता है कि यह पाञ्चरात्र की अंतर्भुक्ति के बाद की बात है क्योंकि श्वेत माधव, वासुदेव माधव आदि परवर्ती विकासगत तथ्य हैं। तभी अवतारवाद सिद्ध होता है।

[ई] महाभारत में भी बाद में ही अवतारवाद के क्षेपक जुड़े, किन्तु उसमें ऋषभदेव और बुद्ध नहीं जुड़ सके, जो कि बाद में भागवत में जुड़ गए।

[उ] कुछ लोगों को लंका के बारे में संदेह है। श्री बाडेर का मत है कि लंका एक अलग द्वीप था। सिंहल ही वर्तमान लंका है। यह सत्य है कि महाभारत से लेकर मध्यकालीन साहित्य में भी लंका और सिंहल अलग-अलग माने गए हैं। इसको तो वाल्मीकि रामायण में ही देखा जाता है। परन्तु आज लंका और सिंहल एक ही को कहते हैं। लंका तिब्बती शब्द है और जहाँ-जहाँ राक्षस बसे, वहाँ-वहाँ वे लंका बसाते चले, यह हम स्पष्ट कर चुके हैं। जो हो, किसी प्रकार की जातियों की अंतर्भुक्ति अवश्य रही होगी कि सिंहल और लंका एक ही स्थान को कहा जाता है। लंका यदि कोई अन्य द्वीप ही था, तो भी कोई असम्भव बात नहीं है। किन्तु श्री बाडेर उसे वाल्मीकि रामायण के आधार पर भारत से 100 योजन दूर मानते हैं, यह निराधार-सी बात है, क्योंकि महाकाव्य में योजन और लम्बाई-चौड़ाई के वर्णन ऐतिहासिक रूप से नहीं लिखे गए, वर्ना चमत्कार भरे ही क्यों मिलते ?

[ऊ] सुरसा नाग माता थी, जो हनुमान को मिली थी, और उससे लड़कर मरी थी। यह प्रकट करता है कि नाग जाति से हनुमान् को लंका में घुसने से पहले ही टक्कर लेनी पड़ी थी।

[ए] राक्षसों में निकुंभिला देवी की उपासना प्राचीन देवी-पूजा की परम्परा प्रकट करती है, जिसके लिए मद्य लाया गया था। (वा० रा० 5।24।47)।

[ऐ] कल्याण के श्री रामायण अंक (1930 ई०) में एक द्रविड़ रामायण का कथानक दिया हुआ है, जो बंगाली और मराठी पत्रों में प्रकाशित लेखों के आधार पर संकलित किया गया है। राम-कथा का ऐतिहासिक रूप जो भी प्राचीनतम है, और अपने समस्त अलौकिक रूप में भी प्राचीनता को छिपाए हुए है, वह हमें तो वाल्मीकि रामायण में मिलता है, परन्तु द्रविड़ रामायण, जो कि आर्य्य नामों का प्रयोग करती है और काफी परवर्ती रचना है, यह मानकर चलती है कि तत्कालीन युग में राम-कथा मनुष्यों की कथा है। अतः हम जब चमत्कार हटाते हैं तो कोई नई बात नहीं कहते। द्रविड़ रामायण में यदि नाम अनार्य्य होते—संस्कृत के न होते तो शायद इसके पुराने होने का भ्रम होने लगता। यहाँ हम इसे तुलनात्मक अध्ययन के

लिए उद्धृत करते हैं—

"द्रविड़ देश के राजा का नाम जीमूतवाहन था। एक बार इसने शत्रुओं से भयभीत होकर लंका और पाताल लंका के महाबली और प्रतापी राक्षसराज भीम की शरण ग्रहण की। राक्षसराज के कोई पुत्र नहीं था और वह बूढ़ा हो चला था। उसने जीमूतवाहन को सर्वसुलक्षण-सम्पन्न समझकर दत्तक (गोद) ले लिया। जीमूतवाहन का वहीं एक सुन्दरी राक्षस-कन्या से विवाह हो गया। महाराज भीम ने लंका और पाताल लंका के राजसिंहासन पर जीमूतवाहन को बैठा दिया। इसी जीमूतवाहन के वंश में माली, सुमाली और माल्यवान् नामक तीन बलवान राजा हुए थे। परन्तु विद्याधर देश के राजा इंद्र ने उनसे लंका का राज्य छीन लिया; जिससे उन्हें भागकर पाताल लंका में जाना पड़ा। इन तीनों में सुमाली के पुत्र का नाम रत्नश्रवा था। प्रतापवान् और दिग्विजयी राक्षसराज इसी रत्नश्रवा का पुत्र था। रावण ने विद्याधर देश के राजा इंद्र को पराजित करके लंका में पुनः अपना राज्य स्थापित किया। तदनन्तर किष्किंधा राज्य को जीतकर वहाँ ऋक्षज और सूर्यज को राजा बनाया। सूर्यज के बाली और सुग्रीव नामक दो लड़के थे। रावण ने किष्किंधा राज्य के बदले में बाली और सुग्रीव की सुन्दरी बहन के साथ विवाह करना चाहा। बाली को यह प्रस्ताव अच्छा नहीं लगा और इस विषय में सुग्रीव आदि के साथ उसका मतभेद हो गया। झगड़ा बढ़ाना उचित न समझकर बाली राजसिंहासन सुग्रीव को सौंपकर चला गया और सुग्रीव अपनी बहन का विवाह रावण के साथ करके निर्विघ्न राज करने लगा। एक बार सुग्रीव का अपनी स्त्री 'सुतारा' से कुछ मनमुटाव हो गया, जिससे घबराकर सुग्रीव राजधानी से दूर किसी एक स्थान में छिपकर रहने लगा। इधर मौका पाकर किसी दुष्ट मनुष्य ने सुग्रीव का रूप धारण कर किष्किंधा में आकर राज्य पर अधिकार कर लिया। पीछे से जब सुग्रीव को इस अप्रिय घटना का पता लगा, तब वह घबराकर अपने प्राणोपम मित्र हनुवरदेश के राजा पवनजय के पुत्र हनुमान् के पास उनकी सलाह लेने गया। राजा हनुमान को अपने चरों द्वारा यह संवाद मिला ही था कि कोसल देश के सूर्यवंशी रामचन्द्र नामक एक अति बलवान वीर राजकुमार अपने शूरवीर भाई लक्ष्मण सहित किसी कारणवश वन में आए हैं और समीप ही कहीं विचर रहे हैं।

हनुमान स्वयं श्रीराम के पास गए और अग्नि को साक्षी बनाकर सुग्रीव के साथ उनकी मित्रता करवा दी। राम-सुग्रीव दोनों ने परस्पर सहायता करने की प्रतिज्ञा की। यह निश्चित हुआ कि राम नकली सुग्रीव को मारकर मित्र सुग्रीव को उसका राज्य वापस दिला देंगे और सुग्रीव राममहिषी सीता का पता लगाकर उसे राम के पास लाने के कार्य में सहायता पहुँचाएगा। नकली और असली सुग्रीव का चेहरा बहुत ही मिलता-जुलता था। इसलिए श्रीराम ने पहचानने के लिए असली सुग्रीव को माला पहना दी और नकली सुग्रीव के साथ युद्ध कर हनुमान् की सहायता से उसे मारकर असली सुग्रीव को उसका राज्य वापस दिला दिया। तदनन्तर सीता की खोज के लिए सुग्रीव ने चारों ओर दूत भेजे। इन दूतों ने लौटकर खबर दी कि लंका का राजा रावण सीता को हरकर ले गया है। रास्ते में सीता का रोना-चिल्लाना सुनकर राजा जटायु ने उसे दुष्ट के चंगुल से छुड़ाने का प्रयत्न किया था, परन्तु वह सफलमनोरथ नहीं हो सका, रावण ने उसको मार डाला।

सीता का पता लगने पर यह प्रश्न उठा कि सीता को रावण के पंजे से कैसे छुड़ाया

जाए। इस पर सर्वसम्मति से यह निश्चय हुआ कि राजा हनुमान सीता को लौटा देने के निमित्त रावण को समझाने के लिए लंका जाएँ। हनुमान को भेजने की यह योजना बहुत ही युक्तियुक्त थी, क्योंकि हनुमान् रावण की भाँति राक्षस वंश के राजा और रावण के दूर सम्पर्कीय सम्बन्धी थे। कारण, सुग्रीव की बहन रावण को ब्याही थी। इसके अतिरिक्त हनुमान परम विद्वान्, बुद्धिमान, असाधारण शूरवीर और कुशल वक्ता तो थे ही।

हनुमान श्रीराम के पास से कुछ वस्तुएँ चिह्न-स्वरूप सीता को देने के लिए साथ लेकर महेन्द्र और दधिमुख पर्वत के मार्ग से लंका गए और रावण से मिलकर उसको सब तरह से समझाया, परन्तु उसने एक भी बात नहीं सुनी। हनुमान लौट आए। अब युद्ध के सिवा अन्य कोई उपाय नहीं रह गया। अब श्रीराम, सुग्रीव और हनुमान युद्ध की तैयारी में लगे। सुग्रीव और हनुमान ने अन्यान्य द्रविड़ नरेशों का सहयोग प्राप्त कर बड़ी सेना इकट्ठी की। तदनन्तर लंका पर चढ़ाई करने के लिए श्रीराम सेना सहित चले। इस यात्रा में उन्हें वेलान्धपुर, सुवेलाचल और हंसद्वीप आदि राज्यों से होकर जाना पड़ा। उस समय वेलान्धपुर में समुद्र नामक राजा राज करता था। उसने राम की सेना को अपने राज्य में होकर जाने के लिए मार्ग दिया।"

इस प्रकार राम ने अंत में रावण को मारा।

इस कथा में ऐसा वर्णन किया गया है जैसा इतिहास में हो सकता है। यद्यपि इसमें द्रविड़ राजाओं का उल्लेख है और राक्षस को भी मनुष्य-रूप में वर्णित किया गया है, फिर भी यह कथा राम को ही श्रेष्ठ प्रमाणित करती है, इंद्र को विद्याधरों का राजा कहा गया है। जैनपद्य पुराण में भी राक्षस और वानर विद्याधरों की ही शाखाएँ हैं। विद्याधरों का राजा इंद्र हो, तो इससे मालूम होता है कि इंद्र नाम और भी लोग रख सकते थे। यह कथा निस्संदेह परवर्ती है।

वाल्मीकि रामायण में भी दक्षिण भारत का चित्रण हुआ है और 'कवाटपुरम' आदि का उल्लेख हुआ है। दुर्भाग्य से हमें आर्य्यस्रोत के अतिरिक्त और कोई स्रोत नहीं मिलता, जोकि प्राचीन राम-कथा का वर्णन करे, तद्यपि अश्वघोष के समय में जो आख्यानक काव्य (रामायण-महाभारत) प्रचलित थे, वे ही प्राचीन थे, इसमें संदेह नहीं है।

द्रविड़ रामायण के कथानक में सामंतीय समाज-व्यवस्था का-सा चित्रण है। और ईसा से पूर्व ही महाभारत में एक चमत्कारों से भरी राम-कथा की अंतर्भुक्ति यही बताती है कि यह कथा काफी प्राचीन थी।

एक प्रश्न उठता है कि रामायण-कथा का वर्णन और महाभारत की कथा का वर्णन उपनिषद् में क्यों नहीं है? हम बता चुके हैं कि देवकी-पुत्र कृष्ण का उल्लेख तो उपनिषद् में है। उपनिषद् में इन कथाओं के न आने का कारण यह भी है कि तत्कालीन युग में पुराण अलग हो चुके थे और उपनिषद् सम्प्रदायपरक रचनाएँ ही थीं।

हमने राम का समय अन्य स्रोतों और आधारों पर यजुर्वेदकालीन रखा है और कृष्ण का समय अथर्ववेदकालीन माना है और अन्यत्र इसके पर्याप्त प्रमाण दिए जा चुके हैं, अतः उसे यहाँ दुहाराना व्यर्थ होगा।

(आ) कुछ लोगों का कहना है कि रामकाल में कृष्णकाल से कहीं ऊँचे आदर्श थे, अतः वाल्मीकि रामायण महाभारत से पुरानी है क्योंकि वह त्रेता की बात है, जबकि द्वापर के

मनुष्य से मनुष्य अधिक श्रेष्ठ था। तुलना यों है—

1. राम का आचरण पवित्र था '	1. युधिष्ठिर जुआ खेलता था।
2. लक्ष्मण और भरत, राम के प्रति बड़े आदर-सूचक शब्द प्रयोग करते थे।	2. भीम, अर्जुन इत्यादि अपने अग्रज युधिष्ठिर के प्रति असम्मानित भाषण भी करते थे।
3. दशरथ की प्रजा, जब कैकेयी ने सीता को तपस्विनी के वस्त्र दिए तो चिल्ला उठी : 'धिक् त्वां दशरथम्'—दशरथ तुझे धिक्कार है।	3. धृतराष्ट्र की सभा में द्रौपदी की दुर्दशा होने पर भी भीष्म, द्रोणादि वीरों से कुछ भी न हो सका।
4. कुटिला दासी मंथरा का अपमान भी भरत के लिए असह्य था।	4. महारानी द्रौपदी की दुर्दशा में दुर्योधन, कर्णादि प्रसन्न हुए थे।
5. राम का पत्नीव्रत और सीता का पातिव्रत श्रेष्ठ थे।	5. सत्यवती, कुंती के कानीनपुत्र थे, पाण्डवों ने बहुविवाह किए थे।
6. श्रीराम वन चले तो अयोध्यावासी संग में चलने को तैयार होकर निकल पड़े।	6. युधिष्ठिर दो बार हस्तिनापुर से निकाले गए, पर थोड़े-से नगर-निवासी ही आए जो शोकपीड़ित थे। बाकी कौरव के भय से मौनावलम्बन कर गए।
7. भरत और राम, एक-दूसरे के लिए राज्य त्याग रहे थे।	7. उधर भाई-भाई को सुई की नोंक के बराबर भी धरती देने को तैयार नहीं था।
8. जब रावण घायल हुआ तो राम ने उसे घायल जानकर मारा नहीं, छोड़ दिया।	8. इधर धर्म-विरुद्ध युद्ध होता था। भीष्म, द्रोण, कर्ण, धृष्टद्युम्न, शिखंडी और द्रौपदी के पाँचों पुत्र सब अधर्म से मारे गए। यही अभिमन्यु के साथ हुआ।

यह दृष्टिकोण यही कहता है कि क्रमशः समाज का नाश होता गया। इस तुलना में हम और कुछ जोड़ना चाहते हैं—

9. राम पौरुषपूर्ण है, भाग्य को चुनौती देता है।	9. पाण्डव बार-बार भाग्य की दुहाई देते हैं।
10. राम अपनी मर्यादा रखते हैं।	10. कृष्ण चालाकी और कुटिलता से काम लेते हैं।
11. दशरथ धर्म के लिए पुत्र को निकालते हैं।	11. अन्याय जानकर भी अधर्म से धृतराष्ट्र पुत्रों के लिए पाप करता है।
12. रामायण में धर्म स्थित है, निश्चित है।	12. महाभारत का नायक बार-बार पूछता है कि धर्म क्या है।

हम अन्यत्र बता चुके हैं कि सत्य, त्रेता, द्वापर और कलि की कल्पना ब्राह्मणकृत है जो कि क्रमशः विकसित हुई। केवल आर्य्य ही नहीं, संसार के अन्य देशों में भी अतीत को गौरवान्वित करने का प्रयत्न होता रहा है। जहाँ तक आचरण का प्रश्न है, हम यही कहेंगे कि राम के समय में आर्य्यों के संगठन का काल था जबकि अनार्य्यों से युद्ध हो रहे थे और दास-प्रथा से समाज इंतना विषम भी नहीं हुआ था, जितना कि महाभारत-काल में हो गया था। महाभारत-काल में आर्य्य परस्पर युद्ध करने लगे थे और उच्च वर्णों में परस्पर संघर्ष हो गया था। राम का युग आर्य्यों के प्रसार का युग था, कृष्ण का युग आर्य्य-शक्ति के ह्रास का युग था। जुआ खेलना बहुत प्राचानी परम्परा थी। इसका उल्लेख वेद में हुआ है, जहाँ हार जानेवाले को कलि कहा गया है। लक्ष्मण और भरत का राम के प्रति आदरसूचक शब्द कहना रामायण के सामंतकाल के उदय के समय के सम्पादित स्वरूप में है, जबकि महाभारत बर्बर दास-प्रथा के टूटने के युग में लिखी गई है। राम के समय में आर्य्यों में 'समिति' का भी प्रभाव था, जबकि कृष्ण के युग में गणों में धनिकों का राज्य था और राज्यतंत्र में निरंकुश राजा बढ़ गए थे। राम के समय से राज्य-व्यवस्था विकास करके ही कृष्ण के समय में विषम हुई थी। राम के समय में आर्य्य प्रजा को अधिकार अधिक थे, जो कृष्ण के समय में घटे, जबकि राम के समय में दासों और शूद्रों को कम अधिकार थे और कृष्ण के समय में उनके अधिकार पहले की तुलना में बढ़ गए थे।

राम का एक पत्नीव्रत और सीता का पातिव्रत परवर्ती युग का वर्णन है। इसके विषय में निश्चय से नहीं कहा जा सकता, क्योंकि इक्ष्वाकुवंश में बहुत बाद में भी भाई-बहन का विवाह होने के प्रमाण मिलते हैं। यह नहीं हो सकता कि समाज फिर आदिम परम्पराओं की ओर लौटता। कृष्ण के समय का अधिक वास्तविक चित्रण है, जिसमें बात को छिपाया नहीं गया, क्योंकि तब ये बातें समाज में प्रचलित थीं और बुरी नहीं समझी जाती थीं।

श्रीराम के संग अयोध्यावासियों का चल पड़ना काव्यमय वर्णन है, जिसमें आदर्श सामंत का चित्रण है। इस दृष्टि से देखा जाए तो तुलसीदास के राम का चित्रण जितना भव्य है, उतना वाल्मीकि के राम का नहीं है, क्योंकि तुलसी में जहाँ अक्षुण्ण मर्यादा है, वहाँ वाल्मीकि का राम काफी सीमा तक यौन-संबंधों में सीता के प्रति 'बन गई' पवित्र भावना को ठेस पहुँचाता है, जहाँ वह सीता के उन्नत कुचों से आलिंगन करने की चाहना दिखाता है। क्या यह समझा जाए कि इससे तुलसी का ग्रंथ वाल्मीकि के ग्रंथ से पुराना है?

भरत और राम आर्य्य संगठन कर रहे थे, और पाण्डव-कौरवों के समय में संगठन का प्रश्न नहीं था। रामायण ग्रंथ का वर्तमान रूप, उसके भीतर वर्णित आचरण, कितनी मात्रा में महाभारत की तुलना में परवर्ती है, यह इसी से प्रकट होता है कि महाभारत पढ़कर ही एक पुराने बर्बर, दास-प्रथायुक्त समाज का चित्रण मिलता है, और उनसे भी प्राचीन कथा (राम-कथा) में हमें सामंतीय समाज-व्यवस्था का चित्रण (वाल्मीकि रामायण में) मिलता है और यह प्रतीत होता है कि यह समाज काफी सुसंस्कृत है।

इतिहास पीछे नहीं लौटता। यहाँ यह याद रखना चाहिए कि अपनी प्राचीनता के कारण राम-कथा के पात्र वानर, पशु, राक्षस आदि ही हो गए मिलते हैं, जबकि महाभारत के पात्र मनुष्य हैं, जो बताता है कि कथाकाल के दृष्टिकोण से रामायण की कथा प्राचीन ही है, और

महाभारत की कथा बाद की है, परंतु अपने प्राप्य रूप में महाभारत का ग्रंथ पुराना है और रामायण ग्रंथ उसकी तुलना में परवर्ती है। यदि केवल परम्परा को ही देखा जाए और अन्य सबका तुलनात्मक अध्ययन नहीं किया जाए तो भी क्या जुआ राम के युग के पहले राजा नल (सत्ययुग में ही) नहीं खेले थे? क्या सत्ययुग में त्रेता से अधिक चरित्रहीनता थी? राम से पहले ही व्यभिचारिणी अहल्या का मिलना क्या प्रमाणित करता है? क्या देवताओं ने अप्राकृतिक व्यभिचार नहीं किया कि सूर्य ने घोड़ी से (अश्विनी नाम होगा) (परम्परा में घोड़ी से) अश्विनीकुमार पैदा नहीं किए? क्या देवताओं के गुरु बृहस्पति ने अपनी भाभी ममता से बलात्कार नहीं किया? हमें सापेक्ष अध्ययन ही करना चाहिए।

महाभारत में राम-काल के बाद के भूगोल का वर्णन है। उस पर ध्यान देना आवश्यक है।

महाभारत में वर्णित नदी, पर्वत, सर-वन-वृक्ष, आश्रम, तीर्थस्थान, नगर-ग्राम-पुर, जनपद-देश तथा खंड-वर्ष और द्वीपों का वर्णन (इसमें समुद्रों के नाम नहीं हैं)—देखिए,आगे दी गई तालिका—

नदी	पर्वत	सर-वन-वृक्ष	आश्रम	तीर्थ	नगर-ग्राम	जनपद	देश	[illegible]
अपरनन्दा	अंतर्गिरि	अक्षयवट	आगस्त्याश्रम	अगस्त्य	अमरावती	अपर काशि	अपर-तंगण	
अधृष्या	अञ्जन	अंगार पर्ण वन	अंजलिका	अगस्त्य सरोवर	अग्निपुर	अपर कुन्ति	अभिसारी	
अनुष्णा	अजनाभ	अधिवंग		अग्नि	अयोध्या	अंगार	अंग	
अमरनंदा	अमर	अरुन्धती वट		अग्निधारा	अलकापुरी	अन्तचार	अधिराज्य	
अम्बुमती	असित			अनालम्ब	आटवीपुरी	अपर बल्लव	अनूप	
अम्बुवाहिनी				अन्धक		अपरम्लेच्छ	अंध्र	
अरुष्ण				अमर ह्रद		अपर सेक	अपरांत	
अर्बुद				अम्बाजन्म		अम्बष्ठ	अंगमलज	
अश्व				अरन्तुक		अनूपक	अभीसाह	
अश्वरथा				अर्धकील		अयवाह	अरट्ट	
अश्ववती				अलम्ब		आठिद	अवन्ति	
असिक्नी				अवाकीर्ण		आत्रेय	अश्मक	
अहिता				अविमुक्त		आमरथ	अश्वातक	
आत्रेयी				अशोक			अहिच्छत्र	
आपगा	आदत्यि			अश्व			आकर्ष	
आवर्त्तनंदा	आर्चीक			अश्विनीकुमार			आनत	
				अश्विनी			आभीर	
				अष्टावक्र			आरन्तुक	
				अह :			आरोचक	आर्य्यावर्त्त
				अहल्याह्रद			आवशीर	
				आदित्य				
इक्षुमती	इन्द्रकील			इन्द्र	इन्द्रप्रस्थ		इक्ष्वाकु	

नदी	पर्वत	सर-वन-वृक्ष	आश्रम	तीर्थ	नगर-ग्राम	जनपद	देश	वर्ष-खंड-द्वीप
इन्द्रतोया	इन्द्र			इन्द्रद्युम्न				
				सरोवर				
इरामा				इन्द्रमार्ग				इलावृतवर्ष
इरावती				इला			ईजिक	
				इलास्पद				
				ईषाना ध्युषित				
उत्पलिनी	उज्जयन्त	उत्पलावन		उज्जानक	उज्जैन		उज्जालक	
				उत्कोचक		उत्तम	(मरुस्थल)	
	उदयाचल			उत्पलवनतीर्थ	उड्र	उत्तर ज्योतिष	उड्रकेरल	
	उद्यन्त		उलूक	उत्पातक		उत्तर म्लेच्छ	उत्कल	
उपजला	उपगिरि			उदपान	उपप्लव्य	उपत्यक	उत्तर-उलूक	
उपवेणा	उशीरबीज			उर्वशी		उष्ट्रकर्णिक	उत्तरकोशल	
उपेन्द्रा							उरपञ्चत्ताल	
							उत्तर पारिया	
उष्णी							उत्तर मानस	
							उत्तर हरिवर्ष	
							उपावृत	
ऋषिकुल्या	ऋक्षवान			ऋषभ			उरग	ऋषभद्वीप
	ऋषभ			एकरात्र	एकचक्रा		उलूक	ऐरावतखण्ड
	ऋषिगिरि						ऋषिक	
	ऋष्यमूक							
ओघवती				औशनस		औदुम्बर		

				„ (2)		कन्यकागुण		
				„ (3)				
				कन्याश्रम				
				कन्यासंवेद्य				
				कन्याह्रद	कपाट			
कपिञ्जला				कपालमोचन				
कपिला		कपिलावट		कपिल केदार				
कंपना				कपिला				
करतोया				कम्बल		करक	करट	
बरीषिणी					करवीरपुर	करभंजक	करहाटक	
		कर्णिकार					करीति	
							करीषक	
				कलविंक	कलापग्राम	कवट	करूष	
कल्माषी							कर्कखण्ड	
(यमुना)							कर्णप्रावरण	
काञ्चलाक्षी							कर्णाटक	
कापी		काम्यक			काञ्ची	काक	कलिंग	
					काम्पिल्य		कांतिकोशल	
							कान्यकुब्ज	
	कालञ्जर	कारप		कायशोधन			काम्बोज	
				कारन्धम			कार्पासिक	
				काल		कालकोटि	कालकूट	
						कालतोयक		

नदी	पर्वत	सरवन-वृक्ष	आश्रम	तीर्थ	नगर-ग्राम	जनपद	देश	वर्ष-खंड-द्वीप
	काल (उत्तर		कालिका			कालद		
	„ (दक्षिण					काशि		
(कालिंदी)				काशीश्वर	काशीपुरी			
यमुना			किंकिणिका	काश्मीर				काश्यपद्वीप
कावेरी				किंदत्तकूप				
				किंदान			कितव	
				किञ्जप्य			किम्पुरुष	किम्पुरुष वर्ष
					किष्किंधा		किरात	
किंपुना							कीचक	
							कुकुर	
	कुण्डोह				कुण्डिन	कुण्डल	कुण्डीविष	
कुण्डली							कुण्डीवृष	
							कुन्तल (1)	
							(2)	
कुमारी			कुंभकर्णाश्रम	कुबेर सरोवर		कुंदापरान्त	कुन्ति	
				कुब्जामुक			कुमार	
				कुमारकोटि				
				कुमारी				
				कुरंग			कुरु	
							कुरुक्षेत्र	
		कुरुजांगल		कुरु			कुरुजांगल	

					कुशस्थली			
				कुलम्पन	कुशावती	कुलत्थ	कुरुबिंद	
कुलुम्पना	कुलाचल			कुल्या			कुलिन्द	
कुवीरा								कुशद्वीप
कुशचीरा			कुशवान-सरोवर	कुशप्लवन		कुशविंद		
कुशधारा				कुल्या		कुशल्य		
				कुशप्लवन		कुशाद्य		
				कुशस्तंब				
			कुशिक	कुशावर्त्त				
कुशधारा				कुशेशय				
कृत्या			कृतशौच	कृतशौच				
कृमि			कृत्तिका	कृत्तिका				
कृष्णवेणी	केसर							
केतुमाला	कैलाश						केकय	केतुमालखंड
							केरल	
							कैतव	
							कोंकण	
				कोकमुख		कोकनद	कोकनद	
				कोटि (उज्जैन के पास)				
				2. (पंजाब)				
				3. (बनारस)				
				4. (हरद्वार)				
				5. (चित्रकूट)				
				6. (कुरुक्षेत्र)				
	कोलगिरि				कोशल		कोशल	
कोषा	कोलाहल			कौबेर		कौकुट्टक		

नदी	पर्वत	सर-वन-वृक्ष	आश्रम	तीर्थ	नगर-ग्राम	जनपद	देश	वर्ष-खंड-द्वीप
	कोष्ठबान			कौशिक ह्रद				
कौशिकी				कौशिकारुण			कौशिकीकच्छ	
				कौशिकी				
खलु				क्रौञ्चपदी			क्षुद्रक	
गंगा				क्षीखती				
					खांडवप्रस्थ	खाशीर	खांडववन	
				गंगाद्वार				
				गंगा-यमुना-				
				संगम				
				गंगोदभेद्			गण्डक	
गण्डकी				गयशिर	गया		गय	
				गर्गस्रोत			गांधार	
	गिरिप्रस्थ						गार्ग्य	
	गुरुस्कंध		गोकर्णसरोवर				गालव	
				गोतीर्थ	गिरिव्रज	गिरिगहवर		
		गृद्धवट				गोकर्ण	गोपालकक्ष	
गोदावरी								
					गोकुल			
					गोध			
गोमती	गोमन्त							
						गोपराष्ट्र		
	गोरथ			गोप्रतार				
	गोवर्धन			गोभवन		गोमन्त		
	गोशम्भ							

गोमती					घट			
(गोदावरी)								
गौरी								
घृतवती								
चंद्रभागा	चक्रद्वार			चंद्रकुण्ड (1)		चक्र		
चंद्रमा				चंद्रकुण्ड (2)		चक्राति		
				चमसोद्भेद				
		चम्पकारण्य		चम्पा				
चर्मण्वती					चम्पा	चर्ममण्डल		
	चित्रकूट							
चित्ररथा								
चित्रवाहा								
चित्रशिला								
चित्रसेना								
चित्रोत्पला							चीन	
चीरिणी							चीरक	
चुलुका	चैत्यक	चैत्ररथवन				चोर	चूचुप	
						(चोल)	चेदि	
		च्यवनसरोवर	च्यवन		छत्रवती			
					जयंतीपुरी		जठर	जम्बूद्वीप
जला	जलधार			जम्बूमार्ग				
जम्बूनदी	जम्बूनद	जम्बूनदसरोवर		जातिष्माह्रद	जारूथी		जलोद्भव	
जाह्नवी (गंगा)				ज्ञानपावन			जागुड	

नदी	पर्वत	सर-वन-वृक्ष	आश्रम	तीर्थ	नगर-ग्राम	जनपद	देश	वर्ष-खंड-द्वीप
ज्योतिरथ्या				ज्येष्ठस्था				
ज्योर्ष्ठला						झिल्लिक	तंगण	
तमसा			तन्दुलिका	तन्दुलिका	तक्षशिला	तनय	सरल	
				तरन्तुक		तनवाल		
		तापसवन						ताम्रपीप
ताम्रपर्णी		तापसारण्य				ताम्रलिप्त		
ताम्रा				ताम्रारुण			तालचर	
ताम्रावती		तालवन			हालाकट		तीरग्रह	
		तुंगकारण्य	तृणविंदु				तुषार	
तुंगवेणा			सरोवर					
तृतीया				तैजस			त्रिगर्त	
	त्रिकूत			त्रिगंग			त्रिपुरा	
त्रिदिवा				त्रिविष्टप			दक्षिणकुरु	
				त्रिशूलरवात			दक्षिणपंचाल	
त्रिस्त्रोतसी		दण्डकारण्य		दक्षिण सागर			दक्षिण मल्ल	दक्षिणापथ
				दण्ड				
				दण्डार्त				
				मी			दरद	
							दर्व	
							दर्शक	
	दर्दुर			दर्वीसंक्रमण			दश	

				दशाश्वमेध			दशमालिक	
					—		दशार्ण	
							दशार्ह	
							दारु	
				दाल्भ्यघोष			दारुण	
दासी				दाल्भ्य			दाशेरक	
दिक्			दिलीपाश्रम	दीर्घसत्र		दुर्गाल	दुर्जय	
	दुर्गशैल							
दुर्गा		देवदारुवन				दुर्जया	दुर्विभाग	
देवनदी				देवंत				
				देवकूट			देवप्रस्थ	
		देववन	देवयजन					
	देवसम	देवह्रद						
देविका				देविका				
				देवी				
							द्राविड़	
	द्रोण							
		द्वैतवन	द्वैतसरोवर		द्वारका			
				धरणीधर				
		धर्मारण्य (1)		धर्म (1)				
		धर्मारण्य (2)		धर्म (2)				
				धर्म (3)			धुरन्धर	
धूतपाषा								
				धेनुक			धेनुक	
						ध्वजिनी		
नन्दा (1)								
			नंदि	नन्दिकुण्ड				

नदी	पर्वत	सर-वन-वृक्ष	आश्रम	तीर्थ	नगर-ग्राम	जनपद	देश	वर्ष-खंड-द्वीप
नन्दा (2)					नन्दिग्राम			
						नभकानन	नरराष्ट्र	
?ालिनी				नागोद् भेद	नागपुर	नाकुर	नवराष्ट्र	नागद्वीप
	निरविंद						निषर्ध	
							निष्कुट	
निरामया	निषध						नीप	
नीला	नील	नैमिषारण्य		नैमिषी			नैकपृष्ठ	
नीबारा	नीलगिरि			न्यग्रोध			नैर्ऋत्य	
	नौ बंधन						पञ्चनद	
				पञ्चनद			पञ्चाल	
				पञ्चवटी			पटच्चर	
पम्पा			पद्मसर				पतन	
पयोष्णी			पद्मसौगांधिक			पत्ति	परतंगण	
पर्णाशा						परमकाम्बोज	पश्चिम अनूप	
				पलाश		परान्त		
				पवनह्रद			पहलव	पश्मि द्वीप
पवित्रा				पाञ्चाल्य			पांशुराष्ट्र	
पाटलावती							पारद	
पारा				पावन		पार्श्वरोम	पारसीक	
पाशाशिणी				पाषाण		पाशिवाट	पाषण्ड	
				पिंग				

पिच्छिला			पिंगक					
पिञ्जला			पितामह					
			सरोवर			पिच्छलस्थान		
				पुण्डरीक		पुनश्चंद्रा	पुलिन्द	
परमालिनी								
पुण्यतोया				पुष्कर				
पुण्यवती				पुष्करक्षेत्र				पुष्करद्वीप
पुष्पवती							पौण्ड्र	
पूर्वाभिरामा				पृथूदक			पौदन्य	
				पौलोम		प्रतिमत्स्य		
						प्रमाणकोटि		
प्रवरा					प्रयाग		प्रसुह्म	
प्रवेणी							प्रस्थल	
		फलकोवन				प्राग्ज्योतिषपुर		
फल्गु				फल्गु				
				बदरिपाचन				
				बदरिका				
			बदरिक					
		बदरी		ब्लाका		बल्ल		
बहिर्गिरि						बहुबाघ		
बहुला				बाहुदा				
बाणी								
		विंदुसाराश्रम						
बाहुदा		बृहत् सरोवर						

नदी	पर्वत	सर-वन-वृक्ष	आश्रम	तीर्थ	नगर-ग्राम	जनपद	देश	वर्ष-खंड-द्वीप
बृहद्ध्वनि						बोध		
बृहद्वती	ब्रह्मतुंग							
ब्रह्ममेध्या				ब्रह्मयोनि				
ब्रह्मवेध्या		ब्रह्मसर		ब्रह्मस्थान		ब्रह्मावर्त		
ब्रह्माणी				ब्रह्मोदुम्बर				
				ब्रह्माणी				
		ब्रह्मसरोवर		भद्र कर्णेश्वर				
				भद्रतुंग				
		भद्रवट						भद्राश्वखंड
		भद्रशाल				भरद्वाज		भरतखण्ड
				भर्तृस्थान		भर्ग		
भगीरथी (गंगा)						भल्लाट		
				भारद्वाज				
भारती								
भारद्वाजी	भास					भार्गव		
भीमरथी	भृगुतंग				भोमवती			
	भौंगवान्			भोगवती		भोज		
					भोजकट			
मकरी				मगध			मगध	
				मघा				
मञ्जुला				मचक्रुक	मणुलूरु (मणिपुर)			
				मणिनाग				मणिकांचनवर्ष

	मणिमंथ				मणिमतीपुरी			
				मणिमान्				
				मतंगकेदार			मत्स्य	
		मतंगवापी	मतंग				मदधार	
		मधुवन		मधुस्त्रव	मथुरा	मधुमंत	मद्र	
				मनोजव		मन्दक		
मनोरमा								
मंदगा	मन्दर							
मंद वाहिनी								
मंदाकिनी (1)								
मंदाकिनी (गंगा)								
							मरुधन्व	
मरुदा								
				मरुद्गण			मरुभूमि	
	मलय					मलज	मलद	
	महाक्रौञ्च					मल्लराष्ट्र	मल्ल	
	महागिरि			महाकाल		मसीर		
महागौरी								
महानदी								
					महापद्म			
महानंदा	महापुमान्							
	महामन्दर			महालय	महापुर			
			महाश्रम		महाह्रद	महीधर		
महाशोण								
				महीधर		महेत्थ		
मही								
महेंद्रा	महेंद्र	माठरवन						
			माण्डव्य	मातृ		माद्रेयजांगल		
मानवी	मानस	मानसरोवर				मानवर्जक		

नदी	पर्वत	सर-वन-वृक्ष	आश्रम	तीर्थ	नगर-ग्राम	जनपद	देश	वर्ष-खंड-द्वीप
	मानसद्वार			मनुष			माल	
मारिषा							मालव (1)	
मालवा							मालव (2)	
माला								
मालिनी	माल्यवान् (1)					मावेलृक		
	माल्यवान् (2)					महिषक		
				माहेश्वरपद	माहिष्मती	माहेय		
					माहेश्वरपुर		मिथिला	
माहेश्वरी	मुञ्जपृठ			मिश्रक	मिथिला			
		मुञ्जवट	मुञ्जवट				मुण्ड	
	मुञ्जवान्				मुद्गल			
				भृगधूम				
मुर्मरा						मेकल		
मृत्तिकावती				मेधाविक				
मेधातिथि						मेरुभूत	मलक	
मेध्या								
मेना	मेरु							
	मैनाक							
	मोदा				मोदापुर	म्लेच्छ	मोहन	
यमुना				यमुना			यकृल्लोम	
				ययाति				
	युगन्धर			ययाति-पतन				
						यवन	युगन्धर	यमुनाद्वीप

यवक्षा	यामुन			योनिद्वार		यामुन	योध्य	
रथचित्रा						रथावर्त्त	रक्षोवाह	रमणक
रथस्था								(श्वेतखंड)
					रम्यग्राम	रमणचीन		
					राजपुर			
रहस्या	राम							
राजनी				राम (1)				
				राम (2)				
			रामह्रद	रुद्रकोटि				
			रुद्रकोटि कूप	रुद्रपद				
	रैवतक		तथा कुण्ड	रुद्रमार्ग		रूपवाहिक		
लंधती				रुद्रावर्त्त		रेणुप		
लम्प्राक		रुद्रवट		रेणुका		रोहितक	रोकित	
लांगली					लंका			
लोहतारिणी		रोहितक		लपेटिका			लोह	
लोहित्या								
वंक्षु				लौहित्य			लोहित्य	
				वंशगुल्म				
बडवा				वंशमूलक			वंग	
				वडवा		वध्र	वत्स	
						वनवासिक		
वन्दना				वरदान		वनायु		
वरदासंगम								

नदी	पर्वत	सर-वन-वृक्ष	आश्रम	तीर्थ	नगर-ग्राम	जनपद	देश	वर्ष-खंड-द्वीप
वरा								
वाराणसी								
(2 नदियाँ)	वराह			वराह		वल्कल		
				वसिष्ठ		वसाति		
	वसिष्ठ			वसिष्ठापवाह				
वसा						वातज		
वस्त्रा						वातिकखण्ड		
वस्वोकसारा						वानव		
					वारणावत	वामन		
वारवत्या				वराह	वाराणसी	वारवास्य		
			वारुणह्रद	वारुण				
वशिष्ठी				वासुकि				
वाहिनी								
							वाल्हीक	
						वाल्हीक-दार्वी	विकुञ्ज	
						विजय		
वितस्ता			वितस्ता			विकल्प		
विदिशा				विद्या				
विनदी	विन्ध्याचल			विनशन		विदर्भ	विदेह	
विपापा								
विपाशा						विंध्यचुलिका		
विमलोदका				विरज	विराट नगर			
विशल्या			विशाखभूप	विशाला		विशालापुरी		
				विश्वामित्र				

वीरकरा			विश्वामित्र	वीरप्रमोक्ष				
वीरवती				वृद्धकन्या				
वीरा								
वृषका	वृषदेश							
	वृषभ							
वृषभा				वेणा				
वृषसा				वेणासंगम				
		वेत्रकीय वन		वेतसिका	वेत्रकीय गृह			
वेत्रवती						वैत्रिक	वैदेह	
वेदवती				वेदी				
वेदाश्वा								
	वैजयन्त			वैमानिक				
	वैहार		व्यासस्थली			व्यूक		
						शक		
				शक्रावर्त				
शतद्रु	शतशृंग			शरस्तम्ब				
शत बला					शाकल	शाशिक		
शरावती						शाकलद्वीप		
				शालिहोत्र		शाल्वसेनि		शाल्मलि द्वीप
शिवा				शिवोद्भेद			शाल्वेय	
शीघ्रा							शुण्ड	
शुक्तिमती (1)								
शुक्तिमती (2)	शुक्तिमान					शूद्र	शूकर	
शुभावहा						शूद्रसेन		

नदी	पर्वत	सर-वन-वृक्ष	आश्रम	तीर्थ	नगर-ग्राम	जनपद	देश	वर्ष-खंड-द्वीप
	श्रृंगवान्				शूर्पारक			
शैलोदा					श्रृङ्गरपुरे	शैवाल		
शैव्या				श्रीकुञ्ज				
शोण	श्याम		श्याम	श्रीकुण्ड				
				श्रीतीर्थ				श्वेतद्वीप
	श्रीपर्वत			श्वाविल्लोमा-पह			संन्यस्तवाद	
							संस्थान	
	श्वेत			संवर्तवापी		सकृद्ग्रह		
				संवेद्य				
					सञ्जयन्ती		सण्ड	
				सनातन		सनीप		
सदाकांता				सन्निहती				
सदानीरा				सप्तगंग				
संध्या				सप्तगोदावरी				
				सप्तचरु				
				सप्तर्षि कुण्ड				
				सप्तसारस्वत		समंग		
समंगा				समन्तपञ्चक		समन्तर		
					सम्भलग्राम	समवेगवश		
				सरक				
सरयू				सरस्वती	सरस्वतीनगरी			
सरस्वती				सागरसंगम				
				सर्पदेवी				

सर्वगंगा				सर्वदेवह्रद				
				सर्वदेव				
				सर्वपापमोचन				
				सलिलराज				
	सहत्रादि			सलिलह्रद		सागर		
				सागर				
				सागरोदक				
सिंधु				सामुद्रक		सामुद्रनिष्कुट	सिंहल	
				सिकताक्ष			सिंधु	
				सिंधु				
				सिंधुप्रभव				
				सिंधूत्तम				
				सीतवन				
सीता				सुगंध				सुदर्शन द्वीप
				सुगंधा		सुदाम		(जंबूद्वीप)
				सुदिन		दृष्ट		
सुनसा						सुदेष्ण		
सुपुण्या	सुनाभ					सुनय		
सुप्रयोगा								
	सुबेल						सुबाहु	
	सुमेरु					सुमल्लिक		
	सुवर्ण			सुवर्ण				
सुवस्त्रा							सुहत्र	

नदी	पर्वत	सर-वन-वृक्ष	आश्रम	तीर्थ	नगर-ग्राम	जनपद	देश	वर्ष-खंड-द्वीप
सुवामा		सैंधव				सृञ्जय	सैंधव	
सुवेणा		सैंधवारण्य					सोमक	
	सोमगिरि			सोम				
				सोमपद			सौभ	
			सोमाश्रम	सोमाश्रयायण		सौराष्ट्र		
				सौभद्र			सौवीर	
				स्तनकुण्ड		सौशल्य		
				स्थाणु		सौहृद		
						स्तनपोषिक		
		स्थापुवट				स्वक्ष		
				स्वर्ग		स्वराष्ट्र		
				स्वर्गमार्ग				
				स्वर्ण बिंदु				
				स्वस्तिपुर				
	हंसकूट			हंसप्रपतन		हन्यमान	हाटक	
				हरद्वार	हिरण्यपुर	हूण		
हरिश्रावा		हिडिम्बकानन		हिरण्यसरोवर				हिरण्मयखंड
हस्तिसोमा								
	हिमालय							हैमवतखंड
	हिरण्यशृंग							हैमवतवर्ष
हेमा								
हैमवती								
हैरण्वती								

इन स्थानों को पहचानना कठिन काम है। फिर भी यह एक खास बात है कि यह वर्णन भी परम्परा से सुन-सुनकर लिखा गया है, अतः इसमें भी गड़बड़ और चमत्कार घुस गया है।

गत युग के उपरांत ही कृष्ण का समय प्रमुख है, जिसके समय में महाभारत युद्ध हुआ था।

इस प्रकार हम सारांश में यों कह सकते हैं कि समाज का विकास अब तक यों हुआ—

जाति (Race) पक्ष में।	**वर्ण, जाति (Caste) अथवा वर्ग रूप में।**
1. पहले मातृसत्ता थी। सब समान थे।	1. जाति न थी।
2. टॉटेम प्रथा के कारण तथा विभिन्न दलों के कारण विद्वेष फैला।	2. जाति न थी, पर धीरे-धीरे अमीर-गरीब का भेद जन्मा। दास-प्रथा का प्रारम्भ हुआ।
3. दास-प्रथा बढ़ी और विभिन्न टॉटेमों के दल आपस में मिले, तो कबीले बने और उनकी संख्या बढ़ी।	3. कबीलों में धनी-दरिद्र का भेद अधिक बढ़ा। दास-प्रथा का विकास हुआ।
4. दास उत्पादन के साधन अधिकतर बने।	4. समाज में धनी-दरिद्र के भेद के अतिरिक्त पेशों के हिसाब से विभाजन होने लगा।
5. बर्बर (दास-प्रथा) युग में पुराने गण गोत्रों में निरंकुश राज्यों का उदय हुआ। आर्य्यों ने पराजितों को दास बनाकर शूद्र कहा, किंतु अपराजित अपना स्वत्व बनाए रहे।	5. पराजित शूद्रों ने सिर उठाया और अपने को दासों से भिन्न कर लिया। मैं 'प्राचीन भारतीय परम्परा और इतिहास' में इस पर प्रकाश डाल चुका हूँ।
6. आर्य्य-अनार्य्य का उच्च कुलों में मिलन होने लगा। निम्नवर्ण या गरीब लोग सब जगह एक-से होने लगे। अनार्य्यों में आर्य्यों से अधिक दास-प्रथा और निरंकुशता थी, जैसे जरासंध में। इसी समय कृष्ण हुआ।	6. इस समय जाति पेशे पर तो थी ही, उसका विभाजन अधिक हो गया था। यही महाभारत-युद्ध का समय है।

'देवकी का बेटा' नामक औपन्यासिक जीवनी में हम कृष्ण के प्रारम्भिक जीवन का वर्णन कर चुके हैं। उससे पहले ही, वर्ग सम्बन्धों से पूर्ण, अपने 'प्रतिदान' नामक उपन्यास में, हम महाभारत-युग में ब्राह्मण-क्षत्रिय संघर्ष को दिखा चुके हैं। 'स्वर्गभूमि का यात्री' नामक नाटक में हम महाभारत-युद्ध के बाद के समाज का चित्रण कर चुके हैं। इनमें हमने जाति के तीनों रूप—जाति (Race), कबीलाजाति (Tribe) और वर्णाश्रम-व्यवस्थांतर्गत जाति (caste) पर प्रकाश डाला है। यहाँ हम कृष्ण के युग के आर्य्य-अनार्य्य सम्बन्ध को लेंगे और साथ ही दोनों के समाज की भीतरी वर्ग-व्यवस्था को भी अपने अध्ययन का विषय बनाएँगे।

प्रथम खंड—'आदि से इंद्र तक' के भाग में हमने आर्य्यों के पहले प्रागैतिहासिक, आग्नेय और द्रविड़ युग तथा किरात युग का परिचय दिया, ताकि आर्य्यों की पृष्ठभूमि साफ हो और भारतीय इतिहास का वह अज्ञात चित्र प्रस्तुत हो, जिसका आगे चलकर गहरा प्रभाव पड़ा है। **दूसरा खंड**—'इंद्र से मांधाता तक', में हमने पहले दक्षिण भारत की द्रविड़ सभ्यता

और उत्तर में इंद्र का वर्णन किया है। इस युग में मनु के समय में मोड़ आया और समाज का जो विकास हुआ, वह स्पष्ट किया। मांधाता के साथ हमने विजयी आर्य्यों की अनार्य्यों से मुठभेड़ का चित्रण किया। तीसरा खंड—ऋग्वेद के प्रणयन के बाद प्रारंभ होता है, क्योंकि दूसरे खंड तक हमने उस समाज और युग का वर्णन किया है जिसको ऋग्वेद में प्राचीन कहा गया है। इसका यह मतलब नहीं कि ऋग्वेद के सब मंत्र इसी काल में बने। नहीं, मंत्र बनना तो बहुत पहले शुरू हो गया था। वे थोड़े थे, या जिस रूप में प्राप्त हैं, वह रूप इसी युग का है।

मांधाता के बाद **तीसरा खंड** है। यह युग भी इतिहास में अंधकारपूर्ण है। इस युग में जहाँ आर्य्य-अनार्य्य युद्ध चालू था, आर्यों के अपने समाज में भी संघर्ष था। एक ओर जातीय (Racial) युद्ध थे, तो दूसरी ओर वर्ण के नाम पर वर्गीय (Class) युद्ध थे। हमने परशुराम और राम के समय में हुए महान परिवर्तन दिखाए। इस युग में असंख्य राजा हुए, किंतु हमें सबकी कहानी लिखने की आवश्यकता नहीं थी। ऋग्वेद, सामवेद के बाद यजुर्वेद बना और राम का युग समाप्त हुआ। त्रिवेद तो यही हैं। अथर्व बनना शायद प्रारम्भ हुआ था, जिसमें अनार्य्यों के धर्मों का प्रभाव था। यह कृष्ण के समय में भी बनता रहा और बाद में भी स्वीकृत किया गया। बाद में पुराणों में तो आर्य्यों और अनार्य्यों का धर्म खूब मिल-मिला गया। महाभारत में ही इस अंतर्भुक्ति के प्रमाण मिलते हैं। मांधाता से राम तक आर्य्य-अनार्य्य का भेद घटा और कृष्ण के समय तक उसी का संघर्ष चला और दूसरी ओर राज्य-व्यवस्था (गणगोत्र राज्य, वैराज्य, द्वैराट्, साम्राज्य) आदि के संघर्ष चले तथा वर्ण-व्यवस्था के संघर्ष हुए, जो एक रूप में वर्ग-संघर्ष का ही रूप था।

यह युग एक युद्ध के साथ समाप्त होता है। यह युग एक ओर अंत है, दूसरी ओर आगे चलकर जिस रूप में भारत बना है, उसका प्रारम्भ भी है। हमने आदिम समाज-व्यवस्था में बर्बर दास-प्रथा के उस मान्य (Accepted) रूप रामराज्य तक का वर्णन किया है। कृष्ण के समय में भी यही दास-प्रथा थी, किंतु कृष्ण के समय में यह लड़खड़ाई है और अजातशत्रु के समय में समाप्तप्राय हुई है (जो हम आगे देखेंगे)। जो राम के युग से कृष्ण के युग तक इक्ष्वाकुवंशीय (अर्थात् पूर्वीय आर्यों के समाज) क्षत्रियों में अनेक तीर्थंकर हुए, उनका सैद्धांतिक मुख्य भेद कृष्ण के समय के बाद ही प्रकट हुआ। दर्शन और उपासना के क्षेत्र में परिवर्तन का रूप यह है—

(1) व्रात्यों का विरोध।
(2) व्रात्यों का कालांतर में स्तुत्य माना जाना।
(3) जैन तीर्थङ्करों का विचार विभेद।
(4) युधिष्ठिर के समय में व्यवस्था का लड़खड़ाना।
(5) अश्वल जनक के समय व्यवस्था की विषमता का बढ़ना।
(6) जैन तीर्थंकरों का विकास।
(7) कपिल का संदेहवाद।
(8) पार्श्वनाथ जैन तीर्थंकर का ब्राह्मण-विरोध।
(9) जैन महावीर और बुद्ध का ब्राह्मण-विरोध।

इस सबके साथ ही हमें ब्राह्मणों के रूप का परिवर्तन देखना चाहिए—

(1) कट्टर आर्य देवताओं की उपासना।

(2) अनार्य्य प्रभाव पड़ना।

(3) अनार्य्य विश्वास ग्रहण करना।

(4) ब्राह्मण चिंतन पर पाञ्चरात्र प्रभाव का प्रारम्भ।

(5) आत्मा और ब्रह्म के माध्यम से व्यापक धर्मभूमि-अंतर्भुक्ति।

(6) विभिन्न धर्मों को स्वीकार करना।

(7) कपिल के समय में नया दर्शन खोजने का यत्न।

(8) पार्श्वनाथ के समय में कर्मकांड का ह्रास। भक्ति का प्राधान्य प्रारम्भ होना, वैष्णव मत के प्रचार का प्रभाव।

(9) महावीर और बुद्ध के समय में वैष्णव समानता को ग्रहण करने का प्रारम्भ।

इस प्रकार एक लम्बा समय समाप्त होता है जो समुद्र की भाँति कृष्ण के समय में अपनी लहरें समटेता है, किंतु साथ ही उससे नए युग की व्यापक भूमि निकल पड़ती है।

जैनस्रोतों ने भी रामकथा का वर्णन किया है। उन्होंने दूसरा ही रूप दिया है, जिसके अनुसार राम भी जैन था, रावण भी। रावण को क्रूर नहीं बताया गया है। जैनकथा-स्रोत में एक विशेषता है कि वहाँ वानरों को बंदर नहीं माना गया है। वाल्मीकि रामायण में हनुमान्, केसरी वानर की स्त्री अंजना वानरी से पवन द्वारा, जन्म लेता है। जैनस्रोत इसे बुरी परम्परा मानता है। जैनस्रोत के युग में पुरानी नियोग प्रथा तो मान्य नहीं थी, न टॉटेम की उस प्राचीन जाति को ही उसने स्वीकार किया जो कि युगों की भूल में, चमत्कार में पड़कर—अलौकिक बनकर इतिहास की परम्परा में ब्राह्मणों द्वारा स्वीकृत हुई। जैनस्रोत में वानर वास्तव में मनुष्य हैं। हम यह नहीं समझते कि जैन टॉटेम के सिद्धांत को जानते थे। वे स्वयं देवताओं की एक अलग योनि मानते थे और उनके अपने चमत्कार भी कम नहीं हैं। या तो यही माना जा सकता है कि परम्परा में पुरानी जातियों को जैनस्रोत के निर्माणकाल तक मानव-रूप में माना जाता था, या माना जा सकता है कि जैन चिंतकों ने अपने देश की पुरानी कथाओं को देखा और राष्ट्रीय सम्पत्ति के प्रति दो कारणों से ध्यान दिया—एक तो इसलिए कि वे उसे देश का पुराना इतिहास समझते थे, दूसरे इसलिए कि सम्भवतः जनता में वे कथाएँ बहुत प्रचलित थीं और अपने मत का प्रचार करने के लिए उनकी सहायता लेने में प्रचार सरलता से होता था। जैनों ने ब्राह्मण स्रोतों को कपोलकल्पित कहा और पुराने चमत्कारवाद को हटाने के प्रयत्न में अपने युग के अनुसार आधुनिकीकरण (Modernization) किया। उनके अपने युग-बंधन थे। स्वयं वे भी चमत्कारों को मानते थे। उनके वर्णन में विशेषता इस बात में है कि ब्राह्मणों का महत्व बिल्कुल ही स्वीकार नहीं किया गया है। इस देश में यह बड़ी विचित्र बात है कि एक सम्प्रदाय दूसरे सम्प्रदाय का प्रायः उल्लेख ही नहीं करता।

जैनकथा में प्रह्लाद राम का पुत्र, पवनकुमार हनुमान का पिता है और वे सब मनुष्य हैं। वैसे नाम से यह लोग वानर कहलाते हैं। वे रावण के अधीन हैं। बाकायदा तत्कालीन समाज का राजनीतिक चित्र उपस्थित करने का प्रयत्न करने का प्रयत्न किया गया है।

यह जैन-परम्परा वास्तव में भारत में काफी प्राचीन है। दक्षिण के प्राप्त हुए आदि ग्रंथ का हम ऊपर उल्लेख कर आए हैं कि वह जैनरचित है और तब से ही बहुत मान्य है। दक्षिण भारत में इतने पहले जैनग्रंथ का मिलना क्या बताता है? वह यह बताता है कि दक्षिण में जैन सम्प्रदाय बिल्कुल नया होकर नहीं गया, उस विचारधारा की बुनियादें वहाँ पहले से मौजूद थीं। बल्कि मेरा तो विचार है कि जैन-चिंतन में नागजाति का काफी चिंतन मिल गया है। हो सकता है अन्य अनार्य्य जातियों का चिंतन भी उसमें अंतर्भुक्त हुआ हो। पुरानी जातियाँ हमसे इतनी दूर हो गई हैं कि हम उनके भेदों को स्पष्ट नहीं देख पाते, सब घुला-मिला-सा लगता है। इसके निम्नलिखित कारण हैं—

(1) पुराने समय में जातियों में भेद तो थे, परंतु किसी भी एक युग में जातियों का रहन-सहन किसी परिमाण में एक-सा हो जाता है, और उनमें साम्य मिलना आवश्यक होता है। टॉटेम युग में विभिन्न जातियाँ टॉटेम ही मानती थीं।

(2) फिर ये जो वर्णन हमें प्राप्त हैं, वे बहुत अधिक परवर्ती हैं।

(3) और परवर्ती होने के अतिरिक्त उस समाज का साक्ष्य प्रस्तुत करते हैं, जिसमें कि जातियाँ आपस में घुल-मिल रही थीं, अतः विश्वासों को अलग-अलग करके नहीं, एक करके देखने की प्रवृत्ति ही विशेष प्रमुख थी। इससे हुआ यह कि हम जब इतिहास के दृष्टिकोण से वस्तु की छानबीन करते हैं तब मिला हुआ स्वरूप सामने आता है। इस मिले हुए रूप में ही हमें भारतीय जीवन की सामंजस्यमयी प्रवृत्ति का ज्ञान प्राप्त होता है। सोमनाथ के मंदिर में 10वीं सदी में वैदिक मंत्रों से अनार्य्य शिव-लिंग का पूजन ही नहीं होता था, वरन् विभिन्न टॉटेम भी शिव-परिवार में स्वीकृत थे, और बहुत-से आर्य्येतर विश्वास, पाशुपत, अघोर आदि भी सब साथ-साथ मौजूद थे। यह अंतर्भुक्ति का कितना बड़ा उदाहरण था।

(4) हमारे लिए अध्ययन का यह विषय सबसे अधिक कठिन है कि हम विभिन्न जातियों के विश्वासों को ढूँढ़ें और देखें कि इस निरंतर विकास ने क्या-क्या स्वरूप बदले हैं। इसके लिए ही हमें ब्राह्मणपरम्परा के अतिरिक्त प्राप्त परम्पराएँ भी, पूर्वाग्रहहीन होकर देखनी चाहिए और उससे ही हमें इस विराट देश की संस्कृति का ज्ञान हो सकेगा।

किस प्रकार ब्राह्मणकृत पुराणों में नाग, गंधर्व, विशाल, विद्याधर, यक्ष, किन्नर, राक्षस, गरुड़, आदि जातियों की कथाएँ भी आ गई हैं। वह वास्तव में अंतर्भुक्ति का ही लक्षण है। बहुत-सी कथाएँ जो केवल उपदेशात्मक-सी लगती हैं, वे इसी का परिणाम हैं। तीर्थों का वर्णन इसी मिलन का साक्ष्य है। यहाँ हम ब्रह्म पुराण में से तत्कालीन मान्य तीर्थों को बताते हैं (अन्यत्र[1] हम महाभारत का तीर्थ-प्रकरण देख चुके हैं)—

1. हिन्दी साहित्य की धार्मिक और सामाजिक पूर्वपीठिका।

टॉटेम तीर्थ	इतिहास सम्बन्धी तीर्थ	भौगोलिक विभिन्नता से मान्य तीर्थ	विभिन्न जाति तीर्थ	अन्य तीर्थ
1. धेनुक	1. पुष्कर	1. कनखल	1. प्रयाग (नाग)	1. योगतीर्थ
2. शूकर	2. नैमिषारण्य	2. लोहाकुल	2. धर्मारण्य (नाथ)	2. अग्निपद
3. शाखोटक	3. चम्पकारण्य	3. केदार	3. गया	3. धर्मोद्भव
4. कोकामुख	4. सैन्धवारण्य	4. मन्दरारण्य	4. हिरण्याक्ष	4. वंधप्रमोचन
5. मत्स्य तिल	5. मगधारण्य	5. महाबल	5. मतंग	5. दंष्ट्राकुण्ड
6. कोटरक	6. दण्डकारण्य	6. बदरीशैल	6. विष्णुतीर्थ	6. सार्वव्यामिकतीर्थ
7. वटमूल	7. प्रभास	7. तुंगकूट	7. उर्वशी	7. वह्निकुण्ड
8. भद्रवट	8. श्रीतीर्थ	8 गंगद्वार	8 लोकपाल	8 सत्यपद
9. नर्मदा	9. भृगुतुंग	9. पञ्चकूट	9. शालग्राम	9. वज्रायुध
10. पिञ्जरक (नाग)	10. भीमारणय	10. मध्यकेसर	10. कोटिद्रुम	10. अग्निप्रभ
11. कुलिंगक	11. कुशस्थली	11. चक्रप्रभ	11. विल्वप्रभ	11. देवप्रभ
12. वटावट	12. कोटितीर्थ	12. चतुःस्रोत	12. देवह्रद	12. स्ना[illegible]ण्ड
13. भद्रवट	13. रूपतीर्थ	13. चतुःशृंग	13. विष्णुह्रद	13. दौर्वासिक
14. वाराह	14. चक्रतीर्थ	14. द्वादशधार	14. शंखप्रभ	14. विमल
15. मुञ्जवट	15. सोमतीर्थ	15. मानस	15. देवकुण्ड	15. यजन
16. ब्रह्मोदुम्बर	16. स्कन्दाश्रम	16. स्थूलशृंग	16. पुंनाग	16. याजन
17. जम्बुक	17. पञ्चशिख	17. स्थूलदण्ड	17. विद्याधर	17. ब्रह्मबालुक
18. कारण्डव	18. कुशदण्ड	18. सदाप्रभ	18. गांधर्व	18. वस्त्रापद
19. मधुवट	19. ब्रह्मकुण्ड	19. मेरुकुण्ड	19. मणिपूर गिरि	19. दारुबल
20. कपिलावन	20. मनुवर	20. महास्रोत	20. पञ्चह्रद	20. छायारोहण
21. पञ्चवटक	21. सोमशैल	21. पञ्चधार	21. पिण्डारक (नाग)	21. मित्रबल
22. अश्ववेदी	22. सोमाभिसेचन तीर्थ	22. त्रिधार	22. मलव्य	22. दिवाकर

23. वेतसिका	23. अमरकण्टक	23. सप्तधार	23. गोप्रभाव	23. कामद
24. मत्स्योदरी	24. विष्णुपद	24. एकधार	24. गोवर	24. सुमनतीर्थ
25. अजामुख सर	25. कन्याश्रम	25. गभस्ति तीर्थ	25. तीर्थवज्र	25. सुदर्शन
26. कर्कोटक वापी	26. वायुकुण्ड	26. महाकालवन	26. कुमारिक	26. विजय
27. सपर्णास्योदपान	27. जम्बूमार्ग	27. अर्बुद	27. रुद्रपाद	27. रत्नमूलक
28. श्वेततीर्थ	28. ययातिपतन	28. पिंग	28. मणिमान् (यक्ष)	28. ईहास्पद
29. घर्घरिकाकुण्ड	39. वासिष्ठ	29. पञ्चनद	29. कामारक (देवी)	29. किंदान
30. श्यामाकूप	30. पृथुसंगम	30. पुण्डरीक	30. पुष्पन्यास (बलिप्र० से)	30. किंजय
31. चन्द्रिकातीर्थ	31. ऋषितीर्थ	31. गंगोद्‌भेद	31. मणिपूर	31. अवेध्य
32. दधिकर्णोदपानक	32. ब्रह्मतुंग	32. नर्मदोद्भेद	32. शिवोद्‌भेद	32. पाणिखात
33. अक्षयवट	33. वसुतीर्थ	33. सारस्वतद्वीप	33. सिद्धेश्वर	33. मिश्रक
34. कपिलाह्रद	34. शुक्रतीर्थ	34. पारिप्लव	34. कालिका	34. मनोजव
35. गृध्रवट	35. रेणुका	35. बदरीवन	35. रुद्रकोटि	35. ऋणमोचनतीर्थ
36. कोकिलातीर्थ	36. पैतामह	36. गोभवनतीर्थ	36. यक्षिणीह्रद	36. स्वर्गद्वार
37. मतंगह्रद	37. कृष्णतीर्थ	37. शातवनतीर्थ	37. स्वर्लोकद्वार	37. प्रजाद्वार
	38. दीर्घसत्र	38. स्नानलोमापह	38. पञ्चतीर्थ	38. कालिकाश्रम
	39. हयपद	39. कोटिकूट	39. कपिलातीर्थ	39. भद्रकर्णह्रद
	40. अनशनतीर्थ	40. नीलपर्वत	40. सूर्य्यतीर्थ	40. शंकुकर्णह्रद
	41. कौशाम्बी	41. सप्तसारस्वत	41. शंखिनीतीर्थ	41. अवकीर्ण
	42. विजय	42. चतुःसामुद्रिक	42. यक्षराजतीर्थ	42. शतिक
	43. समन्तपञ्चक	43. यमुनाप्रभव	43. कामेश्वर	43. सहस्त्रिक
	44. ब्रह्मतीर्थ	44. सिंधूत्थं	44. मातृतीर्थ	44. रेणुक
	45. पृथूदक	45. चारुनदी	45. सप्तर्षिकुण्ड	45. विमोचन
	46. दशाश्वमेधिक	46. सितोप	46. देवीतीर्थ	46. एकरात्र

टोटेम तीर्थ	इतिहास सम्बन्धी तीर्थ	भौगोलिक विभिन्नता से मान्य तीर्थ	विभिन्न जाति तीर्थ	अन्य तीर्थ
	48. ब्रह्मावर्त्त	48. अमरह्रद	48. स्थाणु	48. श्रीकुञ्ज
	49. स्वाससंसरक	49. सौगंधिकवन	49. शालितीर्थ	49. ब्रह्मस्थान
	50. केदार	50. काम्यक	50. कन्यातीर्थ	50. मानसतीर्थ
	51. त्रिविष्टप	51. शृंगतीर्थ	51. मणितीर्थ	51. कारुपावन
	52. देवतीर्थ	52. महानदी	52. शाकम्भरी	52. ईशानतीर्थ
	53. नृगधूम	53. शीतवन	53. कुडजाम्बक	53. सुवर्णतीर्थ
	54. नैमिषेय	54. कुमारधारा	54. रुद्रावर्त्त	54. कोटितीर्थस्थली
	55. सरस्वतीतीर्थ	55. गौरीशिखर	55. सुगंधाश्व	55. वीर
	56. पाञ्चयज्ञिकतीर्थ	56. लोहितार्णव	56. कपालमोचन	56. प्रमोक्ष
	57. त्रिशूलधार	57. शोणोद्भव	57. विश्वेश्वर	57. उरवीसंक्रमण
	58. माहेन्द्र	58. माहेन्द्र	58. नारायणाश्रम	58. मायाविद्योद्भव
	59. देवस्थान		59. भद्रबालीह्रद	59. महाश्रम
	60. कृतालय		60. कृत्तिका	60. बाहुतीर्थ
	61. देवतीर्थ		61. पिशाचमोचन	61. विमलाशोक
	62. कलिह्रद		62. चण्डेश्वरतीर्थ	62. सूर्य्यप्रभ
	63. क्षीरस्त्रव		63. विनायकह्रद	63. अरुणास्पद
	64. विरूपाक्ष		64. सिंदूद्भवकूप	64. ज्येष्ठस्थानह्रद
	65. भृगुतीर्थ		65. रुद्रावास	65. ब्रह्मसर
	66. कुशोद्भवतीर्थ		66. नागतीर्थ	66. श्मशानस्तम्भकूप
	67. ब्रह्मयोनि		67. पुलोमतीर्थ	67. भक्तह्रद
	68. वसिष्ठपद		68. प्रेताधार	68. क्षीरसर
	69. औशनस		69. गयशीर्ष	69. कुमार तीर्थ

70. कुरु		70. शुनःकुण्ड	70. महातीर्थ
71. कुशध्वज		71. नन्दितीर्थ	71. प्रभासन
72. मानवकूप		72. कुम्भकर्णह्रद	72. योनिद्वार
73. गंगाह्रद		73. कौशिकीह्रद	73. धन्यक
74. बदरीपावन		74. धर्मतीर्थ	74. पितृकूप
75. इंद्रमार्ग		75. कार्मतीर्थ	75. सप्तकुण्ड
76. दधीच		76. ऋषभ	76. मणिरत्नह्रद
77. श्रुततीर्थ		77. कावेरीह्रद	77. ज्येष्ठालिकातीर्थ
78. अरुन्धतीवन		78. कन्याश्रमह्रद	78. कल्पसर
79. ब्रह्मावर्त			79. श्रीधारा
80. कुब्जावन			80. कुमारवास
81. ऋषिकुल्या			81. श्रीवास
82. सुंदरिकाश्रम			82. संध्यातीर्थ
83. मार्कण्डेय			83. वंशगुल्म
84. शुक्रतीर्थ			84. कालतीर्थ
85. बालुकातीर्थ			85. पुण्यावर्तिह्रद
86. सुभद्राह्रद			86. बदरिकाश्रम
87. विरलदण्डकुण्ड			87. विरजातीर्थ
88. जैगीसव्यगुहा			88. सानुगर्त
89. हरिकेशवन			89. श्रीनद
90. घण्टाकर्णह्रद			90. इषुतीर्थ
91. कुशावर्त्त			91. गोकर्ण
92. सावित्रीह्रद			92. गायत्रीस्थान

टॉटेम तीर्थ	इतिहास सम्बन्धी तीर्थ	भौगोलिक विभिन्नता से मान्य तीर्थ	विभिन्न जाति तीर्थ	अन्य तीर्थ
	93. कौशिक्यतीर्थ			93. बद्रीह्रद
	94. भरततीर्थ			94. मध्यस्थान
	95. उद्धालकतीर्थ			95. विकर्णक
	96. रामतीर्थन			96. सर्वदेवव्रत
	97. पितृवन			97. अखण्डितह्रद
	98. कृष्णतीर्थ			
	99. कृष्णपट			
	100. रोहिणीकूप			
	101. इन्द्रद्युम्न सरोवर			
	102. वार्षभतीर्थ			
	103. जातीह्रद			
	104. देवकूप			
	105. कुशप्रथन			
	106. बालाशिल्यह्रद			

इन तीर्थों में बहुत-से बाद में विभिन्न जातियों के पुरोहित वर्गों ने बना लिये थे। इनके अतिरिक्त भी कई तीर्थ हैं। पिशाचरूपधारी अद्रि हनुमान का भाई बताया गया है, उनकी माताएँ अप्सराएँ हैं। इनसे पैशाचतीर्थ, आंजनतीर्थ बने। हनुमान की अप्सरा माता का मुँह बिल्ली-सा था। ब्रह्मगिरि से 53 योजन पर पूर्व की ओर मार्जार तीर्थ था। उससे आगे हनुमान तीर्थ और वृषाकपि तीर्थ था। क्षुधातीर्थ, अहल्या संगमतीर्थ भी दक्षिण में थे।

गारुड़तीर्थ गरुड़ जाति का स्थान है। इसकी कथा का महत्व है : शेषनाग का महाबली पुत्र मणिनाग गरुड़ से डरकर शिवभक्ति में रत हुआ और शिव ने उसे प्रसन्न होकर अभय दिया। नाग निर्भय होकर घूमने लगा। क्षीर सागर में विष्णु जहाँ सो रहे थे, वहाँ वह टहल रहा था कि गरुड़ ने देख लिया। झट पकड़कर घर में ले जाके डाल दिया।' एक दिन नंदी ने शिव से कहा : 'अब मणिनाग नहीं आता। या तो गरुड़ उसे खा गया या उसने उसे बाँध रखा होगा। जीवित होता तो यहाँ आता अवश्य।'

शिव झट जान गए। कहा : 'जाकर विष्णु की स्तुति करो और गरुड़ के बंधन में डाले हुए नाग को मेरे कहने से ले आओ।'

नंदी ने विष्णु से विनय की। विष्णु प्रसन्न हुए। गरुड़ से कहा : 'नन्दन! नाग लौटा दो।' गरुड़ ने मना कर दिया। कहा : 'स्वामी देते हैं कि लेते हैं? (ध्यान रहे, महाभारत में जब गरुड़ सबको हराकर आता है तब उसे मार्ग में नारायण मिलता है। दोनों एक-दूसरे से मैत्री करते हैं) मेरी शक्ति से ही आपने संग्राम में दैत्यों पर विजय प्राप्त की है।'

तब विष्णु ने गरुड़ को हँसकर सबक दिया। गरुड़ विष्णु की छोटी उँगली का बोझ भी न झेल सका। तब मान गया। विष्णु ने नन्दी के साथ गरुड़ और नाग दोनों को शिव के पास भेजा। गरुड़ निर्बल हो गया था। शिव के कहने से गोदावरी तीर पर जाकर नहाया तो फिर उसमें ताकत आई। तब से वह स्थान गरुड़तीर्थ हुआ।

इस रूपक में जातियों की अंतर्भुक्ति नए विश्वास में किस प्रकार हुई है, काफी स्पष्ट हो जाता है।

नागतीर्थ में नागेश्वर निवास करते बताए गए हैं। चंद्रवंश के शूरसेन का पुत्र सर्प जैसा जन्मा। वह बड़ा हुआ तो बोला—'मेरा चूडाकर्म आदि कराइए।' पिता और माता ने उसे बिल्कुल छिपाकर पाला था। यह सुनकर दुखी हुए, पर फिर कराना पड़ा। फिर वह बोला : 'विवाह कराइए।'

राजा ने अमात्यों से पूछा, पर यह न बताया कि वह पुत्र सर्प है। एक अमात्य समझ गया। वह राजा से आज्ञा पाकर पूर्वदेश में भोगवती नामक राजकुमारी से राजकुमार के अस्त्रों का विवाह क्षत्रिय-प्रथा से कराके राजकुमारी को ले आया। भोगवती सुंदरी थी। राजा विजय उसका पिता था।

नाग की माता ने धाय को भेजकर राजकुमारी से कहलवाया : 'तुम्हारा पति नाग है।' और उसकी प्रतिक्रिया का इन्तजार करने लगी।

धाय ने जाकर कहा। राजकुमारी ने उत्तर दिया : 'बड़े भाग्य कि मुझे देवयोनि का पति मिला! मुझे दर्शन कराओ।'

धाय ने उसे ले जाकर भयानक सर्प के दर्शन कराए।

राजकुमारी ने उसे प्रणाम किया।

नाग ने प्रसन्न हो कहा :'वर माँग। मैं शेषनाग का पुत्र महाबलवान् नाग हूँ जो शंकर के हाथ का कंकण बना रहता है। मैं तेरा पति हूँ और तू मेरी पूर्व जन्म की पत्नी भोगवती है।'

गोमती-तट पर स्नान करके शिव-पूजा से वह सर्प मनुष्य हो गया।

इसी प्रकार मातृतीर्थ, अविघ्नतीर्थ (गणेशतीर्थ), शेषतीर्थ, अश्वत्थ पिप्पलतीर्थ आदि टॉटम और विभिन्न जातियों के मिलन से बने हुए तीर्थ हैं। उलूक और कपोत तीर्थ तो स्पष्ट ही टॉटम हैं। मेरुदण्ड चिञ्चिक आदि पक्षी सम्बन्धी कथाएँ भी टॉटमों के सम्बन्ध की ही हैं।

ब्राह्मणों की पौराणिक कथाएँ—

(1) जनसमाज में बीज रखती थीं।

(2) कालांतर में आर्य्य इतिहास के साथ उनका मिलन हुआ।

(3) वेदविहित मार्ग सम्पादित करने को उन कथाओं में नए चमत्कार जुड़ गए।

(4) और फिर व्यापक भूमि बनाने के प्रयत्न में एक सम्प्रदाय की कथा अपने आप ही दूसरे सम्प्रदाय से जुड़ गई।

(5) अवश्य ही कुछ कथाएँ केवल उपदेशात्मक हैं। वे किसी प्रचार सम्बन्धी विषय को लेकर बनाई गई हैं और इसलिए हमें हर एक कथा में बिना समझे किसी प्रकार का अंधानुकरण-सा नहीं करना चाहिए।

(6) इन कथाओं का कुछ सम्प्रदायों ने विरोध भी किया था, जैसे जैनों ने।

(7) किंतु जैन परवर्त्ती हैं और उनमें परम्परा ब्राह्मणों की भाँति प्राचीन नहीं है।

(8) एक बात इस पर यह है कि जैन परम्परा में भी विभिन्न विश्वासों की अंतर्भुक्ति हुई है, जो भी काफी चमत्कारों से लदी हुई है।

(9) अतः हमें भी तो परम्पराओं का अध्ययन करते समय उनका अलगाव ही नहीं, उनका अन्योन्याश्रित सम्बन्ध भी देखना चाहिए, तभी विषय का सापेक्ष अध्ययन प्रस्तुत हो सकने की सम्भावना होती है।

शुभचंद्र भट्टारक विरचित पाण्डव पुराण अर्थात् जैन महाभारत में पाण्डवों की कथा दी गई है। वह हमारे लिए विशेष महत्व रखती है। ब्राह्मण-स्रोत से आई हुई महाभारत की कथा अपने पुराने इतिहास के अधिक निकट है। जैन पुराण में श्रेणिक के समय की कहानी कही गई है, जो कि महावीर वर्द्धमान सुनाते हैं। वहाँ श्रेणिक ब्राह्मण-स्रोत से आई हुई कथा पर आक्षेप करता है कि उसमें चमत्कार बहुत हैं जो सम्भावनीय नहीं हैं। पाण्डव पुराण के द्वितीय अध्याय में राजा श्रेणिक पूछता है :'हे गणनायक ज्ञानी गौतम गुरु! नाथ (ज्ञातृ!) अन्य शास्त्रों में जो पाण्डवों का चरित्र पाया जाता है, वह तो बन्ध्या स्त्री के पुत्र की सुन्दरता के वर्णन के समान है, मिथ्या है, कपोल कल्पित है। जैसे—

एक समय काशी का शांतनु राजा युद्ध के लिए गया था। वहाँ उसे अपनी स्त्री के ऋतु समय की याद आ गई और उसने रति दान देने के लिए अपना वीर्य प्रिया के पास भेजने का विचार किया। इसी विचार से उसने एक ताँबे का बर्तन मँगवाया और उसमें अपना वीर्य रखकर उसके ऊपर अपने नाम की मुद्रा लगाकर, उसको एक श्येन पक्षी के गले में बाँधकर अपनी प्रिया के पास काशी भेज दिया। वह पक्षी थोड़ी ही देर में गंगा नदी के किनारे आ

पहुँचा। उसे देख एक कोई और श्येन पक्षी झपट पड़ा और आपस में दोनों की नोंचा-नोंची होने लगी। इससे पहले श्येन के गले से वह पात्र गंगा में गिरकर फूट गया। एक मछली ने उसमें से निकले वीर्य को खा लिया, जिससे वह गर्भवती हो गई। गर्भ के दिन पूरे हुए, तभी एक धीवर ने उसे पकड़कर चीरा और मछली में से एक लड़की पैदा हुई जो मत्स्यगंधा कहलाई, क्योंकि उसके शरीर से मत्स्य की-सी बुरी गंध निकलती थी। बदबू के कारण धीवर ने लड़की को अपने घर नहीं रखा। उसे गंगा किनारे पर बसा दिया। वह नौका चलाकर अपना पेट पालती थी। जब वह युवती हुई तो उसका एक दिन पराशर ऋषि से समागम हो गया और चारों वेद का ज्ञाता व्यास पैदा हुआ। व्यास बचपन में ही पिता के पास रहकर तपस्या करने चला गया। एक दिन शांतनु गंगा-तीर पर आया और मत्स्यगंधा को देखकर काम से व्याकुल हो गया। उसने धीवर से कहकर उससे विवाह कर लिया। उसके दो पुत्र हुए—चित्र और विचित्र। जब वे युवा हुए, उनका विवाह क्रम से अम्बा और अम्बिका से हुआ। इन दोनों की एक दासी थी, जिसका नाम अम्बालिका था। थोड़े दिन बाद शांतनु मर गया। दोनों भाई गद्दी के मालिक हुए; पर दुर्भाग्य से दोनों निस्संतान मर गए। तब मत्स्यगंधा ने व्यास को राज्य सँभालने को बुलाया। वह राज्य सँभालने लगा। राज्य पाकर व्यास ने बड़े कुकर्म किए। उसने माँ से कहा : 'हे गन्धिके! दोनों पुत्रवधुओं और उनकी दासी को मेरे सामने से नंगी निकालो तो वे गर्भ धारण करेंगी।' गंधिका ने मान लिया और तीनों गर्भवती हुईं। अम्बा के धृतराष्ट्र हुआ, अम्बिका को कुष्ठ रोगी पाण्डु और अम्बालिका के विदुर हुआ।

गांधारी का सौ अज राजाओं से विवाह हुआ। वह फिर भी सती कहलाई। अज आदि को उनके पिता राजा भोजकवृष्टि ने मारा डाला। मरकर वे भूत-प्रेत हुए और उसी हालत में उन्होंने गांधारी से सम्भोग किया, जिससे दुर्योधन आदि कौरवों ने जन्म लिया। वह गर्भ जब पैदा हुआ तो कच्चा गिरा और उसको कपास में रखकर बढ़ाया गया। पीछे गांधारी का पुनर्विवाह विधवा से उत्पन्न हुए जारपुत्र धृतराष्ट्र से हो गया।

सफेद कोढ़वाले गोलक-जारपुत्र पाण्डु का विवाह कुन्ती और माद्री के साथ हुआ। एक रोज वह दोनों रानियों को लेकर शिकार करने गया। वन में उसने दो हिरण मारे, जोकि तापस-मिथुन था, और हिरण का रूप धरकर रति-क्रिया में व्यस्त था। हिरण ने मरते समय शाप दिया कि तुझे भी कभी रतिसुख न मिले।

सूर्य ने कुन्ती के साथ सम्भोग किया और कान से कर्ण का जन्म हुआ। फिर कुन्ती का सधर्म से समागम हुआ और युधिष्ठिर जन्मा। पवन के सम्भोग से उसके भीम और अर्जुन इंद्र के समागम से हुआ। माद्री के आश्विनेय सुर के समागम से नकुल-सहदेव हुए। पाण्डव कुंड जारपुत्र थे।

द्रौपदी जेठ और पति और देवर—सब भाइयों से कैसे सम्भोग करती थी?

जैन कथाकार कहता है कि यह राब झूठ है, क्योंकि इस प्रकार महान् और श्रेष्ठ व्यक्तियों का चरित्र बिगाड़ा गया है। खैर। इसका कारण तो यह है कि जब जैन-स्रोत लिखा गया, उस समय के समाज में यह पुराने नियम बुरे माने जाते थे। ब्राह्मणों ने भी यद्यपि अपनी सामाजिक तत्कालीन व्यवस्था का रंग पुरानी कथाओं पर चढ़ाया था, फिर भी उन्होंने जहाँ तक हो सका था, पुरानी कथाओं को ही लिया था। अतः ब्राह्मण-स्रोत की कथा में पुराने युगों के

समाज का अधिक चित्रण मिलता है।

हमारे लिए तो यह महत्वपूर्ण है कि ब्राह्मण-स्रोत के नाम से जो कथाएँ जैन पुराणकार को मिलीं, वे वही नहीं हैं जो कि महाभारत में मिलती हैं। इनमें और उनमें भेद है। हम यह भी मान सकते हैं कि जैन पुराणकार ने साम्प्रदायिकता के प्रभाव में शायद ब्राह्मण-स्रोत को बदनाम भी करने की चेष्टा की होगी, परंतु बहुत-सी बातें साफ तौर पर मिलती-जुलती भी हैं। यों तो उस समय तक महाभारत के वर्तमान रूप में प्राप्त कथाओं को ऐसा सर्वमान्य रूप नहीं मिला था, या यह हो सकता है कि ब्राह्मणों ने पुरानी कथाओं को ठीक करने की चेष्टा में बाद में जो रूप कथाओं को दिया है, जैन पुराणकार ने उससे पुराने प्रचलित स्वरूप को प्रस्तुत किया है, या यह हो सकता है कि अतीत के इतिहास के बारे में एक ब्राह्मण दृष्टिकोण था, और एक अन्य दृष्टिकोण भी था। जो हो, यह बात महत्वपूर्ण है कि हमें महाभारत की कथा का एक रूपांतर मिलता है, जो ब्राह्मणों द्वारा कहा गया बताया गया है। जैनस्रोत ने जो महाभारत की अपनी कथा लिखी है वह न केवल परवर्ती है, वरन् साम्प्रदायिक भी है, परंतु ऐसा नहीं हो सकता कि औचित्यीकरण (rationalzation) में किसी पुरानी परम्परा का हाथ नहीं हो।

यह कथा बताती है कि महाभारत-कथा के वर्तमान रूप से इसका भेद यों है—

(1) शांतनु काशी का राजा जैनस्रोत में है, वैसे महाभारत के अनुसार वह हस्तिनापुर का राजा है।

(2) महाभारत के अनुसार मत्स्यगंधा शांतनु की पुत्री नहीं है। और मत्स्यगंधा के साथ मछली के पेट से एक भाई भी निकलता है, जो यहाँ वर्णित नहीं है।

(3) जैनस्रोत के अनुसार शांतनु अपनी पुत्री से ही विवाह करता है। इस कथा में भीष्म का वर्णन ही नहीं है। यहाँ उसके पुत्र केवल चित्र-विचित्र हैं। विचित्रवीर्य्य और चित्रागंद नहीं।

(4) इस कथा में व्यास शासन करता है, कुकर्मी है। महाभारत में वह पूज्य है। महाभारत में वह स्त्रियों से सम्भोग करके गर्भ धारण कराता है, इस कथा में देखने-भर से काम चल जाता है। यहाँ अम्बालिका दासी है, जबकि महाभारत में अम्बा तो छोड़ दी जाती है, संतान अम्बिका, अम्बालिका के होती है।

(5) इस कथा में पाण्डु कोढ़ी है, महाभारत में नहीं है।

(6) गांधारी का धृतराष्ट्र से विवाह होता है, वह बड़े पातिव्रत से रहती है। किन्तु महाभारत की बात से अलग जैनस्रोत में उद्धृत इस ब्राह्मण-कथा से ज्ञात होता है कि उसका सौ अज राजाओं से विवाह हुआ था।

फिर उसका भूत-प्रेतों से सम्भोग हुआ और उन्हीं के द्वारा उसके कौरव जन्मे।

बाकी बातें प्रायः मिलती-जुलती हैं।

भीष्म के लिए इसी कथा में 'गांगेय' का प्रयोग किया गया है और वह ऋषि है। वह गंगा नदी से पैदा हुआ है, यह भी एक विशेष भेद है, क्योंकि महाभारत में भीष्म ऋषि नहीं है।

इस परम्परा को लेकर पुराने युगों के समाजों में प्रचलित नियमों की अवहेलना करके जैन पुराणकार ने नवीन युगौचित्यीकरण का प्रयत्न करके महाभारत की अन्य कथा दी है। हमें

इससे यह स्पष्ट होता है कि पुरानी कथाओं की एक ब्राह्मण-परम्परा थी, दूसरी परम्परा ब्राह्मणों के अतिरिक्त भी थी, जिसका कालांतर में जैनों ने प्रयोग किया और उसे साम्प्रदायिक रूप देकर युगौचित्यीकरण का रूप दिया।

एक और विशेष बात यह है कि जहाँ ब्राह्मण-परम्परा ने चमत्कारों के रहते हुए भी पुरानी परम्परा को सहेजा, उन्होंने इतिहास के उसी अंश को महत्व दिया, जो उनके लिए लाभदायक था। सम्भवतः और भी आर्य्यों में परम्पराएँ थीं, जिनका जैनों ने प्रयोग किया, विशेषतया वे परम्पराएँ जो ब्राह्मणों का विरोध कर सकने में समर्थ थीं। हम अन्यत्र कह आए हैं कि अधिकांश जैन तीर्थंकर पूर्वीय भारत के आर्यों में जन्मे हैं, जो बताता है कि यह सम्प्रदाय पुराने आर्य्यों में ही विकास कर सका। इसका प्रारम्भ तो ऋषभदेव जैसे आर्य्य के समय में आर्य्यों के समाज में मान्य रूप से हुआ। अब यह ब्राह्मण-विरोध निरन्तर चलता रहा। ब्राह्मणों ने इसका वर्णन नहीं किया, क्योंकि यह परम्परा ब्राह्मण-विरोधी थी। प्रारम्भ से अंत तक प्रायः सब तीर्थंकर क्षत्रिय हैं, जो प्रकट करता है कि यह ब्राह्मण-विरोध क्षत्रियों में था। ऋषभ का समय यजुर्वेद का माना जा सकता है, क्योंकि इसका उल्लेख मिलता है। सम्भवतः यजुर्वेद में भी कुछ अनार्य्य जातियों के धार्मिक विश्वासों की अन्तर्भुक्ति है, यह प्रायः सभी विद्वान् मानते हैं। इसका अर्थ है कि वे अनार्य्य विश्वास जो ब्राह्मण मान रहे थे, वेद में आ गए, और क्षत्रिय भी उस समय गण-व्यवस्था या राज-व्यवस्था में रहकर कहीं तो ब्राह्मण के अनुकूल थे, कहीं स्वतंत्र चिंतन करते हुए अनार्य्यों के चिंतन को स्वीकार करते जा रहे थे। उस समय जो अनार्य्य विश्वास थे, वे भी सम्भवतः दो प्रकार के थे, एक वे जो ब्राह्मणों में स्वीकृत हुए, दूसरे वे जो क्षत्रियों में मान्य हो सके। राम के युग की अनार्य्य जातियाँ प्रसिद्ध थीं—

(1) सिंधुतीर पर गंधर्व, जिन्हें भरत ने हराया था—आर्य्य ऋषियों के लिए। (2) यमुनातीर पर लवण के वंशज या स्वयं लवणासुर—असुर—जिन्हें शत्रुघ्न ने हराया। (3) दक्षिण में वानर, राक्षस, नाग, गरुड़ का तो वर्णन आता ही है। यक्षों का भी वर्णन आता है। (4) इनके अतिरिक्त अन्य कइयों का भी वर्णन आता है। (5) हम बता चुके हैं कि नाग और गरुड़ जातियाँ बहुत प्राचीन हैं। इनका उल्लेख संसार की प्रत्येक प्राचीन जाति की पौराणिक कथाओं में आता है, और वह उल्लेख भी बहुत प्राचीन बनकर ही आता है। यह नाग तो बहुत सभ्य लोग थे। कालांतर में इनकी जो समाज में अतंर्भुक्ति हुई, उसका तो उल्लेख हम थोड़ा-सा कर चुके हैं, और अन्यत्र भी करेंगे, किंतु राम के समय में गरुड़ का इक्ष्वाकु कुल का सम्बम्धी होना, गरुड़ का सगर के पुत्रों के मरने पर पता देना, राम-जन्म के लिए किए यज्ञ में वेदी का गरुड़ाकार बनाया जाना, लंका में गरुड़ों का आकर राम-लक्ष्मण को नागपाश से छुड़ाना इसके प्रमाण हैं कि गरुड़ जाति तब थी। इसके अतिरिक्त नागों का लंका में रावण का मित्र होना, और जैनस्रोत में सगर के पुत्रों का नागराज द्वारा मारा जाना भी महत्वपूर्ण है। इन नागों की अपनी परम्पराएँ थीं और सम्भवतः नागों में विभिन्न प्रकार के चिंतन थे, क्योंकि नागों को जहाँ बौद्ध-परम्परा अच्छा नहीं कहती, वहाँ कुछ नागों को बुरा बताकर, ब्राह्मणों ने कुछ नागों को बहुत अच्छा कहा है, और जैन तीर्थंकरों के सम्बम्ध में तो नागों का काफी सम्बम्ध प्रकट होता है। हो सकता है कि नागों के एक चिंतन से यह हुआ कि शेषनाग पाञ्चरात्र के अवतारवाद के समय की सामाजिक अंतर्भुक्ति में आर्य्य विष्णु से मिला

और नागों के किसी कपिल देवता या नागराज की उपासना के द्वारा ब्राह्मणों में अंतर्भुक्त हुआ और गरुड़ जाति भी अपने देवता को विष्णु के परिवार में मिलाकर अंतर्भुक्त हो गई। और सम्भवतः नागों का दूसरा चिंतन—अहिंसा, तप, शरीर को कष्ट देने की परम्परा आदि—क्षत्रियों में स्वीकृत हुआ और वह जैन-चिंतन में अंतर्भुक्त हो गया। हो सकता है कि मेरी बात पर विश्वास नहीं किया जाए, किंतु मैं इसके प्रमाण देता हूँ। महाभारत में कलियुग के वर्णन में स्पष्ट कहा गया है कि कलियुग में इतना बुरा समय आएगा कि नागों की पवित्र बस्तियों में हड्डियाँ और मांस दिखाई देंगे। इसका अर्थ है कि कुछ नाग मांस नहीं खाते थे और अहिंसक थे; क्योंकि उस समय के आर्य्य ब्राह्मण और क्षत्रिय निस्संदेह मांस खाते थे। दूसरे, महाभारत में नागराज ही धर्मात्मा कहा गया है, क्योंकि जब एक ओर ब्राह्मणों ने महाभारत में नैमिषारण्य के अन्तर्गत गोमती तटवर्ती नागपुर नगर के नागों को पवित्र कहा है, उनके नागधन्वा तीर्थ को भी पवित्र कहा है और सरस्वती तटवर्ती नागोद्‌भेद नामक तीर्थ को तो बहुत ही पवित्र माना है। नाग में बलिप्रदान का तो बड़ा माहात्म्य है और 'हिंदी साहित्य की धार्मिक और सामाजिक पूर्वपीठिका' में हम इसके अतिरिक्त कई प्रमाण दे चुके हैं। महाभारत में शांतिपर्व, 356वें अध्याय में कहा गया है कि प्राचीन काल में जहाँ पर प्रजापति ब्रह्मा का धर्मचक्र प्रवर्तित हुआ था, और जिस स्थान पर देवताओं ने यज्ञ किया था और जहाँ राजा मान्धाता ने इन्द्र का अतिक्रम किया था, वहीं गोमती तीर पर नैमिषारण्य में नागपुर था। उस नगर में पद्मनाभ नामक एक धर्मात्मा महानाग रहता था, वह—

(1) मन-वचन-कर्म से प्राणियों का हित करता था, (2) साम, दाम, दण्ड, भेद से दुष्ट का दमन और सज्जन की रक्षा करता था, (3) कुलीन, बुद्धिमान, विद्वान्, गुणवान, निर्दोष, अध्ययननिरत था, (4) अतिथिसेवी, तपस्वी, दमगुण-सम्पन्न, सच्चरित्र था, (5) याज्ञिक था, (6) दानी, क्षमाशील, सत्यवादी, ईर्ष्याहीन, सन्तोषी और विचारशील था। (7) वह अतिथि को भोजन कराके ही भोजन करता था।

उसके पास धर्मारण्य ब्राह्मण यह पूछने गया था कि कौन-सा धर्म सर्वश्रेष्ठ था। पद्मनाभ अपने सारे नागों के साथ उस ब्राह्मण की सेवा में उपस्थित हुआ था। उसकी स्त्री ने उसके पाँव धोए थे और अतिथि को भोजन करने को कहा था। तब पति को नागपत्नी ने यह धर्म बताया था—

(1) गुरु की सेवा करना शिष्य का, (2) वेद पढ़ना ब्राह्मणों का, (3) स्वामी की आज्ञा मानना नौकरों का, (4) प्रजा का शासन करना राजा का, (5) विपत्ति में पड़े हुए की रक्षा करना क्षत्रियों का, (6) यज्ञ आदि कर्म और अतिथि-सेवा करना वैश्यों का, (7) तीनों वर्णों की सेवा करना शूद्र का, (8) सब प्राणियों का हित करना गृहस्थों का धर्म है।

इसके अतिरिक्त—

(1) परिमित भोजन, नियमानुसार व्रत, इंद्रिय-संयम सब वर्णों का, (2) मैं किसका हूँ, किससे उत्पन्न हुआ हूँ, यह सोचना संन्यासी का, (3) और पातिव्रत स्त्री का धर्म है।

पद्मनाभ ने पत्नी से कहा था—

(1) मुझे अपनी जाति का अभिमान नहीं है। (2) दूसरे नागों की भाँति मैं क्रोध से मूर्खता नहीं कर बैठता।

नाग ने ब्राह्मण को सूर्य की उपासना का महत्व समझाया था और उञ्छवृत्ति का माहात्म्य गाया था। उस नाग ने उञ्छवृत्ति धारण करनेवाले एक ऐसे ब्राह्मण की कथा सुनाई, जिसने महादेव को संहिता का पाठ करके प्रसन्न कर लिया था। उञ्छवृत्ति का अर्थ था—फल, फूल, मूल, सूखे पत्ते और हवा खाकर तप करना। मरने पर परब्रह्म में लीन हो जाने के सिद्धान्त को पद्मनाभ नाग भी मानता था।

महाभारत-कथा कहती है—नागराज के पास से जाकर ब्राह्मण ने भृगुनन्दन च्यवन से उञ्छवृत्ति में दीक्षा ली (आ० 366)।

यह कथा भीष्म ने सुनाई है और कहा है कि—

(1) पहले यह कथा च्यवन ने जनक के यहाँ देवर्षि नारद को सुनाई थी। (2) फिर नारद ने इंद्र को। (3) इंद्र ने अन्य ब्राह्मणों को। (4) परशुराम से भीष्म का युद्ध होते समय वसुगण ने यह कथा भीष्म को सुनाई थी।

भीष्म के मुख से महाभारतकारों ने अनेक इतिहासविषयक बातें कहलाई हैं। वहाँ तो भीष्म एक साधनमात्र है, ऐतिहासिक पात्र नहीं। च्यवन वैदिक ऋषि है। वह जनक के समय से पूर्व होना चाहिए। यदि यह भी मान लिया जाए कि यह कोई अन्य च्यवन है तो नारद का प्रश्न आता है। नारद प्रत्येक युग में बताया गया है। वह स्वयं पाञ्चरात्र प्रभावित वैष्णवमत का अनुयायी है। यह नारद का परवर्ती रूप है। नारद वास्तव में पुराना ऋषि है। वह अधिकांश देवर्षि कहा गया है। नारद की कविताएँ सामवेद में, पर्वत के सहयोग में बनी हुई, लिखी मिलती हैं। उनमें नारद वैष्णव या नारायण का उपासक नहीं। सम्भवतः नारद गंधर्व था, वह गायक था। 'अद्‌भुत रामायण' में तो नारद उलूकेन्द्र से संगीत की शिक्षा प्राप्त करता है। अद्‌भुत रामायण बहुत परवर्ती रचना है, जिस पर शाक्त प्रभाव है। नारद सामवेद में अन्य ऋषियों की ही भाँति कवि है और उस युग के अनुरूप ही उसके भाव और विचार भी हैं। सम्भवतः गंधर्व भी वेद की ऋचाएँ बनाते थे। नारद बाद में सर्वकालीन और झगड़ा करानेवाला बना। सामवेद पावमान काण्ड अ० 5।10।4 तथा ऋग्वेद में 9।104।1 में पर्वत और नारद की ऋचा मनुष्य की आत्मा को सुन्दर बनाने का प्रकरण उठाती है—

सखाय आनिषीदत पुनानाय प्रगायत
शिशुन्न यज्ञैः परिभूषत श्रिये।

यज्ञ उसका माध्यम है। तप के द्वारा पवित्र होने का भाव इसमें हल्का-सा व्यञ्जित होता है। नारद ऋग्वेद और सामवेदकालीन कवि है, और उस समय या तो परवर्ती इंद्रों में से कोई होगा या अधिक सम्भव है कि नारद इंद्र का परवर्ती व्यक्ति है। अतः इन्द्र से उसका संवाद नहीं हो सकता। रही परशुराम और भीष्म के समसामयिक होने की बात। स्वयं महाभारत में भीष्म ही कहता है कि परशुराम प्राचीन काल में हुआ था। जिस परशुराम को भीष्म का समकालीन बताया गया है, वह या तो परशु धारण करनेवाले भार्गववंशीय ब्राह्मणों में से कोई था, या परशुराम नाम का ही कोई दूसरा व्यक्ति था।

पुराणकार ने इस कथा को अत्यधिक माहात्म्य देने के लिए इसे प्राचीनता का बाना पहनाने की चेष्टा की है।

यह कथा उञ्छवृत्ति को माहात्म्य देती है, जो कि तप-प्रधान जीवन को महत्व देने के

बराबर है। अब हमें इन बातों पर ध्यान देना चाहिए—

(1) हम अन्यत्र धर्मचक्र के प्रवर्तन में नागों, रावण तथा बुद्ध और अशोक और बाद में जवाहरलाल नेहरू के विषय में बता चुके हैं कि इन्होंने धर्मचक्र का प्रवर्तन किया। धर्म का चक्र निरन्तर चलता रहे, यही मुख्य लक्ष्य था। जिस प्रकार नेहरू ने झण्डे पर चिह्न में धर्मचक्र रखा है, प्रायः यही प्राचीनों का भी नियम था। धर्मचक्र के प्रवर्त्तन में कोई और विशेषता नहीं थी। इस कथा में ब्रह्मा को प्रवर्त्तक कहा है। यह आर्य्यों का स्रोत है। बहरहाल गोमती-तीर पर यज्ञ होना और वेदों में प्राचीन कहलानेवाले मांधाता का वहीं होना और उसके पास नागों का होना बताता है कि नाग कितने प्राचीन थे। वहीं पर महाभारतकार पद्मनाभ का नाम बताता है, जोकि नाग है। पद्मनाभ का दूसरा अर्थ विष्णु भी है। तब यह भी हमें सोचना पड़ेगा कि सृष्टि सम्बन्धी जो कथाएँ हैं, और विष्णु की नाभि से पद्म निकलने की कथा है, क्या उसमें कहीं नागों की कथाएँ मिल तो नहीं गई हैं, क्योंकि प्राचीन चित्रों और उल्लेखों में मकर और नाग कमलों (पद्मों) के बहुत निकट हैं। महाभारतकार ने नाग को धर्मात्मा माना है, अर्थात् वह नाग ब्राह्मणधर्म के विरुद्ध नहीं था। आगे वह यज्ञ करनेवाला कहा गया है और अहिंसक भी है। उस नाग की बातों से लगता है कि वह चातुर्वर्ण्य को मानता था। इस नाग को जाति का अभिमान नहीं था, जो प्रकट करता है कि बहुत-सी नाग जातियों को बहुत अभिमान था।

इससे स्पष्ट होता है कि नाग कालांतर में वर्ण-व्यवस्था में अंतर्भुक्त हुए थे। यह तो सर्वविदित है कि चातुर्वर्ण्य व्यवस्था को माननेवाले, दस अश्वमेध करनेवाले, भारशिव नाग ही थे। बाद में भी, परवर्तीकालीन राजाओं में भी नागवंश का वर्णन आया है। अग्रसेन, जो अग्रवालों का आदिपुरुष है, वह अहिंसक था, और उसकी भी स्त्रियाँ नागजाति की थीं। तो नागों की विभिन्न विचारधाराओं की विभिन्न प्रकार से अंतर्भुक्ति हुई, इस पर आश्चर्य करने की आवश्यकता नहीं रहती। हम इसमें कोई आश्चर्य नहीं देखते कि जैन विचारकों पर नाग विचारकों का गहरा प्रभाव पड़ा था। स्वयं पार्श्वनाथ, जो 23वाँ तीर्थंकर था, उसने नाग और उसकी स्त्री को यज्ञ में बलि दिए जाते देखकर बचाया था।

अभी तक जो विचारकों की समझ में नहीं आता था कि इस देश में प्राचीन पुराणों, महाभारत, रामायण के युग में कौन था, यह अब साफ हो जाता है।

जैनस्रोत में कुछ तीर्थंकर का भी वर्णन किया गया है—

"असंख्य द्वीपों के मध्य जम्बूद्वीप एक प्रसिद्ध अनुपम द्वीप है। उस द्वीप में भरतक्षेत्र नाम का एक पवित्र क्षेत्र है। इसके छह खंड हैं। उनमें एक आर्य्यखंड और पाँच म्लेच्छ खंड हैं। आर्य्यखंड सर्वश्रेष्ठ है। उसमें विदेह नामक सुन्दर देश है। विदेह कुण्डनपुर नामक सुन्दर नगर है। वह इन्द्र का अमरपुर जैसा लगता है।"

इसी कुण्डनपुर का राजा सिद्धार्थ था, जिसकी स्त्री त्रिशला के गर्भ से महावीर का जन्म हुआ था। वह ज्ञात कुल में हुआ था। पत्नी के मरने पर 30 वर्ष की अवस्था में वह गृहत्याग कर गया था। याद रहे, महावीर पूर्वभारत के आर्य्य क्षत्रियों के गण में हुआ था, जबकि व्यापार बढ़ रहा था। इसने अंग, बंग, कुरुजांगल, कोसल, कलिंग, महाराष्ट्र, भेदपाट, सुभोटक, मालवा, करनाटक, कर्णकोसल, पराभीर, सुगम्भीर और विराट में धर्मप्रचार किया था। वह मगध में भी आया था, जहाँ की राजधानी राजगृह थी।

आदि तीर्थंकर ऋषभदेव की कथा पर ध्यान देना अधिक महत्त्वपूर्ण है, क्योंकि कृष्ण के पहले ही से, अजातशत्रु के युग तक [अजातशत्रु को ही जैनों ने श्रेणिक (श्रेणिय—बौद्ध) कहा है] जैन धर्म ब्राह्मण चिंतन के समसामयिक चला है। इस तुलनात्मक अध्ययन से प्रकट होता है कि आर्य्य और अनार्य्य चिंतन ब्राह्मण और क्षत्रिय माध्यमों से किस प्रकार समाज की नवीन अंतर्भुक्ति तथा विकसित अवस्था को जन्म दे रहे थे। कथा है—

भरत क्षेत्र में पहले भोगभूमि थी। भोगभूमि में रहनेवाले जीव कल्पवृक्षों के द्वारा मनमानी वस्तुओं को प्राप्त करते थे और समय को आराम से बिताते थे। धीरे-धीरे भोगभूमि का क्षय होने लगा और जब तीसरे काल का पल्य का आठवाँ भाग शेष रह गया, तब चौदह कुलकर हुए। तेरह कुलकरों तक राजा-प्रजा का कोई सम्बम्ध नहीं था, किंतु लोग उनको अपने में मुख्य समझते थे। इन कुलकरों ने अनेक कुलों की व्यवस्था की, इसलिए इनका नाम कुलकर पड़ा। चौदह कुलकरों के नाम यों थे : 1. प्रतिश्रुति, 2. सन्मति, 3. क्षेमंकर, 4. क्षेमंधर, 5. सीमंकर, 6. सीमंधर, 7. विपुलवाहन, 8. चक्षुष्मान्, 9. यशस्वी, 10. अभिचन्द, 11. चन्द्राभ, 12. मरुदेव 13. प्रसेनजित, 14. नाभिराज। इन्होंने हा मा धक—बस ये तीन दण्ड नियत किए थे। अर्थात् 'हाय ऐसा किया?' 'मत करो' और 'धिक्कार है', इतना कह देना ही दण्ड के लिए काफी था। ये बड़े जबर्दस्त दण्ड माने जाते थे।

14वें कुलकर नाभिराज का विवाह सुलक्षणा मरुदेवी से हुआ। उनके लिए इंद्र ने अयोध्या बसाई। वहाँ आदिनाथ स्वामी अर्थात् ऋषभदेव का जन्म हुआ।

जन्म के समय इंद्रादि प्रणाम करने आए। इंद्र ने इंद्राणी सहित 'ताण्डव नृत्य' प्रसन्नता में किया। (जबकि वैसे ताण्डव शिव के साथ आता है)।

ऋषभदेव (वृषभदेव) युवक हुआ तो सुनन्दा से विवाह किया। इसी समय प्रजा पर भारी कष्ट उपस्थित हो गया। सब कल्पवृक्ष नष्ट हो गए। प्रजा के लोग राजा के पास गए। उसने ऋषभदेव के पास भेज दिया। तब ऋषभदेव ने उन्हें—

(1) भक्ष्याभक्ष्य का विचार बताकर वृक्षों के खाद्य बताए।

(2) मिट्टी के बर्तनों को काम में लाना सिखाया।

(3) असि मषि वाणिज्य और पशुपालन का उपदेश दिया।

ऋषभ के भरत आदि 100 पुत्र थे, 2 पुत्रियाँ थीं, ब्राह्मी और सुन्दरी। फिर ऋषभ राजा हुआ। तब इंद्र को आज्ञा दी कि वह विदेहक्षेत्र की भाँति अयोध्या प्रदेश के भूभाग में भी देश की रचना करे। उसने कोसल आदि देशों की रचना की और ग्राम, पुर, खेट, खर्वट, पत्तन, नगर आदि बसाए और तीन वर्ण बनाए—क्षत्रिय, वैश्य और शूद्र। जिनकी उच्च आजीविका थी उन्हें क्षत्रिय और वैश्य कहा और जिनके आचरण निंद्य तथा आजीविका नीच थी, वे शूद्र कहे गए। फिर ऋषभ ने चार भेद किए—इक्ष्वाकु, कौरव, हरिवंश और नाथवंश। कौरव वंश में सोमप्रभ और श्रेयांस नामक दो श्रेष्ठ राजाओं की स्थापना की। कुरुजांगल की अतिश्रेष्ठ भूमि में ये दोनों भाई बड़े प्रेम से हस्तिनापुर नामक नगर में रहने लगे। सोमप्रभ की स्त्री का नाम लक्ष्मीमती था। इनका पुत्र हुआ : 'जयकुमार।'

ऋषभदेव इस समय पृथ्वी पर शासन कर रहे थे। एक समय इंद्र की आज्ञा से गंधर्व सहित नीलांजना नामक अप्सरा ने आकर नृत्य किया। वह अद्‌भुत नृत्य करने लगी। तभी

उसकी आयु समाप्त हो गई और वह अदृश्य हो गई। ऋषभदेव को विरक्ति हो गई। उसने अपने पुत्र को सिंहासन पर बिठाया और स्वयं वन को चला गया। वहाँ केशलुञ्चन किया, फिर आहार के लिए बहु देशों में घूमने लगा।

अंत में वह हस्तिनापुर आया। श्रेयांस वहाँ राजा था। ऋषभ भिक्षा लेने पहुँचा। दोनों राजा भाई पैरों पर गिरे और ऋषभदेव को गन्ने का रस दिया। तब ऋषभदेव ने 1000 वर्ष तक वन में तप किया।

इस ऋषभदेव को केवल ज्ञान हुआ, उधर भरत की आयुधशाला में चक्ररत्न की उत्पत्ति हुई। वह तमाम भारत की दिग्विजय को तैयार हो गया। उसने सेना तैयार कर दी। 60,000 वर्ष में उसने भारतवर्ष के 6ओं खंड जीतकर अपने अधीन कर लिये। जय का नाम मेघेश्वर भी पड़ा। वह हस्तिनापुर लौट आया।

पाण्डव पुराण के तीसरे अध्याय में ऋषभदेव को बैल के चिह्न से चिह्नित कहा गया है, जोकि खेतिहर व्यवस्था का प्रभाव दर्शाता है।

सोमप्रभ के जय के अतिरिक्त विजय आदि चौदह पुत्र और थे। उसने उन्हें राज दिया, जय को मुखिया बनाया और ऋषभ के पास जाकर दिगम्बरी हो गया।

इसके बाद जय अपने चाचा श्रेयांस के साथ सुख से राज करने लगा। एक दिन जय विहार करने को वन में गया।[1] वहाँ एक मुनिराज मिले। उसने एक नाग और एक नागिनी के साथ उसका धर्मोपदेश सुना। वह बड़ा प्रसन्न हुआ और नाग-नागिनी अपने घर चले गए। जय नगर लौट आया।

वर्षा का समय था। बिजली गिरी। नाग मर गया। मरकर नाग कुमार जाति का देव हुआ।

एक दिन जय अपने हाथी पर साथियों के साथ वन गया। वहाँ उसने उसी नागिनी को देखा, जिसके साथ बैठकर उसने पहले धर्म श्रवण किया था। अब की बार उसने उसे एक नीच जाति के नाग के साथ रति-क्रीड़ा करते देखा। उसने क्रोध से अपना क्रीड़ाकमल मारकर 'धिक्' कहा। राजा को मारते देख सबने ईंट-पत्थर-लकड़ी के द्वारा मारा। (बड़ा पुरानी तरीका है !) मार से वह (पुरुष) काकोदर मरकर गंगा नदी में काली नामक जलदेवी हो गया। नागिनी भी प्रायश्चित में मरी और मरकर अपने पुराने देव नाग के पास जा पहुँची। नागदेव ने उसका वृत्तांत सुना तो जय को मारने गया। उस समय जय अपनी लक्ष्मीमती का सारा किस्सा सुना रहा था। सुनकर नाग का क्रोध मिट गया और वह मित्र हो गया। उसने कहा : 'काम पड़ने पर मुझे बुला लेना।'

और वह चला गया।

उधर काशी देश में वाराणसी नगर में अकम्पन राजा ने अपनी स्त्री सुप्रभा तथा 1000 पुत्रियों से सलाह करके, अपनी बड़ी कन्या सुलोचना के लिए वर की चिन्ता की। मंत्री श्रुतार्थ ने भरतपुत्र अर्ककीर्ति का नाम बताया। मंत्री सिद्धार्थ ने कहा कि वह साधारण पुरुष है। मंत्री सर्वार्थ

1. अब नागों का वर्णन प्रारम्भ होता है, जो नागजाति का ही उल्लेख है। याद रहे, ब्राह्मण-परम्परा में नागजाति कौरवों की ननसाल कहलाई है—आर्यक ने भीम को 'दौहित्र' कहा था।

ने कहा कि किसी विद्याधर से सम्बन्ध अच्छा रहेगा। मंत्री सुमति ने स्वयंवर ही ठीक बताया। चुनाँचे स्वयंवर हुआ, जहाँ जयकुमार भी गया और अर्ककीर्ति भी। वहाँ विद्याधर राजा भी आए थे। सुलोचना ने जय को ही चुना। भरत का पुत्र अर्ककीर्ति लज्जित हुआ। उसके कर्मचारी ने उसे भड़का दिया। उसने युद्ध ठान दिया। उसे उसके अनवद्य नामक मंत्री ने समझाया भी, पर वह सब व्यर्थ हो गया। उसकी राय में जय उसके अधीन था। मेघप्रभ विद्याधर जय की ओर था। जय ने मकर व्यूह रचा। अर्ककीर्ति के साथी सुनमि विद्याधर ने तार्क्ष्य व्यूह बनाया। अन्त में जय जीता। उसने अर्ककीर्ति को बाँध लिया। जय ने उन विद्याधरों को नाग-पाश में बाँधा जो शत्रुपक्ष में थे। काशी लाकर राजाओं को लौटाया और अर्ककीर्ति से विवाह कर दिया। तब वह नागकुमार आया और उसने जय के साथ सुलोचना का विवाह करा दिया।

तब जय ने अकम्पन के साथ विचार करके सुमुख नामक दूत को रत्नादि की भेंट के साथ चक्रवर्ती भरत के पास भेजा। भरत ने अभय देकर कहा कि मेरे पिता आदि मोक्षप्रवर्त्तक गुरु हैं, मैं आदि चक्रवर्ती हूँ। अकम्पन आदि स्वयंवर-प्रथा-प्रवर्त्तक हैं। मैं प्रसन्न हूँ। अकम्पन ने भोगभूमि से लुप्त हुई प्रथा फिर चलाई है।

यह जय बड़ा प्रतापी कुरुवंशी राजा था। इसके बाद कुरुचंद्र, शुभंकर, धृतिंकर, धृतिदेव, गुणदेव राजा हुए। फिर धृतिमित्र हुआ, फिर भ्रमघोष, हरिघोष, हरिध्वज, रविघोष, महावीर्य, पृथ्वीनाथ, प्रथु, गजवाहन आदि हुए। फिर सनत्कुमार, सुकुमार, धीरकुमार विश्व, वैश्वानर, विश्वध्वज, बृहत्केतु और विश्वसेन हुए। इसी का पुत्र 16वाँ जैन तीर्थंकर शांतिनाथ था।

स्पष्ट हो, यह राजाओं के नाम की तालिका, ब्राह्मणों द्वारा लिखित तालिका से मेल नहीं खाती और परवर्ती है। एक बात विशेष है, कि प्राचीन नागजाति के अतिरिक्त विद्याधर जाति का भी जैनकथाओं में उल्लेख बहुत आता है,और ब्राह्मण कथाओं में विद्याधर देवयोनि तो माने गए हैं, परंतु उनका इतना उल्लेख नहीं हुआ है।

हस्तिनापुर के अतिरिक्त कुरुजांगल देश में हस्तिनापुर का भी वर्णन आया है। हस्ति का दूसरा पर्याय नाग है। वैसे हस्ति नामक नागों का भी वर्णन मिलता है। ब्राह्मण स्त्रोतों में एक अनुश्रुति के अनुसार हस्तिनापुर के प्रदेश पर पहले नागों का अधिकार था। यह दोनों नगर एक ही हैं।

इसके अनंतर पुराणकार अनेक राजाओं के बाद पद्मरथ को कुरुवंश में बताता है जिसके बाद पद्मनाभ, महापद्म, सुपद्म, कीर्ति, सुकीर्ति, वसुकीर्ति, वासुकि आदि अनेक राजा हुए। तदनंतर शांतनु हुआ, जिसकी स्त्री के गर्भ से पारासर का जन्म हुआ। इसका विवाह रत्नपुर के जह्नु नामक विद्याधर की पुत्री गंगा से हुआ। उसका पुत्र गांगेय हुआ। पारासर एक धीवर कन्या पर आसक्त हुआ। गांगेय ने ब्रह्मचर्य धारण करके राज-पाट धीवर कन्या के पुत्र के नाम करने की घोषणा की।

इसके अनंतर पुराणकार ने अपने हेर-फेर के साथ महाभारत की कथा कही है। उसका हमारे ऐतिहासिक दृष्टिकोण से विशेष महत्व नहीं। इस पुराण की रचना का समय विक्रम संवत् 1608 भादों सुदी द्वितीया है। यह बागड़ प्रांत के सागवाड़ा नगर के श्री ऋषभनाथ के मन्दिर में लिखी गई थी। वैसे इसके मूलकर्त्ता तीर्थंकर भगवान माने गए हैं, उत्तरकर्त्ता श्री गौतम गणधर हैं, तथा विष्णुनन्दि, अपराजित, गोवर्द्धन, भद्रबाहु आदि श्रुतकेवली और आचार्य

ऋषिगण हैं, जिनके स्रोतों का यह अन्तिम सम्पादित रूप है।

साम्प्रदायिक रचनाओं में यद्यपि पुरानी परम्पराएँ आती अवश्य हैं कि उनमें बहुत-सी परवर्ती बातें भी जुड़ जाती हैं। जैसे लिंगपुराण में नृसिंहावतार की कथा है, जो तुलनीय है। ब्राह्मण-परम्परा में नृसिंहावतार किसी पुरानी टॉटेम कथा के पाञ्चरात्र वैष्णव अवतारवाद में अंतर्भुक्त होने से प्रस्तुत हुआ स्वरूप है। लिंगपुराण में वह दानव के वध के बाद उच्छृङ्खल हो उठता है। तब त्रिभुवन में हाहाकर मच जाता है। शिव के पास सब जाकर रक्षा की भीख माँगते हैं। शिव नन्दी को भेजते हैं। नन्दी शरभपक्षी बनकर जाता है और पहले विष्णु को मदांध न होने की सलाह देता है। पर नृसिंह नहीं मानता। तब शरभ नृसिंह को पंजों में पकड़के उठा लेता है और उसका सिर काटकर खाल खींचकर शिव के चरणों पर ले जाके पटक देता है।

इस प्रकार की कथाएँ तत्कालीन साम्प्रदायिक वस्तुस्थिति पर अवश्य प्रकाश डालती हैं, किन्तु ऐतिहासिक महत्व नहीं रखतीं।

इस विवेचन से तत्कालीन वस्तुस्थिति पर यह आलोक पड़ता है कि महाभारतकालीन समाज का भारतीय इतिहास में बहुत बड़ा महत्व रहा है।

अंत में यह कहना आवश्यक है कि उपासना के क्षेत्र में जो विचित्रताएँ भारत में पाई जाती हैं, वे किसी एक जाति से नहीं आईं। यहाँ तीन प्रकार की उपासनाएँ प्रधान रही हैं—

(1) यज्ञ-वेदी बनाकर खुली हवा में पूजा। आर्य्यों में यही चलती थी। अग्निहोत्र जहाँ जलता था वहाँ खुली जगह होती थी, कोई भी पहुँच जाता था। जब यज्ञ होता था, तब नाप-तौल करके सब वेदी इत्यादि बनाई जाती थी। उस वेदी की विभिन्न शक्लें होती थीं। उन शक्लों में विभिन्न जातियों के विश्वासों का प्रभाव पड़ा था। अब भी यज्ञ तो खुली हवा में होता है। यह आर्य्य पद्धति है।

(2) दूसरी प्रथा चैत्यपूजा की है। चैत्यपूजा जरासंध के यहाँ होती थी, मगध में (जो पूर्व में था)। महाभारत में भी चैत्यपूजा को श्रेष्ठ कहा है। बौद्धों में भी चैत्यपूजा का उल्लेख है। स्वयं सुमाता को जब बुद्ध वन में मिले थे, तब वह वृक्षपूजा की गई थी, जोकि चैत्यपूजा का ही रूप है। चैत्य एक चबूतरा-सा होता है, जो अधिकांश वृक्ष के तले होता है। इसे यक्ष-गंधर्व-संस्कृति की उपासना कहना उचित है। वृक्ष टॉटेम की पूजा इसके मूल में रही है। वानर और महादेव सम्बम्धी लिंग आदि की पूजा भी चैत्यों में काफी मिलती है। अभी भी चैत्यों पर सिंदूर लगे अनेक पत्थर मिलते हैं। अन्यत्र मैं बता चुका हूँ कि वृक्ष टॉटेम ने ही दर्शन-क्षेत्र में पवित्र अश्वत्थवृक्ष के साथ अपना स्वरूप प्रस्तुत किया है।

(3) तीसरी प्रथा मन्दिर बनाकर पूजा करने की है। हमारे इस युग तक के वर्णन में जो आर्य्य-स्रोत—वेद, उपनिषद्, रामायण और महाभारत हैं, उनमें आश्चर्य की बात है कि कहीं मन्दिर-पूजा का उल्लेख ही नहीं होता। महाभारत में महाकाली के उल्लेख में मन्दिर का वर्णन कहीं-कहीं मिलता है, जो परवर्ती है, क्षेपक है, अर्थात् परवर्ती काल में दुर्गा सम्प्रदाय के महाभारत में अतंर्भुक्त होने पर आया है। बाकी मन्दिर का कहीं उल्लेख ही नहीं है। ब्राह्मण हैं, ऋषि हैं, पुरोहित हैं, स्वस्त्ययन है, मंत्र है, सब हैं, यहाँ तक कि किरातार्जुनीय युद्ध में शिवलिंग का भी उल्लेख है, परंतु मन्दिर पूजा का उल्लेख ही नहीं है। पुराणों में मन्दिरों का वर्णन मिलने लगता है। यह बताता है कि बुद्ध-काल तक मन्दिरों का आर्यों अथवा कहें चातुर्वर्ण्य माननेवालों में कोई

महत्व नहीं था, परन्तु मन्दिर कैसे बना, यह प्रश्न उठता है। यह वास्तव में द्रविड़ उपासना-पद्धति है। मन्दिर सम्भवतः दक्षिण भारतीय बनाते थे। उनकी पद्धति बाद में ही स्वीकार की गई। पुरानी अनार्य्य संस्कृतियों में बैबीलोन आदि में मन्दिरों का वर्णन है और वे बुद्ध से बहुत प्राचीन हैं। क्रीट में मन्दिरों के खंडहर मिले हैं और क्रीट की इमारतों में मोहन-जोदड़ो से अत्यन्त साम्य है। दक्षिण भारत के मन्दिरों के गोपुरों की शक्ल से, ऊपर से नुकीले, जहाँ आत्मा के विश्रामस्थल मिस्र के पिरैमिड मिलते-जुलते हैं, वहाँ अमेरिका की मय जाति और इराक्वाइस जाति आदि के मन्दिर भी गोपुर की की-सी शक्ल के ही मिलते हैं। यह प्रकट करता है कि मंदिर थे अवश्य, परन्तु वे दूसरी जातियों में थे। बाद में जब जातियों में आपस में मेल-जोल बढ़ा, तब भारत में तीनों पद्धतियाँ स्वीकार कर ली गईं। कालांतर में मन्दिर की उपासना के साथ यज्ञपूजा ने भी अपना स्थान बनाया और धीरे-धीरे यज्ञपूजा कम होती चली गई और ईसा से पूर्व ही मन्दिरों का प्रचलन इतना बढ़ गया कि बौद्धों पर भी उसका बहुत असर पड़ा। कुछ विद्वानों का मत है कि अरबों में प्रचलित बुत शब्द बुद्ध की मूर्तियों को देखकर ही प्रयुक्त हुआ। वैसे मैं इसे खंडसत्य मानता हूँ, क्योंकि मुसलमानों से बहुत पहले यहूदियों के नेता मूसा ने ही पशुओं की मूर्तियों की पूजा रोकी थी। अर्थात् मूर्तियाँ तब भी थीं।

महाभारत-युद्ध के बाद भारत में तीर्थस्थानों का बड़ा महत्व बढ़ा था। प्रायः प्रत्येक जाति के धर्मस्थान को तीर्थ कहकर स्वीकार कर लिया गया है। फिर भी कहीं मन्दिर का उल्लेख नहीं आता।

इन तीन प्रथाओं के अतिरिक्त भूत-प्रेत आदि की पूजा का रूप तंत्रों में प्राप्त होता है, जो प्राचीन काल के काले जादू (Black magic) का ही परिष्कृत और परिवर्द्धित रूप है। सावरी विद्या प्रसिद्ध ही है। हम नहीं कह सकते कि कितने अंश तक इसी युग के धार्मिक विश्वास उन परम्पराओं में अभी तक प्राप्त होते हैं।

पुरानी अंतर्भुक्ति के स्वरूप के लिए दक्षिण भारत के किसी वैष्णव मन्दिर में जाना चाहिए। वहाँ विष्णु, श्रीदेवी, भूदेवी, हनुमान, याली, गरुड़, नाग, व्याघ्रमुख, हंस, किन्नर, गंधर्व, हस्ति, अश्व, सिंह आदि अनेक छोटे-बड़े देवता मिलकर एक परिवार प्रस्तुत करते हैं। शिव के परिवार के विषय में हम अन्यत्र कह चुके हैं।

एक आश्चर्य का विषय है कि भारतीय संस्कृति के इस विराट युगक्षेत्र में ही सारे बीज पड़े हैं। कृष्ण से अजातशत्रु तक इस काल के सारे विश्वास घुल-मिलकर एक हुए हैं। उसके बाद तो इतिहास का ज्ञात युग है और वह सामंतकाल का उदय है। उसे भारतीय समाज ने 'कलि' अर्थात् 'पतन' माना है। अजातशत्रु के समय में तो भारतीय अपने प्रारम्भिक रूप को बिल्कुल अस्पष्ट-सा देखते थे। वे उसे केवल धुँधला-सा देखते थे। और अजातशत्रु के बाद आज तक यद्यपि महान परिवर्तन हुए हैं, धर्म बने हैं, दर्शन बने हैं, किन्तु मूलतः अपने धार्मिक क्षेत्र में इस ग्रंथ के युग की आधार भूमि ही मूलाधार रही है और युगानुरूप स्वरूप बदलती रहकर भी आज भी भारत में जीवित है। इसीलिए इस युग का इतना अधिक महत्व है।

संक्षेप में हम कह सकते हैं कि इस युग में—

(1) टॉटेम थे, (2) प्रकृति-पूजा थी, (3) तंत्र था, (4) और, अन्य भूत-प्रेतों की पूजा थी; जिनके मिल-मिला जाने से वह विचित्र बहुदेववाद (Pantheon) भारत में बना जो

आश्चर्यजनक है। इस युग को जो स्पष्ट करने का यत्न नहीं करता, वह भारतीय संस्कृति को कभी भी समझ नहीं सकता।

प्राचीन भारतीय परम्परा और इतिहास की व्याख्या करने का मेरा ही 'प्रथम प्रयास' है, इसमें मुझसे भूलें हो जाना आश्चर्य नहीं, किन्तु विद्वानों को मेरी भूलें ढूँढ़ने के उद्देश्य से नहीं, विचार के नए क्षेत्र में प्रवेश करने के दृष्टिकोण से मुझे सहायता देनी चाहिए, क्योंकि मैंने इतिहास के क्षेत्र में किसी पूर्वाग्रह को स्वीकार नहीं किया है। मेरा उद्देश्य मनुष्य की इस 'महायात्रा' को देखना है और भविष्य के मनुष्य को उसकी परम्परा से अवगत कराके उसे 'कल' के निर्माण के प्रति सजग बनाना ही है।

बुद्ध-काल के बाद ब्राह्मणों द्वारा स्वीकृत पुराणों ने अपना स्वरूप बदला, क्योंकि विभिन्न विश्वास तब तक पूर्णरूप से घर कर गए थे। यह अंतर्भुक्ति का मुख्य समय अनेक शताब्दियों में विकास करके कृष्ण से बुद्ध—अथवा कहें अजातशत्रु तक था। बाद में तो प्रायः सभी अवैदिक सम्प्रदाय वेद को श्रेष्ठ मानते दिखाई देते हैं। महाभारत में और मार्कण्डेय पुराण में देवी-माहात्म्य पूर्णरूप से आया है और देवी को पुराणों में देवताओं का मित्र कहा गया है। स्पष्ट ही आर्यों में उपनिषद्-काल में उमा हैमवती का उल्लेख मिलता है, किंतु दुर्गा का नहीं। तो जब बुद्ध के बाद हमें अनार्य्य सम्प्रदाय वैदिक रूप धारण करते हुए मिलते हैं, तो उनकी पृष्ठभूमि हमें पीछे ही माननी पड़ेगी। अवैदिक सम्प्रदाय किस प्रकार हर्षवर्द्धन के बाद भारतीय समाज में वैदिक बनने का प्रयत्न करते रहे हैं, यह हमसे छिपा नहीं है, प्रायः समस्त संत सम्प्रदायों ने परवर्ती काल में अपने को वेद-सम्मत प्रमाणित करने की चेष्टा की है।

इस देश में कृष्ण से पहले भी 'मातृपूजा' थी और तन्त्रों का प्रारम्भिक बीज भी था। उस समय भी सम्भवतः देवीपूजा खूब थी, परन्तु अनार्य्य जातियों में थी। जिन जातियों में यह देवीपूजा थी, वे उस समय आर्य्यों में सम्मानीय नहीं थीं। कालांतर में जब महाभारत ग्रन्थ का प्रणयन हुआ तब शिव का सारा परिवार वेद-सम्मत होने पर, उन जातियों के साथ ब्राह्मण साहित्य में अंतर्भुक्त हो गया जो शैव होकर भी वेद-प्रामाण्य स्वीकार करती थीं। इन जातियों में शिव परिवार की बात एक दिन की नहीं, अनेक सदियों में हुई थी। शिव के रूप में अनेक अनार्य्य देवता एक ही देवता के अनेक रूप माने गए और इसी प्रकार पार्वती के रूप में अनेक देवियाँ एक ही देवी की विभिन्न स्वरूपधारिणी मानी गईं। कार्त्तिकेय का उपाख्यान महाभारत में उन अनार्य्य देवी-देवताओं और भूत-प्रेत उपासना तथा टॉटेम विश्वासों की अंतर्भुक्ति बताता है जो कि पहले आर्य्यों के सामाजिक जीवन में सम्माननीय नहीं थे। कब देवी की उपासना ने धीरे-धीरे अपना प्रभाव बढ़ाया, यह एक अध्ययन का विषय है, क्योंकि देवी की उपासना प्राचीन मातृसत्ताक समाज का अवशिष्ट प्रभाव है, जिसने निरन्तर अपना विकास किया और अंत में पूरा एक शाक्त दर्शन ही उठ खड़ा हुआ, जिसने योगमार्ग से अपना सम्बन्ध जोड़ लिया। कृष्ण के समय तक यह उपासना कितने रूपों में थी, यह सब स्पष्ट तो नहीं बता सकते, किंतु मोहन-जोदड़ो में महामाई की मूर्ति बताती है, और पश्चिम के अन्य देशों की देवी-पूजा के चिह्न बताते हैं कि यह उपासना वेद के निर्माण-काल में अनार्य्यों में समानान्तर रूप में जीवित थी और विकास कर रही थी।

अध्याय 3

द्वापर युग और उसका अन्त

भूमिका

महाभारत-युद्ध के बाद भारत में विभिन्न जातियाँ परस्पर निकट आने लगीं। इसके बाद विराट परिवर्तन हुए, जिनमें एक प्रयत्न यह था कि अतीत की समस्त परम्परा को न केवल समेटने का यत्न हुआ वरन् उस एकत्रीकरण में नए परिवर्तनों को भी स्वीकृत कर लिया गया। महाभारत-युग तक जो दास-प्रथा थी, वह क्रमशः टूटने लगी। क्योंकि भारत में उत्पादन के साधनों में हठात् परिवर्तन नहीं हुआ, इसलिए दास-प्रथा भी हठात् नहीं टूटी। पहले जो दास उत्पादन के साधन थे, वे शताब्दियों में घरेलू दासों के रूप में परिवर्तित हो गए। यहाँ अभी वह परिस्थिति नहीं है, अभी आर्य्यों का प्रभुत्व क्षय हुआ है। नए युग की अगवानी है। उस समय जो कथाएँ चलती थीं वे ही आगे चलकर ब्राह्मण-साहित्य और महाभारत में प्राप्त होती हैं और उस समय वे अपने परवर्ती प्रभावों से मुक्त नहीं हैं। मैंने यह दिखाने का प्रयत्न किया है कि उस युग में, ये वर्तमान काल में चमत्कारों को धारण करके प्राप्त होनेवाली कथाएँ, बिना चमत्कार के कैसी रही होंगी। किंतु मैंने यह भी दिखाना चाहा है कि उस युग में, अपने से जो प्राचीन था, उसके प्रति तत्कालीन मनुष्यों में क्या दृष्टिकोण था, और प्राचीन के प्रति उसी युग में कैसे चमत्कार जुड़ चुके थे। यदि हम यही नहीं मानते कि प्रत्येक युग में, उस युग विशेष के अतीत के प्रति, तत्कालीन मनुष्य में चमत्कार जोड़ने की प्रवृत्ति थी, तो इस बात को नहीं समझ सकते कि मौखिक कथाओं में चमत्कार किस प्रकार जुड़ते चले गए।

यहाँ एक बात और स्पष्ट कर दूँ। कुछ लोग समझते हैं कि जाति विशेष से ही कोइ संस्कृति प्रभावित होती है। ऐसा ठीक नहीं है। हम प्रारम्भ से ही दिखाते आ रहे हैं कि संस्कृति व्यापक वस्तु है और कई जातियाँ एक ही संस्कृति को मानकर भी अपनी जातीयता की रक्षा के लिए लड़ी हैं। इसका समझना तो, प्रकारान्तर से वर्तमान संस्कृति और जातीय जीवन में ही उदाहरण ढूँढ़कर देखने से, सहज हो जाता है। 'ब्राह्मण' के विषय में हमने इसीलिए जातीय विकास को अधिक स्पष्ट कर देना आवश्यक समझा है। किंतु हम उनमें नहीं हैं जो केवल वर्गसंघर्ष को ही 'समस्त' का पर्याय मानते हैं। हमें तो मनुष्य के बहुकृत्य बहुकरणीय जीवन का व्यापक रूप देखना आवश्यक है। यहाँ हम संक्षेप में इस युग का चित्रण उपस्थित करते हैं जोकि महाभारत, श्रीमद्‌भागवत और आरण्यक ग्रंथों के आधार पर वर्णित हुआ है।

गाथा

[1]

नैमिषारण्य गूँज रहा था।

कुलपति शौनक उस समय प्रसिद्ध थे। अकेले ही दस हजार विद्यार्थियों को भोजन कराने का व्यय सँभालते थे। उनके पास इसके साधन थे और गोधन, धान्य आदि की कमी नहीं थी। शौनक तो ऋषियों के मुखिया थे। उन्होंने बारह वर्ष की दीक्षा लेकर यज्ञ का प्रारम्भ किया था। उनके यज्ञ में दूर-दूर से आर्य्य ऋषि आकर उपस्थित हुए थे। वह यज्ञ अश्वमेध यज्ञ नहीं था। यज्ञ उस समय कर्मकाण्ड के जाल में फँसा हुआ धर्म का ही स्वरूप बन गया था। आर्य्यों की सर्वशक्तिमती दुर्दम्यता अपनी उग्रता को छोड़ चुकी थी। उत्तर-पश्चिम में म्लेच्छों और आभीर नामक जाति का आक्रमण हो चुका था। उधर से आर्य्यों के गणों को इधर भागना पड़ा था। जिसे जहाँ मौका लगा, वहीं सरक गया था। परिस्थिति अच्छी नहीं थी। आर्य्यावर्त्त में जगह-जगह कुलीन वंशों के खंड राज्य थे। कहीं केवल गण था, कहीं उत्तर से आए हुए कुछ इन्द्र के उपासक आर्य्य बस गए थे। सुदूर बंगाल तक फैली हुई नाग जातियाँ बहुत-सी दक्षिण भारत में भी उतरती चली जा रही थीं। शौनक के यज्ञ में ऋषि लोग विभिन्न स्थानों से आए थे और तरह-तरह की बातें करते थे।

जब उस दिन का कार्य समाप्त हो गया, ऋषि लोग सुख से बैठे हुए थे। उन्होंने देखा कि पुराणवक्ता रोमहर्षण सूत के पुत्र उग्रश्रवा ने यज्ञमण्डप में प्रवेश किया। उग्रश्रवा ढलती आयु का व्यक्ति था। उसने आकर ऋषियों को हाथ जोड़कर नम्र भाव से प्रणाम किया। ऋषियों ने उग्रश्रवा का बहुत सत्कार किया। जब ऋषि बैठ गए तब सूत भी ऋषियों के दिए हुए आसन पर बैठ गया। जब सूत विश्राम कर चुका तो एक ऋषि ने कहा : "सूतपुत्र! कुशल-मंगल से तो हैं?"

"हाँ आर्य्य!" उग्रश्रवा ने अपने सफेद और काले बालों पर हाथ फेरकर कहा, "आपका यज्ञ तो ठीक चल रहा है? इसमें तो कोई व्याघात नहीं?"

"नहीं," ऋषि ने कहा, "सब ठीक चल रहा है। अब कौन है जो विरोध करे। केवल कोई बर्बर अनार्य्य ही करे तो करे! वैसे तो सब ठीक है।"

उग्रश्रवा का नाम कथाएँ सुनाने में प्रसिद्ध हो चला था। उसके बारे में कहा जाता था कि वह ज्ञान का भण्डार था। चलते-फिरते कथा सुनानेवालों की परम्परा बहुत प्राचीन थी, परन्तु उग्रश्रवा, जो कि रोमहर्षण का पुत्र था, उस समय अपना प्रतिद्वन्द्वी नहीं रखता था।

धीरे-धीरे ऋषियों ने उसे तीनों ओर से घेर लिया। वे उत्सुक थे, जिज्ञासा उनमें उबल रही थी।

एक ऋषि ने पूछा : "हे कमलनयन सूतपुत्र !"

सचमुच उग्रश्रवा के बड़े-बड़े नेत्र अत्यन्त आकर्षक थे। यह भी सच था कि आर्य्यों में सम्मान देते समय बड़ी विनम्र भाषा का प्रयोग होता था। उग्रश्रवा विनीत-सा दिखाई दिया।

ऋषि कहता गया : "आप कहाँ से विचरण करते हुए यहाँ नैमिषारण्य में आए हैं ? अब तक आप कहाँ-कहाँ घूमते रहे ?"

सूतपुत्र शांत स्वभाव का व्यक्ति था। उसने कहा : "महर्षि ! महात्मा राजा जनमेजय के नागयज्ञ में वैशम्पायन ने कृष्णद्वैयापन रचित भारत नामक ग्रन्थ की तरह-तरह की अनेक कथाओं को सुनाया था। वहाँ मैंने वे सब कथाएँ सुनीं। इसके बाद मैं अनेक तीर्थों और आश्रमों में घूमता हुआ समन्तपञ्चक तीर्थ में गया। वहाँ पर पहले कौरव-पाण्डवों का घोर संग्राम हुआ था। वहीं से आप लोगों के दर्शन करने यहाँ आ गया हूँ। सब सूर्य के समान तेजस्वी हैं। आपने इस यज्ञ की दीक्षा ली है और इस समय स्नान-संध्या आदि सवेरे का कृत्य और होम करके आप सुख से बैठे हुए हैं। धर्म-अर्थ का ज्ञान करानेवाली पवित्र पुराणों की कथाएँ, राजाओं के इतिहास, महात्मा ऋषियों के चरित्र जो सुनना चाहें, मैं कहूँ।

नागयज्ञ ! कौरव-पाण्डव युद्ध ! दो सौ बरसों के भीतर हुई महान् घटनाओं का पास की जानकारी से भरा विवरण ! ऋषि प्रसन्न हो उठे। जीवन तो नित्य बदलता है। दो सौ बरस की बातें भी अतीत की-सी लगने लगती हैं। नित्य भिन्न प्रकार की कथाएँ सुनाई देती थीं। द्विज लोगों में यह कथाएँ विशेष आदर पाती थीं। हजारों सालों का इतिहास यह कथा सुनानेवाले जगह-जगह अपने ढंग से सुनाया करते थे। जो कवि ब्राह्मण थे, वे या तो यज्ञों में ऋचाएँ सुनाते, या फिर इसी प्रकार की कथाएँ बनाते और वे चौराहों पर गाई जातीं। कहा जाता था कि वेद का चार भागों में विभाजन करनेवाले कृष्णद्वैपायन ऋषि ने यह काम किया कि उन्होंने ऋचाएँ एक साथ कर दीं, वह ऋग्वेद कहलाया, इसी प्रकार साम और यजुर्वेद बना। अथर्वा नामक ऋषि ने सबसे प्रथम ऐसे छंदों की रचना की थी, जिन्हें कुछ ब्राह्मणों ने बहुत पसन्द किया था। वे उन्हें वेद कहते थे, किन्तु व्यास ने उस समय उन नई रचनाओं को इतना महत्व नहीं दिया था। व्यास ने एक काम यह भी किया था कि 'जय' नामक एक छोटा-सा काव्य रचा था। वह गाया जाता था। पुराण वक्ताओं ने उसे याद कर लिया था और उसके साथ पुरानी कथाएँ भी गा-गाकर सुनाया करते थे। व्यास ने अपनी 'जय' नामक रचना को 'काव्य' नाम दिया था। तब से 'काव्य' शैली बहुत प्रचलित हो चली थी। व्यास अपने समय का एक महान् व्यक्ति था। उसने अपनी माता और सम्बन्ध में भाई लगनेवाले भीष्म के कहने से अपनी माता के गर्भ से जन्मे विचित्रवीर्य्य के मरने पर, उसकी स्त्रियों से तीन पुत्र उत्पन्न किए थे। धृतराष्ट्र, पाण्डु और विदुर उसके पुत्र थे। व्यास ने नियोग से संतान उत्पन्न की और अपने विशाल आश्रम लौट गया। यद्यपि उसकी माता सत्यवती अपने समय की बड़ी ही सुन्दर स्त्री थी, और उसका पिता एक आर्य्य ही था; किन्तु उस पिता पराशर ने यह नहीं सोचा कि सुन्दर स्त्री निषाद जाति की थी। निषादी का पुत्र कृष्णद्वैपायन व्यास रंग का काला था। तीसरी पीढ़ी आई तो कुरुवंश के राजा जनमेजय ने नागजाति के विरुद्ध शंक फूँका, क्योंकि

अनार्य्य नाग आर्य्यों से—परस्पर लड़कर निर्बल हो जाने पर—बदला लेने के लिए चेष्टा कर रहे थे। ब्राह्मण भी नागों से क्रुद्ध थे। अनेक ऋषि तपोवनों से चलकर जनमेजय के नागयज्ञ में शामिल होने, नाग-विध्वंस में सहायता देने राजधानी की ओर आ गए थे। उसी जनमेजय के सर्प-यज्ञ में वेदव्यास के शिष्य वैशम्पायन ने व्यास रचित 'जय' नामक काव्य सुनाया था। वैशम्पायन की स्मृति में अनेक प्राचीन कथाएँ भरी हुई थीं। वे भी साथ ही सुनाई गईं।

सूतपुत्र उग्रश्रवा ने कहा : "हे महर्षियो ! कथाएँ अनन्त हैं। एक नहीं, दो नहीं, सहस्रों हैं। कुरुक्षेत्र में एक पराक्रमी राजा पाण्डु थे। उन्होंने अपनी बुद्धि और बल से बहुत-से देशों को जीतकर अपना राज्य बढ़ाया था। एक दिन वे शिकार को गए। वहाँ उन्होंने एक ऋषि को मार डाला।"

ऋषि चौंक उठे। एक ने कहा : "नितान्त जघन्य था वह।"

"नहीं महर्षि !" सूतपुत्र ने कहा, "दोष राजा का नहीं था। दिन में मैथुन वर्जित है। वह ऋषि अपनी पत्नी से कामासक्त हो वृक्षों की ओट में छिपकर सम्भोग कर रहा था। वह हिरण की खाल पहने था। राजा समझे कि हिरण है। बाण मारा। ऋषि मरने लगा तो उसने कहा : 'राजा ! तूने मुझे सुख से रमण करते समय मारा है। जा, मैं तुझे शाप देता हूँ कि तू भी कभी अपनी स्त्री से सुख से रमण न कर सके।' ब्राह्मणों ने सुना तो वे पाण्डु पर क्रुद्ध हुए। परन्तु दोष ऋषि का भी था। अतः दण्ड नहीं दिया। किन्तु आर्त्तनाद करती हुई ऋषि-पत्नी का हृदयद्रावक रुदन उनके मन पर हावी हो गया। राजा को रोग ने घेर लिया। राजा हिमालय पर्वत पर चला गया। उसके दो स्त्रियाँ थीं, कुन्ती और माद्री। राजा तो इतना रोगी-सा था कि गर्भ धारण नहीं करा सकता था। तब उसकी आज्ञा से उसकी पत्नियों ने विभिन्न व्यक्तियों के वीर्य धारण करके पाँच पुत्रों को जन्म दिया। उत्तर में तो, आप जानते हैं कि अब भी स्त्री-पुरुषों में भी स्वतंत्र सम्भोग चलता है। कहते हैं प्राचीन काल में देवों में भी यही प्रथा थी और गन्धर्वों में तो अब तक है। एक दिन पाण्डु वन में वासंती बयार में माद्री का वस्त्र उड़ते देखकर कामांध हो गया और बलात् उससे रमण करने पर उतारू हुआ। माद्री ने उसके स्वास्थ्य की उसे याद भी दिलाई, परन्तु वह न माना और परिणामस्वरूप मर गया। उसकी स्त्री भी दुःख से, उसी के साथ जीवित चिता में जल गई।"

"बड़ी महान् स्त्री थी।" ऋषियों ने कहा।

सूतपुत्र ने कहा : "महर्षियो ! वे पाँचों पाण्डु के पुत्र कहलाए क्योंकि वे पाण्डु की क्षेत्रज संतान थे। उन्हें उत्तर के ऋषि लाकर हस्तिनापुर पहुँचा गए। उस समय वहाँ पाण्डु का भाई धृतराष्ट्र अन्धा राजा था। लोगों ने विश्वास ही नहीं किया कि वे पाण्डु के पुत्र थे। किन्तु ऋषियों ने कहा कि क्षेत्रज संतान प्राचीन काल में भी पिता की ही मानी जाती थी। इसी प्रकार अंगिरा की स्त्री में बृहस्पति का जन्म अन्य पुरुष से ही हुआ था।"

सूतपुत्र ने रुककर कहा : "पाण्डव शिक्षा पाने लगे। उनसे सब प्रसन्न थे। फिर एक बार द्रुपद—पञ्चाल नरेश ने स्वयंवर रचा। उसकी पुत्री द्रौपदी को अर्जुन ने जीता। वह महान धनुर्धर था। पाण्डवों की शक्ति बढ़ चली। महाराज युधिष्ठिर ने राजा-महाराजाओं और गणों को जीतकर राजसूय यज्ञ किया। उस समय यादव गण बड़ा सशक्त था। वहाँ के एक गणराजा श्रीकृष्ण थे। वे बड़े ही कुशल राजनीतिज्ञ थे। उनकी सलाह से तथा भीमसेन और

अर्जुन नामक भाइयों के बाहुबल से युधिष्ठिर को यह लाभ हुआ कि अनार्य्य महाबली राजा जरासंध, आर्य्य शिशुपाल आदि राजा मारे गए और युधिष्ठिर ने दान-महिमा का विस्तार करते हुए, ब्राह्मणों को भूरि-भूरि दक्षिणा देकर यज्ञ पूरा कर लिया। विदेश के राजा लोग भी इस यज्ञ में न्यौते पाकर आए थे। उन्होंने राजा युधिष्ठिर को मणि, रत्न, सुवर्ण, गाय, हाथी, घोड़े, धन, विचित्र वस्त्र, कम्बल, रेश्मी वस्त्र, कीमती मृगछाला आदि सामग्रियाँ उपहार में दीं। सुयोधन, जोकि बाद में दुर्योधन कहलाया, अंधे धृतराष्ट्र का पुत्र था। यज्ञ में यह समस्त भेंट की सामग्री उसी के पास जमा की गई। पाण्डवों के इस बढ़ते हुए ऐश्वर्य को देखकर दुर्योधन का हृदय ईर्ष्या और क्रोध से जलने लगा। असुरों में मय प्रसिद्ध ही है। पहले मय दानव कहलाते थे, किन्तु बाद में दोनों जातियों के आपसी सम्बन्ध बहुत बढ़ गए। असुर और दानव दोनों शब्दों का मयों के लिए प्रयोग होने लगा। वे तो स्थापत्य कला के प्रवीण आचार्य ठहरे। उनके तो व्यापारी जहाज सुदूर समुद्रों तक में जाते हैं, जहाँ आर्य्य भी नहीं पहुँचते। कृष्ण ने मयों से मित्रता करके युधिष्ठिर का प्रासाद बनवाया। दुर्योधन उसे देखकर चकित रह गया। एक जगह उसे लगा, पानी भरा था। वह गिरते-गिरते बचा। वास्तव में वहाँ ऐसा रोगन किया हुआ था कि वह भ्रम में पड़ गया। उस समय कृष्ण के सामने भीम जोर से हँस पड़ा जैसे कि गँवार के लिए हँसा जाता है। इस अपमान से दुर्योधन लज्जित हुआ। उसको सब सुख थे पर चेहरा उतरा हुआ रहने लगा। धृतराष्ट्र पुत्र का दुःख सुनकर उदास हो गया। जुआ तो प्रचलित था ही। खेल ठाना गया। कृष्ण समझ गए कि खेल में छल होगा। पर बोले नहीं।

"अन्त में महान युद्ध हुआ। धृतराष्ट्र पुत्र की हार का संवाद सुनकर दुःखी हो गया और अपने मंत्री संजय से कहने लगा : 'मैं जानता था कि पाण्डवों को जीता नहीं जा सकता। गांधारराज शकुनि मामा की सहायता से सुयोधन ने पाण्डवों को जुए में जीता। किन्तु पाण्डव कम न थे। अर्जुन ने स्वयंवर में द्रौपदी को बाहुबल से जीता था। बलपूर्वक कृष्ण की बहन सुभद्रा को द्वारका से हर लाया था। खाण्डव वन जलाकर नागों का नाश कर दिया। स्वयं हमारा विदुर उधर मिला हुआ है संजय! पाञ्चालों का पाण्डवों की ओर हो जाना क्या अच्छा था? मगध के राजा जरासंध को भीम ने मल्लयुद्ध में मार डाला। राजसूय में पाण्डवों ने किसे नहीं कुचला? जिस समय द्रौपदी दासी की भाँति नंगी होती हुई उस सभा में रोई थी जहाँ असंख्य राजा बैठे थे, मैंने तो उसी दिन नाश की शंख-ध्वनि को सुन लिया था। आर्य्य ललना को ऐसे किसने नंगी की जाते सुना था संजय! किन्तु युधिष्ठर धर्म पर अड़ा रहा। उसने जो प्रचलित सत्य है, उसे कभी भी नहीं छोड़ा। हजारों स्नातक ब्राह्मण युधिष्ठिर के पास बराबर वन में रहते थे। युधिष्ठिर उन्हें भिक्षा देता था। उत्तर के महादेव के उपासक किरातों ने अर्जुन को सहायता दी थी, तब क्या मैं आनेवाले खतरे को नहीं समझता था? अर्जुन ने भयानक कालकेय और पौलोम असुरों को भी जीता था। संजय! कितना भयानक समय आ गया है?'

"वृद्ध धृतराष्ट्र ने लम्बी साँस लेकर कहा : 'कृष्ण तो बराबर पाण्डवों से मिलता रहता था। अर्जुन तो उत्तर की प्राचीन आर्य्य जातियों में भी हो आया, जहाँ वे लोग किसी को जाने नहीं देते। पाण्डव तो यक्ष देश में हो आए। जब कर्ण की सलाह में लगे हुए मेरे पुत्रों को 'घोषयात्रा' में गंधर्व जाति के वीर बाँध ले गए, तब अर्जुन ही उनको छुड़ाकर लाया था। दर्शन

के पंडित विचारक यक्ष को युधिष्ठिर ने ही तो निरुत्तर कर दिया था। जब पाण्डव इतने पास विराट राजा के यहाँ छिपकर रहे और मेरे पुत्र उनका पता लगा नहीं सके, तब क्या जय की आशा की जा सकती थी? अर्जुन ने विराट नगर में हमें हराया, अपनी शिक्षा से कुशल हुई उत्तरा का अभिमन्यु से विवाह कर दिया। उफ! और उस दिन विपन्न अवस्था में देखते-ही-देखते युधिष्ठिर के साथ कृष्ण की चतुरता से कितने राजा एकत्र हो गए। कर्ण और दुर्योधन ने कृष्ण को गिरफ्तार करना चाहा परन्तु कृष्ण साफ निकल गया। भीष्म और द्रोण भी उधर ही लगे हुए थे संजय! कर्ण और भीष्म का युद्ध में मनमुटाव क्या अच्छा था? भीष्म ने इतनी पाण्डव सेना मारी, पर क्या वे एक भी प्रसिद्ध पुरुष को मार सके? भीष्म ने तो अपने जीवन से ऊबकर क्षात्रधर्म में से राह निकालकर अपने मरने की तरकीब आप ही शत्रु को बता दी। उन्हें तो नमक के लिए लड़ना था, मन इधर थोड़े ही था। द्रोण ने ही कब पाँचों पांडवों में से एक को भी मारा? अर्जुन ने द्रोण की रक्षा के लिए खड़े किए महारथी संशप्तकों को भी मार डाला। जिस व्यूह की रक्षा स्वयं द्रोण कर रहे थे, उसी को सुभद्रा के सोलहवर्षीय पुत्र अभिमन्यु ने तोड़ डाला और सप्त महारथियों ने मिलकर उसे मारा। अर्जुन ने कितनी रक्षा के रहते हुए, सिंधुराज जयद्रथ को देखते-ही-देखते मार ही डाला? अर्जुन के थके-प्यासे घोड़ों को खोलकर श्रीकृष्ण ने पानी पिलाकर फिर जोत लिया और उनका कोई कुछ नहीं बिगाड़ सका। संजय! फिर जय किस आशा पर रह सकती थी? बोलो संजय! घोड़े थक गए, चल नहीं सके, पर अर्जुन की बाण-वर्षा से कोई बढ़ नहीं सका। जिस हाथियों की सेना की रक्षा स्वयं द्रोणाचार्य कर रहे थे, उसी को मथकर सात्यकि यादव घुसा और कृष्ण और अर्जुन के पास पहुँच गया। कर्ण ने भीम को धनुष की नोक से मारकर कटु वचन तो कहे, परंतु मारा नहीं। क्यों? कर्ण घटोत्कच से लड़ता रह गया। उसका पुत्र बर्बरीक भी किसी से नहीं हारा। धृष्टद्युम्न ने अधर्म से द्रोण को मार डाला। और कुछ नहीं हुआ।'

"धृतराष्ट्र का स्वर काँप उठा। वृद्ध, विशालकाय अंधे ने विचलित स्वर से कहा : 'और भीम ने दुःशासन का लहू पिया! नकुल ने अश्वत्थामा को हरा दिया। अर्जुन ने कर्ण को मार डाला। युधिष्ठिर ने कृतवर्मा को पराजित किया! शल्य को मार डाला! सहदेव ने शकुनि को मिटा दिया! और...और...'

"वृद्ध ने काँपते स्वर से कहा : 'मेरे सुयोधन को सरोवर में से ललकारकर भीम ने कृष्ण की सलाह से छल से मार डाला। संजय! क्या हुआ यदि प्रतिहिंसा के प्यासे अश्वत्थामा, कृपाचार्य और कृतवर्मा ने सोते हुए धृष्टद्युम्न, द्रौपदी के पुत्रों तथा सृंजय पाञ्चालों का वध किया? क्या हुआ उससे? जगत ने निन्दा की। कृष्ण और वयोवृद्ध व्यास ने उत्तरा का गर्भ नष्ट करने को उद्यत अश्वत्थामा को श्रीहीन कर दिया। संजय! मैं भीतर-ही-भीतर जल रहा हूँ। पुत्रों, पोतों, पिता, भाई, सम्बन्धियों से हीन गांधारी भी मेरी ही भाँति शोचनीय दशा में पड़ी हुई है। पाण्डव तो जीत ही गए न? बड़े कष्ट की बात है! क्षत्रियों का सर्वनाश हो गया। सात पाण्डव बचे हैं और तीन हमारी ओर के शेष हैं। यह सब स्मरण करके मेरा हृदय विह्वल हो रहा है। आँखों के आगे अँधेरा छा रहा है, मैं अचेत-सा हुआ जाता हूँ।'"

महर्षि ध्यानमग्न थे। उस समय रोमहर्षण के पुत्र सूत उग्रश्रवा ने कहा : "आर्य! इस प्रकार विलाप करके अत्यन्त दुखित होकर वृद्ध धृतराष्ट्र मूर्च्छित हो गए। जब उन्हें चेत आया

तब उन्होंने संजय से कहा : 'संजय! इस तरह मेरा सर्वस्व चला गया। अब देर की जरूरत नहीं, मैं अभी प्राण त्याग करूँगा। अपने जीने का अब मुझे कुछ भी फल नहीं देख पड़ता।'

"धृतराष्ट्र की यह अवस्था देखकर संजय भी आक्लांत हो गया। तब उसने धीरे से धृतराष्ट्र से कहा : 'व्यासश्रेष्ठ के मुख से मैंने सुना है कि महा उत्साहवाले महाबली, बड़े-बड़े घरानों में उत्पन्न और गुणी महारथी राजा शैव्य, वीर सृञ्जय, सुहोत्र, रन्तिदेव, कुक्षीवान्, औशिज, बाह्लीक, दमनशर्याति, अजित, नल, विश्वामित्र, महाबली अम्बरीष, मरुत्त, मनु, इक्ष्वाकु, गय, भरत, दाशरथिराम, शशबिंदु, भगीरथ, कृतवीर्य्य, जनमेजय और ययाति आदि इसी पृथ्वी पर हो चुके हैं। ययाति के बारे में तो कहते हैं कि स्वयं देवी ने उनके यज्ञ कराए थे। उनके यज्ञ के खम्भों से यह सारी धरती व्याप्त है। ये सब राजा इन्द्र के समान तेजस्वी थे। धर्म से पृथ्वी को जीतकर, बड़ी-बड़ी दक्षिणाएँ देकर, यज्ञ करके इस लोक में यश कमाकर ये सब काल के गाल में चले गए हैं। पूर्व समय में पुत्रशोक से पीड़ित राजा श्वैत्य से देवर्षि नारद ने इन चौबीस राजाओं की कथा कही थी।[1] इन राजाओं से पहले और भी बली महारथी महात्मा सब गुणों से विभूषित पुरु, कुरु, यदु, शूर, विष्वगश्व महाद्युति, अणुह, युवनाश्व, ककुत्स्थ, पराक्रमी रघु, विजय, वीतिहोत्र, अंग, भव, श्वेत, बृहद्‌गुरु, उशीनर, शतरथ, कंक, दुलि, दुह, द्रुम, दम्भोद्‌भव, वेन, सगर, संस्कृति, निमि, अजय परशु, पुण्ड्र, शम्भु देवावृध, अनध, देवाह्वय, सुप्रतिभ, सुप्रतीक, बृहद्रथ, विनीत, और उत्साही सुक्रतु, नल, सत्यव्रत, शान्तभय, सुमित्र, सुबल, जानुजंघ, अनरण्य, अर्क, शुचिव्रत, बलबन्धु, निरामर्द, प्रियभृत्य, केतुशृङ्ग, बृहद्‌बल, धृष्टकेतु, बृहत्केतु, दीप्तकेतु, निरामय, अविक्षित्, पल, धूर्त्त, कृतबंधु, दृढ़ेपुधि महापुराणसम्भाव्य, प्रत्यंग, परहा, श्रुति—ये और सैकड़ों-हजारों राजा इस पृथ्वी पर हो गए हैं। उनके नाम अब तक पृथ्वी पर सुन पड़ते हैं।' "

उग्रश्रवा के माथे पर हल्की-सी शिकन आ गई। वह स्वयं एक विशाल परम्परा के समस्त अवशेषों को अपने ग्लपयित स्वर में जैसे एकत्र कर लेना चाहता था। महर्षि तन्मय होकर सुन रहे थे।

उग्रश्रवा ने फिर कहा : "संजय ने राजा धृतराष्ट्र को सांत्वना देते हुए कहा कि राजन्! ये सब बुद्धिमान और महाबली राजा बड़े-बड़े भोगों को यहीं छोड़कर मर गए। ये सब राजा आपके पुत्रों से सब बातों में बहुत बड़े थे। अनेक शास्त्रों को जाननेवाले कवि लोग पुराने इतिहासों का वर्णन करते समय इन राजाओं के असाधारण बल, प्रसिद्धि, उदारता, निष्कपट भाव, ईश्वर पर श्रद्धा, सत्य, पवित्रता और दया आदि गुणों का बखान करते हैं। सब सम्पत्तियों और गुण से परिपूर्ण होकर भी ये राजा मृत्यु से नहीं बचे।

"राजा धृतराष्ट्र विह्वलता से सुनते रहे। वे अत्यन्त दारुण वेदना से त्रस्त थे। उन्हें सब ओर आग-सी जलती हुई दिखाई दे रही थी। वह भव्य अतीत कहाँ चला गया था।"

उग्रश्रवा का स्वर स्वयं जैसे भींग गया था। उनके मन में अनेक भाव उठ रहे थे—मृत्यु कितनी विकराल थी। क्या मृत्यु ही सबसे बड़ा सत्य नहीं था। कर्मकाण्ड में उद्‌भट वे आर्य्य

1. तत्कालीन इतिहासज्ञ क्रम का ध्यान नहीं रख पाते थे। अत: पूर्वापर के विवेचन में इस पर पूर्णत: निर्भर नहीं करना चाहिए।

ब्राह्मण जो नित्य नए रूप में प्राचीन परम्पराओं को निबाह रहे थे और नई पीढ़ियों में जिनके प्रति निरन्तर संदेह उठते थे, जिनका प्राचीन लोग नित्य समाधान करते थे, जिन्हें अपने से प्राचीन एक अद्‌भुत आवेश के साथ खींचता था, जो सब चमत्कारों में डूबा हुआ था, अब देख रहे थे कि यह मृत्यु ही सबसे विकराल थी। होनहार सबसे प्रबल था। सब कुछ तो नष्ट होता जा रहा था; किन्तु यह अनार्य्य विचारकों की विषमता थी। क्या महर्षियों पर उसकी छाया नहीं पड़ती जा रही थी?

रोमहर्षण का पुत्र सूत उग्रश्रवा चुप हो गया था।

एक ऋषि ने कहा : "सूतश्रेष्ठ! आप चुप क्यों हो गए? आपने समन्तपञ्चक तीर्थ का वर्णन किया था। आप उसके विषय में कुछ बताइए न?"

उग्रश्रवा ने उत्तर दिया : "हे महर्षि! वहीं एक बार जामदग्नि परशुराम ने क्षत्रिय-संहार करके, रक्तकुण्डों का निर्माण करके अपने पितरों का तर्पण किया था।"

"वह कथा तो हमने सुनी है," एक ने कहा, "आप हमें बताइए कि राजा जनमेजय ने नागयज्ञ जो किया, वह सब कैसे हुआ?"

"वह तो कल की-सी बात है," उग्रश्रवा ने कहा, "आर्य्य अभिमन्यु के पुत्र परीक्षित के पुत्र जनमेजय एक बार अपने श्रुतसेन, उग्रसेन और भीमसेन नामक तीनों भाइयों के साथ बहुत दिनों में समाप्त होनेवाला यज्ञ कर रहे थे। वहाँ कुक्कुर जाति का राजकुमार घूमता हुआ आ गया। जनमेजय के भाइयों ने उसे मारा। वह अपनी माता के पास गया। कुक्कुर जाति बहुत प्राचीन काल में, जबकि देव इस पृथ्वी पर रहते थे, तब देवों की मित्र जाति थी। इसकी माता का नाम सरमा था। तब से आर्य्य इस जाति के पुरुषों को सारमेय कहते थे। उसी जाति का राजकुमार जब पिटा तो कुक्कुर जाति की राजमाता यज्ञमण्डप में आकर उपस्थित हुई। उसके विरोध करने पर भी आर्य बन्धु राजाओं ने कोई उत्तर नहीं दिया। तब वह शाप देती हुई-सी लौट गई। उसने कहा कि तुमको भी हमारी ही भाँति भय मिलेगा।

"यज्ञ समाप्त होने पर जनमेजय हस्तिनापुर आ गए। वे ऐसे पुरोहित की खोज करने लगे जो प्रचण्ड हो। वे चाहते थे कि ब्रह्म-क्षत्र मिलकर फिर अनार्य्यों का दमन कर सकें। वे भय को होने ही नहीं देना चाहते थे, जिसका भय दिखाकर कुक्कुरी चली गई थी। राजा जनमेजय एक दिन अपने ही राज्य की सीमा में शिकार के लिए गए। वहाँ वन में आश्रम में उन्हें ऋषि श्रुतश्रुवा मिले, जिनके पुत्र का नाम सोमश्रुवा था। जनमेजय ने उनके पुत्र को माँगा। ऋषि ने बताया कि वह पुत्र उनके वीर्य्य से एक नागस्त्री के क्षेत्र में उत्पन्न हुआ था। वह स्वयं नागों के देवता महादेव का उपासक था, किन्तु ब्राह्मणों को अदेय हो, ऐसा कुछ भी उसे स्वीकार्य नहीं था।

"जनमेजय आर्य्य सोमश्रुवा को ले आए। अपने भाइयों से कहा कि ये मुनिवर मेरे आचार्य हैं। जो यह कहें वही आज्ञा की भाँति मानी जाए। इस प्रकार जनमेजय ने चतुराई से काम लिया। नागजाति की स्त्री के गर्भ से उत्पन्न आर्य्य ऋषि के पुत्र को अपनी ओर करने पर उन्हें उन ब्राह्मणों का डर नहीं रहा, जिनकी कि नाग जातियों से मित्रता थी। उनके हृदय में तो नागों के विरुद्ध आग जल रही थी। तक्षशिला नामक नगर में नाग प्रबल हो रहे थे। तक्ष जाति का नाग कुल बड़ा आर्य्यद्वेषी था। बस मौका देखकर जनमेजय राजा ने तक्षशिला पर

चढ़ाई कर दी और उस देश को जीत लिया। नागों ने ब्राह्मणों पर, कौरवों-पाण्डवों के युद्ध के सर्वनाश के बाद, अत्याचार प्रारम्भ कर दिया। नागराज तक्षक उस नागविद्रोह का नेता था। वह कभी भी मौका पाता तो ब्राह्मणों की हानि करता। उन्हीं दिनों उत्तंक नामक ऋषि, अपने गुरुदेव ऋषि की पत्नी के लिए राजा पौष्य की रानी के कर्णकुण्डल[1] माँगने चले, क्योंकि गुरु पत्नी ने वही गुरुदक्षिणा माँगी। तक्षक उनको कुण्डल ले जाते देखकर ललचा गया। झट पाखंडी (साधु) का रूप धारण करके पीछे लग गया और वे तो संध्या के लिए सरोवर के जल में घुसे, कि तक्षक कुण्डल ले भाग गया। उत्तंक ने उसे दौड़कर पकड़ा और तक्षक को पहचान लिया, किन्तु तक्षक छूटकर अपने राज्य में भाग गया। उत्तंक पीछे-पीछे चले और अंत में उस नाग-नगर में पहुँचे, जिसके भीतर बड़े विचित्र महल बने थे, इमारतें खड़ी थीं, ऊँचे-ऊँचे फाटक लगे थे, सर्वत्र सुन्दर विहार-भवन शोभायमान थे। वहाँ पहुँचकर उत्तंक ऋषि इस प्रकार नागों की स्तुति करने लगे : 'जिन नागों के राजा का नाम ऐरावत है, जो नाग पवन-संचालित और विद्युत-शोभित मेघमाला की भाँति युद्धस्थल में शोभा पाते हैं, जो नाग सुन्दर रूपवाले, और कानों में विचित्र तथा अति सुन्दर कुण्डल पहनते हैं, जो ऐरावत नागराज के वंश में उत्पन्न सूर्य की भाँति स्वर्गलोक में प्रकाशमान हुए और जो नाग गंगा के उत्तर तट पर रहते हैं, उन सबकी मैं स्तुति करता हूँ। नाग सूर्य के वीर उपासक हैं, तभी ऐरावत नागराज के अतिरिक्त सूर्य-किरणों की सेना में और कौन विचरण कर सकता है? मैं ऐरावत को प्रणाम करता हूँ। नागराज धृतराष्ट्र जब चलते हैं तो उनके पीछे अट्ठाईस हजार और आठ नाग वीर चलते हैं। जो नाग धृतराष्ट्र के अनुचर हैं, जो हमसे दूर हैं, और जो ऐरावत नाग के बड़े भाई हैं, उन सबको मैं प्रणाम करता हूँ। जो नागवंशी तक्षक पहले कुरुक्षेत्र में और फिर खांडव वन में रहते थे, उनकी मैं कुण्डल पाने के लिए स्तुति करता हूँ। इक्षुमती नदी के निकट कुरुक्षेत्र में बसनेवाले, नित्य साथ रहनेवाले, तक्षक और अश्वसेन नामक दोनों नागों को मैं प्रणाम करता हूँ। नागराज होने के लिए सूर्य से प्रार्थना करते हुए कुरुक्षेत्र में रहनेवाले तक्षक के छोटे पुत्र श्रुतसेन को भी मैं प्रणाम करता हूँ।'

"जब किसी ने इस पर ध्यान नहीं दिया तो ऋषि उत्तंक क्रुद्ध हो उठे। उन्होंने आर्य्यों को एकत्र करके विद्रोह किया। तक्षक उस समय डर गया और उसने कुण्डल दे दिए। उत्तंक लौट आए पर क्रोध कम नहीं हुआ। वे हस्तिनापुर चले। राजा जनमेजय से मिले। उस समय राजा जनमेजय तक्षशिला जीतकर अपने नगर में लौटे थे और सभा में मन्त्रियों के बीच विराजमान थे। विधिपूर्वक जय का आशीर्वाद देकर उत्तंक ने जनमेजय से समयानुकूल वचन कहा : 'हे राजेन्द्र! जो काम अवश्य करना चाहिए उसे छोड़कर बालकों की तरह आप और ही काम में लगे हुए हैं।' "

सूतपुत्र उग्रश्रवा ने कहा कि उत्तंक के यों कहने पर जनमेजय ने पहले उनको आदर से बिठलाया और फिर उनकी पूजा करके कहा : "ऋषिश्रेष्ठ! मैं क्षात्रधर्म प्रतिपालक हूँ। आज्ञा

---

1. अश्वमेध पर्व (महाभारत) 53-58 अध्याय में उत्तंक गौतम का शिष्य है। उसकी पुत्री का पति है (गुरु-पुत्री = बहिन का?)। वहाँ वह सौदास से कुण्डल लेने जाता है, जो नरभक्षी है। उसके कुण्डल ऐरावत वंश का नाग चुराता है।

दें।"

"उत्तंक ने उत्तर दिया : 'यह मेरा नहीं, आपका ही कार्य है।'

" 'वह क्या ?' राजा ने पूछा।

" 'वह यह कि आपको पिता की हत्या का बदला लेना चाहिए।'

" 'किसके पिता की हत्या हुई ऋषि ?'

" 'आपके।'

" 'राजा परीक्षित की ?'

" 'हाँ। अधम नागराज तक्षक ने आपके पिता की हत्या की थी। एक तक्षशिला जीतकर क्या होगा आर्य्य ? कौरव-पाण्डवों के युद्ध में ब्रह्म और क्षत्र का बल क्षीण हो गया। जो नाग पहले दबाकर रखे गए थे, उन्होंने सिर उठा दिया और ऐसा लगता है कि अब आर्यों का सर्वनाश हो जाएगा।'

"जनमेजय ने फूत्कार किया। कहा : 'आर्य ! यह नहीं होगा। मैं समस्त नागों का विध्वंस करूँगा। आर्य्यों की शक्ति फिर उठेगी। मैंने भी सुना है कि मेरे प्रपितामह अर्जुन को आर्य्यशक्ति क्षीण होने पर सरस्वती-तीर के पास बर्बर आभीर आक्रमणकारियों ने लूट लिया था। किन्तु इधर आर्य्य शक्ति फिर उठ रही है। मैं फिर आर्य्य राज्य स्थापित करूँगा और नागों को निःशेष कर दूँगा।'

"ब्राह्मण उत्तंक की आँखें चमक उठीं। ब्राह्मणों ने कहा : 'राजा, नागयज्ञ कर। हम तेरी सहायता को प्रस्तुत हैं।' "

पौराणिक की पदवी पानेवाले सूतपुत्र उग्रश्रवा ने कहा : "तब राजा जनमेजय ने अपने पिता की मृत्यु का विस्तृत विवरण पूछा।"

उस समय कुलपति शौनक हवन कर रहे थे। वे प्राचीन देवों, दैत्यों, मनुष्यों (मनु के अनुयायियों), नागों, गंधर्वों आदि विभिन्न जातियों की कथाओं में प्रवीण थे।

एक महर्षि ने कहा : "सूतपुत्र, तनिक विश्राम करें। कुलपति को आने दें। वे ही इस यज्ञ के आचार्य हैं। वे हमारे गुरुवर जब यहाँ आकर विराजमान होंगे, तब उन्हीं के प्रश्न के अनुसार आप कथा का आरम्भ कीजिएगा।"

उग्रश्रवा ने कहा : "यही ठीक है महर्षि !"

सूतपुत्र विश्राम करने लगा।

ऋषियों में तरह-तरह की बातें होने लगीं। उस समय परवर्ती वैदिक भाषा बोली जाती थी, जो कि अथर्ववेद में मिलती है। उस समय आर्य दुःखवादी नहीं थे। दुःखवाद अनार्य्यों में था। यद्यपि आर्य्यों पर उनका प्रभाव पड़ता जा रहा था, किन्तु अभी वह अधिक नहीं था।[1]

नागों का उस समय ध्वंस हो चुका था। नाग आर्य्यों के अब मित्र हो चुके थे। किन्तु संग्राम की नई घटनाएँ अभी तक स्मृति में जाग्रत थीं। यह आर्य्यों की भीषण विजय थी, जिसका नेता जनमेजय था, किंतु यह जय तो वास्तव में एक समन्वय थी, जिसने नागों के प्रति

---

1. इस युग के उपरान्त ही शतपथ ब्राह्मण, तैत्तिरीय ब्राह्मण आदि ब्राह्मण ग्रन्थों की रचना हुई जिनमें कर्मकाण्ड की व्याख्या थी, जिनका दार्शनिक पक्ष उपनिषदों में और भी बाद में प्रकट हुआ।

होनेवाले द्वेष को कालान्तर में मिटा दिया। प्राचीन सुसभ्य और सुसमृद्ध नागजाति की इतनी बड़ी पराजय भी उसे लुप्त नहीं कर सकी थी। जनमेजय के हृदय का क्रोध उन उन्नतभाल ऋषियों में स्फुरण भर रहा था, जो लम्बे श्वेत उत्तरीय या पशुचर्म ओढ़े थे और जिनके आश्रमों में असंख्य दास-दासियाँ थीं। गोधन था। यह ब्राह्मण जागरूक-सा सारी परिस्थिति को आँकने की चेष्टा कर रहा था। उसके सामने यह कथा आती और फैलती थी, किन्तु वह उस समय अपनी कर्मकांड की परम्परा बचाने में लगा हुआ था।

[2]

जब कुलपति शौनक नित्यकर्म कर चुके और पितरों को तर्पण से तृप्त कर चुके तो यज्ञमण्डप में पधारे। सब उठ खड़े हुए। जब शौनक बैठ गए तब सब लोग यथायोग्य स्थानों पर आसीन हो गए। शौनक ने उग्रश्रवा से कहा : "हे सूतपुत्र! तुम्हारे पिता रोमहर्षण बड़े गुणी थे। उन्होंने वेदव्यास से पुराण पढ़े थे। क्या तुमने भी उन्हें पढ़ा है? पुराणों में दिव्य कथाएँ हैं, प्रतापियों के आदि वंशों का वर्णन है। उन्हें तुम्हारे पिता के मुँह से हम पहले भी सुन चुके हैं। तुम भी सुनाओ।"

सूतपुत्र ने हाथ जोड़कर कहा : "महर्षि! मैंने अधिक नहीं पढ़ा। फिर भी आप जैसे परम विद्वानों के सत्संग में कुछ सीख गया हूँ। पुराण कथाएँ तो अत्यन्त प्राचीन हैं। कहते हैं कि वरुण के यज्ञ में अग्नि द्वारा भगवान् स्वयंभू ब्रह्मा से महर्षि भृगु उत्पन्न हुए। भृगु के पुत्र च्यवन हुए। च्यवन के प्रमति हुए। प्रमति के घृताची रुरु हुए। रुरु के शुनक और शुनक के शौनक हुए।[1] रुरु का प्रमद्वरा से विवाह हुआ। प्रमद्वरा अप्सरा थी। स्थूलकेश नामक ऋषि थे। गंधर्वराज विश्वावसु के वीर्य से अप्सरा मेनका के गर्भ रह गया था। दया और लज्जा से रहित अप्सरा प्रसव के बाद अपने गर्भ से जन्मी बच्ची प्रमद्वरा को स्थूलकेश के आश्रम के पास छोड़ गई। स्थूलकेश ने उसे पाला। प्रमति ने स्वयं अपने पुत्र रुरु के लिए वह कन्या माँगी, क्योंकि रुरु ने मित्रों के द्वारा पिता को संवाद पहुँचाया कि वह स्वयं उस पर मोहित थे। उसे एक नाग ने किसी कारण से मारना चाहा। वह मूर्च्छित हो गई। स्थूलकेश, स्वस्ति, आत्रेय, महाजानु, कुशिक, शंखमेखल, उद्दालक, कठ, यशस्वी श्वेत भरद्वाज कोणिकुत्स्थ आर्ष्टिषेण, गौतम, प्रमति और रुरु आदि रोने लगे। रुरु वन में जाकर रोने लगे। प्रमद्वरा उपचार से ठीक हो गई, किन्तु रुरु नागजाति का शत्रु हो गया। वह नागों की हत्या करने लगा। एक दिन डुंडुभकुलीन एक नाग को मारने को वह उद्धत हुए तो पता चला कि वह आर्य्य था, किन्तु नागों में ही रहता था। हे महर्षियो! यह जनमेजय के नागयज्ञ के कुछ बाद की ही घटना है। उस नाग ने रुरु का क्रोध शान्त किया।"

"सचमुच," शौनक ने कहा, "अब तो नाग हमारे मित्र हैं। फिर भी तुम हमें राजा जनमेजय के नागयज्ञ की कथा तो सुनाओ।"

सूतपुत्र ने कहा : "जरत्कारु ऋषि यायावर वंश के थे। वे सदैव पृथ्वी पर परिक्रमा

1. क्रम परवर्ती है। इनके बीच में कई पीढ़ियाँ और होनी चाहिए।

किया करते थे। चलते-चलते जहाँ पर संध्या हो जाती, वहीं टिक जाते। वे तप भी करते थे। एक बार उन्हें ध्यान हुआ कि उनके पितरों की मुक्ति तब तक नहीं हो सकती थी जब तक उनके पुत्र नहीं हो। किंतु उनका मत था कि वे अपने सुख की इच्छा से न विवाह करेंगे, न धन का संग्रह करेंगे। उनका यह भी प्रण था कि अपने ही नाम की कन्या से विवाह भी करेंगे। किन्तु वे दरिद्र थे। उन्हें कन्या कौन देता?

"इस प्रकार वे घूमते रहे परन्तु उन्हें कन्या नहीं मिली। एक दिन पितरों को उबारने की चिंता में जरत्कारु ने वन में जाकर तीन बार धीरे से कन्या की भिक्षा माँगी। उसी समय वासुकिवंश का राजा नाग अपनी बहन जरत्कारु के साथ वहीं पहुँचा। वह देख रहा था कि नागों और आर्य्यों की द्वेष-ज्वाला बढ़ रही थी। उसने ऋषि से मित्रता कर ली। ऋषि ने तय किया कि एक पुत्र उत्पन्न करने तक स्त्री के साथ रहेंगे। नागस्त्री जरत्कारु ने उनकी बड़ी सेवा की, किन्तु वे एक बार क्रुद्ध होकर उसे छोड़ गए। उनके वीर्य से आस्तीक का जन्म हुआ। उन आस्तीक ऋषि की मृत्यु हाल ही में तो हुई है। उन्हें कौन नहीं जानता। यह आर्य्यों और नागों का युद्ध रोकने का श्रेय वास्तव में उन्हीं को तो मिलना चाहिए, नहीं तो न जाने कितना भीषण रक्तपात और होता?"

कुलपति शौनक ने कहा : "सूतपुत्र! तुम्हारी वाणी बहुत ही मधुर है। तुम्हारे मुख से मनोहर कथाएँ सुनकर हमें बड़ी प्रसन्नता होती है।"

एक वृद्ध ऋषि ने कहा : "उग्रश्रवा तो बिल्कुल अपने पिता रोमहर्षण की भाँति कुशल कथावाचक हैं। वे भी बड़ा मन लगाकर ध्यान से हमें कथाएँ सुनाया करते थे।"

उग्रश्रवा ने कहा : "आर्य्य! पुराणकारों से जो सुना है वही कहता हूँ।[1] कहते हैं नाग बहुत प्राचीन हैं। दक्ष प्रजापति के दो सुन्दरी कन्याएँ थीं। एक कद्रू और दूसरी विनता। उनका विवाह कश्यप ऋषि के साथ हो गया। कश्यप ने प्रसन्न होकर उनसे कहा : 'तुम मुझसे वर माँगो।' यह सुनकर दोनों बहनें बहुत प्रसन्न हुईं। कद्रू ने कश्यप के समान तेजस्वी नागस्वरूप हजार पुत्र माँगे। विनता ने कहा : 'नाथ! मेरे दो पुत्र हों, परन्तु वे कद्रू के पुत्रों से शरीर, बल, विक्रम, आदि सब बातों में अधिक हों।' कश्यप ने कहा : 'ऐसा ही होगा।' और महर्षि! ऐसा ही हुआ। कुछ ही समय में उनके गर्भ भी रह गया। 'गर्भ को सावधानी से रखना' कहकर कश्यप मुनि वन को चले गए।"

उग्रश्रवा ने चारों ओर देखा। सब दत्तचित्त होकर सुन रहे थे।[2] उग्रश्रवा उन्हें नागों का इतिहास सुनाने लगे। एक ऋषि ने आश्चर्य से कहा : "तो शेष-कुल के नाग तो गरुड़ जाति के

---

1. अब उग्रश्रवा जो कहता है वह ऐतिहासिक तथ्य तो लिये है, किन्तु उसके कहने का ढंग पौराणिक है। हम बीच-बीच में सांकेतिक रूप से उस ऐतिहासिक तत्व की ओर संकेत करते जाएँगे ताकि वास्तविकता का अंश चमत्कारपूर्ण वर्णनों के बीच में झलकता रहे। यदि हम बिल्कुल आधुनिक रूप को प्रश्रय दें तो उस युग के पात्र के विचार के साथ न्याय नहीं होगा।
2. ब्राह्मणों (शतपथ) में काफी चमत्कारों से भरी कथाएँ मिलती हैं, जो प्रकट करती हैं कि तब तक टॉटेम सिद्धांत के विषय में लोग भूल चले थे। महाभारत ग्रन्थ, जो कि उनकी भाँति परवर्ती वैदिक भाषा में नहीं होकर लौकिक संस्कृत में है, और भी परवर्ती है। महाभारत ग्रंथ में तो जातियों की अंतर्भुक्ति बहुत दिखाई देती है। इसमें तो बहुत ही चमत्कार हैं। संसार के प्रत्येक देश की पौराणिक कथाओं में चमत्कार हैं, और उनके भीतर

पुराने मित्र हैं।"

उग्रश्रवा ने कहा : "बहुत प्राचीन वासुकि-कुल ने ही शेष-कुल के बाद नागराज की पदवी पाई। जिस समय राजा जनमेजय ने यज्ञ करने का निश्चय किया, समस्त नागों की सभा जुड़ी। इनके असंख्य कुल हैं। कुछ कुल तो बहुत ही प्राचीन हैं। यह कुल अपने को सर्प विशेष की संतान कहते हैं। इनके प्रधान कुल हैं : शेष, वासुकि, ऐरावत, तक्षक, कर्कोटक, धनञ्जय, कालिय..."

"वही," शौनक ने कहा, "जिनके विषय में कहते हैं कि जिन्हें यादव वीर कृष्ण ने यमुनातीर से हराकर निकाला था?"

उग्रश्रवा ने फिर कहा : "हाँ आर्य्य, वही। कर्कोटक कुल को ही जलते समय प्राचीन काल में निषध नरेश नल ने बचाया था। कर्कोटक अब उत्तर की ओर चले गए हैं। नहुष वंश के नाग तो एक समय इन्द्र बने थे। कौरव्य नागों का कुरुकुल से सम्बन्ध था। उनके नाम अनेक हैं...."

शौनक ने कहा : "वे तो प्रसिद्ध ही हैं सूतपुत्र! और कई तो आर्य्यों के पुरातन काल से मित्र हैं। तक्षक अवश्य बड़ा क्रूर बना। शेष-कुल के नाग तो बड़े तपस्वी हुए हैं। उनका तो दर्शन ही भिन्न है। नागों के तो जगह-जगह जलतीर पर पवित्र स्थान हैं, जिन्हें तीर्थ कहते हैं। वे मेले जोड़ते हैं। हाट जोड़ते हैं। गंधमादन, बदरिकाश्रम, गोकर्ण और पुष्कर तथा हिमालय में नाग की बड़ी यात्रा होती है।"

उग्रश्रवा ने कहा : "हाँ महर्षे! जब उन्होंने सुना कि राजा जनमेजय नागों का ध्वंस करने को उठा है तो सभा होने लगी। कुछ नागों ने कहा कि ब्राह्मणों का वेष बनाकर जाएँ और राजा

इतिहास के बीज छिपे हुए हैं। महाभारत में दोनों बातें मिलती हैं, एक ओर नाग मनुष्यों के रूप में भी वर्णित हैं, दूसरी ओर वे देव योनियों में भी माने गए हैं। प्रस्तुत कथा यही बताती है कि कालांतर में नाग और गरुड़ टॉटेमों को माननेवाली जातियाँ एक ही परिवार की मानी गईं और उनमें परस्पर संघर्ष दिखाया गया। महाभारत ग्रंथ में नाग और गरुड़ जाति के अलग-अलग होने के पूर्ण विवरण मिलते हैं परंतु वे जातियाँ इस युग में समाप्तप्राय मिलती हैं, जो प्रकट करता है कि अंतर्भुक्ति बहुत तेजी से हो रही थी।

कद्रू और विनता की कथा में नागों और गरुड़ों की अपनी-अपनी जाति की उत्पत्ति की कथाएँ मिल गई हैं, जो ब्राह्मणों के पुराणों में घुस आई हैं। कद्रू और विनता की कथा देवयुगीन प्रतीत होती है। इसे हम प्रथम इंद्र के उत्थान के बाद रख सकते हैं। जिस समय नाग, गरुड़ लड़ रहे थे, प्राचीन असुर, यक्ष, देव, दानव, दैत्य, राक्षस, किन्नर आदि जातियाँ थीं, यह दोनों भी थीं। इस कथा में नारायण और कहीं-कहीं शिव का भी उल्लेख है। यह भी विभिन्न अनार्य्य जातियों के देवता हैं, जिनमें परवर्ती युग में 'नारायण' तो श्वेतद्वीप से आया और पाञ्चरात्र उपासना का आधार बना था। उस प्राचीन युग की ऐतिहासिक कथाएँ ही महाभारत में अपने ऐतिहासिक तथ्य को लेकर चमत्कारों के माध्यम से प्रस्तुत हैं। यहाँ हम प्रत्येक चमत्कारपूर्ण वर्णन का वैज्ञानिक विश्लेषण व्यर्थ समझते हैं कि इस विषय को अर्थात् देवयुगीन जातियों के विकास और परिस्थितियों को हम देवयुग के वर्णन में ही स्पष्ट कर चुके हैं कि किस प्रकार पहले नागों ने गरुड़ों को दास बनाया और किस प्रकार गरुड़ मुक्त हुए। अत: इन कथाओं को हम यहाँ नहीं दोहराएँगे। कहने का तात्पर्य केवल इतना है कि नाग अत्यंत प्राचीन थे और उनकी अपनी संस्कृति थी, जिसका बड़ा प्रभाव पड़ा। ऊपर हम नागों की उपासना आदि का उल्लेख भी कर चुके हैं। आर्य्यों में यह कथाएँ महाभारत ग्रंथ की रचना के पहले ही आ गई थीं, जिसका इंगित हमें शतपथ, तैत्तिरीय और ऐतरेय ब्राह्मण की अन्य कथाओं के स्वर से प्रतीत होता है।

जनमेजय को हत्या करने से रोकें। अन्यों ने कहा : 'छल से उसके मंत्री के रूप में क्यों न घुसें और सर्वनाश कर दें?' अन्यों ने कहा : 'ब्राह्मणों का विध्वंस करो। वे ही नागों की हत्या कराने की योजना को बढ़ावा दे रहे हैं।' परन्तु कुछ नाग सहमत नहीं हुए। उन्होंने कहा : 'ब्राह्मण आर्य्य को न छेड़ो। वह कठोर और भयानक है। उसकी शक्ति बहुत है, प्रभाव बहुत है।' तो अन्यों ने कहा : 'यज्ञ का विचार करेंगे। चलो मल-मूत्र से यज्ञ के स्थान को गंदा करें। इन आर्य्यों का दंभ तो चूर्ण करें।' किसी ने कहा : 'जनमेजय को जीता पकड़ लाएँ और मार डालें।'

"किन्तु बात कोई जमी नहीं। आतंक था। ब्रह्म-क्षत्र का मिलन हो गया था। अंत में उनमें दो दल हुए। एक वे जो कि आर्य्यों के सामने समर्पण करने को तत्पर हो गए। दूसरे वे जो कि युद्ध को तत्पर थे।"

एक ऋषि ने कहा : "किन्तु सूतश्रेष्ठ! आपने यह नहीं बताया कि राजा जनमेजय के पास जब उत्तंक गया और उसने राजा परीक्षित की हत्या की ओर संकेत किया तो जनमेजय का क्या हुआ? परीक्षित की हत्या किस प्रकार की गई, वह भी बताइए।"

उग्रश्रवा ने विनीत स्वर में कहा : "ठीक कहा आर्य्य! बताता हूँ। पाण्डु के प्रपौत्र राजा परीक्षित अद्वितीय शिकारी थे। वे बहुधा मृग, वराह, तेंदुए, भैंसे आदि जंगली जानवरों का शिकार करते वन में घूमा करते थे। उनके शिकारी कुत्तों को दास नित्य मांस खिलाते। नगर के वैश्यों और नागरिकों में उनकी चर्चाएँ हुआ करतीं। एक दिन वन में परीक्षित ने एक मृग को बाण मारा। मृग मरा नहीं। भाग चला। राजा उसका पीछा करते-करते भीतर वन में चले गए। हिरन नजर से गायब हो गया। राजा थक गए। भूख-प्यास सताने लगी। जल का पता लगाते हुए परीक्षित ने एक आश्रम देखा जहाँ कई गाएँ घूम रही थीं, रोमन्थन कर रही थीं। वहाँ एक ऋषि ध्यानमग्न बैठे थे। वे फेनप थे, अर्थात् फेन चाटकर जीवित रहते थे—वह फेन जो दूध पीकर बछड़ों के मुँह से निकलता था।

"आर्य्य परीक्षित ने देखा तो पास जाकर कहा : 'भगवन! मैं अभिमन्युपुत्र परीक्षित हूँ। क्या आपने इधर से मृग भागते देखा है?'

"और भी कहा किंतु शमीक ऋषि ध्यानमग्न ही रहे। वे मौनव्रत धारण किए थे। राजा क्रुद्ध हुआ। वहीं एक साँप मरा पड़ा था। धनुष की नोक से उठाकर उसे मुनि के गले में डाल दिया। राजा अपमानित-से नगर लौट आए, किंतु वे दुखी हो गए थे। पछतावा होने लगा। मुनि क्षमाशील थे। क्रुद्ध नहीं हुए।

"शमीक के पुत्र शृंगी तरुण ऋषि थे। उन्हें राह में उनके साथी 'कृश' ने मिलकर सब वृत्तांत सुनाया और उपहास किया। शृंगी क्रुद्ध हो उठे। वे तुरन्त सब हाल जानकर तक्षक नाग से मिले और उस दिन ब्राह्मण ने क्षत्रिय के विरुद्ध फिर षड्यंत्र रचा। तक्षक ने ब्राह्मण की सहायता पाते ही वचन दिया कि सात दिन में वह राजा की हत्या कर देगा। किन्तु जब शृंगी लौटे तो शमीक ने डाँटा और कहा कि राजा अपना है। भूल से यदि वह गलती कर बैठा तो इतना क्रोध क्यों? आर्य्यों में फेनप हैं कितने, जो राजा मौनव्रत का मर्म समझ लेता? तू आर्य्यों के ही विरोधी से जाकर मिल गया?'

"शृंगी घबरा गए। कहा : 'परन्तु अब तो तक्षक नहीं मानेगा?'

"शमीक ने कहा : 'मैं शिष्य द्वारा संवाद भेजकर राजा परीक्षित को सावधान किए देता

हूँ।'

"शमीक ने गौरमुख को बुलाया और कहा : 'वत्स ! तुरन्त जा। तक्षक छल से परीक्षित को मारेगा। वह नाग पुराना शत्रु है। कुरुकुल ने ही उसके कुल के हाथ से इस भूमि का शासन छीन लिया था। कई पीढ़ियाँ बीत गई हैं। किंतु कई पीढ़ियों से यह कुल निरन्तर राज्य वापस लेने की चेष्टा में लगा हुआ है।'

"शृंगी क्रुद्ध ही बने रहे। उन्होंने कहा : 'पिता ! आर्य्य होने से ही क्या यह ब्राह्मण का अपमान कर सकता है ?' तक्षक तो क्रुद्ध हो गया था।

" 'वह,' शमीक ने कहा, 'क्रुद्ध अन्य कारण से था। नाग उसका कुलदेवता है। वह देवता का अपमान नहीं कर सकता। उसके यहाँ तो नाग पाले जाते हैं, उनकी पूजा होती है।'

"गौरमुख ने जाकर परीक्षित को सम्वाद दिया। परीक्षित चिंतित हो उठे। ब्राह्मण का विरोध क्या इतना बुरा परिणाम रखता था ? राजा ने गौरमुख के द्वारा क्षमा-याचना की कि शमीक ब्राह्मणों के क्रोध को दबाने की चेष्टा करें।

"उन्होंने चारों ओर पहरा बढ़ा दिया। पर बात फूट निकली। एक काश्यप नामक ब्राह्मण को तक्षक के षड्यंत्रों का पता चल गया। वह राजा को संवाद देने चला। तक्षक ने उसे राह में रोक लिया। वह एक वृद्ध ब्राह्मण का छद्म रूप धारण करके उसे छलने की इच्छा में था। वहाँ वन में[1] एक व्यक्ति ईंधन एकत्र करने एक बरगद के पेड़ पर चढ़ा हुआ था। तक्षक ने कहा : 'ब्राह्मण कहाँ जाते हो ?'

" 'मैं राजा के पास जा रहा हूँ।'

" 'जानते हो मैं कौन हूँ ?' तक्षक ने कहा।

" 'तक्षक।' ब्राह्मण ने हँसकर कहा। वह पहचान गया था।

" 'और तुम नहीं जानते कि मेरे साथ ब्राह्मण का बल है ?'

" 'जानता हूँ !'

" 'फिर तुम ब्राह्मणविरोधी नहीं हो ?'

" 'नहीं तक्षक ! मैं न आर्य्य-अनार्य्य जानता हूँ, न ब्राह्मण और क्षत्रिय। मेरे साथ अन्य वीर ब्राह्मण हैं। मैं स्वयं वैद्य हूँ। मेरे पास शक्ति है, परन्तु धन नहीं है। मैं भूखा हूँ तक्षक ! मेरे लिए एक ही देवता है—वह है धन ! मुझे धन दे दे। मैं यहीं से लौट जाऊँगा।'

" 'आर्य्य !' तक्षक ने अपनी तीक्ष्ण दृष्टि से देखकर कहा, 'मैं आपको अपार धन दूँगा किन्तु इस रहस्य को आपको गुप्त रखना होगा।'

" 'यह मैं विश्वास दिलाता हूँ। नागराज ! मैं ब्राह्मण हूँ, निर्भीक हूँ। दरिद्रता में जीवन और मृत्यु में भेद नहीं। तभी जा रहा था। राजनीति के कुचक्रों से मुझे मतलब नहीं। मुझे नागों से शत्रुता नहीं। मैं वचन देता हूँ। परीक्षित की मृत्यु निकट है तक्षक ! उसने दुर्भाग्य से ब्राह्मण को छेड़ा है और ब्राह्मण अवश्य इसका बदला लेंगे।'

"काश्यप लौट गए। तक्षक के धन ने उन्हें खरीद लिया। किन्तु राजा का ही तो अपराध था कि उनके राज्य में ब्राह्मण भी दरिद्र था ?"

---

1. अंततोगत्वा बाद में कुरुकुल का नाश ब्राह्मणों ने ही किया था।

कुछ रुककर सूतपुत्र उग्रश्रवा ने कहा : "महर्षि ! जब राजा जनमेजय को यह कथा सुनाई गई थी, उसने कहा था कि क्षमा करें। मैं सदैव ब्राह्मणसेवक रहूँगा, तो ब्राह्मण ने आश्वासन भी दिया कि तो फिर आ ! ब्रह्म और क्षत्र मिलकर इस नागशक्ति को जड़ से ही मिटा दें।"

कुलपति शौनक ने सिर हिलाया।

उग्रश्रवा ने फिर प्रारम्भ किया : "तो मैं असली कथा ही कहता हूँ। तक्षक ने मुनियों के वेश में अनेक नागों को राजधानी में घुसा दिया और पता नहीं कैसे उसने कुरुकुल के दुर्गम राजप्रासाद में घुसकर राजा की हत्या करा दी। उस समय परीक्षित के मंत्री भी थे, किन्तु सम्भवतः वे या तो डर गए या तक्षक ने उन्हें धन से खरीद लिया था, तक्षक साफ-साफ बचकर निकल गया। सब भाग गए थे। राजा अकेला मरा पड़ा था।

"कुछ समय बाद हाहाकार मच उठा। मंत्री और राजपुरोहित आदि लौटे और राजा का क्रिया-कर्म करवाया। बालक जनमेजय को गद्दी पर बिठला दिया। बड़े होने पर उसका विवाह राजा सुवर्ण वर्मा की पुत्री वपुष्टमा से हुआ। राजा जनमेजय वपुष्टमा से वैसे ही विहार करने लगे जैसे कभी राजा पुरुरवा ने अप्सरा उर्वशी के साथ किया था। राजा परीक्षित मृत्यु के समय साठ वर्ष के थे।"

कुलपति शौनक ने कहा : "सूतपुत्र ! शृंगी को आर्य्यत्व का गर्व नहीं था ?"

सूतपुत्र ने कहा : "महर्षि ! शमीक स्वयं अनार्य्य जातियों के मित्र थे। उनकी भार्या गो-जाति की स्त्री थी। अनार्य्य थी। उसके गर्भ से आए शृंगी में तो नया भाव था।

"राजा जनमेजय ने क्रोध से हाथ मले। एक लम्बी साँस लेकर देर तक रोने के बाद क्रोधित जनमेजय ने आँखें धोकर मंत्रियों से कहा : 'यदि शृंगी न होता तो भी तक्षक मेरे पिता को मारता। यदि वह केवल ब्रह्मसहाय होकर आता तो षड्यंत्र क्यों रचता ? वह अनार्य्य एक और ब्राह्मण को धन देकर क्यों लौटाता ?'

"हे महर्षि ! राजा जनमेजय ने पुरोहित आदि को बुलाकर कहा : 'अपने पिता की हत्या करनेवाले तक्षक के कुल से मैं बदला लेना चाहता हूँ। मैं उन सबको आग में जला दूँगा।'

"ऋत्विजों ने कहा : 'आर्य्य ! नागयज्ञ करें। कहते हैं एक बार प्राचीन काल में भी नागों का विध्वंस इसी प्रकार किया गया था। हम उस यज्ञ की विधि जानते हैं। पौराणिक उस कथा को सुनाते भी हैं।'

" 'तो ब्राह्मण-क्षत्रिय की एकता अखण्ड रहेगी ?'

" 'निश्चय !' ब्राह्मणों ने कहा।

" 'तो यज्ञ के योग्य पृथ्वी शोधकर नापिए। यज्ञ-मण्डप बनाएँ। धन-धान्य एकत्र करें।'

"सब काम प्रारम्भ हुआ। वास्तुविद्याविशारद जाति के सूत और पुराण के ज्ञाता थवई ने राजा से तभी आकर कहा : 'राजन् ! भूमि अच्छी नहीं चुनी गई। आपने यज्ञ तो प्रारम्भ किया है किन्तु ब्राह्मणों में अभी एका नहीं है।'

" 'क्यों ?' जनमेजय ने पूछा।

" 'राजन् ! कुछ ब्राह्मण नागों के मित्र हैं। वे आप से मिलने आएँगे। प्रार्थना करेंगे। उस समय आप उन्हें निकालेंगे या मना करेंगे तो वे ब्राह्मण विद्रोह करेंगे। आपस की फूट से नाश होगा।'

"जनमेजय ने सोचकर कहा : 'थवई !'

" 'महाराज !'

" 'तो ऐसा कर। द्वारपालों से कह कि भीतर कोई मेरी आज्ञा के बिना नहीं आए। समझा ? मैं जो ब्राह्मण साथ हैं उन्हीं से काम चलाऊँगा। मेरी सेना तो मेरी ही है।'

"हे महर्षियो ! यज्ञ प्रारम्भ हुआ। काले रंग के कपड़े पहनकर ब्राह्मण यज्ञ कराने लगे। होम का धुआँ लगने से उनकी आँखें लाल हो आईं। वे लोग प्रज्वलित अग्नि में मंत्र पढ़-पढ़कर आहुतियाँ छोड़ने लगे। जनमेजय के सैनिकों ने नागों की बस्तियों पर भीषण आक्रमण प्रारम्भ किया। बस्तियाँ जला दी जातीं। छोटे-बड़े, बच्चे-बूढ़े और युवक-युवतियों को सैनिक यज्ञ-मण्डप में लाते। हाहाकार मचने लगा और वहीं उनका एक साथ कत्लेआम होने लगा। भयानक दृश्य था। लहू से धरती भींग गई थी। राजा जनमेजय देखते रहे। मदांध नाग कुचले जा रहे थे।

" 'निःशेष कर दो !' वह कहते : 'इस पवित्र भूमि पर से इन नागों को मिटा दो। इनके पास धन है, तभी ये सिर उठाते हैं। नाग लड़ते, परन्तु ब्रह्म-क्षत्र संगठित थे, नाग हारते चले गए। उस यज्ञ में च्यवनवंशीय भार्गव कुलीन चण्डभार्गव होता, वृद्ध कौत्स उद्गाता, जैमिनी ब्रह्मा थे। शार्ङ्गरव और पिंगल ऋषि अध्वर्यु थे। शुकदेव, वैशम्पायन, वयोवृद्ध व्यास, उद्दालक, प्रमकत, श्वेतकेतु, पिर्गल, असित, देवल, आत्रेय, कुण्ड, जठर कालघट, वात्स्य, स्थविर, श्रुतश्रुवा, जप और वृद्ध कोहल देवरार्मा, मौद्गल्य, समसौरभ और अन्य प्रसिद्ध तथा प्रचण्ड ब्राह्मण राजा की ओर थे।

"राजा जनमेजय और वे ब्राह्मण जब लहू से भींगी धरती देखते तो मदांध-से हँसते और कहते : 'अनार्य्य ! इतना साहस ! आज इन अपवित्रों की जड़ें खोदकर नष्ट कर देंगे।'

"फिर अग्नि पर ऋषिगण मृत नाग स्त्री-पुरुषों की जलवाने लगे। भयानक दुर्गन्ध उठने लगी। नागों के आर्त्तनाद से कान फटने लगे, किन्तु आर्य्यवाहिनी तब वाद्य-ध्वनि करने लगी। दिगंत में वधिर करता निनाद प्रतिध्वनित होने लगा। घृणा एक भयानक चक्र की भाँति घूम रही थी। प्रचंड आर्य्य क्षत्र और ब्रह्म हुंकारते हुए खड़े थे। दास और शूद्र तथा सैनिक नागों के सर्वनाश में, ब्रह्म और क्षत्रिय सैनिकों के साथ तत्पर थे। नागों के विशाल भवनों की ईंट से ईंट बजा दी गई। उनका माल लूट-लूटकर जब इकट्ठा किया गया तो बेशुमार सम्पत्ति को देखकर सैनिकों को दुगना आवेश आने लगा। फिर तो आर्य्यों को रणोन्माद आ गया। वे जहाँ भी नाग स्त्री या पुरुष को देखते, वहीं हत्या करते। चारों ओर नरमेध का तुमुल कोलाहल होने लगा। जो इतिहास ने कभी छोटे पैमाने पर देखा था, वह अब खुलकर हो रहा था। बहुत दिनों से ये नाग अपने को सुसभ्य कहते हुए आर्य्यों पर हँसते थे, अब उनका अन्त आ गया था। नागों का अनाम संहार हो रहा था। गाँव-गाँव, नगर-नगर विध्वस्त थे, केवल उनमें धुआँ उठ रहा था। नाग अन्तिम दम तक लड़ते। जिस प्रकार अस्सी या नब्बे वर्ष पूर्व कौरव-पांडव युद्ध में आर्य्य और अनार्य्य सब आपस में लड़-लड़कर केवल रक्त से भींगी कुरुक्षेत्र की धरती को छोड़ गए थे, जिस प्रकार उस युद्ध के छत्तीस वर्ष उपरांत यादवों का विशाल गण आपस की फूट से धधककर राख हो गया था, जिस प्रकार दस ही वर्ष में बर्बर आभीरों ने सरस्वती-तीर के गन्धर्वों, आर्य्यों आदि की बस्तियों को विध्वस्त कर दिया था, उसी प्रकार अब आर्य्यों और अनार्य्यों का भीषण युद्ध प्रारम्भ

हो गया था। जब राजा जनमेजय की सेना हरहराकर आक्रमण करती, नाग वीरता से लड़ते किन्तु घृणा के कवच भयानक थे और नागों में परस्पर फूट थी।

"वासुकि वंश व्यथित था। उनके राजा ने अपनी बहन जरत्कारु से कहा : 'तो क्या नाग सचमुच निःशेष हो जाएँगे ?'

"जरत्कारु ने आस्तीक को बुलाकर कहा : 'पुत्र !'

" 'क्या है अम्ब ?' आस्तीक ने कहा।

" 'क्या सचमुच आर्य्यों और नागों का यह युद्ध उचित है ?'

" 'नहीं माँ ! आर्य्य तो मदांध हो गए हैं। शक्ति का नाश होते देख जैसे वे पागल हो गए हैं। नागों की इस पवित्र संस्कृति और पुरातन सभ्यता का नाश नहीं ही हो सकेगा।'

" 'होगा नहीं ?' जरत्कारु ने संदिग्ध स्वर से कहा : 'कहते हैं प्राचीन काल में देवों को नागों ने सहायता दी थी। तब से नाग आर्य्यों के मित्र भी हैं, शत्रु भी। नागों के उत्तर के दलों के देवता नारायण और इधर के देवता महादेव के उपासक आर्य्य भी अनेक हैं। उञ्छवृत्ति धाक और फेनप आदि नागों में ही नहीं, आर्य्यों में भी हैं। भूमि, धन आदि के लिए जो यह बर्बर संहार हो रहा है, उसका अन्त क्या है ?'

"वासुकि राजा आ गया। आस्तीक ने कहा : 'मामा ! मैं ब्राह्मणों को एकत्र करके ब्रह्म-क्षत्र का मद तोड़ने जाता हूँ। इस युद्ध में नाग ही नहीं, आर्य्यों का भी सर्वनाश हो जाएगा। हम दोनों बन्धु हैं। नागों की यह धार्मिक, आस्तिक, प्रवीण, बुद्धिमान, पुरातन सुसभ्य और सुन्दर जाति यदि आर्य्यों से मिल नहीं सकेगी तो वनों के बर्बर पुलिंद और शबर ही सब जीत लेंगे और उत्तर-पश्चिम के आभीर आकर सब पर शासन करेंगे।'

" 'तुम क्या करोगे ?' राजा ने पूछा।

" 'मैं शांति का दूत बनकर जाऊँगा। यदि राजा जनमेजय ब्राह्मण की माँगी हुई वस्तु न देगा तो राज्य का नाश होगा।'

" 'किन्तु ब्राह्मण तो उसकी ओर भी हैं ?'

" 'तो आस्तीक भी अकेला नहीं है। मैं ब्राह्मणों को नागों की ओर से उकसाकर विद्रोह करूँगा। तक्षकवंश तो अभी नहीं मरा।'

" 'वह लोग तो बेघरबार भाग रहे हैं।'

" 'इन्द्र के प्राचीन उपासक उसकी रक्षा कर रहे हैं मामा ! वह आर्य्यों का भी मित्र है। उसे केवल कुरुवंश से चिढ़ है, क्योंकि इन्होंने उसका राज्य छीना है। इस घृणा को मिटाना ही होगा। जनमेजय यदि अब नागों की राजधानी तक्षशिला को न जीतता तो क्या इतनी आग फैलती। नागों के स्नातक वहाँ दूर-दूर से आते हैं। उनके शिक्षा-भवनों में क्या सुसभ्य आर्य्यपुत्र पढ़ने नहीं जाते ? मुझ पर विश्वास करो मामा।'

" 'भागिनेय !' राजा ने कहा, 'मैं ब्राह्मणों के ही क्रोध से पीड़ित और मोहित हो रहा हूँ। मेरा हृदय फटा जाता है। सिर में चक्कर आ रहा है, मुझे दिशाओं का ज्ञान तक नहीं रहा।'

"आस्तीक यह सुनकर आश्वासन देकर राजा जनमेजय के सर्वांगपूर्ण यज्ञ की ओर चले। द्वारपालों ने आस्तीक को रोका। आस्तीक क्रुद्ध नहीं हुए। उनके साथ कई व्यक्ति थे। वे वहीं खड़े होकर स्तुति करने लगे : 'प्रयाग क्षेत्र में सोम, वरुण और प्रजापति ने यज्ञ किया

था। हे भरतकुल-तिलक परीक्षितपुत्र जनमेजय, आपका यज्ञ भी उन्हीं यज्ञों के समान हो रहा है। प्रार्थना करता हूँ, मेरे प्रिय व्यक्तियों का कल्याण हो।'

"उस स्वर को सुनकर सब चौंक उठे। होता ने अध्वर्यु की ओर देखा। राजा जनमेजय बैठा रहा। मंत्रध्वनि रुक गई थी। फूट! फूट!! का स्वर बाहर से शांति का रूप धरकर बोल रहा था : 'इन्द्र शतक्रतु है, किन्तु एक ही यज्ञ उसके सौ यज्ञों के समान हो रहा है। हे भरत-कुल-तिलक परीक्षित पुत्र! मेरे प्रिय व्यक्तियों का भला हो।'

"थवई ने सिर खुजाया। वह जो सुनता आ रहा था, आज वह सत्य हो रहा था। आर्य्यों में रक्त का उन्माद था। परन्तु ब्राह्मण सामने खड़े थे। स्वर उठ रहा था : 'पूर्व समय में यम ने यज्ञ किया था, हरिमेधा ने यज्ञ किया था, राजा रन्तिदेव ने यज्ञ किया था। राजन्! आपका यह यज्ञ उन्हीं यज्ञों के समान हो रहा है। प्रार्थना करता हूँ, मेरे प्रिय व्यक्तियों का भला हो।'

"बाहर भीड़ बढ़ती जा रही थी। इस नरसंहार से ऊबे हुए व्यक्ति आ रह थे और आस्तीक के पीछे खड़े फुसफुसा रहे थे : 'जातीय घृणा रोको। सर्वनाश हो जाएगा। ब्रह्म, प्राचीन ब्रह्म तो नष्ट हो गया, अब क्या ये मदांध ब्राह्मण असहिष्णुता में और सब भी समाप्त कर देना चाहते हैं। अब रह ही क्या गया है। बर्बर आभीर बढ़े आ रहे हैं। गण न चातुर्वर्ण्य को मानते हैं, न ब्राह्मण को। ब्राह्मणो, उठो। एकता करो। नाग पुरातन मित्र हैं। पवित्र हैं। उनका संहार रोको। यह बर्बर अत्याचार है।'

"आस्तीक ने फिर कहा : 'गय, शशबिंदु और राजाधिराज कुबेर यक्ष ने यज्ञ किया था। हे भरतकुल-तिलक परीक्षित के पुत्र जनमेजय, आपका यज्ञ भी वैसा ही हो रहा है। प्रार्थना करता हूँ, मेरे प्रियजनों का भला हो।'

"चण्डभार्गव ने यज्ञ में ब्रह्मा बनकर बैठे हुए जैमिनी की ओर देखकर कहा : 'अब क्या होगा? आस्तीक नागों का नेता बनकर आया है। उसे कब तक रोका जा सकेगा। वह तो विद्रोह मचा देगा।'

"असहिष्णु उद्गाता ने हाथ मले।

"आस्तीक ने फिर स्वर उठाया : 'राजन्! सुना है नृग, अजमीढ़ और दाशरथि राम तथा अजमीढ़वंशी धर्मपुत्र युधिष्ठिर ने भी महायज्ञ किया था। पूर्व समय में सत्यवतीसुत द्वैपायन व्यास ने भी यज्ञ की दीक्षा लेकर आप ही उसके सब कृत्य किए थे। प्रार्थना करता हूँ कि उन यज्ञों के समान हो रहे आपके यज्ञ से मेरे प्रियजनों का कल्याण हो। ये कृष्णवर्त्मा हिरण्यरेता विचित्र शिखाओं से शोभित और हवन की सामग्री को जलानेवाले अग्निदेव आपके यज्ञ में प्रज्वलित होकर दक्षिण की ओर से घूम रही लपटों से आहुति लेते हैं। इन्हीं के मुख से सब देवता अपना-अपना भाग लेते हैं। आप साक्षात् वज्रपाणि इन्द्र के समान हैं। आप नाग, खट्वांग और दिलीप के समान पराक्रमी हैं। आपका प्रभाव ययाति और मांधाता के समान है। आप सूर्य के समान तेजस्वी हैं। आप भीष्म पितामह की भाँति दृढ़प्रतिज्ञ हैं। आपका वीर्य वाल्मीकि के प्रभाव के समान गुप्त है। आपका कोप वसिष्ठ के कोप के समान आपके वंश में है। राजन्! आप बल में दम्भोद्भव के समान, शस्त्र और शास्त्रविद्या में परशुराम के समान, तेज में और्व और त्रित ऋषि के समान तथा तत्परता में भगीरथ के समान हैं। मुझे भीतर आने की आज्ञा दें।'

"बाहर गगनभेदी निनाद उठा : 'राजा जनमेजय का क्रोध शांत हो। ब्राह्मण एक हो शत्रु

से मित्रता करो। राजा जनमेजय उठा हुआ हाथ रोको!'

"आस्तीक ने इंगित से सबको रोककर कहा : 'राजा जनमेजय की....'

"भीड़ चिल्लाई : 'जय!'

"वह स्पष्ट विद्रोह नहीं था। जनमेजय ने आज्ञा दी : 'आने दो।'

"यज्ञ-मण्डप में आस्तीक आ खड़ा हुआ।

"चण्डभार्गव होता असंतुष्ट हो गया। उस कठोर मुद्रावाले ब्राह्मण ने कहा : 'राजन्! तक्षक पकड़ा जाकर लाया जा रहा है, इसका संवाद अभी मिला है। उसका वध होने तक आस्तीक को वर न दें। उसके बाद भी संधि हो सकती है। उत्तर के आर्य्यों ने ही उसे छिपाया था।'

"उसी समय थवई आ गया। वह पौराणिक लोहिताक्ष सूत बोला : 'राजन्! उत्तर के आर्य्य युद्ध के लिए कुरुकुल को ललकार रहे हैं। वे कहते हैं—राजा जनमेजय नृशंस अत्याचारी हैं। समाचार आ रहे हैं कि वे कुरुक्षेत्र की सीमा पर लूटमार मचाने लगे हैं। वे कहते हैं कि कुरुक्षेत्र के बर्बर ब्राह्मण रक्त-गर्व में भरकर इन्द्र के अनुयायियों को ही समाप्त करने पर तुल गए हैं। वे नहीं जानते कि इसका अन्त क्या होगा?'

"राजा जनमेजय संतप्त-सा खड़ा हो गया। उसकी मुट्ठियाँ भिंच गईं। होता चण्डभार्गव ने पुकारा : 'तक्षक को पकड़कर लाओ। मैं उसकी बलि दूँगा।'

"आस्तीक ने देखा, वह नागराज अपने चारों और के सैनिकों के बीच में वीरता से आ रहा था। उसको देखकर आस्तीक के साथ के आर्य्य चिल्लाने लगे : 'जनमेजय! यज्ञ रोक दे, अन्यथा पृथ्वी नष्ट हो जाएगी।'

"वह कोलाहल यज्ञमण्डप में ही नहीं, अब बाहर एकत्र हुए असंख्य आर्य्यों और नागों में भी गूँजने लगा था।

"जनमेजय ने देखा, तक्षक वेदी के पास आ रहा था। उसने आस्तीक से मुड़कर कहा : 'आज्ञा दें ब्राह्मण, क्या चाहते हैं? जो चाहें माँग लें। मेरी प्रतिहिंसा तृप्त हो चुकी है।'

"चण्डभार्गव का बढ़ा हाथ रुक गया। आस्तीक ने चिल्लाकर कहा : 'नागयज्ञ तुरन्त बन्द कर दें।'

"जनमेजय को झटका लगा। चण्डभार्गव, जैमिनि आदि क्रोध से काँप उठे। आस्तीक ने बढ़कर कहा : 'राजन्! गृहयुद्ध रोकिए। उत्तर से बर्बर बढ़े आ रहे हैं। कब तक यह पारस्परिक घृणा सर्वनाश करती रहेगी। नागों की बस्तियों में खंडहर पड़े हैं। बदले में नागों ने आर्य्यों का घोर विध्वंस किया है। कहाँ जाकर रुकेगा यह युद्ध? कोई शक्ति शेष नहीं। कुरुकुल में ही आशा है, परन्तु ब्राह्मणों के ये मदांध प्रतिनिधि अपने कव्य को भी नहीं बचा सकेंगे। बचने के लिए शांति स्थापित करनी ही पड़ेगी। नागराज! आगे आओ!'

"नागराज आगे बढ़ा। तब जनमेजय की ओर हाथ उठाकर आस्तीक ने कहा : 'कितने ही नागकुलों का वध हो गया है। कोटिश, मानस, पूर्ण, शल, पाल, हलीमक, पिच्छल, कौणप, चक्र, कालवेग, प्रकालन, हिरण्यबाहु, शरण, कक्ष, कालदन्त तो वासुकि वंश के प्रधान नाग मर चुके हैं। तक्षक वंश के प्रसिद्ध वीर मण्डलक, प्रच्छाण्डक, पिण्डसेक्ता, रमेणक, उच्छिक, शरभ, भंग, विल्वतेजा, विरोहण, शिली, शलकर, मूक, सुकुमार, प्रवेपन, मुद्गर, शिशुरोमा, सुरोमा और

महाहनु की हत्या हो चुकी है। ऐरावत वंश के पारावत, पारियात, प्राण्डर, हरिण, कृश, विहंग, शरभ, मेद, प्रमोद, संतापन जलाए जा चुके हैं। कौरव वंश के एरक, कुण्डल, वेणी, वेणीस्कंध, कुमारक, बहुक, शृंगवेर, धूर्तक, प्रातः और आतक जैसे महावीर नष्ट हो गए हैं। धृतराष्ट्र वंश के प्रधान और प्रचण्ड नाग जिनमें शंकुकर्ण, पिठरक, कुठार, मुखसेचक, पूर्णांगद, पूर्णमुख, प्रहास, शकुनि, दरि, अमाहठ, कामठ, सुषेण, मानस, अव्यय भैरव, मुण्डवेदांग, पिशंग, उदपारक, ऋषभ, वेगवान् पिण्डारक, महाहनु, रक्तांग, सर्वसारंग समृद्ध, पटवासक, बराहक, वीरणक, सुचित्र, चित्रवेग, पराशर, तरुण, मणिस्कंध और आरुणि आदि नागों की हत्या हो चुकी है। और मैं कहाँ तक नाम गिनाऊँ। चारों ओर आग लग रही है। आप धर्मात्मा हैं। इन मदांध ब्राह्मणों ने आपको द्वेष की अग्नि में जलाया है। इनका साथ छोड़िए। मैं शाप देता हूँ कि ये ब्राह्मण सदा के लिए निर्वीर्य हो जाएँ, क्योंकि इन्होंने अपने अधिकार का अनुचित प्रयोग किया है। राजन्! ब्राह्मण ने अपने-आप अपनी शक्ति क्षीण की है। आप इस यज्ञ को रोकिए।'

"भीड़ में से तीन नाग आगे आए। उन्होंने खड्ग निकालकर राजा जनमेजय के चरणों पर रखकर कहा : 'आर्य्य! तू हमारा मित्र है। हमारा सहयोग ले। यह युद्ध रोक दे।'

"वे आसित, आर्त्तिमान् और सुनीथ थे।

"भीड़ फिर गरजी : 'युद्ध रोक दो। युद्ध रोक दो।'

"'राजा जनमेजय ने आगे बढ़कर कहा : 'यज्ञ रोक दो।'

"तुमुल जय-जयकार हुआ। उस जय-जयकार की जब समाप्ति हुई तब होता, अध्वर्यु और ब्रह्मा हतचेत बैठे दिखाई दिए।

"राजा जनमेजय ने काँपते स्वर से कहा : 'तो तक्षक बच गया? ब्राह्मण आस्तीक! लोहिताक्ष सूत पंडित थवई ने पहले ही कहा था कि ब्राह्मण एक नहीं हैं। मैं प्रसन्न ही हूँ। यज्ञ रोक दो। मेरे पिता के पितामह आर्य्य युधिष्ठिर कहते थे कि क्षत्रिय का कर्म दुष्कर है, वह सत्य ही था। सर्वनाश आ रहा है। आभीर बढ़ रहे हैं। आर्य्य लड़ रहे हैं। ब्राह्मणों में ऐक्य नहीं है। फिर आर्य्य और नागों के युद्ध का कोई अन्त नहीं। सब कुछ छिन्न-भिन्न हो रहा है।'

"तक्षक ने बढ़कर कहा : 'राजा जनमेजय! तू धन्य है। इस सर्वनाश का एक ही उपाय है। तू अश्वमेध यज्ञ कर। हम तेरे साथ हैं। आज से नागों-आर्य्यों में भेद नहीं रहे। आसित्, आर्त्तिमान् और सुनीथ ने जो किया वही मुझे भी करना चाहिए था। यह सत्य है कि मैं अपना राज्य वापस लेना चाहता था, परंतु मुझे विद्रोही किसने बनाया? ब्राह्मणों ने। इन असहिष्णु ब्राह्मणों का त्याग कर। आ, अश्वमेध यज्ञ कर। घोड़ा छोड़। फिर यहाँ एक शक्ति स्थापित हो, जिससे उत्तर-पश्चिम के बर्बर खदेड़ दिए जाएँ। उन्होंने नागों के पवित्र तीर्थों को गँदला कर दिया है। इस देश में प्राचीन कौन है? हम हैं, तुम हो, गन्धर्व हैं। यह आभीर बर्बर हैं। गृहयुद्ध छोड़कर एक हो।'

" 'किन्तु सदस्य कौन बनेगा?'

"आर्त्तिमान् ने कहा : 'राजन्! आसित, सुनीथ, आस्तीक और मेरे नाम से घोषणा हो कि नाग अब सदा के लिए आर्य्यों के मित्र हैं। कभी कोई नाग आर्य्यों को हानि न पहुँचाए। यह वैमनस्य सदा के लिए मिटे। आस्तीक ने जो किया है, वह शाश्वत युगों तक नागों में श्रद्धा से

स्मरणीय रहेगा। जो आस्तीक का वचन न मानेगा, वह नाग टुकड़े-टुकड़े करके फेंक दिया जाएगा। राजन्! तेरे रक्त में नाग रक्त है। फिर घृणा कैसी। राज्य के लिए क्या आर्य्य ही आपस में नहीं लड़ते? फिर नागों से ही जातीय युद्ध क्यों? हम क्या भिन्न हैं। तू भी योद्धा है, क्षत्रिय है, हम भी योद्धा हैं, क्षत्रिय हैं। आ, फिर से शक्ति केन्द्रित करें। यज्ञ का सदस्य इस एकता का प्रतिपादक आस्तीक ही बनेगा।'

"उस समय आनन्द छा गया। तुमुल जय-जयकार से दिशाएँ काँपने लगीं। राजा जनमेजय ने तक्षक को अपने वक्ष से लगा लिया। आस्तीक ने कहा : 'चलिए राजन्! यज्ञ के अ़न्त का अवभृथ स्नान करिए।'

"जनमेजय ने कहा : 'तो अश्वमेध का सदस्य बनना स्वीकृत है न?'

"आस्तीक ने कहा : 'निश्चय आर्य्य!' "

उग्रश्रवा ने थककर साँस ली।

कुलपति शौनक ने कहा : "धन्य हो सूतपुत्र! तुम धन्य हो। अब हमें यह भी बताओ कि कुरुकुल का विध्वंस किस प्रकार हुआ? भाई-भाई से क्यों लड़े?'

उग्रश्रवा ने कहा : 'अहे महर्षिगण! जनमेजय के नागयज्ञ के उपरांत वैशम्पायन ने जो कथा सुनाई, वह मैं कहता हूँ।'[1]

"महाराज पाण्डु के दिवंगत होने पर पाँचों पाण्डव उत्तर के पार्वत्य प्रदेश से अपने घर आए और बहुत ही शीघ्र वेद पढ़कर, धनुर्विद्या सीखकर, विद्वान् और योद्धा हो गए। उनके शरीर और मन के बल और उत्साह को देखकर सब पुरवासी उनका बड़ा आदर करने लगे। पांडवों के इस उत्कर्ष को कुरुवंश के दुर्योधन आदि नहीं देख सके। क्रूर दुर्योधन, कर्ण और शकुनि के साथ, यही सलाह करने लगा कि किस तरह पराक्रमी पाण्डवों को अपमान के साथ निकालकर कष्ट दिया जाय। दुर्योधन ने निष्कण्टक राज्य करने के लिए पाण्डवों से छल करना

---

1. महाभारत के अनुसार वेदव्यास वहाँ मौजूद थे, जिनके कहने पर कथा वैशम्पायन ने सुनाई। जनमेजय यज्ञ करते समय कम-से-कम 25 वर्ष का रहा होगा। जब परीक्षित, उसका पिता, मरा था तब 60 वर्ष का था। तब अगर जनमेजय बच्चा ही गद्दी पर बिठाया गया था तो वह 5 या 10 वर्ष का रहा होगा। पर पाँच वर्ष ही ठीक लगता है, क्योंकि बड़े होने पर ही उसे पिता की हत्या का पता चला था। 10 वर्ष का रहा होता तो समझकर तभी जान लेता। परीक्षित जब जन्मा था, उसके बाद ही यादवगण में गृहयुद्ध हुआ था और पाण्डव घर छोड़ गए थे। कृष्ण की आयु 110 वर्ष बताई गई है। तब महाभारत-युद्ध के समय कृष्ण 110−36=7,4 वर्ष के रहे होंगे, क्योंकि महाभारत-युद्ध के 36 वर्ष बाद यादव-गृहयुद्ध हुआ था। अर्जुन तब 60 या 65 का रहा होगा। जब अर्जुन 60 या 65 का था तब भीष्म वयोवृद्ध था। अर्जुन 65 का रहा होगा तब धृतराष्ट्र कम-से-कम 85 और भीष्म 105 या 110 तक रहा होगा। वेदव्यास भीष्म के बराबर ही रहा होगा क्योंकि उसने धृतराष्ट्र की माँ को गर्भाधान कराया था। इस प्रकार जनमेजय के नागयज्ञ में यदि वेदव्यास होता तो उसकी भीष्म की-सी आयु होती। भीष्म अगर महाभारत-युद्ध के समय लगभग 105 या 110 का रहा होगा तो नागयज्ञ के समय उसकी आयु होती (=परीक्षित काल 55 वर्ष+जनमेजय काल 20 वर्ष यानी 75 वर्ष को 105 में जोड़ना होगा, अर्थात्) 105+75=180 वर्ष। यह आयु उचित नहीं जान पड़ती। इसीलिए हमने वेदव्यास के शिष्य वैशम्पायन को ही यहाँ स्वीकार किया है जो नागयज्ञ के समय स्वयं वृद्ध रहा होगा। उग्रश्रवा रोमहर्षण का पुत्र था। रोमहर्षण वैशम्पायन का शिष्य था। यों काफी समय निकलना आवश्यक है।

प्रारम्भ कर दिया। विदुर पाण्डवों की रक्षा करते थे। दुर्योधन ने जब अपनी चालों को व्यर्थ जाते देखा तो उसने मंत्री कर्ण और भाई दुःशासन से सलाह करके, तथा धृतराष्ट्र की आज्ञा लेकर एक जतुगृह (लाख का घर) बनवाया। पुत्रों का प्रिय करने की इच्छा रखनेवाले राजा धृतराष्ट्र ने राज्यभोग की लालसा से पाण्डवों को अपने यहाँ से निकाल दिया। माता कुन्ती के साथ पाँचों पाण्डव हस्तिनापुर से वारणावत नगर चले। विदुर उन्हें सलाह देते थे। फिर महाराज धृतराष्ट्र ने पाण्डवों को जतुगृह में रहने की आज्ञा भेजी। एक साल उस मकान में रहकर विदुर की सलाह से पाँचों पाण्डवों ने गुप्त रूप से एक सुरंग खुदवाई। उस समय दुर्योधन की ओर से पुरोचन पाण्डवों की देख-रेख करता था। अन्त को उस घर में आग लगाकर और दुर्योधन के दुष्ट मंत्री पुरोचन को जलाकर, चुपचाप रात को, माता के साथ उसी सुरंग से पाँचों पाण्डव निकल गए। वे वन में पहुँचे जहाँ हिडिम्ब राक्षस मिला। उसे भीमसेन ने मार डाला। धृतराष्ट्र के चरों को खबर न लग जाए, इसी डर से पाँचों पाण्डव रात ही को वहाँ से भाग गए। यहीं पर हिडिम्बा राक्षसी भीम को मिली, जिससे एक पुत्र होने तक के लिए विवाह करके भीम वहाँ रहे और घटोत्कच जन्मा।

"इसके बाद पाण्डव एकचक्रा नगरी में पहुँचे। वहाँ वे संयत वेदपाठ-निरत ब्रह्मचारी का वेष धारण करके माता के साथ एक ब्राह्मण के घर में रहने लगे। यहीं नरमांसभक्षी भूखे बक राक्षस को मारके भीम ने पुरवासियों को प्रसन्न किया। राक्षसों में कुछ लोग नरमांस प्राचीन काल में भी खाते थे। पर अब इस जाति का लोप हो गया है।

"वहीं पाण्डवों को खबर मिली कि पाञ्चाल देश में राजकुमारी द्रौपदी का स्वयंवर होनेवाला है। पाण्डव वहाँ पहुँचे, द्रौपदी इन्हीं को मिली। वर्ष-भर पाञ्चाल देश में रहकर पाण्डव प्रकट हो गए। फिर वहाँ से पाँचों पांडव द्रौपदी को लेकर हस्तिनापुर आए। तब उनसे धृतराष्ट्र और भीष्म पितामह ने कहा : 'देखो, भाई-भाई में परस्पर झगड़ा न हो, यह सोचकर हमने तुम्हारे रहने के लिए खाण्डवप्रस्थ राजधानी ठीक की है। वह देश बहुत ही उत्तम है, वहाँ के मार्ग सुडौल, साफ और चौड़े हैं। आपस का द्रोह छोड़कर तुम खाण्डवप्रस्थ में रहो। पाण्डवों ने उनका कहना मान लिया। इष्ट-मित्र तथा धन-रत्न आदि ले जाकर उन्होंने खाण्डवप्रस्थ में बहुत दिन वास किया। उन्होंने अनेक राजा-महाराजाओं को जीतकर अनुगत कर लिया। भीम ने पूर्व, अर्जुन ने उत्तर, नकुल ने पश्चिम और सहदेव ने दक्षिण दिशा के राजाओं को जीत लिया।

"इस प्रकार कुछ समय बीतने पर एक बार द्रौपदी के साथ रमण करते समय अर्जुन द्वारा देख लिये जाने पर युधिष्ठिर ने अर्जुन को वनवास की आज्ञा दी। तेरह मास वन में रहकर अर्जुन द्वारकापुरी में कृष्ण के पास आए। वहाँ उन्हें कृष्ण की छोटी बहन सुभद्रा मिली। फिर अर्जुन ने कृष्ण के साथ जाकर खाण्डव वन जीता, जहाँ नाग आदि अनार्य्यों का आतंक छाया हुआ था। मय दानवों को यहाँ मित्र बनाया गया। उन्होंने रत्नभूमि, प्रासाद और सभाभवन युधिष्ठर के लिए बना दिए। दुर्योधन ललचा उठा। उसने शकुनि के द्वारा कपट के पाँसे बनाकर जुए में युधिष्ठिर को जीत लिया और 12 वर्ष को वन भेज दिया। उसमें एक साल तक अज्ञातवास की भी शर्त थी।

"तेरह वर्ष बिताकर 14वें वर्ष पाण्डव लौट आए। उन्होंने दुर्योधन से अपना भाग माँगा। दुर्योधन ने सूई की नोक के बराबर भी धरती देने से इन्कार कर दिया। युद्ध हुआ। उस युद्ध में क्षत्रियों का सर्वनाश हुआ और पाण्डवों ने उजड़ा हुआ राज्य पाया। यही संक्षेप में घर की फूट, युद्ध और विजय का वृत्तांत है। यही वेदव्यास के 'जय' नामक काव्य का कथानक है। पौराणिक इसी के साथ अन्य कथाएँ भी सुनाते हैं।"

ऋषि ध्यानस्थ सुनते रहे। उग्रश्रवा ऋषि, राजा, सृष्टि आदि के विषय में अनेक कथाएँ सुनाते रहे। उनमें जो कथा जितने ही प्राचीन युग की होती थी, उतनी ही वह चमत्कारपूर्ण होती थी। इस प्रकार, भीष्म, शांतुन, कच, देवयानी, उपरिचर वसुदैध आदि की ही नहीं; उन्होंने ययाति, दुष्यंत, भरत, पुरुवंश, शांतुन इत्यादि की कथाएँ सुनाईं। जैसे-जैसे वे कथाएँ सुनाते, ऋषियों की उत्सुकता और आनन्द बढ़ता जाता। वह जैसे एक महान् परम्परा को समेट लेने का प्रयत्न था। अतीत के उस गौरव की शृंखलाओं को जोड़ देने का प्रयत्न किया जा रहा था।

उग्रश्रवा के पास अगाध भंडार था, कथाओं का समुद्र था, क्योंकि वहाँ शताब्दियों को एकत्र कर लेने की चेष्टा हो रही थी।

कुलपति शौनक ने कहा : "सूतपुत्र! हम परम्परा से आए आर्य्य-धर्म का प्रतिपालन करते हैं। किन्तु कहते हैं कि श्रीकृष्ण का पुत्र साम्ब श्वेतद्वीप से जो ब्राह्मण लाया था, वे नारायण के उपासक हैं। वे अन्य ही उपासना करते हैं। पूर्व में तो ऋषभदेव के अनुयायी और अन्य इक्ष्वाकुकुलीन दार्शनिक नया ही दर्शन प्रतिपादित कर रहे हैं। वे कहते हैं, ब्राह्मण सर्वश्रेष्ठ नहीं है। उत्तर में म्लेच्छ जातियाँ जो इन्द्र और वरुण (हिताइत आदि आर्य्य) की उपासना करती हैं, सशक्त हो गई हैं। उनके यहाँ तो विभिन्न धर्म प्रचलित हैं। नाग, राक्षस, गन्धर्व, यक्ष, किन्नर, गरुड़ तथा विभिन्न जातियों के विभिन्न धर्म हैं। ऋषियों में भी एकमत नहीं है। हमें पूर्वजों की कथा सुनाओ तो हम भी समझें कि धर्म क्या है।"

सूतपुत्र ने कहा : "आर्य्य! धर्म का प्रश्न तो बड़ा विचित्र है। पहले की-सी शांति नहीं रही। जो भी ब्राह्मण धर्म वास्तव में जीवित है वह कुरुक्षेत्र में है, या फिर पूर्व में मिथिला और काशी में। मैंने तो जगह-जगह यात्रा की है। भिन्न-भिन्न स्थलों पर स्वयं आर्य्य ही अनार्य्य देवताओं के बहुत बड़ी संख्या में उपासक होते जा रहे हैं।[1] इस समय तो सत्य धर्म की ही व्याख्या आवश्यक है।"

कुलपति शौनक ने भारी स्वर में कहा : "सूतपुत्र! मुझे ऐसा लगता है कि सब कुछ उच्छृङ्खल हो रहा है। दैव का प्रकोप है। चारों ओर से जैसे धर्म उठ रहा है। क्षत्रियों में तो

---

1. हमने ब्राह्मण ग्रन्थों से पहले जो वास्तविक चित्र होगा, उसकी कल्पना की है। प्रस्तुत महाभारत ग्रन्थ इस युग के बाद जो जातियों की अंतर्भुक्ति हुई है, उसे प्रकट करता है। क्योंकि ब्राह्मण ग्रन्थों में वह प्राप्त नहीं है, अत: यह अंतर्भुक्ति उस युग के बाद ही की है। ब्राह्मण ग्रन्थों (शतपथ, तैत्तिरीय, ऐतरेय, आदि) में आर्य्य कर्मकाण्ड में ही अधिक तन्मय मिलते हैं। उपनिषदों में कर्मकाण्डों की दार्शनिक व्याख्या है। वर्तमान महाभारत ग्रन्थ का स्वरूप उपनिषदों के बाद ही अपना आकार ग्रहण कर सका है, अत: उसमें अनेक सम्प्रदायों, जातियों की अंतर्भुक्ति प्राप्त होती है। उसे बाद के ही युग की वस्तु समझना चाहिए। षड्दर्शनों का विकास करके पल्लवित होना भी परवर्तीकालीन समझना चाहिए। बोंगजकोई के लेखों को भी प्रस्तुत युग के बाद का ही समझना उचित है। कृष्ण के बाद बुद्ध तक के दीर्घ समय में अनेक परिवर्तनों में ही यह भी हुआ था।

बड़ी व्याकुलता दिखाई देने लगी है। जनमेजय का अश्वमेध सफल ही नहीं हुआ। अब जनमेजय ही नहीं रहे। कुरुवंश ही क्षीण हो गया। पता नहीं होगा क्या।"

वे सब चिंताग्रस्त हो उठे।

उग्रश्रवा ने कहा : "आर्य्य ! मनुष्य क्या चाहता है और देव क्या चाहता है, यह कौन जान सकता है। सुनिए मैं आपको एक कथा सुनाता हूँ।"

सब सुनने लगे।

[3]

जब उग्रश्रवा अपनी कहानी सुना चुका तब उसके मुख पर अधिक उत्सुकता थी। कुलपति शौनक ने कहा : "सूतपुत्र !"

"आर्य्य !" उसने विनीत स्वर से कहा।

कुलपति शौनक ने कहा : "उग्रश्रवा ! फिर क्या हुआ ! जरासंध निरंकुश सम्राट् था। जब उसकी कन्याएँ अस्ति और प्राप्ति यादव अंधक कंस को ब्याही गईं तो कंस ने अपने पिता को बन्दी कर लिया और गण की जगह अपने श्वसुर का-सा ही निरंकुश साम्राज्य बना लेने का प्रयत्न किया। उसने अनार्य्य राजाओं से मित्रता की। किन्तु कृष्ण के नेतृत्व में यादवों के समस्त कुलों में ऐक्य हो गया और उन्होंने फिर से गण स्थापित किया। आगे क्या हुआ ?"

उग्रश्रवा ने कहा : "हे महर्षि ! अस्ति और प्राप्ति ने जब अपने पति कंस को जन-बल के सम्मुख मारा जाते देखा तो वे भाग चलीं और मथुरा से बहुत दूर सीधी जाकर वे पिता के पास मगध में गिरिव्रज नामक नगर में पहुँचीं, जहाँ जरासंध अपनी निरंकुश सत्ता में मदांध था।

"जरासंध ने देखा तो उसकी आँखें आश्चर्य से फट गईं।

" 'पुत्री !' वह पुकार उठा।

"अस्ति और प्राप्ति विह्वल होकर रोने लगीं।

" 'जामाता कहाँ है ?'

" 'विद्रोहियों ने मार डाला।'

" 'मार डाला !' जरासंध पीछे हट गया। उसे जैसे विश्वास नहीं हुआ। उसने फिर कहा : 'और कंस के मित्र राजा ?'

" 'उनका यादवों ने गोष्ठों और वनों में गोपों से मिलकर छल से वध कर दिया। यमुना-तीर के कालिय नागवंश को भी भागना पड़ा। उनको बचानेवाला कोई न था।'

" 'वासुकिवंशी नाग किधर हैं ?'

" 'वे आर्य्य यादवों की ओर हैं।'

" 'और,' प्राप्ति ने कहा, 'यादव एक दिन सम्पूर्ण पृथ्वी को जीतने की कल्पना में रत हैं।'

"जरासंध हँसा। उस हास्य में व्यंग्य था, विद्रूप था।

" 'तो,' उसने सिंहासन के हत्थे पर अपनी बलिष्ठ मुट्ठी कसते हुए कहा, 'मैं इस पृथ्वी

पर एक भी यदुवंश नहीं रहने दूँगा।'

"मंत्री ने झुककर पूछा : 'सम्राट !'

" 'युद्ध !' जरासंध ने गरजकर कहा।

" 'देव ! मथुरा बहुत दूर है।'

जरासंध ने मुड़कर देखा। उसकी दृष्टि में उपेक्षा थी, तिरस्कार था।

" 'जरासंध की वाहिनी के सैनिक यदि बगल-बगल में खड़े हों तो वे शृंखला बनकर सारी पृथ्वी को बाँध लेने की सामर्थ्य रखते हैं।'

" 'जानता हूँ प्रभु !' मंत्री ने विनीत स्वर से कहा। उसकी आँखों में एक भयसिक्त घृणा थी, जो कोनों में दुबक गई थी और अस्ति और प्राप्ति की ओर देखते समय ललक उठती थी। उसने फिर कहा : 'मार्ग में अनेक अपरिचित राज्य हैं।'

" 'ठीक है,' जरासंध ने कहा, 'इस बहाने कई कार्य चल सकते हैं। मित्र राजाओं को सूचना दो। जितनी अक्षौहिणी सेना एकत्र हो, इकट्ठी करो। हम इस भूखण्ड की सबसे बड़ी शक्ति यादवगण को यदि पराजित कर सके तो फिर अखंड गौरव स्थापित हो सकेगा।'

"मंत्री सहज दबनेवाला न था। उसने अपनी वृद्ध भृकुटियों पर बल देकर कहा : 'प्रभु ! उत्तर में ही कुरु-पञ्चाल के दुर्धर्ष प्राचीन राज्य हैं। कुरुओं में तो एक अंधा गद्दी पर है, परन्तु उसके साथ गांगेय भीष्म हैं, द्रोण हैं, और आयुधधारी ब्राह्मण कृप हैं। उसकी शक्ति भी काफी है। पञ्चालों में सृञ्जय गण बड़ा भयानक है। पञ्चालों का मित्र है।'

"जरासंध ने कहा : 'मंत्री ! कामरूप और करुष, चेदि तथा बंग के सारे शासक हमारे मित्र हैं। वे तो आक्रमण कर नहीं सकते। रही कुरुओं की बात। मेरे चरों ने बताया है कि वहाँ भी आपसी वैमनस्य बढ़ रहा है। धृतराष्ट्र के पुत्र शक्ति एकत्र कर रहे हैं और इधर पाण्डु, वह जो इससे पहले राजा था, उसके पुत्र अपनी जगह बना रहे हैं। इस समय कोई विशाल शक्ति नहीं है। अब तक मैं सोचता था कि पूर्व में मेरा साम्राज्य हो और पश्चिम में मेरे जामाता कंस का, किंतु अब मुझे ही उसका भी बदला लेना होगा। जितने अधीन राजा हैं, सबसे सेना मँगाओ। मगध की शक्ति सबके पीछे रहे।'

"मंत्री ने फिर कहा : 'देव ! यादव इस समय एक हो रहे हैं।'

" 'ठीक है,' जरासंध ने हाथ उठाकर कहा, 'लेकिन मेरी शक्ति !'

"उसने कुछ कहा नहीं। मंत्री सिर झुकाकर चला गया। अस्ति और प्राप्ति भी माता के पास प्रासाद में चली गईं। युवराज सहदेव अभी बालक था। वह खेल रहा था। जरासंध अनेक प्रकार की कल्पनाएँ करता हुआ बैठा रहा। आज उसने न मदिरा पी, न किसी सुन्दरी का आलिंगन ही किया। वह बलिष्ठ भीमकाय व्यक्ति आज नए विचारों में था। सारा राज्य समझता था कि जरा राक्षसी नामक उपदेवी के प्रसाद से ही वह प्राप्त हुआ था। मगध अनार्य्य देश था। यद्यपि आर्य्य और अनार्य्यों की संस्कृति इतनी परस्पर घुल-मिल गई थी कि भेद करना कठिन था, फिर भी आर्य्यों में अभी यक्ष-पूजा और राक्षस देवी-देवताओं की पूजा इतनी अधिक मान्य नहीं थी, जितनी अनार्य्यों या अनार्य्यों से घोरतर प्रभावित आर्य्यों में।"

उग्रश्रवा ने कहा : "महर्षियो ! सचमुच जरासंध अपनी विशाल वाहिनी लेकर मथुरा की ओर चल पड़ा। उसके सैनिक मार्ग के राज्यों को कुचलते बढ़ते जाते। बहुत दिनों से कोई

इतनी बड़ी सेना मगध से नहीं निकली थी। विभिन्न देशों और राज्यों की सेना के मिल जाने से वह सेना विचित्र वृक्षों के कारण विभिन्न रंगवाले वन के समान दिखाई देती थी। मार्ग के राज्यों ने कर दिए, भेंट दी, जो अकड़ा वह मिटा दिया गया। यादवों पर आक्रमण के बहाने से जरासंध ने मार्ग के समस्त राज्यों को लूटा। और इस प्रकार उसने दक्षिण काशी, दक्षिण कोसल, पञ्चाल के दक्षिण-भूभाग, वत्स, दशार्ण, यकृल्लोमान तथा मत्स्य को जीत लिया और उत्तर में गंगा-यमुना के प्रदेश से भी मथुरा को घेर लिया। केवल ऋक्षवान पर्वत और चर्मण्वती नदी के बीच का भू-भाग वनों से भरे मार्गवाला होने से उसके पूर्ण आधिपत्य में नहीं आ सका। पीछे पूर्व में प्राग्ज्योतिष, मणिवान्, अंग, वंग, पौंड्र आदि जरासंध के मित्र थे। मिथिला, उत्तर-पूर्व कोसल से नैमिषारण्य तक उसका आतंक था, उत्तर में कुरु भूमि में भीष्म सजग दृष्टि से उसकी गतिविधि को देख रहे थे, काम्यक वन के उत्तर में त्रिगर्त्त के पार गंधर्व तथा अन्य जातियाँ चौकस थीं। कलिंग के मित्र राज्य के द्वारा जरासंध ने दक्षिण के राज्यों के भी कान खड़े कर रखे थे।

"मथुरा नगर के घिर जाने पर कृष्ण चिंतित हो गए। उन्होंने अवन्तीपुर काश्यपगोत्री सांदीपनि नामक आचार्य से विधिपूर्वक आर्य्य-परम्परा से कठोर नियमित जीवन व्यतीत करके शिक्षा पाई थी। इसके उपरान्त वे तपोवन में ऋषि घोर आंगिरस से पढ़े थे। अभी आकर वे महारथी बने ही थे कि यह संकट आ गया। किंतु यादव एक थे। सभा जुड़ी। राजा उग्रसेन ने गण के राजाओं को समस्त परिस्थिति बताई।

"यादवों का मथुरा नगर मस्त रहनेवालों का नगर था। वहाँ क्षत्रियों का प्रभुत्व था। गानविद्या और मदिरा, युद्ध और विलास इनके अद्‌भुत सामंजस्य ने वहाँ के लोगों को जीवन के प्रति उपेक्षा से देखना सिखा रखा था।

"वहाँ के तरुण भाँति-भाँति के बाजे बजाना जानते थे। नृत्यप्रिय लोगों की नाट्य में रुचि थी। चित्रकला में उन्हें आनंद आता। बेल-बूटे बनाना, चावल और पुष्पादि से पूजा के उपहार की रचना करना, फूलों की सेज बनाना; दाँत, वस्त्र और अंगों का रँगना, मणियों का फर्श बनाना, शय्या-रचना, कान और चोटी के लिए फूलों के गहने बनाना, हार, माला आदि बनाना, कपड़े और गहने बनाना, फूलों के आभूषणों से शृंगार करना, कानों के पत्तों की रचना करना, सुगंधित इत्र आदि बनाना, तरह-तरह के खाने की वस्तुएँ बनाना, पेय बनाना, सूई का काम करना, पहेली बूझना, समस्यापूर्ति, नाटक, आख्यायिका आदि की रचना करना आदि वहाँ के विलासी युवक और युवतियों का प्रिय कार्य था। सभा में जिन दुर्मद यादवों का संघ हुआ, वे जल को बाँध देना, विचित्र सिद्धियाँ दिखलाना, जादूगरी के काम, वेष-परिवर्तन का कौशल, हस्तलाघव, कूटनीति, ग्रन्थ पठन-चातुर्य, पट्टी, बेंत, बाण आदि बनाना जानते थे। उनमें से कुछ कठपुतली बनाकर नचाते थे और छद्मवेष धारण करके शत्रु की खोज-खबर लाने में समर्थ थे। कोई बढ़ई की कारीगरी, कोई इमारत आदि बनाने की कारीगरी, कोई सोने-चाँदी आदि धातु और हीरे-पन्नों आदि रत्नों की परीक्षा, खानों की पहचान, वृक्षों की चिकित्सा, सोने-चाँदी के रंग की धातु बनाना, मणियों के रंग को पहचानने में कुशल थे। वे जो कि अवकाश में भेड़ा, मुर्गा, बटेर आदि को लड़ाते थे, तोता-मैना आदि की बोलियाँ बोलते थे, केशों की सफाई के कौशल में प्रवीण थे, म्लेच्छ काव्यों को समझते थे, विभिन्न देश की भाषाओं का ज्ञान प्राप्त

करते थे, या उच्चाटन की विधि, मुट्ठी की चीज या मन की बात बताने का चातुर्य दिखाते थे, अपशकुनों-शकुनों का निर्धारण करते थे, प्रश्नों के शुभाशुभ बताते थे, और सांकेतिक भाषा बनाने, नाना प्रकार के मातृका यन्त्र बनाने, रत्नों को नाना प्रकार के आकारों में काटने, मन में कटक रचना करने, नई-नई बातें निकालने में रहते थे, वे अब युद्ध के आवेश में एकत्र थे। सभा में स्त्रियाँ नहीं थीं। वे जो कि समस्त छंदों का ज्ञान रखते थे, छल से काम निकालने में चतुर थे, कोशों का ज्ञान रखते थे, वस्त्रों को छिपाने या बदलने की विद्या जानते थे, द्यूत क्रीड़ा में मत्त रहते थे, दूर के मनुष्यों को आकर्षित करते थे, बालकों के खेलों में समय बिताते थे, वे जो युद्ध के लिए तत्पर रहते थे तो थे ही, वे भी आज सभा में आए थे जो अपने को मन्त्रवादी-विजय प्राप्त करानेवाली विद्या में पारंगत और प्रेतों को वश में रखने की शक्ति अपने में रखनेवाले समझते थे।

"उच्च कुल के वे क्षत्रिय आज जब घंटे की आवाज पर आ गए, तब गण के राजाओं ने संकटकालीन परिस्थिति को समझाया। दास-दासियों से मुख्य काम कुलीनों ने तुरंत अपने हाथों में ले लिये। स्त्रियाँ भी सन्नद्ध हो गईं। वेश्याओं के आमोद भवन और मदिरा बेचने की दूकानें बन्द हो गईं। केवल सेनाओं के पास अपने को उत्साहित करने को पीनेवाली मदिरा रह गई।

"कृष्ण ने सुनकर कहा : 'गण सुने। जरासंध अकेला नहीं है। वह अनेक आर्य्य और अनार्य्य राजाओं की सेना भी साथ लाया है। उसने प्रायः सबको जीत लिया है। वह कंस के बदले की आड़ में आया है। जिस समय मेरे जन्म से पूर्व यादवों ने उसकी पुत्रियों का मातुल कंस से विवाह कराके यह सोचा था कि पूर्व के इस निरंकुश सम्राट् से संधि स्थापित हो जाएगी, तब से वह भूल गए थे कि स्वयं यादवों में ही यह निरंकुशता की दुर्निवार तृष्णा जाग उठेगी।'

"बलराम ने कहा : 'कृष्ण!'

" 'अग्रज!'

" 'वह विगत कथा है।'

" 'अग्रज, विगत में से ही वर्तमान निकला है।'

"राजा उग्रसेन ने टोका : 'राजा कृष्ण! राजा बलराम!'

" 'महाराज!' दोनों ने विनीत स्वर से कहा।

" 'इस समय शत्रु के दमन का प्रश्न है।'

" 'आर्य्य, युद्ध होना चाहिए,' कृष्ण ने कहा, 'परन्तु...'

"सब चौंक उठे। 'परन्तु क्या?' आर्य्य देवक ने पूछा।

" 'मातामह!' कृष्ण ने कहा, 'इस युद्ध में कौशल की आवश्यकता होगी। जरासंध की शक्ति उसमें नहीं है, वास्तव में उस निरंकुश राज्यसत्ता की व्यवस्था में है, जो इस समय कुरुओं में भी बढ़ती जा रही है। उत्तर के गांधारगण का होते हुए भी शकुनि इस समय राजा धृतराष्ट्र पर प्रभाव डाल रहा है और कूटनीतिज्ञ कुणिक की विचारधारा तो आपने सुनी ही है। मैंने आर्य्य अक्रूर को हस्तिनापुर भेजकर सारे समाचार जान लिये हैं। इस समय गणों में यादव ही सबसे सशक्त हैं। वे ही सबको बचा सकते हैं। यदि कुरु हमारी ओर हों तो हम सदा के

लिए इस निरंकुश राज्यसत्ता की व्यवस्था मिटा सकते हैं। हम एक ऐसा सुखी विशाल राज्य बना लेंगे जहाँ फिर कोई अत्याचार नहीं कर सके। यही मेरा स्वप्न है। उस राज्य में सब कोई स्वतन्त्र हो, और केन्द्रीय सत्ता को सहायता देकर भी कोई उसका दास नहीं हो, ऐसा राज्य ही हमें बनाना होगा। आर्य घोर आंगिरस से प्राप्त शिक्षा ने मुझे इसी ओर प्रेरित किया है। हमें व्यक्ति के बंधन से ऊपर उठकर न्याय और अन्याय की परख करनी होगी। निरंकुश राज्यसत्ता केवल स्वार्थ देखती है। यादव किसी पर आक्रमण नहीं करते। गण किसी राज्य को अधीन नहीं करता। इस समय इसीलिए हमें जरासंध की शक्ति नष्ट करनी होगी, किन्तु जरासंध को जीवित ही छोड़ना होगा।'

"सभा में सनसनी मच गई। 'यह कैसे, यह कैसे' का कोलाहल-सा मचा।

"आर्य्य उद्धव ने खड़े होकर कहा : 'महाराज गणाधिपति उग्रसेन और सम्मानित गण सुनें। मैं महारथी कृष्ण से सहमत हूँ।'

"उग्रसेन ने सफेद कोयोंवाली आँखें घुमाकर कहा : 'आर्य उद्धव स्पष्ट करें।'

"उद्धव ने कहा : 'देव ! मैं अभी गोपों में होकर लौटा हूँ। वे कृष्ण के बिना विह्वल हैं; किंतु वे इस बात से प्रसन्न हैं कि एक दिन जिन यादवों ने उन्हें बंधुत्व दिया, उन्होंने भी संकट में यादवों का पुत्र पालकर उस अहसान का बदला चुका दिया। वे कृष्ण को महान् मानते हैं। मैं भी मानता हूँ।'

"आर्य्य देवक ने कहा : 'उद्धव ! तर्क की बात करो। तुम शिक्षित हो।'

" 'आर्य्य !' उद्धव ने कहा, 'कृष्ण ने ठीक कहा है। मैं कहने ही वाला था। जरासंध बहुत दूर से आता है। उसकी अपनी सेना कम रहती है। बाकी की सेना अन्य राज्यों की है। वे सैनिक भाड़े पर आते हैं। उन्हें वीरता का प्रयोजन नहीं। किन्तु इस प्रकार जो वे नष्ट होंगे जो जरासंध बार-बार अपना बल दिखाने को इन निरंकुश राज्यों की सेनाएँ कटवाने को लाएगा, घर में बैठे हम आराम से सबका सर्वनाश कर सकेंगे। यादव कृषक सन्नद्ध हैं। चारों ओर आग लगाकर वे सेना के खाने योग्य कुछ भी नहीं छोड़ेंगे।"

" 'साधु ! साधु !' सभा ने कहा।

"उद्धव ने कहा : 'और इसीलिए मैं गण से प्रार्थना करता हूँ कि कृष्ण और बलराम को आज से अतिरथी घोषित किया जाए और जरासंध-युद्ध की सब बागडोर इन्हीं के हाथ में सौंप दी जाए।'

"उग्रसेन ने कहा : 'गण सुनें : मैं शलाका (वोट की लकड़ियाँ) बँटवाता हूँ। गण निर्णय दे।'

"चुनाँचे चुनाव हुआ। कृष्ण और बलराम ही सेनापति नियत किए गए। वे अतिरथी कहलाए। और अब युद्ध आरम्भ हो चला।"

उग्रश्रवा ने लम्बी साँस खींचकर कहा : "हे महर्षियो ! कृष्ण के रथ पर गरुड़ध्वज था और बलराम का रथ तालध्वज धारण करता था। बलराम का प्रिय आयुध मूसल था और कृष्ण चक्र फेंकने में कुशल थे। उन्होंने कवच धारण किए और अपनी-अपनी सेनाएँ लेकर नगर से निकले। कृष्ण ने अपना प्रसिद्ध पाञ्चजन्य नामक शंख बजाया। रणदुर्मद कृष्ण का वह शंखनिनाद सुनकर जरासंध की सेना में से भेरी-घोष होने लगा। दोनों ओर के घोड़े

हिनहिनाकर धरती खूँदने लगे। नरसिंहों की आवाजें सुनकर हाथियों ने चिंघाड़ उठाई और भारी स्वर से बजते नगाड़ों का शब्द योद्धाओं के कठोर हृदयों को धकधकाने लगा। वारुणी का अंतिम प्याला पीकर रक्तिम नेत्रों से जब गोरे रंग के महाबली बलराम ने देखा, उस समय अपने रथ पर जरासंध आगे बढ़ता दिखाई दिया। उसे बढ़ते देख कृष्ण और बलराम ने भी रथ आगे बढ़ाया। दोनों ओर की सेनाओं ने उन वीरों के रथों को बीच मैदान में एक-दूसरे के सामने कुछ फासले पर देखा।

"जरासंध ने गर्जन किया : 'नराधम कृष्ण! तू तो अभी निरा बच्चा है। अकेले तुझसे द्वन्द्वयुद्ध करते हुए मुझे लज्जा आ रही है। इतने दिनों तक तू न जाने कहाँ छिपा-छिपा फिरता था। और मन्द! तू तो अपने मामा का हत्यारा है। इसलिए भी मैं तेरे साथ नहीं लड़ सकता। जा, मेरे सामने से भाग जा! हत्यारा कहीं का! बलराम! यदि तेरे चित्त में यह श्रद्धा हो कि युद्ध में मरने पर स्वर्ग मिलता है तो तू आ। साहस इकट्ठा करके मुझसे युद्ध कर। मेरे बाणों से छिन्न-भिन्न होकर तू स्वर्ग जा, या शक्ति हो तो तू ही मुझे मार डाल!'

"कृष्ण ने कहा : 'मगधराज! प्रजा साक्षी है कि कंस अत्याचारी था।'

" 'नहीं,' जरासंध ने कहा, 'वह वीर था। राजा यही करते हैं।'

" 'राजा निरपराध अबोध शिशुओं की भी हत्या करते हैं मगध के वीर?'

"जरासंध चिल्लाया : 'कृष्ण! तू गोप है। कंस के दास! तू राजाओं के आचरण को नहीं समझता। उनका क्रोध और प्रसन्नता देवताओं के क्रोध और प्रसन्नता की भाँति होती है। राज्य के स्वामी को अधिकार है कि वह अपने शत्रुओं के अंतिम बीज तक निःशेष कर दे।'

"कृष्ण ने कहा : 'मगधराज! आ पौरुष दिखला। मृत्यु तेरे सिर नाच रही है। सन्निपात के रोगी की भाँति बक-बक मत कर।'

"उस समय जरासंध ने अपनी सुदृढ़ भुजा उठाकर गर्जन किया : 'वाहिनी आगे बढ़े।'

"घमासान युद्ध प्रारम्भ हो गया। मथुरापुरी की छतों पर स्त्रियाँ युद्ध देख रही थीं। कृष्ण और बलराम के रथ दीखना बन्द हो गये। स्त्रियाँ मूर्च्छित हो-होकर गिरने लगीं। हाहाकार मच गया। कोलाहल से दिशाएँ फटने लगीं।

"सहसा कृष्ण के शार्ङ्ग धनुष की टंकार सुनाई दी। यादवों ने गर्जन किया : 'श्रीकृष्ण की जय।'

"योद्धा प्रचण्ड भुजदण्डों में रक्त के प्यासे खड्ग लेकर ललकारते हुए टूटे। मागध वीरों ने धनुष पृथ्वी पर टेक दिए थे और उन्हें खींचकर बाणों की वर्षा की। यादवों के सामने भीत-सी आ गई।

"तब कृष्ण के सारथि दारुक ने रथ को भगाकर बगल में कर लिया और कृष्ण ने इंगित किया। यादवों ने तीन दलों में बँटकर जरासंध की सेना पर आक्रमण किया। बगलों पर मार पड़ी, तो चतुरंगिणी मागध सेना तिलमिला गई। लम्बी यात्रा से थके सैनिक उस वार को न झेल सके। हाथी भाग चले और उनसे पैदल सेना रुँदने लगी। जब हाथी मरकर गिरते तो कई लोग दबकर मर जाते। बाणों की मार से शार्ङ्गधन्वा कृष्ण ने घोड़ों के ऊपर अलातचक्र-सा फिरा दिया। तुमुल रणनाद से विक्षुब्ध पृथ्वी पर लहू की धाराएँ बहने लगीं। ध्वजा, घोड़े, सारथि और रथियों के नष्ट हो जाने से बहुत-से रथ बेकाम हो गए। जिस सेना के पाँवों से

उड़ी धूल से प्राग्ज्योतिष से नैमिषारण्य तक ढंक गया था और संसार की विभिन्न जातियाँ जिसके गर्जन को सुनकर काँपने लगती थीं, उस सेना की आज कसकर पिटाई हो रही थी। मदांध निरंकुश शासक जरासंध की भाड़े की सेना क्षत्रिय गण के वीरों के सामने लरजने लगी, हाहाकार से आकाश फटने लगा। यहाँ लोहे के लिए लहू था, लहू के लिए धूल और धूल के लिए भीषण आर्त्त निनाद। उस समय रक्त की जैसे नदी बहती जान पड़ी। उस नदी में मनुष्यों की भुजाएँ साँप की-सी जान पड़ती थीं और मुण्ड इस प्रकार लगते थे जैसे कछुओं की भीड़। मरे हुए हाथी द्वीप जैसे और घोड़े ग्राहों के समान जान पड़ते थे। उस नदी को देखकर कायरों के हृदय दरकने लगे।

"संन्ध्या आने लगी थी। उस समय युद्धभूमि में घोर संहार हो चुका था। यादव चपल व्याघ्रों की भाँति हमला करते और एक जगह टिककर नहीं लड़ते, जिसके कारण मागध सेना व्याकुल-सी हो उठी।

"जरासंध का सारथि मर गया। रथ टूट गया। तब बलराम के सारथि ने रथ बढ़ाया और जिस प्रकार एक सिंह दूसरे सिंह को पकड़ लेता है, वैसे ही बलपूर्वक बलराम ने महाबली जरासंध को पकड़ लिया। जरासंध ने असंख्य वीरों को पराजित किया था, किन्तु बलराम ने उसे वरुणपाश में बाँध दिया।

"यादवों ने अन्तिम वार किया। मागध सेना अपने राजा को छोड़कर भागने लगी। उस रणनाद पर हृदय को हिला देनेवाले पाञ्चजन्य का भी भीमनाद गूँजने लगा और चारों ओर शीघ्र ही शांति छा गई।

"बलराम आगे चला। पीछे सैनिक वरुणपाश में बँधे जरासंध को ले चले।

"कृष्ण ने बढ़कर कहा : 'मगधराज! आज हमने तुम्हारे मुख में धूल भर दी है।'

"यादव वीर ठठाकर हँसे।

"बलराम ने धीर से कहा : 'इसका क्या करना चाहिए?'

"कृष्ण ने कहा : 'इसको छोड़ दो अग्रज!'

" 'छोड़ दूँ?'

" 'आश्चर्य न करो अग्रज! इसका मारना खतरनाक है।'

" 'क्यों?'

" 'अभी इसके पीछे असंख्यों की शक्ति है।'

" 'तो?'

" 'इसके छोड़ने से इसका अपमान है। सारे आर्यावर्त्त में यह संवाद फैलेगा कि महावीर यादवों ने मागधवाहिनी को विनष्ट करके जरासंध को बाँध लिया और फिर उसे प्राणों की भीख दी। इसका गौरव तभी नष्ट हो जाएगा। क्रोध के कारण यह फिर आक्रमण करेगा और हर बार हारेगा, क्योंकि इतनी लम्बी यात्रा में यह कभी भी बिना थके नहीं रहेगा। और जितने देशों में से इसकी सेना उजाड़ करती आएगी, वह सब इसके विरुद्ध हो उठेंगे।'

" 'ठीक कहता है तू।' फिर बलराम ने जोर से कहा : 'मगधराज! जा, मैं तुझे प्राण-दान करता हूँ। चला जा। फिर लौटकर न आना।'

"क्षण-भर कोई न समझा। कृष्ण ने पुकारा : 'अतिरथी बलराम के महान् शौर्य को

देखा। विकराल साँप को पकड़कर उसके विष को उन्होंने निचोड़कर फिर छोड़ दिया है।' कृष्ण हँसे। कहा : 'जरासंध! जा भाग जा। हम लोग बड़े पशुओं का ही शिकार करते हैं। यदि तुझमें बल हो तो एक बार फिर अपनी माँ का दूध लजाने को आना! इस बार मुझे खेद है कि हम तुझ जैसे कायर को जान से मारना नहीं चाहते। इसे खोल दो।' सैनिकों ने जरासंध को खोल दिया। जरासंध अपमानित-सा धूल में गिर गया। यादव अट्टहास करने लगे। बलराम ने मदिरा से प्याला भरकर दो चुस्की लीं।"

उग्रश्रवा ने कहा : "हे महर्षियो! वह समय जरासंध के लिए भयानक प्रमाणित हुआ। उसके नाम से ताम्रलिप्ति तक लोग काँपते थे। दक्षिण में भी उसके नाम का आतंक था। जब उसे सब वहीं छोड़ गए तो वह सिर झुकाए लौट पड़ा। अपमान से उसका हृदय जल रहा था। इच्छा हो रही थी कि वह सब कुछ छोड़कर जंगल में भाग जाए। किन्तु उसे अन्य भागे हुए मागध मिले और फिर भड़काने लगे।

"इस प्रकार जरासंध ने सत्रह बार जीवन की भीख और पराजय पाई, किन्तु अब भी उसकी शक्ति क्षीण नहीं थी। यादवों की शक्ति शूर्पारक तक समुद्र पर्यन्त फैली थी। वे नगर में भी मागध सेना को घुसने नहीं देते थे। उनका कुछ भी नहीं बिगड़ता था। अन्त में तो आर्यावर्त्त के लोग जरासंध पर हँसने लगे, किन्तु उस समय की आर्य्य और अनार्य्य समस्त निरंकुश राज्यसत्तावाली शक्तियाँ उसका साथ दे रही थीं। कुरु और पाञ्चाल अब भी सतर्कता से देख रहे थे। वे बीच में नहीं बोलना चाहते थे, क्योंकि गण-व्यवस्था के वे विरुद्ध थे, और उधर जरासंध आततायी था। उन दोनों का परस्पर लड़कर मिटना उन्हें प्रिय लग रहा था। हे महर्षिगण! मैं स्वयं गणराज्य पसन्द नहीं करता, जैसे कि सिंधु, सौवीर, वाह्लीक, गांधार से लेकर मद्र तक फैले हुए हैं। किन्तु कृष्ण का गण निश्चय ही···" उग्रश्रवा ने कहा, "जरासंध के राज्य से श्रेष्ठ था।"

"हे महर्षिगण! आप तो जानते ही हैं कि गांधार के पास बाह्लीक प्रदेश है, जहाँ की जातियाँ ब्राह्मण-विरोध में तत्पर रहती हैं। वे जातियाँ वास्तव में असुरादि की सन्तान हैं और उनमें से यद्यपि कई लोग इंद्र, और नासत्य की उपासना करते हैं परन्तु उनमें वर्ण-व्यवस्था भी नहीं है। उनके भी उत्तर-पश्चिम में अनेक जातियाँ हैं जो इंद्रोपासक तो हैं किन्तु उनका आचरण दूषित है। वे जातियाँ अपने आचरण के कारण म्लेच्छ हैं। उन्हीं में कालयवन नामक एक वीर राजा हुआ। वह बड़ा ही महत्वाकांक्षी था। उसने भरतखण्ड पर आक्रमण किया। उसकी विशाल सेना का भार गांधार के नाग, गंधर्व, मानव और मद्र के गण भी नहीं झेल सके। वह सीधा यमुना-तीर पर बसी मथुरा की ओर मुड़ा। इधर कालयवन था, उधर अट्ठारहवीं बार जरासंध अपने साथ अपने मित्र और अधीन राजाओं की सेनाएँ लेकर पूर्व से आने लगा। चरों ने सम्वाद दिया कि बस अब जरासंध भी कल या परसों में आना ही चाहता है।

"श्रीकृष्ण ने कहा : 'अग्रज! दोनों ओर से शत्रु दबाव डालेगा तो क्या यादव अपनी रक्षा कर सकेंगे?'

"बलराम सोचने लगे। कहा : 'अतिरथी कृष्ण! यह तो सम्भव नहीं जान पड़ता!'

" 'तब?'

" 'युद्ध करना ही होगा।'

" 'युद्ध का परिणाम क्या होगा?'

" 'जो दैव को स्वीकार हो।'

"कृष्ण ने हँसकर कहा : 'युद्ध का कौशल तो यही बताता है कि जब दोनों ओर से दो बैल आक्रमण करें तब बीच से हट जाना चाहिए और उन्हें आपस में लड़ने का अवसर देना चाहिए।'

" 'तो क्या तुम्हारा मतलब मथुरा छोड़ने से है!'

" 'निश्चय।'

" 'यह कैसे हो सकता है? मथुरा की ईंट-ईंट में यादवों का प्यार निहित है।'

" 'ठीक है अग्रज! किन्तु इससे भी बड़ी चीज यादवजाति है। मैं व्यर्थ ही प्रजा को कटवा देने के पक्ष में नहीं हूँ।'

" 'तो इससे क्या आर्य्यों में हँसी न होगी?'

" 'हँसनेवाले तो हँसने के लिए हँसते हैं अग्रज! संसार निर्बल को देखकर हँसता है। जब हम सशक्त होंगे तो हँसनेवाले के दाँत ही तोड़ दिए जाएँगे। फिर हमारा सत्रह बार हारा हुआ शत्रु फिर लौटकर आ रहा है। वह इतना बड़ा सम्राट् है। आखिर क्या युद्ध में प्राणदान लेकर लौटने पर उसका अपमान नहीं होता?'

" 'ठीक है,' बलराम ने कहा, 'किन्तु फिर जाएँगे कहाँ?'

" 'क्यों?' कृष्ण ने कहा, 'सात्वत यादवों का द्वारका नगर समुद्र-तीर पर स्थित है ही। वहाँ कुछ दुर्ग भी हैं। उनकी मरम्मत कराना भी सरल है। वहाँ यादवों का गढ़ है। उत्तर में यहाँ हमें नित्य आक्रमण झेलने पड़ते हैं। वहाँ दूर-दूर तक यादव बसे हैं।'

"बलराम सोचने लगे। और जब सभा में यह विवाद उठा, तब कृष्ण की सलाह सबने स्वीकार की। तुरन्त महानगर खाली होने लगा। वह कितनी बड़ी हलचल थी! तीन दिन में ही सारा महानगर सूना हो गया : जहाँ विलास होता था, वहाँ नीरवता साँय-साँय करने लगी। जहाँ दासी और दासियों के परिश्रम का पसीना गिरता था, जहाँ दुर्मद सैनिक मदिरा पीते थे और नग्न युवतियाँ नृत्य करती थीं, जहाँ कुलीन क्षत्रिय और क्षत्राणियाँ रथों पर बैठकर निकलते थे, जहाँ व्यापारी अपने बैलों और खच्चरों को लादकर लाते थे, जहाँ कभी-कभी शंकित-से ब्राह्मण घूमते दिखाई देते थे, और जहाँ विभिन्न जातियों के विचारक, श्रमण, अभिचारक, ऐन्द्रजालिक और मुनि चलते थे, जहाँ ऋषभदेव के अनुयायी जीवों पर दया की दुहाई देते थे, और बकरे की खाल ओढ़नेवाले व्रात्य आया करते थे, जहाँ खेतों में काम करनेवाले शूद्र अपने अन्न को बेचने आते थे, उन पथों पर अब पूर्ण और भयावनी निस्तब्धता छा गई थी।

"सामग्री और पशु तथा मनुष्यों से विहीन नगरी जगह-जगह आग लगाकर खण्डित की हुई थी, तथा जहाँ के कुओं में विष डाला गया था, जहाँ की बावलियाँ ढहा दी गई थीं, ऐसी वीरान नगरी शत्रु के किसी काम की न थी। यादवों ने अपनी शताब्दियों से निर्मित नगरी को छोड़ दिया था, परन्तु यदि वे न छोड़ते तो उनका सर्वनाश हो जाता। उधर द्वारका के यादवों ने मथुरा के यादवों का स्वागत किया। किसी समय जब कि गोदावरी-तीर पर दानवों का राज्य

था और निकट ही महिष्मती में नाग लोग राज्य करते थे, तब असुर इस प्रदेश में रहते थे। उन्होंने समुद्री व्यापार किया थां और दुर्ग बनाए थे। असुरों के वंशों में धीरे-धीरे यदुकुल के आर्य्यों की अंतर्भुक्ति हुई और अन्त में यादव ही बच रहे। वे ही छा गए। अभी भी कुरु-पाञ्चाल के आर्य्य कभी-कभी यादवों के ब्राह्मण धर्म के स्वीकार न करने के कारण, और गण-व्यवस्था के प्रति अपने भीतर छिपी घृणा दिखाने को, यादवों को असुर ही कह देते थे। पारसीक (ईरान) देश की असुरों की उपासक जातियाँ इसीलिए यादवों को थोड़ी-बहुत सहानुभूति का पात्र समझती थीं। उन्हें कालयवन नामक आर्य्य ने दबा लिया था और घुस आया था। कुछ लोग यह भी कहते थे कि पारसीक देश के उत्तर में कोई आभीर नामक जंगली जाति थी, जिसके प्रहारों से व्याकुल होकर कालयवन नई भूमि ढूँढ़ रहा था। द्वारका नगर शीघ्र ही विशाल हो चला।"

उग्रश्रवा ने कहा : "परन्तु जब सब चले गए तब अकेले श्रीकृष्ण रह गए थे। कालयवन संन्ध्या के समय अकेला छद्मवेष धारण करके मथुरा नगर के मुख्यद्वार के पास घूम रहा था। उसकी सेना निकट ही खड़ी थी। श्रीकृष्ण उसी समय बाहर निकल रहे थे।

"दोनों ने एक-दूसरे को देखा।

"कालयवन ने कहा : 'आर्य्य ! यही मथुरा है ?'

"श्रीकृष्ण ने उसे पहचान लिया, क्योंकि उन्होंने पहले ही चरों के द्वारा उसका चित्र मँगवा लिया था।

" 'हाँ,' श्रीकृष्ण ने कहा, 'तुम कौन हो ?'

" 'मैं एक विदेशी हूँ। यहाँ आश्रय चाहता था।'

" 'प्रवेश करो। महानगर उपस्थित है।'

"कालयवन उस द्वार में खड़ा हुआ और जब उसने भीतर की ओर देखा तो दूर-दूर तक खंडहर दिखाई दिए। वह चौंक उठा। उसने कहा : 'आर्य ! क्या मथुरा सूनी है ? यादव यहाँ नहीं हैं ?'

"कृष्ण हँसे। कहा : 'विदेशी ! इधर मथुरा पर इतनी दृष्टियाँ पड़ी थीं कि मथुरावासी अपने अतिथियों के लिए जगह की कमी का अनुभव करने लगे थे। इसी से अतिथिवत्सल यादवों ने इस महानगर को शत्रुओं के लिए ही छोड़ दिया है। तुम आए हो तो आओ। तुम्हारी सेना कहाँ है ?'

" 'सेना ?' विशालकाय कालयवन अचकचा उठा।

" 'हाँ, तुम कालयवन नहीं हो ?'

" 'तो तू कौन है ?' कालयवन ने कहा।

" 'मैं ?' श्रीकृष्ण ने हँसकर कहा, 'एक यादव हूँ। मेरा नाम श्रीकृष्ण है।'

"श्रीकृष्ण ? कालयवन को झटका लगा। वह शीघ्र ही सँभल गया। उसने खड्ग खींचकर कहा : 'तो आ, तू अकेला है तो तुझसे द्वन्द्वयुद्ध करूँगा।'

"श्रीकृष्ण जानते थे कि निकट ही विदेशी सेना है। यदि वह हारेगा तो इसे सेना बुलाने में विलम्ब नहीं होगा। तब इससे यहाँ लड़ना अच्छा नहीं होगा।

"हे महर्षियो ! कृष्ण तो ग्वाले का जीवन व्यतीत कर चुके थे। वे बड़ी तेजी से भाग

सकते थे। उन्होंने इधर-उधर देखा और एक ओर तेजी से भाग चले। कालयवन चकित रह गया। क्षण-भर में ही वह समझ गया कि शत्रु भाग रहा है। वह पीछे भागा। कालयवन चिल्लाया, 'ओ यादव अतिरथी ! तेरा तो मैंने बड़ा नाम सुना था। ठहर तो कायर !'

"किन्तु कृष्ण हिरन की भाँति भाग रहे थे। धीरे-धीरे पृथ्वी पर धमकते पाँवों की गूँज पर अँधेरा पलटें खाने लगा। सामने पर्वत-श्रेणी थी। कृष्ण जाकर एक गुहा में छिप गए। कालयवन भी घुसा। किन्तु उसी समय किसी ने कड़ककर कहा : 'कौन ?'

"हे महर्षियो ! वह व्यक्ति और कोई नहीं, इक्ष्वाकुवंशीय मांधाता के कुल में जन्मा हुआ मुचकुन्द था। वह राजकुमार नई भूमि ढूँढ़ने आया था। कालयवन मारा गया। तब कृष्ण ने बाहर आकर उसे गले से लगाया, और कहा : 'मित्र ! तुम कौन हो ? मैं यादव कृष्ण हूँ।'

"मुचकुन्द ने कहा : 'मैं ऐक्ष्वाकु मुचकुन्द हूँ। जरासंध के आतंक से इधर सहायता लेने आया था, किन्तु मथुरा को उजाड़ देखकर यहाँ टिक गया था।'

"कृष्ण ने कहा : 'प्राचीन कथाएँ सुनानेवाले कहते हैं कि आर्य्य के पूर्वजों ने एक समय इंद्र की रक्षा की थी और आप मोह-निद्रा से ग्रस्त हैं। चारों ओर अत्याचार उबल रहा है। आप जानते हैं आपने किसका वध किया है ?'

" 'नहीं।'

" 'यह कालयवन था !'

" 'कालयवन ? उत्तर का म्लेच्छ आक्रमणकारी ?'

" 'हाँ।'

"मुचकुन्द ने कहा : 'आर्य्य ! अब ?'

" 'अब आप अपने क्षत्रित्व को जाग्रत करें। इस पृथ्वी पर दीनों की रक्षा करनी होगी मित्र ! आपने अनेक पशुओं का शिकार किया होगा, अब अत्याचारी राजाओं का करना होगा।'

" 'करूँगा,' मुचकुन्द ने कहा, 'मैं भागूँगा नहीं। मैं फिर जरासंध के विरुद्ध युद्ध करने को शक्ति एकत्रित करूँगा।' इसके बाद मुचकुन्द तो उत्तर-पूर्व की ओर चला गया, परन्तु कृष्ण पर्वत में छिपी अपनी सेना के पास गए और वे धीरे-धीरे शत्रु को घेरने लगे।

"अब तक कालयवन की सेना ने मथुरा को पूरी तरह से घेर लिया था और रात के समय जगह-जगह अलाव लगाए सैनिक कटिबन्ध खोले कहीं गाते, कहीं खाना बनाते बैठे थे। वे उत्तर के पहाड़ी प्रांत से आए थे और उन्हें मथुरा की गर्मी व्याकुल कर रही थी। उसी समय यादवों ने उन पर आक्रमण किया। यवन-सेना अपनी रक्षा नहीं कर सकी। असंख्यों का संहार हुआ और कुछ भाग निकले। इस प्रकार शत्रु का पूर्ण विध्वंस हुआ।

"तब पर्वत से आकर बलराम भी कृष्ण से मिले। मनुष्यों और बैलों पर यवन सेना के लूटे हुए धन को लादा गया और द्वारका की ओर भेज दिया गया। कृष्ण और बलराम खड़े ही थे कि सामने से उड़ती धूल दिखाई दी। ये लोग सँभल भी न सके थे कि रथ सेना के साथ जरासंध आ गया। यवन सेना का लूटा धन लेकर जानेवाले मनुष्य डर से सब वहीं छोड़कर भागे, क्योंकि कृष्ण और बलराम भागने लगे थे। जरासंध ठठाकर हँसा और उनका पीछा करने लगा। कुछ दूर पर प्रवर्षण पर्वत था। कृष्ण और बलराम उसी के जंगल में छिप गए।

जब जरासंध के सैनिक उन्हें नहीं ढूँढ़ सके तो जरासंध ने उस वन में आग लगवा दी और लौट गया। उसने सोच लिया कि वे दोनों जल मरे। किन्तु वे दोनों तो आग लगने के पहले ही रात्रि के अंधकार में जरासंध की सेना के घेरे को वेधकर चुपचाप चोरों की तरह निकल गए थे। वे द्वारका नगर के पथ पर चल पड़े थे और इधर यवन सेना और मागध सेना दोनों ही पराजित-सी लौट रही थीं। केवल जरासंध को यह भ्रम था कि उसने शत्रुओं का ध्वंस कर दिया था।"

कुलपति शौनक ने कहा : "सूतपुत्र! तुम तो अद्भुत कथावाचक हो। कितना विकराल समय था वह और उस समय कुरु-पञ्चाल में राज्यवर्ग क्या कर रहा था?"

"हे महर्षि,' सूतपुत्र ने कहा, "आर्य्य भीष्म उस समय चुपचाप गतिविधियाँ देख रहे थे।"

"तो कृष्ण का समय तो बड़ा संकटपूर्ण था।"

"क्यों नहीं? विदेशियों के आक्रमण ने तो उत्तर को जला ही डाला था। और जरासंध के आक्रमण से तो प्रजा अकुला उठी थी। किन्तु गणव्यवस्था की निर्बलता को कृष्ण जानते थे। गण तो गोत्रों के आधार पर थे।"

"तो क्या एकतंत्र में गोत्र कुल का शासन नहीं था?"

"था तो, किन्तु उसमें एक सहूलियत थी।"

"वह क्या?"

"देश एक हो जाता था। गणवाले जीतकर भी नए राज्य को आत्मस्थ नहीं कर पाते थे।"

"यह तो था," कुलपति शौनक ने कहा, "मैं तो यही सोचता हूँ सूतपुत्र! बसा-बसाया महानगर छोड़ देना क्या सहज था? फिर छिपकर पर्वतों में सेना का रहना और विदेशी का सर्वनाश करना, जरासंध की सेना का प्रवर्षण पर्वत को घेरकर उसके वन में आग लगाना और कृष्ण-बलराम का शत्रु की सेना में से चुपचाप निकल जाना—यह सब क्या सहज था? जरासंध ने तो सारे देश को आतंक से मूर्च्छित कर दिया होगा?"

"क्यों नहीं श्रेष्ठ! इसका तो कविगण विस्तार से वर्णन करते रहेंगे।"

"अच्छा फिर क्या हुआ?"

सूतपुत्र ने कहा : "आर्य्य! द्वारका पहुँचने पर नागरिक-नागरिकाओं ने कृष्ण और बलराम का विजयी सेनापतियों के रूप में स्वागत किया।"

"बड़ा उत्सव आनन्द हुआ होगा?"

"क्यों नहीं? शत्रु क्या साधारण थे?"

"तब तो चारों ओर हाहाकार मच रहा होगा?"

"न पूछें महर्षि! उस युद्ध के चातुर्य ने ही तो समस्त राजाओं में श्रीकृष्ण को महान् राजनैतिक के रूप में प्रसिद्ध कर दिया। प्रजा निरंकुश राजाओं के अत्याचारों से ऊबकर कृष्ण को अपना नेता मानने लगी।"

"तो क्या कुरुभूमि में यह संवाद नहीं पहुँचा होगा?"

"क्यों नहीं पहुँचा महर्षे! कृष्ण का कुरुभूमि जाने पर क्या कम सत्कार हुआ था?

किन्तु राज्य की तृष्णा तो अजीब होती है। वह तो केवल स्वार्थ पर पलती है।"

"यह तो सत्य है। परन्तु ब्राह्मणों ने इस समय क्या किया? यादवगण में तो क्षत्रियों का प्राधान्य था न?"

"हाँ महर्षि! ब्राह्मणों में यादवों के प्रति अधिक सौहार्द्र नहीं था।"

"तो क्या श्रीकृष्ण ब्राह्मणविरोधी थे?"

"नहीं आर्य्य। परन्तु उपमन्यु जैसे भार्गव ब्राह्मण उनके विरोधी थे।"

"क्यों?"

"भार्गव तो असुरों के मित्र थे।" एक ने कहा।

"वह तो अतीत की बात थी ब्राह्मण प्रभु! भार्गव रेखा से हटना नहीं जानते थे। उनका क्षत्रियों से पुराना बैर था। खैर, वह तो बाद की बात है कि अंततोगत्वा ब्राह्मणों ने यादवगण में फूट डालकर उसका नाश करवा दिया और सारी शक्तियों के नष्ट होने पर उधर आभीर घुस आए, इधर नाग उठ खड़े हुए, परन्तु अभी तो वह चित्र दूर है। कृष्ण का तो स्वप्न ही और था।"

"वह क्या सूतपुत्र!" कुलपति शौनक ने पूछा।

"वह स्वयं प्रकट होगा आर्य्य!" सूतपुत्र ने कहा, "कृष्ण का युद्ध अभी समाप्त नहीं हुआ। अरण्यों में बैठे हुए ब्राह्मण जो ग्रन्थ रच-रचकर वैदिक कर्मकांड की फिर से व्याख्या कर रहे हैं और विवेचना कर रहे हैं, वह क्यों? क्योंकि अब आर्य्यों की शक्ति का नाश हो गया है। प्राचीन काल में कलि नामक राजा ने अपने ही कुल का घात किया था। सचमुच कौरव-पाण्डवों के युद्ध ने तो नाश कर दिया था, उसके बाद यादव शक्ति के ह्रास के बाद तो सब ही कुछ नष्ट हो गया। आर्य्य जनमेजय ने चाहा कि नागों को निःशेष कर दें, किन्तु क्या वे कर सके? आर्य्य! अब सब जगह लोग पूछते हैं कि अब धर्म क्या है? पहले यह शंका ही नहीं थी। समझ में नहीं आता धर्म क्या है?"

उग्रश्रवा ने व्याकुल स्वर से कहा और देखा कि ऋषिगण भी एकमत-से नहीं दिखाई देते थे। तो क्या संदेह की आग हर हृदय को काठ की भाँति जला रही थी?

[4]

अगले दिन उग्रश्रवा फिर, सबके सभा में आ बैठने पर, सुनाने लगा :

"पूज्य महर्षिगण! मैं आपको प्रणाम करता हूँ। आप पवित्र हैं, क्योंकि ब्राह्मण हैं। आप ही ब्रह्मा के मुख से प्रकट हुए हैं। आप ही सर्वश्रेष्ठ हैं। क्षत्रिय आपकी भुजा हैं। ब्राह्मण और क्षत्रियों के ऐक्य से ही इस पृथ्वी पर वैश्य और शूद्रों की उद्दण्डता का नाश होता है। इस समय कुलीन लोगों पर संकट आ गया है। एक बार फिर जैसे लगता है कि ब्राह्मणों का नाश हो जाएगा। अंग, बंग, कलिंग, प्राग्ज्योतिष में अनार्य्य शासक सबल हो रहे हैं। जगह-जगह वैश्य लोगों के पास धन एकत्र हो रहा है। गणों में क्षत्रिय ब्राह्मण-विरोध कर रहे हैं। गन्धर्व, असुर, नाग, किन्नर, यक्ष, राक्षस, सबके ही पुरोहित वर्ग आर्य्य ब्राह्मणों के सामने सिर उठाने लगे हैं। आर्य्य वैश्य और क्षत्रिय ही नहीं, ब्राह्मण भी नागों और अन्य जातियों के धर्मस्थानों में जाकर उनके

देवताओं की उपासना करते हैं। दक्षिणापथ में तो ब्राह्मणों ने अनार्य्यों के पुरोहित कुलों से सम्बन्ध भी स्थापित करना प्रारम्भ कर दिया है। जब से आर्य्यों में विगत हजारों वर्ष में राक्षस विवाह-पद्धति चल पड़ी, तब से राक्षसों का तो पता चलना कठिन हो गया है। प्राचीन वर्णों का पता नहीं चलता। जो जिस कर्म को करता है, बस उसी के अनुसार अपने को ब्राह्मण, क्षत्रिय, वैश्य, शूद्र कहने लगता है। कोई सशक्त सम्राट् नहीं है। आर्य्य जनमेजय का राज्य ही क्या अब उनके पूर्वजों के राज्य की भाँति है? अब तो पवित्र कुरुभूमि, जो प्रजापति की उत्तर वेदी और समन्तपञ्चक कहलाती थी, वह भी उतनी विशुद्ध नहीं रही है। विदेशी आभीरों ने तो मथुरा तक विजय प्राप्त कर ली है और वे इधर-उधर भी छापे मारने लगे हैं। ऐसे युग को पाप का युग न कहा जाए तो कहा ही क्या जाए?"

कुलपति शौनक ने दीर्घ श्वास लेकर कहा : "सुनो सूतपुत्र! जनमेजय के नागयज्ञ में ब्राह्मणों ने जो असहिष्णुता दिखाई, तब से उनका प्रभाव घट ही गया है। किंतु उसे ब्राह्मण को फिर से जाग्रत करना होगा, वरना निकट भविष्य में ही क्षत्रिय ब्राह्मणों को न दान देंगे; न उनका सम्मान करेंगे। इसके लिए उन्हें अतीत की याद दिलाते रहना होगा। अपनी रक्षा करने को ब्राह्मण यदि स्वयं समर्थ नहीं होगा तो दूसरा तो इसकी रक्षा कभी नहीं कर सकेगा। पहले ब्राह्मणपुत्र नियम से वर्णाश्रम-धर्म का प्रतिपालन करते थे। अब तो वेदबाह्य चिन्तन के प्रभाव से हर कोई असमय ही मुनि हो जाता है और पाषण्ड से पेट भरता है। ब्राह्मण पहले ही आयुध धारण करके क्षत्रिय का सेवक बनकर रह चुका है। फिर अब तो बात ही क्या है? बहुत-से तरुण विभिन्न जातियों की स्त्रियों से विवाह कर लेते हैं, पराई स्त्री से रमण करते हैं। पहले तो गोत्री को ही यह अधिकार था। ब्राह्मण अवश्य सबकी स्त्रियों को गर्भ धारण करा सकता था, किंतु सब सन्तानों के अधिकारों में भेद था, अब वह बात कहाँ? मैंने सुना है, पूर्व में नदियों के तीर पर नगर बढ़ रहे हैं। बताओ यह ग्रामवासी ब्राह्मण नगरों में क्या करेंगे? तनिक-से धन के लिए आर्य्य ब्राह्मण नागपुरोहित की कन्या से नाता जोड़कर उसकी संतान को ब्राह्मण कहता है। तुम कहोगे, जरत्कारु ने भी यही किया था। ठीक है। परन्तु जरत्कारु यायावर था। उसने केवल पितरों को पानी देनेवाला उत्पन्न करने तक के लिए विवाह किया था। उत्तर में जो विदेशी जातियाँ घुस आई हैं, उनमें तो, विशेषकर आभीरों में, स्वच्छंद सम्भोग का नियम है। पहले हिमालय प्रदेश में ऐसा था, परन्तु अब? मैंने सुना है कि मद्र में स्त्रियाँ नंगी होकर मैथुन कराती हैं, जो शराब पीती हैं, सत्तू खाती हैं और कोई यदि उनके पास जाकर मैरेयक माँगे तो नितम्बों पर हाथ मारकर कहती हैं कि पुत्र दे दूँगी, पति दे दूँगी, परंतु मदिरा नहीं दूँगी। गण ही जो ठहरा। वहाँ के विषय में तो प्राचीन काल में ही सर्वत्र निंदा थी कि वहाँ सब ही सब वर्णों के कार्य करते हैं; परन्तु उसे जाने दो वत्स! हम श्रीकृष्ण की पुराण कथा सुनने को उत्सुक हैं, वही कहो।"

उग्रश्रवा ने कहा : "हे महर्षिगण! सुनें। कल जहाँ तक कह चुका हूँ, उससे आगे सुनाता हूँ।"

अब उग्रश्रवा का स्वर कुछ बदल गया। वह कहने लगा : "आनर्त्त देश के राजा श्रीमान् रैवत ने रेवती नामक अपनी पुत्री बलराम को ब्याह दी। अब कृष्ण के विवाह का प्रश्न उठा। अतिरथियों के विशाल प्रासाद थे। उनमें विभिन्न देशों से लाई हुई वस्तुएँ थीं। काश्मीर के कम्बल, हिमालय प्रान्त के मृगचर्म, बावेरु के पात्र, गोदावरी और कावेरी के वस्त्र आदि वहाँ

व्यापारी लाते, ले जाते। दानव व्यापारी समुद्र में जाते और उनके अतिरिक्त आर्य्य ब्राह्मण तथा वैश्य व्यापार के लिए क्षत्रियों के साथ जहाजों में यात्रा करते। दानव अपने द्वीपों[1] से अनेक विचित्र वस्तुएँ लाते। अतिरथियों के असंख्य दास और दासियाँ उन वस्तुओं को देखते और सेवा करते।

"उसी समय एक विशेष घटना घटी। विदर्भ देश के राजा का नाम भीष्मक था। उसके पाँच पुत्र और एक कन्या थी। सबसे बड़े पुत्र का नाम रुक्मी था और क्रमशः बाकियों के नाम रुक्मरथ, रुक्मबाहु, रुक्मकेश और रुक्ममाली थे। कन्या का नाम रुक्मिणी था। वह परम सुन्दरी थी। उसका गौर वर्ण देखकर चंद्रमा भी लजा जाता था। जब उसने श्रीकृष्ण के सौंदर्य, पराक्रम, गुण और वैभव की गाथा सुनी तो मोहित हो गई। उसके महल में आनेवाले अतिथि बहुधा कृष्णविषयक बातें करते, क्योंकि कृष्ण का नाम दिन-दिन प्रसिद्ध होता जा रहा था। उसने मन-ही-मन यह निश्चय कर लिया कि वह कृष्ण से ही विवाह करेगी। उधर चित्र लेकर घूमनेवाली वृद्धाएँ भी कृष्ण को अनेक सुन्दरी राजकन्याओं के चित्र दिखातीं। उन्हें पुरस्कार की आशा थी। कृष्ण ने भी चुपचाप रुक्मिणी को पसन्द किया। रुक्मरथ और अन्य भाई भी यही चाहते थे कि कृष्ण से ही रुक्मिणी का विवाह हो, किन्तु रुक्मी कृष्ण से द्वेष रखता था। उसका मित्र शिशुपाल था और उस चेदिनरेश को ही उसने रुक्मिणी के योग्य वर समझा।

"रात हो गई थी। रुक्मिणी अपने शयनकक्ष में फूट-फूटकर रो रही थी। कुलीन वंश में उत्पन्न शाण्डिल्या नामक सैरन्ध्री ने देखा तो पास आ बैठी और कहा : 'राजकन्ये ! तुम्हें क्या दुःख है ? चेदिनरेश की पत्नी होना क्या कम सौभाग्य है ?'

"रुक्मिणी ने आँसूभरे नेत्र उठाए। टप-टप करके आँसू गालों पर बह निकले।

" 'नहीं सैरन्ध्री,' रुक्मिणी ने कहा, 'चेदिनरेश कुटिल व्यक्ति है !'

" 'राजकन्ये !' वह चौंकी, 'तो फिर ?'

"रुक्मिणी ने कहा कुछ नहीं। चुपचाप सोचती रही।

" 'तो फिर क्या तुमने कहीं और···'

"सैरन्ध्री कह भी नहीं पाई कि रुक्मिणी उसके वक्ष में सिर छिपाकर रोने लगी। सैरन्ध्री समझी। उसके सिर पर हाथ फेरते हुए कहा : 'तो वह कौन है राजकन्ये ?'

" 'यादव श्रीकृष्ण !'

"सैरन्ध्री ने कहा : 'राजदुहिते ! तुमने उन्हें देखा है ?'

" 'नहीं।'

" 'तो फिर कैसे रीझ गईं ?'

" 'मैंने सुना है।' वह लजा गई।

" 'और वे भी तुम्हें जानते हैं ?'

" 'नहीं।'

" 'फिर क्या ऐसे भी कोई प्रेम करता है ?'

"रुक्मिणी उत्तर न दे सकी। धीरे से कहा : 'नहीं जानती शाण्डिल्या ! परन्तु तू ही मुझे

---

1. उपनिवेशों—अमेरिका आदि।

बचा सकती है।'

"सैरन्ध्री सोचती रही। फिर कहा : 'युवराज रुक्मी जान गए तो मेरी मृत्यु निश्चित है।'

" 'तू न डर। सारा उत्तरदायित्व मैं लूँगी। यदि समय आया तो प्राण भी त्याग सकूँगी। तुझे मैं अभय देती हूँ।'

" 'तो,' शाण्डिल्या ने कहा, 'ब्राह्मण चित्रचाप के हाथ एक पत्र तो श्रीकृष्ण को भेज दो।'

"चित्रचाप! वह रुक्मिणी का विश्वासपात्र था। वह फड़क उठी। कहा : 'पत्र नहीं सैरन्ध्री! पकड़ा गया तो ब्राह्मण पहुँच भी न सकेगा। तू उसे बुला ला। मैं जबानी कहूँगी।'

"सैरन्ध्री ब्राह्मण को ले आई। उसने उसे सब बताया।

"सैरन्ध्री ने कहा : 'सुनो ब्राह्मणश्रेष्ठ! भय तो नहीं लगता?'

"भय!' ब्राह्मण मुस्कराया।

"जब ब्राह्मण घोड़े बदलता, धर्मशालाओं में ठहरता, बढ़ता अन्त में द्वारकापुरी पहुँचा, द्वारपाल श्रीकृष्ण का अतिथि जानकर उसे प्रासाद के भीतर ले गए। उस समय श्रीकृष्ण सुवर्ण के सिंहासन पर बैठे थे।

" 'मैं ब्राह्मण चित्रचाप विदर्भ से आया हूँ।' ब्राह्मण ने कहा।

" 'विदर्भ।' कृष्ण ने ब्राह्मण को अपने सिंहासन पर बिठाया और उसके पाँवों को धोकर पूजा की। यादवों के गण में ब्राह्मण का सबसे अधिक सम्मान कृष्ण ही करते थे, और ब्राह्मणों ने ही उन्हें सर्वत्र प्रसिद्ध किया था।

"आदर-सत्कार, कुशल-प्रश्न के अनन्तर जब ब्राह्मण खा-पी चुका, आराम-विश्राम कर चुका तब कृष्ण ने एकांत में कहा : 'ब्राह्मणश्रेष्ठ! आपका चित्त तो सदा-सर्वदा सन्तुष्ट रहता है न? आपको अपने पूर्वजन्मों द्वारा स्वीकृत धर्म का पालन करने में कोई कठिनाई तो नहीं होती? आपका पालन क्षत्रिय राजा ठीक से तो करता है न?'

"ब्राह्मण चित्रचाप प्रसन्न हो गया। उसने कहा : 'आर्य्य! मैं सकुशल हूँ। यादवों के गण में आप ही एक रत्न हैं, यह मैंने आज अपनी आँखों से देखा।'

" 'देव का आगमन किसलिए हुआ? दुष्कर मार्ग व्यतीत करने में कष्ट तो हुआ होगा?'

"ब्राह्मण ने देखा। यादवों के बलिष्ठ वीरों और विद्वानों की सभा में सचमुच यह व्यक्ति सिंह के समान दहाड़ता होगा। बहुमूल्य वस्त्र पहने हुए यह व्यक्ति कितनी विनम्रता से खड़ा था। वह ऐसा लगता था जैसे समस्त भरतखण्ड को अपनी उँगलियों पर नचाएगा। इसी ने कारावास में जन्म लिया था। इसी ने गोप प्रजा को संगठित करके कंस के राज्य में विद्रोह खड़ा किया था। इसी ने मदांध आर्य्यों के मनुष्यों में मल्लयुद्ध देखने की तृष्णा—तब तक देखने की तृष्णा जब तक कि एक योद्धा दूसरे योद्धा को जान से न मार दे—को पूर्ण किया और जब कि विद्रोही नगर उमड़ पड़ा था, चाणूर को मल्लयुद्ध में मारकर भरी सभा में कंस का वध किया था। यही है वह व्यक्ति जिसके नेतृत्व में महाबली जरासंध अपनी अक्षौहिणी सेना लेकर सत्रह बार पराजित हुआ। इसी के कौशल से द्वारका बसी और उत्तर की भयानक म्लेच्छ जाति का नाश हुआ, जिसे कालयवन आग लगाता, लूटता-पाटता बढ़ा लाया था। कितने

संकटों में पला था यह ? महागणाधिपति उग्रसेन की भतीजी का यह पुत्र कितनी स्फूर्ति अपनी एक-एक पेशी में लिये खड़ा था। कहते थे, वह शूद्रों पर अत्याचार नहीं करता था। वह पुराने निरंकुश एकतन्त्रों को समाप्त करने में सदैव तत्पर रहता था। कहते थे, उसने अपनी बुआ कुन्ती के पुत्र युधिष्ठिर, भीम, अर्जुन, नकुल और सहदेव से कुरुभूमि में भी मित्रता कर रखी थी। उससे अनेक विषयों में सहमत न होकर भी उसका अग्रज, दूसरा अतिरथी बलराम, कभी उसका विरोध नहीं करता था। वह वृष्णिवंशावतंस जितना कुशल योद्धा था, उतना ही प्रवीण वंशीवादक भी था। उसने अनेक कलाएँ सीखी थीं और घोर आंगिरस से दर्शनशास्त्र पढ़ा था। वह वेदों में पारंगत था। निस्संदेह वही रुक्मिणी के योग्य था।

"ब्राह्मण ने कहा : 'आर्य्य ! मैं दूत हूँ।'

" 'दूत ! किसके ?'

" 'उसके जो आपकी शरणागति चाहती है।'

" 'ब्राह्मणश्रेष्ठ !'

" 'मैं सत्य कहता हूँ। मुझे विदर्भ राजकन्या भीष्मकनन्दिनी रुक्मिणी ने भेजा है,' ब्राह्मण ने कहा, 'मैं सदैव से संवाद ले जानेवाला रहा हूँ, अतः मुझे उसके भेजे हुए संवाद की पूर्ण स्मृति है। भीष्मनन्दिनी रुक्मिणी ने मुझसे जो कहा है, उसे मैं आपके पास ले आया हूँ। कहूँ आर्य्य ?'

" 'अवश्य कहें देव !'

" 'तो सुनें, उसने कहा है—त्रिभुवन सुन्दर ! आपके गुण सुननेवालों के कानों के रास्ते हृदय में प्रवेश करते हैं और एक-एक अंग का ताप, जन्म-जन्म की जलन मिटा देते हैं।'

" 'ब्राह्मणश्रेष्ठ ! !'

" 'और सुनें आर्य्य ! कहा है—मैंने उन गुणों का वर्णन सुना है। मैं यह भी जानती हूँ कि जगत् में जितने भी आँखोंवाले जीव हैं, उनके नेत्र होने का सबसे बड़ा लाभ यह है कि वे अपने उन नेत्रों से आपका वह रूप निहारें। अब मेरा चित्त आपके ही चिन्तन में तन्मय हो रहा है, यहाँ तक कि उसने लज्जा भी छोड़ दी है। अब मैं धीरज बाँधकर उसे अपने हाथ में रखने में भी असमर्थ हो गई हूँ। हे प्रिय ! मैंने आपको अपने पतिरूप में वरण किया है क्योंकि कुल, शील, शौर्य, स्वभाव, सौंदर्य, विद्या, अवस्था, धन और अधिकार की दृष्टि से आप सबमें अद्वितीय हैं। मैं आपको आत्मसमर्पण कर चुकी हूँ। आप यहाँ आकर मुझे अपनी पत्नी के रूप में स्वीकार कीजिए। प्राणवल्लभ ! मैं आप जैसे वीर को समर्पित हो चुकी हूँ, आपकी हूँ। अब जैसे सिंह का भाग सियार छू जाय, वैसे कहीं शिशुपाल निकट से आकर मेरा स्पर्श न कर जाए। मैंने यदि जन्म-जन्म में पूर्त (कुआँ-बावली खुदवाना), इष्ट (यज्ञादि करना), दान, नियम, व्रत, देवता, ब्राह्मण तथा गुरु-पूजा की है तो केवल श्रीकृष्ण मेरे पति हों, शिशुपाल अथवा दूसरा कोई भी पुरुष मेरा स्पर्श न कर सके। जिस दिन मेरा विवाह होनेवाला हो, उसके एक दिन पहले आप हमारी राजधानी में गुप्त रूप से आ जाइए और फिर बड़े-बड़े सेनापतियों के साथ शिशुपाल तथा जरासंध की सेनाओं को मथ डालिए, तहस-नहस कर दीजिए और बलपूर्वक राक्षस विधि से वीरता का मूल्य देकर मेरा पाणिग्रहण कीजिए। यदि आप यह सोचते हों कि तुम तो अंतःपुर में—प्रासाद में रहती हो, वहाँ तुम्हारे भाई-बन्धुओं को मारे बिना मैं कैसे आ सकता हूँ तो इसका उपाय मैं ही बताए देती हूँ। हमारे कुल का ऐसा नियम है कि विवाह के पहले दिन कुलदेवी का

दर्शन करने के लिए एक बहुत बड़ी यात्रा होती है, जुलूस निकलता है—जिसमें विवाही जानेवाली कन्या को, नगर के बाहर गिरिजा देवी के मन्दिर में जाना पड़ता है।'

"कृष्ण ने टोका। कहा : 'तो क्या दक्षिण में बस गए आर्य अनार्य्य देवियों की भी उपासना करते हैं?'

" 'हाँ देव! वह सौभाग्य की देवी है।' ब्राह्मण ने कहा।

"कृष्ण ने फिर नहीं टोका। ब्राह्मण ने फिर कहा : 'रुक्मिणी ने कहा है—उस समय आप मुझे आसानी से ले जा सकते हैं।' ब्राह्मण रुक गया। और उसने फिर कहा : 'यदुवंश शिरोमणे! यही वह गोपनीय संवाद है जो मुझे आप तक पहुँचाना था। इसके सम्बन्ध में जो कुछ कहना हो, विचार कर लीजिए और तुरन्त ही उसके अनुसार कार्य कीजिए, क्योंकि रुक्मिणी ने कहा कि यदि आपकी चरणधूल वह प्राप्त नहीं कर सकी तो व्रत द्वारा शरीर सुखाकर प्राण छोड़ देगी। चाहे इसके लिए उसे सैकड़ों जन्म क्यों न लेने पड़ें, पर कभी न कभी तो आपका प्रसाद वह अवश्य ही पाएगी।'[1]

"ब्राह्मण के एक-एक शब्द में किसी के व्याकुल हृदय की पुकार थी, जो उस राजनीतिज्ञ को भी स्पंदित करने लगी।

---

1. प्रस्तुत विवरण श्रीमद्भागवत के आधार पर लिया गया है। यद्यपि भागवत परवर्ती ग्रन्थ है और उस समय की विचारधाराओं के अनुसार वर्णन लिये गए हैं, तद्यपि हमें पुनर्जन्म की भावना पर आश्चर्य नहीं करना चाहिए। उपनिषद् काल में, क्षत्रिय प्रवाहण जैबलि ने सर्वप्रथम पुनर्जन्म का पूरा चक्र ब्राह्मणों को समझाया है। इससे लोग समझते हैं कि पुनर्जन्म की भावना पहले नहीं थी। किन्तु यह भ्रामक है। पुनर्जन्म की भावना की पूर्णता—स्वर्ग-नरक से उसका सम्बन्ध—आत्मा का सूक्ष्मदेही होना—आत्मा का बीज रूप से खेत के अन्न में पककर स्त्री के गर्भ में पहुँचना आदि अवश्य उपनिषदकालीन परिपक्व चिंतन है। हम दिखा चुके हैं कि मनु के युग में ही (जिसको प्राचीन घटना कहकर ऋग्वेद में उल्लिखित किया गया है) आत्मा का मृत्यु के बाद स्वर्ग में निवास माना गया है। उससे भी पूर्व पितृलोक की मान्यता थी। 'हिंदी साहित्य की धार्मिक और सामाजिक पूर्वपीठिका' नामक ग्रन्थ में हम विस्तार से विवेचन करते समय स्पष्ट कर आए हैं कि सामवेद में ही पुनर्जन्म की भावना का उल्लेख है। सामवेद की ऋचाओं में कुछ ऋग्वेदकालीन हैं, कुछ यजुर्वेदकालीन हैं। कृष्ण का युग अथर्ववेद का युग है, जबकि अनार्य्य-प्रभाव बढ़ रहा था। अतः कृष्ण के समय में पुनर्जन्म की भावना का क्षत्रियों में अधिक होना सहज ही है। इसी प्रकार हमने ऊपर गिरिजादेवी की उपासना का विवरण लिखा है। लोग कह सकते हैं कि उस समय गिरिजादेवी की पूजा आर्यों में कहाँ थी। किंतु हमें याद रखना चाहिए कि उपनिषद् में उमा हैमवती का उल्लेख है, जो इन्द्र आदि को हराती है। यक्ष तथा राक्षस देवी-देवता तो बहुत प्राचीन काल में ही आर्य्यों में मान्य हो गए थे। कार्तिकेय की महाभारत की कथा अनेक अनार्य्य देवी-देवताओं का वर्णन करती है तथा जरासंध की महाभारत में जो कथा है, वह बताती है कि वहाँ यक्ष देवी-देवताओं का प्रचलन था। विदर्भ (बरार) दक्षिण में है। वहाँ अनार्य्य प्रभाव से गिरिजादेवी का मन्दिर होना सहज बात है। ध्यान रहे, विंध्य का मातृपूजा करनेवाली जातियों में प्रमुख महत्व है क्योंकि उसे विन्ध्यवासिनी भी कहा गया है और वह गोरे रंग के आदमियों को मारती है, जो सम्भवतः प्रारम्भ में विरोधी आर्य्य रहे होंगे। इस प्रकार यह सम्भाव्य है ही, तथापि जब एक ही मिली-जुली संस्कृति में विभिन्न जातियाँ रहती हैं तब उन पर एक-दूसरे का गहरा प्रभाव पड़ता है। यद्यपि आर्य्य भी अदिति आदि देवियों को मानते थे किन्तु उनमें मन्दिर बनाकर पूजा करने की प्रथा पहले नहीं थी। अथर्ववेद काल में सम्भवतः यह आ गई थी, किन्तु ब्राह्मण ग्रन्थों ने आर्य्यपंथ को पकड़ा था, तभी उसे महत्व नहीं दिया, बल्कि उस समय तक तो अथर्ववेद को ही मान्यता नहीं मिली थी। उसके 'छंद' तो बने थे, और सम्भवतः राम के युग से बन रहे थे, जिनका वर्णन यजुर्वेद के पुरुषसूक्त में भी है, परन्तु वेद के रूप में तब तक वे मान्य नहीं हो सके थे। हो सकता है कि कुछ ऊँचे लोग जो पुरानी परम्परा के

" 'ब्राह्मणश्रेष्ठ !' कृष्ण ने कहा।

" 'आर्य्य !' ब्राह्मण ने कहा।

" 'तो यह सत्य है ?'

" 'ब्राह्मण कभी असत्य भी कहता है ?'

" 'नहीं देव ! वह निर्भीक है। उसे डरने का कोई कारण ही नहीं।'

"ब्राह्मण को संतोष हुआ।

"कृष्ण ने कहा, 'आर्य्य ! अभी कितना समय है ?'

" 'समय अब नहीं के बराबर है।'

" 'देव ! एकतन्त्र के राज्यों में विलम्ब कब नहीं होता ?'

" 'आर्य्य ! विलासी राजा सब जगह विलम्ब करते हैं, किंतु…'

" 'किंतु ?'

" 'स्त्री के लिए वे सोते में से जागते हैं।'

" 'तो क्या रुक्मिणी ऐसी सुन्दरी है ?'

" 'देव ! पुराण कथाएँ कहनेवाले कहते हैं कि उर्वशी अप्सरा अत्यन्त सुन्दरी थी, जिसके साथ चार वर्ष विहार करके भी पुरुर्वस का हृदय तृप्त नहीं हुआ था।'

" 'वह, जो बाद में कहते हैं ब्राह्मणों के हाथों मारा गया ? जिसने गंधर्वों से उनकी पूजा सीखी और बाद में गंधर्व ही बन गया था। वही ?'

" 'हाँ आर्य्य ! आज भी यज्ञ में उनके नाम की अरणियाँ रगड़ी जाती हैं।'

" 'तो ?'

" 'वह ऐसी सुन्दरी थी।'

"कृष्ण ने कुछ नहीं कहा।

"चित्रचाप ने कहा : 'मैं समझता हूँ रुक्मिणी भी वैसी ही है।'

" 'ब्राह्मण देवता !'

" 'हाँ आर्य्य ! वह आपकी स्त्री होगी। यह पक्ष भी बता देना मेरा धर्म था।'

" 'और कुछ ?'

" 'आप जो कहें।'

" 'तो कब चलेंगे ?'

" 'मैं अग्रज बलराम से पूछता हूँ।"

" 'तो पूछ लीजिए।'

" 'किंतु वे हैं नहीं। द्वारका से बाहर कर्मान्तों का निरीक्षण करने गए हैं। उनकी भूमि अच्छी है और वे कभी-कभी ही जाते हैं।'

माननेवाले थे, वे उसे महत्त्व न देते हों, बाकी जनसाधारण में उसकी मान्यता रही हो, तभी तो कालान्तर में उसे भी पूर्ण महत्त्व मिला। रक्त-शुद्धि पर ज्यादा जोर देनेवाले बुद्ध आदि के गणों में सम्भवतः बहुत बाद तक उसे स्थान नहीं मिला था, क्योंकि ब्राह्मण जब जातियों की अंतर्भुक्ति को स्वीकार करके वर्ण-व्यवस्था के नये रूप को स्वीकार कर रहे थे, गण-व्यवस्था के क्षत्रिय अंतर्भुक्ति के विरोधी थे। ऊपर, 'वेद' शब्द से क्या तात्पर्य लिया जाता था, हम इस पर विस्तार से प्रकाश डाल चुके हैं।

" 'अतिरथी बलराम? आपकी विमाता के पुत्र हैं?'

" 'हाँ देव! मेरे पिता की तेरह पत्नियाँ हैं और हम सब भाई-बहन मिलाकर लगभग उनहत्तर हैं।'

" 'आर्य्य वसुदेव का सौभाग्य है। चिरायु रहें। जितनी संतान हो वही अच्छा है।'

"श्रीकृष्ण ने मुस्कराते हुए ब्राह्मण का हाथ पकड़कर कहा : 'आर्य्यश्रेष्ठ! जैसे विदर्भकुमारी मुझे चाहती हैं, वैसे ही मैं भी उनसे विवाह करना चाहता हूँ। मेरा चित्त उन्हीं में लगा रहता है। कहाँ तक कहूँ, मुझे रात के समय नींद तक नहीं आती। मैं जानता हूँ कि रुक्मी ने द्वेषवश मेरा विवाह रोक दिया है। जिस समय रुक्मरथ ने कहा था···'

"चित्रचाप चौंका, पूछा : 'देव! यह कैसे जानते हैं?'

"कृष्ण ने फिर मुस्कराकर कहा : 'मेरे चर कहाँ व्याप्त नहीं हैं ब्राह्मणश्रेष्ठ! परन्तु ब्राह्मण देवता! आप देखिएगा, जैसे लकड़ियों को मथकर, एक-दूसरे से रगड़कर मनुष्य उनमें से आग निकाल लेता है, वैसे ही युद्ध में उन नामधारी क्षत्रिय कुल-कलंकों को तहस-नहस करके अपने से प्रेम करनेवाली परम सुन्दरी राजकुमारी को मैं निकाल लाऊँगा। लग्न कब है?'

" 'शीघ्र ही है।'

"कृष्ण ने ताली बजायी। दास आया। 'महाप्रभु! आज्ञा।' उसने कहा।

" 'दारुक से कह, रथ जोड़े। शीघ्रतम गति से चलनेवाले घोड़े जोते।'

" 'जो आज्ञा महाप्रभु!' दास चला गया।

"दारुक उस समय पत्नी से बातें कर रहा था। दास ने दौड़कर संवाद दिया। वह उसे छोड़कर तुरन्त अश्वशाला की ओर चल पड़ा। स्त्री माहिष्य थी। उसका पिता क्षत्रिय और माता वैश्या थी। उसने दास से कहा : 'अरे संकुल! यह तेरा सारथि इतनी शीघ्र चला गया?'

" 'हाँ, उसे महाप्रभु ने आज्ञा दी है।' दास ने कहा।

" 'अरे?' स्त्री ने दास के कंधे पर नील देखकर कहा : 'लोग तो कहते हैं कि श्रीकृष्ण के यहाँ दासों पर चाबुक नहीं पड़ता, उनका हृदय बड़ा कोमल है। फिर तेरे यह नील क्यों?'

"दास सकुल एक बली दास था। उसने हँसकर कहा : 'यह चाबुक का दाग स्वामी के द्वारा नहीं, समुद्र के अध्मूढ़ पुत्र ने छोड़ा है।'

" 'समुद्र?' स्त्री ने पूछा, 'वह तो आर्य्य गद के यहाँ सेवक है न?'

" 'हाँ, उसका पुत्र है सर्वसेन।'

" 'मैं जानती हूँ। वही? कर उगाहता है न?'

" 'हाँ वही।'

" 'तो उसने तुझे क्यों मारा?'

" 'बात यों हुई कि वह हमारी अन्तेवसायिनी शतशीर्षा पर डोरे डाल रहा था।'

" 'अच्छा?' स्त्री को अपनी किस्म का नाम सुनते ही दिलचस्पी पैदा हो गई।

" 'हाँ। वह मुझसे बोली कि वह व्यक्ति मुझे नहीं भाता।'

" 'तू तो भाता था उसे?'

"दास हँसा। कहा : 'मैं दास भला क्यों उसे भाऊँगा।'

" 'पर मुझे तो तू भाता है। कितनी बार ऋतुस्नान करके मैंने तुझसे कहा है कि आ मेरे

गर्भ में अपना जैसा सुदृढ़ बालक दे, पर तूने नहीं सुना।'

" 'श्रीकृष्ण कहते हैं कि ऐसा मत करो। पराई स्त्री पराई है।'

" 'छिः जैसे उच्चकुल की यादवियाँ दासों की संतानों को जन्म नहीं देतीं ? मुझसे कुछ छिपा है।'

"दास नहीं बोल सका। उसने टालने को कहा : 'तो शतशीर्षा ने उसे रात को बुलाया। मैंने अँधेरे में उसे मारा। वह भाग गया, पर मुझे पहचान गया। प्रातः आ गया, बोला कि दास होकर तू धन एकत्र करता है। मैंने मना किया। तब उसने जोर से चाबुक मारा। तब ही खेतों से शूद्र आए थे। उन्होंने उसे रोक दिया।'

" 'जाने दे। अब आ न ?'

"दास चुप रहा। स्त्री ने फिर कहा : 'तू नहीं जानता की कामयाचना करती हुई स्त्री का तिरस्कार करना महान पाप है। स्त्री क्षेत्र है, पुरुष ही तो बीज बोता है।'

" 'तू तो बिल्कुल प्रभुवर्ण की-सी बातें करती है ? कहाँ से सीख गई सब ?'

" 'मूर्ख है तू ! पुरुष जितना मूर्ख होता है, उतनी ही यदि स्त्री भी होती तो संसार डूब गया होता।'

" उधर दारुक रथ तैयार करके प्रासाद के सामने पहुँच गया। जब श्रीकृष्ण और चित्रचाप आए, तब उन विशाल पाषाण के सोपानों पर दोनों ओर दण्डधर झुक गए। दारुक हाथ जोड़कर सामने खड़ा हो गया। श्रीकृष्ण ने देखा कि रथ में शैव्य, सुग्रीव, मेघपुष्प और बलाहक नाम के चार घोड़े जुते थे, जो कि निस्संदेह बहुत तेज चलते थे।

"कृष्ण ने कहा : 'पहले ब्राह्मण...'

"ब्राह्मण रथ पर चढ़ा। तब कृष्ण भी बैठे। दारुक ने वल्गा (लगाम) सँभाली और रथ भागने लगा। उस समय श्रीकृष्ण की अपूर्व शोभा थी। चित्रचाप के कंधे पर पड़ा पर्याणहन उड़ने लगा था। कृष्ण के शरीर पर लम्बा, पूरा शरीर ढँकनेवाला, चिपककर बैठनेवाला चमकीला सुन्दर, कारचोबी के काम से चमचमाता, सोने के तारों से बुना हुआ अत्क था।

"चित्रचाप ने कहा : 'आर्य्यश्रेष्ठ ! रुक्मिणी भी द्रापि पहनने की शौकीन है। वह तो मद्र और सिंधु की स्त्रियों की भाँति अभी भी कभी-कभी सिर पर उष्णीश लगा लेती है।'

"कृष्ण मुस्कराए। रथ भागा जा रहा था। आनर्त्त देश की भूमि पहियों के नीचे फिसलती चली जा रही थी।

[5]

सूत रोमहर्षण के पुत्र उग्रश्रवा ने कहा : "हे महर्षिगण ! कुण्डिन नरेश महाराज भीष्मक अपने बड़े लड़के रुक्मी के स्नेहवश अपनी कन्या चेदिनरेश शिशुपाल को देने के लिए विवाहोत्सव की तैयारी कर रहे थे। नगर के राजपथ, चौराहे तथा गली-कूचे झाड़-बुहार दिए गए थे, उन पर छिड़काव किया जा चुका था। चित्र-विचित्र रंग-बिरंगी, छोटी-बड़ी झंडियाँ, और पताकाएँ लगा दी गई थीं। मद्य की दूकानों पर अर्द्धनग्न नर्तकियों का नृत्य होने लगा था। दास अपनी

कुहनियों के ऊपर ताँबे के भुजबंध बाँधे हुए थे। रंगशालाओं में मृत्यु तक लड़नेवाले मल्लों के युद्ध होते थे। कहीं मुर्गों की लड़ाई देखी जा रही थी, कहीं मेढ़े और हाथी के जोड़ लड़ाए जाते थे। नगर के भीतर बनी निम्न कक्षाओं की पाठशालाओं और चटशालाओं के विद्यार्थी सस्वर गाते हुए भिक्षा एकत्र करते थे। उन्हें ससम्मान कुलवधुएँ दान देती थीं। तोरण बाँध दिए गए थे। वहाँ के स्त्री-पुरुष पुष्पमाला, हार, इत्र, फुलेल, चन्दन, गहने और निर्मल वस्त्र पहने दासों से उठाई हुई पालकियों में जाते और आपानक रचते, जहाँ अनेक कलाओं में प्रवीण नगर-वधुएँ (वेश्याएँ) आमोद का आयोजन रचतीं। सुदूर से सामग्री लाकर बेचनेवाले विदेशी मुँहमाँगे दामों पर सामान बेचते। कोई दानव था, कोई बावेरू का वासी था, कोई सुमेरु का असुर। दक्षिण के चोलदेश से आए हुए योद्धा पथ पर लोहे के शिरस्त्राण पहने घूमते और नवीन आनन्द की खोज करते, वहाँ के सुन्दर-सुन्दर घरों से अगरु-धूम उठता और वायु पर गंध फैल-फैल जाती। विवाहित स्त्रियाँ अपने नखक्षत से चिह्नित गोरे उठे हुए स्तनों को खोलकर अंगराग और चंदन से सुशोभित करतीं। यक्षियों ने अपनी चौड़ी करधनी पहनी जिसके जटिल रत्न चमकते और उनकी गौर जंघाएँ नग्न दिखाई देतीं। वे यक्षियाँ अपने व्यापारी पतियों के साथ आकर विदर्भ में बस गई थीं। राजा भीष्मक ने पितर और देवताओं का विधिपूर्वक पूजन करके ब्राह्मणों को भोजन कराया, जिसमें गुड़ मिला हुआ जल, दाल, दही, चावल, खीर, मीठे पक्वान्न और तरह-तरह के मांस परोसकर शूद्र रसोइये और परोसनेवाले कानों में हिलते हुए सोने के कुण्डल पहने कहते : 'आर्य्य खाएँ, खूब खाएँ। अभी बटेर का मांस और तैयार हुआ जाता है।' ब्राह्मण सूहर के चमड़े के यज्ञ में पहने जानेवाले जूते बाहर ही उतार देते, जहाँ वृद्ध कञ्चुक खड़ा पहरा देता रहता। सफ़ेद उष्णीश और बकरे का चमड़ा पहननेवाले अगर कोई व्रात्य आ जाते तो उनका भी सम्मान किया जाता। ब्राह्मण-भोजन के बाद स्वस्तिवाचन हुआ। सुशोभित दन्तवाली परम सुन्दरी राजकुमारी रुक्मिणी को सुगंधित जल से दासियों ने चिरौंजी को दूध में पीसकर उबटन करके नहलाया। वह गोरी युवती भव्य गौर निकल आई। उसके हाथों में मंगलमूत्र कंकण पहनाए गए और वह उत्तम-उत्तम आभूषणों से सजा दी गई। विद्वान् ब्राह्मणों ने साम, ऋक् और यजुर्वेद के मंत्रों से उसकी रक्षा की। तरुण ब्राह्मणों में से एक आगे बढ़ा और उसने कुछ छन्द गाए, जिसमें ग्रह-शान्ति की प्रार्थना की। उसने हवन भी किया।[1] राजा भीष्मक ने कुल-परम्परानुसार सोना, चाँदी, वस्त्र, गुड़ मिले हुए तिल और गौएँ ब्राह्मण को दान दीं।

"बाहर नट तमाशा करते थे, कहीं जादूगर अपनी कला दिखाते थे।

"जैसे ही रुक्मिणी ने मदिरा का प्याला पीकर रखा, तब ही सैरन्ध्री शांडिल्या ने आकर सूचना दी कि चेदिनरेश राजा दमघोष अपने पुत्र शिशुपाल के साथ आ गए हैं। रुक्मिणी का मुख उदास हो गया।

"राजा दमघोष ने अपने पुत्र शिशुपाल के लिए मन्त्रज्ञ ब्राह्मणों से विवाह सम्बन्धी कृत्य कराए थे। इसके बाद वह मद चुआते हुए हाथियों, सोने की मालाओं से सजाए हुए रथों, पैदलों तथा घुड़सवारों की चतुरंगिणी सेना साथ लेकर कण्डिनपुर आ गया था। विदर्भराज

1. अथर्ववेद की मान्यता का प्रभाव प्रारम्भ होगा।

भीष्मक ने आगे आकर उसका स्वागत, सत्कार और प्रथानुसार अर्चन-पूजन किया। उसके बाद उन लोगों को पहले से ही निश्चित किए हुए जनवासों में ठहरा दिया।"

रोमहर्षण के पुत्र सूत उग्रश्रवा ने तब सहसा ही अपना स्वर कुछ उठाकर कहा : "तो हे महर्षिगण, सुनें।

"श्रीकृष्ण का मार्ग शुक्तिमान पर्वत के दक्षिण में होकर विंध्य के पश्चिम भू-भाग से निकलकर नर्मदा नदी तक पहुँचा, जिसके मुहाने पर प्रसिद्ध बन्दरगाह भरुकच्छ था। वहाँ से विशाल नौका में वे रथ समेत नदी के पार उतरे और फिर माहिष्मती नगरी के दक्षिण से पयोष्णी नदी के उत्तर भाग से निकलकर भोजकट के कुछ उत्तर होकर अन्त में कुण्डिनपुर नगर में दक्षिण की ओर से प्रविष्ट हुए। मार्ग में कितने कष्ट थे, कितने दस्यु थे, कितनी धर्मशालाएँ थीं, उनके विषय में बताना तो व्यर्थ है क्योंकि संसार में ब्राह्मणों से अधिक यात्रा करनेवाली कोई जाति नहीं है और अब भी दक्षिण का वह भू-भाग तीन पीढ़ियाँ बदल जाने पर कुछ बदला हुआ-सा नहीं लगता, केवल इतना भेद है कि पहले जहाँ मय दानव व्यापारी घूमते थे, नाग घूमते थे, वहाँ अब अधिकाधिक बर्बर आभीर दिखाई देते हैं। दूसरी ओर विंध्य के उत्तर-पूर्व से होकर दक्षिण कोसल की सीमा को छूते हुए शोणनद के दक्षिण-पूर्व किनारे के पास से नर्मदा नदी का चक्कर देकर चेदिनरेश की सेना कुण्डिनपुर पहुँच गई। और पूर्व के अन्य प्रदेशों से भी अनेक नरेश आए, जिनमें से शिशुपाल के मित्र अनेक थे।

"इधर बलराम जब कर्मान्त से लौटा तो देखा कि सूखे मुँह घबराया-सा रुमण्वान् नामक चर बैठा था। उसे देख बलराम ने कहा : 'क्यों चर, घबराया-सा क्यों है?'

"बलराम हलास्त्र अपने हाथ में लिये हुए था। वह गदायुद्ध में बड़ा ही निपुण वीर था। उसके बल से बड़े-बड़े वीर काँपते थे। हल का चलाना पुरानी युद्ध-प्रणाली में प्रचलित था। बलराम ने उसमें कौशल प्राप्त किया था। वह बड़ा ही गोरा व्यक्ति था। उसकी माता रोहिणी भी कम गोरी नहीं थी। अभी तक वह सुन्दरी दिखाई देती थी।

"चर ने कहा : 'देव! अनर्थ होनेवाला है।'

" 'सो कैसे?'

" 'देव आसन ग्रहण करें।'

"बलराम बैठ गया।

" 'अब कह।' तब दासी चँवर डुलाने लगी थी।

"चर ने कहा : 'आर्य्य! अतिरथी श्रीकृष्ण ब्राह्मण चित्रचाप के साथ चले गए हैं।'

" 'यह कौन है?'

" 'यह कुण्डिनपुर से भेजा हुआ था।'

" 'किसने भेजा था?'

" 'राजकन्या रुक्मिणी ने।'

" 'किसके पास? कृष्ण के?'

" 'हाँ आर्य्य!'

" 'क्यों?'

" 'देवी का विवाह होनेवाला था।'

" 'किससे ?'

" 'चेदिराज शिशुपाल से।'

" 'फिर कृष्ण क्या स्त्री के पत्र से उसका हरण करने गया है ?'

" 'हाँ आर्य्य !'

" 'तो उसमें क्या है ? ले आएगा।'

" 'नहीं देव ! वे सेना नहीं ले गए।'

" 'फिर ?'

" 'बस थोड़े-से सैनिक साथ हैं।'

" 'फिर भी क्या है ?'

" 'देव ! बहुत कुछ है।"

" 'क्या है ?'

" 'यह विवाह साधारण नहीं। इसमें शाल्व, दंतवक्र, जरासंध, विदूरथ, पौण्ड्रक आदि यादवों के शत्रु शिशुपाल के साथ आए हैं, क्योंकि वे उसके मित्र हैं। शिशुपाल को यह सन्देह है कि श्रीकृष्ण आएँगे।'

" 'सो कैसे ?'

" 'देव ! पहले राजकन्या ने अपने पिता भीष्मक से विवाह का नाम सुनकर श्रीकृष्ण का ही नाम लिया था।'

" 'अच्छा !'

" 'देव ! भीष्मक को तो विरोध न था, पर रुक्मी विरुद्ध हो गए। वे शिशुपाल के मित्र और श्रीकृष्ण के विरोधी हैं।'

" 'हूँ', बलराम ने कहा, 'तो वे सेना के साथ आए होंगे।'

" 'हाँ आर्य्य !'

" 'तो चर ! शीघ्रता कर। हम सेना सहित चलेंगे।'

" 'जो आज्ञा देव !'

" हे महर्षिगण ! शीघ्र ही तीव्र गति से हाथी, घोड़े, रथ और पैदलों की बड़ी भारी सेना, चतुरंगिणी चमू नगर-द्वार से निकली। वह श्रीकृष्ण और बलराम की अपनी सेना थी। उसके लिए सुधर्मा सभा से आज्ञा लेने की आवश्यकता नहीं थी।

"परमसुन्दरी रुक्मिणी का हृदय आशंका से व्याकुल हो रहा था।

" 'शाण्डिल्या !' उसने कहा।

" 'देवी !'

" 'कोई समाचार आया ?'

" 'नहीं देवी !'

" 'ब्राह्मण ही आ जाता !' उस स्वर में कितनी व्याकुलता थी, वह सैरन्ध्री से छिपा नहीं रहा।

"वह उसके बाल काढ़ती हुई बोली : 'देवी ! ब्राह्मण चित्रचाप बड़ा कुशल दूत है। वह अवश्य आर्य्य श्रीकृष्ण को लेकर आएगा।'

"रुक्मिणी ने सिर झुकाकर कहा : 'किन्तु शाण्डिल्या ! यही क्या निश्चित है कि वे आ ही जाएँगे।'

" 'अवश्य आवेंगे देवी !'

" 'उन्होंने मुझे देखा भी तो नहीं है।'

" 'भूल हो गई देवी ! चित्रचाप के हाथों यदि एक चित्र भेज दिया जाता ?'

" 'छिः, वे मन में क्या कहते।'

" 'देवी ! कुण्डिनपुर प्रसिद्ध है। जब जरासंध आदि सब ही आपके नाम, रूप और गुण की यशोगाथा सुन चुके हैं तो क्या यादवों में इसका सम्वाद नहीं पहुँचा होगा ?'

"मन ही मन रुक्मिणी प्रसन्न हुई। आशा बँधी। फिर उसने धीरे से कहा : 'सैरन्ध्री !'

" 'देवी !'

" 'अब मुझ अभागिनी के विवाह में केवल एक रात की देरी है। परन्तु वे तो अभी तक नहीं आए।'

"उसकी आँखें भर आईं, मानो चारों ओर अँधेरा छा गया। वह जिस कल्पना को हृदय में बसाए हुए थी, आज वह खंड-खंड होती दिखाई दे रही थी और फिर उसके बाद केवल अंधकार-ही-अंधकार का साम्राज्य था। शिशुपाल से उसे घृणा थी। क्यों ? यह वह स्वयं नहीं जानती थी। किन्तु हुआ यों था कि मन-ही-मन कृष्ण से प्रेम करने से, कृष्ण के प्रत्येक विद्रोही से उसे चिढ़ थी, यहाँ तक कि बड़ा भाई रुक्मी भी उसे प्रिय नहीं था।

"वह सोचने लगी : 'उनके पास न जाने कितनी लावण्यमयी सुन्दरियाँ होंगी। क्षत्रियों को स्त्रियों की क्या कमी ? उनके तो अनेक-अनेक स्त्रियाँ होती हैं। ब्रह्मा जाने स्त्रियाँ क्यों बनाता है। तिस पर पुरुष स्त्री पर ही दोषारोपण करते हैं। कैसा विचित्र है यह संसार ?'

"विचार फिर बदला। अब मन में किसी ने कहा : 'नहीं, वे तो पवित्र हैं। अवश्य मुझमें ही कुछ-न-कुछ बुराई होगी। अरी ! यही बुराई कम है कि तेरा भाई उनका शत्रु है। वे राजनीति के विचक्षण और प्रसिद्ध पण्डित क्या यह नहीं जानते होंगे कि उनका मित्र कौन है और शत्रु कौन है ?'

"जब रुक्मिणी सोई तब उसकी आँखों में एक स्वप्न था। अचानक सैरन्ध्री शाण्डिल्या ने पुकारा : 'राजकन्ये !'

" 'कौन ? शाण्डिल्या ?'

" 'हाँ, देवी ! कहाँ हैं ?'

" 'इधर आ। गजदंत की फलका के पीछे, रत्नजटित पिटक के पास हूँ।'

"शाण्डिल्या आई। वह प्रसन्न थी। रुक्मिणी के अंग आनन्द से फड़कने लगे।

" 'क्या है सैरन्ध्री !'

" 'देवी ! धीरे बोलें। दीवारों के भी कान होते हैं।' सैरन्ध्री पास बैठ गई।

" 'अब कह ?' रुक्मिणी ने कहा।

" 'देवी ! ब्राह्मण चित्रचाप मार्ग...'

" 'में पकड़ा गया ?'

" 'नहीं देवी, व्यतीत करके आ गया।'

" 'क्या कहा उसने ?'

" 'देवी, सब ठीक है।'

" 'सच !' शाण्डिल्या को रुक्मिणी ने हर्षोद्वेग में हृदय से लगा लिया।

" 'कुछ कहा है ?'

" 'हाँ देवी !'

" 'क्या ?'

" 'वे तत्पर हैं।'

" 'कैसे ?'

" 'आपको हरकर ले जाने को।'

"हठात् लज्जा से रुक्मिणी का मुख आरक्त हो उठा। शाण्डिल्या हँसी। कहा : 'बुलाऊँ उसे ?'

" 'नहीं। उसे पुरस्कार दिया ?'

" 'देवी ! उसका पुरस्कार तो यही है कि अपने साथ आप उसे ले जाएँ और खूब धनी बना दें।'

" 'तू भी मेरे साथ चलेगी ?'

" 'नहीं देवी ! फिर आऊँगी।'

" 'क्यों ?'

" 'पकड़ी गई तो मारी जाऊँगी।'

" 'और ब्राह्मण नहीं मारा जाएगा।'

" 'ब्राह्मण का वध कोई क्षत्रिय कर सके, यह तो हमने देखा नहीं।'

" 'ठीक है। वह पूज्य होता है।'

" 'होता होगा देवी ! मुझे तो यह जाति बड़े एकेवाली लगती है। अपनी स्वार्थ-साधना में तत्पर रहती है और इसके लिए चाहे जैसे शास्त्र गढ़ लेती है। परन्तु देवी ! मैं तो दासी हूँ। मुझ पर दया करें। किसी से कहें नहीं।'

" 'नहीं री !' रुक्मिणी ने कहा, 'फिर कैसे होगा सब ?'

" 'कब का सब ?'

"रुक्मिणी फिर लज्जा से झुक गई। कहा : 'यही उनका आना...'

" 'देवी, वही गिरिजा मन्दिर ठीक रहेगा।'

" 'तो ब्राह्मण को सब समझा दे।'

" 'समझा दूँगी।'

" 'वे ठहरे कहाँ हैं ?'

" 'देवी ! नगर के बाहर हैं अभी।'

" 'कितने आदमी हैं ?'

" 'बस एक सारथि और है।'

" 'तो ये तो सेनाएँ हैं ?'

" 'किसी को पता क्या चलेगा देवी !'

" 'तो क्या कोई जानता नहीं ?'

" 'अभी तो शायद नहीं जानता।'

"रुक्मिणी विभोर हो रही थी, किन्तु आशंका से हृदय धकधक करने लगा था—तो वे आ गए! उसे लेने आ गए! उसके वचन का उन्होंने मोल किया है? और तब वह भविष्य की सुखद कल्पनाओं में झूलने लगी, किन्तु बार-बार वर्तमान की कठोरता उसे नीचे खींच लेती थी। कैसे होगा सब कुछ? कैसे भाग सकेंगे हम?

"जब सघन वृक्षों की आड़ में खड़े रथ में से दारुक ने पीछे देखा तो धूल उड़ती दिखाई दी।

" 'आर्य्य!' उसने कहा।

" 'क्यों?'

" 'देव! कोई सेना आ रही है।'

" 'देख तो कौन है?'

" 'देव! यदि शत्रु हुआ तो?'

" 'तू पेड़ पर चढ़कर देख!'

"दारुक वृक्ष पर चढ़ गया।

" 'कौन है?'

" 'अभी पता नहीं चलता।'

" 'कृष्ण ने फिर पूछा : 'दिखता है?'

" 'हाँ देव, पताका रथ पर दिखाई दे रही है।'

" 'कैसा रंग है?'

" 'देव! यह तो अतिरथी बलराम हैं!'

" 'बलराम! दारुक कूद आ!'

"दारुक आ गया।

" 'रथ बढ़ा उधर ही।' कृष्ण ने कहा।

"दारुक रथ हाँक चला। कुछ देर में ही सेना के सामने रथ पहुँच गया। कृष्ण रथ से उतर गए और जाकर बलराम के चरण छूकर कहा : 'अग्रज! यहाँ?'

" 'संदेह न कर!' बलराम ने हँसकर कहा, 'तेरी ही रक्षा के लिए आया था। अकेला क्यों आ गया?'

" 'आप थे नहीं।'

" 'पर कर्मान्त दूर थे?' बलराम ने कहा, 'सम्वाद नहीं जा सकता था! परन्तु प्रेम आँखों पर पट्टी जो बाँध देता है।'

"कृष्ण ने सिर झुका लिया। बलराम ने कहा : 'तेरी भ्रातृजाया बड़ी प्रसन्न थी।'

"मतलब था रेवती। कृष्ण ने पूछा : 'भाभी कहती थीं कुछ?'

" 'कहेगी नहीं?'

"अब सेना इकट्ठी हो गई थी। नगर-द्वार तक कोलाहल पहुँच रहा था। शीघ्र ही

सम्वाद पहुँचा और पथों, ड्योढ़ियों को लाँघकर भीष्मक के पास जा पहुँचा। भीष्मक ने सोचा, शायद पुत्री का विवाह देखने आए हैं। वह ससम्मान उठा। तुरही, भेरी आदि बाजे बजवाते हुए, पूजा की सामग्री लिये, उसने उनकी अगवानी की और मधुपर्क, निर्मल वस्त्र तथा उत्तम-उत्तम भेंट देकर विधिपूर्वक पूजा की। भीष्मक बुद्धिमान पुरुष था। उसने उनकी सेना और साथियों सहित समस्त सामग्रियों से युक्त निवास-स्थान में ठहराया और उनका यथावत् आतिथ्य-सत्कार किया।

"संध्या को ही राजा लोग श्रीकृष्ण से मिलने आने लगे, क्योंकि विदर्भ के घर-घर में यादवों के अतिरथियों का आगमन ज्ञात हो गया। अब प्रजा में बातें होने लगीं।

"एक ने कहा : 'राजकन्या के योग्य वर तो श्रीकृष्ण ही हैं।'

"दूसरे ने कहा : 'सोने में मणि जड़ दी तूने तो।'

" 'अब क्या हो सकता है?'

" 'दुर्भाग्य ही रहा तब तो।'

"यह सम्वाद भी अंतःपुर में पहुँचा, और चरों ने जरासंध से भी कहा। जरासंध ने अपने मदिरा के प्याले को पृथ्वी पर उल्टा करके कहा : 'वह तो प्रवर्षण पर्वत में जल गया था न?'

" 'नहीं देव!' चर ने कहा।

" 'चोर! वह यहाँ भी आ गया!'

" 'साहस तो देखिए सम्राट्!'

" 'उसे शायद मेरी उपस्थिति के बारे में मालूम नहीं है?'

" 'देव! ज्ञात है।'

" 'तुझे कैसे मालूम?'

" 'देव! दास तो उनके भवन के पास चला गया था। वहाँ आपका नाम लेते मैंने स्वयं कृष्ण को सुना।'

" 'दुर्विनीत गोप!' जरासंध ने कहा और मदिरा का प्याला उठा दिया। दासी ने भर दिया। वह गट-गट करके पी गया। उसके कंधे फैले हुए थे।

"चर ने देखा। उसकी आँखें कुछ लाल-सी थीं। वह चुपचाप बैठा रहा। जरासंध ने फिर सिर उठाया। कहा : 'वह बड़ा कुटिल है। क्यों आया है, पता लगा?'

" 'नहीं देव!'

" 'तो जा मूर्ख!' जरासंध ने कहा, 'यहाँ बैठा क्या कर रहा है?'

"उसकी भर्राई आवाज सुनकर चर काँप उठा। वह चला गया। अधनंगी दासी आकर उसके चरण धोने लगी। वह सोने की झारी से पानी डालती और सुवर्ण के पात्र में पानी इकट्ठा कर लेती। फिर उसने प्राग्ज्योतिष के मार्ग से आए बहुमूल्य चीन के रेशम से उसके पाँवों को पोंछा। जरासंध ने जैसे उसे देखा ही नहीं। वह अपने पुराने शत्रु के बारे में सोच रहा था।"

सूत रोमहर्षण के पुत्र उग्रश्रवा ने कहा : "हे आर्य्यगण! वैशम्पायन इस कथा को बड़े रोचक ढंग से कहते थे। मैं अभी उतना निपुण ही नहीं हूँ, किन्तु यथामति आपको सुनाता हूँ।

"दूसरे दिन रुक्मिणी अंतःपुर से निकलकर देवी के मन्दिर की ओर चली। बहुत-से सैनिक रक्षा में तत्पर साथ चल रहे थे। उनकी सुदृढ़ मांसपेशियाँ उठती-गिरती दिखाई दे रही

थीं। वह चरणों से तो गंतव्य स्थान की ओर चली जा रही थी, किन्तु उसका मन कृष्ण का ही ध्यान कर रहा था। उस समय उसके मन की अवस्था विचित्र हो रही थी। वह स्वयं मौन थी और माताएँ तथा सखी-सहेलियाँ सब ओर से उसे घेरे हुए थीं। शूरवीर राजसैनिक हाथों में अस्त्र-शस्त्र उठाए, कवच धारण किए हुए उनकी रक्षा में तत्पर खड़े थे। उस समय मृदंग, शंख, ढोल, तुरही और भेरी आदि बाजे बज रहे थे। बहुत-सी ब्राह्मण पत्नियाँ पुष्पमाला, चंदन आदि सुगंध, द्रव्य और गहने-कपड़ों से सजकर साथ-साथ चल रही थीं। अनेक प्रकार के उपहार तथा पूजन आदि की सामग्री लेकर सहस्रों श्रेष्ठ वेश्याएँ भी साथ चल रही थीं। गायक गाते जाते थे, बाजेवाले वाद्य यंत्रों से मनोहर स्वर निकालते, तथा सूत, मागध और बंदीजन दुलहिन के चारों ओर जय-जयकार करते विरुदावली बखानते हुए चल रहे थे।

"देवी के मन्दिर में पहुँचकर रुक्मिणी ने अपने सुन्दर हाथ-पाँव धोए, आचमन किया, इसके अनन्तर भीतर-बाहर से शान्त होकर गिरिजा के मन्दिर के भीतर उसने प्रवेश किया। बहुत-सी विधि-विधान जाननेवाली बड़ी-बूढ़ी ब्राह्मणियाँ उसके साथ थीं।

"एक वृद्धा ने कहा : 'गिरिजा को प्रणाम करो आयुष्मती!'

"रुक्मिणी ने प्रणाम किया।

"वृद्धा ने कहा : 'यह कल्याणी है। वरप्रदा देवी है।'

"फिर उन्होंने रुक्मिणी से जल, गंध, अक्षत, धूप, वस्त्र, माला, हार, आभूषण, अनेक प्रकार के नैवेद्य, भेंट और आरती आदि सामग्रियों से देवी की पूजा कराई।

"हे आर्य्यगण! वह अनार्य्य पूजा-पद्धति दक्षिण के आर्य्यों में तभी प्रचलित हो गई थी।

"रुक्मिणी ने तदनन्तर उक्त सामग्रियों से तथा नमक, पूआ, पान, कण्ठसूत्र, फल और ईख से सुहागिन ब्राह्मणियों की पूजा की। तब ब्राह्मणियों ने उसे प्रसाद देकर आशीर्वाद दिए और दुल्हिन ने ब्राह्मणियों और माता गिरिजा को नमस्कार करके प्रसाद ग्रहण किया। पूजा-अर्चा की विधि समाप्त हो गई। तब रुक्मिणी ने मौन तोड़ दिया। अपनी सखी सुमीढ़ा का हाथ रुक्मिणी ने पकड़कर कहा : 'सखी, चल थोड़ा घूम आएँ।'

"सखी जैसे जानती थी। कहा : 'उफ, यहाँ वायु गर्म है।'

"दोनों सखियाँ बाहर आ गईं, जहाँ अनेक राजा खड़े हुए थे। सम्राट् जरासंध भी खड़ा था। शिशुपाल वहाँ नहीं था।

"रुक्मिणी युवती थी। उसके पीनोन्नत स्तनों पर कंचुक बँधा था और घुँघराली अलकें उसके गोरे मुख पर चंचलता से झूल रही थीं। उसकी क्षीण कटि और सुडौल हाथों ने आकर्षण की विद्युत से जैसे उपस्थित नरपतियों के हृदय में हूक-सी सुलगा दी। उसके नितम्ब पर यक्षियों की-सी जड़ाऊ मेखला थी। वह मंद-मंद मुस्करा रही थी। उसके चरणों पर क्वणन करते नूपुर उसकी राजहंस की-सी गति में मुखर हो उठते थे। लज्जा के छवि-बंधनों में से फूटता हुआ वह सलास सौन्दर्य देखकर किसी के वास्तविक मित्र न होनेवाले राजा अपने मित्र की वाग्दत्ता पत्नी की कमनीय शोभा को देखकर काम से पीड़ित रह गए। नीले उत्तरीय में से तो रुक्मिणी की शोभा द्वाभा की अपरूप झिलमिल-सी मोहिनी-सी बिछाने लगी।

"सुमीढ़ा संग-संग चल रही थी।

" 'सुमीढ़े !' उसने कहा।

" 'सखी !'

" 'सब देख रहे हैं।'

" 'वह तो खड़े हैं।'

" 'फिर ?'

" 'आगे चलो। यहाँ पथ भी तो अवरुद्ध है।'

" 'वहाँ होंगे वे ?'

" 'मेरा तो यही विचार है।'

" वे आगे बढ़ीं।

"रुक्मिणी का हृदय भीतर-ही-भीतर उछल रहा था, किन्तु ऊपर से वह शान्त थी। सुमीढ़ा ने कहा : 'देवी !'

" 'क्या है सखी ?'

" 'धीरे-धीरे चलो।'

" 'ये सामनेवाला उधर कौन देख रहा है, जानती है न ?'

" 'क्यों नहीं ? मगधराज जरासंध ही तो है ?'

" 'क्यों सखी, यह तो काफी आयु का है न ?'

" 'क्यों नहीं देवी ! इसकी पुत्रियाँ तो तुम्हारी ममिया सास हैं।'

" 'क्या कहती है ?' रुक्मिणी ने लजाकर कहा।

" 'वह देखो धीरे से। बाईं ओर।' सुमीढ़ा ने कहा।

"चंचल चितवन फेंककर रुक्मिणी ने देख लिया कि वहाँ श्रीकृष्ण थे। वही रूप ! वही आभा ! ऐसा ही चित्र भी देखा था ! वही वैभव ! वही गरिमा। रुक्मिणी को लगा कि उसका हृदय भीतर समा नहीं सकेगा। अपने उद्वेग को छिपाने के लिए वह नीचे देखने लगी।

"सारथि रथ ले आया।

"सुमीढ़ा ने कहा : 'रथ आ गया राजकन्ये ! बैठें !'

"रुक्मिणी ने एक बार कृष्ण की ओर देखा। अभी वह चढ़ना ही चाहती थी कि शत्रुओं के देखते-देखते श्रीकृष्ण ने रुक्मिणी को उठाकर रथ पर बिठा लिया और उन उपस्थित राजाओं के सिर पर पाँव-सा रखकर रथ बढ़ा दिया। वह कृष्ण का ही रथ था, दारुक उस पर सारथि था। उस पर गरुड़ध्वज था। योजना का पहला चरण ठीक बैठा था। जैसे सिंह सियारों के बीच में से अपना भाग ले जाए, वैसे ही रुक्मिणी को लेकर कृष्ण का रथ आगे निकल गया। उनके पीछे अनेक वीर यदुवंशी रथ हाँक चले और तब न जाने कहाँ से छिपी हुई यादव-सेना निकलकर पीछे चल पड़ी।

"राजा स्तब्ध रह गए। वह हो गया, जिसकी किसी ने कल्पना भी नहीं की थी। सुमीढ़ा ऐसी बन गई थी जैसे घबराहट के मारे बोलना भी भूल गई थी। एक स्त्री चिल्लाई : 'अरे राजकन्या का अपहरण हो गया ! अपहरण हो गया ! वधू को कोई ले गया, कोई वधू को उड़ाए लिये जा रहा है।'

"उसके स्वर से जैसे सब चौंक उठे। एक चर दौड़ा आया। उसने जरासंध के पाँव

पकड़कर कहा : 'सम्राट् ! वह श्रीकृष्ण है !'

" 'श्रीकृष्ण !' जरासंध ने फूत्कार किया, 'गोप ! कंस का दास ! चोर ! मेरे सेनापति की स्त्री को ले गया !'

" 'धिक्कार है,' एक राजा चिल्लाया, 'हमें धिक्कार है। आज हम लोग धनुष धारण करके खड़े ही रहे और वे ग्वाले, जैसे सिंह के भाग को सियार ले जाए, उसी प्रकार हमारा यश छीन ले गए।'

"स्त्रियाँ रो रही थीं। सुमीढ़ा पगली-सी बनी खड़ी थी। जरासंध ने उसके कंधे पर हाथ रखा तो वह मूर्च्छित-सी होकर उसी पर लुढ़क गई। जरासंध ने उसे दासियों को दे दिया। उसका चेहरा उतर गया था। श्रीकृष्ण ! इतना दुस्साहस ! यह 18वाँ नहीं, उसका उन्नीसवाँ अपमान था, कंस की मृत्यु एक, सत्रह बार की हार और फिर आज यह अपहरण !

"राजा लोग खड्ग खींचे इकट्ठे हो गए थे। उन्हें अत्यन्त क्रोध था। वे शिशुपाल के मित्र थे। चारों ओर सैनिक विक्षुब्ध-से खड़े थे। जहाँ कुछ देर पहले मंगल हो रहा था, वहाँ भयानकता छा गई थी।"

"हे महर्षिगण !" उग्रश्रवा ने कहा, "इस प्रकार कह-सुनकर सब-के-सब राजा क्रोध से आगबबूला हो उठे और कवच पहनकर अपने-अपने वाहनों पर सवार हो गए। अपनी-अपनी सेना को लक्ष्य कर वे गरजे : 'आगे बढ़ो ! गोप को घेर लो। सावधान; आज यादव नहीं बचें।'

"जरासंध का रथ आगे था। उसके रथ में काले, दीर्घाकार चपल तुरंग जुड़े हुए थे। उसने धनुष ले रखा था।

"गद चिल्लाया : 'अतिरथी सावधान !'

"शत्रु के रथों के पहियों की घरघराहट, घोड़ों की टापों का घोष और रणरणयित शस्त्रों की झंकार पास आ रही थी।

"बलराम ने कहा : 'गद ! व्यूह रचो।'

"तुरन्त यादव-वाहिनी तीन दलों में बिखर गई। दो दल इधर-उधर भागकर खड़े हो गए। सामने के दल ने व्यूह रच लिया।

"सारण चिल्लाया : 'श्रीकृष्ण बढ़े जाओ ! आज यादवों के हाथ से गौरव न छिन जाए।'

"वह गौरव रुक्मिणी थी, जो समर्पिता-सी, प्रसन्न-सी, तृप्त-सी, परन्तु आतुर और भयभीता-सी रथ के डंडे पकड़े खड़ी थी। उसके सामने कृष्ण थे। दारुक कशा फटकार रहा था।

"सामने घोड़े पर जैत्र भाग रहा था। वह भी भाला हाथ में लिये था। कृष्ण के रथ पर धनुष, बाण, चक्र और खड्ग तथा भाले रखे थे।

"कृष्ण ने कहा : 'राजकन्ये !'

"रुक्मिणी ने विभोर दृष्टि से देखा।

"कृष्ण ने कहा : 'भय तो नहीं होता।'

"राजकन्या बोली नहीं। केवल आँखों से कहा : 'नहीं ?'

"बस, इतना ही काफी था। उस दृष्टि ने जादू-सा कर दिया। उधर चरों ने भीष्मक को संवाद दिया। आतंक छा गया। वृद्ध सिर पकड़कर लज्जित-सा बैठ गया। शिशुपाल ने सुना तो कटे पेड़-सा आसन पर बैठ गया। अपमान, विक्षोभ और घृणा से उसने अपने बाल नोंच लिये।

" 'धैर्य्य रखें देव !' चर ने कहा, 'सम्राट् जरासंध स्वयं रथ पर पीछा कर रहे हैं।'

" 'नहीं चर !' उसने कहा, 'यह काम अकेले कृष्ण का नहीं है।'

" 'तो देव ?'

" 'यह कार्य रुक्मिणी का है।'

" 'देव ! ! !'

" 'हाँ, चर !' शिशुपाल ने कहा, 'अब वह अपहृता स्त्री यदि लौट भी आई, तो स्वेच्छा से भागी हुई क्या वह चेदि के कुलीन वंश में अपना स्थान बना सकेगी ? ऐसी स्त्री यदि मैं रखूँगा तो क्या सब हँसेंगे नहीं ? कृष्ण !' और वह दाँत पीसने लगा।

"किन्तु भाग्य-निर्णय तो युद्ध में हो रहा है। पीछे से जरासंध आदि ने बाणों की वर्षा की। तीन ओर से यादवों ने बाण फेंककर उन बाणों को काट दिया और दोनों ओर के यादव पीछे हटने लगे। कुछ ही देर में तीन ओर से यादवों ने ऐसी भीषण मार लगाई कि जरासंध समेत सारी सेना के पाँव उखड़ गए। रंगशालाओं में निरन्तर अभ्यास करनेवाले यादव क्षत्रिय अत्यन्त चपल थे। उन्होंने मारा और भागे। जितनी देर में शत्रु फिर इकट्ठे होते, दाएँ से हमला हुआ। जब पूरी तरह से शत्रु उधर जूझ गया तो पीछे से दूसरे दल ने हमला किया। शत्रु की शक्ति छिन्न हो गई। लेकिन वे फिर भागे, पर अब सामने के दल ने बाणों से सेना को तहस-नहस कर दिया। जरासंध के रथ की पताका को बलराम ने बाणों से काट दिया। उसके सारथि के गले के आरपार गद का भाला घुस गया। उस समय जरासंध रथ से कूदकर भाग गया। यादव ठठाकर हँसे। जैत्र ने लौटकर देखा और फिर घोड़ा दौड़ाया। कृष्ण के पास जाकर कहा : 'देव !'

" 'क्या संवाद है जैत्र !'

" 'यादव-सेना बिल्कुल घायल नहीं हुई, शत्रुओं के घायल मैदान में पड़े आर्त्तनाद कर रहे हैं। जरासंध भाग गया।'

" 'और यादव-सेना ?'

" 'देव...'

"तभी पीछे से भीषण जयजयकार हुआ 'विदर्भनंदिनी रुक्मिणी की जय ! श्रीकृष्ण की जय ! अतिरथी बलराम की जय ! महारथी गद की जय ! अखण्ड यादवगण की जय !'

" 'तो निर्णय हो गया !' कृष्ण ने कहा, 'दारुक, रथ धीरे कर दे। राजकन्या थक गई हैं।'

"दारुक ने कहा : 'देव ! थोड़ा और थक लें तो अच्छा होगा। अभी उस वन-मार्ग के प्रारम्भ होने तक यों ही चलने दें।'

" 'तो चल।'

" 'रुक्मिणी दारुक पर मुस्कराई।

" 'देवी तुझ पर प्रसन्न हैं दारुक!'

" 'देव! मैं कितना प्रसन्न हूँ, पूछें! कितने दिन बाद आज वह दिन दिखाई दिया जिसके लिए हम आतुर थे। अब मनचाहा इनाम लूँगा।'

" 'मिलेगा दारुक! पर क्या अभी तक नहीं मिला? स्वामिनी को क्या मेरा यही पहला परिचय दे रहा है कि मैं सेवकों को कुछ देता नहीं?'

" 'महाप्रभु! मैं ऐसा सोचूँ तो जीवित जल जाऊँ।'

"रथ की किंकिणी बजती आ रही थी। अब उनकी मधुर ध्वनि पर ध्यान गया।

"कृष्ण ने रुक्मिणी की ओर मुस्कराकर देखा और कहा : 'देवी! बैठ जाओ।'

" 'आप भी बैठेंगे?'

" 'मैं कैसे बैठ सकता हूँ,' कृष्ण ने कहा, 'अभी आनर्त कहाँ आया है?'

" 'तो मैं भी खड़ी रहूँगी।'

" 'आर्य्य!' दारुक ने कहा, 'देवी महान् हैं। धन्य हैं। यादवों का शीश आज ऊँचा हुआ। ऐसी महान् देवी उनके अतिरथी की पत्नी बनी।'

" 'देवी!' कृष्ण ने कहा, 'इसकी चाटुकारिता बन्द नहीं होगी, जब तक तुम इसे कोई इनाम न दे दोगी।'

"रुक्मिणी ने हीरक हार उतारकर कहा : 'ले सारथि!'

"दारुक ने लेकर कहा : 'मैं क्या कहीं भागा जा रहा था स्वामिनी!'

"कृष्ण ने हँसकर कहा : 'अब भूमिका बन्द कर!' "

उग्रश्रवा ने कहा : "हे ब्राह्मणश्रेष्ठ! शिशुपाल मरणासन्न हो रहा था। उसे चारों ओर अँधेरा दिखाई दे रहा था। न तो उसके हृदय में उत्साह रह गया था और न शरीर पर ही कान्ति शेष थी। उसका मुख सूख रहा था।

"प्रतिहारी ने आकर कहा : 'आर्य्य!'

"उसने सुना नहीं। भवन के स्तम्भों पर विषाद की छाया काँप-सी रही थी। बाहर सेवक, दास और दासियाँ अविश्रान्त श्रम करते हुए सेवा में लगे थे, नए दास ढीले दीखते थे, कर्मान्तों से पकड़कर लाए गए दास गँवार-से लगते थे। किन्तु आज वह उन्हें डाँटने की भी याद नहीं कर पा रहा था। उसे ऐसा लग रहा था जैसे पांड्य से काश्मीर और सिंधु से प्राग्ज्योतिष तक सारे राजा अट्टाहस कर रहे थे, उनके हँसते हुए दाँतों की चमक से फैले हुए मुख उसे अधर में उठते हुए दिखाई दे रहे थे। उसने द्वारका को नष्ट करने की मन-ही-मन प्रतिज्ञा की।

"प्रतिहारी ने फिर कहा : 'महाराज!'

"वह एकदम चौंक उठा, कहा : 'कौन है?'

"एकाएक भयभीत हो जाने से उसकी मुद्रा उपहासास्पद हो गई। वह, जोकि सिंहासन पर बैठते समय चीतों के बच्चों पर पाँव रखता था; वह, जो कि स्नान करते समय अर्द्धनग्न युवतियों के हाथों से उबटन करवाता था; वह, जिसके हाथ में धनुष की डोरी रगड़-रगड़कर

दाग बना गई थी; वह, जिसके नाम को व्यापारी दूर तक पहुँचाते थे; वह, जिसके गोधन के लिए विशाल वन और गोष्ठ थे; वह, जिसके सामने शिकार में 108 शिकारी कुत्ते भागते थे; वह, जिसके यहाँ सुदूर म्लेच्छ देशों से दास-दासियाँ आते थे; वह, जो स्वयं सम्राट् मगधाधिप जरासंध का सेनानायक था; वह, जिसके वैभव को देखकर सुन्दरियाँ उससे आँखें मिलाने के लिए प्यासी रहती थीं; वह, जिसके प्रासाद में से धूमगंध उड़ती थी; वह, जिसके क्रोध से दासों के मुण्ड पृथ्वी पर लोटने लगते थे, इस समय ऐसा भयभीत था !

"यह विचार आते ही उसके विक्षोभ की सीमा नहीं रही। अब यदि यह किसी से कहेगा तो ?

" 'तो ?····' वह उठा और उत्तर अपेक्षित न करके उसने अपना खड्ग उसके गले पर ऐसे मारा कि उसका मुण्ड द्वार पर जाकर गिरा। और किसी भीतर घुसते हुए के चरणों से टकराकर फिर किसी के पाँव पर आकर गिरा।

"आगन्तुक और कोई नहीं, स्वयं जरासंध था। पराजित। थका हुआ।

"उसको देखकर शिशुपाल ने गर्दन झुका ली।

"जरासंध ने कहा : 'आर्य्य !'

"उसने देखा।

" 'क्षुब्ध हैं ?' जरासंध ने कहा, 'शत्रु की विजय हुई है।'

" 'सम्राट् !'

" 'यह सत्य है शिशुपाल ! क्या चेदिनरेश को आश्चर्य हो रहा है कि जिसके लोहे से भरतखंड खड़ा-खड़ा काँपता है, वह अजेय दुर्धर्ष मगधाधिपति सम्राट् जरासंध स्वयं यह कहने आया है कि वह लुटेरे और चोरों से पराजित हो गया है ? किन्तु आर्य्य ! यह रोने का समय नहीं। दार्शनिक कहते हैं कि जो कुछ होता है, वह होता ही है। देवता किस समय क्या चाहते हैं, कोई नहीं बता सकता। सुना नहीं कि इन्द्र भी वृत्रासुर से भयभीत होकर भाग गया था। आज न सही, कल सही। और फिर युद्ध ! यह तो ऊँट की करवट है। जाने किसका दाँव लग जाए। कहते हैं प्राचीन काल में विहुला ने युद्ध से भागे हुए अपने पुत्र को धिक्कारकर कहा था कि नीच ! यदि तू मेरे गर्भ में ही नहीं आता, तो मेरा यौवन आज तक बिगड़ता ही क्यों ? किन्तु यह तो समय के फेर हैं। अब वीरता इसमें नहीं कि कौन प्राण दे देता है; बल्कि इसमें है कि कौन जीता बचता है, कौन प्रतिहिंसा की भेरी बजाने के लिए बाद में भी बचा रहता है। युद्ध क्षत्रिय का कर्म है और क्षत्रिय जैसे भी विजय प्राप्त हो, वही कार्य करे।

"चेदिनरेश शिशुपाल ने सुना तो कुछ नहीं कहा। शून्य दृष्टि से देखता रहा।

"जरासंध ने कंधा पकड़कर हिलाकर कहा : 'चेदिराज !'

"वह चौंका।

" 'अब चलिए !'

" 'कहाँ देव ?'

" 'चेदि।'

" 'और आप ?'

" 'मगध !'

" 'लेकिन...'

" 'क्या मित्र ?'

" 'क्या मैं खाली हाथ जाऊँ ?'

" 'भीष्मक को ध्वस्त करने में हमारा लाभ ही क्या है आर्य्य ! इसमें उसका तो कोई अपराध नहीं ?'

" 'किन्तु उसकी पुत्री ने ही यह अनर्थ किया है।'

" 'किया है। स्त्री और बालक की बुद्धि के पीछे कोई व्यर्थ समय नहीं नष्ट करता। रुक्मिणी का भाई रुक्मी हमारा मित्र है। उस पर तो हम आक्रमण नहीं कर सकते। रुक्मिणी को दण्ड देना ही है तो उसे विधवा बनाना ही परम श्रेयस्कर होगा। यदि आप उससे बलात्कार करेंगे तो विदर्भ से शत्रुता बढ़ जाएगी; क्योंकि भले ही श्रीकृष्ण उसे राक्षसों की भाँति हर ले गया है, फिर भी अब कुल-मर्यादा के अनुसार वह उसकी पत्नी हो गई है। भरतखंड में क्षत्रियों में राक्षस विवाह ही सबसे अधिक मान्य है।'

"इस प्रकार समझाने-बुझाने पर चेदिराज शिशुपाल अपने अनुयायियों के साथ अपनी राजधानी को लौट गया और उसके मित्र राजा भी अपने-अपने नगरों को चले गए।

"मध्याह्न में उनकी सेनाओं की धूलि जब कुण्डिनपुर को धूमिल-सा बनाने लगी, उसी समय रुक्मी घायल-सा बाहर चिल्लाया : 'सारथि ! सारथि !'

"सारथि दौड़ा। सैनिक, प्रतिहारी, दण्डधर, दास, दासियों और कञ्चुकों की भीड़ लग गई।

" 'देव !' सारथि काँपता हुआ बोला।

"नंगा खड्ग हाथ में चमकाते हुए रुक्मी ने कहा : 'वाहिनी सजाओ। श्रीकृष्ण उसे ले जाए ! मैं चुपचाप पड़ा रहूँ। वह अभागिनी कुलकलंकिनी बनकर चली जाए ! मेरा मित्र मेरी मित्रता के कारण चुपचाप चला जाए ! कृष्ण उससे बलपूर्वक विवाह करे ! अक्षौहिणी ! अक्षौहिणी ! मैं आज उस गोप को बाँध लाऊँगा ! मैं आप लोगों के बीच में यह शपथ करता हूँ कि यदि मैं युद्ध में कृष्ण को न मार सका और अपनी बहन रुक्मिणी को न लौटा सका तो फिर इस कुण्डिनपुर में प्रवेश नहीं करूँगा।'

"रथ आ गया। वह चढ़ा।

" 'सारथि ! वेग से चला। जहाँ कृष्ण हो, वहाँ बढ़। वह ग्वाला ! दुर्बुद्धि ! आज मेरा उसी के साथ युद्ध होगा। उसका इतना साहस कि मेरी बहन को ले गया ! आज मैं अपने तीखे बाणों से उसके बल-वीर्य के अहंकार को खण्ड-खण्ड कर दूँगा।'

"अक्षौहिणी सेना चल पड़ी। भागने की-सी हलचल थी। कुलनारियों ने अटारियों पर से देखा तो डर गईं। रुक्मरथ आदि भाई दूर खड़े थे। वे इस पीछा करने के विरुद्ध थे। वे कृष्ण से इस सम्बन्ध के कारण प्रसन्न थे। स्त्री तो हरण की ही वस्तु थी। जो इतनों में हर ले गया, वही तो उसकी रक्षा भी करेगा। रुक्मी वेग से भागा जा रहा था। उसके हृदय में तो अपमान की आग लगी थी। कुछ ही देर में उसे कृष्ण का रथ दिखाई दे गया।

"वह चिल्लाया : 'सारथि ! आगे बढ़ा !'

"सारथि ने पूरी शक्ति से चाबुक मारा। घोड़े तराट हो गए। एक ही रथ आगे गया

और रुक्मी उसी में खड़ा गरजा : 'खड़ा रह ! खड़ा रह !'

"उसने अपने धनुष को बलपूर्वक खींचकर कृष्ण को तीन बाण मारे और कहा : 'एक क्षण मेरे सामने ठहर !' बाण बिखर गए। लगे नहीं। उस वार से आक्रांत-सी रुक्मिणी घबरा गई। कहा : 'देव ! अग्रज हैं !'

"कृष्ण ने धनुष पर बाण चढ़ाया और मुस्कराए।

"रुक्मी ने ललकारा : 'यदुवंशियों के कुलकलंक ! जैसे कौआ होम की सामग्री चुराकर उड़ जाए, वैसे ही तू मेरी बहिन को चुराकर कहाँ भागा जा रहा है ? अरे मन्द मायावी ! लम्पट ! कपट-युद्ध में कुशल ! आज मैं तेरा सारा गर्व नष्ट किए देता हूँ। देख ! जब तक मेरे बाण तुझे धरती पर सुला नहीं देते, उसके पहले ही इस बालिका को छोड़कर भाग जा।'

"श्रीकृष्ण ने मुस्कराकर रुक्मिणी की ओर देखा, जिसकी इस समय अजीब-सी हालत हो रही थी। कृष्ण ने तुरन्त रुक्मी पर छः बाण मारे और उसका धनुष काट डाला।

"धनुष कटते ही रुक्मिणी के मुख पर सुस्थिरता लौट आई। तब श्रीकृष्ण ने आठ बाण उसके चार घोड़ों पर और दो सारथी पर मारे तथा तीन बाणों से उसके रथ की ध्वजा को काट डाला।

"रुक्मी ने दूसरा धनुष उठाया, किन्तु तभी कृष्ण ने उसे काटकर टुकड़े-टुकड़े कर दिया। तब उसका विक्षोभ बढ़ गया। उसने परिध उठाई, पट्टिश, शूल, ढाल, तलवार, शक्ति और तोमर एक-एक कर उठाए, परन्तु कृष्ण ने उसे प्रहार करने का अवसर ही नहीं दिया। बाण से सबको पहले ही छिन्न-भिन्न कर दिया।

"रुक्मी क्रुद्ध हो हाथ में तलवार लेकर रथ से कूद पड़ा और कृष्ण की ओर झपटा। रुक्मिणी चिल्लाई। कृष्ण ने देखा, वह आक्रमण करने ही वाला था कि उन्होंने अपने बाणों से उसकी ढाल-तलवार को उसके हाथों से छुड़ाकर गिरा दिया। उस समय कृष्ण ने अपने हाथ में खड्ग उठाया।

रुक्मिणी ने देखा कि अब अग्रज मरा। सहसा वह दयापूर्ण स्वर में कह उठी : 'स्वामी ! अग्रज हैं। प्राण-दान दें।'

"यह कहकर उसने कृष्ण के पाँव पकड़ लिये। वह भय से थर-थर काँप रही थी, शोक की प्रबलता से मुँह सूख गया था, गला रुँध-सा गया था। आतुरतावश सोने का हार गले से गिर पड़ा था और वह कातर दृष्टि से देख रही थी।

" 'प्रभु !' उसने फिर कहा, 'लोक कहेगा रुक्मिणी ने अपने भाई का वध करवा दिया।'

" 'नीच !' रुक्मी गरजा, 'तो यह तेरा ही षड्यंत्र था ?'

"किन्तु कृष्ण ने उसे पकड़कर पृथ्वी पर गिरा दिया। वह पुराना ग्वाला, जो मल्लयुद्ध में चाणूरहन्ता प्रसिद्ध था, रुक्मी बिचारा उसके सामने क्या था ! और तब कृष्ण ने उसकी कमर से उसी का दुपट्टा खोलकर उसे बाँध दिया और अपने खड्ग से उसकी मूँछें, तथा केश कई जगह से काटकर उसे कुरूप बना दिया। उसी समय रुक्मी की सेना निकट आ गई थी। यदुवीर उससे टकरा गए। युद्ध होने लगा। सेनाओं का संघर्ष बड़ा ही भयानक था। किन्तु उस सेना का नायक बन्दी था, शीघ्र ही वह विनष्ट होकर भाग चली। गद लौटा।

"कहा : 'आर्य्य वासुदेव !'

"बलराम बढ़े। कहा : 'कृष्ण !'

" 'अग्रज !' कृष्ण ने कहा।

" 'अरे यह क्या किया ?'

" 'देव !' दण्ड दिया है।'

" 'बुरा किया। फिर भी तेरा साला होता है।'

"रुक्मिणी ने सिर झुका लिया।

"बलराम ने कहा : 'कृष्ण ! यह बन्धु है। यह यदि वध करने योग्य अपराध करे, तो भी अपने ही सम्बन्धियों के द्वारा उसका मारा जाना उचित नहीं है। उसे छोड़ देना चाहिए। वह तो अपने अपराध से ही मर चुका है, मरे हुए को फिर क्या मारना ?'

"फिर बलराम ने रुक्मिणी से कहा : 'साध्वी !'

"रुक्मिणी ने देखा। बलराम ने कहा : 'क्षत्रिय का धर्म कितना दारुण है। भाई अपने सगे भाई को मार डालता है। इसीलिए मैं इसे अत्यन्त जघन्य समझता हूँ। किन्तु विवशता है। हमें ब्रह्मा ने इसीलिए बनाया है। किन्तु कृष्ण ! यह ठीक है कि जो लोग धन के नशे में अंधे हो रहे हैं और अभिमानी हैं वे राज्य, पृथ्वी, पैसा, स्त्री, मान, तेज, अथवा किसी और कारण से अपने बन्धुओं का भी तिरस्कार कर दिया करते हैं, परन्तु हमारे लिए तो ऐसा उचित नहीं है।'[1]

"रुक्मिणी विषण्ण खड़ी थी। ऐसा लगता था वह रो पड़ेगी।

"बलराम ने फिर कहा : 'साध्वी ! तुम्हारा भाई हमारे समस्त गण के प्रति दुर्भाव रखता है। हमने उसके मंगल के लिए ही उसको दंड दिया है। कृष्ण !'

" 'आर्य्य !'

" 'इसे छोड़ दें।'

"कृष्ण ने उसे खोल दिया। रुक्मी ने अपने हाथों से अपना मुँह छिपा लिया और वह महावीर अपमान से रोने लगा। रुक्मिणी का हृदय टुकड़े-टुकड़े होने लगा।

"यादव चले गए। रुक्मी वहीं बैठ गया। वसाति नामक उसके सेनापति ने आकर कहा : 'देव !'

"रुक्मी ने सिर नहीं उठाया।

" 'देव !' उसने फिर कहा, 'चलिए।'

" 'कहाँ ?'

" 'कुण्डिनपुर !'

" 'यह रूप लेकर ?'

"वसाति चुप रहा।

" 'मैं प्रायोपवेशन[2] करूँगा। यही आर्य्यपथ है।'

---

1. एकतंत्र की तुलना में जो गण यह सोचते थे, वही हजार वर्ष में ऐसे अभिमानी हो गए कि एकतंत्र ही उनकी तुलना में समाज के विकास में सामंतीय व्यवस्था लाने के साधन बने।

2. मृत्यु तक अनशन। यह आर्य्यों में नियम था।

"वसाति ने कहा : 'किन्तु सम्राट् जरासंध तो अभी भी जीवित हैं। चेदिराज शिशुपाल भी जीवित हैं। अभी पौण्ड्रक राजा भी सशक्त हैं।'

"रुक्मी ने सिर उठाकर कहा : 'तो फिर यहीं नगर बसाओ वसाति। सेना प्रारम्भ करे। यह इसी से भोजकट कहलाए। कृष्ण का वध किए बिना मेरे लिए कुण्डिनपुर में मुँह दिखाने की जगह नहीं है।'

" 'तो यही होगा आर्य्य !' वसाति ने उत्तर दिया।

"इस प्रकार भोजकट में ही रुक्मी प्रतिहिंसा के आँचल में अपनी घृणा के दीपक की लौ को बचाए रहा।"

रोमहर्षण के पुत्र उग्रश्रवा ने कहा :"हे महर्षिगण ! इसके बाद की घटनाएँ प्रसिद्ध ही हैं। कृष्ण के पुत्र नहीं होता था। कहते हैं किसी महादेव के अनार्य्य उपासक के वरदान से कृष्ण के साम्ब नामक पुत्र हुआ। किन्तु वह तो बाद की बात है।

"रुक्मिणी का पुत्र प्रद्युम्न था। वह बालक ही था कि शम्बर नामक अनार्य्य असुर उसे चुरा ले गया और समुद्र में फेंक दिया। किन्तु मत्स्य जाति के धीवरों ने बालक को जल से निकाल लिया और वह बालक फिर शम्बर के यहाँ ही पहुँचा, जहाँ मायावती नामक दासी ने उसे छिपा लिया। वह लगभग 15 वर्ष की थी। उसने उस बालक को पाल लिया। जब वह बालक बड़ा हुआ तो उन दोनों में धाय और बालक का सम्बन्ध न रहकर स्त्री-पुरुष का सम्बन्ध हो गया। वहाँ प्रद्युम्न ने छल से शम्बर को मार डाला। गले में पड़े हार से जब पता चला कि वह द्वारका के कृष्ण का पुत्र था, वह आनर्त्त देश चला गया। प्रद्युम्न बहुत ही सुन्दर था।

"उन दिनों सत्राजित् नामक यादव सूर्य का उपासक था। उसके पास स्यमन्तक नाम का बड़ा-सा मणि था। कृष्ण ने उससे कहा कि वह उस मणि को गणाधिपति को दे दे। किन्तु उसने नहीं दी। एक दिन सत्राजित् का भाई प्रसेन उस मणि को गले में पहनकर शिकार पर गया, जहाँ एक सिंह ने उसे मार डाला। वहाँ जंगल में ऋक्ष जाति के (प्राचीन देवयुगीन जातियों में से एक जाति के) लोग रहते थे। कहते थे, प्राचीन काल में इन्हीं ऋक्षों के पूर्वजों ने दाशरथि राम को राक्षस रावण के विरुद्ध सहायता दी थी। ऋक्षों के राजा का नाम जाम्बवान था। यह राम के युग का व्यक्ति नहीं था। उसने सिंह को मारकर मणि रख ली।

"प्रसेन के न लौटने पर लोगों ने सन्देह किया कि मणि के लिए कृष्ण ने ही प्रसेन को गायब करवा दिया। लोक-निन्दा से व्याकुल होकर कृष्ण ने उसे ढूँढ़ा। आखिर वे ऋक्षों में पहुँचे। वहाँ उनका ऋक्षराज से द्वन्द्वयुद्ध हुआ। ऋक्षराज बड़ा बली था। लड़ाई में कोई न हारा। दोनों मित्र हो गए। तब जाम्बवती नामक पुत्री के साथ मणि भी ऋक्षराज ने कृष्ण को दे दी। इसी जाम्बवती का पुत्र साम्ब था जो महावीर होने पर भी देखने में स्त्रियों जैसा लगता था। जब वह काफी आयु का था, तब भी यादवों ने उपहास में उसी के पेट पर पटेरे बाँधकर उसे गर्भवती के रूप में ब्राह्मणों को दिखाकर पूछा था—इसके गर्भ से क्या जन्मेगा? ब्राह्मण चिढ़ गए थे। यह उनकी सर्वज्ञता पर व्यंग्य था। यादवों में अनेक विचार और दर्शन पनप रहे

थे। उन्होंने ही यादवों में फूट डालकर गण का सर्वनाश करवा दिया था।

"तो जब कृष्ण ने मणि लाकर दे दी तो कलंक उनके माथे से हट गया। सत्राजित् ने कलंक लगाया था। वह लज्जित हो गया। उसने मणि के साथ-ही-साथ अपनी पुत्री सत्यभामा भी कृष्ण को दे दी। परन्तु कृष्ण ने मणि वापस कर दी।

"उन्हीं दिनों लाक्षागृह से पाण्डव बचकर निकले थे। पर ये समझे कि वे मर गए, क्योंकि जल जाना ही विख्यात था। तब कृष्ण हस्तिनापुर गए और शोक प्रकट किया। उनके जाने पर अक्रूर और कृतवर्मा को अवसर मिल गया। उन्होंने सत्राजित् के विरुद्ध शतधन्वा को भड़का दिया, क्योंकि वे दोनों ही सत्यभामा को चाहते थे। शतधन्वा मूर्ख था। सोते में सत्राजित् को उसने मार डाला। मणि छीन ली और स्त्रियों को रुलाकर भाग गया।

"सत्यभामा नें पिता के शव को तेल के कड़ाह में रखवा दिया और कृष्ण के आने पर दुहाई दी। कृष्ण ने शतधन्वा को मारने का विचार किया। शतधन्वा डर गया। उसने कृतवर्मा और अक्रूर से सहायता माँगी परन्तु दोनों ने चतुराई से सामने आने से इन्कार कर दिया। तब वह निराश-सा अक्रूर को मणि देकर घोड़े पर भाग चला। कृष्ण और बलराम को पता चल गया। उन्होंने रथ पर पीछा किया। मिथिलापुरी में जाकर उन्होंने उसे मार डाला। पर मणि नहीं मिली। बलराम जनक विदेह मिथिलाधिप से मिलने चले गए। कृष्ण द्वारका लौट गए।

"जब अक्रूर और कृतवर्मा को शतधन्वा की मृत्यु का पता चला तो दोनों भयभीत-से द्वारका से भाग गए। अक्रूर के जाने पर यादवों में फूट पड़ी। कृष्ण को लाचार होकर उसे बुलवाना पड़ा। फिर मित्रता हुई। अक्रूर ने मणि दे दी। कृष्ण ने अपने सिर से कलंक दूर करके उसे अक्रूर को ही दे दिया।

"तभी पाण्डवों के लाक्षागृह से बच निकलने का संवाद आया। कृष्ण फिर इन्द्रप्रस्थ गए। इसके बाद ही पाण्डव और यदुवंशियों ने खांडव वन के नागों का नाश किया।

"इस प्रकार कृष्ण ने भरतखंड में अनेक कार्यों से चकाचौंध उत्पन्न कर दी। हे महर्षियो ! अब मैं आपको सुनाता हूँ कि एक बार कृष्ण का पुत्र साम्ब कौरवराज दुर्योधन की पुत्री लक्ष्मणा का अपहरण कर लाया। कुरुओं ने उसे बाँधकर पटक दिया। जब संवाद द्वारका पहुँचा तो बलराम ने हस्तिनापुर पर आक्रमण कर दिया। कुरुओं ने उन्हें सम्मान दिया, क्योंकि वे दुर्योधन को गदा-युद्ध करने की शिक्षा दे चुके थे। परंतु जब उन्होंने साम्ब को छुड़ाना चाहा तो कुरुओं ने उन्हें नीच कुल का कहा। युद्ध हुआ। हस्तिनापुर घिर गया। सन्धि हुई। तब दोनों में मित्रता बढ़ी। लक्ष्मणा साम्ब को ब्याह दी गई।

"इस घटना के बाद ही पट-परिवर्तन हुआ और श्रीकृष्ण ने फिर भरतखंड में अपना घोर महत्व प्रतिपादित कर दिया।"

कुलपति शौनक ने कहा : "हे सूतपुत्र ! इसे तुम तनिक विस्तार से सुनाओ, क्योंकि हमें यह सुनने की बड़ी अभिलाषा है कि कृष्ण का वास्तविक महत्व क्या था? जो व्यक्ति राजा भी नहीं था, उसका लोग इतना प्रभुत्व क्यों मानते थे?"

उग्रश्रवा ने कहा : "आर्य्य ! वे गण के अतिरथी थे, अतः उनका बड़ा मान था। फिर वे विलक्षण राजनीतिज्ञ भी तो थे।"

उग्रश्रवा ने कहा : "हे महर्षिगण ! सभा-भवन में कृष्ण बैठे आर्य्य ब्राह्मण और क्षत्रियों

से बातें कर रहे थे। जिक्र चला था कि ये जो अनार्य्य शरीर को कष्ट देते हैं, वह क्या ठीक है? उस समय वातप, अष्मप आदि अनेक सम्प्रदायों के तपस्वी आर्यों में भी थे। जिन धर्म का अनुयायी आर्ष्टिशेण यादवों में प्रसिद्ध था।

"पूर्णांगद ने कहा : 'आर्य्य ! आपने भी तो योग साधना की है?"

"श्रीकृष्ण ने कहा : 'हाँ, मैंने योगियों से वज्रोली क्रिया सीखी थी। किंतु ऋषि घोर आंगिरस ने मुझे जो उपदेश दिया वही मेरे जीवन का मूल है।' कृष्ण ने गाया—'अक्षितमस्यच्युतमसि प्राण संशित मसीति'।[1]

"पूर्णांगद ने पूछा : 'इसकी ऋचा हैं?'

" 'हैं। सुनो।' कृष्ण ने फिर सस्वर कहा—

'आदित्प्रत्नस्य रेतसः, उद्वयन्तमसस्परि
ज्योतिः पश्यन्त उत्तरम्,
स्वं पश्यन्त उत्तरं देवं देवत्रा
सूर्य्यमगन्म ज्योतिरुत्तममिति, ज्योतिरुत्तममिति।[2]

"कृष्ण ने रुककर कहा : 'आर्य्य बन्धु ! मनहिकार, बाणी प्रस्ताव है। आँख उद्गीथ है, श्रोत्र प्रतिहार है और प्राण निधन है। यह गायत्र नामक साम प्राणों में पिरोया हुआ है।'

"सब तन्मयता से सुन रहे थे। उस समय श्रीकृष्ण के मुख पर अगाध पाण्डित्य था। वह व्यक्ति जिस प्रकार यौवन में, मृत्यु तक युद्ध करनेवाले मल्लों में विजयी हुआ था, पशुओं से युद्ध करने में जीता था, जिस प्रकार गोप जीवन में सफल वेणुवादक था और जनजीवन के कष्टों में निरन्तर रण करके नेता बना था, जिस प्रकार गोपों के सामूहिक नृत्यगीतों में चतुर हुआ था और जिसके प्रेम से गोपिकाएँ मुग्ध थीं, जिस प्रकार उसने सम्राट् जरासंध को छकाया था और कुशल राजनीतिज्ञ की भाँति विदेशी कालयवन के आक्रमण को तहस-नहस कर दिया था, उसी प्रकार वह एक दार्शनिक भी था। उसने निरन्तर यही प्रयत्न किया कि दासों और शूद्रों पर घोर अत्याचार न हो, और उसकी ब्राह्मणों का सम्मान करने की नीति केवल वृष्णि यादवों में ही स्वीकृत हो सकी थी। उसने अनेक निरंकुश अनार्य्यों का क्षय किया था। वही कृष्ण इस समय गम्भीर दार्शनिक तथ्यों पर सभा में बैठा वार्तालाप कर रहा था।

"इस समय कृष्ण की आयु लगभग 58 या 59 वर्ष थी। वे बड़े ही बली और सुदृढ़ थे। वज्रोली क्रिया सीख जाने के कारण उनका वीर्य सुरक्षित था। कौन कह सकता था देखकर कि इस व्यक्ति के नाती भी तरुण हो गए होंगे?

"जब रात बीत जाती, सवेरा होने लगता, तब कुक्कुट बोलने लगते। उस समय श्रीकृष्ण के गले से लगकर सोई हुई रानियाँ उनके वियोग की आशंका से व्याकुल हो जातीं और उन मुरगों को कोसने लगतीं। उस समय पारिजात की सुगन्धि से सुवासित भीनी-भीनी वायु के झकोरों पर गायिकाएँ वीणा की झंकार बहाने लगतीं। भौंरे ताल-स्वर से भवन-वापियों में

1. तू अखण्ड है, अविनाशी है, जीवनप्रशंसित है। (छांदोग्योपनिषद् 3-17-6)
2. सर्व प्रकार सनातन शक्ति की अंधकार से ऊपर उत्तम ज्योति को हम देखते हुए और परम आनन्द को देखते हुए, देवों में देव सूर्य को प्राप्त हुए हैं और उत्तम ज्योति को प्राप्त हुए हैं। (छांदोग्योपनिषद् 3-17-7)

अपने संगीत की तान छेड़ देते। पक्षियों की नींद उचट जाती और वे बन्दीजनों की भाँति मधुर स्वर से कलरव करने लगते। शैया से उठकर नित्यकर्म कर स्नान करके श्रीकृष्ण वैदिक कृत्य करते और जब अग्निहोत्र से उठते तो फिर बाहर आते। इसके बाद मौन होकर गायत्री जपते और सूर्योदय होने के समय सूर्योपस्थान करते और अपने देवता, ऋषि तथा पितरों का तर्पण करते। फिर कुल के बड़े-बूढ़ों और ब्राह्मणों की विधिपूर्वक पूजा करते, जिनमें अंतिम तथ्य अंधक यादवों को अधिक प्रिय नहीं था। इसके बाद श्रीकृष्ण दुधार, पहले-पहल ब्याई हुई बछड़ोंवाली सीधी-सादी गायों का दान करते। उस समय उन गायों के गलों में सुन्दर वस्त्र और मोतियों की मालाएँ पहना दी जातीं। सींग में सोना और खुरों में चाँदी मढ़ दी जाती। फिर वे पीताम्बर धारण करते। कौस्तुभ मणिमय, पुष्पहारमय, चंदन चर्चित होकर वे दर्पण और घी में अपना मुख देखते। फिर वे चारों वर्णों के पुरवासियों की शिकायतें जाकर सुनते और न्याय करते। तदनन्तर दारुक रथ ले आता और वे सभा-भवन में चले जाते, जहाँ गूढ़ विषयों पर मनन होता।

"यादवों की सभा में सब ही काम होते। वह सभा सुधर्मा कहलाती थी। वहाँ लम्बे-लम्बे उत्तरीय पहननेवाले गर्वीले यादव इकट्ठे होते, बात करने में जिनकी भुजाएँ फड़कतीं। वहाँ लम्बी दाढ़ियोंवाले विभिन्न दार्शनिक, मुनि, तपस्वी और विचारक आते, जिनके उपदेश होते। वहाँ सुन्दरियाँ नृत्य करतीं। वहाँ जुआ होता और उसके हिसाब लिखे जाते। मजाल थी कि कोई क्षत्रिय किसी दूसरे क्षत्रिय को जुए का निमंत्रण देता और दूसरा मना कर देता? वह तो कायरता कहलाती। सभा में कभी जीव-जंतु लड़ाए जाते, कभी कलावन्तों का कौशल देखा जाता। सभा में विदूषक लोग विभिन्न प्रकार के हास्य-विनोद से हँसाते और उन्हें इसी प्रकार खाना-पीना और धन प्राप्त हो जाता। नटाचार्य अभिनय से और नर्तकियाँ कलापूर्ण नृत्य से सबका मन आकर्षित करतीं। वहाँ कभी वेदमंत्रों पर विवाद होता कि व्यास द्वैपायन ने जो पुराने मंत्रों का सम्पादन किया है, वह ठीक था या नहीं? फिर कुछ पूछते कि अथर्वा ऋषि के नाम पर जो ये अनार्य्य धर्म-प्रभावित छंद बन रहे हैं, उनका क्या स्थान होगा? वहाँ कुशल कथाविद् आते और पुराणकथाएँ सुनाते, जिनमें प्राचीन आर्य्यों और अनार्य्यों की कथाएँ घुली-मिली-सी सुनाई देतीं।

"अभी कृष्ण कह ही रहे थे कि एक दास मदिरा ले आया और उसने उपस्थित सभासदों को चषक दिए। मदिरा उँड़ेली। सबने अभी पीकर प्याले छोड़े ही थे कि द्वारपाल ने आकर कृष्ण के सम्मुख शीश झुकाया और अपने हाथ का सुवर्णमण्डित दण्ड पृथ्वी से लगा दिया।

" 'क्या है मेषहृत्?' सात्यकि ने पूछा।

"मेषहृत् की माता गारुड़ी थी। उसने प्रणाम करके कहा : 'आर्य्य श्रीकृष्ण से एक अज्ञात व्यक्ति मिलना चाहता है।'

" 'कुछ बताया उसने?' एक ने कहा।

"सबमें कौतूहल था। बातें बंद हो गईं। अनेक हाथ खड्गों पर चले गए और उनसे अधिक आँखें सभा भवन की पशुचर्मों से ढँकी विशाल दीवारों पर टँगे हुए अस्त्र-शस्त्रों पर अटक गईं। सात्यकि ने कहा : 'निःशस्त्र करके भेज दे। यही सुधर्मा सभा का नियम है कि

कोई विदेशी यहाँ सशस्त्र भीतर नहीं आ सकता।'

" 'जो आज्ञा प्रभु !' कहकर द्वारपाल चला गया।

"सभाभवन में जो व्यक्ति आया वह पतला-दुबला और विपत्ति का मारा हुआ था। वह चौकन्नी दृष्टि से सबको देखता आया और उसने हाथ जोड़कर कहा : 'मैं अतिरथी, यादव कुलावतंस, परमवीर श्रीकृष्ण के सामने हूँ ?'

"कृष्ण ने अपने चौड़े कंधों पर से उत्तरीय पीछे किया, जिससे बहुमूल्य हार उनके वक्ष पर चमक उठे। उन्होंने अपनी विशाल भुजा उठाकर कहा : 'स्वागत आगंतुक ! मैं कृष्ण, यादवों की सर्वश्रेष्ठ, जगद्वंद्य सुधर्मा सभा में तुमसे आसन ग्रहण करने की प्रार्थना करता हूँ।'

"आगंतुक खड़ा रहा। कहा : 'देव ! मैं शरणागत हूँ।'

" 'तो तुम्हें अभय देता हूँ। बैठो।'

"एक दास ने उत्तर के पार्वत्य प्रदेश के व्यापारियों से खरीदा हुआ कम्बल बिछा दिया। आगंतुक बैठ गया। कहा : 'जल !'

"दास ने सुवर्ण की झारी से सुगंधित जल एक पात्र में उँडेलकर दिया, जिसे वह व्यक्ति गट-गट करके पी गया। तब सभा में हँसानेवाले वामन (बौने) चुपचाप सरककर हट गए।

"आगंतुक ने कहा : 'देव ! कृतार्थ हुआ।'

" 'आर्य्य हैं ?'

" 'हाँ देव !'

" 'परिचय ?'

" 'लज्जित हूँ।'

" 'नहीं, कहें।'

" 'तो सुनें। मैं नर्मदातीर के उत्तर-पश्चिम का राजा प्रजागर हूँ।'

" 'राजा प्रजागर !' यादव चौंक उठे।

" 'हाँ आर्य्य !'

"कृष्ण सोचते रहे। प्रजागर ने कहा : 'आर्य्य जानते हैं कि मगध सम्राट् जरासंध घोर दुर्दम्य है। मैं उसी का सताया हुआ हूँ। उसने जब दिग्विजय की, तब जो नरपति उसके सामने झुके नहीं, उसने उनकी राजधानियाँ नष्ट कर दीं, ग्राम जला दिए, स्त्रियों का बलपूर्वक भोग किया, कुलीनों को दास बनाकर विदेशों में बेच दिया और उनको बलपूर्वक अपनी राजधानी गिरिव्रज में बंदी कर लिया। वे सब तथा उनके साथी लगभग बीस हजार हैं जो निरंतर कशाघात सहते हैं। मैं उन्हीं में से भागकर आ गया हूँ। उसने हमें ऐसे घेर लिया, जैसे सिंह भेड़ों को घेर लेता है। उसके कई दुर्दान्त साथी हैं। पूर्व के वे समस्त आर्य्य और अनार्य्य राज्य निरंकुश हैं और एक-से हैं। उनके ब्राह्मण पुरोहितों और क्षत्रियों में परस्पर खूब सम्बन्ध होते हैं। आपने सत्रह बार उसे प्राणदान दिया है, किंतु 18वीं बार आपको परास्त करके वह दुर्मद हो गया है। नित्य कुल-कन्याएँ लूटी जाती हैं और उनका राजकुलों द्वारा सतीत्व नष्ट होता है। प्रजा से मनचाहा कर वसूल किया जाता है। दासों पर घोर अत्याचार होता है और...'

" 'मैं जानता हूँ।' श्रीकृष्ण ने कहा।

" 'आप जानते हैं ?' उद्धव यादव ने पूछा।

" 'हाँ आर्य्य !' श्रीकृष्ण ने कहा, 'वहाँ पृथ्वी का भार बहुत बढ़ गया है।'

" 'देव, मैं उन समस्त राजाओं का प्रतिनिधि बनकर आया हूँ।' प्रजागर ने कहा : 'वे पूछते हैं कि क्या यादव सचमुच हार गए हैं? उत्तर के कुरु-पञ्चाल के एकतंत्र में तो एका नहीं, परंतु पश्चिम की सबसे बड़ी शक्ति यादवगण हैं, क्या वह भी सो गई है? इस प्रकार शक्ति एकत्र करनेवाले ये निरंकुश सत्तावादी क्या अंत में यादवों पर भी आक्रमण नहीं करेंगे।'

" 'करेंगे तो यादव उन्हें धूलि में मिलाकर छोड़ेंगे।' पूर्णाङ्गद ने कहा।

" 'उत्तेजित न हो बन्धु', श्रीकृष्ण ने कहा, 'यह राजनीति है। तुमने कुरुभूमि के नए दार्शनिक कुणिक की नीति का अध्ययन नहीं किया जो एकतंत्र को निरंकुश बनाने के लिए किसी भी नीचता को राज्य के नाम पर स्वीकृत करता है। अब प्राचीन काल की-सी गणगोत्र मात्र की परिधि नहीं रह गई है। अब व्यापक युद्ध की आवश्यकता है। उस पर धैर्य से विचार करो। राज्य क्या है? सबसे पहले तो इस पर विचार करना है। कहाँ जा रहे सब लोग? पवित्र जम्बू द्वीप में भरतखण्ड सबसे अधिक पवित्र है। इसमें धर्म कहाँ है? सब अपनी-अपनी दुंदुभि बजा रहे हैं। प्रजा को संतोष कहाँ है? यहाँ छः-सात प्रमुख शक्तियाँ हैं। पश्चिम में यादवों का गण है, उत्तर-पश्चिम में अनेक आयुधजीवी गण हैं, जो बिखरे हुए हैं। उत्तर में कुरु-पञ्चाल के प्रधान राजा हैं। पूर्व में मागध जरासंध के साथ तमाम राजा हैं जिनमें चेदि, पौंड्र, आदि भी हैं। सुदूर पूर्व में प्राग्ज्योतिष के अनार्य्यों की शक्ति महान है। हिमालयस्थ प्रदेशों में अनेक प्राचीन जातियाँ हैं। और विंध्य के दक्षिण में विदर्भ के बाद सब अनार्य्य सशक्त हैं। अपनी-अपनी जगह सब डटे हुए हैं। कुरु-पञ्चाल में आयुधधारी ब्राह्मण क्षत्रियों के सहायक हैं। मगध इत्यादि में आर्य्य अनार्य्यों में घुल-मिल गए हैं। दक्षिण में आर्य्य ब्राह्मण अनार्य्य पुरोहित वर्गों से मिलते जा रहे हैं। उत्तर-पश्चिम के गणगोत्रों में अवश्य ऐक्य नहीं है। हिमालयस्थ जातियों में, कहते हैं कई तो देवों की समकालीन हैं।'

" 'देवों की समकालीन जातियाँ तो जहाँ हो सका है, वहीं भरतखण्ड में मिलती हैं', उद्धव ने कहा, 'दक्षिण के पूर्वकालीन राक्षस तो विभिन्न द्राविड़ों में ऐसे घुल-मिल गए हैं कि उनके भेद का भी पता नहीं चलता। राक्षसों ने तो आर्य्यों पर भी गहरा प्रभाव छोड़ा है।'

"इसी समय दार्शनिक नारद ने प्रवेश किया। वह मुनि था। घूमता-फिरता था।

" 'स्वागत आर्य्य! स्वागत!' सबने कहा।

"श्रीकृष्ण ने उसके बैठने पर कहा : 'आर्य्य! आपके ही नामधारी एक गंधर्व ने, ऋषि कहते हैं, प्राचीन काल में ऋचाएँ गाई थीं, किन्तु आप राजनीति के आचार्य हैं। आपका दर्शन ही महान हैं।'

"नारद ने हँसकर कहा : 'जब मैं मर जाऊँगा तब लोग मुझे ही भ्रम से प्राचीन नारद समझेंगे, जैसे आपको भी कालांतर में लोग सम्भवतः इन्द्र से लड़नेवाले निन्यानवे नगरों का राजा कृष्णासुर कहेंगे।'

"सब हँसे।

"कृष्ण ने कहा : 'यह नामसाम्य तो मुसीबत है। अभी ही की तो बात है। लोग कितना शीघ्र भूल जाते हैं। असित देवल ऋषि के नाम पर कितना भ्रम हो गया है। खैर! कहें, सब कुशल तो है?'

" 'कुशल कहाँ है अतिरथी ?' नारद ने हँसकर कहा, 'अभी तो जाने कितने नारद होंगे, न जाने कहीं लोग सबका ही भ्रम करें तो ?'

"कृष्ण ने कहा : 'ओह ! विचारक को मोह हो रहा है कि मेरी नई सूझों को यों भुला दिया जाएगा।'

"सब हँस पड़े।

"नारद ने कहा : 'आर्य्य ! मुझे आपके फुफेरे भाई राजा युधिष्ठिर ने भेजा है। वे श्रेष्ठ यज्ञ राजसूय के द्वारा आपकी प्राप्ति के लिए आपकी आराधना करना चाहते हैं। वहाँ समस्त राजा एकत्र होंगे। आपको मैं निमंत्रित करने आया हूँ।'

"पूर्णांगद ने कहा : 'किन्तु अभी तो जरासंध बाकी है। हमें तो यह बात जंचती नहीं कि अतिरथी पहले इन्द्रप्रस्थ जाएँ।'

"श्रीकृष्ण ने कहा : 'आर्य्य उद्धव !'

" 'देव !' उद्धव ने कहा।

" 'आपकी राय क्या है ?'

"तब सब सभा जुड़ने लगी। सभासद् बुलाए गए। और फिर विचार होने लगा।"

उग्रश्रवा ने कहा : "आर्य्यगण ! राजनीति के विचारक नारद ने ही राजा युधिष्ठिर को राजसूय यज्ञ करने की राय दी थी। महाराज युधिष्ठिर ने एक लम्बी साँस ली। वे सोचने लगे कि राजसूय यज्ञ किस तरह हो। इसी चिंता ने उन्हें बेचैन कर दिया। महात्मा राजर्षियों की महिमा, पुण्यकर्म करने से यजमानों को श्रेष्ठ लोकों की प्राप्ति और राजसूय यज्ञ का फल भोगनेवाले राजा हरिश्चंद्र के स्वर्गवास आदि की कथाओं के विषय में विचार करने से राजसूय यज्ञ के लिए उनकी उत्कण्ठा प्रबल हो उठी।[1] अब महाराज युधिष्ठिर ने सभासदों का सम्मान करके और उनसे सम्मान पाकर राजसूय यज्ञ करने का संकल्प कर लिया। वे पक्षपात छोड़कर प्रजा का उपकार करने लगे। उन्होंने अपने कुल का सब देना चुका देने की आज्ञा दे दी। प्रजा उनसे प्रसन्न हो उठी। उनका नाम 'अजातशत्रु' पड़ गया। भीम ने बाहुबल से दुष्टों का दमन किया। पाँचों पाण्डवों ने प्रजा के असंतोष दूर करके वर्णाश्रम धर्म की प्रतिपालना सहज कर दी। नगरों और गाँवों में प्रजा के बीच कहीं लड़ाई-झगड़ा नहीं होता था। नहरों से सिंचाई होती थी। सब जनपद भरे-पूरे और सम्पन्न हो गए। महाजनी, यज्ञफल, गोरक्षा, पशुपालन, खेती, बनिज आदि सभी की उन्नति होने लगी। धोखा देकर प्रजा के धन को ठगना या बलपूर्वक छीन लेना बन्द हो गया। व्याधियाँ दूर करने को वैद्य घूमने लगे। मालगुजारी (बलि, भाग) नियत रूप से ही ली जाती थी। इस प्रकार सब प्रसन्न हुए। ठग और चोरों का दमन

1. जिस प्रकार इस्लाम का प्रसार धार्मिक कार्य समझकर किया जाता था, परंतु उसके मूल में राजनीतिक शक्ति ग्रहण करना तथा धन लूटना था, इसी प्रकार इस समय तक आर्य्यों और अनार्य्यों में भी यही विश्वास था कि क्षत्रिय दूसरों को जीतने के लिए ही होता था। जब युधिष्ठिर जैसे दार्शनिक ने क्षत्रिय के इस धर्म में अविश्वास किया, तब यह परम्परा भी बदली। अविश्वास का मूल बदलती हुई परिस्थितियों में था।

किया गया। अपने रोजगार के ऊपर बँधा हुआ राजस्व (टैक्स) देने के लिए व्यापारियों के आने से और राजा का प्रिय करने तथा उनकी उपासना के लिए 'कर' देनेवाले राजाओं के लगातार आने-जाने से राजा युधिष्ठिर की राजधानी और राज्य की दिन-दिन श्रीवृद्धि होने लगी। उनके राज्यकाल में तो सुख, सम्भोग, लोलुप और लोमद आदि राक्षसी वृत्तियों के अत्यन्त वशीभूत विलासी व्यक्तियों के द्वारा भी देश की विशेष रूप से उन्नति होने लगी। सम्राट् युधिष्ठिर ने जिन-जिन स्थानों पर अधिकार कर लिया था, वहाँ के ब्राह्मणों से लेकर शूद्र तक उनको अपने पिता-माता समझकर उन पर भक्ति रखते थे।

"बोलने में अलौकिक शक्ति रखनेवाले राजा युधिष्ठिर अपने छोटे भाइयों और मंत्रियों को बुलाकर उनसे अपने राजसूय यज्ञ करने के बारे में बारम्बार सलाह करने लगे। मंत्रियों ने एकराय होकर कहा : 'हे कुरुश्रेष्ठ! जो राजा सार्वभौम नरेश के योग्य गुणों का पात्र होकर अभ्युदय को प्राप्त होता है, वही राजसूय यज्ञ का अधिकारी समझा जाता है। राजसूय यज्ञ करने से ही राजा सम्राट् कहलाता है। आपके मित्र भी अनुमोदन करेंगे कि आप शीघ्र ही यज्ञ का अनुष्ठान करें। राज्य में किसी प्रकार का भी उपद्रव नहीं है। क्षत्रिय बलसम्पन्न होने पर यह यज्ञ सहज ही किया जा सकता है। व्रतधारी सामवेदी ऋत्विक् ब्राह्मण लोग इस यज्ञ में मंत्र-पाठ-पूर्वक 6 प्रकार के अग्नि की स्थापना करते हैं। राजसूय यज्ञ की दीक्षा लेने से और यज्ञान्त में अवभृथ स्नान तथा राज्याभिषेक होने से अग्निहोत्र आदि सभी यज्ञों का फल प्राप्त होता है। तभी राजसूय यज्ञ करनेवाला सर्वजित् कहलाता है।

"किंतु युधिष्ठिर के मन में आन्दोलन चल रहा था। वे निरन्तर अन्य राजाओं की शक्ति को तोल रहे थे। परन्तु दूसरी ओर लोभ भी था। किंतु जब पुरोहित धौम्य और व्यास ने भी यही सलाह दी, तब वे निश्चिन्त होने लगे। असल में, कौरवों ने इतने दिन में चुप रहकर काफी शक्ति एकत्र कर ली थी। अंत में युधिष्ठिर ने नारद से कहा : 'आर्य्य!'

" 'देव!' नारद ने पूछा।

" 'एक शक्ति मुझे और चाहिए।'

" 'कहें।'

" 'श्रीकृष्ण।'

" 'मैं ले आऊँगा,' नारद ने कहा, 'किंतु अग्रपूजा देनी होगी।'

" 'स्वीकार करता हूँ।'

" 'जानते हैं इस पर वैमनस्य होगा?'

" 'जानता हूँ आर्य्य!' युधिष्ठिर ने कहा, 'आज कुरु-पञ्चाल एक हैं। सृञ्जयगण हमारे साथ हैं। यदि समुद्रतीर तक फैले हुए यादवगण साथ हो जाएँ तो पृथ्वी पर कोई हमारे सामने नहीं टिकेगा। आपने मेरा बोझ हल्का कर दिया।'

" 'हे महर्षिगण! यही नारद के पहुँचने का कारण था। सभा के बीच में जब विवाद हुआ तब उद्धव ने संयत स्वर से कहा : 'आर्य्यगण सुनें! आचार्य नारद ने यह सलाह दी है कि फुफेरे भाई पाण्डवों के राजसूय यज्ञ में सम्मिलित होकर हमें सहायता देनी चाहिए। उनका यह कथन ठीक ही है, और साथ ही यह भी ठीक है कि शरणागतों की रक्षा करना हमारा परम कर्तव्य है।' उसने गणाधिपति उग्रसेन के वृद्ध मुख की ओर देखकर कहा : 'गणाधिपते! जब

हम इस दृष्टि से विचार करते हैं कि राजसूय यज्ञ वही कर सकता है, जो दसों दिशाओं पर विजय प्राप्त कर ले तब हम इस निर्णय पर बिना किसी दुविधा के पहुँच जाते हैं कि पाण्डवों के यज्ञ और शरणागतों की रक्षा दोनों कामों के लिए ही जरासंध को जीतना आवश्यक है। और यह अवसर हमारे सामने आ गया है। हम मित्र रहेंगे, अतः हम कौरवों के अधीन नहीं होंगे।'

"बलराम ने कहा : 'किंतु प्रश्न यह है कि यादवों की शक्ति गणतंत्र है, एकतंत्र नहीं। उसे इन लोगों से करना ही क्या है?'

"उद्धव सकपका गया। श्रीकृष्ण ने कहा : 'आर्य्य अग्रज! यदि यादवगण अपने को इस समय कौरवों से दूर रखेगा तो वह जरासंध कभी भी नहीं मर सकेगा।'

"सब बोल उठे : 'ठीक है, ठीक है।'

"बलराम चुप हो गए। उद्धव ने फिर कहा : 'केवल जरासंध को जीत लेने से ही हमारा काम सफल हो जाता है। साथ ही उससे बंदी राजाओं की मुक्ति हो जाती है। जरासंध यद्यपि वृद्ध हो चला है, किंतु कहते हैं कि बड़े-बड़े वीर बलवानों के लिए भी उसे मारना कोई हँसी-ठट्ठा नहीं है। वह बड़े-बड़े लोगों के भी दाँत खट्टे कर देता है। उसे केवल भीमसेन जैसा महाबली ही हरा सकता है।"

" 'वह क्या इतना बली है?' बलराम ने कहा। उन्हें संदेह था : 'दुर्योधन और भीम तो अभी लड़के हैं।'

" 'नहीं, उतने लड़के नहीं हैं अग्रज! जितना आपको याद है', कृष्ण ने मुस्कराकर कहा, 'क्योंकि जरासंध को आमने-सामने के युद्ध में एक वीर जीत ले, यही सबसे अच्छा है। द्वन्द्व-युद्ध ही उसे जीतने का सरल उपाय है, क्योंकि दलबल सहित उसको जीतना सहज नहीं है। उसके पास अखंड और विशाल अक्षौहिणी सेना है। फिर जरासंध ब्राह्मणों का भक्त है।'

" 'अनार्य्य?' बलराम ने कहा।

" 'देव, अब क्षत्रियों के तो पुरोहित कुल ही ब्राह्मण हैं। आर्य्य-अनार्य्य का भेद पूर्व में तो लुप्त-सा हो चला है। कुरु-पञ्चाल के ब्राह्मण तो वहाँ के ब्राह्मणों को ब्राह्मण नहीं मानते। कहते हैं कि जरासंध से यदि कोई ब्राह्मण कुछ माँगे तो उसके लिए कुछ भी अदेय नहीं है। इसलिए यदि भीमसेन ब्राह्मण वेश में जाएँ और उससे 'युद्धं देहि' कहें तो वह निश्चय ही स्वीकार कर लेगा और युद्ध की भिक्षा देगा। बन्दी राजा भी छूटेंगे, क्योंकि भीम की शक्ति उसे अवश्य मार डालेगी।'

"विचारक नारद, यदुवंश के बड़े-बूढ़े और गणाधिपति ने भी कृष्ण की बात का समर्थन किया। वसुदेव आदि गुरुजनों से प्रार्थना करके विदा लेकर कृष्ण ने दारुक, जैत्र आदि सेवकों को इंद्रप्रस्थ जाने की तैयारी करने के लिए आज्ञा दी। इसके बाद श्रीकृष्ण ने यदुराज उग्रसेन और बलराम से आज्ञा लेकर बाल-बच्चों के साथ रानियों और उनके सामान को आगे चला दिया और फिर दारुक के लाए हुए गरुड़ध्वज रथ पर स्वयं सवार हुए। इसके बाद रथों, घोड़ों, हाथियों, अश्वारोहियों और पदातिकों की बड़ी भारी सेना के साथ उन्होंने प्रस्थान किया। उस समय मृदंग, नगाड़े, ढोल, शंख और नरसिंगों की ऊँची ध्वनि से दसों दिशाएँ गूँज उठीं।

"वह यादवों की सेना थी। उस समय ऐसा लगा जैसे कुरु-पञ्चाल तक यादवों की मैत्री

का लोहे का हाथ बढ़ा चला जा रहा था। यही वह सेना थी, जिसने सत्रह बार पौंड्र, चेदि, वत्स आदि देशों की सेना के अधिनायक और रणदुर्मद मागधों के एकतन्त्र निरंकुश सम्राट् जरासंध के दाँत खट्टे कर दिए थे। उनकी पत् संगिनियों (चट्टियों) की धमक और वटूरिणा पादों (लड़ाई में पैरों की रक्षा के लिए आवरण) की झनझनाहट और जगमगाते कवचों की चकाचौंध से ऐसे लगा, जैसे पुकारती हुई अग्नि की नदी हुमकती बढ़ चली हो। उसके सिर पर कहीं सुवर्ण, कहीं ताम्र, कहीं लौह के दमकते शिरस्त्राण थे और उनके खड्गों और भालों के तेज किनारों से हवा जैसे काँपने लगी थी। यही वह सेना थी जो यादवों का भुजदण्ड था, जिसको सुधर्मा-सभा आततायियों के सामने अड़ा देती थी, और जिसकी मित्रता में अजातशत्रु युधिष्ठिर ने आक्षितिज पृथ्वी का प्रभुत्व कल्पित किया था। इस सेना का सेनानायक अतिरथी श्रीकृष्ण था जो चक्रास्त्र फेंकने में अपना सानी नहीं रखता था। उस वाहिनी के पाँवों से जो धूल उठी, उससे लगा कि वह जिधर जाएगी उधर ही शत्रु को रौंद देगी। और श्रीकृष्ण सोच रहे थे कि जिस दिन यह सेना इंद्रप्रस्थ पहुँचेगी, उस दिन क्या आनन्द होगा?

"रुक्मिणी आदि रानियाँ अपनी संतानों के साथ सुन्दर-सुन्दर वस्त्राभूषणों से सज्जित, चन्दन, अंगराग, पुष्पहार से भूषित, डोलियों, रथों, सुवर्ण पालकियों में जा रही थीं। पदातिक सैनिक दास-दासियों के चारों ओर नंगे खड्ग लिये चल रहे थे। इसी प्रकार अनुचरों की स्त्रियाँ और वारांगनाएँ भाँति-भाँति के शृंगार किए, खस आदि की झोंपड़ियों, भाँति-भाँति के तम्बुओं, कनातों, कम्बलों और ओढ़ने-बिछाने आदि की सामग्रियों को बैलों, भैसों, गधों और खच्चरों पर लादकर तथा स्वयं पालकी, ऊँट, छकड़ों और हथिनियों पर सवार होकर चल रही थीं।

"जैसे मगरमच्छों और लहरों की उछल-कूद से क्षुब्ध समुद्र की शोभा होती है, वैसे ही कोलाहल से परिपूर्ण, पताकाएँ फहराती, छत्रों, चँवरों, श्रेष्ठ अस्त्र-शस्त्रों आदि से वह यादव वाहिनी दिखाई दी।

"नारद चला गया तब कृष्ण ने जरासंध के बन्दी राजाओं के दूत प्रजागर से कहा : 'आर्य्य! आपके ही कार्य के लिए समर्पित हुआ हूँ। मेरा राजनीतिक जीवन मेरे जीवन के दसवें वर्ष में ही प्रारम्भ हुआ था। आज़ लगभग 50 वर्ष बाद वह स्वप्न पूरा होने जा रहा है कि यादव और कुरु एक होंगे।'

" 'तो मैं गिरिव्रज लौट जाऊँ?'

" 'अवश्य। वहाँ छिपकर रहना। हम भी आएँगे। तब मिल सको तो मिलना।'

" 'अच्छी बात है आर्य्य! आप विजयी हों। इंद्र आपका कल्याण करें। अश्विद्वय आपके साथ हों।'

" 'आर्य्य! इंद्र का तो मुझ पर कोप है। मैंने एक समय इंद्रपूजा रोकी थी।'

" 'देव, वह तो तब ही जब ब्राह्मणों के माध्यम से कंस प्रजा के ऊपर अतिचार करता था, मैंने तो यही सुना था।'

" 'बिदा आर्य्य! बिदा!'

" रथ चल पड़ा। इस प्रकार इस सेना ने आनर्त, सौवीर, मरु और उसके पर्वत, नदी, नगर, गाँव, गोपवास और खानों को पार करके दृषद्वती और सरस्वती नदी पार करके पाञ्चाल और मत्स्य देश भी पार करके अंत में इंद्रप्रस्थ में जिस दिन प्रवेश किया, उस समय अजातशत्रु

युधिष्ठिर, महाबली भीमसेन, अपूर्व धनुर्धारी अर्जुन, अति सुन्दर नकुल और दार्शनिक तथा अश्व-विज्ञान में विचक्षण सहदेव ने नगरद्वार पर स्वागत किया। कौरव सेना की दूर-दूर तक नगर-पथों के दोनों ओर खड़ी पंक्तियों और जनता की भीड़ों ने तुमुल निनाद किया : 'अतिरथी श्रीकृष्ण की जय !' 'यादवगण की जय।'

"उस जय को सुनकर यादवों की धीरे-धीरे महानगर में घुसती हुई सेना ने अखण्ड गर्जन किया : 'सम्राट् युधिष्ठिर की जय ! आक्षितिज पृथ्वी के विजयी युधिष्ठिर की जय ! सार्वभौम अजातशत्रु की जय !'

"फिर तो दोनों सेनाओं का सम्मिलित जयघोष होने लगा : 'कुरु-यादवों की जय ! कृष्ण-युधिष्ठिर की जय !'

"उस रोमांच की घड़ी में कुल-नारियाँ अपने आवेशित करनेवाले स्वरों में गाने लगीं और खील, बताशे और फूल आदि पथों पर फेंकने लगीं। उधर कुरु के लम्बी नाकवाले गौरवर्ण उद्दण्ड ब्राह्मण अपने गर्वीले मस्तक उठाए एक स्वर से गम्भीर घोष करते हुए स्वस्तिवाचन के मंत्र पढ़ने लगे। उसके बाद ही रणवाद्य बजने लगे। फिर दिशाओं को कँपानेवाला, मेघों को फाड़नेवाला तुमुल जय-निनाद होने लगा।

"युधिष्ठिर ने बढ़कर कहा : 'स्वागत ! अतिरथी ! स्वागत !'

"श्रीकृष्ण रथ से उतरे। पाण्डवों ने कृष्ण को गले लगाया। तब कृष्ण का नगर-प्रवेश हुआ।

"इंद्रप्रस्थ नगर की सड़कें और वीथियाँ मतवाले हाथियों के मद से तथा सुगंधित जल से सींच दी गई थीं। जगह-जगह रंगबिरंगी पताकाएँ लगा दी गई थीं। सुनहले तोरण बाँधे हुए थे। सोने के जल से भरे कलश स्थान-स्थान पर शोभा पा रहे थे। नगर के नर-नारी नहा-धोकर, नए वस्त्र, आभूषण, पुष्पहार, इत्रादि लगाए, सज्जित होकर पथों पर घूम रहे थे। आज कुरुवासियों के मद का अंत नहीं था। अब अवश्य वे पृथ्वी को जीत लेंगे, यह उनके मदोद्धत चरणों से प्रताड़ित होकर भूमि कराह-कराहकर पुकार रही थी। शिकारी कुत्ते अपनी जंजीरों से बँधे चिल्ला रहे थे। हाथियों की मांगलिक चिंघाड़ों से आनन्द व्याप रहा था। घर-घर में ठौर-ठौर पर दीपक जलाए गए थे। घर-घर से धूप-गंध आमोद बरस रहा था। युवतियाँ अपने उन्नत स्तनों का लावण्य दिखाती, इतराती छतों पर चढ़ी हुई थीं। पुष्पों से पथ भर गया था।

"मयदानवों से निर्मित सुन्दर सभा में, शिल्प के अद्भुत चातुर्यपूर्ण स्थान में कृष्ण को ठहराया गया। अर्द्धनग्न दासियाँ वहाँ कुरुभूमि की ओर से सेवा में उपस्थित की गईं। श्रीकृष्ण के लिए क्वाँरी दासियाँ रखी गईं जो सुन्दरियाँ थीं। उनमें से कई तो विदेशों से लाई गई थीं जो बावेरु (बैबीलोनिया) के सौदागर बेच गए थे।

"इसके उपरांत श्रीकृष्ण ने कुन्ती बुआ के पाँव छुए।

"अवसर के समय युधिष्ठिर ने कहा : 'कृष्ण ! मैं राजसूय यज्ञ करना चाहता हूँ किन्तु चाहने मात्र से तो वह नहीं हो सकता। तुम जानते हो यज्ञ का अर्थ क्या है। उस यज्ञ का वही अधिकारी होता है जो सर्वत्र पूजा पाता हो, जो पृथ्वीमण्डल का चक्रवर्ती सम्राट् हो और जिसके लिए सब कुछ सम्भव हो। मेरे बन्धु-बांधव कहते हैं कि मैं यज्ञ करूँ, किन्तु मैं तुम्हारा

अनुमोदन चाहता हूँ। तुम मेरे मामा के पुत्र हो। स्वजन हो।'

"युधिष्ठिर की बात सुनकर कृष्ण ने सुवर्ण के सिंहासन के हत्थे पर हाथ रखकर कहा : 'राजन् ! जमदग्नि के पुत्र परशुराम ने पूर्व समय में क्षत्रिय वंश का समूल नाश कर दिया था। इस समय जो क्षत्रिय कहलाते हैं वे पहले के क्षत्रियों की अपेक्षा हीन पराक्रमी और निकृष्ट हैं। उन्होंने एकत्र होकर जो कुलों के नियम चलाए हैं, उन्हें आप भी जानते हैं। इस समय के अधिकांश क्षत्रिय और राजा अपने को इला और इक्ष्वाकु की संतान कहते हैं। इला और इक्ष्वाकु की संतानों से 100 कुल पैदा हुए। इक्ष्वाकु का अयोध्या का कुल किसी समय बड़ा समर्थ अवश्य था, परन्तु अब तो भोजवंशीय राजा ययाति का कुल ही प्रसिद्ध और श्रेष्ठ माना जाता है। राजन् ! सब क्षत्रिय कुल अपने पूर्वजों के राज्य ऐश्वर्य का उपभोग करते आते थे, किन्तु वर्तमान समय में मगध नरेश राजा जरासंध ने अपने बाहुबल से सब राजाओं को अपने वश में कर लिया है।

"युधिष्ठिर ने लम्बी साँस लेकर कहा : 'महाबली जरासंध !'

"कृष्ण ने झुककर कहा : 'जरासंध इस समय एकाधिपत्य राज्य कर रहा है। जो कोई सबका प्रभु और अखण्ड पृथ्वीमण्डल का अद्वितीय अधिपति हो वही राजसूय यज्ञ कर सकता है। पराक्रमी शिशुपाल जरासंध का सहायक और सेनापति है। करुष देश का राजा वक्र, जरासंध की सभा में शिष्य की भाँति उसकी उपासना करता है। हंस और डिम्भक नाम के दो और पराक्रमी राजा जरासंध के आज्ञाकारी थे। वक्रदन्त, करभ और मेघवाहन भी उसके अनुगत हैं। मुरु और नरक देश के शासक, दिव्य मणिधारक, पश्चिम दिशा में राज्य फैलाकर वरुण के समान गणराज, आपके पिता के मित्र, यवनाधिपति भगदत्त भी सदा जरासंध के अनुकूल रहते हैं। पश्चिम और दक्षिण दिशा के सबसे श्रेष्ठ शासक, शत्रुदमन आपके मामा पुरुजित् भी जरासंध के अनुगत हैं। चेदि देश में प्रसिद्ध, अपने को पुरुषोत्तम कहनेवाला, मेरी उपाधि को मोहवश धारण करनेवाला, बंग-पुण्ड्र-किरात देशों का अधिपति, मिथ्या वासुदेव[1] महापराक्रमी पौण्ड्रक भी जरासंध के अधीन हो गया है। पृथ्वी के चौथाई भाग के शासक, पाण्ड्य-क्रथ-कौशिक-देशविजेता विद्वान्, बली, शत्रुकुनाशक राजा भीष्मक भी जरासंध के मित्र हैं। वे मेरे ससुर होकर भी हमारे साथ नहीं हुए। वे जरासंध के प्रताप से मोहित हो गए हैं। कुल-परम्परा से चली आती शूरता-वीरता-गम्भीरता और मान-आत्माभिमान छोड़कर वे भी उसके शरणागत हुए हैं। 18 भोजकुल और उत्तर देश के सब राजा जरासंध के डर से ही पश्चिम दिशा को चले गए हैं। शूरसेन, भद्रकार, बोध, शाल्व, पटच्चर, सुस्थल, सुकुद, कुलिन्द,

---

1. वसुदेव का पुत्र—वासुदेव। कृष्ण के बाद पञ्चरात्र उपासना में वासुदेव को संकर्षण प्रद्युम्न आदि के ऊपर माना है। वासुदेव विदेश (श्वेतद्वीप-ईरान या इराक) से आया देवता माना जाता है। परन्तु जब हम देखते हैं कि उस समय यवनों (अर्थात् वैदिक व्यवस्था को न माननेवाले आर्य्यो) से आर्य्यों का सम्बन्ध था, और सम्भवतः ये यवन हिताइत आदि थे, या ईरानी थे, तो क्या यह असम्भव है कि उनका कोई देवता यादवों में स्वीकृत न हो? हो सकता है उसी को श्रेष्ठ जान पौण्ड्रक ने नकल की हो। अमेरिका में हायावाथा रेड इंडियन की कथा से प्रकट होता है कि वहाँ भी जनता को प्रभावित करने को कोई-कोई एक तीसरी आँख लगा लेते थे। कृष्ण के समय में भी दो और हाथ लगा लेना आश्चर्य की बात नहीं। आखिर वह जमाना भी तो पुराना था, यह सब चलता था।

कुन्ति, शाल्वायन आदि वंशों के राजा, दक्षिण पाञ्चाल के राजा, और पूर्व कोसल के राजा भी भाइयों और अनुचरों के साथ जरासंध के डर से कुन्तिदेश में जाकर रह रहे हैं। मत्स्य और सन्यस्तपाद देश के राजा डर के मारे दक्षिण दिशा को चले गए हैं।'

"युधिष्ठिर स्तब्ध बैठे थे। कृष्ण ने कहा : 'आर्य्य! कुछ समय बीतने पर कंस ने यादवों को सताकर जरासंध की अस्ति और प्राप्ति नाम की दो कन्याओं से ब्याह किया था। इस प्रकार जरासंध से सम्बन्ध जोड़कर मूढ़ कंस का साहस और भी बढ़ गया। वह अपने जातिवालों और कुटम्बियों को दबाकर प्रधान बन बैठा। महाराज! ऐसा करने पर कंस को सब लोग घृणा की दृष्टि से देखने लगे और उसकी यादव-भूमि में निन्दा होने लगी। भोजवंश के वृद्ध क्षत्रिय लोग उस दुष्ट के अत्याचार को अधिक न सह सके। तब वे जाति-रक्षा की इच्छा से मेरी शरण में आए। जाति का हित करने के लिए मैंने आहुक की बेटी सुतनु का विवाह अक्रूर से करा दिया और बलभद्र की सहायता से कंस और सुनामा, दोनों को मारकर जाति का उपकार किया। इस आपत्ति से छुटकारा मिला तो जरासंध युद्ध करने आ गया। तब मैंने अपने से छोटे 18 यादव कुलों से मिलकर सलाह की कि यदि हम शत्रुओं को नष्ट करनेवाले तीक्ष्ण अस्त्रों से लगातार 300 साल तक लड़ते रहे तो भी जरासंध की सेना का बिल्कुल नाश नहीं कर सकते, क्योंकि हंस और डिम्भक उसके पार्श्वरक्षक हैं।

" 'हम लोगों से लड़ने के लिए जब जरासंध 17वीं बार आया तब हमने देखा कि बलभद्र ने हंस नाम के किसी और राजा को मारा था। किसी ने कह दिया कि हंस मारा गया। यह सुनकर डिम्भक समझा कि उसका भाई हंस मारा गया। वह भाई के शोक में यमुना में डूबकर मर गया। डिम्भक की मृत्यु का संवाद पाकर बाद में हंस भी यमुना में डूबकर मर गया। जरासंध की हिम्मत टूट गई। वह उदास-सा मगध लौट गया। हंस की स्त्री जरासंध की ही एक पुत्री थी। उसके भड़काने से जरासंध ने 18वीं बार मथुरा पर आक्रमण किया और हम द्वारका को भाग गए, क्योंकि अबकी बार उसका बल कहीं बढ़ा-चढ़ा था। द्वारका का ही प्राचीन नाम कुशस्थली था, जो रैवतक पर्वत से सुशोभित है। वीर वृष्णिपुरुषों की तो बात ही क्या, हमारे गढ़ इतने दुर्गम हैं कि उस स्थान पर हमारी स्त्रियाँ भी युद्ध करके आत्म-रक्षा कर सकती हैं। रैवतक पहाड़ का फैलाव तीन योजन के लगभग है। योजन-योजन भर पर सौ-सौ सैन्य व्यूह और सौ-सौ द्वार बने हुए हैं। 18 यादव कुलों के योद्धा क्षत्रिय उनके रक्षक हैं। यादवों में चारुदेष्ण, चक्रदेव, सात्यकि, मैं, बलभद्र, साम्ब और प्रद्युम्न 7 अतिरथी हैं। कृतवर्मा, अनाधृष्टि, समीक, समितिञ्जय, कंकु, शंकु और कुन्ति—ये सात महारथी हैं। हमारे गणाधिपति राजा उग्रसेन हैं।

" 'आप अवश्य सम्राट् बनें। क्षत्रियों को एक होने की आवश्यकता है। पारस्परिक युद्धों से प्रजा का भीषण क्षय हो रहा है। किंतु जब तक जरासंध जैसा राजा जीवित रहेगा, पृथ्वी पर अतिचार जीवित रहेगा। सिंह जैसे सहज ही हाथियों पर हमला करके उन्हें पहाड़ की खोह में बंद कर रखे, वैसे ही जरासंध ने राजाओं को युद्ध में हराकर अपने गढ़ के भीतर बन्दी बना रखा है। पहले एक समय जरासंध ने, राजाओं की बलि देकर यज्ञ करने की इच्छा से, महादेव की आराधना की थी। पर उसकी प्रतिज्ञा अपूर्ण रही। वह हमें पकड़े, तभी हम भाग गए थे। अब पहले जरासंध को मारकर उन बन्दी राजाओं को छुड़ाना होगा। अन्यथा राजसूय

असम्भव है।'

"युधिष्ठिर सोच में पड़ गए। फिर कहा : 'आर्य्य! पहले तो मगध इतना पराक्रमी प्रदेश न था।'

" 'यह तो काल की बात है आर्य्य!' कृष्ण ने कहा, 'अनार्य्यों का वह पुराना गढ़ है। किसी समय कुछ आर्य्य वहाँ घुसे अवश्य, परन्तु उन्हीं में घुलमिल गए। ब्राह्मण उनके मित्र बन गए।'

" 'अच्छा?'

" 'हाँ आर्य्य!'

" 'तभी वहाँ अनार्य्य उपासना है।'

" 'देव! अब तो आर्य्य भी सबकी उपासना करते हैं। देवता तो देवता है। वह तो सार्वभौम है।'

" 'ठीक है आर्य्य! परन्तु⋯ नहीं⋯ धर्म ही क्या है यह भी तो निश्चित नहीं⋯ फिर भी आर्य्य⋯ जो पूर्वपुरुष करते आए हैं वही तो धर्म है⋯ परन्तु⋯ इतनी हत्या⋯ क्षत्रिय कर्म है? न हो तो फिर पृथ्वीपालन कैसे हो?⋯ समझ में नहीं आता⋯ आप ठीक कहते हैं⋯ देवता देवता है⋯' युधिष्ठिर सहसा सँभल गए। कहा : 'श्रीकृष्ण!'

" 'आर्य्य!'

" 'तुम अलौकिक बुद्धि और विचक्षण मति हो। इस पृथ्वीमण्डल पर अपने-अपने काम में लगे हुए अनेक राजा-महाराजा हैं। किंतु कोई भी सम्राट् का पद नहीं पा सका। खंड राज्यों में द्वेष है। सार्वभौम सत्ता में शांति। सम्राट् पद दुर्लभ है। मेरी समझ में शान्ति से ही सब श्रेय मिलता है। इसलिए शांति की सेवा ही मेरे लिए विधि और मेरा परम कर्तव्य है। राजसूय महायज्ञ प्रारम्भ करके अंत को परमसुखदायक फल पाने की आशा तो दुराशामात्र ही है। हमारे वंश के सब राजाओं का यही सिद्धान्त रहा है। जान पड़ता है, कि वे कभी सारी पृथ्वी को जीतकर वश में नहीं कर सके। और फिर जरासंध के रहते तो सब कुछ दुःस्वप्न है। मुझे आश्चर्य है, वह कुरुओं पर क्यों नहीं मुड़ा?'

" 'नहीं मुड़ा, क्योंकि यहाँ पितामह भीष्म और ब्राह्मण द्रोण जैसे रक्षक सदैव चेतन थे।'

" 'तो बताओ श्रीकृष्ण! जरासंध का नाश कैसे हो?' युधिष्ठिर के स्वर में चंचलता नहीं थां, याचना थी।

"उसी समय भीम ने प्रवेश किया। वह विशालकाय व्यक्ति आकर सामने के सुवर्ण के एक आसन पर बैठ गया। ऐसा लगा, चौकी झुक जाएगी।

"तुम क्या कहते हो आर्य्य!' कृष्ण ने भीम से कहा, 'जरासंध कैसे मरेगा?'

"भीम ने सोचकर कहा : 'तीन अग्नि यज्ञ-कार्य को पूरा करते हैं, उसी प्रकार मैं, आप और अर्जुन, अर्थात्—मरने को तत्पर, नीतिज्ञ और जयी—तीन ही यह कार्य साध सकते हैं।'

"कृष्ण ने कहा : 'साधु! आर्य्य साधु! किंतु अजातशत्रु तो डरते हैं।

" 'भय?' भीम चौंका, 'कल के चक्रवर्ती सम्राट्!'

"कृष्ण ने कहा : 'सम्राट् परिणाम सोच रहे हैं। वे स्तुत्य हैं। कहते हैं युवनाश्व के पुत्र

मांधाता ने कर लेना छोड़कर, भगीरथ ने प्रजा-पालन करके, कार्त्तवीर्य्य ने कठोर जीवन-साधना से, भरत ने बाहुबल से और मरुत ने धन-बल से साम्राज्य पाया था। अजातशत्रु युधिष्ठिर के पास सब कुछ है और फिर वे दार्शनिक सम्राट् हैं। प्रजा इन्हें धर्मराज कहती है। 100 वंशों के समस्त क्षत्रियों में से कोई भी जरासंध को नहीं हरा सका। बल्कि वह दुष्ट उल्टे सबको हराकर सुखपूर्वक अखंड साम्राज्य कर रहा है। ऐश्वर्यशाली राजाओं ने अपार धन देकर उसकी अधीनता स्वीकार की, पर उस दुष्ट ने उन्हें हथकड़ी-बेड़ी पहनाकर कैद में डाल दिया है। ऐसा कोई राजा नहीं, जिससे वह बलपूर्वक 'कर' न लेता हो। अपने साम्राज्य में वह देवता हो गया है। सब उससे डरते हैं। इसी कारण मैं उससे युद्ध की सलाह देता हूँ। युद्ध के सिवाय इस घोर निन्दित कर्म को रोकने का कोई उपाय ही नहीं। उसने 86 राजा पकड़ लिये हैं। 14 और पूरे होने पर वह सबकी हत्या करके अपना अभीष्ट सिद्ध करेगा। जो जरासंध को जीतेगा, वह सम्राट् हो जाएगा!' और कृष्ण रुक गए। उस समय वे प्रकृतिस्थ और गम्भीर थे, नितांत अविचलित। कहीं भी आवेश नहीं था, जैसे उस राजनीतिज्ञ ने बात को दो-टूक करके रख दिया था। अर्जुन, नुकुल, सहदेव भी आ गए।

"श्रीकृष्ण ने देखा, युधिष्ठिर विचलित थे। उन्होंने कहा : 'श्रीकृष्ण! भीम...और अर्जुन...अपने मन और दोनों आँखों को निकाल दुरात्मा के सामने राज्य-लोभ के लिए फेंक दूँ? नहीं, मुझे यह वैभव, यह राज्य नहीं चाहिए। मुझे राजसूय नहीं करना है।'

" 'सुना अर्जुन!' कृष्ण ने कहा, 'खांडव वन के दुर्दान्त नागों को जलाकर भस्म करनेवाले गांडीवधारी की वीरता का कैसा सम्मान हो रहा है।'

"युधिष्ठिर ने विचलित कंठ से कहा : 'जनार्दन!'

" 'यही नाम मुझे गोपों ने दिया था सम्राट्! इसी नाम के लिए मुझे जरासंध से लड़ना ही होगा। 86 राजाओं के सिर हमारी कायरता से धूलि में लोटेंगे और तब छोटी मछलियों को खाकर मोटे हुए मत्स्य के समान जरासंध अंत में कुरुभूमि और यादवभूमि को भी निगल जाएगा। इस निरंकुशता का अंत आपके साम्राज्य में होगा, जहाँ न निरंकुशता होगी, न गणों की फूट का डर। जहाँ राज्य गणगोत्र की सीमाओं में बद्ध नहीं रहेगा, वरन् सार्वभौम होगा, जाति के परे मनुष्य उन्नति करेगा और सब अपने पेशे के अनुसार, वर्ण के अनुसार, धर्म से जीवन व्यतीत करेंगे। यदि यह नहीं होगा तो समझ लें कि आज भी मैं, भीम और अर्जुन मृत हैं। हमें जीता समझना भूल ही होगी।'

"उस दग्ध वचन को सुनकर भीम और अर्जुन खड़े हो गए। उन्होंने अपने खड्ग निकालकर युधिष्ठिर को अभिवादन किया : 'सम्राट्!'

"युधिष्ठिर कुछ भी नहीं कह सके।

"श्रीकृष्ण ने कहा : 'आर्य्य! हमें छल से काम लेना होगा। यह व्यक्तिगत हानि-लाभ की बात नहीं, प्रजा और राजाओं की भलाई की बात है। जिससे भी कार्य सिद्ध हो, वही मार्ग श्रेष्ठ है। आमने-सामने युद्ध करना असम्भव है। इसलिए हम लोग गुप्त रूप से शत्रु के पास जाकर द्वन्द्व करके उसे मार सकेंगे। द्वन्द्व क्षत्रियों की पुरानी परम्परा है। अपनी जाति के राजाओं की रक्षा के लिए उसे मारकर पीछे उसकी सेना और सहायकों के द्वारा यदि हम मारे भी जाएँगे तो अवश्य स्वर्गलोक के भागी होंगे। जरा नामक राक्षसी देवी की कृपा से उत्पन्न

यह सन्तान है ही भयानक। मगध में जरा की उपासना बहुत प्राचीन काल से होती है। वह वहाँ गृहदेवी कहलाती है। जो स्त्री अपने घर की दीवार में नवयौवना पुत्रवाली स्त्री के रूप में उसकी मूर्ति बनाती है, कहते हैं उसका भला होता है। जरासंध के पिता के प्रासाद में जरा की पूजा होती थी। वहाँ के आर्य्य ब्राह्मण भी जरा की पूजा करते हैं। वहीं पुत्र जरासंध आहुति से बढ़ रही अग्नि के समान बढ़ता रहा है। जरासंध स्वयं महादेव का उपासक है। मगध में प्राचीन काल से ही यक्षों और राक्षसों का जोर था। उन्होंने नागों को उत्तर मगध की ओर धकेल दिया था। फिर वे सब आर्य्यों में घुलमिल गए। किंतु अब वे वर्णों में बँटे हुए हैं। दाशरथि राम के बाद ही ऐसा होने लगा था, पुराणकार यही कहते हैं। वृष्णी, कुक्कुर, अन्धक और भोज आदि सभी वंशों के यादवों ने जरासंध की पराजय के मोल पर आपको सार्वभौम सम्राट् मानना अंगीकार किया है। क्या इस समय आप भयभीत हो जाएँगे? यही है वह समय जब वह मारा जा सकता है, क्योंकि वह मदोद्धत है। हम तीनों एकान्त में जाकर उससे युद्ध की इच्छा प्रकट करेंगे और वह निश्चय ही एक से लड़ने को तैयार होकर आ जाएगा। अपमान, राज्य-लोभ और बाहुबल के घमंड के कारण वह अवश्य भीमसेन से ही युद्ध करना चाहेगा। यदि आपको मुझ पर विश्वास है तो भीम और अर्जुन को मुझे धरोहर के तौर पर सौंप दीजिए, मैं स्वयं मृत्यु के मुख में जा रहा हूँ।'

" 'तुम पाण्डवों के स्वामी हो,' युधिष्ठिर ने कहा, 'तुम उचित कहते हो। जनार्दन! भरतखंड को तुम्हीं जैसे नीतिज्ञ की आवश्यकता थी। तुम भीम और अर्जुन को सहर्ष ले जाओ। मृत्यु तो आती ही है। हमारे क्षत्रिय घर पर भी तो नहीं मरते। यदि युद्ध नहीं होता तो आग जलाकर कूदकर मरते हैं।'

"कृष्ण ने कहा : 'सम्राट! यदि वे राजा जातिवाले[1] न होते तो मैं न जाता।'

"मंत्रणा समाप्त हुई। तब तीनों चल पड़े। कुरुदेश से चलकर, कुरु जांगल के बीच होकर, रमणीय पद्मसर, कालकूट पर्वत, गंडकी नदी, महाशोणनद, सदानीरा नदी आदि को लाँघते हुए वे सरयू के पार पहुँचकर, पूर्वकोसल देश को पार करके, मिथिला, माला और चर्मण्वती नदी के पार हो गए। फिर वेग से बहनेवाली गंगा नदी और शोण नद के पार कुछ दूर पूर्व की ओर जाकर वे मगध राज्य की सीमा के भीतर घुसे। गोरथ पर्वत के पास पहुँचकर उन्होंने जलपूर्ण, गोधनसम्पन्न मगध देश की राजधानी को देखा।"

रोमहर्षण के पुत्र उग्रश्रवा सूत ने कहा : "हे पृथ्वी के वंद्य पुरुषो! मगध देश की राजधानी गिरिव्रज की अपूर्व शोभा थी। उस देश में पशुधन, जल और विशाल प्रासाद थे। वहाँ परस्पर मिले हुए शीतल छायावाले वृक्षों से पूर्ण वैहार, वराह, वृषभ और ऋषिगिरि तथा चैत्यक नामक पाँच पर्वत थे। लोध्रवनों से नगर घिरा हुआ था। एक समय कहते हैं, दक्षिण में जाकर उत्तर के यक्षों ने लंका बसाई थी। उसके बाद हिमालय से चलकर यक्षों में से निकले राक्षसों ने उसे जीता। उस समय राक्षसों का राजा रावण पुरोहित कुल का था। उसके मरने के बाद राक्षसों के

1. आर्य्य।

योद्धा के हाथ में शक्ति आई। वे यत्र-तत्र फैल गए। यक्ष कामपूजक थे, राक्षस महादेव के उपासक। पहले आर्य्य देव कहलाते थे। जब मनु का नियम चलने लगा तो उसे माननेवाले मानव कहलाए। देवों की जो प्राचीन जातियाँ मिलीं थीं वे यक्ष, राक्षस, नाग, गंधर्व, किन्नर आदि थीं। कालांतर में मानवों की नई जातियाँ मिलीं। मगध में प्राचीन जातियाँ थीं। वहाँ किसी समय आर्य्य गौतम ऋषि पहुँचे। उन्होंने शूद्रा औशीनरी नामक स्त्री से विवाह किया। उनके पुत्र काक्षीवान् आदि कहलाए। ये काक्षीवान् घोषा के पति नहीं, अन्य थे। मगध में इस प्रकार शूद्रों का शामन प्रारम्भ हुआ और ऋषि इसके सहायक रहे। वे ऋषि यद्यपि ऋचाएँ गाते थे, परन्तु उन पर शीघ्र ही अन्य पुरोहित कुलों से सम्बन्ध होने से अन्य प्रभाव पड़ गए। अंग, बंग आदि देशों के राजा मागधों के मित्र बन गए। यहाँ अश्वत्थ और लोध्र द्रुमों की पूजा होती थी। अर्बुद, शक्रवापी, शत्रुदमन, स्वस्तिक तथा मणि नाम के नागकुल तो जरासंध के समय में भी मगध में रहते थे। मगध में मनु की सन्तान ने देखा कि इतना जल था कि वर्षा के बिना भी खेती होती थी।[1] मणियान और कौशिक नामक यक्ष देवताओं की भी वहाँ उपासना होती थी। उस नगर में निरन्तर उत्सव हुआ करते थे। वहाँ वर्ण-व्यवस्था थी और चारों वर्णों[2] के लोग रहते थे।

"श्रीकृष्ण नगर के सिंहद्वार में होकर भीतर नहीं गए। नगर के बाहर एक चैत्य था।[3] तीनों वीर उधर ही चले गए। उस चैत्य में तीन बड़े नगाड़े रखे हुए थे। राजा बृहद्रथ के समय में एक किंकर जाति का ऋ ाभ नामक राक्षस था। वह मांस-भोजी था। किसी कारण से बृहद्रथ ने उसे मरवाकर उसकी खाल से तीन नगाड़े मढ़वा दिए थे और वहीं रख दिए थे। उनकी पूजा होने लगी थी। उन पर लोग नित्य फूल चढ़ाते थे। इन्होंने नगाड़े तोड़ डाले और फिर ये उस चैत्य की दीवार के पास गए। वह नगर-चैत्य बहुत पुराना था। चंदन-माला आदि से उसकी नित्य पूजा हुआ करती थी। इन्होंने उस अनार्य्य चैत्य को ढहा दिया और उसी राह से ये नगर में घुस गए।

"इसी बीच ऋचा बोलनेवाले ब्राह्मणों ने उत्पात होते देख अनिष्ट की सूचना जरासंध को दी। उत्पातों की शांति के लिए पुरोहितों ने राजा जरासंध को हाथी पर चढ़ाकर उसके चारों ओर आग घुमा दी। बहरहाल चैत्य के टूटने का संवाद फैलने ही लगा। जरासंध समझा नहीं। उसने समझा, देवता का कोप था। उस दिन उसने नियम धारण करके उपवास किया। इक्ष्वाकुकुलीन क्षत्रियों की जिनधर्म की उपासना का मगध में भी प्रभाव था। वह धर्म दक्षिण से आया था और पल्लवित हो रहा था।

"उस समय श्रीकृष्ण, भीम और अर्जुन स्नातक का वेश धारण किए हुए थे।

"हे महर्षिगण! उसके बाद वही हुआ जो श्रीकृष्ण ने सोचा था। जरासंध मल्लयुद्ध में भीम से मारा गया। उसके पुत्र सहदेव को सिंहासन पर बिठाकर बन्दी राजाओं को छुड़ाकर वे जरासंध का बहुमूल्य रथ लेकर लौट आए। युधिष्ठिर ने कृष्ण की पूजा की। कृष्ण द्वारका

---

1. तब होती होगी, जैसे पहले सिंधु प्रदेश बड़ा उपजाऊ था, या ब्रजप्रदेश में कई वन थे।
2. वर्ण—पेशे के हिसाब से बँटी जनता।
3. यक्ष-पूजा का स्थान।

लौट आए। जाते समय युधिष्ठिर ने भाइयों सहित श्रीकृष्ण की प्रदक्षिणा की। उस समय श्रीकृष्ण और युधिष्ठिर का नाम मिल गया। उत्तराखण्ड से दक्षिण समुद्र तक और सिंधु सौवीर से प्राग्ज्योतिष तक जरासंध के मित्रों के निर्बल हो जाने से, यही सुन पड़ता था कि भरतखण्ड में दो ही राजनीतिक शक्तियाँ थीं—कुरुकुल और यादव। अब तो पाण्डवों ने दिग्विजय प्रारम्भ कर दी। वह दिग्विजय विशाल थी। जब पाण्डवों ने सबको जीत लिया तब युधिष्ठिर ने श्रीकृष्ण को यज्ञ का निमन्त्रण भिजवाया। ऋत्विज ब्राह्मणों ने सोने के हलों से यज्ञभूमि को जुतवाकर साफ किया। उस यज्ञ में सत्यवती के पुत्र व्यास ब्रह्मा बने। धनंजय गोत्रोत्पन्न सुसामा उद्गाता बने। याज्ञवल्क्य (पुराना) अध्वर्यु हुआ। वसु का पुत्र पैल और धौम्य होता हुए। इन ऋषियों के पुत्र और शिष्य होत्रगाता हुए। साम्राज्य के ब्राह्मणों, क्षत्रियों, वैश्यों और श्रेष्ठ शूद्रों को निमंत्रण भेज दिया गया। युधिष्ठिर ने नकुल को हस्तिनापुर भेजकर भीष्म, द्रोण, धृतराष्ट्र, विदुर, कृपाचार्य और सुयोधन आदि को बुलवा लिया। तब देश-देशांतर से आए ब्राह्मणों ने यथासमय शुभ मुहूर्त्त में कुंतीपुत्र युधिष्ठिर को राजसूय यज्ञ की दीक्षा दी। युधिष्ठिर यज्ञ-मण्डप में आ गया। भोजन कर रहे और शास्त्रार्थ में लगे ब्राह्मणों का प्रसन्नचित्त कोलाहल दिन-रात उठने लगा। 'यह दो, वह दो, भोजन करो' इत्यादि शब्द वहाँ हर समय चारों ओर सुन पड़ते थे। धर्मराज ने अलग-अलग निमन्त्रित व्यक्तियों को गाएँ, सुवर्ण शय्याएँ और दास-दासियाँ दीं। खांडवप्रस्थ आर्य्यों के जय-जयकार से प्रतिध्वनित होने लगा। उस समय कौरव प्रसन्न थे। उनमें ईर्ष्या का बीज पनपा नहीं था। धृतराष्ट्र, भीष्म, विदुर और दुर्योधन आदि धृतराष्ट्र के पुत्र, गांधारराज, सुबल, महाबली शकुनि, अचल, वृषक, महारथी कर्ण, बलवान् शल्य, प्रतापी वाह्लीक, सोमदत्त, भूरि, भूरिश्रवा, शल, कृपाचार्य, द्रोणाचार्य, अश्वत्थामा, सिंधुराज जयद्रथ, अपने पुत्रों सहित द्रुपद, शाल्व, समुद्रतीर के निवासी म्लेच्छों और पहाड़ी जातियों को साथ लिये हुए प्राग्ज्योतिषनगर के राजा भगदत्त, राजा बृहद्बल, पौण्ड्रक वासुदेव, बंग और कलिंग देश के राजा, आकर्ष और कुन्तल देशों के राजा, गालव और आंध्र देशों के राजा, द्रविड़ और सिंहल देशों के राजा, काश्मीर नरेश, महातेजस्वी राजा कुन्तिभोज, राजा गौरवाहन, बाह्लीक देश के अनेक शूरवीरगण राजा, पुत्रों सहित राजा विराट, महाबली राजा मावेल्ल, राजकुमार सहित महापराक्रमी राजा शिशुपाल, यादवों में से बलभद्र, अनिरुद्ध, कंक, सारण, गद, प्रद्युम्न, साम्ब, पराक्रमी चारुदेष्ण, उल्मुक, निशड, अंगवह तथा मध्यदेश के राजा, यज्ञ में आ गए।

"अभ्यागत राजाओं के ठहरने के लिए जो भवन बने थे वे एक से एक मिले हुए थे। वे भव्य थे और सफेद रंग की दीवारों के कारण चमकते थे।

"छः अग्नियों की स्थापना हो जाने के बाद राजसूय यज्ञ किया गया। जब सारे आर्य्य मदोद्धत थे, यदि अकेला युधिष्ठिर इस समय भी विनीत था, तो निरपेक्ष थे केवल श्रीकृष्ण।

"यज्ञ के अन्त में, अभिषेक के दिन, सत्कार के योग्य महर्षि ब्राह्मण लोग राजाओं के साथ अन्तर्वेदी नाम के सभामण्डप में गए। उस समय प्रसिद्ध वीरों, राजा-महाराजाओं, ऋषियों और ब्राह्मणों के जमघट में युधिष्ठिर वरुण के समान दिखाई देते थे। 'यह बात ऐसी ही है,' 'यह बात ऐसी कभी नहीं है,' 'यह बात ऐसी ही है, अन्यथा कभी नहीं है,' इत्यादि तर्क-वितर्क करते हुए विद्वान् लोग वितण्डावाद करने लगे। कोई-कोई विद्वान् शास्त्र के द्वारा प्रतिपादित

करते हुए उक्तियाँ दिखाकर अपनी प्रतिभा के प्रभाव से साधारण बात को असाधारण और असाधारण बात को साधारण प्रमाणित कर रहे थे। कोई बुद्धिमान विद्वान् पुरुष दूसरे के कहे हुए विषय को उस तरह बीच से ही ले भागते थे अर्थात् उसका खण्डन करने लगते थे, जिस तरह आकाश में उड़ रहे बाज पक्षियों में एक के मुँह से छूटे हुए लोथड़ों को दूसरा पृथ्वी तक पहुँचने नहीं देता, बीच से ही ले भागता है।

"महाराज युधिष्ठिर की उस सभावेदी के पास न कोई शूद्र बैठा था और न कोई व्रतहीन अपवित्र पुरुष उपस्थित था।

"सब लोग जब उस सभा में बैठ गए तब भीष्म पितामह उठे। वे अकेले ब्रह्मचारी थे जो क्षत्रियों के परिवार में रहते थे। उनकी वीरता की गाथाएँ गाई जाती थीं। वे प्रचण्ड कुरुओं में पितामह के पूज्य नाम से विख्यात थे। पितामह को उठते देखकर सब सभा स्तब्ध हो गई। पितामह विशालकाय व्यक्ति थे। उन्होंने कहा : 'हे भरतकुल श्रेष्ठ! अब तुम इन आए हुए राजाओं का यथायोग्य पूजन और सत्कार करो। आचार्य्यों, ऋत्विक, स्नातक, सम्बन्धी, मित्र और राजा, ये छह अर्घ्य पाने के अधिकारी कहे गए हैं। इनके सिवाय जो अभ्यागत लोग एक साथ साल-भर रहते हैं वे भी अर्घ्य पाने के योग्य माने गए हैं। ये न्यौते में आए हुए राजा लोग यहाँ हमारे साथ बहुत दिनों से निवास कर रहे हैं। इस कारण इनके लिए भी एक-एक अर्घ्य मँगाना चाहिए; किन्तु इस अभ्यागत मण्डली में जो सबसे श्रेष्ठ और समर्थ पुरुष हों, उन्हें सबसे पहले अर्घ्य दिया जाय।'

"युधिष्ठिर ने पूछा : 'पितामह! आप इन योग्य पुरुषों में किन महात्मा को सबसे पहले अर्घ्य देना ठीक समझते हैं?'

"एकदम निस्तब्धता छा गई। पितामह भीष्म की धनुषाकार भौंहें उनकी कठोर उठी हुई लम्बी नाक पर ऐसी तुल गईं, जैसे कोई गिद्ध उड़ते ही हठात् आकाश में स्थिर हो गया हो। मदिरा और बहुमूल्य राजसी भोगों का आस्वादन करनेवाले वे पतले होंठ इस समय कुछ भिंच गए। उस समय उनकी कठोर ठोड़ी स्थिर हो गई और जैसे चिंतन की मुद्रा में जो श्वास खींचा तो उस चौड़े कन्धोंवाले आजानुबाहु, दीर्घकाय पुरुष का प्रशस्त वक्षस्थल ऊपर फूल गया। समस्त भरतखण्ड के राजा उस समय उत्सुकता के खड्ग पर बैठे थे। पितामह की दृष्टि अलातचक्र-सी फिरी और फ़िर लौट गई। दोनों हाथों की मुट्ठियाँ भिंच गईं, जैसे वे कुछ निर्णय कर रहे थे। हठात् उन्होंने कहा : 'आर्य्य! इन सब महापुरुषों की मण्डली में तेज, बल, पराक्रम आदि बातों में समस्त भरतखण्ड में कृष्णचंद्र ही श्रेष्ठ हैं। नक्षत्रों के बीच सूर्य की तरह इन सबके बीच श्रीकृष्ण ही प्रकाशित हो रहे हैं।'

"और तब पितामह भीष्म ने कहा : 'कुमार सहदेव! प्रधान अर्घ्य लाकर श्रीकृष्ण को दो।'

"सहदेव ने उसी समय श्रेष्ठ अर्घ्य लाकर कृष्णचंद्र को अर्पण किया। सभा के बीच उस प्रतिष्ठासूचक प्रधान अर्घ्य को सबसे पहले पाकर कृष्णचंद्र ने शास्त्रोक्त विधि के अनुसार ग्रहण किया। यह देखकर चेदिराज शिशुपाल से नहीं रहा गया। वह क्रोध के मारे उठकर खड़ा हो गया और उसने कठोर स्वर से युधिष्ठिर और भीष्म का तिरस्कार किया। उसने चिल्लाकर कहा : 'सभासदो! आप लोग बालक सहदेव का यह कार्य ठीक न मानें कि कृष्ण

ही अग्रपूजा के योग्य हैं। यहाँ बड़े-बड़े तपस्वी, विद्वान्, व्रतधारी, ज्ञान के द्वारा अपने समस्त पाप-तापों को शांत करनेवाले, परमज्ञानी महर्षि उपस्थित हैं। यज्ञ की भूल-चूक बतलानेवाले इन सदस्पतियों को छोड़कर यह कुलकलंक ग्वाला भला अग्रपूजा का अधिकारी कैसे हो सकता है? क्या कौआ कभी यज्ञ के पुरोडाश का अधिकारी हो सकता है? न इसका कोई वर्ण है, न कोई आश्रम। कुल भी इसका ऊँचा नहीं है। सारे धर्मों से यह बाहर है। वेद और लोकमर्यादाओं का उल्लंघन करके मनमाना आचरण करता है। इसमें कोई गुण भी नहीं है। ऐसी स्थिति में यह अग्रपूजा का पात्र कैसे हो सकता है? आप लोग जानते हैं कि राजा ययाति के अभिशप्त पुत्र की यह सन्तान है? इसलिए सत्पुरुषों ने इस वंश का ही बहिष्कार कर दिया है। ये सब सर्वदा व्यर्थ मधुपान में आसक्त रहते हैं। फिर ये अग्रपूजा के योग्य कैसे हो सकते हैं? इन सबने ब्रह्मर्षियों के द्वारा सेवित मथुरा आदि देशों का परित्याग कर दिया और ब्रह्मवर्चस के विरोधी समुद्र में किला बनाकर रहने लगे। वहाँ से जब ये बाहर निकलते हैं, तो डाकुओं की तरह सारी प्रजा को सताते हैं।'

"उस समय पाण्डव, मत्स्य, केकय और सृञ्जयगण के वीर क्रोध से उठ खड़े हुए। परन्तु शिशुपाल तनिक भी नहीं डरा। उसने क्रोध से अधीर होकर प्रचण्ड स्वर से कहा : 'हे युधिष्ठिर! इन महात्मा राजाओं के आगे कृष्ण किसी तरह राजाओं की तरह पूजा पाने के योग्य नहीं। हे पाण्डव! जो अपनी इच्छा से तुमने सबसे पहले कृष्ण की पूजा की सो यह किसी महात्मा पाण्डव के योग्य काम नहीं हुआ।'

"भरतखण्ड के राजा स्तब्ध बैठे थे। एक दल था जिसके मन में शिशुपाल बड़ा था, दूसरा कृष्ण की ओर था, तीसरा पाण्डवों की ओर था। राजाओं की शक्ति का वहाँ संतुलन हो रहा था। एक तरह से वहाँ समस्त भरतखण्ड बैठा था। उस दिन इन्द्रप्रस्थ में भरतखण्ड के भविष्य का निर्णय हो रहा था।"

उग्रश्रवा ने कहा : "कौन जानता था कि उस दिन जो बीज पड़ा था, वही प्रकारांतर से ब्रह्म के नाश का कारण बननेवाला था। शिशुपाल ने निडर होकर कहा : 'हमने किसी लोभ या भय से राजा युधिष्ठिर को कर नहीं दिया। हमने तो युधिष्ठिर को धर्मराज समझकर कर दिया था। परन्तु ये हमें नहीं मानते।' और शिशुपाल दायाँ हाथ उठाकर गरजा : 'नरपतियो! धर्मपुत्र युधिष्ठिर को लोग धर्मात्मा कहते थे, सो इनका वह यश अकस्मात् नष्ट हो गया। वृष्णिवंश में उत्पन्न दुरात्मा कृष्ण ने अन्याय से महात्मा जरासंध की हत्या करवाई है। हे युधिष्ठिर! तुम्हारी दीनता और मूर्खता जगत् में प्रसिद्ध हो गई। किन्तु इस कृष्ण ने क्यों स्वीकार किया! परन्तु अयोग्य, अबोध, नीच प्रकृति के पुरुष को विशेष दोष देना व्यर्थ ही है। कुत्ता जैसे घी के बने पकवान को एकान्त में खाकर बहुत प्रसन्न होता है, वैसे ही सर्वथा अयोग्य इस पूजा को पाकर यह अपने को बहुत कुछ समझ रहा है। देखो-देखो! पाण्डवों ने इसकी कैसी हँसी उड़ाई है! नपुंसक का ब्याह कराना और अंधे को रूप दिखाना जैसा होगा, वैसा ही यह कृष्ण का राजाओं का-सा पूजन है, क्योंकि न तो यह राजा है, न इसमें राजाओं की-सी कोई योग्यता ही है।'

"यों कहकर शिशुपाल बढ़ा। कई उसके सहायक राजा उसके साथ उठ खड़े हुए, मानो वे भी सभा से जाने को तत्पर थे। क्रोध से लाल-लाल आँखें करके भीष्म आदि महात्माओं

की ओर तिरछी नजर से देखते हुए शिशुपाल को सभा से जाते देखकर जल्दी से युधिष्ठिर उसके पास गए और मीठे वचन बोलते हुए कहा : 'हे राजन् ! राजसूय यज्ञ धर्म की स्थापना करने के लिए, समस्त राजाओं को परस्पर वैमनस्य छोड़कर मित्र बनाने के लिए हुआ है। उसका ध्येय निरंकुश एकाधिपत्य स्थापित करना कभी नहीं है। इसमें असत्य नहीं है कि राजा जरासंध निरंकुश था। उसको मिटाना कृष्ण का ही काम था। इसी से कृष्ण पूज्य हैं। कृष्ण ने ही कंस की निरंकुशता का नाश किया था। अतः वे इसलिए भी पूज्य हैं। और फिर पितामह भीष्म जगद्वंद्य हैं। उनको बुरे वचन कहकर तुमने अपने को छोटा किया है। देखो ! तुमसे भी बड़े-बूढ़े अनेक राजा बैठे हैं, परन्तु कोई भी इस कृष्ण-पूजा का विरोध नहीं करता ! पितामह ने यही सब समझकर यह निर्णय दिया है।'

"उस समय वृद्ध भीष्म ने उच्च स्वर से कहा : 'सम्राट् युधिष्ठिर ! पृथ्वीमण्डल-भर पर सबसे बड़े और बूढ़े श्रीकृष्ण को सर्वोत्तम पूजनीय जो नहीं मानता, उससे कभी ऐसी नम्रता का व्यवहार नहीं करना चाहिए। जो प्रतापी क्षत्रिय युद्ध में क्षत्रियों को जीतकर उन्हें फिर छोड़ देता है वह उनका गुरु होता है। जरासंध को 17 बार श्रीकृष्ण ने ही प्राणदान दिए। कुरुभूमि में बैठा हुआ मैं देख रहा था। फिर युद्ध में रुक्मिणी से विवाह के समय श्रीकृष्ण ने किस राजा को नहीं जीता है? इस सभा में तो ऐसा एक भी राजा नहीं देख पड़ता। हे राजा लोगो ! आप लोगों को इसमें अपना अपमान न समझकर प्रसन्नता से इस काम का अनुमोदन करना चाहिए। ये वासुदेव अकेले ही ऋत्विक्, गुरु, सम्बन्धी, स्नातक, राजा और प्रिय सब कुछ हैं। शिशुपाल यदि श्रीकृष्ण की पूजा को अनुचित समझता है तो जो कुछ इसके किए हो सकता हो, सो करे।'

"पितामह भीष्म यों कह चुप हो गए। तब विचक्षण बुद्धि सहदेव ने कहा : 'हे राजन्यो ! केशी दैत्य को मारनेवाले केशव श्रीकृष्ण का पराक्रम अपार है। ये हमारे परम पूजनीय हैं। इन् परम पूज्य केशव की पूजा जिनको असह्य हुई हो, उन बलवानों के माथे पर मैं यह अपना पैर रखता हूँ।'

"उस बेला कौरवों और पाण्डवों तथा सृञ्जयों और पांचालों के मुख से हुङ्कार फूट निकलीं। पितामह भीष्म का विरोध ! गांगेय का विरोध ! भीष्म व्यक्ति नहीं थे। कुरुक्षेत्र की मर्यादा मानो उनमें एकत्र हो गई थी। उनके अखण्ड पौरुष की कथाएँ, उनके ब्रह्मचर्य का तेजस, उनकी ज्ञानियों के जैसी गाथाएँ कुरुक्षेत्र के घर-घर में धूप-गंध के समान फैलती थीं, और दीपकों की भाँति जलती थीं। उनका अपमान ! और करे भी कौन? वही जो कृष्ण से पराजित था ! वह गौरव कि कृष्ण ने सम्मिलित—जरासंध-शिशुपाल-पौण्ड्रक और जाने कितनों की—वाहिनी के बीच से रुक्मिणी को जीता—भरतखण्ड के जन-जन में व्याप्त था। सहदेव का विदग्ध वचन, उस विशाल सभा में जहाँ भरतखण्ड के प्रतिनिधि सशक्त राजा बैठे थे, जहाँ एक प्रकार से समस्त भरतखण्ड बैठा था, मेख की तरह गड़ गया क्योंकि उसने पाँव बढ़ा रखा था। उसने उसे गर्व से उठाकर रखा था। साथी राजाओं ने पुकारा : 'साधु ! साधु !'

"तब सहदेव एक-एक करके अन्यों की पूजा करने में लग गया। शिशुपाल क्रोध के मारे काँपने लगा। उसकी आँखें लाल हो गईं। उसने अपने समीपस्थ राजाओं से कहा : 'हे महाबली राजाओ ! मैं तुम्हारा सेनापति बनना स्वीकार करता हूँ। तुम लोग इसी समय पाण्डवों

और यादवों का नाश करने के लिए सेना सहित तैयार हो जाओ और युद्ध ठान दो !'

"शिशुपाल उन्हें उत्साहित करने लगा। उसके अनुगामी राजा क्रोध के मारे लड़ने को तैयार हो गए। उनकी बात किसी ने नहीं सुनी, इसलिए विक्षोभ से उनके चेहरे फीके पड़ गए। वे लड़ने को तैयार हो गए। कुछ लोग समझाने में लगे थे, पर वे नहीं माने।

"हठात् बाहर उनका संवाद पहुँचा और उनकी सेनाओं के शस्त्रों की झंकार सुनाई दी।

"पितामह भीष्म ने केवल भौंह टेढ़ी की।

"सभा में कोलाहल हो रहा था। जैसे प्रलयकाल की हवा से समुद्र में उथल-पुथल मच जाय वैसे ही उन राजाओं के समूह को क्रोध से विचलित होते और कोलाहल करते देखकर युधिष्ठिर विघ्न की आशंका से घबरा गए। जैसे वृहस्पति से इंद्र सलाह करते हैं वैसे ही उस समय युधिष्ठिर ने बुद्धिमान् पुरुषों में मुख्य, वृद्ध और कुरुवंश के पितामह भीष्म से कहा : 'आर्य्य ! देखिए ! ये राजा लोग कुपित होकर समुद्र की भाँति युद्ध के लिए उमड़ चले हैं। बताइए, मैं इस समय क्या उपाय करूँ ? विचार करके वह उपाय बताइए, जिससे यज्ञ में कुछ विघ्न न हो और प्रजा का भी भला हो !'

"तभी बाहर वज्रगर्जन हुआ : 'सम्राट् युधिष्ठिर की'—'…जय !'

" 'आक्षितिज वसुन्धरा के वीर धर्मज्ञ प्रतिपालक महाराजाधिराज युधिष्ठिर की…'

" 'जय !'

"फिर एक स्वर उठा : 'अतिरथी श्रीकृष्ण की…'

" 'जय !'

" 'यादव कुलावतंस परमवीर जनार्दन कृष्ण की…'

" 'जय !'

"तब फिर एक ऐसा तुमुल निनाद उठा : 'जय ! सम्राट् वरुण से प्रतापी, इन्द्र से वीर, युधिष्ठिर धर्मराज की जय !'

"उस शब्द को रुकने में समय लग गया। मानो मत्त होते हुए राजाओं के सामने उस शब्द ने यह जताया था कि इधर भी देखो, यह भी शक्ति है, यह भी पहाड़ है, जिससे टकराना होगा। सैनिकों की उस गर्जना के पीछे दास जल्दी-जल्दी काम करते इधर-से-उधर भागते फिर रहे थे।

"भीष्म ने युधिष्ठिर से कहा : 'हे पुरुषश्रेष्ठ ! तुम डरो नहीं ! कुत्ते भी कहीं सिंह को मार सकते हैं ? तुम्हारा मार्ग निष्कण्टक है। इस विषय में क्या करना है, वह मैंने पहले ही ठीक कर रखा है। पराक्रमी सिंह को सोया हुआ जानकर जैसे आए हुए कुत्ते भूँकते हैं, वैसे ही ये राजा लोग यादवकुल-सिंह श्रीकृष्ण के सामने क्रोध प्रकट करते चिल्लाते फिर रहे हैं। जब तक सोए हुए सिंह की भाँति श्रीकृष्ण शांत हैं, तभी तक इन राजाओं का यह भाव दीख पड़ता है। जब तक श्रीकृष्ण को क्रोध नहीं आता, तभी तक इनकी उत्तेजना है।'

"सम्राट् युधिष्ठिर ने देखा। सचमुच ! अविचलित, अविकृत पूर्णप्रज्ञ, शांत, मुस्कान से सुशोभित नरव्याघ्र श्रीकृष्ण चुप खड़े थे, जैसे कुछ हुआ ही नहीं था। वह मानो समुद्र था, जो सारे वज्राघातों को पी गया था। वह मानो दुर्दान्त पर्वत था जो सारे बुन्दाघातों और तूफानों की झकोरों से अविचलित निर्विकार खड़ा था। भरतखण्ड की उस विशाल सभा के समस्त

शक्तियों के जमघट में वह अभी तक एक भी शब्द नहीं बोला था। कितना गम्भीर था वह! वह मानो जब बोलेगा, तो जो बोलेगा वही होगा। यह बरसाती महानद मानो उमड़ते चले आते थे और उसके महासमुद्र में जाकर विलीन हो जाते थे और जल तनिक भी बढ़ता हुआ नहीं दिखाई देता था। वह मानो एक विशाल वृक्ष था, जो अपनी जड़ें धरती में इतनी गहरी घुसा चुका था, कि आँधियों से वह काँपता भी न था! कितना असाधारण धैर्य था! कितनी गरिमा थी! राजनीति में यह शांति की पराकाष्ठा थी, जहाँ सबकुछ को व्यक्ति, अपने व्यक्तित्व के शामिल होने पर भी, सबसे अलग करके देख रहा था। वह नितांत नीरव था। उसने ऐसा दिखाया था मानो वह एक मस्त हाथी था, जो भूँकते हुए कुत्ते को देख ही नहीं सका था। वह मानो पूर्णचन्द्रमा था, जिस पर थूकनेवालों के मुँह पर ही उल्टा वह थूक जाकर गिर गया था। कितना महान् था वह!

"भीष्म के वचन सुनकर तो शिशुपाल क्रोध से पागल-सा हो उठा। उसने कहा : 'हे भीष्म! तुम बूढ़े होने पर भी अपने कुल के कलंक हो! हम-ऐसे राजाओं को तुम डराते हो? तुम्हें लज्जा नहीं आती? तुम सठिया गए हो। तुमने जन्म-भर नपुंसक का-सा जीवन बिताया है। यह कृष्ण पूतना राक्षसी का घातक नीच है! हे भीष्म! तुम घमंडी और मूर्ख हो। कृष्ण की स्तुति करनेवाली तुम्हारी इस जीभ के सैकड़ों टुकड़े क्यों नहीं हो जाते? तुम इस गोप की प्रशंसा कर रहे हो? इसने यदि बकासुर, केशी और वत्सासुर को मारा तो क्या वह छल से नहीं मारे गए? यह कृतघ्न मामा कंस का हत्यारा है। हे कुरुकुलाधम भीष्म! धर्मकर्मविहीन! मैं तुम्हें धर्म सिखाता हूँ। सुनो! तुम्हारी प्रकृति अत्यन्त नीच है। पाण्डवों की स्थिति इसलिए नीच हो गई है कि तुम उनके पथप्रदर्शक हो। यदि तुम्हें धर्म का ज्ञान है और तुम बुद्धिमान हो तो काशिराज की बेटी अम्बा को, यह जानकर भी कि वह दूसरे को चाहती है, क्यों स्वयंवर से हर लाए थे? नीच! किन्तु तुम्हारे भाई विचित्रवीर्य सच्चे धर्मात्मा थे जो उन्होंने अम्बा की ओर आँख उठाकर भी नहीं देखा। तुम्हारे धर्म-ज्ञान का क्या कहना है! तुम्हारे सामने ही तुम्हारे भाई की स्त्रियों में नियोग-विधि से दूसरे ने पुत्र उत्पन्न किए।'

"उस समय शत्रु राजा ठहाका मारकर हँसे।

"विप्लव का नेता शिशुपाल गरजा : 'हे भीष्म! नपुंसक! पुत्रहीन! जिसकी तुम पूजा करते हो, उसको तो दास समझकर महाबली जरासंध ने युद्ध करना अस्वीकार कर दिया था। महाराज जरासंध मेरे माननीय मित्र थे। कृष्ण, भीम और अर्जुन ने जिस धोखे से महात्मा जरासंध की हत्या की, वह क्या नीच कार्य नहीं था? इस धोखेबाज कृष्ण ने सिंहद्वार से न जाकर महानगर में चोरों की भाँति वहाँ प्रवेश किया था। इसने राजपुरी में जाकर जरासंध के पास अपने को ब्राह्मण बताया। राजा ने जब पाद्य-अर्घ्य देना चाहा तो इस दुष्ट ने ब्राह्मण होना अस्वीकार किया। जरासंध के पराक्रम को यह अच्छी तरह जानता था। महामति जरासंध ने जब इससे और भीम तथा अर्जुन से भोजन करने के लिए कहा तब इसी ने उसमें रुकावट डालकर अपने साथ भीम और अर्जुन को भी भोजन नहीं करने दिया।'

"महाबली भीम क्रोध के मारे काँपने लगा था। उसके विशाल और सहज ही लाल नेत्र क्रोध से और भी फैल गए और दाँतों से वह होंठ चबाने लगा। माथे पर तीन बल पड़ गए। भीमसेन की वह भयंकर मूर्ति देखकर राजा डर के मारे चुप हो गए। भीमसेन को झपटने को

तैयार देखकर हाथ फैलाकर प्रशांतमूर्ति पितामह भीष्म ने उसे रोक लिया और समझाने लगे, परन्तु शिशुपाल तनिक भी नहीं डरा। उसने उसकी तनिक भी चिंता न की, मानो वह सिंह के सामने मृग का बच्चा था। भीम बार-बार जब हमला करने को तत्पर होता तो भीष्म रोक लेते।

"शिशुपाल ने हँसकर कहा : 'भीष्म! उसे छोड़ दो। ये आए हुए राजा भी देख लें कि पतंगे के समान यह कैसे मेरे प्रताप की जलती हुई आग में कूदकर राख हो जाता है।'

"भीष्म ने कहा : 'वत्स भीम! क्रोध न कर! कुछ भी हो, यह निमंत्रित है। इसने जगद्वंद्य कृष्ण का अपमान किया है, वही इसे दण्ड दे सकते हैं।'

"यादव गरजे : 'महावीर अतिरथी कृष्ण जागो! बस, क्षमा की इति हुई। इस भागनेय के पापों की पराकाष्ठा हो चुकी।'

"किन्तु कृष्ण शांत खड़े रहे।

"शिशुपाल और भी कुपित हो उठा। उसने कहा : 'भीष्म! तुम खुशामदी टट्टू हो। औरों की स्तुति करना ही यदि तुम्हारे जीवन का मुख्य उद्देश्य है तो कृष्ण को छोड़कर इन सब आए हुए राजाओं की आराधना करो। इन महाराज वाह्लीक नरेश परद के जन्म के समय तो मानो यह पृथ्वी फटने लगी थी। इनकी स्तुति करो। अथवा देवनिर्मित परम रमणीय कुण्डलों को कान में पहननेवाले, महाधनुष को खींचनेवाले, सुन्दर शरीर पर सदा बालसूर्यसदृश तेज से चमक रहा स्वाभाविक कवच धारण करनेवाले, बाहुयुद्ध में इन्द्रसदृश पराक्रमी जरासंध को भी नीचा दिखानेवाले इन इंद्रतुल्य अंगराज कर्ण की स्तुति करो, या ब्राह्मणश्रेष्ठ द्रोणाचार्य और अश्वत्थामा की स्तुति करो जिनके क्रोध में पृथ्वी को भस्म करने की शक्ति है। जगत् में जिनकी तुलना नहीं हो सकती वे प्रतापी प्रबल दुर्योधन, परमपराक्रमी, अस्त्रविद्यानिपुण महाराज सिंधुराज जयद्रथ, लोकप्रसिद्ध किम्पुरुषराज द्रुम, और भरतकुल के आचार्य शरद्वान के पुत्र कृपाचार्य, धनुर्धरश्रेष्ठ भीष्मक, भगदत्त, यूपकेतु, मागध जयत्सेन, विराट, द्रुपद, शकुनि, ब्रहद्बल, विन्द, अनुविन्द, पाण्ड्य, श्वेत, उत्तम, महाभाग शंख, वृषसेन, निषादराज एकलव्य, कलिंगराज, एक से एक बढ़कर हैं। भीष्म! यदि तुम्हारी आदत ही स्तुति करने की पड़ गई हो तो शल्य आदि राजाओं की स्तुति क्यों नहीं करते? यह कृष्ण! कंस का दास! गोप! हे भीष्म! मैं समझता हूँ, तुम हिमवानपर्वत के पास रहनेवाले उसी भूलिंग पक्षी के समान हो जो सदा 'साहसं मा करु' (साहस मत कर) कहता है, परन्तु स्वयं सिंह के मुँह के भीतर से, चोंच से, मांस की बोटी खींच लाता है। सिंह जैसे साधारण प्राणी समझकर कुछ नहीं बोलता। हे अधर्मतत्पर भीष्म! इन राजाओं के कुछ न बोलने से ही तुम्हारा जीवन शेष है। ये चाहें तो तुम्हें अभी यमपुर का पाहुना बना दें।'

"भीष्म ने सिर उठाकर कहा : 'ठीक है! इन राजाओं की इच्छा से या कृपा से मैं जीवित हूँ। अस्तु! मैं पुकारकर कहता हूँ कि इन राजाओं को मैं तिनके के बराबर भी नहीं समझता।'

"भीष्म के ये वचन सुनकर राजाओं की मण्डली में महा कोलाहल होने लगा। कोई-कोई राजा क्रोध से आगबबूला हो उठे।

"किंतु द्रोण, अश्वत्थामा, दुर्योधन, कर्ण, जयद्रथ, शकुनि, कृपाचार्य, द्रुपद, विराट, भगदत्त आदि भीष्म की प्रशंसा करने लगे। कोई अभिमानी राजा इससे अपमान समझकर भीष्म की

निंदा करने लगे। कुछ लोग ऊँचे स्वर में कहने लगे : 'यद्यपि इस पापी बुड्ढे की देह का मांस लटक गया है, बाल पक गए हैं, तो भी इसका घमण्ड नहीं मिटा। यह क्षमा के योग्य नहीं है। हे राजाओ ! इसे पकड़कर या तो पशु की तरह मार डालो या जला दो।'

"भीम ने देखा, पितामह भीष्म ने अपना हाथ उठाकर कहा : 'हे सभागत राजाओ ! तुम कोलाहल और बकवाद क्यों कर रहे हो ? मुँह से मुँह नहीं मानता, बात बढ़ती जाती है। मैं जो तुमसे कहता हूँ सो सुनें। तुम लोग चाहे मुझे पशु की तरह मारो, चाहे आग में जला दो, मैं', भीष्म ने अपना दायाँ पाँव आगे रखकर कहा, 'मैं तुम सबके सिर पर यह पैर रखता हूँ, जिसके किए जो हो सके सो करे। हमारे पूज्य कृष्ण उपस्थित हैं। जिसकी इच्छा शीघ्र मरने की हो, वह इन्हें ही लड़ने को बुलावे।'

"राजनीति के कुशल पण्डित भीष्म ने अपनी नाक भी ऊँची रखी और एकदम यादवशक्ति को किस प्रकार अपने कौरवबल के सामने खड़ा कर लिया, यह देखकर कृष्ण ने मन-ही-मन उनकी प्रशंसा की। पर फिर भी वे चुप खड़े रहे। महाबली और मदांध राजाओं के दो दल हो गए थे। तीसरी ओर यादव थे। राजाओं के दल बराबर थे। जिधर यादव हो जायें उधर ही जय निश्चित है, यह स्पष्ट दीखने लगा। बाहर वाहिनियाँ भी त्रिदल बनाकर खड़ी थीं। अब नंगे खड्ग हाथों में तत्पर चमक रहे थे।

"भीष्म के यह कहते ही शिशुपाल बढ़ा और उसने कृष्ण से कहा : 'हे कृष्ण! आगे बढ़। मैं तुझे युद्ध के लिए ललकारता हूँ। आज अवश्य ही पाण्डवों समेत तुझे मारकर बखेड़ा मिटा दूँगा। तू तो राजा नहीं है, परन्तु पाण्डवों ने सब राजाओं का अनादर करके तुझे मान दिया है, आ दास!'

"श्रीकृष्ण आगे बढ़े और उन्होंने अपनी विशाल भुजा उठाकर कहा : 'हे नरपतियो! मैं अब तक चुप था। परन्तु अब यह मुझे पुकार रहा है। अत्याचारी जरासंध ने जिन राजाओं को कुत्ता बना लिया था, और जो इतनी दास-प्रकृति के हैं कि अपनी निरंकुशता स्थापित करके प्रजा का उत्पीड़न करते रहना चाहते थे, वे उसके दास बनकर भी प्रसन्न थे, क्योंकि पापी का साथी पापी ही होता है। धर्मराज युधिष्ठिर ने आर्य्य-अनार्य्य, एकतंत्र और गणतंत्र का भेद भुलाकर राजाओं और शासकों को इसलिए राजसूय के माध्यम से एकत्र किया कि भरतखंड एक हो, एक शासन हो और सब शासक मित्र हों। यहाँ कोई एकाधिपत्य का प्रश्न नहीं है। परन्तु शिशुपाल तथा अन्य ऐसे जरासंध के दास यह नहीं सोचते कि जरासंध 84 राजाओं को आत्मसमर्पण करने के बाद भी बन्दी बनाकर अत्याचार कर रहा था। हमने शिशुपाल के साथ कभी बुराई नहीं की। इसकी माता हमारी बुआ है। इसके पापों के लिए जब हमने इसे दंड देना चाहा था, तब वही बीच में आ गई थी और मैंने प्रतिज्ञा की थी कि इसके 100 अपराधों को क्षमा कर दूँगा। अब यह सीमा लाँघ गया है। यह यादवों का पुराना शत्रु है। यह सदैव हमारा अनिष्ट करने की धुन में लगा रहता है। हमारे प्राग्ज्योतिषपुर जाने की खबर पाते ही यह दुष्ट जाकर द्वारकापुरी जला आया था। पहले राजा भोज रैवतक पर्वत पर विहार कर रहे थे, तब इसी दुराचारी ने जाकर उनके कुछ अनुचरों को मारा था। फिर यह उनको और उनके कुछ अनुचरों को बाँधकर अपने नगर में ले गया था। मेरे पिता के अश्वमेध यज्ञ में विघ्न डालने के लिए इसने यज्ञ के घोड़े को हर लिया था। तपस्वी बभ्रु की स्त्री जब सौवीर देश को

जा रही थी तब इसी नीच ने, रास्ते में आक्रमण करके, बलपूर्वक उसका सतीत्व नष्ट किया था। यही निष्ठुर, पापी निःसंकोच होकर करुषराज की पोशाक पहनकर, करुषराज की वाग्दत्ता पत्नी, विशालापुरी के राजा की पुत्री भद्रा को धोखा देकर उड़ा लाया था। इस पापी ने बहुत-से घोर पाप किए हैं। बुआ की बात मानकर ही मैंने इसे आज तक छोड़ रखा था।'

"हठात् कृष्ण का स्वर क्रुद्ध हो उठा। वे गरजे : 'आज मैं इसे किसी भी भाँति जीवित नहीं छोड़ सकता। आज मेरा क्रोध व्यर्थ नहीं जाएगा। यह मूर्ख ऐसा अज्ञानी और मोहांध है कि बिना किसी संकोच के रुक्मिणी से विवाह करने को तत्पर हो गया था। किन्तु शूद्र के वेद पढ़ने के यत्न की भाँति इसका वह उद्योग व्यर्थ ही रहा।'

"सभा में से कई राजा पुकार उठे : 'धिक्कार है, धिक्कार है....'

"किन्तु शिशुपाल हँस पड़ा। उसने कहा : 'तो कृष्ण! तेरी स्त्री पहले मेरी ही स्त्री थी न? चोर! तू ही तो उसे ले भागा था! वह कुलटा थी, तभी तो तेरे साथ भाग गई न?'

" 'सावधान!' कृष्ण गरजे।

"सभा स्तब्ध हो गई। दासों के हाथ थम गए। ऋषि, राजा, दण्डधर, कञ्चुक, प्रतिहारी और सब एकदम स्तब्ध रह गए। शिशुपाल और कृष्ण आमने-सामने खड़े थे। क्रोध से दोनों ही होंठ चबा रहे थे। शिशुपाल ने हाथ बढ़ाया। एक राजा ने उसके हाथ में लपककर लम्बा खड्ग दे दिया। कृष्ण ने हाथ उठाया। सात्यकि ने उनका प्रिय चक्र फेंका। कृष्ण ने उसे उँगली पर घुमाया। वह तेजी से घूमने लगा।

"सब स्तब्ध थे। एक ओर शिशुपाल के मित्र राजा थे। एक ओर कौरवपक्षी राजा थे। तीसरी ओर यादव वीर थे। सबके हाथों में तलवारें चमक रही थीं।

"शिशुपाल झपटा। कृष्ण ने हटकर वार बचाया और अभी यह सँभल भी नहीं सका था कि चक्र उड़ा और दूसरे ही क्षण शिशुपाल का शीश कटकर पृथ्वी पर गिर पड़ा! यादव वीरों ने सशस्त्र कृष्ण को रक्षा-कवच की भाँति घेर लिया। कौरव वीर चिल्लाए : 'जय! महावीर कृष्ण की जय!'

"पितामह भीष्म ने गर्जन किया : 'जय! जनार्दन यादव कृष्ण की जय!'

"बाहर कौरव और यादव सेना के तुमुल निनाद सुनाई देने लगे। शिशुपाल की सेना ने शस्त्र पृथ्वी पर फेंक दिए। वह नंगी हो गई थी।

"सभा-मण्डप में घोर कोलाहल हो रहा था।

"ऋषियों ने कृष्ण की स्तुति की। दास आए और शिशुपाल का शव उठा ले गए। रक्त पुँछ गया। आज धरती से जरासंध का सेनापति चेदिनरेश उठ गया—उठ गया उस सभा से, जहाँ पूरा भरतखंड बैठा था। उनके सामने ही वह मिट गया। वह कौरवों और यादवों की सम्मिलित शक्ति थी। जरासंध के अत्याचारों को लोग भूले न थे। कृष्ण को तभी सब प्रिय मानते थे। शिशुपाल की तभी न भेद-नीति सफल हुई, न वह आगे ही बढ़ सका। कुरुकुल के वीर भीष्म का सम्मान उत्तरापथ में अखण्ड था।

"सम्राट् युधिष्ठिर की आज्ञा से शिशुपाल का शव ले जाकर पाण्डवों ने अन्त्येष्टि-क्रिया की। आए हुए सब राजाओं के साथ धर्मराज युधिष्ठिर ने चेदिराज के सिंहासन पर शिशुपाल के पुत्र को बिठा दिया।

"इसके बाद यज्ञ समाप्त किया गया।

"जब अवभृथ स्नान हो चुका, सब राजाओं ने जाकर उनकी वंदना की। वे शत्रु राजा भी विनीत हो गए थे। अखण्ड साम्राज्य बन गया था।

"इसके बाद श्रीकृष्ण फिर यथायोग्य सम्मान प्राप्त करके द्वारकापुरी लौट आए।"

उपसंहार

सूत रोमहर्षण के पुत्र उग्रश्रवा ने इसी प्रकार जब समस्त कथाएँ सुना दीं, तब ऋषिगण हर्ष से पुलकित हो उठे। किंतु कुलपति शौनक ने जब उनको उपहार, भेंट आदि देकर पूर्णरूप से सम्मानित कर दिया, तब एक लम्बी आह भरकर कहा : "सूतपुत्र, क्या सचमुच अब आर्यों का प्रभुत्व नहीं बचेगा? क्या भेद ही बचेंगे?"

सूतपुत्र ने कहा : "महर्षे! प्राचीन ब्रह्म का तो नाश हो ही गया। अब तो किसी भी प्रकार शायद वर्णाश्रम और धर्म जीवित रह जाए।"

"किंतु ये विदेशी आक्रमणकारी तो नाश कर रहे हैं?"

"क्यों न हो जब क्षत्रिय-ब्राह्मण एक नहीं हैं। वैमनस्य है। वैश्य और शूद्र भी तो धन एकत्र करने लगे हैं!"

"क्या होगा फिर?"

"कलि का युग है देव! कुलघातकों का युग है।"

"वे सुवर्ण के दिन तो गए ही। ब्राह्मण तो केवल दर्शन और ब्रह्मजिज्ञासा में लग गया है!"

वह सब कितना भार था! दास पौरिक सुन रहा था। वह कर्णाटक देश का था। उसने जाकर अपने साथियों से कहा : "आज तो प्रभुवर्ग बड़ा दु:खी-सा था।"

"क्यों?"

"पता नहीं। हम क्या जानें। हम तो दास हैं।"

उस पुराने दास की बात सुनकर एक नए तरुण दास ने कहा : "ऐसा क्या है, कह भी तो?"

"यही उन दोनों में भेद था। नया युग पुराने युग से टकराने लगा था।"

जब रोमहर्षण का पुत्र उग्रश्रवा चला गया, तब कुलपति शौनक ने कहा : "क्या समय आ गया है। जिसको देखो वही अपने को ब्राह्मण और क्षत्रिय कहता है।"

"देव!" एक ऋषि ने कहा, "क्यों न हो? अब क्षत्रिय दार्शनिक अपनी विद्या को गुप्त रखते हैं। वे कहते हैं ब्राह्मण न जान पाएँ!"

"तो क्या भविष्य में क्षत्रिय भी ब्राह्मण को ज्ञान देंगे?"

किसी ने भी उत्तर नहीं दिया। संध्या का अंधकार धीरे-धीरे सब पर छाने लगा था।

ऐसा अँधेरा, जिसमें सब-कुछ डूबकर खो गया। केवल ब्राह्मण के अग्निहोत्र की ज्वाला अभी तक अखण्ड धधक रही थी।

परिशिष्ट

(1) श्रीमद्‌भागवत के 10वें स्कन्ध, 78वें अध्याय में बलराम की तीर्थयात्रा का वर्णन है जिसमें वे नैमिषारण्य के एक यज्ञ में ब्राह्मणों से ऊँचे स्थान पर बैठा देखकर, क्रोध से, उग्रश्रवा के पिता रोमहर्षण को मार डालते हैं। पहली बात तो इस विषय में यह है कि यह कथा बीज रूप में भी महाभारत में नहीं आती। फिर उग्रश्रवा ही सारी महाभारत कथा को सुनाता है। यदि रोमहर्षण मारा जाता है तो कहीं उसका विरोध अवश्य होता। रोमहर्षण का नाम महाभारत के प्रथम पृष्ठ पर बराए नाम आता है।

दूसरी बात यह है कि रोमहर्षण बलराम की तीर्थयात्रा में मारा गया बताया गया है। इसको यों देखना चाहिए—

(अ) बलराम की तीर्थयात्रा का समय।

(आ) बलराम की तीर्थयात्रा समाप्त होने पर महाभारत-युद्ध समाप्त होने का समय।

(इ) महाभारत-युद्ध के 36 वर्ष बाद यादव गृह-कलह और नाश। उस समय परीक्षित युवक था। उसकी आयु लगभग 35 या 36 वर्ष की थी।

(ई) परीक्षित साठ वर्ष रहा। यानी परीक्षित की मृत्यु महाभारत-युद्ध के 60 वर्ष बाद हुई।

(उ) परीक्षित के मरने के समय जनमेजय बच्चा था। जब वह जवान हुआ और उसने नागयज्ञ किया, तब वह 15 वर्ष का तो रहा ही होगा। यानी 85 वर्ष हुए।

(ऊ) उस नागयज्ञ के बाद उग्रश्रवा नैमिषारण्य पहुँचा। तब वह स्वयं हुआ—36 + 24 + 25 + 2 = 87 वर्ष। क्योंकि 87 वर्ष पूर्व उसका पिता मारा गया था। तब वह चार एक साल का तो रहा होगा, यानी 90 साल। और उग्रश्रवा वृद्ध नहीं कहा गया है।

इन बातों से पता चलता है कि रोमहर्षण की कथा बाद में किसी प्रकार सूतों का अधिक प्रभाव देखकर जोड़ दी गई है। क्योंकि महाभारत में कुलपति शौनक उग्रश्रवा से ऐसे बातें करता है, जैसे शौनक उससे काफी बड़ा है। यदि यही ज्यों-का-त्यों माना जाए तो कुलपति शौनक को 20 या 25 वर्ष अधिक मानना होगा।

कर्ण के समय में सूत जाति का मान नहीं था। किन्तु महाभारत के कथा कहनेवालों का काफी मान है, वे सूत हैं। हो सकता है कि आगे उनका मान और बढ़ गया होगा। उस समय ब्राह्मणों ने यह कथा जोड़ी होगी, ताकि सूतों का मान कम किया जा सके। वैसे सूत को मान दिया है, पर उसका अपराध बस यही है कि वह ब्राह्मणों से ऊपर कैसे बैठ गया! श्रीमद्‌भागवत में पुरानी परम्पराएँ बाद में परिष्कृत रूप में रखी गईं। अतः यह स्पष्ट हो जाता

है कि यह काम भी परवर्ती है।

(2) श्रीमद्भागवत के 12वें स्कंध के पहले अध्याय में कलियुग के राजाओं के वंशों का वर्णन है। जरासंध महाभारतकालीन राजा था। उसका वंश यों चला—

(यह सब भविष्य का वर्णन होने से 'होगा' कहा गया है। परंतु यह प्राचीन था अतः हम 'हुआ' के रूप में वर्णित करते हैं।)

जरासंध के पुत्र सहदेव से—मार्जारि
|
श्रुतश्रवा
|
युतायु
|
नरोमित्र
|
सुनक्षत्र
|
बृहत्सेन
|
कर्मजित्
|
सृतञ्जय
|
विप्र
|
शुचि
|
क्षेम
|
सुव्रत
|
धर्मसूत्र
|
शम
|
द्युमत्सेन
|
सुमति

(यह सब भविष्य का वर्णन होने से 'होगा' कहा गया है। परंतु यह प्राचीन था, अतः हम 'हुआ' के रूप में वर्णित करते हैं।)

|

सुबल

|

सुनीथ

|

सत्यजित्

|

विश्वजित्

|

रिपुञ्जय या पुरञ्जय।

ये बाईस राजा बृहद्रथवंशीय हैं। इनका शासन 1000 वर्ष के भीतर ही हुआ। अर्थात् लगभग 45 या 46 वर्ष औसत एक-एक का राज्य-काल रहा।

पुरञ्जय के समय में प्रजा का विद्रोह वर्णित है। उसके मंत्री शुनक ने उसे मारकर राज्य लिया और अपने पुत्र प्रद्योत को गद्दी पर बिठा दिया। प्रद्योत का वंश चला—

प्रद्योत

|

पालक

|

विशाखयूप

|

राजक

|

नन्दिवर्द्धन

यह पाँच ही हुए। ये 'प्रद्योतन' कहलाए। इनका राज्यकाल 138 वर्ष का था। अर्थात् एक-एक राजा का काल औसतन हुआ 13÷85=27 या 28 वर्ष।

फिर शिशुनाग नामक राजा हुआ। उसका वंश चला—

शिशुनाग

|

काकवर्ण

|

क्षेमधर्मा

|

क्षेत्रज्ञ

|

विधिसार

|

अजातशत्रु
|
दर्भक
|
अजय
|
नन्दिनवर्द्धन
|
महानन्दि

ये शिशुनाग वंश में 10 राजा हुए जो सम्भवतः नागकुलीन क्षत्रिय थे। इन्होंने 360 वर्ष राज्य किया, यानी एक-एक राजा का औसत राज्यकाल 36 वर्ष का हुआ।

महानन्दि की शूद्रा पत्नी के गर्भ से नंद जन्मा, जो एकच्छत्र सम्राट् हुआ। उसके सुमाल्य आदि 8 पुत्र थे। इन सबने 100 वर्ष राज्य किया। पिता के बाद बड़े-छोटे भाई करके यह समय भी सम्भव ही है।

इसके बाद कौटिल्य, वात्स्यायन और चाणक्य के नाम से प्रसिद्ध एक ब्राह्मण ने नंदवंश का नाश कर दिया। फिर मौर्यवंशियों का राज्य हुआ। जो यों चला—

चंद्रगुप्त मौर्य
|
वारिसार
|
अशोकवर्द्धन
|
सुयश
|
संगत
|
शालिशूक
|
सोमशर्मा
|
शतधन्वा
|
बृहद्रथ

इनका राज्य 137 वर्ष रहा।[1] 9 पीढ़ियाँ हुईं। बृहद्रथ का सेनापति पुष्यमित्र शुंग था।

---

1. विष्णुपुराण में मौर्यवंश में एक दशरथ का और उल्लेख है, जो इनकी 10 पीढ़ियाँ बता देता है।

वह राजा बना। उसका वंश यों चला—

पुष्यमित्र
|
अग्निमित्र
|
सुज्येष्ठ
|
वसुमित्र
|
भद्रक
|
पुलिन्द
|
घोष
|
वज्रमित्र
|
भागवत
|
देवभूति

इन शुंगवंशीय दस राजाओं ने 112 वर्ष राज्य किया।

फिर कण्ववंश आया। देवभूति लंपट था। उसे उसके मंत्री कण्ववंशी वसुदेव ने मार डाला।

इसके बाद भी वंश-वर्णन है। कण्ववंश यों है—

वसुदेव
|
भूमित्र
|
नारायण
|
सुशर्मा

इनका राज्य 345 वर्ष है अर्थात् औसतन 84 या 85 वर्ष। यह अधिक है। सम्भव है बीच में और राजा हुए हों।

सुशर्मा को उसके शूद्र सेवक बली ने मारा, जो आंध्रजाति का था, राजा बना। उसके बाद कृष्ण (उसका भाई) राजा बना, जिसका वंश चला—

कृष्ण
|
श्रीशांतकर्ण
|
पौर्णमास

लम्बोदर

चिबिलक

मेघस्वाति

अटमान

अनिष्टकर्मा

हालेय

तलक

पुरीषभीरु

सुनन्दन

चकोर

आठ पुत्र जो 'बहु' कहलाए

(सबसे छोटा) शिवस्वाति

(परमवीर था) गोमतीपुत्र (गोतमीपुत्र ? मालव था)

पुरीमान्

मेदः शिरा

शिवस्कंद

यज्ञश्री (पुलुमावी ?)

(इनके बाद पता ठीक नहीं बैठता, अतः हम 'होगा' करके ही लिखेंगे।)

विजय

चंद्रविज्ञ

लोमधि

इन 30 राजाओं का समय है 456 वर्ष। औसतन हुआ—15 या 16 वर्ष। (नाम साम्य से भ्रम न करना ही उचित है।)

(1) फिर अवभृति नगरी के 7 आभीर,
(2) फिर अवभृति नगरी के दस गर्दभी
(3) फिर अवभृति नगरी के 16 कंक
(4) फिर अवभृति नगरी के 8 यवन — 1099 वर्ष राज्य करेंगे
(5) फिर अवभृति नगरी के 14 तुर्क — (तुषार ? तोखारी ?)
(6) फिर अवभृति नगरी के 10 गुरुण्ड — (मुरुण्ड ? = एक म्लेच्छ कहलानेवाली जाति थी।
(7) फिर अवभृति नगरी के 11 मौन

इनके बाद किलकिला नगरी में भूतनन्द राजा होगा।

|

बंगिरि

|

बंगिरि के भाई शिशुनन्दि, यशोनन्दि तथा प्रवीरक—ये 106 वर्ष राज्य करेंगे।

भागवत ने आगे भी वंश गिनाए हैं। ये वंश प्रायः ब्राह्मण-क्षत्रियविरोधी हैं। उक्त तीनों भाइयों के 13 पुत्र होंगे जो वाह्लीक कहलाएँगे। उनके बाद पुष्पमित्र नामक क्षत्रिय और उसके पुत्र दुर्मित्र का राज्य होगा। बाह्लीकवंशी नरपति एक साथ विभिन्न देशों पर राज्य करेंगे। 7 आंध्र देश के, 7 कोसलदेश के अधिपति होंगे और कुछ विदूर भूमि तथा कुछ निषध देश के स्वामी होंगे।

इनके बाद मगध का राजा होगा विश्वस्फूर्जि, जो द्वितीय पुरञ्जय कहलाएगा। यह ब्राह्मणादि उच्च वर्णों को पुलिंद, यदु और मद्र आदि म्लेच्छप्राय जातियों के रूप में परिणित कर देगा। यह ब्राह्मण-क्षत्रिय-वैश्य विनाशक, शूद्र प्रतिपालक होगा। इसकी राजधानी पद्मवतीपुरी होगी और हरद्वार से प्रयाग तक राज्य करेगा।

आगे सौराष्ट्र, अवन्ती, आभीर, शूर, अर्बुद, मालव के ब्राह्मणगण संस्कार-शून्य हो जाएँगे और राजा भी शूद्रतुल्य होंगे। सिंधुतट, चंद्रभागा का तटवर्ती प्रदेश, कौन्तीपुरी और काश्मीरमण्डल पर प्रायः शूद्रों का राज्य होगा। फिर घोर कलियुग व्याप्त हो जाएगा।

इस तालिका से ये बातें प्रकट होती हैं—

(1) इस अनुक्रम से जरासंध के बाद मौर्यों तक का समय इतना बैठता है :

1000 वर्ष —बृहद्रथ राजवंश
138 वर्ष —प्रद्योत वंश
360 वर्ष —शिशुनाग वंश
100 वर्ष —नंद वंश
1598 वर्ष

यह प्रकट करता है कि एक परम्परा यह भारत में भी मानती थी कि चंद्रगुप्त मौर्य से

कृष्ण का समय लगभग 1600 वर्ष पूर्व था। हमने अपने विवेचनों में कृष्ण का समय लगभग 1600 वर्ष ई० पू० ही कहा है। भागवत का समय ठीक ही है, निश्चित ही है, यह तो नहीं माना जा सकता, परन्तु एक परम्परा में कृष्ण के समय का आभास मिलना हमारे लिए कुछ महत्व रखता है।

(2) मौर्यवंश, शुंगवंश, कण्ववंश तथा आंध्रवंश पर विद्वानों ने काफी लिखा है, अतः इनके विषय में हमें अधिक नहीं लिखना है। हाँ, भागवत के अनुसार इनका समय 137 वर्ष + 112 वर्ष + 345 वर्ष + 456 वर्ष होता है, अर्थात् 1050 वर्ष; यानी ईसा से लगभग 300 वर्ष पूर्व से 700 ई० तक। यह समय अन्य तिथियों से मेल नहीं खाता। कुछ विद्वानों का मत है कि अब तक का विद्वानों द्वारा किया तिथिस्थापन गलत है। यवन तो कृष्ण के समय से भी भारत में आते थे—जैसे कालयवन (किंतु महाभारत में कालयवन गर्ग का पुत्र है) और पाणिनि के समय में यवन थे। अतः सिकन्दर से यवन का तात्पर्य नहीं लेना चाहिए। इस प्रकार तिथियाँ बदलनी चाहिए। हम संस्कृति की धाराओं का अध्ययन करते हैं, और तिथियों का अंकन केवल कुछ सहूलियत के लिए करते हैं, हम उनके लिए निश्चित नहीं कहते। अतः इस पर विचारकों को स्वयं ध्यान देना चाहिए।

(3) भागवत में 14 तुर्कों का समय बताता है कि आगे का वर्णन ब्राह्मणों की अटकल ही-सा है, क्योंकि तुर्कों के बाद गुरुण्ड और मौन अज्ञात-से हैं और किलकिला नगरी का पता नहीं है।

(4) सहज यही लगता है कि प्राचीन तिथियाँ तो परम्परा से प्राप्त रूप से वर्णित हैं। बाद के हिंदू-काल की अतिशयोक्तिपूर्ण हैं। और बाद की पाण्डित्य-प्रदर्शन है। बस इतना प्रकट होता है कि ब्राह्मण-क्षत्रिय लुप्त हो रहे थे और तभी हर्ष के बाद हमें क्षत्रिय वंश नहीं भी मिलते। उसी काल के बाद श्रीमद्भागवत का सृजन भी विद्वानों ने निर्णीत किया है।

(5) कुछ लोग मानते हैं कि यही भागवत परीक्षित को शुकदेव ने ऐतिहासिक रूप से सुनाई थी। तब प्रश्न यों उठता है। जरासंध भीम-अर्जुन का समकालीन था। तब भीम जवान था, जरासंध बुड्ढा था, क्योंकि भीम कृष्ण से छोटा या समआयु था और जरासंध कृष्ण के मामा कंस का ससुर था। जरासंध का बेटा सहदेव था। वह अर्जुन के हाथों बाद के अश्वमेध यज्ञ की दिग्विजय में मारा गया था। तब वह परीक्षित से पहले हुआ, क्योंकि परीक्षित महाभारत-युद्ध के बाद जन्मा और अश्वमेध के समय बालक था। उसके लिए शुकदेव भागवत में परीक्षित से कहता है कि जरासंध के बाद सहदेव होगा। 'होगा' क्यों, 'हुआ' कहना चाहिए था। यह प्रकट करता है कि यह तालिका ही बाद की नहीं, स्वयं भागवत भी परवर्ती ग्रन्थ है।

प्रस्तुत गाथा में हमने कृष्ण के युग का ही नहीं, वरन् कृष्ण के कुछ बाद तक के युग का चित्रण किया है, जो क्रमशः होनेवाले परिवर्तन को प्रकट करता है।

जनमेजय-काल के बाद भारत के इतिहास में बहुत बड़ी उथल-पुथल हुई थी। हम उसका संक्षेप में प्रतिनिधि चित्रण उपस्थित करने का प्रयत्न करते हैं। हम पुराने इतिहास की सब बातें नहीं लिख सके हैं और वह एक व्यक्ति के लिए सम्भव भी नहीं था। जिज्ञासुओं को चाहिए कि वे भी मूल ग्रन्थ पढ़ें और ऐतिहासिक ढंग से विचार करें, भले ही हमसे उनका मतभेद हो।

इस प्रकार हमने देखा कि द्वापर के अंत में एक विशाल परम्परा सिमट गई और

इतिहास ने एक नया ही मोड़ लिया। इस युग के बाद आर्य्यों की सर्वशक्तिमान सत्ता का क्रमशः लोप होने लगा। वर्ण-व्यवस्था में परिवर्तन आया। दास-प्रथा टूटने लगी। दास-प्रथा के टूटने का कारण था यहाँ के व्यापार के संतुलन में परिवर्तन आ जाना, जो नदियों से होते व्यापार के कारण हुआ। जब तक आर्य्य पूर्व के प्रदेशों के सम्बन्ध में नहीं आए थे, तब तक उनका प्रभाव नहीं पड़ा था।

दास-प्रथा धीरे-धीरे टूटी। इस लम्बे युग का अन्त हमें अजातशत्रु के समय तक मिलता है, क्योंकि अजातशत्रु के बाद चाणक्य के युग में तो दास-प्रथा घरेलू दास-प्रथा के रूप में ही बच गई थी। अजातशत्रु बुद्ध का समकालीन व्यक्ति था। अभी तक की खोजों से पार्श्वनाथ की ऐतिहासिक तिथि का आभास मिला है। बुद्ध के समय को अधिक रूप से मान्यता दी गई है।

(6) वैदिक काल का अंतिम युग आरण्यकों और उपनिषदों का युग है। इस युग के अन्तिम समय में लौकिक संस्कृत बोलचाल की भाषा थी और वैदिक संस्कृत ब्राह्मणों में चलती थी। इस नई भाषा को लोक बोलता था, अतः इसे लौकिकी कहा गया। यह लौकिक भाषा बुद्ध से कुछ पहले पाणिनि के समय में इतनी परिपक्व हो चुकी थी कि पाणिनि ने अपना जबर्दस्त व्याकरण बना डाला। पाणिनि के बाद संस्कृत उच्च वर्णों की भाषा रह गई और तब तक प्राकृत ने लोकभाषा का स्थान प्राप्त कर लिया था। यद्यपि संस्कृत (लौकिक) बाद में भी उच्च वर्णों में चलती रही, बल्कि 19वीं सदी तक पीछे लगी रही। परन्तु एक समय यही लौकिक संस्कृत वैदिक भाषा के बाद जब विकसित हुई तब जनभाषा थी। वह धीरे-धीरे खूब परिष्कृत हो गई। उपनिषद् काल से लेकर पाणिनि के युग तक लौकिक संस्कृत का बहुप्रचलित काल समझना चाहिए। वैदिक (परवर्ती) भाषा में बाद तक के बने उपनिषद् यही प्रकट करते हैं कि उच्च वर्ण के ब्राह्मणों की धार्मिक और मर्यादाप्राप्त भाषा थी। जिस प्रकार लौकिक संस्कृत के लोकभाषा रहने के युग में ब्राह्मणों ने वैदिक भाषा में ग्रन्थ रचे, उसी प्रकार लोकभाषा प्राकृत और अपभ्रंश हो जाने पर ब्राह्मणों ने धार्मिक और मर्यादित भाषा की जगह तब लौकिक संस्कृत को दी, और लौकिक संस्कृत में उस समय ग्रंथ रचे गए, जब कि जनभाषा प्राकृत और अपभ्रंश हो चुकी थीं। इसी से भाषा के विषय में विवाद दूर हो जाना चाहिए। जो विद्वान् उपनिषद्-काल का निर्णय करते हैं, वे इसी से भूल कर जाते हैं कि उन्हें बाद के युग में भी परवर्ती वैदिक भाषा की रचनाएँ मिल जाती हैं। उन्हें यह ध्यान रखना चाहिए कि जहाँ उपनिषदों के लिखे जाने का समय परवर्ती है, वहाँ उनके रूप के स्थिर होने का समय यद्यपि लिखे जाने के युग के पहले है, परन्तु घटना विशेष के हो जाने के बाद का वर्णन है। इसका प्रमाण यही है कि उपनिषदों में प्राचीन व्यक्तियों और कथाओं का वर्णन है। वहाँ यह नहीं कहा गया कि ऐसा व्यक्ति ऐसा कहता है, बल्कि अतीत का ही वर्णन किया जाता है।

उपनिषद्-काल से हमारा तात्पर्य उस युग से है, जिसमें उपनिषद् में वर्णित व्यक्ति रहे थे। वह दार्शनिकों का युग था। उस समय के धर्म, अर्थ, काम, मोक्ष आदि के विचारों के अंतर्गत हम तत्कालीन भारत को देख चुके हैं।

उपनिषद्-काल के बाद से लेकर बुद्ध-काल के बीच में भारत में बहुत कुछ हुआ और उसे न जानने से ही भारतीय संस्कृत का विकास समझ में नहीं आता।

इस युग पर हमने 'अँधेरे के जुगनू' नामक उपन्यास तथा 'हिन्दी साहित्य की धार्मिक

और सामाजिक पूर्वपीठिका' और 'प्राचीन भारतीय परम्परा और इतिहास' में सप्रमाण विस्तार से लिखा है। अतः उसको हम यहाँ नहीं दुहराकर, संक्षेप में श्रृंखला जोड़कर—आगे का वर्णन करते हैं।

उपनिषद्-काल से बुद्ध-काल तक का युग बहुत महत्वपूर्ण है। अभी तक के प्रमाणों के आधार पर हमने कृष्ण का समय लगभग 1600 ई० पू० माना है। वह अथर्ववेद का काल था। उसके बाद भारत में भाषा के विकास की औसत गति निकालने पर उपनिषदीय भाषा के लिए हम 400 वर्ष और जोड़ सकते हैं। इसी प्रकार 1200 ई०पू० से 500 ई० पू० (बुद्ध-काल) = 700 वर्ष का समय ही हमारा विवेच्यकाल है।

प्रस्तुत समय इतिहास के दृष्टिकोण से बहुत ही अंधकारपूर्ण है। हम इस युग के विषय में निम्नलिखित ढंग से सांस्कृतिक विकास का पता लगा सकते हैं।

महाभारत के वर्णन में जो जातियाँ—राक्षस, गन्धर्व, किन्नर आदि वर्णित हैं, वे बुद्ध-काल में वर्णित नहीं हैं, वरन् पाण्डवों से लेकर उत्तर के काम्बोजों तक का वर्णन है और फिर आर्य-अनार्य्य जातियाँ हैं, जो मनुष्य ही हैं। इससे प्रकट होता है कि जातियों की अंतर्भुक्ति का यही समय है। आर्य-अनार्य का भेद लुप्त हो जाता है। नागजाति के लोग यद्यपि फिर भी मिलते हैं, किन्तु वे अलग नहीं हैं, वे भी वर्णाश्रम-व्यवस्था के अंतर्गत हैं। इसका अर्थ यह है कि यह जो विभिन्न जातियाँ थीं, वे पेशे के अनुसार समाज में अंतर्भुक्त हो गईं। नागों में से कुछ कायस्थ हो गए, कुछ क्षत्रिय, कुछ ब्राह्मण। नागों में से कुछ ऐसे भी थे जो कि भारतीय समाज की वर्णव्यवस्था में अंतर्भुक्त नहीं हुए। नागों की एक अपनी संस्कृति थी। टॉटेम-युग में नागों के विकास का स्तर प्रायः एक-सा था। किन्तु बाद में कुछ कबीले उन्नति कर गए, कुछ नहीं कर सके। इसी प्रकार राक्षस भी थे। जहाँ रावण जैसे कुलीन राक्षस के महापण्डित होने का वर्णन मिलता है, वहाँ हमें किन्नर राक्षस मिलते हैं, जो कि मनुष्यभक्षी भी कहे जाते हैं। हम ऊपर उल्लेख कर आए हैं कि राक्षसों के एक गण का नाम कालमुख था और बाद में हमें कालमुख नाम का एक सम्प्रदाय भी भारत में मिलता है। यह कालमुख नर-बलि दिया करते थे। कालमुख सम्प्रदाय तो इतिहास की गति में लुप्त हो गया। नर-बलि देनेवालों के रूप में प्रसिद्ध हो गए कापालिक, जिनका भवभूति ने भी वर्णन किया है। कहते हैं मूलतः कापालिक नर-बलि देनेवाले नहीं थे। कालमुख सम्प्रदाय ही कापालिकों में अंतर्भुक्त हो गया था और उसका नाम ही लुप्त हो गया था। यह हमने इसलिए दिखाया है कि ये जो अनार्य्य और प्राचीन जातियाँ थीं, वे अपने आप नष्ट नहीं हो गईं। उनकी अंतर्भुक्ति हुई। अंतर्भुक्ति विवाह आदि के द्वारा हुई। परस्पर जातियाँ एक-दूसरे के आचरणों को ग्रहण करने लगीं। सहिष्णुता बढ़ी। जब एक-दूसरे को स्वीकार करने को तत्पर हुए तो एक-दूसरे ने एक-दूसरे की बात भी सुनी। इसी प्रकार पारस्परिक विचारों का आदान-प्रदान बढ़ा। पहले जो अपने संकुचित विचारों के दायरे में था, वह बाहर आ गया। उसने देखा कि सत्य वही नहीं था, जिसे वह समझता था। सत्य वास्तव में बड़ा था। इस व्यापक सत्य की खोज का कारण पारस्परिक अंतर्भुक्ति थी, जिसका आर्थिक कारण भी था, सामाजिक भी और इन्हीं पर निर्भर होकर उसका दार्शनिक आधार भी बदला। परन्तु अंतर्भुक्ति ने भले ही किसी जाति विशेष का नाम मिटा दिया हो, फिर भी उस जाति की देन को मिटा दिया हो, ऐसा सम्भव नहीं है। देव

अपने आप ही निकली और समाज के बहुलीकृत कार्यों में अपना स्थान बना सकने में समर्थ हो गई। हम पहले ही बता चुके हैं कि अरब में पहले चंद्रमा की उपासना होती थी। जब मुहम्मद की विचारधारा मान्य हुई तब भी चंद्रमा की आराधना समाप्त नहीं हुई। वह केवल अपना रूप बदल गई और सारी-की-सारी इस्लाम में समा गई। ऐसे तो कितने ही उदाहरण दिए जा सकते हैं, इसका कारण तत्कालीन विज्ञान के ज्ञान की सीमा होती है। बौद्धमत सब—परमात्मा-आत्मा—को अस्वीकार करता था, किन्तु पुनर्जन्म की भावना उसमें भी उतर गई। अब यदि कहा जाए कि उसकी बुद्ध स्वयं अच्छी व्याख्या नहीं कर सके, तो उसका उत्तर यही है कि उनका दर्शन एक गण-व्यवस्था की परिधियों के भीतर ही चल पाया था। इसी प्रकार अंतर्भुक्ति ने नागों को भी समाज में नया रूप दिया। वे नाग जो कि अपने को आर्य्यों के निकट नहीं कर सके, वे वनों में चले गए और आज भी अपने ही रूप में आसाम तथा छोटा नागपुर में जीवित हैं। जातियों की प्राचीनता को देखकर तो आश्चर्य करना आवश्यक नहीं है। जाट जाति बहुत ही नई है। पर वह भी इतनी पुरानी है कि मुहम्मद बिन कासिम के युग में—7वीं शती में—जाटों की सेना अरब तक में थी; बल्कि उससे भी पूर्व स्वयं पैगम्बर मुहम्मद के समय भी जाट थे। तो जातियाँ काफी-काफी समय तक जीवित रहीं। जो जातियाँ अलग ही जा बसीं जैसे नाग, तोड़, भील, गोण्ड, संथाल आदि—वे तो अलग ही रहीं और आज भी अलग ही हैं, परन्तु जो जातियाँ दूसरी जातियों के सम्बन्ध में आ गईं और जिनका अपना अलगाव बना रहने की आवश्यकता ही नहीं रही, वे घुल-मिल गईं। नागों का अधिकांश ऐसा ही हुआ।

नाग सिर्फ कबीले थे, ऐसा सोचना गलत होगा। नाग एक संस्कृति थी। वह संसार के अनेक भूखण्डों में फैली हुई थी। नाग मिस्र, चीन, रोम, ग्रीक, इराक, ईरान, अमेरिका, भारत में प्रायः हर जगह, ब्रह्मा, मलयद्वीप और पूर्वीय द्वीपसमूह तक फैल गए थे। उनका प्रसार कितने प्राचीन काल में हुआ था यह तो नहीं बताया जा सकता, परन्तु हम यह ऊपर दिखा चुके हैं कि उनका उल्लेख प्रत्येक प्राचीन जाति की पौराणिक जातियों में मिलता है और प्रत्येक पौराणिक जाति की गाथाओं में नाग का उल्लेख अत्यन्त प्रागैतिहासिक रूप में मिलता है। कहीं नाग अच्छा है, कहीं बुरा। यह सोचना कि नाग वास्तव में प्राचीन काल में मनुष्य नहीं, साँप थे, गलत है, क्योंकि प्रत्येक जगह के नाग-रूप का मनुष्याकार धारण कर लेना भी वर्णित है और नागों की संस्कृति का भी आभास उसमें से प्राप्त होता है। उस प्राचीन काल में जो द्राविड़, आसुर तथा किरात (यक्ष, गन्धर्व, किन्नर, राक्षस आदि) परिवार थे, उनसे नागों का सम्बन्ध हुआ था। नागों के शत्रु गरुड़ थे। बाद में नागों का असुरों के अतिरिक्त देवों से भी सम्बन्ध हुआ था। देवों ने जो ऋग्वेद में शत्रुओं को अहि कहा है, वह नाग ही हैं, ऐसा सोचना सहज ही है। नागों के प्रकरण को स्पष्ट तो हम महाभारत में देखते हैं, जिसमें प्रकट होता है कि नागों में से कुछ ब्राह्मणों के मित्र थे, कुछ विरोधी थे।

महाभारत-युद्ध के साथ-साथ हमें नाग-युद्ध का भी वर्णन मिलता है। नागों को आर्य हराते हैं, नाग बदला लेते हैं, फिर आर्यों ने नागों का सर्वनाश करने का प्रयत्न किया है और फिर दोनों मित्र हो जाते हैं।

उसके बाद हमें नागों का उल्लेख कम मिलता है।

आर्य क्षत्रिय आग्रेयगण, जो अग्रोहा से आगरा तक अपना प्रभाव रखता था, उसके पास ही अहिच्छत्र था। निकट ही अहिस्थान था। उसके पास ही हस्तिनापुर (दिल्ली) था, जिसका दूसरा नाम नागाह्वय था। उत्तर-पश्चिम में नाग तक्ष कबीले की बसाई तक्षशिला थी। किसी समय नाग जीते, कभी हारे, यों बने ही रहे। जरासंध के समय में नाग मगध में सशक्त होने की जगह निर्बल थे। कृष्ण ने नाग कालियवंश को हराया था। नागों का जगह-जगह वर्णन है। नागों का सरस्वती नदी के किनारे आभीर नामक बर्बर जाति से युद्ध हुआ था, जिसमें उस समय सम्भवतः नाग हार गए थे। इस प्रकार नाग जगह-जगह फैले हुए थे। किन्तु अब तक तो नाग संस्कृति बन गई थी। हालाँकि संस्कृति की जलस्तम्भ सीमाएँ नहीं होतीं, फिर भी उनकी कुछ विशेषताएँ होती हैं। जिस प्रकार आर्य्य, द्राविड़ तथा किरात संस्कृति माननेवालों के लिए आवश्यक नहीं था कि वे एक ही भाषाभाषी और एक ही जाति के हों, इसी प्रकार नाग संस्कृति में भी संभाव्य है।

आग्रेयगण का एक राजा अग्रसेन कहा जाता है। अनेक पुराणों में वर्णित एक वैशालक वंश है, जिसमें इसका जन्म बताया गया है। अग्रोहा इसी आग्रेयगण के राजा का स्थान भी बताया जाता है। ईसा से पहले सिकंदर के समय में यह नगर था, यह टालेमी के भूगोल से पता चलता है। आग्रेयगण को कर्ण ने महाभारत में हराया है। वह राहितक और मालवगणों के बीच में था। पाणिनि ने भी आग्रेय, अग्र, आग्रि, आग्रायण का उल्लेख किया है। यह गण भी अन्य तत्कालीन गणों की भाँति नगर राज्य (सिटी स्टेट) था। गण में रक्त-सम्बन्ध होता था। कालांतर में जब गण समाप्त हुए तब इनका भी अलगाव नष्ट हो गया, परन्तु यह आग्रेयगण के लोग अग्रवाल जाति के रूप में अग्रवंशी कहलाते हुए क्षत्रिय से वैश्य बन गए। कबीला ही वर्ण-व्यवस्थांतर्गत जाति के रूप में परिणत हो गया।

सत्यकेतु विद्यालंकार ने अपने 'अग्रवाल जाति का प्राचीन इतिहास' (पृ० 88 से) में अग्रसेन का वर्णन किया है, जिसमें से अपने लिए आवश्यक तथ्यों का हम संग्रह करते हैं—

अग्रवाल लोग अग्रसेन को देवता की तरह पूजते हैं। क्रुक ने इस विषय पर लिखा है, जो यों है—"अग्रसेन के एक पूर्वज का नाम राजा धनपाल था। वह प्रतापनगर का राजा था। कुछ लोगों के विचार में यह प्रतापनगर इसी नाम के राजपूताना के राज्य को सूचित करता है। दूसरे लोग यह समझते हैं कि यह प्रतापनगर दक्खन या दक्षिण भारत में था। धनपाल के आठ बेटे थे—शिव, नल, अनल, नन्द, कुन्द, कुमुद, वल्लभ और शुक। इनके अतिरिक्त उसकी मुकुटा नाम की एक लड़की भी थी। उसी समय विशाल नाम का एक और राजा था, जिसकी आठ कन्याएँ थीं। उनके नाम निम्नलिखित हैं—पद्मावती, मालती, सुभगा, कान्ती, श्री, श्रुवा, वसुन्धरा और रजा। इन आठ कन्याओं का विवाह धनपाल के आठ लड़कों के साथ हुआ। उनमें से नल तो संन्यासी हो गया। बाकी सातों सात पृथक्-पृथक् राज्यों के स्वामी हुए। शिव के वंश में क्रमशः विष्णुराज, सुदर्शन, धुरन्धर, समाधि, मोहनदास और नेमिनाथ हुए। इस नेमिनाथ ने नेपाल बसाया और अपने नाम पर उसका नाम नेपाल रखा। उसका लड़का वृन्द हुआ। इसने वृन्दावन में एक बड़ा भारी यज्ञ किया। इसी के नाम से उस जगह का नाम वृंदावन पड़ा। (कुछ का मत है कि सती वृन्दा के नाम पर वृन्दावन पड़ा। कुछ का मत है, वृन्दा अप्सरा थी। इस पर आश्चर्य नहीं करना चाहिए कि अप्सरा सती कैसे हो सकती

है ? मदालसा भी अप्सरा थी जो वैराग्यपरक उपदेश देती थी। कृष्ण के समय में वृन्दावन केवल वन था। वर्तमान काल में जिस जगह वृन्दावन है, वह तो चैतन्य महाप्रभु का बसाया हुआ है।) वृन्द का लड़का गुर्जर हुआ। उसने गुजरात पर कब्जा किया (गुर्जर एक जाति थी, जिसके वंशज गूजर हैं) इन गुर्जरों ने गुजरात पर राज्य किया था। (पहले गुजरात का नाम आनर्त्त था। कुछ भाग को सौराष्ट्र भी कहते थे) उसका उत्तराधिकारी हरिहर राजा हुआ। (इस हरिहर को विजयनगरम के हरिहर से नहीं मिलाना चाहिए। यह कोई पुराना व्यक्ति रहा होगा) हरिहर के 100 पुत्र थे। इनमें से एक रंग (दक्षिणी नाम लगता है) राजा बना। बाकी सब अधर्म का अनुसरण करने से शूद्र हो गए। (इससे यही प्रकट होता है कि ब्राह्मण व्यवस्था या क्षत्रिय रक्त-शुद्धि का इन्होंने त्याग कर दिया) रंग के बाद पाँचवीं पीढ़ी में राजा अग्रसेन उत्पन्न हुए।

उन दिनों नागलोक का राजा कुमुद था। (नागलोक अर्थात् नागों के किसी राज्य से तात्पर्य है) उसकी एक कन्या माधवी नाम की थी, जो बड़ी रूपवती थी। इन्दु उससे विवाह करना चाहता था। परन्तु राजा कुमुद की इच्छा थी कि माधवी का विवाह राजा अग्रसेन के साथ हो। (चुनांचे विवाह हुआ)। माधवी के साथ विवाह के अनंतर राजा अग्रसेन ने बहुत-से यज्ञ बनारस (वाराणसी—काशी का परवर्ती नाम) और हरद्वार में किए। उन दिनों कोलपुर (क्या यह कोल जाति की बस्ती थी ?) के राजा महीधर की कन्या का स्वयंवर था। अग्रसेन वहाँ भी गया और महीधर की कन्या को स्वयंवर में प्राप्त किया। अन्त में वह दिल्ली के समीपवर्त्ती प्रदेश में बस गया और आगरा तथा अग्रोहा को राजधानी बनाकर राज्य करने लगा। उसका राज्य हिमालय से गंगा और जमुना तक विस्तृत था तथा पश्चिम में उसकी सीमाएँ मारवाड़ को छूती थीं। (गण के राजा भी दिग्विजय करते थे)[1]।

इस राजा की 18 रानियाँ थीं, जिनके द्वारा 54 पुत्र और 18 कन्याएँ उत्पन्न हुईं। वृद्धावस्था में उसने निश्चय किया कि प्रत्येक रानी के साथ एक-एक यज्ञ करे। प्रत्येक यज्ञ एक-एक पृथक् आचार्य के सुपुर्द था। इन्हीं अठारह आचार्यों के नाम से उन 18 गोत्रों के नाम पड़े हैं, जिनका प्रादुर्भाव राजा अग्रसेन से हुआ। (प्राचीन काल में ब्राह्मणों में से ही क्षत्रिय निकले थे, अतः गोत्र ब्राह्मण ही थे। जब उन क्षत्रियों का परशुराम के समय में नाश हो गया, तो आयुधजीवी लोग क्षत्रिय कहलाए। उनका अपना गोत्र नहीं था, उनके आचार्यों का ही गोत्र उनका भी माना जाता था।) जब वह अंतिम यज्ञ कर रहा था तो उसमें बाधा (?) उत्पन्न हो गई और वह उसे पूर्ण न कर सका। यही कारण है कि अग्रवालों में सत्रह पूरे और एक आधा गोत्र है।"

क्रुक का यह विवरण मुख्यतया भारतेन्दु बाबू हरिश्चंद्र की पुस्तिका 'अग्रवालों की उत्पत्ति' के आधार पर लिखा गया है। इस कथा से स्पष्ट हो जाता है कि क्षत्रिय और नागों में अंतर्भुक्ति हो रही थी।

संस्कृत ग्रन्थ—'अग्रवैश्य वंशानुकीर्तनम्' के आधार पर सत्यकेतु विद्यालंकार ने दूसरी कथा दी है, जो इस प्रकार है—

---

1. कोष्ठक मेरे हैं।

"राजा वल्लभ का पुत्र अग्रसेन हुआ। वह एक शक्तिशाली राजा था। देवताओं का राजा इन्द्र उसके बल-वैभव से ईर्ष्या करता था। (यह बात ध्यान देने की है कि क्षत्रिय गणों में बुद्ध-काल तक देवताओं में शिव और विष्णु का उल्लेख नहीं होता, शक्र—इन्द्र—का होता है) परिणाम यह हुआ कि इन्द्र और अग्रसेन में लड़ाई शुरू हुई। (स्पष्ट ही यह रूपक है) इन्द्र द्युलोक का राजा है, इसलिए उसने अपने शत्रु अग्रसेन के राज्य में वर्षा का बरसना बन्द कर दिया। (बाद में भी वर्षा रोकने की कथाएँ गोरखनाथ आदि योगी के सम्बन्ध में आती हैं।) दीर्घकाल तक अग्रसेन के राज्य में वर्षा नहीं हुई और इससे बड़ा दुर्भिक्ष पड़ा। पर इससे अग्रसेन निराश न हुआ। उसने महालक्ष्मी की पूजा प्रारम्भ की और उसे प्रसन्न करने के लिए अनेक तप किए। (यह प्रकट करता है कि अग्रसेन क्षत्रिय ने इन्द्र-पूजा का त्याग किया, यज्ञ की उपेक्षा की, और ब्राह्मणों को यों छोड़कर, लक्ष्मी-पूजा प्रचलित की। लक्ष्मी आर्यों में 'श्रीसूक्त' में ही वर्णित है, जो बहुत प्राचीन है। लक्ष्मी सम्भवतः यक्षों की देवी है, जो धन देती है। हो सकता है यह अनार्य प्रभाव ही था। समुद्र-मंथन की कथा भी बताती है कि लक्ष्मी देवों को बाद में मिली थी। परन्तु वह केवल काव्य-रूपक जैसी बात भी हो सकती है। जो हो, इन्द्र-पूजा की उपेक्षा स्पष्ट हो जाती है, तप प्रारम्भिक आर्य्यों में नहीं था। वह अनार्य्य चिंतन की देन है। यह घटना भी परवर्ती काल की है, जबकि आरण्यक और ब्राह्मण बन चुके थे) अन्त में अग्रसेन की भक्ति और पूजा से प्रसन्न होकर महालक्ष्मी उसके सामने प्रगट हुईं और अपने भक्त का सम्बोधन करके इस प्रकार बोलीं : 'महाराज, यथाइच्छा वर माँगो। माँगो, मैं दूँगी।' इस पर राजा ने कहा : 'यदि आप मुझ पर प्रसन्न हों तो इन्द्र को मेरे वश में लाइए।' महालक्ष्मी ने स्वीकार किया। (अब भी तंत्रों में महालक्ष्मी की सिद्धि बड़ी कठिन मानी जाती है) उसने अग्रसेन को कोलपुर जाने का आदेश दिया। वहाँ नागों के राजा महीरथ की कन्या का स्वयंवर था। राजा अग्रसेन महालक्ष्मी के वरदान से बड़ा संतुष्ट हुआ और देवी को प्रणाम करके कोलपुर के लिए चल पड़ा। वहाँ बड़ा भारी उत्सव मनाया जा रहा था, दूर-दूर से आए हुए राजा और राजकुमार स्वयंवर की सभा में एकत्रित थे। सब ऊँचे-ऊँचे सिंहासनों पर विराजमान थे। महालक्ष्मी की आज्ञा का पालन कर अग्रसेन भी वहाँ पहुँचा और नागकन्या का पाणिग्रहण करने में सफल हुआ। (इससे प्रकट होता है कि नागों में भी स्वयंवर होते थे और नागों के स्वयंवर में क्षत्रिय भी जाते थे) नागकन्या और राजा अग्रसेन का विवाह बड़ी धूमधाम से किया गया। राजा महीरथ की तरफ से बहुत-से हाथी, रथ, घुड़सवार, पदाति, दास, दासी, (ये दास कैसे थे? घरेलू? या उत्पादन के साधन—औजार?) हीरे, मोती, सुवर्ण तथा अन्य विविध बहुमूल्य पदार्थ दहेज में दिए गए। इन सबके साथ नवविवाहित नागकन्या को साथ लेकर राजा अग्रसेन अपनी राजधानी को वापस आ गया।

ये सब समाचार नारद के मुख से इन्द्र ने सुने (नारद भारतीय पौराणिक गाथाओं में एक विशेष चरित्र है, जिसका बड़ा विकास होता रहा था) राजा अग्रसेन के उत्कर्ष को सुनकर इन्द्र बहुत घबराया। उसने संधि का प्रस्ताव लेकर नारद को अग्रसेन की राज-सभा में भेजा। नारद को देखकर अग्रसेन बहुत प्रसन्न हुआ और उसका बड़ी धूमधाम के साथ स्वागत किया। राजा अग्रसेन ने यही प्रतिज्ञा की कि जो कुछ नारद कहेगा वही करूँगा। इस पर नारद को बहुत संतोष हुआ और उसने वैश्यों के राजा से इस प्रकार निवेदन किया—'इन्द्र के साथ मित्रता कर

लो। इस व्यर्थ के द्रोह से क्या लाभ?' (यह कथा तब लिखी गई है जबकि क्षत्रिय आग्रेयगण के लोग अपने को वैश्य कहने लगे थे। उन्होंने परम्परा से प्राप्त कथा को चमत्कार से रँगकर स्वीकार कर लिया। परन्तु यह कथा बताती है कि बाद में इस जाति का इन्द्र-विरोध थम गया था। किसी प्रकार का समझौता हो गया था।)

ऐसा कहकर नारद अंतर्धान हो गए और स्वर्गलोग में इन्द्र के पास पहुँचे। इस तरह नारद मुनि के प्रयत्न से राजा अग्रसेन और इन्द्र में संधि हुई। पर राजा अग्रसेन अभी पूर्णतया संतुष्ट न थे। वे एक बार फिर यमुना-तट पर गए और अपनी नवविवाहिता वधू नागकन्या के साथ तपश्चर्या का प्रारम्भ किया। कुछ समय की घोर तपस्या के बाद देवी महालक्ष्मी प्रसन्न हुईं। प्रकट होकर उन्होंने अपने भक्त को निम्नलिखित शब्दों में सम्बोधन किया, 'हे राजा! इन तपस्याओं को बंद करो, तुम गृहस्थ हो, गृहस्थाश्रम सब आश्रमों में मुख्य है। सब वर्णों और आश्रमों के लोग गृहस्थ में ही आश्रय लेते हैं। इसलिए यह उचित नहीं कि तुम इस प्रकार तपश्चरण करो। जैसा मैं कहती हूँ, वैसा ही करो, मेरी आज्ञा का पालन करो। इससे तुम्हें सब सुख-वैभव प्राप्त होगा। तुम्हारे वंश के लोग सदा सुखी और संतुष्ट रहेंगे। (महाभारत में ऐसी अनेक कथाएँ हैं जिनमें वर्ण और आश्रम की प्रतिपालना पर दुहरा-दुहराकर जोर दिया गया है। संन्यास की आयु नियत की गई है। सम्भवतः उस अंतर्भुक्ति के समय में नियमों की पुरानी व्यवस्था टूट गई थी और विषमताओं से घबराकर लोग संन्यास में मुक्ति खोजने की चेष्टा किया करते थे। किन्तु ब्राह्मण वर्ण को इसमें बहुत हानि थी। गृहस्थ से ही पुरोहित वर्ग का काम चलता था। दूसरे यह चारों आश्रम की व्यवस्था के विरुद्ध बात थी। कलियुग में वानप्रस्थ आश्रम तो छोड़ दिया गया। इसका कारण था आर्यों की राजनीतिक शक्ति का ह्रास। वानप्रस्थ के लोगों की राज्य ठीक से रक्षा नहीं कर सकता था। अकाल संन्यास भी दारुण दुखदायी था और समाज में व्यापक उदासीनता फैलाता था। छोटी आयु के संन्यासी कलियुग के ही लक्षण बताए गए हैं। वैसे एक विचारधारा के अनुसार बाल त्यागी शुकदेव को भी परमपूज्य माना गया है। जिस प्रकार जनक ने राज्य छोड़कर राह पर झाड़ू लगाई थी, उसी प्रकार अन्य लोग भी थे, जो कि समाज को सुखी करने के लिए त्याग करने की ओर प्रवृत्त थे। ऐसे ही ज्ञातृपुत्र महावीर तथा गौतम बुद्ध थे। इनके पहले पार्श्वनाथ ने भी सबकुछ का त्याग कर दिया था। यह विचारधारा आध्यात्मिक थी, जो विषम गतिरोधों में बढ़ रही थी। जब दास-प्रथा के अन्त पर सामंतवाद उठा तब यह विचार कम हुआ। परिव्राजक, साधु, भिक्षु आदि फिर भी थे, परन्तु इनका एकदम जोर फिर हर्षवर्द्धन की मृत्यु के बाद पृथ्वीराज चौहान के युग तक बहुत बढ़ गया, जब कि सामंतीय व्यवस्था गतिरोध में फँस गई थी।) तुम्हारा वंश सब जाति और वर्णों में सबसे मुख्य रहेगा। आज से लेकर तुम्हारा यह कुल तुम्हारे नाम से प्रसिद्ध होगा और तुम्हारी यह प्रजा अग्रवंशीय कहलाएगी। मेरी पूजा तुम्हारे कुल में सदा स्थिर रहेगी और इसीलिए यह सदा वैभवपूर्ण ही रहेगा। (हो सकता है, क्षत्रिय वर्ण छोड़कर जब वैश्य वर्ण में अग्रवंशीय जाति का परिवर्तन हुआ, तब यह देवता की पूजा का भी भेद उपस्थित हुआ)।

इस प्रकार उच्चारण कर देवी महालक्ष्मी अंतर्धान हो गईं। राजा अग्रसेन ने भी देवी महालक्ष्मी की आज्ञा का पालन कर यमुनातट को त्याग दिया। वह स्थान जहाँ कि इन्द्र वश में

किया गया था, हरद्वार से 14 कोस पश्चिम में गंगा और यमुना के बीच में स्थित था। वहाँ पर राजा अग्रसेन ने स्मारक बनवाया।

उसने एक नवीन नगर की भी स्थापना की। इस नगर का विस्तार बारह योजन में था। वहाँ उसने अपनी ही जाति के बहुत-से लोगों को बसाया और करोड़ों रुपए शहर के बनाने में खर्च किए। नगर चार मुख्य सड़कों द्वारा विभक्त था। प्रत्येक सड़क के दोनों तरफ राजप्रासादों और ऊँची-ऊँची इमारतों की पंक्तियाँ थीं। नगर में बहुत-से उद्यान और कमलों से भरे हुए तालाब थे। नगर के ठीक बीच में देवी महालक्ष्मी का विशाल मन्दिर था। वहाँ रात-दिन देवी महालक्ष्मी की पूजा होती थी।

राजा अग्रसेन ने साढ़े सत्रह यज्ञ करके मधुसूदन को सन्तुष्ट कर दिया। (कृष्ण को? या पाञ्चरात्र में स्वीकृत कृष्ण के आभीर 'गोपाल' रूप से समन्वित प्राचीन रूप को?) अठारहवें यज्ञ के बीच में एक बार घोड़े का मांस अकस्मात् इस प्रकार बोल उठा—'हे राजन्! मांस तथा मद्य के द्वारा बैकुण्ठ की जय करने का प्रयत्न मत करो। हे दयानिधि! इस मद्य-मांस से रहित जीव कभी पाप से लिप्त नहीं होता।' (अग्रवालों में कई जिन धर्म को माननेवाले अहिंसक हैं, जो प्रकट करता है कि उन पर जैन धर्म का प्रभाव पड़ा था। इसके अतिरिक्त महाभारत-युद्ध के बाद वैष्णव धर्म ने भी यज्ञ का विरोध किया था। यज्ञ की हिंसा के सम्बन्ध में महाभारत में उपरिचर वसु की कथा महत्वपूर्ण है। वह पाञ्चरात्र-पद्धति माननेवाला अहिंसक था।)

यह सुनकर राजा अग्रसेन को मद्य-मांस से घृणा हो गई। उसने यज्ञ को बीच में ही बन्द कर दिया और यह 18वाँ यज्ञ अपूर्ण ही रह गया। इसलिए राजा अग्रसेन के 17॥ यज्ञों का उल्लेख किया गया है। (यह स्पष्ट करता है कि यह कथा उपनिषदों के बाद की है, जबकि कर्मकांड के आडम्बर में यज्ञ धर्म का रूप ले चुका था और उसका समाज में प्राचीन अश्वमेध आदि के रूप में आर्थिक आधार नहीं रहा था। उस समय ब्राह्मण धर्म के विरुद्ध कइयों ने विद्रोह किया था। अग्रवालों ने भी किया था)।"

सत्यकेतु विद्यालंकार ने 'उरुचरितम्' नामक ग्रन्थ से अग्रसेन के विषय में यह उद्धरण दिया है। (पृ० 94 से)—

"राजा अग्रसेन का भाई शूरसेन था। जब ये दोनों भाई अपना राज्य स्थापित कर चुके और राजधानी भी बन गई तब गर्ग मुनि के आदेश से उन्होंने यज्ञ का संकल्प किया। सब देशों में यज्ञ के निमंत्रण भेजे गए। सब देशों में यज्ञ का वृत्तांत सुनकर सब मुनि, देवता, विद्वान्, और ऋषि, अपनी-अपनी सवारी पर चढ़कर यज्ञ में सम्मिलित होने के लिए आए। सबके ठहरने का प्रबन्ध शूरसेन ने बड़े आदर-सत्कार के साथ किया। यज्ञ के अधिष्ठाता राजा अग्रसेन बने। ब्रह्मा का पद मुनि गर्ग ने ग्रहण किया। 17 यज्ञ निर्विघ्न समाप्त हो गए। जब महर्षि लोग 18वाँ यज्ञ करवा रहे थे, तब राजा अग्रसेन के हृदय में हिंसा से अकस्मात् घृणा हो गई।

उसने अपने मन में सोचा—'जिस हिंसा से नीच लोग नरक को प्राप्त करते हैं, मैं उसी में प्रवृत्त हो रहा हूँ। वैश्यों का परम धर्म तो पशुपालन तथा उनकी सब प्रकार से रक्षा करना है, यज्ञ में पशु-वध होता है। अतः मैंने बड़ा पापकर्म किया है। (इस कथा से प्रकट होता है कि सम्भवतः उस युग में वैश्य भी राजा बनने योग्य समर्थ हो गए थे।) यह विचार निरन्तर उसके हृदय में प्रबल होता गया। उस दिन का कार्य तो अग्रसेन ने जैसे-तैसे पूर्ण कर दिया। रात-भर

वह अपने शयनागार में इसी प्रश्न पर विचार करता रहा।

सुबह वह समय पर यज्ञ में सम्मिलित नहीं हुआ। याज्ञिक लोग प्रतीक्षा कर रहे थे। (क्रम-विकास देखिए : 'युधिष्ठिर ने क्षत्रिय धर्म को अनुचित कहा। जनक ने दैव को सर्वश्रेष्ठ मानकर वर्ण-व्यवस्था को तोड़ने का प्रयत्न किया। अग्रसेन ने और उपरिचर वसु ने यज्ञ का विरोध किया। कपिल ने ईश्वर में अविश्वास किया। पार्श्वनाथ ने जिन धर्म का प्रचार किया। ईश्वर को अस्वीकार कर दिया। महावीर ने वही ध्वज फहराया। बुद्ध ने आत्मा को भी अस्वीकार कर दिया, केवल पुनर्जन्म माना। चार्वाक ने सब कुछ छोड़कर जड़ भौतिकवाद अपनाया। फिर जैमिनि ने कर्मकाण्ड (वेद = समाज-व्यवस्था की नियमावली) माना, पर ईश्वर संदिग्ध रहा। फिर क्रम पलटा और धीरे-धीरे अंत में वेदान्त स्थापित हुआ। यह विकास दास-प्रथा के ह्रास से सामन्तवाद के उदय तथा तदनन्तर सामन्तीय व्यवस्था के ह्रास के चिन्तन को प्रकट करता है।)

याज्ञिक आपस में पूछते थे : 'आज क्या बात हो गई जो राजा अभी तक नहीं पधारे?' एक पहर इसी तरह बीत गया। आखिर पण्डितों ने शूरसेन को अग्रसेन के पास भेजा। उसके पूछने पर अग्रसेन ने कहा : 'वैश्य का धर्म पशु-रक्षा और पशुपालन है। हिंसा करना बड़ा भारी पाप है और वैश्य के लिए निषिद्ध है। मैंने पशुहिंसा करके पाप किया।' (इस कथा से यह भी प्रमाणित होता है कि ब्राह्मण महाभारत-युद्ध के बाद वैश्यों से भी यज्ञ करवाने चले जाते थे।) इस प्रकार 18वाँ यज्ञ नहीं हो सका। शूरसेन को भी तब हिंसा से घृणा हो गई। दोनों प्रासाद से यज्ञभूमि में आए और जाति बन्धुओं को यही उपदेश दिया।"

नागकन्या के साथ अग्रसेन का विवाह 'उरुचरितम्' में भी वर्णित है। यज्ञों के उपरान्त ही महालक्ष्मी प्रकट होती है और अग्रसेन उसकी पूजा करता है। 'उरुचरितम्' में अग्रसेन और इन्द्र का संघर्ष वर्णित नहीं है।

सत्यकेतु विद्यालंकार ने अग्रसेन के पूर्वजों का भी उल्लेख किया है। धनपाल पुराणप्रसिद्ध वैशालक वंश का था। वैशालक वंश का प्रादुर्भाव मनु के अत्यतम पुत्र दिष्ट या नाभागदिष्ट की संतति से हुआ था। मनु के वंशज विकुक्षि शशाद से सूर्यवंश—ऐक्ष्वाकुवंश चला था और दूसरे वंशज नेमि से विदेह वंश चला। मनुवंशी शर्याति ने आनर्त्त बसाया। नाभाग से रथीतर वंश शुरू हुआ। नेदिष्ट ने वैशाली बसाई। तभी उसका वंश वैशालक कहलाया। धनपाल का इसी वंश की एक छोटी राजशाखा से सम्बद्ध था। 'उरुचरितम्' वंश यों है—

नाभानेदिष्ट—उपनाम नेदिष्ट—अरिष्ट, धृष्ट या दिष्ट।

|

पुत्र—नाभाग (वैश्य कन्या से विवाह किया। वैश्य हो गया)

|

भलन्दन या मनन्दन (शक्तिशाली था)

|

वात्सप्रिय

|

प्रांशु

।

प्रजाति

।

खनित्र

'उरुचरितम्' के अनुसार—

।

ब्रह्मा

।

विवस्वान

।

मनु (वर्णसंस्थापक)

नेदिष्ट (पुत्र) — इला-कन्या

इला-कन्या — क्षात्रवंश इसी से चले।

नेदिष्ट (पुत्र)

।

अनुभाग

।

भलन्दन (स्त्री मरुद्वती)

।

वत्सप्रिय

।

मांकील (मंत्रद्रष्टा)

।

इसी के वंश से धनपाल हुआ। ब्राह्मणों ने उसे राज्य में प्रतिष्ठापित किया। प्रतापनगर का राजा था।

।

शिव नल नन्द अनल कुमुद कुन्द वल्लभ शेखर

नल (संन्यासी हुआ)

बाकी सातों सात द्वीपों के राजा बने।

शिव जम्बूद्वीप का राजा बना।

आनंद (राजा), बाकी तीनों योगी बने।

|

अय

|

विश्य (वैश्य कुल की बहुत उन्नति हुई)

|

सुदर्शन (यह विश्य का पुत्र नहीं, उसके वंश में था), इसकी दो रानियाँ थीं—
सेवती और नलिनी।

|

धुरन्धर

|

नन्दिवर्धन

|

अशोक

|

समाधि (बड़ा प्रतापी राजा था।)

समाधि के बाद वंश में क्षीणता आने लगी। समाधि के वंश में मोहनदास प्रसिद्ध हुआ। मोहनदास का परपोता नामिनाथ घापिसेन ने नयमाल (नेपाल !) बसाया।

|

वृन्द

|

गुर्जर। इसके वंश में आगे चलकर हरि हुआ।

|

सौ पुत्र हुए। सबसे बड़ा रंग था। दूसरा ज्यामिला। 99 भाई शत्रु हुए। प्रजा को सताने लगे। राज्य से शांति गई, यज्ञ गए। सब लोग मुनि याज्ञवल्क्य के पास गए। (याज्ञवल्क्य अश्वल जनक का समकालीन था) याज्ञवल्क्य ने रंग के 99 भाइयों को शाप देकर शूद्र बना दिया। रंग का पुत्र विशोक था। उसका मधु, मधु का महीधर, महीधर के 7 पुत्र थे। सबसे बड़ा वल्लभ था। वल्लभ के अग्रसेन और शूरसेन हुए। अग्रसेन ने गौड़ देश में अलग राज्य बसाया।

सत्यकेतु के अनुसार यह तालिका काफी महत्वपूर्ण है। जाति भास्कर, पृ० 269-70 के अनुसार मलन्दन के वंशज प्रांशु के 6 पुत्र थे।

|

मोद	प्रमोद	बाल	मोहन	शंखकर्ण	प्रमोदन

प्रमोदन शिव का भक्त था। शिव ने यज्ञ करने का आदेश दिया। यज्ञकुण्ड से तीन पुत्र हुए, जिनकी संतान अग्रवाल, खत्री और रोनियार कहलाई—अग्निकुण्डात् समुद्भूताः त्रयः पुत्राः

सुधार्मिकाः अग्रवालेति खत्रीच रौनियारेति संज्ञकाः।

यह तीनों जातियाँ सम्भवतः एक वंश की न थीं, परन्तु 'वर्णविवेक चन्द्रिका' ने इन तीनों व्यापारिक जातियों का वैशालक वंश से सम्बन्ध जोड़ा है। यह वैश्य राज्यवंश बताया गया है। पुराणों ने इस वंश का वर्णन नहीं किया। न ही गुप्त, वर्धन, नाग आदि का वर्णन हुआ है। मार्कण्डेय पुराण ने यह सिद्ध किया है कि वैशालक वंश पहले क्षत्रिय था, केवल अगस्त्य के शाप से यह वैश्य हो गया।

(मेरे मतानुसार वैशालक वंश क्षत्रिय ही था। परन्तु परवर्ती काल में यह वंश वैश्य हो गया। इसके मूल में गण के क्षत्रियों का पेशा बदलना था। इन्हीं के अनुसार खत्री और रौनियारों ने भी पेशा बदलने पर वर्ण बदला था। याज्ञवल्क्य के पूर्व इस वंश में कई राजा हुए थे। याज्ञवल्क्य महाभारत-युद्ध के बाद का व्यक्ति है)

सत्यकेतु ने आगे बताया है कि—

धनपाल के 8 लड़कों का विवाह राजा विशाल की 8 कन्याओं के साथ हुआ। ये कन्याएँ पद्मावती, मालती, कान्ति, शुभ्रा, भव्यका, रजा और सुन्दरी थीं। ये अग्रवालों में 8 मातृकाएँ कहलाती हैं।

(मातृकाओं का उल्लेख महाभारत ग्रन्थ में कार्त्तिकेय के साथ आया है। मातृकाओं की उपासना भी अनार्य्य अंतर्भुक्ति का चिह्न है।)

अग्रवाल कुबेर और लक्ष्मी के उपासक हैं, जो दोनों यक्ष देवता हैं।

सत्यकेतु विद्यालंकार ने बताया है कि अग्रसेन का समय पौराणिक आधार पर, पार्जिटर के आधार पर, द्वापर के बाद आता है। अग्रसेन का नागों से बड़ा सम्बन्ध है। सत्यकेतु ने उस समय—जनमेजय के युग में—नागों का आक्रमण माना है। (मेरे मत के अनुसार नागों ने पुनरुत्थान किया था।)

इस प्रकार हमारे आलोच्यकाल में ही अग्रसेन हुआ और परम्परा बताती है कि वह याज्ञवल्क्य के बाद हुआ। 'शतपथ ब्राह्मण' याज्ञवल्क्य द्वारा बनाया बताया जाता है। अर्थात् वह आरण्यक उपनिषद्-काल के बाद हुआ।

अग्रसेन का वंश यों चला—

अग्रसेन
|
विभु
|
नेमिनाथ
|
विमल
|
शुकदेव
|
धनञ्जय

|
श्रीनाथ
|
दिवाकर (जैन हो गया) लोहाचार्य स्वामी ने जैन बनाया। अनेक अग्रवाल तब ही जैन बने।
|
सुदर्शन
|
महादेव (श्रीनाथ का पुत्र था)
|
यमाधर
|
मलय
|
वसु
|

इसके पुत्रों ने आठ राजवंश स्थापित किए। पर वसु के बाद उसके भाई को राज्य मिला, जिसका नाम नंद था।

|
चंद्रशेखर
|
अग्रचंद्र

इससे आगे वंशावली नहीं मिलती।

दिवाकर का समय तीसरी शती पूर्व हो सकता है, जो प्रकट करता है कि अग्रसेन के बाद दिवाकर के बीच में और भी कई राजा हुए, जिनका उल्लेख नहीं हुआ है।

गणराज्य होने के कारण सम्भवतः आग्रेय कभी साम्राज्य नहीं बना सके।

अग्रसेन के इस विवेचन के द्वारा हमने स्पष्ट किया कि महाभारत-युद्ध के बाद बुद्ध तक यहाँ गणों का काफी जोर रहा। क्षत्रिय-वैश्य उठे, वर्ण बदलते थे, तथा नागों से अंतर्भुक्ति हो रही थी। जिस प्रकार अस्थाना कायस्थ (अहिस्तान के कार्यस्थ) अपने को नाग का भाञ्जा कहते हैं, उसी प्रकार अग्रवाल भी नाग को गर्व से अपना मामा कहते हैं।

सत्यकेतु विद्यालंकार ने यह कहा है : (पृ० 121)—

(1) अग्रवाल लोग चाहे वे वैष्णव, शैव या जैन कोई भी हों, साँप को नहीं मारते। सताते भी नहीं।

(2) मकान के द्वार पर कई जगह दोनों ओर साँप की प्रतिमा बनाते हैं। फल-फूल से उसकी पूजा भी करते हैं।

(3) आस्तीक मुनि (नाग) की पूजा इनमें प्रचलित है। आस्तीक के विषय में हम ऊपर

सब लिख आए हैं।

(4) अग्रवाल गूँगा पीर नामक उत्तरी भारत के प्रसिद्ध (जोगी) देवता के उपासक हैं। उसका नागों से सम्बन्ध है, वह नागराज का अवतार समझा जाता है।

(5) नागपञ्चमी खूब मनाते हैं।

'मंजुश्रीमूलकल्प' ने नागों को वैश्य या वैश्य नाग लिखा है (पृ० 122)। काशीप्रसाद जायसवाल ने वैश्य नागों की भारशिव नागवंश से एकता सिद्ध की है। भारशिवों ने कुशाणों को निकालकर भारत स्वतंत्र करके 10 अश्वमेध यज्ञ किये थे। (उस समय भारशिव अपने को ब्राह्मण कहते थे। भारशिव बड़े सम्मानित लोग थे (पृ० 132)। अग्रवालों में कई गोत्र ऐसे हैं जो ब्राह्मणों के नहीं हैं। (मेरे मतानुसार वे नाग जाति की अंतर्भुक्ति से आए हैं।)

अग्रवालों-अग्रोहा का नाश सिकंदर ने किया था। (पृ० 142-143)। उस समय कई स्त्रियाँ सती हो गई थीं। (मेरे मतानुसार यह सिकंदर ग्रीक सम्राट् ही था)।

'उरुचरितम्' के अनुसार नेमिनाथ का परबाबा मोहनदास वैष्णव था और वह दाक्षिणात्य में बड़ा प्रसिद्ध था। इसकी पाँचवीं पीढ़ी में हुआ था—रंग—जिसका समकालीन याज्ञवल्क्य था।

अग्रसेन का बसाया गौड़ 'उरुचरितम्' में हिमालय के दक्षिण में है और उसमें गंगा-यमुना बहती है। मेरठ और अम्बाला कमिश्नरी के ब्राह्मण अब तक गौड़ कहलाते हैं (पृ० 209)। अग्रवालों के पुरोहित गौड़ ब्राह्मण ही होते हैं।

ब्राह्मण प्रमाणों के अनुसार यादव शूरसेन के कारण मथुरा का प्रदेश शौरसेन कहलाया। 'उरुचरितम्' कहता है कि अग्रसेन के भाई के नाम शूरसेन पर ही यह नाम पड़ा। यह ठीक नहीं जँचता। वैसे सत्यकेतु ने बताया है कि शूरसेनी नाम की एक जाति मथुरा के आसपास रहती है जो वैश्य कही जाती है। (भागवत में कृष्ण जब गोपों में रहते हैं तब वे अपने को वैश्य कहते हैं, वैसे नंद बाबा जो थे, वे अपने को यादव वृष्णि क्षत्रिय वसुदेव के सम्बन्धी बताते थे।)

जिस प्रकार परवर्ती काल में हूण आदि भारतीय वर्ण समुदायों में मिल गए थे, उसी प्रकार नाग आदि भी मिल-मिला गए थे। यह विराट अंतर्भुक्ति वास्तव में महाभारत-युद्ध और बुद्ध के समय के बीच में हुई थी। नाग संस्कृति धीरे-धीरे पूरी तरह समाज में उतर गई। नागों का ताम्बूल (पान) हमारे समाज की आज तक बहुप्रचलित वस्तु है। किसी समय आर्य पान नहीं खाते थे, जबकि बाद में पान देवता पर चढ़ाया गया था और अभी तक चढ़ाया जाता है।

नागों का विवरण इतने में ही समाप्त नहीं हो जाता। नागों की अंतर्भुक्ति का क्षेत्र बड़ा व्यापक और विविध भूमिगत रहा है।

हमारे इसी आलोच्य काल में जैनों के तेईसवें तीर्थङ्कर पार्श्वनाथ भी हुए थे। उनके सम्बन्ध में नागों का बहुत वर्णन आता है।

पार्श्वनाथ का शिष्य गणधर शुभदत्त 720 ई० पू० के लगभग जैन-परम्परा में गुरुपद पर उपस्थित था। उसके उपरांत हरिदत्त हुआ। फिर आर्य समुद्र हुआ। आर्य समुद्र के बाद उसके स्थान पर केशी हुआ। केशी श्रमण जब पार्श्वनाथ के पट्ट पर विराजमान था, तब महावीर वर्द्धमान का आविर्भाव हो चुका था।

पार्श्व संघ और महावीर संघ उस समय दो थे, जो बाद में एक हो गए। महावीर स्वामी पार्श्वनाथ की परम्परा का विकास ही थे, वे अलग धर्म प्रचारित नहीं करते थे। महावीर वर्द्धमान का परिवार पार्श्वनाथ के मार्ग पर ही चलता था।

पार्श्वनाथ का जीवन-चरित्र भी कल्पनाओं से भर गया है, जैसे कि किसी भी धर्मगुरु का चरित्र बाद में चमत्कारों से भर दिया जाता है।

जैन कथाओं में एक मुसीबत होती है। इसके पात्र इतने जन्म धारण करते हैं कि बयान नहीं। स्वयं पार्श्वनाथ तक आते-आते हमें उनके पहले के नौ जन्मों से परिचित करा दिया जाता है। और पहले ही जन्म की कथा में भी जन्म-जन्मांतर का चक्कर आ जाता है। इन कथाओं से पता चलता है कि जैन धर्म में जन्म-जन्मांतर में जीव का घूमना बड़ा महत्व रखता था। उस युग में आत्मा के पुनर्जन्म का सिद्धांत बहुत ही अधिक प्रचलित रहा होगा। यद्यपि हमें पुनर्जन्म का सिद्धान्त सामवेद में मिलता है, परन्तु उसका विकसित रूप क्षत्रियों द्वारा ही उपनिषद्-काल में प्रकट हुआ है। उसका पूरे उपनिषद्-काल पर जोर रहा है। पुनर्जन्म के सिद्धान्त ने एक समय आर्थिक व्यवस्था के ढाँचे पर गहरा प्रभाव डाला था। उस सिद्धान्त का प्रसार हुआ था—किस कोने से—यह तो स्पष्ट नहीं कहा जा सकता, परन्तु जैन कथाएँ तथा ब्राह्मण कथाएँ और बौद्ध कथाएँ भी स्पष्ट करती हैं कि जिस प्रकार परलोक की एक कल्पना आर्यों में थीं, उसी प्रकार परलोकों की कल्पनाएँ अनार्यों में भी थीं। यह अनार्य बड़े सुसभ्य थे और आध्यात्मिक चिंतन करते थे। नागों की उञ्छवृत्ति का हम पहले ही उल्लेख भी कर चुके हैं। अहिंसावादी चिंतन में नागों की संस्कृति की उतनी ही देन रही है, जितनी विष्णु और शिव का रूप निर्मित करने में। अनार्यों में पुनर्जन्म का सिद्धान्त उन जातियों में भी माना जाता है, जो आज तक भी ब्राह्मणवादी चिंतन से अलग रही हैं। यह प्रकट करता है कि अब्राह्मण चिंतन में भी पुनर्जन्म का गहरा प्रभाव रहा है। इसका कारण क्या है ? यों है—

(1) एक तो खेतिहर जीवन में रहनेवाले लोग बादल पर निर्भर रहने के कारण भाग्यवादी हो जाते हैं। वे सबकुछ दैव पर ही आश्रित पाते हैं। अतः उनमें समाजीकृत जीवन में व्यक्तिपक्ष को भी अलग प्रश्रय देकर सोचना पड़ता है। यही अनार्यों के साथ हुआ। आर्य बाहर से आए और जब वे बस गए, तब उन पर भी यही असर पड़ा।

(2) पहले आर्यों को विजयी जीवन का सुख था। अनार्य पराजित थे। अतः उनका जीवन विषम था। इसलिए भी अभावात्मकता उन पर छाई हुई थी। परन्तु जब आर्यों की शक्ति भी टूट गई, तब वे भी अभावात्मकता की ओर ही अग्रसर हुए।

(3) फिर तत्कालीन मनुष्य भी तो अपने जीवन की व्याख्या किया करता था। वह समाज और व्यक्ति की व्याख्या करना चाहता था। उसने की भी; किंतु अपने युग के वैज्ञानिक ज्ञान के आधार पर उसने यही जाना कि यह आत्मा का ही मामला था, जो कि पाप-पुण्य के अनुसार व्यक्ति को नाच नचाया करता था।

(4) आर्थिक रूप में आत्मा के समान होने का ज्ञान एक समय जातियों की घृणा दूर करने में बहुत सहायक हुआ था, क्योंकि यह पता चला कि मूलतः सब मनुष्य समान हैं। उनके भीतर जो आत्मा थी, वह प्रत्येक जाति या वर्ग में यात्रा किया करता था। यह विचार कि मनुष्य समान था, बहुत बड़ी क्रान्ति के रूप में समाज में अवतरित हुआ था। उसका बाद में

प्रतिक्रियात्मक स्वरूप भी अभिव्यक्त हुआ, किन्तु वह तब, जबकि बर्बर दास-प्रथा का युग समाप्त करके सामन्तवाद अपना विकास कर चुका और सामन्तवाद की विषमताएँ प्रकट हुईं। जिस प्रकार ह्रासशील पूँजीवाद फिर प्राचीन आत्मा का, पुनर्जन्म आदि के सम्बन्ध का अभिनवीकरण करके अपने को बचाना चाहता है, उसी प्रकार एक समय सामन्तवाद ने भी किया था।

(5) तो अपने प्रारम्भ में जो आत्मा और पुनर्जन्म का सम्बन्ध था, वह न केवल प्रगतिशील था, वरन् वह विभिन्न जातियों की अंतर्भुक्ति का भी परिचायक था। इसे हम जैन चिंतन में सहज देखते हैं। हमारे आलोच्य काल के एक पात्र तेईसवें जैन तीर्थङ्कर को पहले ऐतिहासिक पात्र नहीं माना जाता था, किन्तु अब माना जाता है कि पार्श्वनाथ का समय बुद्ध और महावीर से लगभग 250 वर्ष पहले था। इस प्रकार लगभग 7500 ई० पू० हुआ। यह गणों का युग था। हम चौथमल जी महाराज के 'पार्श्वनाथ' से पार्श्वनाथ का जीवन-चरित्र उपस्थित करते हैं, जिसमें अपने ऐतिहासिक मत भी हम लिखते जाएँगे—

गंगातीर पर वाराणसी नगर था। वह नगर राज्य (City state) था। वह जम्बूद्वीप में प्रसिद्ध था। किसी समय कृष्ण ने काशी को जलाया था। तब यहाँ पौण्ड्रक—मिथ्या वासुदेव—रहता था। वाराणसी में नागजाति भी रहती थी और वह महादेव की उपासक थी। बुद्धकाल में काशी-नरेशों को ब्रह्मदत्त कहा जाता था, जैसे मिथिला के राजा जनक कहलाते थे।

इक्ष्वाकुवंशीय अश्वसेन वहाँ राजा था। उसकी स्त्री का नाम वामादेवी था। उसने 14 शुभ स्वप्न देखे—हाथी (श्वेत) मुख में घुसा, बैल, सिंह दिखा, लक्ष्मी, पुष्पमाला का जोड़ा, चंद्रमा, सूर्य, ध्वजा, कुम्भ, सरोवर, क्षीरसागर, देवदेवीयुक्त विमान, रत्नराशि, अग्नि ज्वाला देखी। (यह स्वप्न सम्भवतः उस समय मात्र किंवदन्ती थे, क्योंकि प्रायः तीर्थंङ्करों की माताओं और बुद्ध की माता ने भी ऐसा स्वप्न देखा था।) उसके बाद उसके पार्श्वनाथ जन्मा। वह पन्ने के रंग का था। (मरकत वर्ण। मरकत वर्ण ही द्रौपदी का महाभारत में बताया गया है।)

इन्द्र ने आनन्द मनाया। गण के क्षत्रियों या एकतन्त्र के क्षत्रियों में भी शक्र का अधिक वर्णन हमें जैन-बौद्ध स्रोतों में मिलता है। बालक का नाम पार्श्व इसलिए रखा गया कि जब बालक गर्भ में था, तब एक सर्प वामादेवी के चारों ओर फिरता था। (सम्भवतः इस सर्प से नागजाति का कोई तात्पर्य हो जो कालांतर में इस प्रकार प्रकट हुआ।) वह पुत्र बड़ा हुआ। वाराणसी के पश्चिम में कुशस्थल नामक एक विशाल और समृद्ध नगर था। प्रसेनजित् वहाँ का राजा था। उसकी लड़की थी—प्रभावती।

कलिंग के राजा ने प्रभावती की रूप-चर्चा सुनकर कुशस्थल पर चढ़ाई कर दी और लड़की माँगी। प्रसेनजित् ने गुप्त मार्ग से एक चर काशिराज के पास सहायता माँगने भेजा। पार्श्वनाथ ही लड़ने गया। परम्परानुसार पार्श्वनाथ ने कलिंगराज से युद्धविरत हो लौट जाने की प्रार्थना की। चतुर्मुख दूत ने संवाद कलिंगराज को जा सुनाया। कलिंगराज पार्श्वनाथ से मिला। वह प्रभावित होकर लौट गया। इस प्रकार हिंसा बच गई। राजा प्रसेनजित् ने अपनी कन्या पार्श्वनाथ को देनी चाही। उसने कहा कि मैं अन्याय का प्रतिकार करके प्रजा की रक्षा को आया था। इसकी कोई आवश्यकता नहीं। कुमार पार्श्व वाराणसी लौट आया। प्रभावती

का मन चोट खा गया। उसने निश्चय कर लिया कि करूँगी तो विवाह इसी से, नहीं तो नहीं करूँगी। वह कृश होने लगी। अंत में उसका हाल जानकर प्रसेनजित् उसे लेकर वाराणसी गया। उनका स्वागत किया गया। पिता ने पुत्री की दशा बताकर विवाह कर लेने की याचना की। अश्वसेन ने मान लिया। पुत्र वैसे तो तापसवृत्ति का त्यागी था, परन्तु पिता के कहने को नहीं टाल सका। विवाह कुशस्थल जाकर कर लिया। प्रभावती प्रसन्न रहने लगी।

एक बार वाराणसी में कमठ नामक एक तापस आया। पार्श्व भी देखने गया। देखा : कमठ धूनी धधकाए बैठा था, नशा कर रहा था। लम्बी जटाएँ सिर पर थीं। लाल आँखें थीं। तापस की धूनी में एक नाग और एक नागिन जल रहे थे।

पार्श्व ने विरोध करके नाग-नागिन को छुड़ा दिया।

(मेरे मतानुसार वे नाग-नागिनी जन्तु नहीं, मनुष्य थे, किसी प्रकार की यातना उन्हें दी जा रही थी। पार्श्व अहिंसावादी था।)

तापस चला गया। पार्श्वनाथ ने 22 जैन तीर्थंङ्करों के चरित्र सुने। वह उसी धर्म की ओर मुड़ गया। ऋषभदेव से अरिष्टनेमि तक सबके वृत्तांत सुने तो हृदय पर प्रभाव पड़ा। तब उसने सोचा : 'संसार में सबसे अधिक शक्तिशाली समझे जानेवाले इन्द्र, देव, चक्रवर्ती, वासुदेव, बलदेव आदि-आदि महापुरुष भी देखते-देखते चल बसते हैं। संसार क्षणभंगुर है।' तब अनित्य भावना, अशरण भावना, एकत्व भावना, संसार भावना, अन्यत्व भावना, अशुचि भावना, आस्त्रव भावना, संवर भावना, निर्जरा भावना, लोक भावना, बोधि दुर्लभ भावना और धर्म भावना उसे हुई।

कुमार ने रात को फिर विचार किया। फिर माता-पिता की आज्ञा लेकर, खूब दान देकर, जीवन सादा बना लिया। एक वर्ष बाद अश्वसेन ने पुत्र के दीक्षा महोत्सव की तैयारी की। प्रजा हर्ष से चिल्लाई, 'जय जय नन्दा, जय जय भद्दा'। नगर से कुमार की सवारी निकलकर एक अशोक तरु के समीप उद्यान में पहुंची। वहाँ वस्त्रभूषण उतारकर—'नमो सिद्धाणं' कह पार्श्व ने दीक्षा अंगीकार की।

अब कठोर मार्ग अंगीकार करके पार्श्वनाथ साधु हो गया। उसके साथ 300 और राजकुमारों ने दीक्षा ली। दूसरे दिन सवेरे उनके साथ पार्श्व ने विहार कर दिया।

तीसरे दिन वे कोपकट नामक सन्निवेश में पहुंचे। वहाँ अष्टम भक्त का पारणा करने के लिए वह धन्य नामक गृहस्थ के घर गए। एषरीमय आहार खाकर पारणा किया।

फिर विचरते हुए वे कलिगिरि पर्वत के समीप कादम्बरी वन में पहुँचे। कष्टकर मार्ग पार किया। फिर शिवपुरी नगर के बाहर कौशाम्बी वन में पहुंचे। धरणेन्द्र नाग ने वहाँ उनकी सेवा की। फिर वे राजपुर के उद्यान में पहुंचे। वहाँ ईश्वर नामक राजा था। तभी राजा वहाँ से निकला। उसने वंदना की और महल लौट गया।

फिर पार्श्वनाथ आगे चला। वह संध्या के समय उपनगर के बाहर तापसों के एक आश्रम के पास पहुँचा। वह एक कुएँ के पास बड़ के पेड़ के नीचे ध्यानमग्न खड़ा रह गया। वहाँ मेघमाली देव ने हाथी का रूप रूप धरकर उस पर आक्रमण किया। वह कुछ न बोला। उसने बहुत आक्रमण किया। तब धरणेन्द्र नाग ने उस समय पार्श्वनाथ की सहायता की। मेघमाली ने लज्जित होकर क्षमा-याचना की। धरणेन्द्र चला गया।

सूर्योदय होने पर पार्श्वनाथ वाराणसी की ओर बढ़ा। नगर के बाहर उद्यान में ठहरा। 83 दिन छद्मस्थ अवस्था में निर्गमन किए। 84वाँ दिन आरम्भ हुआ। "चैत्र कृष्ण चतुर्थी का दिन और विशाखा नक्षत्र था। पार्श्व ने अत्यन्त उज्ज्वल ध्यान धारण किया। उस ध्यान के प्रभाव से संसाररूपी वृक्ष के बीज, संसार के जीवों को नाना गतियों में भ्रमण करानेवाले और दुर्जय मोहनीय कर्म का सर्वथा क्षय हो गया। मोहरूपी महामल्ल को पछाड़ते ही अंतर्मुहूर्त्त के भीतर ज्ञानावरण, दर्शनावरण और अन्तराय कर्मों की त्रिपुटी का विनाश हो गया। इस प्रकार चारों घन घातिया कर्मों का अभाव हो जाने से पार्श्व में अनंत सुख, अनंत ज्ञान, अनंत दर्शन एवं अनंत शक्ति का आविर्भाव हो गया। अब पार्श्व चार क्षायोपशामिक ज्ञानों के धारी थे। अब सब ज्ञान केवल ज्ञान के रूप में परिणत हो गए। अतः एक केवल ज्ञान ही शेष रह गया। इसी प्रकार समस्त क्षायोपशमिक दर्शन केवल दर्शन के रूप में परिणत हो गए। पाँच ज्ञान हो गए—मतिज्ञान, श्रुतज्ञान, अवधिज्ञान, मनःपर्ययज्ञान और केवल ज्ञान। फिर सर्वज्ञता प्राप्त हो गई।"

जब पार्श्व को केवल ज्ञान हो गया तब नर-नारियों ने खूब उत्सव मनाया। उस समय समवसरण की रचना की गई। समवसरण के भीतर अशोक वृक्ष के नीचे सिंहासन पर पार्श्व बैठे। सिर पर तीन छत्र लगाए गए। महेन्द्रध्वजा उड़ने लगी। बारह प्रकार की परिषद् समवसरण में उपस्थित थी। ब्राह्मण और शूद्र एक साथ बैठे। वहाँ स्पृश्य और अस्पृश्य का प्रश्न नहीं था।

अश्वसेन को संवाद मिला। राजकुल दर्शनार्थ आया। माता, पिता और पत्नी ने प्रणाम किया। पार्श्व ने पहली धर्मदेशना दी—

"भव्य जीवो! अंतर्दृष्टि प्राप्त करो। अंतर्दृष्टि प्राप्त किए बिना पदार्थ के वास्तविक स्वरूप का ज्ञान नहीं होता। आत्मा स्वभाव से सिद्ध, बुद्ध और अनंत गुणों से समृद्ध होने पर भी क्यों नाना योनियों में भ्रमण कर विविध वेदनाओं का पात्र बन रहा है, इसका कारण अज्ञान है। जीव ने अज्ञान के वश होकर अपनी शक्तियों को विस्मृत कर दिया है। वह बहिरात्मा बन गया है। संसार के भोगोपभोगों में सुख की कल्पना करता है। इन्द्रियों का स्वामी पद्च्युत होकर इन्द्रियों का दास हो गया है। कर्मों ने आत्मा की असीम अनन्त शक्तियों को आक्रान्त कर रखा है। ज्ञानावरण कर्म ने अनंत ज्ञान शक्ति को परिमित, मलिन और विकृत बना दिया है। मोहनीय कर्म के कारण जीव की दयनीय दशा हो गई है। इसी प्रकार अन्यान्य कर्मों ने आत्मा के सर्वस्व के समान समस्त गुणों को स्वरूपच्युत बना डाला है। भव्य जीवो! समझो! अपने वास्तविक स्वरूप की दृष्टि-विक्षेप करो। देखो तुम्हारी अंतरात्मा कितनी उज्ज्वल है। सम्यक् ज्ञान का प्रचार करो। दान मोक्ष का प्रथम कारण है। अभयदान सब दानों में श्रेष्ठ है।"

पार्श्व ने अनेक उपदेश दिए। अश्वसेन ने अपने पुत्र हस्तिसेन को राज्य का कार्यभार सौंपकर वामादेवी के साथ जिन दीक्षा धारण कर ली।

पार्श्वनाथ ने अपने शिष्य मुनियों में से दस मुनियों को गणधर पद पर प्रतिष्ठित किया था। यह स्पष्ट करता है कि काशी में उस समय गण था, तभी उसी की नकल पर गणधर बनाए गए। वे ये थे—आर्यदत्त, आर्यघोष, विशिष्ठ, ब्रह्म, सोम, श्रीधर, वीरसेन, भद्रयश, जय

और विजय। इन दस गणधरों को पार्श्वनाथ ने उत्पाद, व्यय और ध्रौव्य का समान रूप से ज्ञान दिया। गणधर विशेष ज्ञानी था। अतः उसने इस ज्ञान के आधार पर विस्तृत द्वादशांग की रचना कर संसार में विशेष रूप से ज्ञान का प्रसार किया।

पार्श्व ने साधु, साध्वी, श्रावक और श्राविका रूप चार तीर्थ की स्थापना की और इस प्रकार अपने तीर्थंकर नामकर्म का नाम सार्थक किया।

नाग धरणेन्द्र अपनी स्त्री पद्मावती के साथ सेवा में फिर आ गया।

एक बार पार्श्वनाथ सावंथी (सावत्थी) नगरी में गया। वहाँ भी समवसरण की रचना हुई। उसने धर्मदेशना दी। कई व्यक्ति उपदेश सुनकर साधु हुए। अगस्तिक गाथापति ने संसार से विरक्त होकर मुनिधर्म अंगीकार किया।

जैन विचारधारा में भूगोल, देवता सम्बन्धी विचार और तत्कालीन विज्ञान का परिचय इससे मिलता है—

गोलाकार जो सफेद चंद्रमा दिखाई देता है, वह जमीन है। उसमें अनेक देवों का निवास है। वहाँ रहनेवाले सब देवों का अधिपति देव, चंद्रदेव कहलाता है। यह सफेद पृथ्वी, मेरु पर्वत के चारों ओर घूमती है। इसके नीचे एक पृथ्वी काली है। उसे राहु की पृथ्वी कहते हैं। उसमें राहु नामक देवता निवास करता है। उसके साथ उसके अधीन अनेक देवता और रहते हैं। यह जमीन भी गोल और चपटी है। चंद्र पृथ्वी के साथ-साथ, राहु पृथ्वी भी घूमती रहती है। मगर दोनों की चाल बराबर नहीं है। इस चाल के भेद से ही द्वितीया, तृतीया, चतुर्थी आदि-आदि तिथियाँ होती हैं। जब चंद्रमा मेरु के दक्षिण भाग में होगा, तब उत्तर भाग में भी होगा। अतएव दक्षिण और उत्तर दोनों भागों में रात्रि होगी। उस समय सूर्य मेरु के पश्चिम और पूर्व भाग में होगा। अतः इन दोनों भागों में उस समय दिन होगा। सूर्य जब मेरु के पश्चिम भाग से चलकर उत्तर भाग में आता है और पूर्व से चलकर दक्षिण में आता है, तब उत्तर और दक्षिण भाग में दिन होता है और पूर्व-पश्चिम भाग में रात्रि हो जाती है। इस प्रकार दो सूर्य और दो चंद्रमा सतत मेरु की प्रदक्षिणा किया करते हैं और इसी से दिवस एवं रात्रि आदि काल के विभाग होते हैं। चंद्रदेव और सूर्यदेव की मृत्यु होने पर चंद्र-पृथ्वी और सूर्य-पृथ्वी पर कोई प्रभाव नहीं पड़ता। एक देव के मरने पर दूसरे देव की उत्पत्ति हो जाती है और पृथ्वियों की चाल पूर्ववत् जारी रहती है। चंद्र और सूर्य की पृथ्वी के नीचे राहु और केतु की पृथ्वी आ जाने से चंद्र-सूर्य-पृथ्वी दृष्टि के अगोचर हो जाती है। इसी को चंद्रग्रहण और सूर्यग्रहण कहते हैं।

सावत्थी नगरी में पार्श्वनाथ ने धर्मदेशना की। देशना समाप्त होने पर वहाँ के सुप्रतिष्ठित नामक गाथापति ने चरित्र धारण किया। परन्तु वह भी पहले गाथा-पति की भाँति पूर्ण संयम नहीं कर पाया था।

फिर पार्श्वनाथ वाराणसी में गए। वहाँ सोमल नामक चारों वेदों का ज्ञाता ब्राह्मण था। वह आया। संवाद यों हुआ—

सोमल : 'यात्रा क्या है?'

पार्श्व : 'तप, नियम, संयम, स्वाध्याय और ध्यान आदि आवश्यक कर्त्तव्य की प्रवृत्ति ही यात्रा है।'

सोमल : 'आप यापनीय स्वीकार करते हैं ?'

पार्श्व : 'यापनीय के दो भेद हैं—इन्द्रिय यापनीय, नोइन्द्रिय यापनीय, स्पर्शन, रसना, घ्राण, चक्षु और श्रौत—इन पर संयम इंद्रिय यापनीय है। क्रोध, मान, माया, लोभ, विजय, नौ इंद्रिय यापनीय हैं।'

सोमल : 'क्या आप अव्याबाध भी मानते हैं ?'

पार्श्व : 'हाँ। वात, पित्त, कफ और सन्निपातजन्य रोग उदय में न आएँ—उपशान्त रहें—यह अव्याबाध है।'

सोमल : 'आपके प्रासुक विहार भी है ?'

पार्श्व : 'है। हम आराम, उद्यान, देवकुल, सभा तथा स्त्रीपशु-पंडक-रहित स्थान में ठहरते हैं। और निरवद्य एवं एषणीयपाट, बाजौठ, शय्या, संस्तारक, आदि उपयोग में लाते हैं। हमारी समस्त प्रवृत्ति प्रासुक है—जीवहिंसा से रहित है। हिंसाजनक प्रवृत्ति अप्रासुक है। हमने उसका त्याग कर दिया है, इसलिए हमारा विहार प्रासुक है।'

सोमल : 'सरिसवया भक्ष्य है या अभक्ष्य है ?'

पार्श्व : 'भक्ष्य है, अभक्ष्य भी है। सरिसवया दो प्रकार के होते हैं—एक सदृशवय वाले, दूसरे सरसों नामक धान्य। समान वयस्क भी तीन प्रकार के हैं—साथ में जन्मे हुए, साथ में पाले-पोषे गए और साथ में खेलने-कूदनेवाले। यह तीनों प्रकार सरिसवया अभक्ष्य हैं। धान्य-सरिसवया दो प्रकार के हैं। शस्त्र परिणत और शस्त्र से अपरिणत। जो सरिसवय अग्नि आदि शस्त्र से निर्जीवन न हो चुके हों, वे मुनियों के लिए अभक्ष्य हैं। जो शस्त्र परिणत हैं वे भी दो प्रकार के हैं—एषणिक और अनैषणिक। जो साधु के निमित्त निष्पन्न न किए गए हों, वे एषणिक हैं और साधु के निमित्त निष्पन्न किए गए हों वे अनैषणिक हैं। अनैषणिक अभक्ष्य हैं। एषणिक फिर दो प्रकार के हैं, याचित और अयाचित। याचित भक्ष्य और अयाचित अभक्ष्य हैं।'

सोमल : 'मास भक्ष्य है या अभक्ष्य ?'

पार्श्व : 'दोनों। मास दो प्रकार का है। मास का एक अर्थ महीना है। श्रावण-भाद्रपद, आश्विन, कार्तिक, मार्गशीर्ष, पौष, माघ, फाल्गुन, चैत्र, वैशाख, ज्येष्ठ और आषाढ़—ये बारह मास अभक्ष्य हैं। दूसरा मास (माष) का अर्थ उड़द धान्य विशेष है। वह अभक्ष्य भी है और भक्ष्य भी है। सरिसवया के समान ही उसकी भक्ष्याभक्ष्यता समझनी चाहिए।'

सोमल : 'कुलत्थ भक्ष्य है या अभक्ष्य ?'

पार्श्व : 'दोनों। कुलत्थ दो प्रकार के हैं। कुलत्थ—स्त्री, दूसरा—धान्य। स्त्री कुलत्थ के तीन भेद हैं—कुलकन्या, कुलवधू और कुलमाता। तीनों अभक्ष्य हैं। कुलत्थ सरिसवया की भाँति अभक्ष्य-भक्ष्य जानना चाहिए।'

सोमल : 'आप एक हैं या अनेक ?'

पार्श्व : 'द्रव्यरूप से एक हूँ और ज्ञानदर्शन आदि गुणों की अपेक्षा अनेक हूँ।'

सोमल : 'आप अक्षय, अव्यय और अवस्थित हैं या इसके प्रतिकूल?'

पार्श्व : 'आत्म प्रदेशों की अपेक्षा अक्षय, अव्यय और अवस्थित हूँ।'

सोमल : 'आप भूत, भावी और वर्तमान परिणमन के योग्य हैं या इसके प्रतिकूल?'

पार्श्व : 'उपयोग की अपेक्षा भूत, भावी, वर्तमान परिणमन के योग्य हूँ। मेरे समान प्रत्येक वस्तु द्रव्य दृष्टि से एक और नित्य होती है तथा पर्याय दृष्टि से अनेक और अनित्य होती है।'

सोमल ब्राह्मण ने श्रावक व्रत अंगीकार किए। पार्श्व का धर्मचक्र चलने लगा। पार्श्व एक बार जनपद की ओर विहार कर उठे। वाराणसी में साधुओं का गमन न हुआ। सोमल की श्रद्धा में धीरे-धीरे फिर परिवर्तन आ गया।

एक बार पिछली रात में सोमल की नींद उड़ गई। उसने सोचा : 'मैं ब्राह्मण-कुल में उत्पन्न हुआ हूँ। ब्राह्मण-कुल में मेरा पालन-पोषण हुआ है, विवाह हुआ है। संतान, द्रव्य है। यज्ञ खूब किए। एक बात रह गई। मैंने नगर के बाहर उद्यान नहीं बनवाया, जहाँ लोग आराम करें।'

सूर्योदय होते ही कार्य प्रारम्भ कर दिया। कुछ ही दिनों में उद्यान बन गया। उसके आनंद का छोर न रहा। लोग आने लगे।

एक रात फिर सोचा : 'प्रातः सबसे पहले मैं तापस के योग्य भाण्डोपकरण तैयार कराऊँगा। जाति भाइयों और मित्र जनों को दावत देकर उन सबके सामने ही अपने ज्येष्ठ पुत्र को गृहस्थी का भार सौंप दूँगा। उसके बाद मैं गंगाकुलवाले आश्रम में चला जाऊँगा और तापस दीक्षा ग्रहण करूँगा।'

प्रातः वह तापस दीक्षा ग्रहण कर तापस बन गया। दीक्षा लेते ही उसने दो दिन उपवास और एक दिन भोजन करने की प्रतिज्ञा ली। साथ ही भुजाएँ फैलाकर सूर्य की आतापना लेने लगा। जब दो दिन समाप्त हो गए तब तीसरे दिन पूर्व दिशा की ओर जाकर उसने सोम महाराज की आज्ञा ली और फल-फूल लेकर वहीं लौट आया, जहाँ वह ठहरा था। वहाँ जमीन को लीपकर, छाबकर एक वेदी बनाई। गंगा-स्नान किया। लौटकर आग सुलगाई। खाद्य सामग्री तैयार करके बलि देकर स्वयं भोजन किया। दूसरे पारण के दिन दक्षिण दिशा से और आगे पश्चिम और उत्तर दिशा से फल-फूल लाकर पूर्वोक्त प्रकार से पारण करता रहा।

एक बार उसके मन में आया कि प्रातःकाल होने पर अपने कुलपति से आज्ञा लेकर अपने भाण्डोपकरण साथ में रखकर मुँह पर काठ की मुँहपत्ति बाधूँगा और सदा के लिए उत्तर दिशा की ओर प्रस्थान करूँगा।

धर्मशास्त्रों में कलिवर्ज्य में इस प्रकार चल पड़ने के नियम को गिनाया गया है कि ब्राह्मणों को कलियुग में यह नहीं करना चाहिए। रोम में भी ऐसे दार्शनिक थे जो आत्महत्या करते थे और उसका कारण बताते थे कि बस, अब हमारे जीने का ध्येय पूर्ण हो गया। महाभारत-काल में तथा रामायण में भी प्रायोपवेशन का उल्लेख हुआ है, जिसका अर्थ है कि

भूखे रहकर मर जाना। ब्राह्मणों में चलते-चलते मर जाने का भी एक नियम था। ब्राह्मण ऋषि शरभंग जब वाल्मीकि रामायण में राम से मिल लेता है, तब कहता है कि अब मेरी इच्छा पूरी हो गई, जीवन का काम समाप्त हो गया और अपने-आप अपने को चिता में रखकर भस्म कर देता है। राम ने नहीं रोका, तो इससे प्रकट होता है कि ऐसा भी उस समय किया जाता था। कलियुग में चलते-चलते मरने का तो ब्राह्मण धर्मशास्त्र में ही वर्णन किया गया है। यहाँ इस कथा में इस परम्परा का जैन विचारधारा में विरोध मिलता है। सम्भवतः इस प्रकार की विचारधाराओं के कारण ही प्रभाव पड़ने से यह सब कलिवर्ज्य में आ गया, जैसे हिंसा करना, नियोग और गाय काटना आदि कलियुग में वर्जित हो गया। ऐसा शुरू कैसे हुआ होगा? मेरा ऐसा खयाल है कि जैसे प्राचीन काल में युद्ध में मरना क्षत्रिय धर्म समझते थे, अतः युद्ध न होने पर मरते समय अग्नि में जल मरना श्रेष्ठ समझते थे, या यूरोप में वालहल्ला में पहुँचने को ट्यूटन वीर जहाज में मरते वक्त सोकर जहाज में आग जलवाकर उसे समुद्र में छुड़वा देते थे, ऐसे ही ब्राह्मण भी यात्रा में मरना श्रेयस्कर समझते थे, क्योंकि जहाँ ब्राह्मण वही श्रेष्ठ कहा गया है जो कि खूब यात्रा करता था, वहाँ ब्राह्मण यज्ञाग्नि लेकर मिशनरी बनकर धर्म फैलाते डोलते थे। उसी डोलने की परम्परा का सम्भवतः यह अवशेष बचा रह गया था।

सोमल ने मुखवस्त्रिका बाँधने का जो विचार किया है वह या तो इसलिए था कि वह जैन रह चुका था, और अब जैन न रहने पर उसने कपड़े की जगह काठ की मुँहपत्ति स्वीकार की, या यह भी हो सकता है कि उस समय जैन कपड़े की पत्रि लगाते थे, अन्य सम्प्रदाय काठ की मुँहपत्ति लगाते रहे होंगे। ब्राह्मणों में भी संन्यास लेने पर अहिंसा ही सर्वश्रेष्ठ मानी जाती थी। इस युग तक तो बलि देना केवल यज्ञ के लिए रह गया था। कलिवर्ज्य में नरमेध और गोमेध तो बिल्कुल वर्जित हो गया था।

सोमल तापस उत्तर दिशा को चल पड़ा। उसमें अब लौटने का सवाल ही नहीं था। जहाँ गिर पड़ेगा, वहीं से आजीवन उठेगा नहीं। यह अभिग्रह धारण कर चल पड़ा। सायंकाल गंगातट पर उसने बेले का पारणा किया। मौनावलम्बन कर वह रात-भर के लिए वहीं ठहर गया।

सोमल फिर जिन धर्म में लौट आया। तेला, बेला, चौला करता, कभी सात दिन के, कभी 15 दिन के, कभी महीने-भर के उपवास करता था। इस प्रकार कई वर्ष तप करके आयु के अंत समय पन्द्रह दिन का संथारा करके उसने देह त्याग दिया।

पार्श्वनाथ एक बार विचरते हुए पुंगदेश के अंतर्गत साकेत गए। पूर्वदेश में ताम्रलिप्त नगरी में बन्धुदत्त नामक बड़ा भारी व्यापारी रहता था। ध्यान रहे कि ताम्रलिप्त बड़ा पत्तन (बन्दरगाह) था, जहाँ से जहाज दक्षिण भारत ही नहीं, विदेशों को जाते थे।

उसी नगर में एक ब्राह्मण भी रहता था। ब्राह्मण की पत्नी कुल्टा थी। उसने ब्राह्मण को विष दिलवाकर मूर्च्छितावस्था में मृतक समझकर एक ओर डलवा दिया। संयोग से वहाँ एक ग्वालिन आ पहुँची। उसने ब्राह्मण को घर ले जाकर दवा दी। वह ठीक हो गया। वह विरक्त हो गया। मरकर बन्धुदत्त का पुत्र बना। नाम पड़ा सागरदत्त।

साकेत से जब पार्श्वनाथ आए तो ताम्रलिप्त में राजा आदि ने सत्कार किया। सागरदत्त भी पहुँचा। वह समुद्र-यात्रा का बड़ा शौकीन था। व्यापारी था। यह बताता है कि यहाँ

जलयात्रा बहुत प्रचलित थी। पार्श्वनाथ का उपदेश सुनकर सागरदत्त साधु हो गया। हाथ में पात्रों की झोली ले ली और मुख पर मुखवस्त्रिका बाँध ली। बगल में रजोहरण ले वह पार्श्व के संघ में भर्ती हो गया।

पार्श्व के चार मुनि शिष्य थे—शिवचन्द्र, सुन्दर, सौभाग्यचन्द्र और जयचन्द्र।

उन्हीं दिनों नागपुरी नामक नगरी में धनपति नामक एक वणिक रहता था।[1] उसका प्रिय पुत्र था बन्धुदत्त। पिता ने अपने पुत्र का विवाह वसुनन्द वणिक की पुत्री चंद्रलेखा से किया। उसे नाग ने काटा। वह मर गई। इस प्रकार अन्यान्य पाँच कन्याएँ भी बंधुदत्त से विवाह होते ही एक ही वर्ष में मर गईं। फिर किसी ने अपनी कन्या बंधुदत्त को नहीं दी। पुत्र खिन्न रहने लगा। पिता ने उसे व्यापार के निमित्त विदेश भेजा कि मन बहलता रहेगा। वहाँ से बंधुदत्त कमाया धन लेकर लौट रहा था कि समुद्र में तूफान आ गया। जहाज डूबने लगा। बंधुदत्त एक लकड़ी के तख्ते के सहारे तैरता हुआ रत्नद्वीप में जा पहुँचा। वहाँ मुनिराज मिले। मुनिराज ने कहा : 'पराक्रम करो। कातर न बनो।'

वहाँ चित्रांगद नामक विद्याधर आया। बंधुदत्त जैसे दूर देशवासी साधर्मी बंधु को पाकर वह प्रसन्न हुआ। घर ले गया। भोजन कराके कहा, 'आप विवाह करें। कन्या मैं खोज दूँगा।'

चित्रांगद की बहन सुवर्णलेखा ने कहा : 'कौशाम्बी नगरी में जिनदत्त एक श्रावक है। वह धनधान्य से सम्पन्न और बारह व्रतधारी है। उसकी कन्या, मेरी सखी, प्रियदर्शना, योग्य है।'

बंधुदत्त चित्रांगद के साथ कौशाम्बी आया। जिनदत्त श्रावक ने घर ले जाकर भोजन कराया, फिर उचित परीक्षा करके कन्या ब्याह दी।

चित्रांगद लौट गया। बंधुदत्त ससुराल में कुछ दिन रहकर घर चला। पत्नी गर्भवती थी। मार्ग भयानक था। रास्ते में डाकुओं ने घेरकर लूटा। स्त्री को लेकर भाग गए। डाकुओं का मुखिया पल्लीपति था। स्त्री देखकर काम में बिंध गया। प्रियदर्शनी ने परिचय में पिता का नाम बताया। पल्लीपति एकदम लज्जित हो गया। उसने प्रियदर्शनी को अपनी बहन बना लिया, क्योंकि जिनदत्त के उस पर बड़े उपकार थे। उसने बताया : 'मैं अपने कुछ साहसी आदमियों को साथ लेकर कौशाम्बी जा रहा था। हम लोगों ने कौशाम्बी में धावा मारना निश्चित किया था। मार्ग में हम मद्यपान करके पागल बने बैठे थे। नगररक्षक कौशाम्बी के आ गए। साथी तो भाग गए, मैं पकड़ा गया। राजा के पास ले गए। उसने मुझे भयानक जानकर प्राणदण्ड सुना दिया। जिनदत्त को पता चला। उसने मुझे बचवा दिया, वह दयालु था। तभी से उसे जीवनदाता पिता मानता हूँ। कहो क्या कहना चाहती हो।'

प्रियदर्शना ने पति की खोज के लिए कहा।

शीघ्र ही डाकू उसे वन में से खोज लाए।

पल्लीपति ने क्षमा माँगी।

---

1. पुंदल की 'नवग्रहचरित पार्श्वनाथ' तथा बरीपद की 'ध्यानी पार्श्वनाथ' नामक मूर्तियों में पार्श्वनाथ के सिर पर नागछत्र है, जो नागों के मिलन का प्रतीक है।

बंधुदत्त ने कहा : 'नहीं, भगवान् पार्श्वनाथ और जिनधर्म के प्रसाद से मेरी रक्षा हुई।'

पल्लीपति को पार्श्वनाथ के दर्शन की लालसा हुई। पार्श्व उस समय नागपुरी में ही थे। पल्लीपति चंद्रसेन, बंधुदत्त और प्रियदर्शना तीनों दर्शन को गए। तीनों ने वहाँ दीक्षा ले ली।

भूरागाँव के अशोक माली का भी पार्श्व ने उद्धार किया था।

पार्श्वनाथ ने अरिहंत अवस्था में पुष्पचूला आदि 38 हजार स्त्रियों तथा आर्यदत्त गणधर आदि सोलह हजार व्यक्तियों को मनुधर्म में दीक्षित किया। सूर्य इत्यादि 1 लाख 64 हजार गृहस्थों को 12 व्रतधारी श्रावक बनाया। 3 लाख 49,000 स्त्रियों को देशविरति संयम देकर श्राविका बनाया।

16000 मुनियों में 1000 मुनि केवल ज्ञानी थे, 750 मनःपर्यायज्ञानी थे, 1400 अवधिज्ञानी थे। 350 चौदह पूर्व के वेत्ता थे। 1100 वैक्रिय लब्धि के धनी थे। 600 वाद-विवाद करनेवाले प्रखर वाग्मी थे और बाकी मुनि ज्ञान, ध्यान और तप करनेवाले थे।

पार्श्व के साधु पाँच वर्णों में से किसी भी वर्ण का वस्त्र पहन-ओढ़ सकते थे। वे बहुमूल्य भी हो सकते थे।

अंत में सम्मेदशिखर पर पार्श्वनाथ ने एक मास का संथारा लिया। साथ में 33 मुनियों ने भी यही किया। श्रावण शुक्ला अष्टमी को विशाखा नक्षत्र था। उस दिन पार्श्व ने शुक्ल ध्यान का आलम्बन किया, शैलेशीकरण किया, योगों का पूर्ण निरोध कर, 14वें गुणस्थान में पहुँच सिद्धि प्राप्त की। 33 मुनियों के 4 घातिया कर्म नष्ट हो गए। उन्हें केवल ज्ञान हो गया। यों सबका देहांत हो गया।

नागों की यह अंतर्भुक्ति तो स्पष्ट हो ही गई, इसके अतिरिक्त उस समय के ब्राह्मणों की परिस्थिति का भी ज्ञान इस कथा से प्रकट हुआ। पार्श्वनाथ ने 5 या 6 लाख आदमियों को अपने अनुयायी बना लिया था, यह भी कोई आश्चर्य की बात नहीं है। इससे यह प्रकट हुआ कि साधु वर्ग बहुत बढ़ गया था और समाज की विषमताओं को खोजने का प्रयत्न हो रहा था।

नागों के समाज में प्रखर पांडित्य था। नाग तक्षक ने ही तक्षशिला नामक स्थान बसाया था। महाभारत के अनुसार जनमेजय ने तक्षशिला में ही नागयज्ञ किया था। वह तक्ष की राजधानी थी। कुछ लोगों का मत है कि इक्ष्वाकुवंशीय दाशरथि राम के भाई भरत के पुत्रों में से एक ने पुष्कलावती बसाई थी, दूसरे ने तक्षशिला। किन्तु यह ठीक नहीं जान पड़ता। तक्ष नाम का एक प्रसिद्ध ब्राह्मणद्वेषी नागकुल था, जो वासुकि के नागकुल का भी विरोधी था। वह पहले कुरुक्षेत्र का शासक था। वहाँ से भागकर वह खाण्डववन में बसा था। उसके पास ही अहिच्छत्र (अहि = नाग) था, जहाँ का राज्य पाञ्चालों ने छीन लिया था। बाद में द्रोण ने अहिच्छत्र जीत लिया था। कृष्ण और अर्जुन अर्थात् यादवों और कुरुओं ने नागों को खाण्डववन से भी भगा दिया था। तक्ष कुल ने तक्षशिला बसाई। तक्ष ही नाम था। संस्कृत में जब किसी का अपमान करते हैं तब 'क' प्रत्यय जोड़ देते हैं। जैसे भिक्षु सम्मानित शब्द, भिक्षुक अपमानजक। इसी प्रकार तक्ष का भी तक्षक हो गया।

सरस्वती-तीर पर नाग बसते अवश्य थे, क्योंकि जब बलराम तीर्थ-यात्रा से

महाभारत-युद्ध के भीम-दुर्योधन-युद्ध काण्ड के समय लौटे हैं, तब उन्होंने बताया है कि बर्बर आभीरों ने पवित्र नागों की बस्तियों को उजाड़ दिया था। वह अर्जुन का समय था। अर्जुन के बाद परीक्षित हुआ, परीक्षित के बाद जनमेजय। इस दौरान में नाग फिर खड़े हो गए। उनका आर्यों से युद्ध हुआ। नागों ने ही सम्भवतः विदेशी आभीरों को पीछे हटाया था, क्योंकि जनमेजय के समय आक्रमणकारी आभीरों का कोई शोर सुनाई नहीं देता। उस उत्थान में ही नाग सशस्त्र हो गए होंगे और उन्होंने कुरुओं को भी जीत लेन की चेष्टा की होगी। नागों ने बहुत बाद में शकों को निकाला था, तब भवनाग आदि ने दस अश्वमेध यज्ञ भी काशी में किए थे। अतः यदि हम भरत के पुत्र द्वारा ही तक्षशिला की स्थापना समझें तो भी यह तो निश्चित ही है कि जनमेजय-काल में तक्षशिला पर तक्षवंशीय नागों का अधिकार था।

बुद्ध-काल में तक्षशिला से चम्पा तक संस्कृत (लौकिक) नहीं बोली जाती थी। हर जगह जीवित भाषा एक प्रकार की पाली थी। किन्तु महाभारत-युद्ध के बाद से पाणिनि तक के लम्बे समय में वैदिक भाषा विकास करके लौकिक बनी थी और उसी समय उसने अनेक अनार्य्य भाषाओं के वैविध्य को अपने भीतर आत्मसात् कर लिया था। वही एक समय प्रचलित भाषा थी जिसने सब भाषाओं को पी लिया। दक्षिण में जहाँ आर्य्य कम थे और अंतर्भुक्ति का क्षेत्र केवल पुरोहित वर्गों में हुआ, वहाँ द्रविड़ भाषाएँ लुप्त नहीं हो सकीं। नागजाति भी संस्कृत के अंक में उत्तर भारत में समा गई। इस नई भाषा ने ही पाली के रूप में विकास किया था। 'बुद्धिस्ट इण्डिया' (पृ० 211) में राइड्स डेविड्स ने इस पर अच्छा प्रकाश डाला है। कहा है कि बुद्ध-काल में कई वैदिक प्राचीन शब्द नए और सहज उच्चारणों के साथ स्वीकार कर लिये गए थे। नए शब्द बन गए थे, जिनको पुरानी धातुओं में से बना लिया गया था। अनार्य शब्द भी ले लिये गए थे। बहुत-से आर्य शब्द जो कि वैदिक भाषा में नहीं मिलते, वे भी जनता में प्रचलित रहे थे। वैदिक भाषा के साहित्यिक रूप में परिमार्जित शब्द थे और यह कहना ठीक होगा कि उसमें तत्कालीन भाषा के समस्त शब्द नहीं हैं। अपने समय में ऋग्वेद अपने से पहले के विश्वासों की तुलना में मनुष्य के विकास का चरण बनकर आया था, बल्कि उसे आगे का सुधार भी कह सकते हैं। जब वेद-निर्माण समाप्त हुआ था तब भी कई विचारधाराएँ और विश्वास ऐसे थे, जो कि वेद में नहीं आ सके थे। ऐसा ही अथर्ववेद था, जिसकी जादू-टोने की बातें शुद्ध आर्यवादी बुद्ध-काल तक स्वीकार ही नहीं करते थे। अथर्ववेद तो अन्तर्भुक्ति का परिचायक वेद था। वह उस प्रारम्भिक जातीय अन्तर्भुक्ति का परिचायक है, जो कि कृष्ण के समय में आर्यों और अनार्यों में हो रही थी। सम्भवतः आर्य ब्राह्मण (द्वैपायन व्यास) ने जो सम्पादन किया था, वह इसी दृष्टिकोण से किया था कि शुद्ध आर्यवादी विचारधारा उस नई अन्तर्भुक्ति में गड़बड़ में नहीं पड़ जाए। यह प्रकट करता है कि आर्यों में जो कुछ था, वह सब वेद में नहीं है। वेद पुरोहित वर्ग की चुनी हुई रचनाओं का संग्रह है। महाभारत में जो समाज विचित्र है, वह वेदों से भिन्न है। महाभारत की उपस्थिति बुद्ध से पुरानी है, यह तो प्रमाणित हो चुका है। उपरिचर वसु का पाञ्चरात्र-प्रकरण पाँच सौ ईसवी पूर्व का है, जो बताता है कि बुद्ध से पूर्व ही ब्राह्मणों में वैष्णव मत समा गया था। महाभारत में ब्राह्मण-शक्ति को प्रतिपादित तो किया गया है परन्तु उसमें विभिन्न सम्प्रदाय अंतर्भुक्त हो गए हैं, वे भी जिनके कि बीज-रूप में संकेत हमें वेदों में भी मिल जाते हैं। जनता पर पुरोहित धर्म

का पूर्ण असर नहीं था, उसमें तो विभिन्न सम्प्रदायों की विचारधाराओं का प्रभाव पड़ चुका था। आर्य और अर्द्ध आर्य जनता में बहुत-सी ऐसी बातें थीं जो कि वेद में नहीं हैं।

महाभारत में जिस 'तप' की घोर प्रशंसा है, वह वेदों में नहीं है। महाभारत अभावात्मक और भावात्मक जीवन के द्वन्द्व को प्रकट करता है, जब कि वेदों में अभावात्मकता का अभाव है और उनमें भावात्मक सुखी जीवन का प्रतिबिंब ही स्पष्ट है। यह तप अनार्यों में से ही घुस आया था।

बुद्ध से पूर्व ही भारत में गंगा में डूबने से स्वर्ग जाना, ब्राह्मण का चलते-चलते मरने से स्वर्ग प्राप्त करना, ज्योतिष पर विश्वास करना, हाथ दिखाना, नवग्रहों से प्रभावित होकर उनकी शान्ति करना-कराना, स्वप्न-फल विचार करना, चूहे के कुतरे कपड़ों से भविष्य के शकुन निकालना, शुभाशुभ विचार करना, भूतों को वश में करना, साँपों को मंत्रबद्ध करना, पशु-पक्षियों पर तांत्रिक प्रयोग करना, भविष्यवाणी करना, चमत्कारपूर्ण सिद्धि प्राप्त करने की चेष्टा करना, दर्पण के द्वारा लड़की को देवताओं से वार्त्तालाप में नियोजित करना, 'एक' भगवान की पूजा करना, सिरी (भाग्य की देवी) को अभिमंत्रित करके आमंत्रित करना, पुंसत्व और नपुंसकत्व के लिए मंत्रोच्चारण करना और इसी प्रकार की अन्य बातें प्रचलित थीं। इनमें से कुछ का आभास हमें अथर्ववेद में मिलता है। परन्तु ब्राह्मणों और आरण्यकों में नहीं मिलता, जो कि पुरोहित वर्ग के शुद्ध आर्यवादी चिंतन का प्रतिनिधि बनने की चेष्टा करता है, यद्यपि उनमें भी छाया अवश्य मिल जाती है।

वेद में सिरी (देवी) का वर्णन नहीं है। वह लक्ष्मी है, जिस पर दो हाथी पानी डालते हैं। हम अग्रवालों में लक्ष्मी-पूजा में विकास देख चुके हैं कि किस प्रकार इन्द्र-पूजा छोड़कर क्षत्रियों ने इसकी उपासना को अपनाया था। आज भी लक्ष्मी का यह रूप भारत में प्रचलित है। सिरिया देवता (सिरी) की भरहुत की मूर्ति में उसके पयोधर बड़े हैं और कमर पर बड़ी करधनी है, जो पक्षी का चिह्न है। इस देवी को बुद्ध के पहले ही आर्य ब्राह्मणों ने अपनी पौराणिक गाथाओं में स्वीकार कर लिया था, क्योंकि इसका प्रभाव बहुत हो गया था। अंतर्भुक्ति में देवता और उनकी आराधना इसी प्रकार एक समाज से दूसरे समाज में चली जाती है। बाद में महाभारत में श्री विष्णु की प्रिया बन गई। शिव और विष्णु के विकास पर हम पहले तनिक प्रकाश डाल चुके हैं। उसे फिर देखेंगे।

स्त्री-पूजा का यह विशाल तत्व वास्तव में मातृसत्ताक समाजों की पुरानी विचारधाराओं में पली शाक्त-उपासना से आया था। वह महाभारत-युद्ध के बाद से बुद्ध तक तो अपनी सत्ता बना सकी और बुद्ध के बाद तो उसकी अभिव्यक्ति, कला और शिल्प में खूब ही हुई। बुद्ध-काल में वैश्रवण कुबेर की उपासना चलती थी। वह उससे पूर्व ही ब्राह्मणों में अंतर्भुक्त हो चुकी थी। गंधर्व, किन्नर आदि के साथ नाग की उपासना बहुत बढ़ गई थी, यद्यपि इनको ब्राह्मण साहित्य में ही देवयोनि के अन्तर्गत मान लिया गया था। चकवाक नाग को बुद्ध-काल में नागराज देवता माना जाता था। वृक्ष-पूजा तो गणों और एकतंत्रों में छा ही गई थी, जो भी उत्तर में किरात परिवार की ही देन थी। उनका प्रभुत्व ब्राह्मण आर्यों में उपनिषदों तक ही स्वीकार कर लिया गया था, जो महाभारत-युद्ध के बाद, बुद्ध तक और अधिक स्वीकार कर लिया गया। नागों की प्राचीन मूर्तियों और चित्रों में वे मनुष्य दिखाए गए हैं, कहीं उनके सिर

पर नाग के फन का छत्र है, कहीं उनके कमर से नीचे साँप हैं। यह प्रकट करता है कि विभिन्न जातियों के जो अपने-अपने देवताओं के चित्र थे, वे समाज में उसी रूप में उतर आए थे। नाग भी वृक्ष से सम्बन्ध रखते बताए गए हैं। वृक्ष में आत्मा स्वीकार की गई थी। कल्पवृक्ष वृक्ष-पूजा में से ही निकला था। अश्वत्थ वृक्ष बुद्ध-काल में पूज्य था, गीता में पूज्य है, उपनिषद्-काल में पूज्य था और हम वेद में भी इसका पूज्य होना उल्लिखित कर चुके हैं। किसी प्राचीन काल में यह टॉटम रहा होगा।

महाभारत-युद्ध के बाद तक महादेव का भयानक रूप ईशान खूब प्रचलित हो गया था। ब्रह्मा का विकास हुआ था। वह जो पहले आर्य ब्रह्म कहते थे, जिसका तात्पर्य समाज की व्याख्या था, वह स्वयं चतुर्मुख देवता बन गया था। इन्द्र का शक्र नाम ही अति प्रचलित था। राइड्स डेविड्स का मत है (बुद्धिस्ट इंडिया, पृ० 235) कि शक्र अलग था, इन्द्र का स्थान उसी ने ले लिया था। शक्र, कुबेर और नाग देवता की भाँति था। नाग राजा बहुत अधिक प्रभुत्व रखता था। वृक्ष और नाग कामचारी माने जाते थे, जिनमें यह शक्ति थी कि वे अपना रूप बदल लेते थे। कहीं-कहीं वृक्ष को ही नागराजा कहा गया है। (वही, पृ० 232)। किन्तु शक्र मेरे मतानुसार गणों के क्षत्रियों में स्वीकृत इन्द्र का ही रूप था। वरुण का भी प्रभुत्व था, किन्तु बाद में वह भी देवों में नागराज की-सी स्थिति पर उतार दिया गया था। गणों में विष्णु का प्रभाव बहुत नगण्य था। बुद्ध से पूर्व ही द्यौस, मित्र, सावित्री, पूषन, आदित्य, अश्विनीकुमार, मरुत्‌गण, अदिति तथा दिति, उर्वशी इत्यादि की पूजा गणों में लुप्त हो चुकी थी। एकतंत्रों में जहाँ ब्राह्मणों का अधिक प्रभुत्व था, इनका नाम लुप्त नहीं हुआ था, बल्कि इनको भी प्राचीन परम्परानुसार ब्राह्मण वर्ग देवताओं के नए रूपों से समन्वित करता चला जा रहा था। राइड्स डेविड्स ने स्वयं स्वीकार किया है (वही, पृ० 236) कि ऋग्वेद की ऋचाओं के अन्त और बौद्धमत के उदय के बीच में एक लम्बा समय बीता था। वैदिक देवताओं इत्यादि के वर्णन और बौद्ध-काल के देवी-देवताओं की उपस्थिति में जो भेद है, वह सम्भवतः इसीलिए है कि इन दोनों के बीच में जो लम्बी अवधि है, वह अज्ञात है। मेरे मतानुसार यही वह विकास और अंतर्भुक्ति का काल है। स्पष्ट दिखाई देता है कि महाभारत-युद्ध के समय का समाज हमारे वर्तमान समाज से बहुत अलग था। बुद्धकालीन समाज में प्रायः वे सब तथ्य बने-बनाए मिलते हैं, जिन्होंने हमारे युग तक केवल विकास किया है। उनके भीतर कोई मौलिक परिवर्तन नहीं हुआ है। बुद्ध के बाद के देवी-देवता तब भी पूज्य थे अब भी हैं, उनकी स्थिति में थोड़ा भेद अवश्य है, परन्तु जैसा कि महाभारत-युद्ध से पहले समाज का चित्र है, वैसा बुद्ध के बाद नहीं है। परन्तु बुद्ध के समय हमें एक बना-बनाया नया चित्र प्राप्त होता है, जो प्रकट करता है कि महाभारत-युद्ध के बाद से लेकर बुद्ध तक ही यह सारा परिवर्तन, यह अंतर्भुक्ति, काफी हद तक, बुनियादी रूप में पूर्ण हो चुकी थी। वैदिक काल से निरन्तर प्रगति होती रही। भाषा का भी विकास होता रहा। ब्राह्मणों ने वैदिक भाषा को सदैव पूज्य माना है। आज भी वैदिक मन्त्रों का निरन्तर उच्चारण होता है। भाषा के सम्बन्ध में राइड्स डेविड्स ने भूल की है, वैसे ही जैसे भण्डारकर ने कहा है कि 300 ई० पू० से 400 ई० तक ब्राह्मण बिल्कुल ही दब गए थे और उसके बाद ही गुप्तकाल आने पर उन्होंने अपने धर्म को पुनर्जीवित किया। होपकिन्स ने कहा है कि ब्राह्मण धर्म सदैव ही समुद्र में द्वीप की भाँति था। इसका उत्तर यों है कि ब्राह्मण

धर्म ने पौराणिक रूप अवश्य गुप्तकाल के पहले ही लेना प्रारम्भ कर दिया था, परन्तु 300 ई० पू० से 400 ई० तक वह बहुत दब नहीं गया था। राजशक्ति अवश्य अब्राह्मणों के हाथ में चली गई थी। बल्कि यही वह समय था जब कि शुङ्ग-काल में ब्राह्मणों के विशाल ग्रन्थ रामायण (वाल्मीकीय) का सम्पादन हुआ था और महाभारत का वर्तमान रूप सुस्थिर हुआ था। गुप्तकाल से राजशक्ति फिर ब्राह्मणों के हाथ में आ गई थी और वे उठकर छा गए थे। ब्राह्मण को यदि हम निर्बल मान लें तो प्रश्न उठता है कि इतना विरोध करके भी बौद्ध और जैन ग्रन्थों में जब ब्राह्मण का उल्लेख हुआ है तो वह इतना विद्वान् और प्रभुत्वशाली क्यों माना गया है? सीधी-सादी बात है कि गण के क्षत्रिय ब्राह्मण विरोधी थे और उसकी उपेक्षा करते थे। प्रारम्भ से अन्त तक यदि बौद्ध और जैन शक्तियों को किसी से लड़ना पड़ा था, तो वह पूर्व स्थापित ब्राह्मण शक्ति से ही, जिसको कि वे उखाड़ना चाहकर भी उखाड़ नहीं सके थे। क्योंकि ब्राह्मण के प्रभाव का व्यापकत्व देखने की चेष्टा नहीं की जाती, इसीलिए यह गड़बड़ होती है। ब्राह्मण के तीर्थ-प्रकरण में तो यह स्पष्ट हो जाता है कि वह कितनी बड़ी अंतर्भुक्ति कर रहा था। तीर्थ-स्थान का तो बुद्ध तक को विरोध करना पड़ता था।

भाषा का विकास यों है—

(1) पहले यहाँ भारत में उत्तर-पूर्व में किरात परिवार की भाषा थी, उत्तर-पश्चिम में असुर भाषा, तथा द्रविड़ भाषाओं की मूलभाषा दक्षिण तथा गंगा प्रदेश में थी और नाग आदि की अलग भाषा थी। इस प्र कार हम केवल विभिन्न सांस्कृतिक क्षेत्रों की बात सोच सकते हैं।

(2) फिर वैदिक—ऋ वेदीय भाषा के पूर्वज आए। ऋग्वेद की भाषा आई। सामवेद उसी में बना। वह विकास करती गई। यजुर्वेद बना। और विकास किया, अथर्ववेद बना। परन्तु इनके अतिरिक्त अन्य अनार्य भाषाएँ भी रहीं। द्रविड़ भाषा का भी विकास हुआ। अनार्य तथा आर्यों की भाषा का मिलन भी हुआ।

(3) फिर वैदिक भाषा परवर्ती वैदिक में बदली, जो आरण्यक और उपनिषदों में है। उस समय लौकिक संस्कृत ने विकास किया। कई बोलियाँ बन गई थीं। यह मेरठ के इलाके की भाषा थी जिसने विकास किया। यह कालांतर में सुसंस्कृत बनी और लोक की बोलियाँ और विकसित हुईं। प्राकृत बनी। वह संस्कृत के निकट थी, तभी प्राकृत को संस्कृत में बदलना इतना सहज है जितना अपभ्रंश को वर्तमान हिन्दी (खड़ी) में बदलना सहज नहीं।

(4) लौकिक संस्कृत का युग फैला। लोक की बोलियों ने प्रभुत्व पाया। वैदिक संस्कृत की भाँति लौकिक भी उच्च वर्ग की भाषा बनी। वैदिक को समझना कठिन हो चला, लौकिक भारत की राष्ट्रभाषा हो गई। द्रविड़ भाषाएँ अलग रहीं।

(5) बुद्ध-काल में यहाँ आर्य, द्रविड़ तथा कोलारी बोलियाँ प्रचलित थीं। वैदिक भाषा पुरोहितों में थी। काश्मीर से नेपाल तक, सिंधु से अवन्ती तक, गंगा-यमुना के मैदान में आर्यों-अनार्यों के मिलन से उत्पन्न बोलियाँ बोली जाती थीं। ब्राह्मण-ग्रंथों की परवर्ती वैदिक भी पुरोहितों के हाथ की चीज थी। उपनिषद् की भाषा भी अतीत की बात थी। गांधार से मगध तक की भाषाएँ ऐसी थीं जो सहज ही एक-दूसरे की समझ में आ जाएँ, जैसे हिन्दी है। सावत्थी, कोसल की राजधानी, की बोली व्यापारियों द्वारा कोसल, दिल्ली से पटना तक फैल गई थी और अवंती तक दक्षिण में उसका प्रसार था। ब्राह्मणों की उच्च पारस्परिक प्रयोग की

राष्ट्रभाषा लौकिक संस्कृत थी और पालि अब्राह्मण क्षत्रिय गणों की। ऐसे गण क्षत्रियों में अर्द्ध मागधी जैनों में अधिक चलती थी। ईसा की पाँचवीं शती के बाद भारत में अपभ्रंश चल पड़ी। इस प्रकार भाषा का विकास हुआ। विद्वान् लोग कह सकते हैं कि (1) में गिनाई भाषाएँ अप्राप्त हैं; किन्तु द्रविड़ भाषाएँ प्राप्त हैं और नाग आदि संस्कृतियों के इतने चिह्न प्राप्त हैं कि हम यह कैसे सोच लें कि इस प्रकार की सभ्य जातियों की कोई भाषा ही नहीं थी? वह क्रमशः आर्यों की भाषा में घुल-मिल गई। बंगाल जो कि आर्यों से सबके बाद मिला, उसकी भाषा भी लुप्त हो गई और वह भी आर्य भाषा-भाषी ही है। दक्षिण में अवश्य भाषाएँ आर्य भाषा से अलग रहीं, परन्तु दूसरी शती के बाद संस्कृत शब्द उनमें भी खूब घुस गए, जिनके विरुद्ध अब द्रविड़ वैमनस्य विद्रोह करने की असहिष्णु चेष्टा करके इतिहास में हो गई अंतर्भुक्ति को मिटाना चाहता है। राइड्स डेविड्स ने कहा है कि (वही, पृ० 156) दक्षिण भारत में द्रविड़ों में ब्राह्मण धर्म फैलने के पूर्व ही बौद्ध और जैन धर्म फैल गया था। यह ठीक नहीं जँचता। दक्षिण का पुरोहित वर्ग आर्य ब्राह्मणों से पहले ही मिल गया था और वहाँ धर्म का आदान-प्रदान हुआ था। ब्राह्मणों ने दोनों की पारस्परिक बातें स्वीकार कर ली थीं। जैन धर्म के बीज तो पार्श्वनाथ से भी सम्भवतः पुराने थे। बौद्ध धर्म इसलिए प्राचीन लगता है कि उस समय बौद्ध सम्राटों ने प्रभाव डाला था। यह याद रखना चाहिए कि महाभारत-युद्ध के बाद भारत में ब्राह्मण को इतनी टक्कर झेलनी पड़ी थी कि उसके स्वरूप का ही परिवर्तन हो चला था। परन्तु जीवित रहने के लिए वह सब कुछ स्वीकार कर रहा था और दूसरी ओर वेद की रक्षा में दत्तप्राण तन्मय था। वह एक तरह से समझौता कर रहा था। निरन्तर छोटे-छोटे राज्य थे, जहाँ संघर्ष चल रहा था। चंद्रगुप्त मौर्य के समय में ब्राह्मण ने वेदमार्ग-बाह्य मोरिय कुल के क्षत्रिय को शुद्ध करके पहला विशाल साम्राज्य बनवाया था, परन्तु वह क्षत्रिय उसे फिर छोड़ दिया था। गण-व्यवस्था के अनुकूल जो बौद्ध धर्म था; महायान के रूप में वह नई सामंतीय परिस्थिति के अनुकूल बन गया था, जिसके कारण क्षत्रिय सम्राटों ने क्षत्रिय पौरोहित्य स्वीकार किया था। क्या यह इतिहास का आश्चर्य नहीं है कि ब्राह्मण धर्म की स्थापना भारशिव नागों ने की थी? नागों पर फिर विचार करने की यहाँ आवश्यकता है कि यह नाग अपने पूर्वजों से कितने भिन्न थे। इससे पूर्व यह कह दूँ कि खण्ड राज्यशक्तियों के कारण ही इस लम्बे समय में ब्राह्मण स्पष्ट नहीं दिखता, जबकि चंद्रगुप्त मौर्य के विशाल साम्राज्य के उदय से बौद्ध और जैन सम्प्रदाय दिखाई देने लगते हैं। हाँ, तो अपने नए रूप में नागों का समाज पुराने समाज से भिन्न था। ब्राह्मण की सत्ता कम अवश्य हुई, पर लुप्त कभी नहीं हुई बल्कि उसी ने फिर-फिर उदय किया। उसने निरन्तर विकास किया। उसके विकास में नागों के समाज को समझना बहुत ही महत्वपूर्ण है। नागों ने दर्शन के क्षेत्र में भी अपनी देन दी। शिशु-नागवंशीय नागों को देखने से लगता है कि वे कुछ अलग किस्म के नहीं थे। उनके राज्य में पूज्य ब्राह्मण थे और क्षत्रिय इत्यादि थे। शैशुनागों में हमें वर्ण का भेद तो मिलता है, परन्तु वे आर्यों से कुछ भिन्न हों, ऐसा नहीं मिलता। इससे स्पष्ट होता है कि जो अंतर्भुक्ति होनी थी, वह हो चुकी थी।

विद्वानों ने एक ओर वेद, वेदांग, उपनिषद् आदि को देखा है, उनमें एक अलग संस्कृति है, दूसरी ओर बौद्ध और जैन साहित्य देखा है जिसकी परम्परा और स्वार्थ देखा है। उन्होंने

यह नहीं देखा कि सारे 'हिंदू' कहलानेवाले धर्म का स्वरूप ही महाभारत और रामायण में आकर ऐसे कैसे बदल गया कि भारतीय संस्कृति का एक नया ही रूप दिखाई देता है। सीधी-सादी बात है कि जिन बीजों का उल्लेख वैदिक भाषा के साहित्य में है, वे ही बातें मगवृक्षों के रूप धारण करके इन महाकाव्यों में आ गई हैं। बहुत से विद्वान् इस परिवर्तन को देखते तो हैं, किन्तु उन आन्दोलनों को नहीं देखते जिन्होंने सांस्कृतिक क्षेत्र में आमूल परिवर्तन लाकर खड़ा कर दिया था। बल्कि सचाई तो यह है कि बुद्ध से पहले जो भारत के धार्मिक विचार बन गए थे, बुद्ध के बाद के ढाई हजार वर्षों में अनेक परिवर्तन हो जाने पर भी, वे मूल रूप में फिर भी विद्यमान रहे आए। जो बनी-बनाई दुनिया हमें बुद्ध-काल में विद्यमान मिलती है—वह सांस्कृतिक दुनिया हमारे लिए कुछ ऐसी नहीं जिससे हम ऐसे बिल्कुल ही अपरिचित-से हों। ब्रह्मा, विष्णु, शिव की पूजा, देवी, भैरव, अघोर, तन्त्र आदि का आभास, अवतारवाद, वेदों का अतिपूज्य होना, ब्रह्मवाद का निर्गुण परमब्रह्म, प्राचीन जातियों को भूल पड़ जाने से देवयोनि मानकर वानर आदि कहने को स्वीकार करना, अन्य अनेक छोटे-मोटे देवताओं की उपासना, कर्म, पुनर्जन्म, आत्मा, भाग्यवाद, ज्योतिष, कला-विकास , तपस्या, योग, दार्शनिक विवाद, तीर्थ यात्रा और स्नान, स्त्री के सम्बन्ध में मनु के नियम, चातुर्वर्ण्य और उसका सम्मान, अहिंसा का फैलता हुआ प्रभाव, यह सब हमें बुद्ध के समय के आसपास ही मिलता है। क्या यह सब अकस्मात् हुआ ? इसके पीछे पृष्ठभूमि नहीं थी ?

कुछ विद्वानों का मत है कि बुद्ध के बहुत बाद ब्राह्मण पुराणों ने अपना स्वरूप निर्धारित किया। मेरी राय में यह गलत है। मैं बता चुका हूँ कि ब्राह्मण धर्म की तीन मंजिलें थीं। प्रथम तो वेद को अक्षरशः ध्वन्यशः ज्यों-का-त्यों पूज्य मानकर ब्राह्मण ने उसे अपने लिए स्वीकार किया और उसे सबसे पूज्य मनवाया। सबने ही अपने स्रोत को कालांतर में उसमें खोजने का प्रयत्न किया। जब मैं 'सब' शब्द का प्रयोग करता हूँ तो मेरा तात्पर्य उनसे है जो ब्राह्मण को ऊँचा वर्ण मानते थे। स्वयं राइड्स डेविड्स ने माना है कि ब्राह्मण सदैव सर्वोपरि स्थान पर रहा, (बुद्धिस्ट इंडिया, पृ० 159) उसका उत्थान-पतन अवश्य होता रहा। वास्तव में ब्राह्मण धर्म कब तक आर्य्य ही रहा, यह नहीं कहा जा सकता। स्वयं ऋग्वेद के कुछ प्रणेता नाम से अनार्य्य लगते हैं। नारद पर्वत इत्यादि गन्धर्व थे जो कि आर्य्य नहीं थे। फिर अनेक ऐसे वृक्ष-पूजा आदि के इंगित मिलते हैं कि ब्राह्मण पर अनार्य्य प्रभाव पड़ रहे थे। अथर्ववेद में वह प्रभाव बहुत बढ़ गया। 'शुद्ध' रहने के समस्त प्रयत्न करके भी आर्य्य ब्राह्मण केवल आर्य्य नहीं था। ब्राह्मण ग्रंथों और आरण्यकों में पुनर्जन्मवाद और आत्मा के मनन में न जाने कितना अनार्य्य था ! फिर महाभारत से तो ब्राह्मणवाद का इतिहास है। हर्षवर्द्धन तक, जहाँ एक ओर ब्राह्मण स्वार्थ का इतिहास है, वहाँ इतिहास की गति में अनजाने ही वह कई सम्प्रदायों, धर्मों, जातियों और विश्वासों की अंतर्भुक्ति का इतिहास है। वह बहुत धीमे परिवर्तन का इतिहास है। उसके बीज बहुत पुराने हैं और नए और पुराने को जोड़ने का यत्न किया गया है। इसी से पुराणों को अशोक का परवर्ती मानना वैज्ञानिक नहीं है। पुराणों के सम्पादित स्वरूप परवर्ती हैं और उन पर परवर्ती प्रभाव भी पड़ गए हैं, परन्तु उनमें पुराना तथ्य बुद्ध से प्राचीन ही है। बुद्ध के समय या कुछ बाद तक भारत की संस्कृति ने अपना एक विशेष रूप धारण कर लिया था। जैनों ने उसी संस्कृति को अपने पुराणों के द्वारा अभिनवीकृत

औचित्यीकरण देने का प्रयत्न किया था। बौद्धों ने उस पर ध्यान नहीं दिया। अतः आवश्यक यह है कि जिस ऐतिहासिक यात्रा को हमने अब तक देखा है, वह बुद्ध के 'लगभग' समय तक किस रूप में अपनी अभिव्यक्ति कर रही थी। वैष्णव प्रभाव का अंश महाभारत में बुद्ध से पुराना है। हो सकता है कि कृष्ण को अवतार बाद में बनाया गया, परन्तु तीन सौ ईसवी पूर्व से पहले ही भारत में कृष्ण की उपासना होना तथा 200 ई० पूर्व से पहले ही भारत में राम की उपासना बताती है कि इन लोगों को अवतार मानने का बीज पहले ही प्रारम्भ हो गया था। यद्यपि उस समय तक इन दोनों भगवानों को उच्च वर्ग के ब्राह्मणों ने पूरी मान्यता नहीं दी थी। यदि दी भी हो, तो भी आश्चर्य नहीं है, क्योंकि यह मान्यता और अंतर्भुक्ति एकतंत्रों में हुई थी, और गणों में पुराने कट्टर ब्राह्मण थे, जिनका कि उल्लेख गणों के क्षत्रिय महावीर और बुद्ध के साथ हुआ है। अतः हमें व्यापक अध्ययन करते समय यह देखना चाहिए कि यदि बीज नहीं थे तो बुद्ध के बाद हठात् ब्राह्मण धर्म ने नया रूप कैसे प्रकट कर दिया।

इससे स्पष्ट होता है कि अंतर्भुक्ति ने इतिहास को भी नई व्याख्या दे दी थी। पुराणों के बीजों का हम यहाँ अध्ययन करते हैं और इससे अंतर्भुक्ति भी स्पष्ट हो जाएगी, साथ ही भारतीय इतिहास के चमत्कारवादी अंश भी स्पष्ट होंगे। यहाँ हम पुराणों, महाभारत, उपनिषद्, वेद, रामायण आदि के कुछ पात्रों पर विवेचन करते हैं, जिससे यह विषय स्पष्ट हो जाएगा।

इन पात्रों में से अधिकांश पुराने ऐतिहासिक पात्र हैं। किन्तु जब वैष्णव सम्प्रदाय फैला तो उसने इन पात्रों को अपने प्रचार का माध्यम बनाया। इसका कारण यह था कि ये पात्र आर्य उच्च वर्णों में तो पूज्य थे ही, जनता में भी सम्भवतः प्रसिद्ध थे। एक तरीका तो वह था जो बुद्ध ने अपनाया था कि पुराने सबको छोड़कर कोरी पटिया पर लिखना शुरू किया। परवर्ती बौद्धों और जैनों ने तो पुराने ऐतिहासिक पात्रों की मदद ली थी। तभी वज्रयानी ग्रन्थों में वसिष्ठ को तथागत के पास शिष्यत्व ग्रहण करवाया गया था। किन्तु वैष्णव सम्प्रदाय ने ऐसा नहीं किया। वैष्णव धर्म यदि एक ओर स्थानीय अंतर्भुक्ति का धर्म था तो फिर उस पर विदेशी पाञ्चरात्र का भी प्रभाव था। इस दुहरे विकास के कारण उसका समस्त विदेशीपन उसके भीतरी विकास का ही पर्याय बन गया। वैष्णव मत के विकास में उन सबने अपना योग दिया, जिनको वेद के पुराने अधिकारी त्याज्य समझते थे। हम अन्यत्र उन आर्थिक कारणों को समझा चुके हैं, जिन्होंने इस इकाई की जड़ को सींचा था। पहले यह इकाई यदि एक ओर शैव मत के विकास में थी और ब्रह्मा और विष्णु के अन्य दो दल थे, तो महाभारत में ही इन तीनों को समान रूप से मूर्धन्य मान्य लिया जाना भी महाभारत के बुद्ध से पूर्व के इतिहास की ही बात है, क्योंकि बुद्ध के बाद ही मौर्य-काल में, अथवा कहें और भी पहले पाणिनि में हमें ब्रह्मा, विष्णु और महेश, तीनों के ही पूज्य हो जाने के उल्लेख इंगित होते हैं। यह प्रकट करता है कि महाभारत-युद्ध से बुद्ध तक, पहले बिखरे टॉटेम और सम्प्रदाय अलग-अलग दल बनाकर एकत्र हुए और फिर वे भी एक हो गए। इस एकत्व ने समस्त भारत को एक कर दिया और हिमालय से कन्याकुमारी तक, तथा सिंधु से कामरूप तक मनुष्य अपने को एक संस्कृतिगत पाने लगा। जब मौर्य काल में दक्षिण भारत का उल्लेख आता है, तब देखकर यह नहीं लगता कि वहाँ की संस्कृति कोई बहुत अधिक भिन्न थी। यह प्रकट करता है कि एकता थी और उसकी पृष्ठभूमि हमें इसी लम्बे काल में मिलती है।

कृष्ण से बुद्ध तक के इस लम्बे समय में विदेशों में भी अनेक हलचलें हो रही थीं। अन्यत्र हम संसार की विभिन्न जातियों के विकास की तालिका प्रस्तुत कर चुके हैं, जिसे देख लेने से विषय सहज हो जाएगा। आर्यों के विभिन्न अवैदिक दलों का विकास महत्वपूर्ण है। अनार्यों का विकास भी अपना महत्व रखता है। ईसा के लगभग 1000[1] वर्ष पूर्व ईरान में ज़रतुष्ट्र नामक महात्मा हुआ था, जिसने 'जिंदावेस्ता' प्रस्तुत किया, जो पारसियों का धर्मग्रन्थ है। उस समय तक फारसी भाषा में संस्कृत के बहुत शब्द प्रचलित थे। मग ब्राह्मण भी श्वेत द्वीप (ईरान) के ही थे, जो भारत में सूर्य-पूजा, जादू और पाञ्चरात्र लाए थे। भारत में भी तंत्र तो पुराना ही था। ज़रतुष्ट्र के समय में प्राचीन असुर धर्म का पुनः सम्पादन हुआ था। हम यह निश्चय से कह सकते हैं कि ईसा से लगभग डेढ़ हजार पूर्व द्वैपायन व्यास ने जिस प्रकार प्राचीन वेदों का सम्पादन किया था, वैसा ही जरतुष्ट्र का भी कोई प्रयत्न नहीं था। ईरान में नागों का प्रभाव अवश्य था। बाइबिल तथा प्राचीन मिस्र में नागों का उल्लेख है, यह हम कह ही चुके हैं।

हमारे आलोच्य काल में ज़रतुष्ट्र और यहूदी नेता मूसा का आविर्भाव महत्वपूर्ण है। मूसा के समय में यहूदी अग्नि-पूजा करते थे तथा मूसा ने उन्हें मूर्ति-पूजा विरत करके एक सर्वशक्तिमान प्रभु की ओर एकत्र किया था। कुछ का मत है कि यह दोनों ही पात्र और भी प्राचीन हैं।

ज़रतुष्ट्र ईरान के रए नामक राजवंश में पोडरुशस्प का पुत्र था। माता दोग्धो थी। 'जिंदावेस्ता' में पृथ्वी गौ का रूप धारण करके भगवान् के सामने करुण क्रंदन करती है, तब भगवान् ज़रतुष्ट्र को भेजता है। ज़रतुष्ट्र का जन्मनाम स्वितम था। इसे प्रह्लाद का-सा कष्ट दिया गया था। राजा अत्याचारी था। इसने 15वें वर्ष वन में तप किया। अहरमान (पाप) से युद्ध किया और ज्योति होकर निकला तो 'ज़रतुष्ट्र' कहलाया। 30 वर्ष की अवस्था में इसने धर्म का प्रचार प्रारम्भ किया। बैक्ट्रिया का बादशाह वीश्तास्प इसका शिष्य हो गया। इसने कर्म पर जोर दिया था और एक ईश्वर की महत्ता को प्रतिपादित किया था। ज़रतुष्ट्र का समय वही लगता है, जब एक ओर प्राचीन भारतीय आर्य ब्राह्मण लोग आरण्यक और उपनिषदों का निर्माण कर रहे थे और जनसमाज पर वैष्णव प्रभाव बढ़ता जा रहा था। प्रारम्भिक वैष्णव सम्प्रदाय अपने साथ एक अलग ही कर्मकाण्ड लाया था तथा उसके साथ कई पुराने टॉटेमों के देवता भी थे। वह शीघ्र ही वैदिक धर्म से समन्वय कर बैठा और एक नया रूप सामने आया, जिसमें वेद को पूज्य कहकर भी विष्णु सर्वोपरि हो गया। भारत के धर्म का रूप ही बदल गया। परवर्ती वैष्णवधर्म ब्राह्मण बाह्य की जगह अंतस्थ पर अधिक जोर देने लगा था।

वैष्णव मत और शैव मत मूलतः जाति-प्रथा के विरोध में एकत्र हुए थे। दोनों में ही, मनुष्य को, इस नए संगठित सम्प्रदायानुकूल रूप में, एक नए दृष्टिकोण से देखने की चेष्टा हो रही थी, जिसके लिए स्वयं विभिन्न जातियों के पुरोहित वर्ग (अब ब्राह्मण) स्वयं प्रयत्न कर रहे थे।

इस प्रकार वैष्णव और शैव मत के यहाँ आकर दो रूप होने लगे। वैष्णव सम्प्रदाय

---

1. एक मत से 2000 ई० पू० था।

अखण्ड रूप से एक ही रहा, परन्तु शैव मत के दो विभाजन हुए। एक वैदिक शैव मत, दूसरा अवैदिक शैव मत।

वैदिक शैव मत वह था, जिसमें वेद को श्रेष्ठ मानकर, वर्ण-व्यवस्था को भी श्रेष्ठ माना गया था; परन्तु कुछ नई सहूलियतें भी स्वीकार कर ली गई थीं और वह भक्ति के नाम पर आ घुसी थीं। अवैदिक शैव मत वह था जो न वेद को मानता था, न वर्ण-व्यवस्था को। उसमें पुराने तन्त्र, मन्त्र, श्मशान-पूजा इत्यादि काले जादू के सब तथ्य एकत्र हो गए थे। कालांतर में तो उस सबके प्रति भी ब्राह्मण ने सिर झुका दिया था, किन्तु हमारे इस आलोच्य काल में ऐसा नहीं था। इस समय तो वैष्णव सम्प्रदाय के प्रचारकों को भी प्राचीन आर्य ब्राह्मणों का विरोध सहना पड़ा होगा। वह विरोध विदेशी आभीरों की अंतर्भुक्ति, वर्णों और जातियों की अंतर्भुक्ति से धीरे-धीरे ही नष्ट हुआ होगा। जहाँ एक ओर हमें अहिंसावादी वैष्णवों का उल्लेख ईसा से पाँचवीं शती के पूर्व ही उपरिचर वसु के आख्यान में महाभारत में मिलता है, वहीं बुद्ध-काल में बुद्ध के गण में वैष्णवों का नाम भी नहीं मिलता। इसका कारण क्या है? पहली बात तो यह कि गण रक्त-शुद्धिवाले थे और विभिन्न अनार्यों से अंतर्भुक्ति नहीं करते थे और खास तौर पर वे वेदविरोधी थे, क्योंकि वैश्य और क्षत्रिय ब्राह्मण पौरोहित्य हो हटाना चाहते थे, यानी वर्णों की दौड़ में खुद सब पर छा जाना चाहते थे, दूसरी बात यह थी कि उनमें जो अनार्य्य प्रभाव पड़े वे उत्तर और पूर्व के और व्यापार के द्वारा दक्षिण भारत के। गणों में अभावात्मक चिंतन राजतन्त्रों की अपेक्षा अधिक था। स्व० काशीप्रसाद जायसवाल ने अपनी 'हिंदी पौलिटी' के समर्पण में कहा है कि वृष्णि, कठ, वैशाल और शाक्यों ने देवों, मृत्यु, निर्दयता और जाति के विरुद्ध स्वतन्त्रता के दर्शनों की घोषणा की थी। यह वास्तव में खंड सत्य है। समाज की जिस बुनियाद को एकतंत्रों ने उस समय मजबूत किया था, वह ही विकास का माध्यम बनी, क्योंकि उसमें से दासता का विनाशक सामंतवाद निकला। गण में दासयुगीन दासता को जीवित रखने की चेष्टा की गई। दासयुग में एकतंत्रों के नाश का कारण हुआ था ब्राह्मण और क्षत्रिय—दो उच्च वर्णों—का पारस्परिक संघर्ष और गणों ने भारत में विकास किया, किन्तु गण-व्यवस्था का नाश करके सामंतीय एकतंत्र जो ब्राह्मणों के सहारे आया, उसका कारण था आर्थिक कारणों से क्षत्रियों और वैश्यों का पारस्परिक संघर्ष। मैं यह नहीं कहता कि ब्राह्मण इतना बड़ा चतुर था कि वह सब समझकर ही करता था। वह सोचता तो यही था कि कलि (विनाश) आ गया और इसके लिए हाहाकार भी करता था। अपनी अत्यधिक महत्ता भी प्रतिपादित करता था, परन्तु इतिहास ने उसे ऐसा औजार बना रखा था कि वह अपने आप एक माध्यम बन गया था, चाहे वह इसे चाहता या नहीं। इस नए सामंतीय विकास के लिए पुरोहित वर्ग ने जिस धर्म को प्रतिपादित किया था, वह एक विशाल अंतर्भुक्ति का ही परिणाम नहीं था। वह आर्य और अनार्यों के समस्त पुरोहित वर्गों का ब्राह्मण बन जाना ही नहीं था, वरन् उसमें एक प्रकार से ब्राह्मण वर्ण ने अपना प्रभुत्व जमाने की भी साथ-साथ ही तरकीब निकाल ली थी।

वैष्णव सम्प्रदाय के इतिहास को देखने पर यह स्पष्ट होता है कि—

(1) इसने पुरानी जमीन में नए वृक्ष पैदा किए।

(2) इसने एक मानवतावाद को आसरा दिया जो कि वर्ग-संघर्ष के ज्ञान पर आश्रित

नहीं था। और यह नितांत स्वाभाविक ही था, क्योंकि उस समय आज का-सा समाजशास्त्र का ज्ञान भी नहीं था, न इतिहास ही इतना विकसित हो सका था।

(3) इसमें पुराने पुरोहित वर्ग ने प्रवेश करके अपने अधिकार बनाए रखने की चेष्टा की, और जनता के दबाव से वह बार-बार सहूलियतें भी देने को विवश हुआ।

(4) इसमें जनता के दबाव ने सदैव सहूलियतें लेने की भी चेष्टा की थी।

(5) हमारा सामंतवादी इतिहास, प्रमुख रूप से वैष्णव मत के विकास से पूर्ण रूप से, समानान्तर चलता है। उच्च और निम्न वर्गों के संघर्ष की झलक हमें इसमें साफ-साफ दिखाई देती है।

(6) अखंड रूप से शैव सम्प्रदायों के रहने पर भी, वैष्णव मत का ऐतिहासिक विकास कहीं अधिक गत्यात्मक है। शैव सम्प्रदायों में पारस्परिक—वैदिक-अवैदिक का झगड़ा अवश्य रहा, परन्तु उसमें वैष्णव मत की-सी सार्वभौम व्यापकता हमारे इस आलोच्य काल में; तथा बाद में भी नहीं रह सकी। सारा ब्राह्मण साहित्य बाद में जब पुराणों में उतरा, तब विष्णु के जितने पुराण बने, उतने शिव के नहीं बने। और शैव पुराणों में भी वैष्णव रूप धारण करनेवाले साहित्य को ही प्रायः स्वीकार कर लिया गया।

(7) वैष्णव विचारधारा ने भारतीय इतिहास, दर्शन, दृष्टिकोण, सबको नए रंग में रँगकर प्रस्तुत किया और इस प्रकार हमें पुराने इतिहास का कोई दूसरा ही रूप बुद्ध-काल में मिला, जो अपना ही विकास कर सका। महाभारत-युद्ध से पूर्व के भारत को तो हमें ढूँढ़कर निकालना पड़ता है। यहाँ हम इसके कुछ उदाहरण उपस्थित करते हैं—

सनकादि : सनक, सनन्दन, सनातन, सनत्कुमार और सनत्सुजात—ये पाँचों ब्रह्मा के मानसपुत्र हैं। सनत्कुमार और सनत्सुजात को कहीं-कहीं एक ही माना गया है, इस प्रकार ये चार हैं। इनमें समदृष्टि है। सदा 5 वर्ष के बालकों की भाँति रहते हैं। भगवान विष्णु के शेषनाग से ये हरि-लीला सुनते हैं। इन्होंने शुकदेव और भीष्म को अध्यात्म-विद्या सिखाई थी। पृथु राजा को भागवत उपदेश दिया था। महाभारत में धृतराष्ट्र को इन्होंने उपदेश दिये हैं। उद्योग पर्व का एक अंश सनत्सुजातीय कहलाता है। आपस में भी ये भगवद् चर्चा करते हैं। सनन्दन अधिक बोलता है। वे वेद के अनुकूल हैं। पाँच नग्न बालकों के रूप में ये बैकुण्ठ गए थे। विष्णु के द्वारपाल जय-विजय ने इन्हें रोका। तब इन्होंने शाप दिया था। इनके शाप से ही जय-विजय तीन जन्मों में क्रमशः हिरण्याक्ष, हिरण्यकश्यप, रावण, कुम्भकर्ण, कंस और दंतवक्र बने थे। कुछ का मत है दंतवक्र के स्थान पर शिशुपाल होना चाहिए। इन्हीं के कारण भगवान् को भी तीन अवतार लेने पड़े थे। इनमें बड़े भाई क्रमशः छोटों के गुरु हैं।

ये नित्य हैं। मस्त रहनेवाले हैं।

ये पात्र सार्वकालिक बना दिए गए हैं। छांदोग्योपनिषद् (7।1) में नारद सनत्कुमार के पास जाता है। तब सनत्कुमार ने वेद को ही प्रामाणिक मानकर उपदेश दिया है कि तू नाम का ही चिंतन कर। वाणी ही नाम से बड़ी है।

नाममाहात्म्य के अतिरिक्त सनत्कुमार ने ज्ञानप्राधान्य पर जोर दिया है—विज्ञानं बावध्यानाद्भूयः। (7।7) उस समय ऋग्वेद, यजुर्वेद, सामवेद, अथर्ववेद, इतिहास, पुराण, व्याकरण, पितृ कर्म, गणित, भाग्यविज्ञान, खनिजविद्या, तर्कशास्त्र, नीतिशास्त्र, देवविद्या,

ब्रह्मविद्या, भूतविद्या, क्षत्रविद्या, नक्षत्रविद्या, सूर्यदेवजन विद्या अर्थात् नाग विद्या, आकाश, पृथ्वी, वायु, जल, तेज, देव, मनुष्य, पशु, पक्षी, तृण, वनस्पति, हिंस्र जीव, कीट, पतंग, चींटी, धर्म-अधर्म, साधु-असाधु, अनुकूल-प्रतिकूल, अन्न, रस, इहलोक, परलोक—इनके विषय में सनत्कुमार ने उल्लेख किया है। यह प्रकट होता है कि छांदोग्योपनिषद् में भी नारद और सनत्कुमार कल्पित पात्र हैं। वैष्णव मत ने ही इसको सार्वकालिक बनाकर प्रस्तुत किया। ये प्राचीन ऋषि अवश्य थे। इन्हें वैष्णव सम्प्रदाय ने निवृत्तिपरक विचारकों में अंगीकार किया है, सम्भवतः यह लोग देव-काल के बाद हुए थे और तब भक्ति का उल्लेख प्राप्त नहीं होता।

ऐसा ही सार्वकालिक पात्र नारद है। नारद सामवेद का कवि है। वहाँ वह भक्त नहीं है। नारद नाम के सम्भवतः कई व्यक्ति हुए थे। नारद पर्वत के साथ उल्लिखित हैं। दोनों गन्धर्व थे।

नारद बड़ा प्रतिष्ठित कवि ऋषि था। उसे बाद में पाञ्चरात्रवालों ने अपने काम के लिए पकड़ा और श्वेत द्वीप भेजा। यह परम्परा भारत में बहुत चली है। ऋषि वसिष्ठ को वज्रयानी लोग अपने तथागत के पास ऐसे ही ले गए थे। यह तरीका पुराने पात्र के माध्यम से नई बात कहलाता था। नारद का पात्र वैष्णव बाद में बना है।

नारद : ये भगवान् के मन हैं। श्रीमद्भागवत में परम भक्त हैं। लड़ाई करा देते हैं। पापियों के पाप का घड़ा शीघ्र भरवाते हैं। नारायण-नारायण कहा करते हैं। प्रह्लाद, ध्रुव, अम्बरीष आदि भक्तों को इन्हीं ने भक्ति में लगाया था। शुकदेव को उपदेश दिया था। वाल्मीकि से रामायण लिखवाई थी।

श्रीमद्भागवत के अनुसार पूर्व जन्म में ये दासी-पुत्र थे। संतों का संसर्ग होने से बचपन में संतों की जूठन खाई। यों पाप नष्ट हो गए, उन्हीं ने इन्हें उपदेश दिया। पाँच वर्ष के थे तो माँ मर गई। जंगल को ये निकल पड़े। वृक्ष के नीचे बैठकर ये ध्यानमग्न हो गए। भगवान् प्रकट हुए। फिर अंतर्धान हो गए। ये बड़े छटपटाए। फिर ध्यान किया पर भगवान् न दिखे। आकाशवाणी हुई : 'हे दासी-पुत्र! इस जन्म में तुम्हें फिर मेरा दर्शन नहीं होगा। इस शरीर को त्यागकर मेरे पार्षद-रूप में तुम मुझे पुनः प्राप्त करोगे।' फिर ये मृत्यु-लोक में विचरण करते रहे। मरकर ब्रह्मा के मानस पुत्र हुए। तब से अखंड ब्रह्मचारी हैं। महाभारत में ये वेदज्ञ, देवपूज्य, इतिहास-पुराणों के ज्ञाता, अतीत कल्पों के ज्ञाता, धर्मतत्वज्ञ, व्याकरण शिक्षा कल्प के आचार्य, संगीतविशारद, प्रभावशाली वक्ता, नीतिज्ञ, राजनीतिज्ञ, कवि, सशिष्य भ्रमण करनेवाले, योगी, मोक्षाधिकारी हैं।

भगवान् के लीला सहचर हैं। हर अवतार की लीला के पहले, भगवान् के लिए भूमि तैयार करते हैं।

वाल्मीकि आंगिरस ब्राह्मण होकर डाकुओं की संगत में हत्या करता लुटेरा बन गया। एक दिन नारद को घेर लिया। नारद ने कहा : 'वीणा है। ले लो। मारते क्यों हो?'

'परिवार के लिए।'

'पाप का भागी कौन है?'

परिवारवालों से वाल्मीकि ने पूछा तो कोई भी पाप का भागी न हुआ। वाल्मीकि को ज्ञान हुआ। तब 'मरा-मरा' जपने का नारद ने उपदेश दिया। वाल्मीकि यों 'राम-राम' कहके तप करने लगा। ऊपर दीमक जम गई। पहले रत्नाकर नाम का लूटेरा उन दीमकों के कारण

वाल्मीकि कहलाया, जो बाद में आदि कवि हुआ। सीता इसी के आश्रम में रही थीं। लव-कुश को इसी ने रामायण रटाकर उनसे गान कराया था। यह ब्रह्मर्षि हो गया था।

नारद ने पुण्डरीक ब्राह्मण को शिष्य बनाया था, जो नारायण का उपासक हुआ। अहिंसक था। इसे भगवान् विष्णु गरुड़ पर सवार कराके संग ले गए थे।

नारद ने वीणा बनाई थी। नारद विष्णु का तीसरा अवतार भी था (भागवत)।

एक बार ब्रह्मा ने कहा : 'उठ ! रुद्र ! संसार में शासन करने को मनुष्य बना।'

रुद्र ने आज्ञा-पालन किया। जो मनुष्य बनाए, वे सिंहों से भी भयानक थे। वे केवल विनाशक थे। क्रोधी थे। तब ब्रह्मा, विष्णु और रुद्र ने मिलकर, शक्तियाँ नियोजित कर, दस मनुष्य बनाए। वे नारद कहलाए।

शिवपुराण के अनुसार नारद अपने पिता ब्रह्मा की जाँघ से निकला था।

नारद एक कथा में दक्षकन्या और कश्यप का पुत्र था। दक्ष के पुत्रों को बहकाने पर दक्ष ने नारद को शाप दिया था। एक बार ब्रह्मा ने नारद से विवाह करने को कहा। नारद कृष्णभक्त था। उसने मना कर दिया। ब्रह्मा ने उसे कामुक होने का शाप दिया। नारद ने उसे उल्टा शाप दिया कि तू अयोग्य स्त्री से सम्बन्ध करेगा। तेरी पूजा बन्द हो जाएगी।

ब्रह्मा की पूजा रुक गई और उसने अपनी ही पुत्री सरस्वती से सम्भोग किया। नारद ने ब्राह्मण देह छोड़ दी और गंधर्व बन गया। नारद शुनःशेष की कथा में हरिश्चंद्र को (ब्राह्मण साहित्य में) उपदेश देता है।

रामायण में नारद ही शम्बूक को मरवाता है।

नारद कृष्ण का मित्र भी था। नारद के संगीत-ज्ञान के अहंकार को कृष्ण ने खंडित किया था। नारद के शाप से कुबेर के दो पुत्र यमलार्जुन वृक्ष हो गए थे।

इस प्रकार नारद के अनेक रूप हैं—

(1) वह पहले तो कवि मिलता है।

(2) फिर वह दार्शनिक हो जाता है।

(3) महाभारत में वह विचक्षण नीतिशास्त्री है।

(4) कालांतर में वह बड़ा भक्त हो जाता है।

(5) उसने भक्तिसूत्र भी बनाए हैं। कैसी आश्चर्य की बात है कि जिस नारद की कविताएँ वैदिक भाषा में सामवेद में मिलती हैं, उसी के सूत्र बाद में लौकिक संस्कृत में मिलते हैं। यह दोनों रचनाएँ एक ही व्यक्ति की कैसे हो सकती हैं ?

(6) नारद स्मृति बनानेवाला भी है। स्मृति बनाने का काल तो निश्चय से नहीं कहा जा सकता, पर वह महाभारत-युद्ध के बाद की बात है।

(7) वास्तव में नारद नाम के कुछ लोग हुए। वे इतिहास की मूल में पड़ जाने के कारण मिला दिए गए। बाद में वह प्रवृत्ति चली कि पुराने नामों की दुहाई दी जाने लगी। अब जिस शौनक को महाभारत के बाद उग्रश्रवा कथा सुनाता है और बताता है कि अंगिरा प्राचीन काल में हुआ था, उसी शौनक को अंगिरा उपनिषद् में उपदेश देता है।

(8) सनत्कुमार-नारद संवाद में ब्रह्मोपासना का उल्लेख है। वे दोनों ब्रह्म के उपासक हैं—नारायण का नाम भी उनके साथ नहीं आता। अतः यह स्पष्ट होता है कि उनको बाद में

वैष्णव रंग में रँग लिया गया है।

(9) छांदोग्योपनिषद् का प्रकरण ही बताता है कि उस समय तपोवनों में योगमार्गी तथा तापसमार्गी चिंतन का प्रभाव पड़ चुका था।

क्रमशः वैदिक देवताओं को भी वैष्णव रंग में रँगा गया है।

द्यौस और पृथ्वी वेद के प्राचीन देवता हैं। वे सब देवताओं के पिता हैं। उन्हीं से सब सृष्टि हुई है। अन्यत्र इन्द्र ने द्यौस और पृथ्वी का निर्माण किया है। इन्द्र का दर्जा तब बढ़ गया है। वे दोनों इन्द्र से भयभीत हैं। उसके चरणों पर वंदना करते हैं। अन्यत्र उनका निर्माता सोम है। यह भी कहा गया है कि उनके निर्माता को कोई नहीं जानता। इन्द्र की बढ़ती पूजा ने द्यौस और पृथ्वी का दर्जा घटा दिया था। इन्द्र को द्यौसपितर या दिवस्पितर भी कहा गया है। ग्रीक्स में जियसपेटेरस और रोमन लोगों में जूपीटर प्रधान देवता हैं। सम्भवतः वे आर्यों की इन्द्र-शाखा से प्रभावित नहीं रह सके। उनमें पुराना आर्य देवता चलता रहा। पृथ्वी गाय है। वेन के समय में अनाचार से घर्षिता थी। वेन का ऋषियों ने मंथन किया। निषाद जन्मा। वह वेन का पाप था। फिर वेन के शरीर से पृथु निकला। उसके समय में अकाल पड़ा। पृथ्वी कुछ नहीं पैदा करती थी। पृथ्वी को पृथु मारने चला। वह गाय बन गई। स्वर्ग तक, ब्रह्मा के सामने तक, पृथु ने उस गाय का पीछा किया। तब पृथ्वी का दोहन हुआ। पृथु ने खेती शुरू की। स्वायंभुव मनु बछड़ा बना। एक कथा के अनुसार सोम, इन्द्र, यम भी बछड़े बने थे। वैसे पृथ्वी विष्णु के चरण से निकली है।

विष्णु अदिति का पुत्र है। अदिति का बड़ा पुत्र इन्द्र है। उस समय विष्णु उपेन्द्र कहलाता है।

अदिति माता है। वरुण की माँ है। उसके पुत्र आदित्य कहीं 8 और कहीं 12 कहे गए हैं।

अदिति वेद में प्रारम्भिक देवी है, पूज्या है। वह क्षमादात्री है। दयालु है। ऋग्वेद में अदिति दक्ष की पुत्री है और वही दक्ष उसका पुत्र भी कहा गया है। परवर्ती वर्णनों में अदिति दक्ष की 60 पुत्रियों में है।

ऋग्वेद में छः आदित्य हैं : मित्र, अर्यमा, भग, वरुण, दक्ष और अंश। फिर वे 7 और क्रमशः 8 हो जाते हैं। मार्त्तण्ड उसी का पुत्र है। शतपथ ब्राह्मण में आदित्य 12 हैं। ये सब आकाशवासी हैं।

अग्नि, इन्द्र और सूर्य यज्ञ करके बाकी भाइयों से बढ़ गए थे, ऐसा शतपथ ब्राह्मण कहता है।

अग्नि—वेद में श्रेष्ठ देवता है। वह द्यौस और पृथ्वी का पुत्र भी है। वह ब्रह्मा का भी पुत्र है और उस समय उसका नाम अभिमानी है। वह एक आदित्य भी है। वह कश्यप और अदिति का भी पुत्र है। वह बाद में अंगिरा का पुत्र है और पितरों का राजा है। वह लाल रंग का है, उसके तीन पाँव, सात हाथ, काली आँखें और बाल तथा भौंहें भी काली हैं। वह मेढ़े पर चढ़ता है और यज्ञोपवीत धारण करता है। उसके मुख से ज्वाला निकलती है।

ऋग्वेद की पहली ऋचा में उसी की स्तुति है।

अग्नि मर्त्यों का अतिथि है। वह होता है, जो सूर्योदय से पहले उदय होता है। वह यज्ञ धारण करता है। वह नेता है। वह दीप्तिमान, यज्ञ का पुरोहित है, देवों को बुलानेवाला ऋत्विक

है और रत्नधारी है। प्राचीन ऋषि उसकी स्तुति करते थे। वह अनुग्रह करके यजमान को धन देता है। वह जब यज्ञ को चारों ओर से घेर लेता है तब बाधा नहीं पड़ती। वह अंगिरा है। अग्निदूत है। वह राक्षसों को जलाता है। अग्नि, मेधावी, गृहरक्षक, हव्यवाहक और जुहूमुख है। अग्नि ही इन्द्र, वायु, वृहस्पति, मित्र, पूषा, भग, आदित्य और मरुद्गण को यज्ञ-भाग दान करता है। वह द्रविणोभेदा है।

वह सर्वव्यापी है। वह किसी मनुष्य से घृणा नहीं करता। वह काष्ठसंधियों में रहता है। (अरणिसंधियों में) वह उर्वशि और पुरुर्वस् काष्ठ के बीच में रहता है।

खाण्डव वन के दाह में वह अग्नि अपनी भूख बढ़ाता है। रामायण में वह वानर नील का पुत्र है। विष्णु पुराण के अनुसार वह स्वाहा के द्वारा पावक, पवमान और शुचि को जन्म देता है। अग्नि के अन्य नाम हैं—वह्नि, वीतिहोत्र, धनञ्जय, ज्वलन्, धूमकेतु, छागर्त, सप्तजिह्व। वृहस्पति और बृह्मणस्पति अग्नि के ही नामान्तर हैं। वह शत्रुध्वंसक है। उसी ने कार्त्तिकेय को जन्म दिया था, जो स्वाहा का पुत्र था। उसी के स्वाहा से मैथुन के कारण सप्तर्षियों ने अपनी स्त्रियों को संदेह से छोड़ दिया था। भृगु के शाप से अग्नि सर्वभक्षी हो गया था।

वेद में गायत्री का स्थान बहुत ऊँचा है। गायत्री वेद की माता है। विश्वामित्र गायत्री पाठ से ही ब्राह्मण बना था।

सूर्य भी आदित्य है। उषा उसकी स्त्री है। सवितृ उसका नामान्तर है। पुराण-काल में सूर्य अदिति-कश्यप का पुत्र है। ऋग्वेद-काल में वह सुवर्ण वर्ण है और पुराण-काल में वह लोहित वर्ण है, त्रिनेत्र तथा चतुर्भुज है। वह लाल कमल पर चढ़ता है। उसका विश्वकर्मा की पुत्री सञ्ज्ञना से विवाह हुआ, जिससे तीन शिशुओं का जन्म हुआ। वह उसके ताप के कारण उसे छोड़ गई और छाया से निकल गई। छाया को छोड़ गई। सूर्य को पता नहीं चला। एक बार सञ्जना ने अपने पुत्र यम को शाप दिया। तब सूर्य को पता चला। उस समय सञ्ज्ञना एक घोड़ी बनकर वन में घूम रही थी। झट से उससे सम्भोग की लालसा से सूर्य अश्व बन गया। फिर कुछ दिन बाद वे असली रूप में लौट आए। विश्वकर्मा ने, सूर्य अपनी पत्नी को दिख सके, इसलिए सूर्य की आकृति पत्थर पर बना दी, जिससे उसका तेज घट गया। उसी आकृति से विष्णु का चक्र निकला, शिव का त्रिशूल, कार्त्तिकेय का भाला, वरुण का पाश आदि।

कश्यप और विनता का पुत्र अरुण उसका सारथि था। सुग्रीव सूर्य का पुत्र था। कर्ण सूर्य का पुत्र था। वह अश्विनीकुमार का पिता था। सूर्य जब ग्रह बनता है, तब रवि कहलाता है। दिनकर, भास्कर, मिहिर, विवस्वत्, ग्रहपति, कर्मसाक्षी और मार्त्तण्ड उसके अन्य कुछ नाम हैं।

सूर्य का नाम पूषन् भी है। ऋग्वेद में पूषन् नेता है और निहंता है। पूषन् वैसे सूर्य से अलग था। वह (तैत्तिरीय संहिता के अनुसार) दक्ष यज्ञ में शिव का यज्ञभाग खा गया था। शिव ने उसके दाँत तोड़ दिए थे। पूषन् आदित्य भी है।

इन वैदिक देवताओं में से कोई भी अपने प्राचीन रूप में विष्णु से सम्बन्धित नहीं है। विष्णु का स्वयं बहुत कम महत्व है। कई युगों में इन देवताओं के रूप बदले हैं और उन सबकी स्मृति परम्परा में बाकी रह गई है। उन सबने ही प्रथम तो क्रम बिगाड़ा है तथा यह उलझनें पैदा कर दी हैं।

एक ही देवता के कई रूप यह बताते हैं कि कई जातियों में उस देवता की (जैसे सूर्य

और अग्नि) अलग-अलग उपासना होती थी। बाद में वे सब उपासनाएँ मिल गईं और विरोधी स्वरूप जीवित रह गए।

प्रायः यह वैदिक देवता देवयुग के पात्र हैं। उनको जब देवता मान लिया गया तो उनके साथ चमत्कारिक कथाएँ भी जुड़ गईं। उनका निरन्तर विकास होता रहा।

वैदिक देवताओं में इन्द्र से भी पुरानी स्मृति हमें वरुण का नाम याद दिलाती है।

मित्र—वरुण : वरुण सहस्रद्वार भवन में रहता है, ऋग्वेद में उसकी उपासना इन्द्र से प्राचीन है। वह सम्राट् है। असुर और सुर उसके पूजक हैं। उसके लिए शुनःशेष की बलि दी जा रही थी। वरुण न्याय का देवता था। कठोर देवता था। वह त्रिभुवनव्यापी है। वह पक्षियों और जहाजों की गति भी देखता है। मनुष्यों का नियंता है। पापनाशक है। वह आकाशवासी है।

मित्र सूर्य को भी कहा है, परन्तु मित्र और वरुण साथ आते हैं। इनके मिलन से मैत्रावरुण बनता है।

वरुण समुद्रों का देवता है। जिस प्रकार सोन वनवासी है, वरुण जलवासी है। ऋचीक की पुत्री से विवाह के पहले वरुणलोक से ही श्यामकर्ण 1000 घोड़े लाया था।

वरुण श्वेतवर्ण है। वह मकरवाहन है। वरुण के हाथ में पाश है। पद्मपुराण के अनुसार रावण राक्षसराज एक बार लंका जाते समय अपने यहाँ स्थापित करने को शिव का पाषाणलिंग हिमालय से ले जा रहा था। देवता डर रहे थे कि इससे रावण अजेय हो जाएगा। शिव ने कहा था कि जहाँ रावण इसे रख देगा, वहाँ से यह उठेगा नहीं। तब वरुण रावण के शरीर में घुस गया था और उसे इतना कष्ट दिया था कि वह सह नहीं सका था। तब इन्द्र ने ब्राह्मण-रूप में आकर लिंग थामने की सलाह दी। रावण ने लिंग जब इंद्र को दिया, उसने पृथ्वी पर गिरा दिया। फिर वरुण और इन्द्र भाग गए। वरुण की स्त्री का नाम गौरी है, वारुणी है, समुद्रा है, गंगा है। वरुण और सूर्य दोनों ही उर्वशी पर आसक्त हुए थे, जिससे अगस्त्य ने जन्म लिया था। वरुण के अन्य नाम हैं—प्रचेता, जलपति, अम्बराज, पाशी।

इस वरुण की उपासना देवों में भी होती थी और असुरों में भी। सम्भवतः गन्धर्वों में भी वरुण की उपासना थी। वरुण के समय में आदित्य-अग्नि पूजा थी। सम्भवतः तब तक देव, असुर, गन्धर्व आदि अग्नि उपासकों में परस्पर इतना भेद नहीं पड़ा था।

देवी में अग्नि के दो वंश थे, अर्थात् दो पुरोहित वंश थे। उनमें पारस्परिक भेद अवश्य रहा होगा। एक भृगु वंश का पौराहित्य था, एक अंगिरा वंश का। इसके अतिरिक्त गंधर्व भी अग्नि के उपासक थे। पुरुर्वा को गांधर्व अग्नियाँ दी गई थीं, जिनसे वह अन्त में स्वयं एक कथा के अनुसार गन्धर्व हो गया था।

जो हो, इस वैदिक देवता का विष्णु से जरा-सा भी सम्बन्ध नहीं था और बाद में भी यह सम्बन्ध अधिक नहीं जुड़ सका। वरुण का दर्जा गिरता गया और वह अन्त में इंद्र की भाँति, विष्णु का एक मातहत लोकपात्र मात्र रह गया।

विभिन्न जातियों ने विष्णु के विशाल परिवार का निर्माण किया है। गरुड़ एक टॉटेम जाति थी, जिसकी प्राचीनता की ओर हम इंगित कर चुके हैं। वह गरुड़ विष्णु का वाहन बन गया।

समुद्रमंथन की कथा इस पर बड़ा अच्छा प्रभाव डालती है। प्राचीन देवासुर-संग्राम की

कथा को वैष्णव स्पर्श देकर प्रस्तुत किया गया है, उसमें बाकायदा गरुड़ को रास्ते में नारायण मिल जाता है। दोनों में संधि हो जाती है। फिर गरुड़ का दर्जा अपने आप कम हो जाता है।

वैनतेय गरुड़ है। वेद में इसे सर्ववेदमय विग्रह कहा गया है। श्रीमद्‌भागवतानुसार सामवेद के दो भेद—बृहद्रथ और रथन्तर-गरुड़ के दो पंख ही हैं जिनसे सामगान की ध्वनि निकलती है। विष्णु का साथी, सेवक है। इसकी पीठ पर ही नारायण के चरण रहते हैं। यह विष्णु का सेनापति भी है। कश्यप पिता और माता विनता है। यह भवगान् की विभूति है। इसके नाम पर पूरा पुराण है, गरुड़ पुराण।

गरुड़ की वैष्णव मत में, भारत के उत्तर-पश्चिम में स्थिति नागों के साथ बहुत पुरानी अंतर्भुक्ति हुई है, क्योंकि वह नारायण के साथ बहुत ही पहले वर्णित है। वैदिक साहित्य में वह विष्णु के साथ नहीं है। वेद में और उपनिषद् में सुवर्ण का उल्लेख अवश्य हुआ है परन्तु वहाँ गरुड़ जाति का उल्लेख है। अन्यत्र हम बता चुके हैं कि आर्यों पर गरुड़ जाति का कितना प्रभाव पड़ा था कि यज्ञ-वेदियाँ भी गरुड़ के आकार की बनाई जाती थीं।

प्रचेताओं को भी वैष्णव मत में एकत्र कर लिया गया है।

प्रचेतागण : पृथु के वंश में बहिर्षद हुआ। उसने एक के बाद एक करके यज्ञों का ताँता लगा दिया। तब यह प्राचीनबर्हि कहलाया। इसने शतद्रुति से विवाह किया। उससे 10 प्रचेता हुए। इन्होंने संतान के लिए तप करने की ठानी। चलते-चलते समुद्र के पास समुद्र से कुछ ही छोटा एक सरोवर देखा। वहाँ मत्स्य थे। गंधर्व गा रहे थे। सरोवर में से गणों सहित नंदीश्वर महादेव निकले। वे प्रचेताओं के प्रणाम करने पर प्रसन्न हुए। महादेव ने वासुदेव प्राप्ति का मंत्र बताया।

प्रचेता जल में खड़े होकर 10000 वर्ष तक तप करते रहे। वे कमर तक जल में खड़े रहे। तब नारायण प्रकट हुए। वर दिया कि तुम्हारा एक पुत्र होगा। प्रचेता जल से निकले। वृक्षों की दी हुई मरिषा नामक एक कन्या से दसों ने विवाह किया। चाक्षुष मन्वन्तर में शिव के क्रोध से मर जानेवाले दक्ष प्रजापति ने मारिषा के गर्भ से 'दक्ष' नाम से जन्म लिया। फिर वे तप करने लगे। नारद ने उन्हें उपदेश दिया। पश्चिम समुद्र-तट पर वे प्रचेता ब्रह्मपद को प्राप्त हुए।

प्रचेता मूलतः आर्य थे और उस समय हुए, जबकि एक स्त्री कई विवाह कर सकती थी। सत्यवती और पाण्डु ने उनका उल्लेख किया है। निश्चय ही वे उस समय हुए जबकि वेद बन रहे थे, तब उन्हें विष्णु का भक्त माना जा सकता। उन्हें बाद में ही अपने अंक में लिया गया है।

कश्यप : मरीचि का पुत्र था। 13 कन्याओं से विवाह किया—अदिति, दिति, दनु, कला, सिंहिका, दनायु, क्रोधा, प्राधा, विश्वा, विनता, कपिला, मुनि और कद्रू। इन स्त्रियों के क्रमशः 12 आदित्य और देवता, दैत्य, दानव, सिंह, व्याघ्र, क्रोधी असुर, गरुड़, अरुण आदि छह पुत्र; नाग आदि हुए। मनु से मनुष्य हुए। हम सब कश्यप संतान हैं। वृक्ष, पशु-पक्षी सब काश्यपगोत्री हैं।

इसकी अदिति प्रिया पत्नी थी। इंद्र इसी से हुआ। वामनावतार भी इसी का पुत्र था। यह बड़ा तपस्वी है। तीन बार विष्णु काश्यप के जन्मा था।

चाक्षुष मन्वन्तर के बाद इसकी स्त्री अदिति से 12 आदित्य हुए, जो यों थे—विष्णु, शक्र, अर्यमा, द्युति, वष्ट्र, पूषन, विवस्वत्, सावित्री, मित्र, वरुण, अंश और भग। यह सब वायु

पुराण के अनुसार बारह जय नामक देवता थे, जो ब्रह्मा के सहायक थे। वे उसकी आज्ञा का पालन न कर सके, क्योंकि वे समाधिस्थ थे।

कश्यप की स्त्री दिति के दो पुत्र थे—हिरण्यकशिपु और हिरण्याक्ष, जिन्हें विष्णु ने मारा था।

कश्यप का महत्व तब बढ़ा जब कि विभिन्न जातियों को एक सांस्कृतिक एकता में एक ही स्रोत से निकला हुआ दिखाने का प्रयत्न किया गया। कश्यप नाम तो पुराना है, किन्तु उसका पौराणिक रूप नितान्त परवर्ती है।

दक्ष : प्रजापति था। उमा का पिता था। उमा का पिता हिमालय भी था। मेना उसकी पत्नी थी। उमा के अतिरिक्त मेना की दूसरी पुत्री गंगा भी थी।

दक्ष शिव का ससुर था। वह ब्रह्मा का मानस पुत्र था। एक कथा में ब्रह्मा के दाएँ अँगूठे से निकला था। बाएँ अँगूठे से एक स्त्री निकली, जो इसकी पत्नी हुई। वेद में प्रजापति—सृष्टि, वाक् आदि को कहा गया है।

अन्यत्र दस प्रचेताओं के मुख से निकलती अग्नि से सब भस्म हो गए थे। उनसे ही दक्ष प्राचेतन् जन्मा। दक्ष प्रजापति हुआ। इस मुनि दक्ष ने वीरिणी के गर्भ से 1000 पुत्र उत्पन्न किए। हरिवंश पुराण में विष्णु ही दक्ष है।

भागवत, वायु और लिंग पुराणानुसार—

'ब्रह्मा की त्वचा से भृगु, मानस से मरीचि, नयन से अत्रि, मुख से अंगिरा, कान से पुलस्त्य, नाभि से पुलह, हाथ से क्रतु, श्वास से वसिष्ठ, अँगूठे से दक्ष और होंठों से नारद का जन्म हुआ।'

दक्ष ने अपनी स्त्री अक्सिनी से 1000 पुत्र उत्पन्न किए। परन्तु नारद ने इन पुत्रों से कहा कि गृहस्थ मत बनो। फिर दक्ष के 1000 पुत्र हुए और नारद ने फिर उन्हें बहका दिया। दक्ष ने नारद को शाप दिया और साठ कन्याएँ अक्सिनी से पैदा करके विभिन्न पतियों को दीं, जिनसे सृष्टि हुई।

शिव ने दक्ष के धड़ पर, उसका पहला सिर काटकर, बकरे का सिर लगा दिया था।

दक्ष का उमा से पहले सम्बन्ध नहीं था। वह शिवविरोधी आर्य (देव) था। उसकी पुत्री सती के समय में अनार्यों से सम्बन्ध हुआ था। जिस प्रकार वैष्णवों ने कथाएँ बनाई थीं, उसी प्रकार दक्ष की कथा शैव अंतर्भुक्ति का चिह्न है। पौराणिक काल में ही दक्ष का इतना महत्व बढ़ा और समस्त मातृसत्ताक जातियों की मूल जननियों को उसकी पुत्री बनाकर पितृसत्ताक व्यवस्था के प्रतीक कश्यप—कच्छप—धर्म (मूलतः प्रजापति के रूप) से जोड़ दिया गया। इस प्रकार नए परिवार की सृष्टि हुई, जो कि अंतर्भुक्ति का ही प्रमाण है।

ऋभु—ब्रह्मा का मानसपुत्र है। निवृत्तिपरायण है। सनत्सुजात का छोटा भाई तथा शिष्य है। मंत्र, योग और ज्ञान उसी से पाया है। मल, विक्षेय तथा आवरण रहित ये कहीं भी पड़ा रहता है। शरीर ही इसकी कुटी है।

इसी ने पुलस्त्य के पुत्र निदाघ को उसी के आश्रम पर घूमते हुए पहुँचकर, तत्वज्ञान कराने को संग में भ्रमण कराया था और गृहस्थधर्म में भेजा था। निदाघ ने विवाह करके देविका नदी-तीर पर वीर नगर के पास आश्रम बनाया।

ऋभु फिर पहुँचा। बलिवैश्वदेव के समय कुटी पर पहुँच गया। निदाघ ने न पहचानकर भी सत्कार किया। फिर ऋभु उपदेश देकर चला गया।

फिर एक बार गया तो वीरपुर के राजा की सवारी निकल रही थी। सड़क पर भीड़ थी। निदाघ एक ओर खड़ा था। ऋभु ने उससे भीड़ का कारण पूछा।

निदाघ ने कहा : 'राजा की सवारी जा रही है।'

ऋभु : 'राजा कौन है? अन्य कौन हैं?'

निदाघ : 'जो हाथी पर है वह राजा है!'

ऋभु : 'हाथी क्या है, बताओ।'

निदाघ झट ऋभु के ऊपर चढ़ गया। कहा : 'देखो मैं राजा हूँ। तुम हाथी हो।'

ऋभु : 'तो कहो तुम कौन हो? मैं कौन हूँ?'

तब निदाघ चरणों पर गिरा।

ऋभु ने क्षमा कर दिया। सनत्सुजात भी इस अक्रोध से प्रसन्न हुए। इनका नाम ब्रह्मा ने क्षमा कर, अक्षर 'क्ष' जोड़कर ऋभुक्ष कर दिया। निदाघ को ज्ञान हो गया।

ऋभु ऋग्वेद में निम्नजाति का व्यक्ति है, बल्कि यह एक पितृसत्ताक गण था। बाद में उसी प्रकार के यह रूप विकसित हुए और ऋभु को अन्त में वैष्णव बना दिया गया। आरम्भिक ऋभु का विष्णु से कोई सम्बन्ध नहीं है।

ऋभु को वैराग्यमय जीवन का प्रतिनिधि बनाया गया है।

सप्तर्षियों को भी पौराणिक काल में ही अधिक महत्व मिला था। वैष्णव मत ने इनकी बहुत सहायता ली है और उसी ने इनके रूप को भी विकसित किया है।

सप्तर्षि—ये विभिन्न मन्वन्तरों में पैदा हुए हैं। ये ध्रुव की परिक्रमा करते घूमते हैं।

(1) मरीचि : ब्रह्मा का मानसपुत्र है। एक प्रधान प्रजापति है। द्वितीय ब्रह्मा भी कहलाता है। सृष्टि करता है। इंद्रसभा में दण्डनीति का मंत्रित्व करता है। इसकी कई पत्नियाँ हैं। सम्भूति दक्ष प्रजापति की पुत्री, तथा धर्म की धर्मव्रता नामक कन्या दो तपस्विनियाँ हुईं, उन्होंने तपस्या से इसे पाया। इसके सैकड़ों पुत्र थे। कश्यप और मनु भी इसके पुत्र हैं। यह भगवान् का अंशावतार भी है। मरीचि ब्रह्मा का निवृत्तिपरायण पुत्र है। महाभारत में इसे चित्र शिखण्डी कहा है। यह सुमेरु शिखर पर रहता है। भृगु का शिक्षक है। दण्डनीति इसी ने सिखाई थी। ब्रह्मा के पुष्कर के यज्ञ में यह अच्छावाप् पद पर नियुक्त हुआ था। ब्राह्मपुराण का दान ब्रह्मा ने इसी को सर्वप्रथम दिया था। बहुत प्रसिद्ध है।

मरीचि के पुत्र कश्यप का बहुत महत्व है।

मरीचि मूलतः सूर्य था, जो इस प्रकार रूप बदलता गया। ज्योतिमार्ग से इन ऋषियों को जोड़कर आकाश में चढ़ाकर दैवी बना दिया गया। इस प्रकार के छोटे देवता ग्रीक जाति में भी थे। मरीचि का पुराणों में बहुत उल्लेख है।

यह एक विशेष बात है कि वैष्णव मत ने वेदकालीन ऋषियों को अपनी ओर करके अपना बड़ा काम निकाला है। ऋषियों का गौरव गाया गया है और वह ब्राह्मणों के लिए विशेषकर हितकर हुआ है।

(2) अत्रि : ब्रह्मा का मानसपुत्र है। दक्षिण दिशा का वासी है। विष्णु के अंशावतार

कपिल की बहन अनुसूया इसकी पत्नी है, जो कर्दम प्रजापति और देवहूति के द्वारा जम्मी थी। इस दम्पति ने घोर तपस्या करके सृष्टि रची। इन्होंने ब्रह्मा और विष्णु, महेश का साक्षात् दर्शन किया था। ये ध्यानमग्न थे। उनका आना न जान सके, तब उनके जगाने पर उनके चरण छुए। इन्होंने तीन वर माँगते समय उन्हीं को माँगा। विष्णु के अंश से दत्तात्रेय, ब्रह्मा से चन्द्रमा और शंकर के दुर्वासा नामक इनके तीन पुत्र हुए। रामायण में राम-सीता से ये वन में आश्रम में मिले थे।

दूसरी कथा से अत्रि ब्रह्मा के नेत्र से निकले तथा अनुसूया दक्ष प्रजापति की पुत्री है। सम्भवतः यह दूसरे कल्प की बात है। राहु ने जब सूर्य पर आक्रमण करके सूर्य को पदच्युत कर दिया था, तब उसे अत्रि ने बचाया था। तब से अत्रि का नाम प्रभाकर पड़ा। अत्रि वेद में वर्णित हैं। एक बार असुरों ने इसे शतद्वार यंत्र में फँसाकर जलाना चाहा था, तब इसे अश्विनीकुमारों ने बचाया था। अत्रि के नाम से एक प्रधान स्मृति अत्रिसंहिता है। बहुवर्णित पात्र है।

अत्रि की स्त्री की परीक्षा लेने एक बार ब्रह्मा, विष्णु, महेश ब्राह्मण वेश में अत्रि की गैरहाजिरी में आए और कहा : 'नंगी होकर भिक्षा दो तो लें।' अनुसूया के पातिव्रत से वे तीनों सद्यजात बालक हो गए और उसकी गोद में खेलने लगे।

अत्रि ने अग्नि, इंद्र, अश्विनीकुमार तथा विश्वेदेवों की स्तुतियाँ वेद में गाई हैं।

अत्रि के समय में न ब्रह्मा था, न विष्णु, न महेश; इंद्र की पूजा होती थी।

(3) अंगिरा : ब्रह्मा का मानसपुत्र है। प्रजापति है। बड़ा तपस्वी था। इसका तेज अग्नि से भी बढ़ गया था। अग्नि आकर स्वयं मिला। जब अंगिरा ने कहा कि तू देवताओं को भोजन पहुँचा, स्वर्ग जानेवालों को मार्ग बता। मेरी स्त्री को एक पुत्र दे। अग्नि ने पुत्र दिया, वह वृहस्पति हुआ।

अंगिरा अग्नि का पुत्र भी कहा गया है। इसकी स्त्री दक्ष प्रजापति की पुत्री स्मृति थी, जिससे कई संतान हुईं।

शिवपुराण के अनुसार प्रत्येक युग में शिव व्यासावतार लेता है, तब वराह कल्प में व्यास अंगिरा ही था। वराह कल्प के नवें द्वापर में महादेव ऋषभ बना। उस समय अंगिरा उसका पुत्र था। श्रीकृष्ण की व्याघ्रपाद ऋषि के आश्रम पर अंगिरा ने बड़ी तपस्या करवा के पाशुपत योग दिया था। अंगिरा नारद का मित्र है। वृत्रासुर जब पूर्वजन्म में चित्रकेतु था, तब अंगिरा ने उसे पुत्रदान दिया था और पुत्र के मरने पर वैराग्य का उपदेश भी। अंगिरा स्मृति भी है। अंगिरा की स्त्री का नाम भी स्मृति है, जिसके चार कन्या हुईं। फिर अंगिरा ने स्वधा और दक्ष कन्याएँ सती आदि से विवाह किया। 35 प्रत्यंगिरस् ऋचाएँ भी उसकी पुत्रियाँ मानी जाती हैं जिनसे उसने देवताओं की स्तुति की। इसने भृगु की भाँति अग्नि-पूजा प्रारम्भ की थी।

अंगिरा देवकालीन पात्र था। वह अग्नि कुल का पुरोहित था। देवों का पुरोहित था। उसके विषय में जो कहानियाँ जोड़ी गई हैं वे नितांत परवर्ती हैं। अवतारवाद को जोड़ना तो बहुत ही बाद की बात है।

(4) पुलस्त्य : ब्रह्मा का मानसपुत्र, तपस्वी, दयालु है। जब रावण को कार्तवीर्य्य

सहस्रार्जुन ने पकड़ लिया था तब पुलस्त्य ने ही छुड़ाया था। पुलस्त्य की संध्या, प्रतीची, प्रीति आदि स्त्रियाँ हैं। दत्तोलि आदि पुत्र हैं। दत्तोलि स्वायम्भुव मन्वन्तर में अगस्त्य बना था। इसकी हविर्भू नामक पत्नी के विश्रवा हुआ जिसके कुबेर, रावण, कुम्भकर्ण, खर, दूषण, विभीषण आदि पुत्र हुए। ये योगी हैं। इसी ने नारद को वामन पुराण सुनाया था। इसी ने क्रुद्ध पराशर का राक्षसविरोधी यज्ञ बन्द कराया था। ऋषभदेव नामक विष्णु के अवतार ने अपने पुत्र भरत को राज्य देकर इसी के आश्रम में तपस्या की थी। ब्रह्मा के पुत्र ऋभु से इसी के पुत्र निदाघ ने तत्वज्ञान पाया था।

वेद का मंत्रद्रष्टा ऋषि अगस्त्य, जिसे एक परम्परा में मित्रावरुण के द्वारा वसिष्ठ के साथ घड़े में से जन्मा कहते हैं, दूसरी परम्परा में वह पुलस्त्य की पत्नी हर्विर्भू के गर्भ से विश्रवा के साथ जन्म लेता है।

अगस्त्य ने अपनी स्त्री लोपामुद्रा के साथ, विंध्याचल का बढ़ना रोक दिया था। दक्षिण गया तो लौटा ही नहीं।

अगस्त्य ने उज्जयिनी नगरी के शूलेश्वर तीर्थ की पूर्व दिशा में एक कुण्ड के पास शिवाराधना की थी। वह स्थान अगस्त्येश्वर कहलाता है।

अगस्त्य के पितर पानी देनेवाला वंशज न होने से कुएँ में औंधे लटके थे। तब अगस्त्य ने संतान के लिए विदर्भतनया लोपामुद्रा से विवाह किया था। लोपामुद्रा ने कहा : 'वैभव से ही रहूँगी।' तब अगस्त्य ने कई राजाओं से धन माँगा, परन्तु उन्होंने राज्य का हिसाब दिखा दिया। तब इल्वल वातापि नामक असुरों के पास जाना पड़ा। इल्वल वातापि को मारकर ऋषियों को आमंत्रित करके खिलाता और फिर उसे पुकारता। वातापि पेट फाड़कर निकल आता। ऋषि मर जाते। अगस्त्य ने वातापि को पचा डाला। धन भी इल्वल से लिया।

देवासुर-संग्राम में जब इंद्र ने वृत्रासुर को मार डाला तब कालेय असुर ऋषियों का नाश करने लगे। वे असुर दिन में समुद्र में जा छिपते, रात में ऋषियों को खाते। वसिष्ठ, च्यवन, भरद्वाज सभी के यहाँ उन्होंने आक्रमण किया। तब देवता अगस्त्य की शरण में आए। अगस्त्य ने समुद्र पी लिया और देवताओं से असुरों का वध करा दिया। कुछ असुर भागकर पाताल में जा छिपे।

जब ब्रह्महत्या करके इंद्र छिप गया और नहुष इंद्र बना, तब उसने इंद्राणी को भोगने की चेष्टा की। वृहस्पति की राय से इंद्राणी ने नहुष को ऋषियों की सवारी पर बुलाया। नहुष ऋषियों की सवारी पर चला। अगस्त्य को उसने लात देकर कहा : 'सर्प ! सर्प !' (जल्दी चल, जल्दी चल), अगस्त्य ने उसे शाप देकर सर्प बना दिया।

वनवास के समय राम अगस्त्याश्रम पर गया था, जहाँ अगस्त्य ने आदित्य की पूजा सिखाई थी। वह रावण-युद्ध के समय भी राम के पास था। लंका-विजय के बाद अयोध्या भी आया था। अगस्त्य संहिता इसी की बताई जाती है, जिसमें उपासना सम्बन्धी बातें हैं।

सुतीक्ष्ण अगस्त्य का शिष्य था। उसने गुरु-दक्षिणा देने का हठ किया। अगस्त्य ने कहा : 'सीताराम के दर्शन करा।'

सुतीक्ष्ण ने घोर तप किया। अंत में राम-सीता उधर आए। ऋषि उन्मत्त-सा नाचने लगा। फिर वह बेहोश हो गया। तब राम ने चतुर्भुज रूप दिखाया। फिर सुतीक्ष्ण राम को

अगस्त्याश्रम पर ले गया।

वसिष्ठ के वंशज पराशर के पिता शक्ति को एक राक्षस कल्याणापाद ने खा लिया था, जो विश्वामित्र का भेजा हुआ था। पराशर ने राक्षसों का सर्वनाश करने को यज्ञ किया था। तब वसिष्ठ ने वह यज्ञ दया से रोका था। तब पुलस्त्य ने उसे आशीर्वाद दिया।

पुलस्त्य की पत्नी दक्षकन्या प्रिथि थी, जिससे अगस्त्य हुआ था।

पुलस्त्य राक्षस (रक्षा करनेवाली) जाति का ब्रह्मा अर्थात् स्रष्टा था। कुबेर (यक्ष) भी उसी का पुत्र था। बाद की अंतर्भुक्ति में यक्षों और राक्षसों का यह स्रष्टा भी स्वीकार कर लिया गया। इसी प्रकार हमारे यहाँ कई ब्रह्मा मिलते हैं। बाद में 'कल्प' की 'थ्योरी' ने इन सबको 'न्याय्य' और 'उचित' प्रमाणित करने की चेष्टा की थी। इन आख्यानों से इतना अवश्य आभास होता है कि सम्भवतः अगस्त्य भी अनार्य्य था, जो आर्यों में मिल गया। यह कठिन नहीं था, क्योंकि आर्य्य एक संस्कृति थी, जाति नहीं। उस संस्कृति के अन्तर्गत कई अनार्य्य आ गए थे।

(5) क्रतु : ब्रह्मा का मानस पुत्र है। प्रजापति है। ब्रह्मा की आज्ञा से कर्दम प्रजापति की स्त्री देवहूति के गर्भ से उत्पन्न हुआ। क्रिया और दक्ष प्रजापति की उन्नति नामक कन्याओं से विवाह किया था। इसके साठ हजार बालखिल्य नामक पुत्र हुए थे। ये बालखिल्य सूर्य के रथ के आगे-आगे उसी की ओर मुँह करके स्तुति करते चलते हैं। इन्हें एक गोपद में फँसा देख इंद्र हँसा था तो इन्होंने गरुड़ को इंद्र बनाना चाहा था, परन्तु देवों की प्रार्थना से फिर उसे पक्षियों का इंद्र बना दिया था। गरुड़ इनसे डरता था। क्रतु वराह कल्प में व्यास बना था। ब्रह्मा की बाईं आँख से भी इसका जन्म माना गया है।

क्रतु का उल्लेख तपस्वियों के साथ है। इतना प्रकट होता है कि बालखिल्य बड़े पुराने आर्य्य यति थे। इनमें से कुछ को काटकर इंद्र ने कुत्तों को खिला दिया था। यह भी इंद्रविरोधी थे। इन्होंने गरुड़ जाति का नेतृत्व स्वीकार किया था। हो सकता है कि गरुड़ों में कुछ 'तपस्या' का प्रभाव रहा हो और निवृत्तिपरक जीवन बितानेवाले कुछ लोग रहे हों।

(6) वसिष्ठ : ब्रह्मा का मानस पुत्र है। कहीं आग्नेय पुत्र है, कहीं मित्रावरुण का पुत्र है। अरुन्धती स्त्री है। यह पृथ्वी पर सूर्यवंशी राजाओं का पुरोहित था। इसका बड़ा तपोबल था। यह इक्ष्वाकु, निमि से लेकर राम तक रहा था। भगीरथ को गंगा लाते समय इसी ने मंत्र बताया था। दिलीप के संतान न थी। तब इसी ने उसे नंदिनी की सेवा में लगाया था। इसी ने योगवसिष्ठ ग्रन्थ राम को सुनाया था। विश्वामित्र से इसी का झगड़ा हुआ था। क्षात्रबल को इसने ब्रह्मबल से हराया था। विश्वामित्र ने शिव से मदद ली थी। राक्षसों से मदद ली थी। वसिष्ठ से नंदिनी गाय ने आज्ञा पाकर अपने शरीर से बर्बर जातियाँ निकाली थीं। विश्वामित्र ने तपस्या की। विश्वामित्र ने इसके 100 पुत्र मार डाले, पर इसने शाप न दिया। समुद्र में कूदने चला। तब पुत्रवधू ने अपने को गर्भवती कहकर इसे रोका था।

एक बार 'सत्संग बड़ा है या तपस्या' पर वसिष्ठ-विश्वामित्र का झगड़ा हो गया। शेष भगवान ने निर्णय दिया कि मेरे सिर पर पृथ्वी का भार है, जरा सँभालो तो बताऊँ। विश्वामित्र तपस्या के मद में उठाने लगे तो पृथ्वी काँप गई, वसिष्ठ ने सत्संग के बल पर सहज ही पृथ्वी थाम ली। यों वसिष्ठ जीता।

प्रजापति के पुत्र कुश का एक वंशज गाधि था। उसी का पुत्र विश्वामित्र था। तभी वह कौशिक भी कहलाया है। इसके तप में इंद्र की भेजी मेनका ने विघ्न डाला था, जिससे शकुन्तला का जन्म हुआ था। विश्वामित्र ने इक्ष्वाकुवंशीय त्रिशंकु के पुरोहित वसिष्ठ के विरुद्ध हो जाने पर भी उसका यज्ञ कराके उसे सदेह स्वर्ग भेजा था, परन्तु वह स्वर्ग न पहुँच सका। विश्वामित्र दूसरी सृष्टि रचने लगा। फिर लोगों ने स्तुति की तब वह रुका, पर त्रिशंकु अभी तक आकाश में लटका है। अंत में इसने वसिष्ठ से कहलवा दिया था कि यह ब्रह्मर्षि है। यही राम को राक्षसों का वध करवाने ले गया था।

ऋषि ऋचीक ने गाधि की पुत्री सत्यवती से विवाह किया था। ऋषि वृद्ध था। अतः गाधि ने कन्या-शुल्क माँगा। ऋचीक ने वरुण के यहाँ से 1000 स्यामकर्ण घोड़े लाकर दे दिए। तब विवाह हुआ था। ऋचीक ने अपने और गाधि के पुत्र होने को दो चरु तैयार करके रखे। एक में क्षात्रधर्म की शक्ति थी, दूसरे में ब्रह्मबल था। स्त्रियाँ गलत खा गईं। यों ब्राह्मणी के तो जमदग्नि हुआ जिसका पुत्र परशुराम क्षत्रिय हुआ और क्षत्रिय का पुत्र विश्वामित्र ब्राह्मण हो गया।

परशुराम की कथा तो पहले आ ही चुकी है।

द्वापर में वसिष्ठ ही व्यास बन गया था।

वसिष्ठ सौदास राजा का पुरोहित था, जिसने व्याघ्र रूपी राक्षसों को मारा था। एक राक्षस यज्ञ में वसिष्ठ का रूप धरकर आ गया और कहा : 'यज्ञ हो चुका, खाने को दे।' राक्षस ही रसोइया बन गया और मनुष्य-मांस पकाया, राजा को लाकर दिया। असली वसिष्ठ खाने बैठे तो मनुष्य-मांस देखा। क्रोध से शाप दिया कि तू यही खाता रह। राजा ने दिव्य दृष्टि से देखकर किसी तरह इस शाप को 12 वर्ष के लिए करवा लिया। इसी ने कल्याणपाद बनकर वसिष्ठ के पुत्र शक्ति को खाया था।

वसिष्ठ का रहस्य अधिक कठिन नहीं है। वसिष्ठ एक गोत्र था। इसी प्रकार विश्वामित्र का गोत्र था। इस गोत्र के युग-युग में हुए लोगों को एक ही जैसा व्यक्ति समझकर गिना दिया गया था। कुछ कथाएँ भी इनके नाम से बन गई थीं। उदाहरणार्थ, 'योगवसिष्ठ' में वसिष्ठ राम को योग की शिक्षा देता है। योगवसिष्ठ परवर्ती ग्रन्थ है। बाद में इन पात्रों को वैष्णव मत ने अपने साथ रँग लिया। यह दोनों यज्ञकर्ता थे और वैदिक काल में हुए थे। इनके विषय में ऊपर कहा जा चुका है।

इनके अतिरिक्त कुछ ऐसे भी पात्र हैं जिनका नाम तो बहुत आता है, परन्तु उनके विषय में लिखा बहुत कम गया है। ऐसा ही एक पात्र पुलह है। पता नहीं यह कौन था? सम्भवतः यह भी कोई अनार्य ब्रह्मा है जो बाद में आर्य ब्रह्मा से मिल गया है। कई योनियों में इसकी संतान होना टॉटेम की अंतर्भुक्ति की ओर इंगित करता है।

(7) पुलह : ब्रह्मा का मानसपुत्र। प्रजापति है। दक्ष प्रजापति और कर्दम ऋषि की कन्याओं से विवाह इसने किया है। इसकी संतान कई योनियों और जातियों में हुई। यह सनन्दन की शरण में गया था और इसने गौतम को तत्वज्ञान दिया था। यह शिवभक्त था। इसने काशी में पुलहेश्वर नामक लिंग स्थापित किया था।

इसकी स्त्री दक्षकन्या क्षमा थी, जिससे इसके 3 पुत्र हुए थे।

शिव मत से इसका तादात्म्य यह स्पष्ट करता है कि या तो यह किसी शैवानुयायी जाति का देवता है, या यह भी हो सकता है कि शैव मत ने इसका अपने लिए प्रयोग किया है। बहरहाल यह पात्र प्राचीन काल में बहुज्ञात रहा होगा, तभी इसे इतना महत्वपूर्ण स्थान दिया गया था।

कहीं-कहीं आर्य-अनार्य अंतर्भुक्ति की कथाएँ बिल्कुल ही ऐतिहासिकता को छोड़ देती हैं। भरद्वाज की कथा ऐसी ही है।

भरद्वाज : वृहस्पति के भाई उत्थ्य का पुत्र था। भक्त था। रामकथा का प्रचार इसी ने किया। गंगा-यमुना के संगम पर प्रयाग में रहता था। प्रत्येक मकर में समस्त ऋषि कल्पवास करने इसी के आश्रम पर ठहरते थे। याज्ञवल्क्य से इसने रामकथा सुनी थी। राम वन जाते समय पहले इसी के आश्रम में आया था। भरत जब राम को ढूँढ़ने आया था तब इसी के यहाँ ठहरा था। वह श्रोत्रिय था। इसकी एक कन्या याज्ञवल्क्य को ब्याही थी, दूसरी विश्रवा मुनि को, जिससे कुबेर जन्मा था। यह रामभक्त था।

इस वेदकालीन ऋषि के साथ कितनी कथाएँ जोड़ दी गई हैं!

भृगु : ब्रह्मा का मानसपुत्र था। प्रजापति था। चाक्षुष मन्वंतर में यह भी सप्तर्षियों में से एक है। तपस्वी है। दक्षकन्या ख्याति का पति है, जिससे धाता, विधाता नामक पुत्र और श्री नामक कन्या हुई। श्री से ही नारायण का विवाह हुआ। भृगु की कई संतान हैं। वाराह कल्प में भृगु महादेव का ही अवतार है। स्वायंभुव मन्वन्तर में भी भृगु सप्तर्षियों में से एक है। च्यवन इसी का पुत्र है। इसी ने अग्नि को शाप दिया था कि इसकी पत्नी पहले एक असुर की वाग्दत्ता पत्नी थी, और अग्नि ने असुर को इसकी स्त्री प्रलोमा का पता बता दिया था। यह बड़ा याज्ञिक था। श्रावण और भाद्रपद में वह सूर्य के रथ पर रहता है। इसी ने ब्रह्मा, विष्णु और महेश में कौन बड़ा है, यह जाँचने को तीनों को अपमानित किया था। यह रुद्र का छोटा भाई है। विष्णु के वक्ष पर इसी ने लात दी थी और विष्णु ही सबसे बड़ा प्रमाणित हुआ था। परशुराम भृगु का वंशज था। शुक्र भी भार्गव था। इसी के वंशज प्रह्लाद के गुरु थे। इसी ने इंद्र को वृत्रासुर को मारने को उकसाया था।

अन्यत्र भृगु वरुण का पुत्र है, किन्तु वहाँ वरुण और ब्रह्मा एक ही हैं। ब्रह्मा के यज्ञ में वरुण का भाग फेंकने पर भ्रक से भृगु, अंगार से अंगिरा तथा भस्म से कवि का जन्म हुआ था। महादेव, वरुण और पवन इनके पिता बनने लगे। तब भृगु वरुण का, अंगिरा अग्नि का, और कवि ब्रह्मा का पुत्र स्वीकृत हुआ। यह कथा महाभारत में है। अन्यत्र भृगु वरुण के यज्ञ में ब्रह्मा का पुत्र है।

दक्ष के जिस यज्ञ में शिव को नहीं बुलाया गया था, ऋत्विक् भृगु था। शिव के गणों के हाथों उसे अपनी दाढ़ी से हाथ धोना पड़ा था।

इंद्र नहुष की पालकी उठाते समय भृगु के कहने से ही अगस्त्य ने नहुष को शाप दिया था। वह अगस्त्य की जटा में छिप गया था। सामने तो कोई नहुष के पड़ नहीं सकता था, उसका ऐसा तेज था, भृगु ने ही छिपकर बालों में से शाप दिया था। महाभारत के अनुसार काशीराज दिवोदास को वीतहव्य के पुत्रों के आक्रमण के समय भरद्वाज ऋषि ने छिपाया था। भरद्वाज ने यज्ञ किया तो उसके प्रतर्दन का जन्म हुआ। प्रतर्दन ने बदला लिया तो वीतहव्य

भागा और भृगु के आश्रम में छिपा। वीतहव्य आया तो भृगु ने कहा : 'यहाँ कोई क्षत्रिय नहीं, सब ब्राह्मण हैं।' प्रदर्तन ने प्रसन्न होकर कहा : 'तब कोई बात नहीं। आज आपने कह दिया तो उसका वर्ण ही बदल गया।'

मत्स्य पुराण में उन्नीस भृगुओं के नाम हैं जो मंत्रद्रष्टा हैं। विष्णु ने भृगु की स्त्री का वध किया था, जब वह इंद्र के सिंहासन को लेना चाहती थी। राजा सगर की स्त्रियों ने पुत्र के लिए भृगु की पूजा की थी। भृगु ने एक स्त्री को एक, और एक को साठ हजार पुत्र दिए थे। परशुराम भृगु का वंशज था।

भृगु पहले इंद्रकालीन अग्निवंशीय पुरोहित है। इसका वंश बहुत काल तक जीवित था। हम इसके वंश के बारे में बहुत लिख चुके हैं, अतः उसे दुहराना व्यर्थ है। इस वैदिक कुल के वंशजों ने परवर्ती काल में शैव मत और वैष्णव मत दोनों का विरोध किया था। यह अग्नि का उपासक कुल था और अग्निउपासक असुरों से यदि देवों में से किसी की सबसे ज्यादा पटती थी, तो वह भृगुवंश ही था। भृगु एक व्यक्ति नहीं था, इसका तो साक्ष्य यहाँ स्पष्ट ही हो गया है कि उन्नीस भृगुओं के नाम तो दे ही दिए गए हैं। भृगु ब्राह्मणों में श्रेष्ठ माना जाता था।

गौतम भी सप्तर्षियों में माना जाता है। वह अन्धतमा था—जन्मांध। स्वर्ग की कामधेनु की कृपा से उसका तम (अँधेरा) हर लिया गया। वह देखने लगा। तब वह गौतम कहलाया। वह ब्रह्मा का मानस पुत्र भी था।

ब्रह्मा ने एक अनिंद्य सुन्दरी बनाई—अहल्या। यानी हल—पाप से हीन—अ हल्य—पाप का भाव।

सब देवता ऋषि उसे चाहने लगे। ब्रह्मा उसे गौतम तपस्वी के पास धरोहर रख गया। ऋषि हजारों वर्ष बाद ब्रह्मा के पास अहल्या को ज्यों-की-त्यों लौटाने ले गया। ब्रह्मा ने प्रसन्न होकर उसी को ब्याह दी। इनके एक पुत्र हुआ—शतानन्द, जो प्रसिद्ध था, जनक का राजपुरोहित था।

इंद्र ने अहल्या से छल से सम्भोग किया। ऋषि ने इंद्र को सहस्र भग होने का शाप दिया। अन्यत्र शाप बताया गया है कि इंद्र के अंडकोश गिर गए। फिर सहस्र भग तो सहस्र नेत्र हो गए, अन्यत्र कथा में इंद्र के मेढ़े के अंडकोश लगाए गए। ऋषि गौतम ने शाप दिया कि अहल्या भी पाप में भागिनी थी, अतः पाषाण की हो जाए और राम के स्पर्श से फिर जी उठे। अन्यत्र कथा में वह अदृश्य हो गई थी।

ब्रह्मा ने शाप दिया कि रूप केवल अहल्या में न रहकर संसार की सब स्त्रियों में बँट जाए।

गौतम तप करने हिमालय चला गया।

अन्य कथा में वह वृहस्पति का भतीजा है।

गौतम की कथा भी देवकालीन है। उसके साथ जो तप जोड़ा गया है, वह परवर्ती विचार है। शतानंद जनक के समय में था, वह इस गौतम-गोत्र का कोई परवर्ती व्यक्ति हो सकता है। जिस प्रकार राजा को भी राघव कहते थे, कि वह रघु का वंशज था, और इसका सीधा तात्पर्य है रघु का पुत्र, किन्तु वास्तव में रघु राम से कई पीढ़ी पहले था, इसी प्रकार

प्राचीन काल में शतानन्द को भी गौतम-पुत्र कहा गया है। इस अहल्या की कथा में कुछ लोग रूपक मात्र देखते हैं, कुछ प्राचीन पितृसत्ता के उदय में उस समय को देखते हैं जबकि स्त्री-पुरुष के वैवाहिक सम्बन्ध स्थिर नहीं हुए थे। श्वेतकेतु से तो गौतम पुराना मालूम देता है। मेष के अण्डकोश इंद्र के जोड़ने की कल्पना काफी पुरानी लगती है। प्रकट यही होता है कि इस कथा के बीज बहुत प्राचीन हैं, जिसे चमत्कारों ने ढँक लिया है।

च्यवन : ब्रह्मा ने वरुण के यज्ञ में भृगु को उत्पन्न किया था। भृगु ने प्रलोमा से विवाह किया था। प्रलोमा जब गर्भवती थी तो उसे सूअर का रूप धर प्रलोमा नामक असुर ले जाने लगा। प्रलोमा रोई। तेज चलने से गर्भ स्रवित हो गया। वही च्यवन था। उसे देखकर ही असुर भस्म हो गया।

च्यवन उग्र तपस्वी था। उस पर तपस्या करते-करते दीमक जम गई थी। केवल दो आँखें दीखती थीं। राजा शर्याति की कन्या सुकन्या ने एक दिन पिता के साथ शिकार के समय वन में घूमते हुए एक टीला देखा, जिसमें दो चमकदार चीजें थीं। उनमें उसने काँटे चुभा दिए। रक्त बह निकला। वह डरकर डेरे पर भाग गई।

राजा की सेना का मल-मूत्र बन्द हो गया। राजा घबराया। तब सुकन्या ने बताया। आश्रम पर राजा गया। विधिवत् पूजा की और क्षमा माँगकर सुकन्या को ब्याह दिया।

च्यवन का स्वभाव कड़ा था, परन्तु सुकन्या साध्वी थी।

एक दिन सुकन्या नहाकर उठी तो अश्विनीकुमारों ने देख लिया। उन्होंने कहा : 'वृद्ध को छोड़ हमें वर लो।'

सुकन्या ने इनकार कर दिया। तब वे च्यवन से मिले। च्यवन ने उन्हें वचन दिया कि मैं तुम्हें यज्ञ में भाग दिलाऊँगा।

अश्विनीकुमार मान गए। उन्होंने च्यवन को दवा खिलाकर तालाब में उतारा। जब निकले तो तीन एक से व्यक्ति। तीनों सुन्दर युवा। तब सुकन्या ने अश्विनीकुमारों से प्रार्थना की। वे प्रसन्न हुए। च्यवन सुकन्या को मिला। च्यवन युवक हो गया। फिर उसने इंद्र के विरोध को काटकर ब्रह्मबल से अश्विनीकुमारों को सोम पिलाया। च्यवन के प्रमति हुआ। प्रमति के रुरु, रुरु के शुनक। ये सब भार्गव कहलाए। च्यवन की अन्य कथाएँ भी प्रचलित हैं।

च्यवन देवकालीन व्यक्ति था। राजा शर्याति का भी ऋग्वेद में प्राचीनकालीन व्यक्तियों में वर्णन है। उस समय तपस्या का समाज में विकास नहीं हुआ था।

वृहस्पति की कथा अधिक दिलचस्प है। वह स्पष्ट ही देवकालीन व्यक्ति था, जब कि समाज के नियम भी और थे। देवगुरु होने के नाते उसे बड़ा ही चतुर माना गया है। वह एक पुरोहित कुलीन मनुष्य था। उसके सम्बन्ध की कथाएँ बहुत प्राचीन हैं। पौराणिक युग में उसके नाम का अपने मत-प्रचार करने को विभिन्न रूप से प्रयोग किया गया है।

वृहस्पति : अंगिरा का अग्नि के वीर्य से उत्पन्न पुत्र था। बड़ा धार्मिक तथा देवताओं का गुरु था। इसी का पुत्र कच था जो अमर विद्या सीखने शुक्राचार्य के पास गया था। जब देव वृहस्पति से अकड़े तभी हारे। इसी ने अपनी भाभी ममता के गर्भवती होने के समय उससे बलात्कार किया और वीर्य बाहर गिरने पर भीतर के पुत्र को अंधा होने का शाप दिया।

वह पुत्र दीर्घतमस हुआ। एक बार इंद्र से अपमानित हो यह स्वर्ग छोड़ गया। असुरों ने देवों को जीत लिया। देव भटके। विश्वरूप को गुरु बनाया। विश्वरूप का मातृकुल असुर था। वह छिपकर असुरों को भी यज्ञ-भाग देता था। इंद्र ने अंत में उसे मारकर ब्रह्महत्या कमाई। तब वृहस्पति की शरण जाने पर इसने उसे शाप से छुड़ाया।

ऋषि दधीचि ने ही इंद्र की सहायता की। इंद्र ने उससे वृत्रवध के लिए वज्र बनाने की हड्डी माँगी। दधीचि ने कहा : 'मैं तीर्थ करना चाहता था।' इंद्र ने समस्त तीर्थ नैमिषारण्य में ही बुला दिए। ऋषि दधीचि समाधि में बैठ गया। जंगली गाय ने अपनी खुरदरी जीभ से उसे चाटा। चाटते-चाटते चमड़ी उधेड़ दी। तब तपःपूत रीढ़ की हड्डी निकली। उसी से वज्र बनाया गया।

दधीचि ने अश्विद्वयों को मधुविद्या बता दी थी तो इंद्र ने दधीचि का सिर काट लिया था। अश्विद्वयों ने इसके धड़ पर घोड़े का सिर लगा दिया था। यह अश्वशिरा भी कहलाता था। वज्र बनने के बाद जो हड्डियाँ बची थीं, उन्हीं से शिव का पिनाक धनुष बना था। दधीचि ब्रह्मा के पुत्र अथर्वा का पुत्र था। दधीचि शिव का मित्र था। वह सर्षणावत सरोवर के पास रहता था। अन्य परम्परा में वह साभ्रमती और चंद्रप्रभा के संगम पर रहता था।

जिस समय दधीचि था, तीर्थयात्रा और तीर्थस्थान का (वेद में) उल्लेख भी नहीं था। वह साभ्रमती और चंद्रभागा के तीर पर तो बाद में उतारा गया है। पौराणिक कथाओं ने प्राचीन घटनाओं को जहाँ के तहाँ कर दिया है।

जिस प्रकार एक ओर वृहस्पति को महत्व दिया गया, उसी प्रकार दूसरी ओर उसकी टक्कर पर शुक्राचार्य को स्थान दिया गया। शुक्र न केवल वृहस्पति की भाँति एक वार है, वरन् वह आकाश का एक नक्षत्र भी बन गया था। शुक्र की कथा में जहाँ परवर्ती प्रभाव है, यहाँ ययाति का चरित्र भी परवर्ती तपस्यावाद से रँगा गया है। उसका उल्लेख महाभारत में है।

शुक्राचार्य : भृगु के पुत्र कवि का असुर गुरु था। योगी था। शुक्रनीति इसने रची है। असुर-गुरु था। प्रह्लाद, विरोचन तथा बलि का पुरोहित था। इसके पास मृतसंजीवनी विद्या थी। यह असुरों को देवासुर-संग्राम में जिला देता था। तब कच नामक पुत्र को वृहस्पति ने इसके पास विद्या सीखने भेजा था। इसने सिखाई। असुरों को ज्ञात हुआ तो भय से उन्होंने कच को मार डाला। देवयानी नामक पुत्री के अनुरोध से शुक्र ने उसे जिला दिया। तब असुरों ने कच को मारकर उसकी राख शुक्र को मदिरा में घोलकर पिला दी। तब पेट में ही उसे विद्या सिखाकर शुक्र ने उसे अपना पेट फाड़कर निकाला। कच ने उसी विद्या से इन्हें फिर जिला दिया। तब से शुक्र ने ब्राह्मणों के लिए मदिरा पीने की मनाही कर दी। देवयानी कच पर मोहित हुई। उसने गुरुपुत्री को बहन मानकर उससे प्रेम अस्वीकार किया। देवयानी के शाप से वह अपनी विद्या भूल गया। कच के शाप से देवयानी को ब्राह्मण वर न मिला। शुक्र दरिद्र था। परन्तु उसका अपने राजा वृषपर्वा से अधिक सम्मान था। शुक्र की आज्ञा से वृषपर्वा की पुत्री शर्मिष्ठा देवयानी की दासी बनी थी। शुक्र की कन्या देवयानी का नहुष के पुत्र से विवाह हुआ था। वह क्षत्रिय था। उसका नाम था ययाति। उसने शर्मिष्ठा के गर्भ से बालक उत्पन्न किए क्योंकि पत्नी की दासी उसकी सम्पत्ति थी। ऋतु-स्नान करके वीर्य-दान माँगनेवाली स्त्री

को दान न देना पाप माना जाता था। देवयानी को पता चला तो क्रुद्ध हुई। शुक्र ने ययाति को शाप देकर बूढ़ा बनाए। ययाति के पुत्र पुरु ने वह बुढ़ापा ले लिया।

वामनावतार ने जब भूमिदान माँगा तो शुक्र ने विष्णु को पहचानकर बलि से मना किया, किन्तु बलि यजमान न माना। तब शुक्र लोटे में घुसे और अंजलि पर गिरता जल रोक दिया। विष्णु ने सींक से छेद खोला तो शुक्राचार्य काना हो गया।

कुबेर से लड़ाई होते समय शुक्र शिव के पेट में घुसकर लिंग-द्वार से निकला था। अतः शिव का पुत्र भी कहलाया।

इससे यही प्रकट होता है कि देवयुगीन शुक्र को शैवों और वैष्णवों ने अपने लिए प्रयुक्त किया और अपने-अपने मत को उसके फैले हुए नाम के आधार पर दोनों ने प्रामाण्य देने की चेष्टा की। लिंग से निकलते वीर्य को भी शुक्र कहते हैं। कालान्तर में वह नामसमानता ही शुक्र को शिवलिंग से निकालती है। इसमें रूपक कथा भी हो सकती है कि शुक्र ने यक्ष-विरोध किया था, किन्तु शैवों ने उस समय शुक्र को पराजित कर दिया। शुक्र का ऐतिहासिक काल बहुत प्राचीन है।

वैशम्पायन : वेदाचार्य। याज्ञवल्क्य का गुरु था। याज्ञवल्क्य उसकी बहन का लड़का था, जो मिथिला में रहता था। एक बार समस्त ऋषियों ने मेरु के समीप सभा स्थापित की। जो ऋषि न पहुँचता, उस पर सात दिन तक वाचिक ब्रह्महत्या का पाप लगता। वैशम्पायन पिता के श्राद्ध के कारण न गया और छात्रों से कहा कि प्रायश्चित मिलकर करो। याज्ञवल्क्य अकेला ही करने पर अड़ गया तो इसने उससे अपने द्वारा पढ़ाई हुई यजुर्वेद की शाखा उगल देने को कहा। उसने अन्न-रूप में सब उगल दी। उसके शिष्यों ने उन्हें तित्तिर बनकर ग्रहण कर लिया। वही यजुर्वेद की कृष्णायुजः शाखा हुई। उसे पढ़नेवाले तैत्तिरीय कहलाए। याज्ञवल्क्य ने सूर्य को गुरु बनाया। सूर्य ने घोड़े का रूप धारण करके माध्यन्दिन वाजसनेय शाखा पढ़ाई। इसकी दो स्त्रियाँ थीं—मैत्रेयी, कात्यायनी। मैत्रेयी ने ब्रह्मविद्या प्राप्त की। भरद्वाज की कन्या कात्यायनी के चंद्रकांत, महामेघ और विजय नामक पुत्र हुए। अश्वल जनक की सभा में सर्वश्रेष्ठ ज्ञानी होने के बल पर याज्ञवल्क्य कुरु-पाञ्चाल से मिथिला तक के ब्राह्मणों के सामने से दक्षिण की गाएँ हाँक लाया था और सबको हरा आया था। गार्गी भी हार गई थी।

याज्ञवल्क्य ही —याज्ञवल्क्य शिक्षा, प्रतिज्ञासूत्र, याज्ञवल्क्य स्मृति, शतपथ ब्राह्मण और योगयाज्ञवल्क्य ग्रन्थों का प्रणेता समझा जाता है। इसके 15 शिष्यों के नाम से शुक्ल यजुर्वेद की 15 शाखाएँ प्रसिद्ध हुईं। वैशम्पायन बाद में इससे प्रसन्न हुआ। वैशम्पायन भक्त था।

यह वैशम्पायन महाभारतयुगीन नहीं हो सकता, क्योंकि याज्ञवल्क्य महाभारत से काफी बाद में था।

वैष्णव मत के व्यापक प्रसार ने अवतारवाद के क्रोड़ में बहुत-से सम्प्रदायों को अपनाने की चेष्टा की थी। एक पात्र, ऐसा ही दत्तात्रेय है, जो प्रारम्भिक अवतारों में नहीं है।

दत्तात्रेय : अत्रि का पुत्र था। अवधूत था। बड़ी तपस्या के बाद जन्मा था। विष्णु के अंश से जन्मा था। दुर्वासा और चंद्रमा का भाई था। यह ऋभु का शिष्य हुआ। फिर अत्रि के आश्रम पर रहने लगा। बालकों के साथ खेलने का शौकीन था। एक दिन तालाब में घुसकर

तीन दिन तक न निकला। योगी था। बच्चे तालाब घेरे बैठे रहे। अत्रि भी आ गए। अंत में दत्तात्रेय निकला। पानी में रहने के कारण पूछने पर हँसकर चुप हो गया। गूँगा बन गया। सब रोने लगे। फिर तीन दिन को तालाब में घुस गया। जब निकला तो योग-बल से एक सुन्दरी को वाम भाग में लिये, दाहिने हाथ में शराब का घड़ा लिये अनेक प्रकार की कुत्सित चेष्टा करता हुआ निकला। वैदिक ऋषिकुमारों का यह देखकर मन फिर गया। इसने अलर्क, प्रह्लाद और यदु को ज्ञान दिया। इसके चौबीस गुरु थे, जो रूपक के तौर पर भागवत में वर्णित हैं। यह कार्त्तवीर्य्यार्जुन का गुरु था।

इसके प्रत्येक चित्र में तीन सिर हैं और साथ में कुत्ते बने रहते हैं। कहते हैं यह आज भी करवीर में भिक्षा माँगता है, गोदावरी-तट पर भोजन करता है और सह्यपर्वत पर सोता है।

रैवतक मन्वन्तर में हुआ। रैवत दत्तात्रेय का शिष्य था। रैवतक वेद का मंत्रद्रष्टा ऋषि है। यह सबसे अलग एकान्त में रहता था। रैवतक का शिष्य वासुदेव था। ब्रह्मा से अभिन्नत्व इसने गुरु की कृपा से स्थापित किया।

दत्तात्रेय अनार्य चिन्तन से प्रभावित था। जिन कारणों से वह कालान्तर में अवतार माना गया, उसका यही आधार ज्ञात होता है कि जिस प्रकार बौद्ध मत को अंतर्भुक्त करने को बुद्ध को अवतार माना गया, उसी प्रकार एक समय दत्तात्रेय सम्प्रदाय को भी अंतर्भुक्त कर लिया गया।

कुछ पात्र बहुत काल तक जीवित रहते हैं। ऐसा ही एक शाण्डिल्य था। कश्यपवंशी देवल ऋषि का पुत्र था। रघुवंशी दिलीप का पुरोहित था। इसकी एक संहिता भी है। अन्यत्र नंदगोप का पुरोहित दिखता है। शतानीक के पुत्रेष्टि यज्ञ में प्रधान ऋत्विक था। ब्रह्मा का सारथि है। प्रभास क्षेत्र में इसी ने शिवलिंग स्थापित किया था। शिव ने इसे सिद्धि दी थी। विश्वामित्र जब त्रिशंकु का यज्ञ करा रहा था तब यह वहाँ होता था। भीष्म की मृत्यु के समय उपस्थित था। धर्मशास्त्रों के निर्माता शंख और लिखित इसी के पुत्र थे। इसने भक्तिसूत्र बनाए थे। वह भक्त था।

इस नाम के कई व्यक्ति समय-समय पर हुए और फिर विस्मृत पड़ जाने के कारण यह गड़बड़ पैदा हो गई। शाण्डिल्य को भक्तिसूत्र का रचयिता परवर्ती काल में बना दिया गया है, जबकि पुराने नामों का प्रयोग किया गया।

अष्टावक्र : इसने गर्भ में ही वेद पढ़कर पिता के अशुद्ध वेद-पाठ पर टोका था तो पिता के शाप से यह आठ जगह से टेढ़ा शरीर लिये जन्मा। यह बड़ा वेदज्ञ हुआ।

राजा जनक का पुरोहित बंदी था। वह अपने से शास्त्रार्थ में हारे हुए को जल में डुबवा देता था। अष्टावक्र के पिता और मामा भी डुबा दिए गए। तब अष्टावक्र चला। इसने शास्त्रार्थ जीतकर पिता को बचाया। अष्टावक्र कहोड़ के समय में था। कहोड़ उपनिषद्कालीन व्यक्ति था। अष्टावक्र की कई कथाएँ रूपात्मक उपदेश प्रस्तुत करती हैं।

वैष्णव मत ने मनु की कथा में काफी परिवर्तन उपस्थित किया, बल्कि कहना चाहिए कि बिल्कुल प्रसार-सा किया। इसमें इतिहास के भी बीज हैं।

स्वायंभुव मनु और शतरूपा : सृष्टि के आरम्भ में ब्रह्मा के सनकादिक पुत्रों के वैरागी होने पर ब्रह्मा के क्षोभ से रजोगुण, तमोगुण बढ़ने से ब्रह्मा के दो भाग हुए—दाहिना मनु बना,

बायाँ शतरूपा।

मनु ने तपस्या की। आद्यशक्ति की आराधना की। देवी ने वर दिया। ब्रह्मा ने मनु को विष्णु के पास भेजा। विष्णु उसी समय वाराह-रूप धारण करके ब्रह्मा की नाक से निकल पड़ा। विशाल होकर गरजने लगा और पृथ्वी का उद्धार किया। मनु सृष्टि करने लगा। मनु के दो पुत्र—प्रियव्रत, उत्तानपाद तथा 3 कन्याएँ—आकूति, देवहूति और प्रसूति—हुईं। उत्तानपाद का पुत्र ध्रुव था। देवहूति का पुत्र कपिल। मनु ने भृगु आदि के द्वारा अनेक धर्म और नीतियों का प्रचार किया।

अंत में वह पत्नी शतरूपा को ले, पुत्रों को राज्य दे, वन में तपस्या करने चल पड़ा। नैमिषारण्य में तीर्थस्नान कर, वल्कल पहन हविष्य भोजन करते हुए, वे तप में लीन हो गए। ब्रह्मा, विष्णु, महेश आए पर सूखकर काँटा होने पर भी ये न विचलित हुए। तब भगवान ने आकाशवाणी से कहा : 'वर माँगो। हम प्रसन्न हैं।'

इन्होंने कहा : 'सगुण दर्शन दीजिए।'

तब राम-सीता के रूप में इन्हें भगवान् ने दर्शन दिया।

इन्होंने उन सरीखा पुत्र माँगा।

भगवान् ने मान लिया।

मनु ही तीन जन्मों में दशरथ, वसुदेव और सम्भल ग्रामवासी ब्राह्मण बना। हर बार पत्नी शतरूपा ही हुई।

मनुपुत्र प्रियव्रत को नारद ने उपदेश दिया था। पिता ने इसे राजा के गुण देख राजा बनाया, पर यह प्रपञ्च नहीं चाहता था। उधर ब्रह्मा मरीचि आदि के साथ सत्यलोक से उतरे। इन्होंने ही प्रियव्रत को पिता की आज्ञा मानकर चलने का आदेश दिया था। इसने निःशंक भाव से राज्य किया। विश्वकर्मा प्रजापति की बहिष्मती नामक कन्या से विवाह करके उसने 10 पुत्र और 1 कन्या उत्पन्न की। इनमें से 3 पुत्र बाल्यावस्था में ही परमहंस मुनि हो गए। प्रियव्रत ने ग्यारह करोड़ वर्ष राज्य किया और फिर पूर्व जन्म की याद आई तो वैराग्य छोड़ने पर खेद करके पुत्रों में राज्य बाँटकर यह नारद के बताए मार्ग पर चल पड़ा। शालग्राम क्षेत्र में जाकर भगवान् का भजन करता मुक्ति को प्राप्त हुआ।

मनु के पुत्र उत्तानपाद की दो रानियाँ थीं, सुनीति और सुरुचि। सुनीति का पुत्र ध्रुव था, सुरुचि का उत्तम। एक दिन सौतेली माँ ने ध्रुव को पिता की गोदी से उतार दिया। पुत्र दुखी हुआ। माँ ने भगवान की प्रार्थना करने का उपदेश किया। ध्रुव वन की भयानकता में जाकर तपस्या करने लगा। वह मथुरा के पास जगह थी। नारद ने उपदेश दिया। एक महीने तक वह तीन-तीन दिन बाद कैथ, बेर आदि फल खाता रहा, फिर दूसरे मास से हर छठे दिन सूखे पत्ते खाता, तीसरे में हर नवें दिन पानी पीता, चौथे में बारहवें दिन हवा पीता, पाँचवें में श्वास रोक अँगूठे के बल एक पैर पर खड़ा रहा। तब भगवान आए। उसे ध्रुव लोक दिया। उत्तानपाद के पास भी गया। उत्सव हुआ।

कुछ दिन बाद इसका भाई उत्तम शिकार करते समय एक यक्ष के हाथों मारा गया। उसकी माँ जंगल में दावाग्नि में जल गई। ध्रुव ने यक्षराजधानी अलकापुरी पर चढ़ाई कर दी। स्वायंभुव मनु ने सुलह करा दी। कुबेर ने ध्रुव को वर दिया कि तुम्हारी भगवान में भक्ति

अविचल रहे।

ध्रुव की स्त्री शिशुमार की पुत्री भ्रमी थी। उनके पुत्र उत्कल और वत्सल थे। उत्कल जन्मविरक्त था। वत्सल को राज देकर ध्रुव वन गया। विशाला नगरी में स्नानादि के बाद जब ध्रुव बैठा तो नन्द-सुनन्दादि विष्णु के पार्षद विमान ले आए। ध्रुव की माँ को वे पहले ही ले गए थे, इसे भी ले गए। वहाँ यह ध्रुवपद पर चढ़ा।

उत्कल उन्मत्त, गूँगे, बहरे की तरह रहता था। लोग उसे जड़ और पागल समझते थे। उसे इसी से राज्य भी नहीं मिला था, जिसकी उसे चिंता भी न थी।

यह कथाएँ प्राचीन इतिहास को वैष्णव मत के रंग में रँगकर लिखी गई हैं। यह ध्रुव बच्चा भी बना रहता है, और पिता भी हो जाता है। नारद की उपस्थिति तो वैष्णव मत के प्रचार का माध्यम है। कुबेर भी विष्णु का मातहत-सा दिखाई देता है। कितनी ही कथाएँ तो केवल चारित्रिक विकास की ओर इंगित करती हैं, क्योंकि लेखकों का उद्देश्य इतिहास लिखना मात्र नहीं था, वे तो जीवन को सुन्दर बनाने के प्रयत्न में रत थे। इस प्रयत्न में वर्गस्वार्थ भी बीच-बीच में काम किया करते थे।

मार्कण्डेय : मृकण्डु का पुत्र, भार्गव था। ब्रह्मचारी था। भिक्षुक था। हरि का उपासक तथा मृत्यु-विजयी था। 6 मन्वन्तर तक ध्यान करता रहा। सातवें मन्वन्तर वैवस्वत में पुरन्दर नामक इंद्र ने इनके तप में विघ्न डालने को हिमालय के उत्तर की ओर पुष्पभद्रा नदी-तट पर इसके आश्रम में अप्सराएँ भेजीं। सब निष्फल हुईं। इसी का कल्याण करने को नर-नारायण प्रकट हुए।

नर-नारायण धर्म और पत्नी मूर्ति के पुत्र थे। वे विष्णु ही थे। ऋषि थे। बदरी वन में रहते थे। तपस्वी कामजित् थे। नारद, व्यास, उद्धव उन्हीं की परम्परा को मानते थे। परमभागवत जन उनके पास रहते थे। इंद्र ने इनको भी तपस्याच्युत् करने को कामदेव भेजा था, जिसे इन्होंने योगबल से वश में कर लिया। इनसे इन्द्र डरता था। नारायण ने समुद्र-मंथन के बाद गरुड़ से संधि की थी। परस्पर एक-दूसरे ने एक-दूसरे को वरदान दिया था। तब से गरुड़ इसका वाहन बन गया।

मार्कण्डेय को विष्णु ने योगमाया से सृष्टि का प्रलय दिखाया था, जब विष्णु समुद्र में बड़ के पत्ते पर बालक-रूप में लेटे थे और मार्कण्डेय उस बालक के मुख में घुस गया था।

एक बार पार्वती के साथ, समाधिस्थ मार्कण्डेय को शिव ने देखा और योगमाया से शंकर मार्कण्डेय की हृदयगुफा में घुस गए थे। तब समाधि टूटी थी। शंकर ने प्रसन्न होकर वर दिया था।

बृहन्नारदीय पुराण के अनुसार मृकण्डु के तप से प्रसन्न हो नारायण ही पुत्र-रूप में मार्कण्डेय बन गया था।

उपमन्यु : व्याघ्रपाद ऋषि का पुत्र था। एक दिन इसने माँ से दूध माँगा। दूध न था। माँ ने चावल का आटा घोलकर पिला दिया। पुत्र जान गाय कि यह दूध न था। माँ ने भी कहा कि तपस्वियों के पास दूध कहाँ? शिव से माँग।

तब उपमन्यु शिव को प्रसन्न करने चला। वन के पत्र-पुष्पों से पूजा करता, मंत्र जप करके तप करने लगा। पिशाचों ने सताया, पर डटा रहा। पिशाच भी मुक्त हो गए। तब शिव

इंद्र का रूप धारण करके आए। परंतु इंद्र से उपमन्यु ने कुछ न माँगा। तब इंद्र-रूप शंकर ने शिव की निंदा की। तब क्रुद्ध हो उपमन्यु ने अधोरास्त्र से अभिमंत्रित भस्म से इंद्र को मारना चाहा। शिव-निन्दा सुनने के कारण अपने को भस्म करना चाहा।

शिव प्रसन्न हुए। दर्शन दिया—उमा के साथ। शिव यज्ञोपवीत धारण किए सौम्य मुद्रा में थे।

वरदान दिया। अश्विनीकुमार पद उपमन्यु को मिला और दूध-भात की खीर भी।

उपमन्यु ऋषि आयोद धौम्य का शिष्य था।

उपमन्यु के साथी आरुणि और वेद नामक विद्यार्थी थे। बड़े गुरुभक्त थे। आरुणि गुरु-आज्ञा से खेत की मेढ़ टूटने पर पानी रोकने जाकर, न रोक सकने पर, स्वयं उस जगह लेट गया था। आरुणि उद्दालक उपनिषद् का प्रसिद्ध व्यक्ति है।

उपमन्यु को गाएँ चराने का काम मिला था।

एक दिन गुरु ने कहा : 'हम तुझे खाने को नहीं देते, तू इतना तगड़ा कैसे है ?'

"देव ! भिक्षा माँगकर खाता हूँ।'

'बिना गुरु को अर्पण किए ? यह पाप है। हमें दिया कर।'

यों गुरु सब रख लेते। पर वह तगड़ा ही रहा। फिर पूछा।

उसने कहा : 'पहली भिक्षा अर्पण करता हूँ आपको, दूसरी खाता हूँ।'

'गृहस्थी पर बोझ पड़ेगा। यों न कर।'

कुछ दिन बाद कहा : 'अब क्या खाता है ?'

'गायों का दूध पीता हूँ।'

'मुझसे बिना पूछे मेरी गायों का दूध मत पीना।'

कुछ दिन बाद फिर पूछा।

उसने कहा : 'अब बछड़ों के मुख से गिरा फेन पीता हूँ।'

'ऐसा मत कर। बछड़े तुझे फेन देने से भूखे रह जाते होंगे।'

तब उपमन्यु शिथिल पड़ने लगा। पत्ते खाने लगा। विषैले-कड़वे पत्ते खाकर अंधा होकर, एक कुएँ में गिर पड़ा।

गुरु ने जाकर ढूँढ़ा। कहा : 'अश्विनीकुमारों की स्तुति में ऋचा बनाकर गा।' उसने गाया। अश्विद्वयों ने प्रसन्न हो आँखें लौटा दीं और एक पूआ देकर कहा : 'इसे खा।'

'बिना गुरु को अर्पण किए ?' उपमन्यु ने पूछा।

'तेरे गुरु ने भी ऐसा ही किया था।'

"जो हो, मैं न करूँगा।'

तब अश्विद्वय और प्रसन्न हुए। पूर्ण वरदान दिया। बाद में उपमन्यु भी आचार्य हुआ। वह गुरुकुल में शिष्यों से कोई काम नहीं लेता था।

उपमन्यु और मार्कण्डेय ऐतिहासिक व्यक्ति हैं। मार्कण्डेय का प्रयोग वैष्णवों ने किया है और उपमन्यु का शैवों ने। फिर इनकी कथाओं में हमें इंद्रादि देवताओं का समन्वय भी मिलता है। जिसका जन्म है, उसकी मृत्यु भी है, यह निश्चित तथ्य सृजन-प्रलय के सिद्धांत में वैष्णवों में सबसे अधिक प्रचलित था। कल्पांतर का विकास भी अपने देवता की व्यापक

शक्ति का परिचायक था, बल्कि यह कहना अधिक ठीक होगा कि मनुष्य का समाज तब तक व्यापक दृष्टिकोण को अधिक अपनाने लगा था।

कपिल : ब्रह्मा के मानसपुत्र कर्दम प्रजापति को अनंत तप करने पर स्वायंभुव मनु की कन्या देवहूति मिली, जिसके द्वारा 9 कन्याएँ हुईं। कर्दम संन्यास लेने की सोचने लगे। देवहूति ने पुत्र माँगा, क्योंकि कर्दम पितृऋण से मुक्त नहीं हुए थे। उस राजपुत्री को ऋषि ने पुत्र दिया। वह विष्णु का अंश कपिल था, जिसने सांख्यशास्त्र रचा। कर्दम ने संन्यास ले लिया।

कपिल कुछ दिन माता के पास आश्रम में रहा। फिर माता को सांख्यशास्त्र का उपदेश दिया। देवहूति भक्ता हुई।

कपिल ईशान दिशा को चल दिया। माँ योग साधने लगी। मुक्त हो गई। उसका शरीर नदी के रूप में बदल गया।

कपिल के विषय में बहुत कम मिलता है। विष्णु का अंश कपिल को बाद में माना गया। यह कपिल एक समय ईश्वर की सत्ता में सन्देह करनेवाला तथा सांख्यमत का प्रचारक था। उसके दर्शन का वैष्णवों और शैवों पर समान रूप से प्रभाव पड़ा था। कर्दम सम्भवतः उसका पिता था, जो कि बाद में चमत्कारवाद में प्रजापति कर्दम से मिला दिया गया।

मंकणक : सरस्वती-तीर पर एक तपस्वी था, जिसका हाथ कुश की रगड़ से कटा तो लहू लाल की जगह हरे रंग का निकलने लगा। ऋषि अपनी तपस्या के फल को देख आनंद से नाचने लगा। सम्पूर्ण सृष्टि नाचने लगी। देवताओं ने ब्रह्मा से कहा—नृत्य रोकिए। ब्रह्मा ने रुद्र से कहा। शिव का ही मंकणक भक्त था। मंकणक के पास शिव ने उँगली काटी तो भस्म निकलने लगी। मंकणक ने चरण पकड़ लिये। अहंकार चूर हो गया। शिव प्रसन्न हुए। फिर उसके साथ ही प्राची सरस्वती-तीर पर खुद भी रहने लगे। दोनों अब भी वहाँ विचरण करते हैं।

यह कथा आर्यों में बढ़ते हुए तपवाद की ओर इंगित करती है। इसमें शिव का भी गौरव है। कई कथाएँ तो केवल उपदेशात्मक हैं। उनमें हर जगह ऐतिहासिक तत्व खोजने से कभी-कभी बड़ी गड़बड़ी होती है। ऐसी ही युधिष्ठिर के यज्ञ में आए अर्द्धस्वर्ण-नकुल की है।

ऋषभदेव : राजर्षि प्रियव्रत के आग्नीध्र आदि नौ पुत्र थे। आग्नीध्र के नाभि आदि 9 पुत्र हुए। नाभि का विवाह मेरुदेवी से हुआ जो मेरु की पुत्री थी। सन्तानहीन होने से उन्होंने यज्ञपुरुष का पूजन किया। तब भगवान ही ऋषभदेव के रूप में जन्मे। इंद्र ने ईर्ष्या से ऋषभ के राज्य में वर्षा बंद कर दी। ऋषभ ने योगमाया से वृष्टि करा दी। नाभि और मेरुदेवी वानप्रस्थ को गए। वासुदेव की आराधना में लगे और देवत्व प्राप्त किया।

ऋषभ ने वेद पढ़े, गृहस्थ बना, फिर इंद्र की दी हुई जयंती नामक कन्या से विवाह किया। भरत जन्मा। उसी के नाम से यह देश भारत हुआ। वह महायोगी था। ऋषभ के बाकी 99 पुत्रों में कवि, हरि, अंतरिक्ष, प्रबुद्ध, पिप्पलायन, आविर्होम, द्रुमिल, चमस और करभाजन भागवत धर्म के उपदेशक नैष्ठिक ब्रह्मचारी थे।

ऋषभदेव ने ब्रह्मावर्त क्षेत्र में ऋषियों की सभा में सुन्दर उपदेश दिया और भरत को राज्य देकर, सब कुछ त्यागकर, केश बिखेरकर, पागलों की भाँति नंगा होकर, ब्रह्मावर्त के बाहर

अवधूत वेष में चला गया। लोगों ने सताया, पर सब सहता रहा। फिर इसने आजगर व्रत लिया। लेटकर ही खाता, मल-मूत्र त्यागता। फिर मृग, गाय, काक वृत्ति धारण करके रहा। फिर लिंगशरीर से पृथ्वी पर घूमने लगा। दक्षिण में कर्णाटक देश में कुटक पर्वत के उद्यान में मुख में पत्थर का ग्रास लेकर उन्मत्त की भाँति केश खोले नग्न घूमता रहा। एक दिन जंगल में आग लगने से जल गया।

इसके पुत्र भरत ने विश्वरूप की कन्या पञ्चजनी से विवाह करके पाँच पुत्र उत्पन्न किए। पहले भारत अजनाभखण्ड कहलाता था, इसी के नाम पर 'भारत' पड़ा। यह भागवत धर्मी था। यज्ञ करता था। योगी था। राज्य पुत्रों को देकर, बाँटकर यह हरिक्षेत्र में पुलह ऋषि के आश्रम में चला गया था। वहाँ विद्याधर कुंड था, गण्डकी-तीर के शालिग्राम थे। वैष्णव साधना में यह रत हो गया। एक दिन तीन घंटे तक नदी-तीर पर ओंकार जपता बैठा रहा। वहाँ एक हिरनी प्यासी आई। पास में शेर दहाड़ा। बच्चा गर्भस्त्रवित हो गया। इसने पाल लिया। फिर वैराग्य की जगह ममता आ गई। एक दिन बच्चा खेलता वन में चला गया। यह रोने लगा। यों ही एक दिन मर गया। अगले जन्म में हिरन बना, पर पूर्व स्मृति बनी रही। फिर पुलहाश्रम में आ गया और वहीं एक दिन मरकर ब्राह्मणयोनि में जन्मा।

तब वह जड़भरत कहलाया। इसका पिता अब एक आंगिरसगोत्री ब्राह्मण था। जड़भरत को पूर्व स्मृति बनी हुई थी। यह बहरा-गूँगा बन गया कि कहीं फिर मोह में न फँस जाए। यह अशौच से रहता। न गायत्री ही सीख सका। पिता तो मर गया और माँ भी मर गई, इसका बोझ इसकी सौतेली माँ पर छोड़ गई। इसकी एक बहन भी थी।

सौतेले भाइयों ने अवज्ञा की। बेगार लेते, रूखा-सूखा खाने को देते। पर यह तो परमहंस था। बुरा नहीं मानता था। जमीन पर सोता, गंदा रहता, लोगों के यहाँ मजूरी करता, तब भाइयों ने अपने यहाँ ही रख लिया। भूसी-खली खिला देते। यह मस्त रहता। काम खूब करता, पर समझता नहीं था। जो कह दो, कर देता। एक मैला जनेऊ कंधे पर पड़ा रहता।

एक दिन लुटेरे के दलपति ने संतान-कामना से भद्रकाली को नरबलि देने का विचार किया। जड़भरत ही मिला। इसे डाकू पकड़ ले गया। यह खेत पर रखवाली कर रहा था। ज्यों ही बलि देना चाहा, कि देवी ने सबको मार डाला और जड़भरत को बचा लिया।

एक बार सिंधु सौवीर का राजा रहूगण कपिल मुनि के आश्रम को जा रहा था। इक्षुमती नदी के तीर पर पालकी उठानेवाले कहार की कमी पड़ गई। इसे ही पकड़ लिया गया। यह हिंसा न हो, चींटी न मर जाए, यह सोचकर धीरे चलता था, जिससे पालकी टेढ़ी हो गई। क्रुद्ध राजा ने डाँटा। जड़भरत चुप रहा। उसने बुरा नहीं माना और ज्ञानपूर्ण उत्तर देता रहा। रहूगण चरणों पर गिर पड़ा।

ऋषभदेव जैन तीर्थंकर था। जैन-परम्परा में भी भरत उसका पुत्र था। परंतु यहाँ जो जड़भरत की कथा है, वह उसको कपिल का समकालीन बताती है। ऐतिहासिक तत्व स्पष्ट नहीं होते। बात असल में वैष्णव मत के प्रचार की प्रमुखता में छिप गई है। भद्रकाली की अंतर्भुक्ति ब्राह्मणों के धर्म में बाद में हुई थी। उसका समय मेरे मतानुसार ईसा के 100 वर्ष बाद होना चाहिए। यह तो जड़भरत को अनार्य्य उपासकों में घिरना पड़ा होगा, या यह कथा भी उपदेशात्मक है, क्योंकि देवी द्वारा ही नरबलि का निषेध यह प्रकट करता है कि जो देवता

नहीं चाहते, वह उनके मूर्ख भक्त करते हैं।

मुद्गल : द्वापर में एक ऋषि था जो कुरुक्षेत्र में सपरिवार, शिलोच्छ वृत्ति से जीवन निर्वाह करता, 34 सेर से अधिक अन्न कभी एकत्र न करता हुआ, जो होता उसी से दीन, दुखी, अतिथियों का सत्कार करता। धर्मात्मा पत्नी के साथ रहता था। सपरिवार वह महीने में अमावस्या और पूर्णिमा को अतिथियों को खिलाकर भोजन करता। वह प्रसिद्ध हो गया था।

दुर्वासा ने उसकी परीक्षा ली। वह अतिथि बना। बात की बात में सब खा गया। जो बचा, शरीर पर मल लिया। परिवार भूखा रहा।

यों हर पन्द्रवें दिन खाने के दिन आता और सब खा जाता। परिवार तीन महीने भूखा रहा। तब दुर्वासा प्रसन्न हुआ। वर दिया। स्वर्ग से देवदूत आया कि स्वर्ग चलिए, पर मुद्गल ने मना करके कहा : 'वहाँ जाऊँगा जहाँ फिर शोक नहीं है।'

उञ्छवृत्ति के विषय में हम पहले भी विवेचन कर चुके हैं। सम्भवतः प्रारम्भ में आर्यों ने उसका विरोध किया होगा। दुर्वासा की परीक्षा अधिक ऐतिहासिक महत्व नहीं रखती, क्योंकि एक प्रकार से दुर्वासा भी कई युगों में रहनेवाला व्यक्ति बना दिया गया है। जहाँ किसी क्रोधी ब्राह्मण की आवश्यकता हुई, वहीं उसका नाम दुर्वासा रख दिया।

जिस स्वर्ग के लिए आर्य प्रयत्न करते थे, यहाँ स्वर्ग को भी मुद्गल ने अस्वीकार कर दिया है। स्वर्ग में भी पाप-पुण्य की अवधि मानी जाती थी। यहाँ मनुष्य ऐसी कल्पना करना चाहता है, जहाँ फिर अशोक जीवन है। यह दर्शन के विकास का ही परिणाम है।

शुकदेव : व्यासद्वैपायन का पुत्र था।

एक कथानुसार इसके लिए व्यास ने सुमेरु पर तपस्या की थी। घृताची को देखकर अरणीमंथन करते समय अरणी में ऋषि का वीर्य गिरा तो शुक का जन्म हुआ? शिव-पार्वती ने शुक का उपनयन संस्कार किया। वह ब्रह्मचारी ही रहा।

पिता ने उसे एक बार ब्रह्मज्ञान पाने मिथिला के जनक के पास भेजा। जनक के द्वारपालों ने रोक दिया। तिरस्कार किया। इसे क्रोध न आया। तब स्त्रियाँ दी गईं। नहीं ललचाया। तब जनक ने शिक्षा दी। यह वैराग्यपूर्ण था।

एक कथानुसार व्यास की स्त्री वटिका से यह शंकर के वर से जन्मा। 12 वर्ष बाद गर्भ से निकला तो बातें करता हुआ। बस वन को चल पड़ा।

एक कथानुसार पार्वती ने शिव से कृष्ण-कथा पूछी। शिव ने गोपनीय बताई। फिर सुनाई। वहाँ एक तोता सुन रहा था, जो अंड में था। दसवें स्कंध तक तो श्रीमद्भागवत सुनी, फिर सो गई, पर यह तोता अंडे में से हुँकारी भरता रहा। शिव ने उसका पीछा किया। शुक भागकर व्यास के मुख में घुस गया और फिर अयोनिज पुत्र के रूप में जन्मा।

नारद और सनत्कुमार ने इसे शिक्षा दी थी। यह नारायण का भक्त था। इंद्र ने इसकी तपस्या में विघ्न डालने रम्भा को भेजा था, पर रम्भा असफल हो गई।

जब यह त्याग करके चला तो वृक्ष समझाने लगे। व्यास पीछे भागे। वहाँ स्त्रियाँ नंगी नहा रही थीं। व्यास को देख तन ढकने लगीं, व्यास ने कारण पूछा। ये बोलीं : 'अभी तुम्हारी दृष्टि में स्त्री-पुरुष का भेद है। शुक की दृष्टि में नहीं है।' व्यास लज्जित हो गए। शोक करने लगे। शिव ने उन्हें सांत्वना दी।

शुक की पीवरी नाम स्त्री और कृष्ण, गौरप्रभा आदि 3-4 पुत्रों का भी वर्णन आता है।

शुक एक रहस्यमय पात्र बना दिया गया है। सीधी बात तो यह है कि वह वेदव्यास का पुत्र रहा होगा और निवृत्तिपरक चिंतनों से प्रभावित गृहस्थ रहा होगा, जो बाद में तपस्या के क्षेत्र में चला गया होगा। बाकी वैष्णव प्रचार की परवर्ती कथाएँ हैं, जिनमें उसे अद्‌भुत रूप दे दिया गया है।

कुछ ऐसे ही पात्र हैं जिनके साथ चमत्कारमय रूपक हैं, परन्तु वैष्णव मत का रंग नहीं।

उत्तंक : आयोद धौम्य का शिष्य वेद जब विद्याध्ययन कर घर चला गया तो उसके तीन शिष्य थे। वेद जनमेजय और पौष्य नामक राजाओं का गुरु था। वेद जब बाहर जाता तो उत्तंक पर ही घर का भार छोड़ जाता। एक बार ऐसे जाने पर गुरु-पत्नी ने ऋतुस्नान करके उत्तंक से सहेलियों द्वारा गर्भाधान करने को कहलाया। इसने अस्वीकार कर दिया। गुरु लौटने पर यह सुनकर प्रसन्न हुआ।

घर जाते समय उत्तंक ने गुरुदक्षिणा देने का हठ किया तो गुरु-पत्नी के पास भेजा गया। उसने राजा पौष्य की रानी के रत्नकुण्डल माँगे। पुण्यक व्रत चौथे दिन था, तभी की म्याद रखी।

उत्तंक पौष्य की राजधानी चला।

राह में धर्मरूपी बैल पर इंद्र मिला। वह चाण्डाल के रूप में था। उसके कहने से कि 'गुरु ने भी खाया है तू भी खा ले', उत्तंक ने उस बैल का गोबर खा लिया।

पौष्य से, पहुँच कुण्डल माँगने पर, उसने अंतःपुर में भेजा जहाँ रानी न दिखी तो बाहर आया और राजा ने कहा कि सती जूठे मुँह नहीं दिखती। तब उत्तंक कुल्ला करके गया और रानी से कुण्डल पाए। तक्षक नाग उन कुण्डलों के पीछे पड़ा था। रास्ते में नदी में, नित्यकर्म करने उत्तंक कुण्डल तीर पर रख, उतरा कि साधु-वेश में तक्षक उठा ले भागा। उत्तंक ने पीछा किया, किंतु वह पाताल में जा पहुँचा। उत्तंक ने डंडे से मार्ग खोदा और भीतर पहुँचा। वहाँ इंद्र-स्तुति से नागों को जीतकर कुण्डल लाया।

इस कथा में हमें प्राचीन इतिहास अधिक मुखर दिखाई देता है। उत्तंक के विषय में क्या वास्तविक रूप रहा होगा, वह हम ऊपर कथा-भाग में वर्णित कर आए हैं।

कुछ पात्रों को भविष्य के लिए भी प्रयुक्त किया गया है—

मैत्रेय : पुराणवक्ता ऋषि था। पराशर का शिष्य और द्वैपायन व्यास का मित्र था। पराशर से विष्णुपुराण इसी ने सुना था। कृष्ण की इस पर कृपा थी। अपने बैकुंठ को जाते समय इसी को कृष्ण अपना ज्ञान दे गया था। जब उद्धव ने खोजने पर कृष्ण को पीपल के पेड़ के नीचे सरस्वती-तीर पर प्रभास क्षेत्र में देखा तब यह भी वहाँ मौजूद था। इसी से विदुर ने ज्ञान प्राप्त किया था। यह कृष्ण-भक्त था। यही कलियुग के अंत में शिनीक को विष्णु पुराण सुनाएगा।

कुलपति शौनक की कथा से महाभारत का प्रारम्भ होता है। उसका हम ऊपर उल्लेख कर आए हैं। परन्तु उसके साथ जो कलियुग का भाग जोड़ा गया है, वह तब की बात है जब कि वैष्णव मत के प्रचार के अनेक शताब्दियों के बाद महाभारत अपने वर्तमान रूप में सम्पादित हुआ था। उसका जो पुराना अधिक ऐतिहासिक रूप था, उसको भी प्रयोग में ले आने की चेष्टा की गई, ताकि लगे हाथों ही काम निकल जाए। यह नहीं कि यह कार्य बड़ी

चालाकी से हुआ हो। ऐसा नहीं है। क्रमशः विचार बदलते गए। तब पुरानी, जो कुछ ऐसी परम्परा थी, जिसके प्रति पूज्य भावना थी, उसको सुन्दर ढंग से, नए तौर से प्रस्तुत करने की चेष्टा हुई और यह परिणाम उपस्थित हुआ।

शौनक : यह ऋषि कुलपति था। 10,000 विद्यार्थी इसके यहाँ भोजन पाकर पढ़ते थे। इसी को उग्रश्रवा ने महाभारत-कथा सुनाई थी। कलियुग को आया देखकर नैमिषारण्य के वैष्णव क्षेत्र में यह अन्य ऋषियों के साथ दीर्घकाल का सत्र कर रहा था।

अणिमाण्डव्य की कथा के बारे में कुछ लोगों का मत है कि यह ईसा के बाद की है और भारत में ईसा को सूली लगने की चर्चा पहुँचने के बाद लिखी गई है। किंतु भारत में सूली लगने की प्रथा प्राचीन काल में थी। अतः कोई कारण समझ में नहीं आता कि इसे ईसाई प्रभाव की वस्तु समझा जाए। मृत्यु के देवता यम को धर्म का रूप समझना नितांत भारतीय कल्पना है। इस कल्पना में अनेक प्राचीन जातियों के विश्वासों की अंतर्भुक्ति स्पष्ट दिखाई देती है। कथा यों है—

अणिमाण्डव्य : माण्डक शांत तपस्वी ऋषि था। मौनी था। एक हाथ उठाकर तप कर रहा था। एक बार राजा के यहाँ चोरी कर चोर भागे, सैनिक पीछे लगे तो ऋषि के पास धन फेंक वे भाग गए। सैनिकों ने ऋषि से पूछा। मौनी न बोला तो ढोंगी चोर का साथी समझ राजा के सामने पकड़ ले गए। राजा ने सूली पर चढ़वा दिया। पर ऋषि मरा नहीं। राजा ने क्षमा माँगी। ऋषि ने क्षमा कर दिया। राजा ने सूली से ऋषि को हटवाया तो वह हटी नहीं। तब सूली काटी गई। उसकी नोंक (अणि) भीतर ही रह गई तो ऋषि अणिमाण्डव्य कहलाया। मरने पर यमलोक में ऋषि ने यम से अपने पाप पूछे। यम ने कहा : 'तुमने बाल्यावस्था में एक कीड़े को बिना बात सूई से छेद दिया था, तभी सूली चढ़े थे।'

ऋषि ने पूछा : 'यह पाप मैंने कब किया था ?'

यम ने कहा : 'जब तुम बच्चे थे।'

ऋषि ने कहा : 'तब मुझे पाप-पुण्य मालूम ही न था। तुमने मुझे व्यर्थ दण्ड दिया है। मैं शाप देता हूँ कि तुम भी पृथ्वी पर शूद्र योनि में जन्म लोगे।'

इसी से यम (धर्म) विदुर बना।

कोढ़ी, क्रूर, क्रोधी कौशिक ब्राह्मण जब अपनी साध्वी स्त्री शाण्डिली के कंधों पर चढ़कर कामातुर-सा एक वेश्या के यहाँ जा रहा था, तब अणिमाण्डव्य सूली पर था। कोढ़ी का पैर लगने पर ऋषि ने शाप दिया कि प्रातःकाल सूर्योदय होने पर वह मर जाएगा। सती के प्रताप से सूर्य ही नहीं उगा; तब ब्रह्मा ने अनुसूया को भेजा। अनुसूया ने जाकर कहा : 'देवी ! क्षमा कर। मर जाने दे, मैं जिला लूँगी।' तब सती मान गई। पति का रोग भी चला गया।

कौशिक की कथा केवल सती और पतिव्रता स्त्री का माहात्म्य बढ़ानेवाली है। उसमें ऐतिहासिक तथ्य इतना ही है कि उस समय तक भारत में पातिव्रत पर इतना जोर दिया जाता था कि उसके लिए अलौकिक कथाएँ बनाकर प्रस्तुत की जाती थीं। इसकी अधिक आवश्यकता इसलिए भी थी कि आर्यों के प्राचीन समाजों में से यौनसम्बन्धी बहुत-सी ऐसी कथाएँ भी चली आ रही थीं, जिनका नए नैतिक मानदण्डों से विरोध पैदा होता था।

इसकी तुलना में सौभरि की कथा प्राचीन सम्बन्धों को प्रस्तुत करती है, जब ब्राह्मण के

सर्वाधिकार थे। उस पुरानी कथा को चमत्कार दिया गया है, ताकि नई परिस्थिति में तत्कालीन विचारों के वह अनुकूल हो सके।

सौभरि : ऋग्वेद का ऋषि है। इसकी संहिता भी प्रसिद्ध है। यह वृन्दावन के पास कालिंदी-तट पर रमणक द्वीप में रहता था। यह यमुना-जल में डूबकर तपस्या करता रहा था। एक बार धीवरों के जाल में फँसकर आ गया। तब ऋषि ने कहा : 'मुझे बेचो।'

वे राजा के पास गए। गाय के बदले में ऋषि बिका, क्योंकि गाय के रोम-रोम में देवताओं का वास है। राजा ने कपिला गाय देकर खरीदा।

एक बार गरुड़ उसके स्थान के पास मत्स्य खा रहा था। ऋषि ने रोका। गरुड़ न माना। तब ऋषि ने शाप दिया कि गरुड़ यहाँ आएगा तो मर जाएगा, फिर वहाँ गरुड़ न आया।

एक बार रमणक द्वीप के नागों ने गरुड़ को बारी-बारी से एक नाग-बलि देने की योजना बनाई। गरुड़ मान गया। एक नाग नित्य जाता। कालियनाग की बारी आई। वह गरुड़ की बलि को स्वयं खा गया। गरुड़ क्रुद्ध हो उस पर झपटा। कालियनाग सौभरि की शरण में गया। ऋषि ने अभय देकर उसे वहीं टिका लिया। तब वह स्थान अहिवास कहलाया और सौभरि के वंशज अहिवासी कहलाए।

एक बार सौभरि ने जल में तपस्या करते हुए मत्स्यों का मैथुन देखा। ऋषि की इच्छा विवाह की हुई। मांधाता राजा के पास अयोध्या गया। उसके 50 कन्या थीं। एक माँगी।

राजा बूढ़े को कन्या देते हिचकिचाया। पर ऋषि से मना करने का अर्थ विनाश था। बोला : 'भीतर जाकर अंतःपुर में जो आपको चुने, उसे ले जाएँ।' राजा ने सोचा, इस बूढ़े को कौन चुनेगा?

ऋषि झट युवक बनकर भीतर घुसा। 50 की 50 मुग्ध हो गईं। सबको ब्याह लाया। विश्वकर्मा से महल बनवाए। प्रत्येक के दस पुत्र हुए। उनके फिर दस-दस हुए। उनके भी पुत्र हो गए। परिवार बड़ा हो गया तो झंझटें बढ़ीं। तब ऋषि को वैराग्य का चेत हुआ। सब छोड़कर वानप्रस्थ ले लिया।

आर्यों और नागों का सम्बन्ध यहाँ स्पष्ट होता है। सौभरि ऋग्वेदकालीन ऋषि था और उस समय गरुड़ और नाग जाति का पारस्परिक संघर्ष यहाँ मुखरित होता है। रमणक द्वीप का महाभारत में गरुड़ों और नागों के सम्बन्ध में निश्चित रूप से नाम आता है।

सुदामा : कृष्ण का बाल्यसखा, ब्राह्मण, सान्दीपनि ऋषि के यहाँ उज्जयिनी में पढ़ा था। एक बार मित्र कृष्ण से छिपाकर बचपन में चने खा गया था। वह दरिद्र रहा। कृष्ण धनी। पर कृष्ण का सुदामा भक्त ही रहा। जब भूखे मरने से इसकी स्त्री ऊब गई तो उसने धनी राजा कृष्ण के पास द्वारका भेजा। बेचारा चावल की पोटली बाँधकर चला। कृष्ण ने भीतर बुलाकर पाँव धोकर स्वागत किया। दिया कुछ नहीं। खीझता हुआ लौटा तो घर न मिला। एक नगर मिला। ब्राह्मणी वैभव से पूर्ण आई और घर ले गई, जो अब एक महल था। तब कृष्ण का वैभव इसकी समझ में आया। सुदामा अन्त में ब्रह्मपद को प्राप्त हुआ।

यह कथा वैष्णव प्रचार को प्रकट करती है और दिखाती है कि ब्राह्मण-विरोधीगण में कृष्ण किस प्रकार ब्राह्मण-भक्त था। हो सकता है यह कथा किसी प्राचीन कथा का परिवर्तित रूप हो।

मुख्यतया विष्णु के अवतार का भक्तवत्सल होना ही इस कथा की प्रदर्शन-वस्तु है, क्योंकि सुदामा कृष्ण को ईश्वर मानता है। उस समय, जब कि इतिहास इसका साक्ष्य नहीं देता।

भगीरथ : इक्ष्वाकुवंशीय दिलीप का पुत्र भगीरथ था। वह इंद्र के समान पराक्रमी था। जो उसके पूर्वज न कर सके, वह उसने किया। कपिल की क्रोधाग्नि से भस्म सगरपुत्रों का उद्धार करके वह गंगा लाने चला। गोकर्ण नामक स्थान पर इसने तप किया। ब्रह्मा ने प्रकट होकर शिव से गंगा सँभालने की प्रार्थना करने को कहा। तब शिव को भगीरथ ने तप करके प्रसन्न किया। शिव ने आकाश से गिरती गंगा को जटा में छिपा लिया। भगीरथ की प्रार्थना पर शिव ने गंगा को विंदसरोवर में छोड़ा। गंगा की सात धाराएँ हो गईं। एक भगीरथ के रथ के पीछे चली। मार्ग में विघ्न पार करके अन्त में वह सागर पहुँच गई।

देवीभागवत में भगीरथ कृष्ण की पूजा करता है। बृहन्नारदीय में भृगु के उपदेश से नारायण की आराधना करता है।

भगीरथ प्राचीन ऐतिहासिक पात्र है, जिसकी सारी कथा चमत्कारों से भर गई है। कृष्ण की पूजा वैष्णव रंग का फल है।

नन्दगोप : यह गोलोक में नित्य भगवान के साथ रहता है। नंद के कई भाई थे—नन्द, आनन्द, महानन्द इत्यादि। यह गोप जाति का था और कई गाँवों का मालिक था। जहाँ गाएँ रहती थीं उसे गोकुल कहते थे। ब्रज 84 कोस में था। नन्द मथुरा के सामने यमुना के पार महावन में रहता था, जहाँ ही उसका गोकुल था। यह वैश्य था, वैसे क्षत्रिय वसुदेव का मित्र और सम्बन्धी था।

नंद देवी की यात्रा को गया था। वहाँ एक नाग ने उसे पकड़ लिया था, जो कृष्ण के छूने पर ही गंधर्व बन गया था।

यह भी ऐतिहासिक पात्र है, जिसे वैष्णव रंग में रँग दिया गया है। इसी प्रकार रन्तिदेव का चरित्र है, जिसके वास्तविक रूप को बिल्कुल ही ढँक देने की चेष्टा हुई।

रन्तिदेव : इक्ष्वाकुवंशीय संस्कृति के दो पुत्र थे—गुरु और रन्तिदेव। रन्तिदेव बड़ा दयालु था। इसने इतना दान दिया कि कोष खाली हो गया। राज्य में अकाल पड़ा। वह परिवार सहित वनों में भटकने लगा। 48 दिन भूखे निकल गए। 49वें दिन सुस्वादु भोजन मिला। खाने को बैठे ही थे कि एक भूखा ब्राह्मण आ गया। सब खा गया। रन्तिदेव ने दुःख न किया। बचा हुआ परिवार में बाँटा। वे खाने ही को थे कि एक शूद्र ने याचना की। उसे तृप्त किया कि कई कुत्तों के साथ एक व्यक्ति आ गया और कुत्तों के लिए खाना माँगने लगा। बचा-खुचा उसने ले लिया। जल बचा था। तभी एक चाण्डाल आ गया। उसे पानी दे दिया। ब्राह्मण, शूद्र, चाण्डाल, क्रमशः ब्रह्मा, विष्णु, महेश थे, वे प्रसन्न थे। उन्होंने वरदान दिए।

रन्तिदेव ने बड़े यज्ञ किए थे। इतनी गाएँ काटी थीं कि उन यज्ञों में गायों के चमड़ों से जो पानी बहा था, उसी से चर्मवती नदी बन गई थी।

अहिंसावादी विचारों ने ही रन्तिदेव की गौहिंसा को छिपा दिया था। इस कथा में भी एक विशेषता है। ब्रह्मा तो ब्राह्मण ही बनता है। विष्णु शूद्र बना है, क्योंकि वैष्णव मत ने शूद्रों को काफी उठाया था। शिव चाण्डाल बनता है। शिव के उपासकों को इससे विरोध नहीं हो सकता था।

अश्वपति : केकय देश का राजा था। वैश्वानर विद्या का उपासक था। प्राचीनशाल, सत्ययज्ञ, इन्द्रद्युम्न, जन और बुडिल आरुणि उद्दालक के कहने से, अश्वपति केकय से ब्रह्म विद्या सीखने गए, उसने इन्हें अपने यज्ञ के लिए ऋत्विज बनाकर रखने को कहा। ये तो विद्या चाहते थे। फिर उसने इन्हें विद्या दी।

यह एक उपनिषदीय पात्र है। इसकी कथा किसी चमत्कार से नहीं रँगी गई है। इससे प्रकट होता है कि उस समय ब्रह्मविद्या क्षत्रिय भी ब्राह्मणों को दिया करते थे।

राजा नल सत्ययुगीन पात्र है। उसकी यह कथा बहुत परवर्ती युग में इस रूप में लिखी गई है, जब कि 'कलि' का भाव काफी उन्नत हो चुका था। नल की कहानी बहुत ही विख्यात रही है और अब भी उसका सौंदर्य लुप्त नहीं हुआ है।

नल : निषध-नरेश नल ने कलि को राज्य से निकाल दिया था। एक बार एक हंस ने विदर्भ नरेश की पुत्री दमयंती से नल का प्रेम करा दिया। दमयंती को देवताओं ने डिगाना चाहा, पर वह अडिग ही रही और स्वयंवर में उसने नल को ही चुना। एक कन्या और एक पुत्र हुआ।

नल अपने भाई से एक बार जुए में सब हार गया। तब वह दमयंती के साथ वन को चल पड़ा। पुत्र और पुत्री को विदर्भ भेज दिया। मार्ग में घोर विपत्तियाँ पड़ीं। नल के वस्त्र को ले पक्षी उड़ गया। नंगा होकर वह सोती दमयंती का आधा वस्त्र काटकर, पहनकर, उसे छोड़कर चला गया। जंगल में आग लगी देखकर बढ़ा तो कर्कोटक नाग जलता मिला। उसे नल ने बचाया। उसने नल को काटा तो नल काला पड़ गया। उसने कहा कि यह वस्त्र जब पहनोगे तो असली रूप मिल जाएगा। नल अयोध्या नरेश ऋतुपर्ण के यहाँ रथ हाँकने की नौकरी करने लगा। दमयंती को एक व्यापारी का साथ मिला। डाकुओं ने उस पर आक्रमण किया तो व्यापारियों ने इसे जंगल में भगा दिया। बड़ी मुसीबतें झेलकर वह अपने पिता के घर पहुँची। पिता ने देश-विदेश दूत भेजे तो पता चला कि नल अयोध्या में है। पिता ने दमयंती के दूसरे स्वयंवर की घोषणा की। समय एक ही दिन का रखा। राजा ऋतुपर्ण भी चला। नल अश्वविद्या का आचार्य था। उसने एक ही दिन में पहुँचा दिया और ऋतुपर्ण से पेड़ के पत्ते गिनना सीख लिया। दमयंती से अन्त में नल का मिलन हुआ। ऋतुपर्ण ने उसका मान करके उसे जुआ खेलना भी सिखाया। नल ने राजधानी जाकर द्यूत में भाई को हराकर राज्य वापस लिया।

अम्बरीष : वैवस्वत मनु के पुत्र नाभाग का पुत्र, एक विशाल साम्राज्य का राजा था। कृष्णभक्त था। दुर्वासा ने इसे कष्ट दिया। इस पर कृत्या छोड़ दी। तब कृष्ण ने दुर्वासा के पीछे सुदर्शन चक्र लगा दिया। तब दुर्वासा ने अम्बरीष से क्षमा माँगी। राजा ने बचा लिया।

अम्बरीष राम से ही बहुत पहले था, अतः यह कथाएँ वैष्णव प्रचार का प्रभाव हैं। परवर्ती काल के रुधन्वा और मयूरध्वज भी कृष्ण के अनन्य भक्त थे। परन्तु ये कहानियाँ माहाभारत में नहीं हैं, बाद में जोड़ी गई हैं।

पाञ्चरात्र पद्धति में वासुदेव, प्रद्युम्न, अनिरुद्ध और संकर्षण भगवान के चतुर्व्यूह माने गए हैं। वैष्णव गायत्री में इन्हीं की उपासना है। ये ही वहाँ सृष्टि, स्थिति और लय के प्रधान कारण हैं।

ब्रह्मा की मानसपुत्री संध्या तपस्विनी थी। चंद्रभाग पर्वत के पास बृहल्लोहित सरोवर के पास घूम रही थी। वसिष्ठ ने उसे "ऊँनमो वासुदेवाय" मंत्र का जप बताया। 'मौन धारण करो, छः दिन उपवास करो, केवल तीसरी रात और छठी रात को कुछ पत्ते खाकर जल पीना, फिर तीन दिन बाद उपवास करो, निर्जल रहो। वृक्षकल्प पहनो, भूमि पर सोओ।'

वसिष्ठ अन्तर्धान हो गया। संध्या ने भगवान की पूजा की। चार युग तक वह तपस्या करती रही। गरुड़ पर साक्षात् भगवान विष्णु आ गए।

भगवान ने वर दिया कि चंद्रभागा नदी के किनारे महर्षि मेधातिथि के बारह वर्ष के यज्ञ में जाओ और प्रतिज्ञा पूर्ण करो।

भगवान ने उसका शरीर पुरोडास बना दिया। यज्ञ में मांसभोज न हो, इसी से यह किया गया। संध्या ने वसिष्ठ को पतिरूप सोचा और अग्नि में उसने अपने को समर्पित कर दिया। अग्नि ने उसे जलाकर सूर्यमण्डल में भेज दिया। सूर्य ने उसके शरीर के दो भाग करके अपने रथ पर देवता और पितरों की प्रसन्नता के लिए स्थापित कर लिया। वे भाग 'प्रातः संध्या', 'सायं संध्या' हुए। यज्ञ के अंत में संध्या मेधातिथि के कन्या हुई। इसका नाम अरुंधती रखा। वह वसिष्ठ को ब्याही गई।

वैष्णव काल में सूर्य और विष्णु का मिलन तो प्रसिद्ध ही है।

पाञ्चरात्र उपासना ने जिस रूप में वसिष्ठ इत्यादि को घेरा, वह उसके दर्शन की व्यापकता पर आधारित था।

"भगवान के पञ्चविधि स्वरूपों में एक रूप व्यूह के नाम से परिचित है। यह रूप सृष्टि पालन और संहार करने के लिए, संरक्षण तथा अनुग्रह के लिए धारण किया जाता है। संकर्षणादि तीन व्यूह हैं। संकर्षण जीवतत्व के अधिष्ठाता हैं। ज्ञान और बल, इनमें दो गुणों की प्रधानता है। यही शेष अथवा अनन्त के रूप में पाताल-मूल में रहते हैं और प्रलयकाल में इनके मुख में से संवर्तक नामक अग्नि प्रकट होकर सारे जगत् को भस्म कर देती है। यह नारायण के पर्यङ्करूप में क्षीरसागर पर रहते हैं। ये सहस्त्रों मुखों से निरन्तर भगवद् गुणानुवाद करते हैं। भक्त के सहायक हैं तथा भगवान् की शरण में जीव को ले जाते हैं। गंधर्व, अप्सरा, सिद्ध, किन्नर, नाग, कोई इनके गुणों की थाह नहीं जानते। ये पञ्चविधि ज्योतिः सिद्धान्त के प्रवर्तक हैं। ये विश्वाधारभूत नारायण विग्रह को धारण करने के कारण लोकपूज्य हैं। ब्रह्माण्ड इनके मस्तक पर रहता है। ये भगवान् के निवास, शय्या, आसन, पादुका, वस्त्र, पादपीठ, तकिया और छत्र के रूप में 'शेष' हैं। त्रेता में लक्ष्मण और द्वापर में बलराम थे।" (कल्याण, संत अंक, पृ० 367)

युग-युग में इस मत ने प्रवेशजाल फैलाया और सम्भवतः सबसे पहले जो यादव साम्ब श्वेतद्वीपों ब्राह्मणों से प्रभावित हुआ, वासुदेव, संकर्षण इत्यादि नाम भी यादव-परम्परा से लिये गए क्योंकि परवर्ती यादवों में अपने पूर्वजों के प्रति श्रद्धा-बुद्धि थी।

चक्रिकभील नितान्त अज्ञानी था पर सदा हरि, केशव, वासुदेव, जनार्दन कहता और वन में भगवान् हरि की मूर्ति पर जब कोई मीठा फल देखता तो चढ़ाता। उसे मालूम ही न था कि जूठा नहीं चढ़ाना चाहिए। एक दिन पियाल का फल चखने लगा तो वह गले में उतर गया। उसे दुःख हुआ कि चढ़ाने के पहले ही कैसे उतर गया। तब उसने एक ओर से गला काट हरि

पर फल चढ़ाया। भगवान् प्रसन्न होकर आए और उसे ठीक कर दिया।

वैष्णव मंदिरों में चांडाल और ब्राह्मण ईसा से पहले ही साथ-साथ जाते थे। इसी विचारधारा ने दास-प्रथा को तोड़ा। बाद में जब सामंतवाद अपनी प्रगति समाप्त करके प्रतिक्रिया बन गया, तब यह प्रथा टूट गई। जब जाति-प्रथा हर्षवर्द्धन के समय के बाद में बहुत जटिल हो गई, वैष्णव मत ने फिर जातियों को मुक्ति दिखाने की चेष्टा की थी।

काकभुशुण्डि, गजेन्द्र की कथाएँ भक्ति की प्रचारिका हैं। एक विद्वान् ने लिखा है कि गज और ग्राह का युद्ध भूमि और समुद्र का युद्ध ही है। मैं समझता हूँ कि यह तो रूपक का भी रूपक है।

भारतीय केवल प्रचार पर नहीं रुके। उन्होंने मानव जीवन की शाश्वत शक्तियों को भी पहचाना और सावित्री या सत्यवान की कथा इसी का प्रतीक है। इसमें जीवन की मृत्यु पर विजय है।

राजर्षि अश्वपति की कन्या सावित्री ने सत्यवान को पतिरूप में चुना। नारद ने कहा : 'वह बस एक वर्ष और जिएगा।'

परन्तु वह अडिग रही। विवाह हुआ। द्युमत्सेन राज्य हारकर वन में रहता था। सावित्री अंधे सास-ससुर तथा पति के पास आ गई। वल्कल पहन लिये। सत्यवान अग्निहोत्र के लिए वर्ष-भर बाद लकड़ी काटने गया, वहाँ मर गया। भैंसे पर चढ़ा यम आया। सावित्री ने उससे विवाद किया। यम हार गया। सास-ससुर को आँखें और राज्य, पति को प्राण, उसी ने फिर दिलाए।

हरिश्चंद्र, दिलीप, रघु आदि पर भी वैष्णव छाप लग गई है; जनक, दशरथ, भरत, लक्ष्मण, शत्रुघ्न की तो बात ही क्या। जनकों के कुछ नाम मिलते हैं। निमि के मरे शरीर को मथने से 'मिथिला' नामक पुत्र हुआ था। उसका नाम 'जनक' और 'विदेह' भी पड़ा। उसी के वंश में सीता का पिता सीरध्वज हुआ। सीरध्वज के प्रपौत्र कृतध्वज और मितध्वज् हुए। कृतध्वज के पुत्र का नाम केशिध्वज था। मितध्वज के पुत्र का नाम खाण्डिक्य था। अन्यत्र हम बता चुके हैं कि पञ्चशिख से संवाद करनेवाले जनक का नाम जनदेव था। याज्ञवल्क्य के समय के जनक का नाम अश्वल था। और कराल जनक के समय में मिथिला में एकतंत्र उखाड़कर कुलीन क्षत्रियों ने गणतंत्र स्थापित किया था।

गोकर्ण : दक्षिण भारत में तुंगभद्रा नदी-तीर पर एक नगरी में आत्मदेव नामक ब्राह्मण सदाचारी, धनवान, सुख से रहता था। उसकी स्त्री धुँधली कलहकारिणी थी। उनके संतान न थी। एक बार ब्राह्मण को वन में एक सरोवर-तीर पर एक संन्यासी मिला जिसने ललाट-लिपि पढ़ककर कहा : 'तेरे सात जन्म तक संतति नहीं है।' पर ब्राह्मण की जिद पर उसने एक फल दिया कि पत्नी के साथ खा लेना, पुत्र होगा, परन्तु स्त्री पुत्र होने तक पवित्र रहे, दान करे, सत्य बोले, एक समय भात खाकर रहे।

स्त्री ने इन शर्तों से तो बाँझ रहना ठीक समझा और चुपचाप फल अपनी गाय को खिला दिया। उन्हीं दिनों धुँधली ने अपनी गर्भवती बहन की संतान लेने का वचन अपनी बहन से ले लिया। वही पुत्र धुँधली का धुंधकारी कहलाया। तीन मास बाद गाय के-से कान वाला पुत्र गाय के हुआ, जिसका बाकी शरीर मनुष्य-सा था। वह गोकर्ण बना। गोकर्ण अच्छा और धुंधकारी पापी था। गोकर्ण ने दुःखी आत्मदेव को समझाया तो वह वन में चला गया, जहाँ मर गया।

धुंधकारी ने पिता के जाने पर सब धन नष्ट कर दिया। माँ को सताने लगा। वह कुएँ में गिरकर मर गई। गोकर्ण तीर्थयात्रा पर चल दिया। धुंधकारी 5 वेश्याएँ लेकर घर में रहने लगा। उन्होंने उसे मारकर एक गड्ढे में डाला और धन लेकर चल दीं। धुंधकारी प्रेत हो गया। गोकर्ण को पता चला तो उसका गया श्राद्ध किया। पर वह प्रेत-योनि से नहीं छूटा। तब सूर्य भगवान् से पूछा गया। मंत्रबल से सूर्य को गोकर्ण ने रोककर स्तुति की।

तब गोकर्ण ने श्रीमद्‌भागवत सुनाकर धुंधकारी को मुक्त किया। धुंधकारी कथा में आता है कि सात गाँठ के एक बाँस पर वह बैठ जाता। रोज एक गाँठ टूटती गई। अन्त में बाँस पूरा टूट गया, धुंधकारी प्रेत-योनि से छूट गया।

अंत में भगवान् कृष्ण गोकर्ण को विमान पर बिठा, इसे चतुर्भुज रूप देकर, विष्णु रूप बनाकर, विष्णुलोक को ले गए। उस गोलोक में पहुँचकर गोकर्ण भी मुक्त हो गया। गोकर्ण के साथ सारा गाँव गोलोक चला गया।

परवर्ती कल्पनात्मक कथा है।

काशिराज शत्रुजित् का पुत्र ऋतुध्वज था। मदालसा इसकी स्त्री थी। गालव शत्रुजित् के राज्य में तपस्या करता था। पातालकेतु राक्षस उसके यज्ञ का नाश करता था। एक दिन एक दैवी पुरुष ने गालव को कुवलयाश्व घोड़ा दिया जो सर्वगामी था और कहा : 'इस पर ऋतुध्वज चढ़कर पातालकेतु को मारेगा।' गालव घोड़ा लेकर शत्रुजित् के पास गया। आने का कारण पूछने पर गालव ने यज्ञ-रक्षा के लिए कुमार को माँगा, जो भेजा गया।

पातालकेतु सूअर बन के आया। ऋतुध्वज ने घोड़े पर पीछा किया। पातालकेतु बिल में घुस गया, कुमार भी पीछे घुसा। वह गायब हो गया। कुमार चिन्तित हुआ। एक सखी ने इंगित किया। कुमार भीतर गया तो एक राजकुमारी देखी। वह गंधर्वराज विश्वावसु की पुत्री थी। पातालकेतु उसे चुरा लाया था। वह ऋतुध्वज से विवाह करना चाहती थी।

तभी नारद आ गया और ऋतुध्वज और मदालसा का गांधर्व विवाह हो गया। पातालकेतु को मारकर कुमार पत्नी सहित राजधानी आ गया। बड़ा स्वागत हुआ। राजा ने पुत्र को हर जगह राक्षसों को मारने भेजा। तालकेतु मायावी पातालकेतु का भाई था। उसने ब्राह्मण का रूप धरकर छल से राजकुमार से एक मणि ले ली और शत्रुजित् से कहा कि कुमार लड़ने में मर गया। मदालसा ने अग्नि-प्रवेश किया। ऋतुध्वज जब आया तो घोर तपरत हुआ। नागराज अश्वतर के उद्योग से मृत्युञ्जय शिव की कृपा से उसे मदालसा फिर मिल गई।

ऋतुध्वज के तीन पुत्र हुए। विक्रांत, सुबाहु और अरिमर्दन। तीनों को मदालसा ने

विरागी बना दिया। चौथे पुत्र अलर्क को भी विरागी बना रही थी कि पति के कहने से राज-काज के लिए छोड़ दिया।

अलर्क ने राजा बनकर गंगा-यमुना के संगम पर अलर्कपुरी बसाई। मदालसा एक पत्र लिखकर दे गई कि विपत्ति में खोलना। एक राजा ने आक्रमण किया। अलर्क ने खोला। ब्रह्मज्ञान लिखा था। वह शत्रु को राज्य देकर चला गया।

असुर गुडाकेश ने वर माँगा था कि 'हे विष्णु! मुझे अपने चक्र से काट दो और मेरे शरीर को ताँबा बना दो, ताकि मैं फिर भी तुम्हारे काम आऊँ। विष्णु ने यही किया। वैष्णव लोग ताँबे के पात्र प्रयोग करके देवताराधन करते हैं। 'ताँबे के मल से ही सीसा, लाख, काँसा, रूपा और सोना आदि भी बने हैं। भगवान को ताँबा ही प्रिय है।'

इन कथाओं में केवल भक्ति तत्व ही प्रधान है। हो सकता है अप्सरा (गंधर्वों) का भी परवर्ती काल में वैराग्य चिन्तन से सम्बन्ध हो गया होगा। गंधर्व नारद के नाम से सम्भवतः इसी का प्रतिनिधित्व भी होता हो। अलर्क की कथा पर पहले भी विचार कर चुके हैं।

ताँबे का महत्वपूर्ण होना ध्यान देने योग्य बात है। सोना, चाँदी नहीं। जनता को सुलभ था ताँबा। या यह भी हो सकता है कि ताम्रयुग में ताँबा भी महत्वपूर्ण था। जिस प्रकार मंदिरों में बिजली लगी रहने पर भी दक्षिण में 'कुत्तिवलक्क' (दीवट किस्म के ऊँचे दीपक) जलाए जाते हैं, उसी प्रकार पुरानी परम्परा बची रह जाना सहज ही है।

और इसके अनन्तर एक बहुत महत्वपूर्ण कथा है, जिसका उद्धरण वैष्णव मत का उदय, अंतर्भुक्ति, प्राचीन इतिहास को नवीन रूप देना तथा जातियों का नई वर्ण-व्यवस्था में परिवर्तित होना और भारत की सांस्कृतकि परम्परा का बदल जाना आदि सारी समस्याएँ स्पष्ट हो जाती हैं। महाभारत, शांतिपर्व, 335 अध्याय में महाभारत के एक परवर्ती लेखक ने लगभग ईसा के 500 वर्ष पूर्व यह अंश जोड़ा है—

युधिष्ठिर ने पूछा : 'जो गृहस्थ, ब्रह्मचारी, वानप्रस्थी और संन्यासी सिद्धि प्राप्त करना चाहे उसे किस देवता की आराधना करनी चाहिए? वह किसकी कृपा से स्वर्ग और मोक्ष प्राप्त कर सकता है और किस विधि के अनुसार देवताओं और पितरों के निमित्त होम करना चाहिए? मुक्त होकर मनुष्य किस स्थान को जाता है? मोक्ष क्या वस्तु है? किस प्रकार के कर्म करने से स्वर्ग से भ्रष्ट नहीं होना पड़ता? देवता और पितर किससे पैदा हुए हैं और देवताओं और पितरों के पिता से श्रेष्ठ कौन पुरुष है?

ध्यान रहे कि यह उपनिषद्-काल के बाद कपिल के (मूल) सांख्य के उपदेश के बाद का चिन्तन है।

भीष्म ने कहा : 'तुम्हारे गूढ़ प्रश्न का उत्तर मैं भगवान् नारायण की प्रसन्नता और ज्ञान के बिना तर्कशास्त्र के अनुसार सौ वर्ष में भी नहीं दे सकता। इस विषय में नारद और नारायण का संवाद सुनो। पिताजी ने मुझे बताया था (अर्थात् शांतुन ने। किन्तु यह तो बात को गम्भीरता देने के लिएं कहा गया है, ऐतिहासिक तथ्य नहीं है) कि सत्ययुग में स्वायम्भुव मनु के अधिकार के समय, विश्वात्मा सनातन नारायण ने धर्म का पुत्र होकर, नर, नारयण, हरि और

कृष्ण—ये चार अवतार लिये हैं।'

यहाँ कृष्ण को भी सत्ययुग में ले जाने की चेष्टा, वास्तव में नारायण मत को प्रभुत्व दिलाने के लिए की गई है।

नर और नारायण बदरिकाश्रम में जाकर घोर तपस्या करने लगे। देवता उनके तेज से दब गए। वे जिन देवताओं पर प्रसन्न होते थे, वही उनका दर्शन कर सकते थे।

यहाँ स्पष्ट ही सारे वैदिक देवताओं का मान घटा दिया गया है। यह मानमर्दन उपनिषद्-काल में प्रारम्भ हुआ था और कपिल के विद्रोह के बाद तो काफी घोषणात्मक हो गया था।

एक बार देवर्षि नारद, उन्हीं दोनों महापुरुषों की इच्छा के अनुसार सुमेरु पर्वत से गंधमादन पर्वत पर आकर विचरने लगे और नर-नारायण के ब्रह्मयज्ञ आदि कर्म करने के समय बदरिकाश्रम में पहुँचे।

इस प्रकार यज्ञ की जड़ खोदने का प्रयत्न नहीं किया गया, वरन् उसके रूप-परिवर्तन को ही श्रेष्ठ कहा गया।

उस स्थान को देखकर वे सोचने लगे कि अहा! इस स्थान में देवता, गंधर्व, असुर, किन्नर और सर्प रहते हैं। अर्थात् प्राचीन जातियाँ अंतर्भुक्त हो गई थीं और इतिहासकार की स्मृति में वे देवयोनि के रूप में जीवित थीं।

नारद ने सोचा कि यहीं नर-नारायण विराजते हैं। भगवान् नारायण ने चार अंशों में विभक्त होकर धर्म के पुत्रस्वरूप अवतार लिया है। उन भगवान के अंश नर, नारायण, कृष्ण और हरि की कृपा से मेरी तपस्या सफल हुई। पहले भगवान् कृष्ण और हरि इस स्थान में निवास करते हैं। ये तेजस्वी दोनों महापुरुष इस समय ब्रह्मयज्ञ आदि कर रहे हैं। कैसे आश्चर्य की बात है! जो परब्रह्म स्वरूप हैं उन्हें ब्रह्मयज्ञ आदि कर्म करने की आवश्यकता, जो सब प्राणियों के पिता और देवता स्वरूप हैं, वे किस देवता और किस पितर की आराधना कर रहे हैं? देवर्षि नारद भक्तिभाव से इस प्रकार सोचते-सोचते नर और नारायण के सामने पहुँचे, जो इस समय तक देवताओं और पितरों की पूजा कर चुके थे। उन्होंने नारद का सत्कार किया।

नारद ने प्रसन्नता से प्रणाम करके कहा : 'भगवन्! वेद, वेदांग और सब पुराणों में आपके गुणों का वर्णन है। आप अज, धाता, नित्य और अमृत स्वरूप हैं। आप में ही सम्पूर्ण जगत् स्थित है। चारों आश्रमों के मनुष्य हमेशा आपके अनेक रूपों की उपासना किया करते हैं। पण्डितों ने आपको ही जगत् का पिता, माता और गुरु बतलाया है। भला आप किस देवता और किस पितर की आराधना कर रहे थे?'

वेद में विष्णु और नारायण शब्द का प्रयोग हुआ है। इतिहासकार ने उन्हीं के साथ देवताओं के इस नए विकास को जोड़ दिया है। मूलतः प्रारम्भिक छोटे देवता ही अंतर्भुक्ति के कारण अपने स्वरूप को इतना बड़ा बना सके थे। वेद में उनका उल्लेख था। जन मानस में उसके नाम बीज-रूप से स्थित थे।

तब नारायण ने कहा : 'देवर्षि! तुमने अत्यन्त गूढ़ विषय पूछा है। यद्यपि उसका प्रकट करना किसी प्रकार उचित नहीं। (यह गोपनीय रखने की प्रवृत्ति बताती है कि प्रारम्भ में यह

उपासना छिपकर करनी पड़ती थी। यही तंत्रों के भी मूल की गोपनीयता का स्तम्भ है) तो भी मैं विस्तार से उसका वर्णन करता हूँ, क्योंकि तुम्हारी भक्ति देखने से मुझे प्रसन्नता हुई है।

'जो सूक्ष्म, अज्ञेय, कर्महीन, अचल और नित्य है, जो इंद्रिय-विषयों और सब भूतों से परे है, पण्डितों ने जिसे सब प्राणियों का आत्मा, क्षेत्रज्ञ और त्रिगुणातीत बतलाया है, जिससे सत्व आदि तीनों गुण उत्पन्न हुए हैं और जो अव्यक्त होने पर भी व्यक्त भाव से स्थित रहता है उसी परमात्मा से हम लोगों की उत्पत्ति हुई है। हम पिता और देवता मानकर उसी की पूजा करते हैं। उससे श्रेष्ठ पितर, देवता और ब्राह्मण कोई नहीं है। वही हम लोगों का आत्मरूप है।'

तत्कालीन युग में इस विचार ने पुराने विश्वासों को झटका दिया होगा किन्तु उपनिषद् के जिस ब्रह्मवाद ने क्रमशः विकास किया था, वह भी इस सिद्धान्त में आत्मसात् हो गया था। उसी के द्वारा मनुष्यों की उत्पत्ति का नियम स्थिर किया गया है। उसी की आज्ञा के अनुसार देवताओं और पितरों की आराधना करना मनुष्य अपना कर्तव्य समझते हैं। ब्रह्मा, महादेव, मनु, दक्ष, भृगु, धर्म, यम, मरीचि, अंगिरा, अत्रि, पुलस्त्य, पुलह, क्रतु, वसिष्ठ, परमेष्ठी, सूर्य, चंद्र, कर्दम, क्रोध, विक्रीत और प्रचेता—ये इक्कीस प्रजापति उसी परमात्मा की कृपा से देवताओं और पितरों के कर्मों को जानकर उसके सनातन नियमों का पालन करते हुए अपने-अपने अभीष्ट स्थान को गए हैं। स्वर्ग में रहनेवाले प्राणी उसी को नमस्कार करके उसी की कृपा से परमगति पाते हैं। जो मनुष्य 5 ज्ञानेन्द्रियाँ, 5 कर्मेन्द्रियाँ, 5 प्राण, मन और बुद्धि—इन सत्रह से मुक्त लिंग शरीर का, पन्द्रह कलाओं से मुक्त स्थूल शरीर का सत्वादि तीन गुणों और सब कर्मों का अन्त कर देता है, उसी को मुक्त कहते हैं। मुक्त मनुष्य ही परमात्मा को प्राप्त करता है। परमात्मा निर्गुण होने पर भी माया के प्रभाव से सगुण हो जाता है। हम उसी परमात्मा से उत्पन्न हुए हैं और ज्ञान के प्रभाव से उसको देख करके उसी की आराधना करते हैं। वेदाध्ययन करनेवाले ब्रह्मचारी और अन्य आश्रमवासी लोग बड़ी भक्ति से उसकी पूजा करके उसकी कृपा से परमगति प्राप्त करते हैं। जो मनुष्य परमात्मा की भक्ति करता है, वह अन्त को परम ब्रह्म में लीन होकर मोक्षपद को प्राप्त होता है।

नर-नारायण का परमात्मा से अन्योन्याश्रित सम्बन्ध है और वर्ण, आश्रम, मूर्ति-पूजा, वेदप्रामाण्य के अतिरिक्त ब्रह्मवाद तो है ही, साथ ही प्राचीन भारतीय इतिहास को भी अपने रंग में रँग लेने की चेष्टा हुई है। महादेव को भी गिनाया गया है जो प्रकट करता है कि महादेव का विकास तब तक कितना पूर्ण हो चुका था।

मैं अन्यत्र बता चुका हूँ कि यह अंतर्भुक्ति भारत में ही विशेषकर हुई थी, किन्तु इस पर श्वेतद्वीप का प्रभाव पड़ा था। श्वेतद्वीप में भी तब आर्य ही रहते थे। आगे भी पठनीय है—(अ० 336)—

नारद ने कहा : 'आप स्वयंभूव होकर भी लोक का हित करने के लिए चार अंशों में विभक्त होकर धर्म के घर में अवतीर्ण हुए हैं। आप अपना कर्म सिद्ध करें। मैं श्वेत द्वीप में स्थित अपनी आदिमूर्ति के दर्शन करना चाहता हूँ। मैं सदा गुरुजनों की पूजा करता हूँ और किसी की गुप्त बात कभी प्रकट नहीं करता; वेद का पाठ और तपस्या करता रहता हूँ। (दोनों का तात्पर्य है, पुरानी परिपाटी और अनार्य प्रभाव का सम्मिलन) कभी झूठ नहीं बोलता।

अन्याय से प्राप्त धन से अपना पेट नहीं भरता, न किसी की स्त्री चुराता हूँ, न अपवित्र स्थान में घूमता हूँ। (यही विरक्ति युधिष्ठिर, जनक, जनदेव, जनक, कराल से होकर उतर आई थी।) किसी से दान भी नहीं लेता। (यह नई बात है, क्योंकि दान की एक ओर घोर महिमा गाई गई है। दान न लेने का अर्थ है मेहनत करके कमाना, यानी ब्राह्मण वर्ण के टैक्स रूप में चीजें धरवा लेने का यहाँ विरोध है) शत्रु और मित्र को समान समझता हूँ और सदैव भक्ति के साथ परमात्मा की आराधना करता हूँ। जब इन कार्यों के द्वारा मेरी बुद्धि शुद्ध हो गई है तो उन अनन्त देव (अनंत—नाग देवता था) के दर्शन होना मेरे लिए असम्भव नहीं है।'

यह सुनकर नित्य धर्म के रक्षक नारायण बहुत प्रसन्न हुए। उन्होंने नारद को श्वेत द्वीप जाने को कहा। तब नारायण की पूजा करके, बिदा होकर नारद आकाशमण्डल को वेग से चल दिए। शीघ्र ही सुमेरु पर्वत पर पहुँचकर, उसके शिखर पर दम-भर ठहरकर उन्होंने वायव्य कोण की ओर देखा कि क्षीर समुद्र के उत्तर श्वेत नाम का विस्तीर्ण द्वीप है, वह सुमेरु पर्वत से 32,000 योजन ऊँचा है। उसी द्वीप में बहुत-से ज्ञानी रहते हैं। वे प्राकृतिक स्थूल शरीर से मुक्त, शव्य आदि विषय-भोग से शून्य, निश्चेष्ट, पापहीन और परमात्मा के ध्यान में निरत हैं। उनकी ओर देखने से पापियों की आँखें चकाचौंध हो जाती हैं। उनका शरीर वज्र के समान दृढ़ है, मस्तक छाते के आकार का है, और तलवों में सैकड़ों रेखाएँ हैं। वे मान और अपमान को समान समझते हैं। उनके चार मुख, साठ दाँत और आठ डाढ़ें हैं। ये सब अलौकिक स्वरूप और यौवन से युक्त, योग के प्रभाव से बलवीर्यवान् महापुरुष उस विश्वस्त्रष्टा सूर्य के समान तेजस्वी काल को भी ग्रास कर सकते हैं। (महाद्वीपी ब्राह्मण सूर्य के उपासक थे। उनके यहाँ सूर्य की बहुत उपासना होती थी। यहाँ सूर्य विश्वस्त्रष्टा कहा गया है जिससे कि वेद, धर्म, शान्तचित्त मुनियों, देवताओं और अन्य प्राणियों की उत्पत्ति हुई है। वेद का दर्जा यहाँ कम करने की चेष्टा की गई है) युधिष्ठिर ने कहा : 'इन्द्रिय शून्य, निराहार, निश्चेष्ट, सुगंधयुक्त श्वेत द्वीप निवासी किस प्रकार उत्पन्न हुए हैं और उनको किस प्रकार की सद्गति मिलेगी? इस लोक में जो मुक्ति पाता है, वह क्या श्वेत द्वीप के पुरुषों के लक्षणों से युक्त हो जाता है?'

भीष्म ने कहा : 'पिताजी से मैंने विस्तृत कथा सुनी है, वही तुम्हें सुनाता हूँ। प्राचीन समय में परमात्मा के भक्त परम धार्मिक उपरिचर नाम के एक राजा थे। (उपरिचर वसु चैद्य जरासंध के पिता बृहद्रथ का पिता या पूर्वज था। यदि इसे हम ऐतिहासिक मानें कि वह वैष्णव था तो हमें द्वापर से पूर्व ही इस प्रभाव की बात माननी होगी। एक यज्ञ में यह हो सकता है, क्योंकि लगभग चौथी पीढ़ी पर ही साम्ब श्वेतदीपी ब्राह्मणों को भारत में लाया था। परन्तु दूसरे पक्ष में जरासंध के समय में प्रचलित यक्ष-पूजा इस ओर कोई पुष्टि प्रस्तुत नहीं करती कि मगध में उतने पहले वैष्णव प्रभाव पहुँच चुका था। ब्राह्मणविरोधी यादवगण में पहले-पहल विदेशी पौरोहित्य का साम्ब के समय में प्रभाव बढ़ा था, यह तो कुछ समझ में आनेवाली बात है। इससे यह प्रकट होता है कि उपरिचर को भी अन्य भारतीय प्राचीन पात्रों की भाँति वैष्णव रंग में रँग दिया गया है। हो सकता है कि मगध में अन्य अनार्य अहिंसक प्रभावों का उपरिचर पर प्रभाव पड़ चुका होगा। वैसे उपरिचर जो कि चैद्य नाम से चेदि के होने का इंगित करता है, पौरववंश में ही स्पष्टतया गिनाया गया है।) उनके समान पितृभक्त और आलस्यहीन राजा

दूसरा नहीं था। इन्द्र के साथ उनकी मित्रता थी। नारायण के वरदान से वे सम्राट् हो गए थे। वे सूर्य के सम्मुख से निकले हुए पाञ्चरात्र शास्त्र का अवलम्बन करके पहले विष्णु की पूजा और उसके बाद पितरों की पूजा करते थे। फिर ब्राह्मण और आश्रित लोगों को भोजन देकर स्वयं भोजन करते थे। वे सत्यवादी, दयावान, राजा, अनादि, अनंत, लोकस्रष्टा, भगवान विष्णु के बड़े भक्त थे। विष्णु में उनकी भक्ति देख इंद्र उन पर बहुत प्रसन्न थे। (यह स्पष्ट करता है कि कथा परवर्ती ही है। ब्राह्मणकाल तक की कथा में इंद्र ने विष्णु को यज्ञ में सर्वस्व हड़पते देखकर अग्नि की सहायता से काट डाला था।) वे उनके साथ एक शय्या पर सोते और एक आसन पर बैठते थे। राजा उपरिचर अपना राज्य, धन-सम्पत्ति, स्त्री और सवारी आदि सब वस्तुएँ विष्णु की कृपा से प्राप्त समझकर उन्हीं को समर्पण कर देते थे। (पाञ्चरात्रशास्त्र के अनुसार कान्य और नैमित्तिक यज्ञ करते थे। उनके घर में पाञ्चरात्रशास्त्र के विद्वान् श्रोत्रिय प्रसन्नता के साथ सबसे पहले शास्त्रविहित भोजन करते थे। राजा उपरिचर जिस समय धर्म के अनुसार राज-काज करते थे, उस समय उनके मुख से मिथ्या बात नहीं निकलती थी और मन में कोई अनुचित विचार नहीं उत्पन्न होता था। वे रत्ती-भर भी पाप नहीं करते थे। उन्होंने वृहस्पति से नीतिशास्त्र पढ़ा था। वृहस्पति देवयुगीन था। परवर्ती वृहस्पति चार्वाक मत के-से विचार रखनेवाला था, जो कपिल के बाद हुआ था, अतः यह भी ऐतिहासिक बात नहीं है। उसी के अनुसार वे प्रजा का पालन करते थे। इस नीतिशास्त्र की जिस तरह उत्पत्ति हुई है, वह भी सुनो।) सुमेरु पर्वत पर मरीचि, अत्रि, अंगिरा, पुलस्त्य, पुलह, क्रुतु और महातेजस्वी वसिष्ठ—ये सात महर्षि रहते थे। (ये सप्तर्षि चित्राशिखण्डी नाम से प्रसिद्ध हैं। स्वायंभुव मनु उनके अष्टम हैं।) ये सब एकाग्रचित्त, जितेन्द्रिय, संयमी, त्रिकालज्ञ, सत्यधर्मपरायण महर्षि सब मनुष्यों को अपने-अपने निवास में स्थिर रखते हैं। इन ऋषियों ने एकमत होकर, मनुष्यों के हित के लिए, चारों वेदों के अनुसार धर्मशास्त्र तैयार किया। इस शास्त्र में धर्म, अर्थ, काम और मोक्ष का विषय है और मृत्युलोक तथा स्वर्गलोक के अनेक प्रकार के नियम निर्दिष्ट हैं। इन महर्षियों ने अन्य तपस्वियों के साथ, देवताओं के हजार वर्ष तक विष्णु की आराधना की थी। उनकी तपस्या से प्रसन्न होकर, विष्णु ने देवी सरस्वती को उनके शरीर में प्रविष्ट होने की आज्ञा दी। लोक का हित करने के लिए सरस्वती उनके शरीर में प्रविष्ट हो गई। सरस्वती की सहायता से उन ऋषियों ने शब्द, अर्थ और हेतु से पूर्ण उस शास्त्र का प्रणयन किया। वही सब श्रेष्ठ नीतिशास्त्र सब शास्त्रों से पहले तैयार हुआ है। महर्षियों ने ओंकार स्वर से अलंकृत इस शास्त्र को बनाकर सबसे पहले परमदयालु विष्णु को सुनाया। इस शास्त्र को सुनकर वे बड़े प्रसन्न हुए। (यह प्रकट करता है कि वैष्णव मत ने जीवन के लिए नियम भी अलग बनाए थे। बुद्ध से काफी पहले से भारत में धर्मशास्त्रों का प्रणयन प्रारम्भ हो गया था) विष्णु ने अदृश्य भाव से कहा : 'महर्षियो ! तुमने जो एक लाख श्लोकों का यह नीतिशास्त्र बनाया है, इससे सब मनुष्यों का धर्म प्रवर्तित होता है। अर्थात् यहाँ से एक नए धर्म का प्रारम्भ होता है। यह वेदों के अनुकूल है, इसलिए यह मनुष्यों की प्रवृत्ति और निवृत्ति के विषय में प्रमाणस्वरूप होगा। ब्रह्मा की प्रसन्नता, रुद्रदेव के क्रोध, तुम लोगों की प्रजा-सृष्टि, सूर्य, चन्द्र, वायु, पृथ्वी, जल, अग्नि, नक्षत्र और अन्यान्य प्राणियों के अपने-अपने अधिकार में तथा ब्रह्मवादी पुरुषों के आत्मविषय में जिस तरह किसी को संदेह नहीं होता, उसी तरह तुम लोगों के इस शास्त्र में

किसी को संदेह न होगा। यह मेरी आज्ञा है। स्वायंभुव मनु इसी शास्त्र के अनुसार नियम बनावेंगे। (यह प्रकट करता है कि स्वायंभुव मनु का धर्मशास्त्र इसी के अनुकूल बना था) वृहस्पति और शुक्र उत्पन्न होकर इसी नीतिशास्त्र के अनुसार सबको उपदेश देंगे। वे इस शास्त्र का प्रचार सर्वत्र करेंगे। वृहस्पति से राजा उपरिचर को यह शास्त्र प्राप्त होगा। राजा उपरिचर सदाचारी और मेरे परमभक्त होंगे। वे तुम्हारे इस शास्त्र के अनुसार सब कार्य करेंगे। यह शास्त्र सब शास्त्रों से श्रेष्ठ है। (अर्थात् उस समय अन्य शास्त्र भी प्रचलित थे) उपरिचर के इस लोक से चले जाने पर यह सनातन नीतिशास्त्र अंतर्हित हो जाएगा (!)।

'यह कहकर विष्णु अंतर्धान हो गए। उसके बाद सत्ययुग में वृहस्पति का यज्ञ होने पर महर्षि लोग उस वेद-वेदांगमूलक नीतिशास्त्र को प्रचारार्थ उन्हें सौंपकर तपस्या करने चले।

'जब (अ० 337) उपरिचर ने वृहस्पति से शास्त्र पढ़ लिया तो अश्वमेध यज्ञ किया, जिसमें वृहस्पति होता और प्रजापति के पुत्र एकत, द्वित और त्रित (वैदिक ऋषियों के नाम आए हैं), धनुष, रैम्य, अर्वावसु, परावसु, मेधातिथि, ताण्ड्य, शान्ति, वेदशिरा, शालिहोत्र के पिता कलिप, आद्यकठ, वैशम्पायन के अग्रज तित्तिर, कण्व और देवहोत्र सदस्य हुए। यज्ञभूमि में सब सामग्री राजा की आज्ञा से एकत्र की गई। उपरिचर ऐसे अहिंसापरायण थे कि उन्होंने यज्ञ में भी पशुहत्या नहीं की थी, जंगल की वस्तुओं से ही यज्ञ के भाग कल्पित किए थे। (इस प्रकार प्राचीन मांसप्रिय देवताओं को निरामिषभोजी बनाने की चेष्टा वैष्णव मत ने ही की थी। इसको कट्टर ब्राह्मणों ने कितनी मुश्किल से स्वीकार किया होगा। उसी महाभारत में, जिमसें यज्ञों के मांस खाते-खाते ब्राह्मण ऊब जाते थे, ऐसे यज्ञ का वर्णन भी अंतर्भुक्त हुआ है, यह क्या ब्राह्मणधर्म में आकर उपस्थित होनेवाले परिवर्तन की ओर इंगित नहीं करता ?)

'भगवान विष्णु ने राजा उपरिचर पर प्रसन्न होकर आकाश-मार्ग से यज्ञ-भूमि में आकर केवल राजा को ही दर्शन देकर यज्ञ का भाग ग्रहण किया था। उस समय और किसी को उनके दर्शन नहीं हुए थे। अलक्षित रूप से भगवान् विष्णु को यज्ञ का भाग ग्रहण करते देखकर वृहस्पति को बड़ा क्रोध हो आया (यहाँ विष्णु अपने आप सब देवताओं से बड़ा प्रमाणित कर दिया गया है)। उन्होंने फिर विष्णु का भाग लगाकर, शुक्र को बड़े वेग से ऊपर उठाकर, क्रोध के मारे आँखों में आँसू भरकर राजा से कहा : 'मैंने विष्णु के लिए यह भाग स्थापित कर दिया है। वे मूर्तिमान होकर मेरे सामने इसे ग्रहण क्यों नहीं करेंगे? बाकी सब देवता मूर्तिमान होकर आए हैं!

'उपरिचर तथा अन्य सदस्यों ने कहा : भगवन्! क्रोध करना सत्ययुग का धर्म नहीं है अतएव आप क्रोध न करें। आप जिनके लिए यह भाग कल्पित कर रहे हैं वे क्रुद्ध नहीं हैं। वे महात्मा जिस पर प्रसन्न होते हैं उसी को दर्शन देते हैं और उसके सिवा और कोई दर्शन नहीं पा सकता।

'तब सर्वशास्त्रज्ञाता एकत, द्वित और त्रित ने वृहस्पति से कहा : देवगुरु! हम लोग ब्रह्मा के मानसपुत्र हैं। (यह प्राचीन ब्राह्मणवाद का क्रोध और समर्पण दोनों ही प्रकट करने- वाली बातें हैं) हम लोगों से सनातन विष्णु के दर्शन के लिए क्षीर सागर के समीप सुमेरु पर्वत के उत्तर भाग में, एक रमणीक स्थान पर जाकर, सावधानी से एक पैर पर काष्ठ के समान निश्चल भाव से खडे रहकर हजार वर्ष तक कठिन तपस्या की थी। (ध्यान रहे, तपस्वी राक्षसों और

असुरों का भी ऐसा ही वर्णन आता है। यह 'तपस्या' की अंतर्भुक्ति को प्रकट करता है) तपस्या समाप्त होने पर हम लोगों के अवभृथ स्नान के समय गम्भीर स्वर से यह आकाशवाणी हुई—ब्राह्मणो ! तुम लोगों ने भगवान् विष्णु के दर्शन करने के लिए बड़ी भक्ति से कठिन तपस्या की है, किन्तु उनका दर्शन तुम लोगों के लिए दुर्लभ है। क्षीर समुद्र के उत्तर श्वेतद्वीप नाम का एक प्रभासम्पन्न प्रसिद्ध स्थान है। उस द्वीप में चन्द्रमा के समान तेजस्वी बहुत-से महात्मा रहते हैं। वे सब इन्द्रियों से हीन, निराहार, निश्चेष्ट, ध्यानी और नारायण के परम भक्त हैं। उन्हीं महात्माओं को भगवान् के दर्शन होते हैं। उस स्थान पर भगवान् विष्णु प्रकट रहते हैं। यदि तुम लोग वहाँ जा सको तो शायद उनके दर्शन पा जाओ। उस आकाशवाणी को सुनकर हम लोग व्यग्र हो उठे और भगवान् के दर्शन करने की इच्छा से देवताओं के निर्दिष्ट मार्ग द्वारा श्वेतद्वीप को चले, किन्तु वहाँ पहुँचने पर हम अंधे हो गए। भगवान् के दर्शन होना तो दूर रहा, वहाँ के निवासियों को भी हम नहीं देख सके। कुछ देर बाद हम लोगों को ज्ञान उत्पन्न हुआ। तब हमने फिर सौ वर्ष घोर तपस्या की।

'तब हम लोगों ने देखा कि चन्द्रमा के समान परम सुन्दर, सब लक्षणों से युक्त, बहुत-से महात्मा, कोई पूर्व की ओर और कोई उत्तर की ओर मुँह किए, हाथ जोड़े, ब्रह्म मंत्र जप रहे हैं। वे लोग एकाग्रचित्त से विष्णु की उपासना करते हैं, इसी से भगवान् उन पर प्रसन्न रहते हैं। युगांत में जैसी सूर्य की प्रभा होती है, वैसी ही प्रभा श्वेतद्वीप के निवासी प्रत्येक व्यक्ति की है। हम लोगों ने वहाँ के सभी पुरुषों को एक समान तेजस्वी देखकर उस द्वीप को तेज का घर समझा। उसके बाद हजारों सूर्यों के समान एक तेज हम लोगों को देख पड़ा। उस समय श्वेतद्वीप के निवासी महात्मा हाथ जोड़कर, भगवान नारायण को नमस्कार करते हुए, उस तेज की ओर वेग से दौड़े और उसे भेंट देने लगे। उस समय उस अलौकिक तेज के प्रभाव से सहसा हम लोगों की दृष्टि, बल और इन्द्रियों की शक्ति नष्ट हो गई। हम लोगों को केवल ये शब्द सुनाई पड़े—हे पुण्डरीकाक्ष ! तुम्हारी जय हो ! हे हृषीकेश ! तुम संसार के सृष्टिकर्त्ता, महापुरुष और सबके आदि हो, तुमको नमस्कार है ! (इस प्रकार हम देखते हैं कि 'त्रेधानिदधेपदम्' तीन कदमों में ब्रह्माण्ड को नापनेवाला वेद का विष्णु (सूर्य) इस परवर्ती पाञ्चरात्र के विष्णु से अपने आभिरूप में बहुत अलग नहीं था। नारद ने इसी को नारायण की आदिमूर्ति माना है। श्वेतद्वीप आए ब्राह्मणों ने भी साम्ब का कोढ़ सूर्य की उपासना से ही दूर किया था।)

'उस समय अनेक प्रकार के गंध से युक्त पवित्र वायु, द्रिव्य पुष्प और औषधियाँ लेकर चलने लगा। उसके बाद उन तेजस्वी पुरुषों ने बड़ी भक्ति के साथ मन, वचन, और कर्म से उस तेज की पूजा की। उन महात्माओं के उन शब्दों को सुनने से हम लोगों को मालूम हो गया था कि निस्संदेह भगवान् विष्णु यहाँ उपस्थित हैं। किन्तु हम लोग उनकी माया से मोहित हो गए थे, इसलिए उनके दर्शन नहीं कर सकते थे। जब पूजा समाप्त हो गई और वायु का चलना भी बन्द हो गया तब हम लोगों को बड़ी चिन्ता हुई। वहाँ के निवासी महात्माओं में से किसी ने हम लोगों की ओर न तो देखा और न ध्यान दिया। वे लोग ब्रह्म के ही ध्यान में मग्न थे। इस प्रकार वैदिक ऋषि वहाँ अत्यन्त निर्बल प्रमाणित हुए। हम लोग उस समय अपना कर्त्तव्य निश्चित नहीं कर सके। क्षण-भर के बाद फिर आकाशवाणी हुई : हे मुनियो !

तुम लोगों ने श्वेतद्वीप के निवासी इन पुरुषों को देखा? इनके इन्द्रिय नहीं हैं। ये भगवान् विष्णु का साक्षात्कार करने योग्य हैं। तुम लोग लौट जाओ। भक्तिहीन मनुष्य कभी भगवान् का साक्षात्कार नहीं कर सकता। (इस प्रकार भक्ति की श्रेष्ठता स्थापित की गई।) बहुत समय तक तपस्या करते-करते उन्हीं में तन्मय हो जाने पर किसी समय उनके दर्शन हो जाते हैं। (यहाँ यह सोच लेना अच्छा होगा कि परवर्ती गुणों में विष्णु की भक्ति से मोक्षप्राप्ति को बहुत सहज बना दिया गया था। नाम-स्मरण काफी था। इतनी साधना की आवश्यकता नहीं थी। वैष्णव मत के विकास का अध्ययन करनेवालों को यह मननीय विषय है।) अभी हम लोगों ने कर्म का पूरा-पूरा त्याग नहीं किया। कुछ दिनों बाद तुम लोगों का यह महान् कार्य सिद्ध होगा। सत्ययुग बीतने पर वैवस्वत कल्प में त्रेतायुग आवेगा, तब देवताओं की कार्यसिद्धि के लिए तुम लोग उनके सहायक होगे। (कल्प, युग आदि का विस्तृत प्रयोग वैष्णवों ने ही व्यापकता के लिए किया था। ब्राह्मण अधिकारों के विनाश ने कलि को भी प्रचारित किया। इतिहास को भी इस विभाजन में सुरक्षित रखने की चेष्टा की गई। अवतारवाद का विकास आगे देखना उचित होगा। किस हद तक तत्कालीन समाज में प्रचलित पुनर्जन्मवाद ने इस अवतारवाद को सहायता दी है यह समझना महत्वपूर्ण है, क्योंकि वैष्णवों की नकल पर ही परवर्ती बौद्धों का बोधिसत्व उठा है और जैनों में जाति स्मरणत्व का भी काफी प्रभाव मिलता है।)

'नारायण का वचन सुन हम अपने स्थान को लौट गए। जब हम इस तरह कठिन तपस्या करके और हव्य-कव्य देकर भी नारायण का साक्षात्कार नहीं कर सके, तब तुम किस तरह उनके दर्शन पाओगे? भगवान् नारायण संसार के सृष्टिकर्ता, हव्य-कव्य, भोजी (यज्ञ की स्वीकृति), जरा-मृत्युहीन, सूक्ष्म और देव-दानवों के पूज्य हैं।'

यज्ञ समाप्त हुआ। बृहस्पति मान गया। अन्त में उपरिचर देह त्यागकर स्वर्गलोक चला गया।

यह वैष्णव धर्म का विकास ही था, जिसने कि उपनिषद् के ब्रह्मवाद को विकसित किया। उपनिषदों ने छोटे-छोटे देवताओं की सीमाओं को मिलाकर निर्गुण ब्रह्म की स्थापना की। वैष्णव धर्म ने समस्त प्राचीन धार्मिक विरासत—ईश्वर, ब्रह्म, माया, निर्गुण, सगुण, गरुड़ोपासना, नागोपासना, श्रीउपासना तथा अन्य वैदिक देवताओं, ऋषि-चरित्रों, कल्पज्ञान तथा अन्य—सारी विरासत को अपने अन्दर समेट लिया और शैव परिवार से तादात्मय बिठाकर बुद्ध के पूर्व ही भारत की वर्ण-व्यवस्था का रूप ही बदल दिया। ये परिवर्तन उस समय एकतंत्रों में हुए। गण-तंत्रों में जहाँ ब्राह्मण पुराने मार्ग के अनुयायी थे, गण के क्षत्रिय इस अंतर्भुक्ति के ही विरुद्ध थे।

अब हमें आगे उपरिचर के महत्वपूर्ण उपाख्यान को देखना चाहिए (अ० 338)—

एक बार देवताओं ने महर्षियों से कहा कि बकरे (अज) का बलिदान करके यज्ञ करना चाहिए। महर्षियों ने उत्तर दिया—वेद में बतलाया गया है कि बीज के द्वारा यज्ञ करना चाहिए। बीज का ही नाम अज है। अतएव यज्ञ में बकरा काटना उचित नहीं। जिस धर्म में पशु का वध किया जाता हो, वह सज्जन का धर्म नहीं है और यह तो सबसे श्रेष्ठ सत्ययुग है। इस यज्ञ में पशु की हिंसा किस तरह उचित समझी जा सकती है?

उसी समय अपनी सेना सहित आकाशमार्ग से जाते उपरिचर वसु निकले, तो विवादी

उन्हें अपना न्यायकर्त्ता बना बैठे। तब हाथ जोड़कर वसु चैद्य उपरिचर ने कहा : 'पहले अपनी राय बताइए।'

महर्षियों ने अन्न (औषधि) से यज्ञ ठीक बताया। देवताओं ने बकरे पर जोर दिया। उपरिचर ने देवताओं का पक्ष लिया। महर्षियों ने क्रोध करके कहा : 'आपने पक्ष लेकर बात कही है, अतः आप देवलोक से भ्रष्ट हो जाएँ। पृथ्वी पर गिरें।' (यह प्रकट करता है कि वैष्णव मत ने काफी हद तक पुरानी रीतियों से समझौता भी करने की चेषटा की थी)।

उपरिचर पृथ्वी पर आकर भी पूर्वजन्म को न भूला।

देवताओं ने उपरिचर को शाप से छुड़ाने की राय दी : 'आप विष्णु के परम भक्त हैं। वे देव-दानव सभी के पूज्य हैं। उन्हीं की कृपा से आप इस शाप से छूटेंगे। आप महात्मा ब्राह्मणों का सम्मान करें। वे तपस्वी सत्य वचन होते हैं। हम यह वर देते हैं कि आप जब तक भूगर्भ में रहें, तब तक यज्ञ के समय ब्राह्मण लोग जो वसुधारा बहावें, वही घी पीकर आप अपनी भूख-प्यास शान्त करते रहें। भगवान् विष्णु हमारे वर से आपको ब्रह्मलोक ले जाएँगे।'

उपरिचर ने पृथ्वी पर विष्णु-पूजा, विष्णुमंत्र जप और पञ्चयज्ञ किए। कुछ दिन बाद विष्णु प्रसन्न हुए। उन्होंने गरुड़ को आज्ञा दी : 'पक्षिराज ! धर्मात्मा राजा उपरिचर वसु, कुपित ब्राह्मणों के शाप से भूगर्भ में प्रवेश कर गए हैं। अब वे उन सब ब्राह्मणों का यथोचित सत्कार करते हैं, अतः तुम जाकर उन्हें आकाशमण्डल में ले आओ।' गरुड़ ने यही किया। राजा फिर देव-शरीर धारण करके ब्रह्मलोक चले गए।

भीष्म ने कहा (339 अ०)—श्वेत द्वीप में पहुँचकर देवर्षि नारद ने पूर्ण चन्द्रमा के समान तेजस्वी, वहाँ के पुरुषों को देखकर बड़ी भक्ति से प्रणाम किया। उन लोगों ने भी मन में नारद का सम्मान किया। इसके बाद देवर्षि नारद भगवान् नारायण के दर्शन की इच्छा से, ऊपर को हाथ उठाकर, एकाग्रचित्त होकर उन निर्गुणविश्वमय नारायण की स्तुति करने लगे : 'हे देवदेवेश ! तुम निष्क्रिय, निर्गुण (सांख्य का प्रभाव), लोकसाक्षी, क्षेत्रज्ञ (खेतिहर समाज का प्रभाव), पुरुषोत्तम (नामक पूजा का प्रभाव) महापुरुष, अनंत, त्रिगुणमय, अमृत, अमृताक्ष, अनंतदेव, आकाश और नित्य स्वरूप हो (उपनिषदीय प्रभाव), कार्य और कारण के द्वारा कभी तो आपका स्वरूप ज्ञात हो जाता है और कभी नहीं होता। हे नारायण ! आप सत्यमय, आदि देव और सब कर्मों का फल देनेवाले हैं। आप प्रजापति, सुप्रजापति, महाप्रजापति, वनस्पति ऊर्जस्पति, वाचस्पति, जगत्पति, मनस्पति, दिवस्पति, मरुत्पति, सलिलपति, पृथ्वीपति और दिक्पति हैं। महाप्रलय उपस्थित होने पर आप संसार के आधार होते हैं। (इससे स्पष्ट हुआ कि वैष्णव मत ने पहले के समस्त देवताओं की अमरता को स्वीकार नहीं किया। वे सब मर्त्य हो गए, वह और स्पष्ट होता है) आप अप्रकाश हैं और ब्रह्मा के गुरु हैं (ब्रह्मा आर्य ब्रह्म का ही सगुण रूप था)। आप यज्ञ और अध्ययन स्वरूप हैं। शास्त्र में आपको महाराजिक आदि चार गण बताया है। आप प्रकाशमान और महाप्रकाशमान हैं। आप यज्ञ के प्रधान सात भागों के अधिकारी हैं। आप चौदह यम, यमपत्नी और चित्रगुप्त स्वरूप हैं।'

(चित्रगुप्त में गुप्त नाम इंगित करता है कि सम्भवतः यह वैश्य नाम हो, किन्तु निश्चय से नहीं कहा जा सकता। विद्वानों में कुछ का मत है कि गुप्त वंश वैश्य था और तभी अपना दर्जा उठाने के लिए वह वैष्णव मतानुयायी, परमभागवत कुल था। कुछ गुप्तों को क्षत्रिय भी

मानते हैं। परशुराम के बाद असली क्षत्रियों का नाश होने पर जनमेजय तक अनार्यों से मिले हुए क्षत्रियों ने काम चलाया। उसके बाद बुद्ध तक तो अनार्य्य जातियों के योद्धा भी क्षत्रिय अभिहित हुए। बुद्ध के बाद विदेशी फिर बहुतायत से आए। हो सकता है गुप्त लोग वैश्य ही थे, क्योंकि मंजुश्री मूलकल्प ने गुप्त वंश को वणिक जाति का लिखा है—मथुराजातो वैशाल्या वणिक पूर्वी नृपोवरः। धर्मग्रन्थों ने वैश्यों के लिए ही गुप्त लगाने का विधान बनाया है और परम-भागवत इसे अवश्य मानते रहे होंगे, क्योंकि वे ब्राह्मणानुयायी थे। सत्यकेतु विद्यालंकार ने स्पष्ट किया है कि गुप्त का धारणगोत्र बनियों ढैरण गोत्र—वैश्य अग्रवालों में—होता है। धर्मग्रंथों में 'गुप्तेतिवैश्यस्य' कहा गया है। मंजुश्री मूलकल्प के अनुसार मौखिरिवंश भी वैश्य था, जिसमें हर्षवर्द्धन हुआ था। यह भी हो सकता है। हो सकता है थानेसर (करनाल जिला), अग्रोहा (आग्रेयभूमि) से दूर नहीं था, अतः वे वैश्य ही थे जो क्षत्रियों की भाँति रहते थे। (और सचाई तो यह है कि वे पहले क्षत्रिय थे, बाद में ही वैश्य हुए थे।[1] इसके अतिरिक्त, मंजुश्री मूलकल्प ने नागवंश को भी वैश्य लिखा है। शिशुनाग को वैश्य कहा है। फिर नागराज नाम गौड देश के शासक का उल्लेख है। उसके समीप ब्राह्मण और वैश्य रहेंगे। नागराजा स्वयं भी वैश्य होंगे और वैश्यों से ही घिरे रहेंगे। (अन्यत्र हम लिख चुके हैं कि नागों से गुप्तों का सम्बन्ध था। इससे ही मुझे यों प्रतीत होता है—कि चित्रगुप्त ब्राह्मण साहित्य तक नहीं मिलता। महाभारत के शान्तिपर्व में उनका नाम अवश्य है, परन्तु उसका कार्य स्पष्ट नहीं है। हम देख चुके हैं कि नागों की अंतर्भुक्ति वैष्णव मत में हुई है। नागों का प्रसार उत्तर में ईरान से आगे तक था और हमने यह भी देखा है श्वेतद्वीप के ज्ञानी पुरुषों के इन्द्रियहीन शरीर थे और सिर छत्र-सा था। छत्र मूलतः नाग के होता है। हमने यह भी देखा है कि विष्णु यहाँ सूर्य के सदृश है और नाग सूर्य के बड़े उपासक हैं। सबसे बड़ी बात है कि शांतिपर्व के इस प्रकरण के अन्त में नारद ने जो धर्मारण्य ब्राह्मण का इतिहास कहा है, वह धर्मारण्य नागराज पद्मनाभ के पास उञ्छवृत्ति की दीक्षा लेने जाता है। हम इस कथा का उल्लेख पहले कर चुके हैं। वहाँ यह स्पष्ट कहा गया है कि नागराज पद्मनाभ ब्राह्मण-सेवी था। वह सूर्य के पास चला जाया करता था। हर साल वह महीने-भर सूर्य का रथ हाँकता था। पाञ्चरात्र में सूर्य और विष्णु का मिलन यों प्रकट होता है। उसने कहा था : 'सूर्यदेव तो अनेक अद्भुत वस्तुओं की खान हैं। उन्हीं से सब पदार्थ उत्पन्न होते हैं। वायु उन्हीं से उत्पन्न होकर, उन्हीं की किरणों का आश्रय करके, आकाशमण्डल में भ्रमण करता है। क्या यह थोड़ा आश्चर्य है? सूर्यदेव वायु को कई भागों में विभक्त करके प्रजाहितार्थ, वर्षा ऋतु में पानी बरसाते हैं। क्या यह थोड़ा आश्चर्य है? जिस तरह पेड़ की डालियों पर चिड़ियाँ बसेरा लेती हैं, उसी तरह सूर्य की किरणों में देवता और महर्षिगण निवास करते हैं। क्या यह थोड़ा आश्चर्य है? परमात्मा अपने तेज से सूर्यमंडल को प्रदीप्त करके सब लोगों को प्रत्यक्ष करता है।····अनादि अनन्त नारायण स्वयं सूर्य में निवास करते हैं।' उञ्छवृत्ति करनेवाले लोग शिव-भक्त भी होते थे। ध्यान रहे, शिव के साथ भी नाग टॉटम लगा हुआ है। इस सबसे प्रकट होता है कि नागजाति के किसी देवता का रूप ही चित्रगुप्त था। सम्भवतः आर्यों में जैसे यम था, नागों में भी मरों

1. मेरा मत है।

का लेखा-जोखा रखनेवाला चित्रगुप्त था, जो कालांतर में यम का मुंशी बनकर मिल गया। तभी चित्रगुप्त के रूप में भी विष्णु को देखा गया है। अब सबसे मजे की बात है कि नाम से वैश्य लगनेवाले चित्रगुप्त का मुख्य सम्बन्ध कार्यस्थों (कायस्थों) से है। कार्यस्थ भी नागों को मामा कहते हैं, ऊपर मैं इसे स्पष्ट कर चुका हूँ। चारों वर्णों में जिसका निश्चित स्थान नहीं है, ऐसा कायस्थ समाज बहुत करके नागों का ही वंशज है, जिसकी हिन्दू समाज में अंतर्भुक्ति हुई है। उनका देवता उनका पूर्वज बनकर संघ चलाता रहा।)

नारद ने कहा : 'देवता आपको तुषित और महातुषित कहते हैं। आप रोग और आरोग्य, काम आदि के वशीभूत और जितेन्द्रिय तथा स्वाधीन और पराधीन हैं। आप अपरिमेय, यज्ञ, महायज्ञ, पञ्चयज्ञ, ऋत्विक्, वेद, अग्नि और यज्ञ के अंग स्वरूप हैं (वेद का ही रूप विष्णु का मान लिया गया है।) यज्ञ में आप ही की स्तुति की जाती है, यज्ञ के सब भागों के अधिकारी आप ही हैं। आप दिन, रात, ऋतु, महीना, अयन और संवत् इन सबके विधाता के अधिपति हैं (इस प्रकार ब्रह्मा से भी ऊपर हैं।) पाञ्चरात्र आगम में आप ही की महिमा का वर्णन है। आप वैष्णव, अपराजित और मानसिक हैं। आपके सभी नाम हो सकते हैं। आपने वेदव्रत समाप्त करके अवभृथ स्नान किया है। संसार आपको हंस, परमहंस, महाहंस, परमयाज्ञिक, सांख्ययोग और सांख्यमूर्ति कहता है। (यह स्पष्ट करता है कि यह वैष्णव मत कपिल सांख्य के उपदेशोपरांत ही इतना सशक्त हो सका था। कपिल का विद्रोह, समूचा का समूचा वैष्णव मत ने अपने काम में ले लिया था।)

'आप जीव, हृदय, इन्द्रिय, समुद्र, देवता और ब्रह्माण्ड में शयन करते हैं, इसी से आपको अमृतेशय, हिरण्येशय, देवेशय, शुशेशय, ब्रह्मेशय और पद्मेशय इन 6 नामों से पुकारते हैं। आप विश्वेश्वर, विश्वक्सेन, जगत् के आदि कारण और प्रकृति हैं। अग्नि आपका मुख है (इस प्रकार एक समय का वैदिक देवता अग्नि अब सर्वशक्तिमान न रहकर एक अंगमात्र हो गया।) आप बड़वानल, आहुति, सारथि, वषट्कार, ओंकार, तपस्या, मन, चंद्रमा, चक्षु, घी, सूर्य, दिग्गज, दिग्भानु, विदिग्भानु, हयशिरा, ऋग्वेदोक्त प्रथम तीन मंत्र, ब्राह्मण आदि वर्णों के रक्षक, गार्हस्पत्य आदि पाँच अग्नि, षडंगवेद, प्राग्ज्योतिष, ज्येष्ठसाम, सामवेदोक्त, व्रतधारी, अथर्वशिराः, पञ्चमहाकल्प, फेनपाचार्य (फेनप तपस्वी थे, जो फेन खाकर जीवित रहते थे), बालाविय (वैदिक काल के मुनि थे, कोई विशेष सम्प्रदाय था), वैखानस (वैदिक पद्धति के आचार रखनेवाले तथा वैखानस मन्दिरों में पूजा करने की एक पद्धति भी है, जिसे शंकर ने चलाया था। शंकर ने पाञ्चरात्र को अनार्य पद्धति कहकर त्यक्त समझा था। रामानुज ने ही विष्णु के मन्दिरों में पाञ्चरात्र आगम को प्रामाण्य मानकर पाञ्चरात्र उपासना पद्धति को स्वीकार कराया था।), अभग्नयोग, परिसंख्याविहीन, युगादि, युगमध्यम, युगांत, इन्द्र, प्राचीनगर्भ, कौशिक, पुरुष्टुत और पुरुहूत हैं। आप विश्व के कर्त्ता और विश्वरूप हैं। आपने नाचिकेत नामक अग्नि में तीन बार यज्ञ किया है। आपकी गति और आपके भोग की थाह नहीं है। न तो आपका आदि है, न अन्त और न मध्य। आप व्रतावास, समुद्राधिवास (समुद्र से विष्णु का बहुत अधिक सम्बन्ध है। वैदिक वरुण परवर्त्ती काल में समुद्र का राजा बन गया था। परन्तु विष्णु का समुद्र से सम्बन्ध बताता है कि समुद्री जातियों की विष्णु के सम्प्रदाय में लगन लगी है।), वशोवास, तपोवास, दमावास, लक्ष्म्यावास (हम अन्यत्र बता चुके हैं कि लक्ष्मी का विकास

यज्ञों की ओर से हुआ है), विद्यावास, कीर्त्यावास, श्रीनिवास और सर्वावास हैं। आप वासुदेव, सर्वछन्दक, हरिहय, अश्वमेध, यज्ञ का भाग लेनेवाले, वरप्रद, सुखप्रद और धनप्रद हैं। आप यम, नियम, महानियम, कृच्छ्र (एक शरीर को कष्ट देनेवाले तपस्वियों का सम्प्रदाय), अतिकृच्छ्र, महाकृच्छ्र और सर्वकृच्छ्र हैं। आप नियमधर, भयहीन, ब्रह्मचारी, नैष्ठिक, वेदक्रिय, अज, सर्वगति, सर्वदर्शी, इन्द्रियों द्वारा अग्राह्य, अचल, महाविभूति, माहात्म्यमय शरीर, पवित्र, महापवित्र, हिरण्यमय, वृहत, अप्रतर्क्य, अविज्ञेय, ब्रह्माग्रगण्य, प्रजा की सृष्टि और संहारकर्त्ता महामायाधर, चित्रशिखण्डी, वरप्रद, यज्ञभाग ग्रहण करनेवाले, यज्ञस्वरूप हैं। अतृष्ण, असंशय, सर्वकर्म प्रवृत्त और सबसे निवृत्त, ब्राह्मणरूप, ब्राह्मण-प्रिय, विश्वमूर्त्ति, महामूर्त्ति, बांधव और भक्तवत्सल हैं। हे ब्रह्मण्यदेव आपको नमस्कार है।'

तब विष्णु ने दर्शन दिये।

देवर्षि ने देखा कि हजारों आँखें, हजारों सिर, हजारों बाहु और हजारों पेट के एक महापुरुष उनके सामने खड़े हैं। (यह वेदवर्णित—सहस्रशीर्षा-सहस्रपाद पुरुष की भी अंतर्भुक्ति कर लेता है।) उनके शरीर में कोई स्थान चंद्रमा के समान, कोई स्थान सूर्यवत्, कोई तोते के रंग का, कोई स्फटिक मणिवत्, कोई कज्जलनिभ, कोई सुवर्ण वर्ण, कोई प्रवाल वर्ण, कोई श्वेत वैडूर्य्यमणिवर्ण, कोई नील वैडूर्य्यमणिनिभ, कोई इन्द्रनीलमणिवत् कोई मयूर कण्टाभनीलवत्, कोई मुक्तावर्ण का है। कोई स्थान अव्यक्त है। वे एक मुख से ओंकार सहित गायत्री का जप और अन्य मुखों से आरण्यक आदि वेदमन्त्रों का गान कर रहे हैं। उनके हाथ में वेदी, कमण्डलु, सफेद मणियाँ, कुश, मृगचर्म, दण्ड और दहकती हुई आग है। वे खड़ाऊँ पहने हैं। देवर्षि नारद भगवान् नारायण के उस रूप के दर्शन और उनको प्रणाम करके प्रसन्नता से भक्तिपूर्वक स्तुति करने लगा।

भगवान् विष्णु ने नारद से कहा —'देवर्षि! महर्षि एकत, द्वित और त्रित मेरे दर्शन की लालसा से यहाँ आए थे, किन्तु उनको दर्शन नहीं हुए। हार्दिक भाव के बिना मेरे दर्शन कोई नहीं पा सकता। तुम मेरे परमभक्त हो, तभी दर्शन पा सके हो। मेरी यह मूर्ति धर्म के घर में, चार अंशों में विभक्त होकर, उत्पन्न हुई है अतएव तुम उन मूर्तियों की आराधना करो। पुत्र! ये चंद्रमा के समान देदीप्यमान जितेन्द्रिय भक्त, निराहार और एकाग्रचित्त होकर, मेरा ध्यान कर रहे हैं। इस स्थान पर तुम्हारे रहने से इनकी तपस्या में विघ्न होता है। अतएव तुम यहाँ से चले जाओ। (इसका अर्थ है कि वहाँ वाले नारद से कहीं अधिक पहुँचे हुए थे। नारद तो गंधर्व था, जो वैदिक कवि था। क्या हम यह सोचें कि किसी रूप में गंधर्वों का भी तापस जीवन से या नारायण रूप से सम्बन्ध हुआ था। मदालसा अप्सरा को भी वैराग्य-प्रवण कहा गया है जो कि गंधर्वी थी।) ये महात्मा रजोगुण और तमोगुण से मुक्त हो गए हैं और मेरी भक्ति करके सिद्धि पा चुके हैं। ये अन्त को मेरे ही रूप में लीन हो जाएँगे।

'जो रूप, रस, गंध, स्पर्श और शब्द से हीन है, जो त्रिगुणातीत सब प्राणियों की आत्मा और साक्षीस्वरूप है, प्राणियों का शरीर नष्ट होने पर जिसका नाश नहीं होता, जो अज, नित्य, निर्गुण, निराकार, 24 तत्वों से परे, क्रियाहीन और ज्ञानदृश्य कहलाता है तथा ब्राह्मण लोग जिनमें लीन होकर मुक्त हो जाते हैं, उसी सनातन परमात्मा को वासुदेव कहते हैं। वह शुभ-अशुभ कर्मों में कभी लिप्त नहीं होता (उपनिषदीय ब्रह्म का प्रभाव)। सभी प्राणियों में

सत्त्व, रज और तम—यह तीन गुण रहते हैं। जीवात्मा इन गुणों का भोक्ता है, किन्तु परमात्मा इन सबसे अलग है। परमात्मा निर्गुण, गुणरक्षक, गुणस्रष्टा और गुणातीत है। सम्पूर्ण जगत् जल में, जल अग्नि में, अग्नि वायु में, वायु आकाश में, आकाश मन में, मन प्रकृति में और प्रकृति परब्रह्म में लीन हो जाती है। वह सनातन परब्रह्म किसी में लीन नहीं होता, उससे श्रेष्ठ कोई पदार्थ नहीं है। संसार में स्थावर-जंगम सभी प्राणी अनित्य हैं, अब प्राणियों के आत्मभूत, वासुदेव ही नित्यस्वरूप हैं।

'पृथ्वी, वायु, आकाश, जल और तेज, यही पञ्चभूत एकत्र होकर शरीर के रूप में परिणत हो जाते हैं। जैसे पञ्चभूत बिना शरीर नहीं बनता, वैसे ही जीव के बिना शरीर में स्थित वायु सञ्चालित नहीं होता (शरीरस्थ वायु का वर्ण उपनिषदीय चिंतन में पाया जाता है)। इसी से जब शरीर में जीवात्मा आ जाता है, तभी प्राणियों के शरीर चेष्टायुक्त होते हैं। पण्डितों ने जीवात्मा को भगवान्, अनन्त और संकर्षण कहा है। उसी संकर्षण (जीव) से प्रद्युम्न (मन) की उत्पत्ति होती है। प्रलयकाल में सब प्राणी उसी में लीन हो जाते हैं। प्रद्युम्न (मन) से अनिरुद्ध (अहंकार) की उत्पत्ति होती है। उसी को ईशान और सर्वकार्य प्रकाशक कहते हैं। निर्गुण परमात्मा वासुदेव और जीवात्मा संकर्षण है। संकर्षण से प्रद्युम्न और प्रद्युम्न से अनिरुद्ध होता है (यही व्यूह है)।

'मैं इस स्थावर-जंगम-रूप जगत् की सृष्टि करता हूँ। सत्, असत्, क्षर और अक्षर, सब पदार्थ, मुझी से उत्पन्न होते हैं। मेरे भक्त मुक्त होकर मेरे ही रूप में लीन हो जाते हैं। पण्डितों ने मुझे 24 तत्वों से परे, निर्गुण, निष्क्रिय, निर्द्वन्द्व और निष्परिग्रह पुरुष कहा है। तुम मुझे रूपवान् देख रहे हो, परन्तु वास्तव में मेरा कोई रूप नहीं है। मैं चाहूँ तो दम-भर में इस रूप का संहार कर लूँ। तुम केवल मेरी माया के प्रभाव से मेरा यह रूप देख रहे हो। हे देवर्षि! यह मैंने चार मूर्त्तियों का वृत्तांत कहा।

'पण्डित लोग मेरे ही स्वरूप को जीव कहते हैं। जीव मेरे ही रूप में लीन हो जाता है। जीव दृश्य पदार्थ नहीं है, अतः यह न समझो कि तुम जीवात्मा के दर्शन कर रहे हो। मैं सब स्थानों में और सब प्राणियों में रहता हूँ। शरीर के नष्ट होने पर मेरा नाश नहीं होता। संसार के एकमात्र कारण, निरंतर वेदपाठी, ब्रह्मा मेरे अनेक प्रकार के कर्मों को समझते हैं। कुपित होने पर मेरे मस्तक से रुद्रदेव उत्पन्न हुए हैं।' (इसका अर्थ यह है कि वैष्णव मत ने इन दोनों के सम्प्रदायों को भी मिला लेना चाहा था, किन्तु यह दोनों सशक्त सम्प्रदाय थे, अतः वे अंतर्भुक्त नहीं हो सके, उन देवताओं का महत्व अलग बना रहा। अंततोगत्वा ये तीनों देवता एक ही मूल शक्ति के तीन पर्याय मान लिये गए।)

(अंतर्भुक्ति का प्रयत्न देखिए)। विष्णु के शरीर के पास या भीतर हैं—

(1) दाएँ—11 रुद्र। (2) बाईं ओर—12 आदित्य। (3) पीछे— अश्विनीकुमार। (4) सामने—अष्ट वसु। (5) दक्ष आदि प्रजापति, सप्तर्षि, वेद, यज्ञ, अमृत, औषधि, तपस्या, यम-नियम, अष्टसिद्धि, श्री, लक्ष्मी, कीर्त्ति, पृथ्वी, वेदमाता सरस्वती, ध्रुव नक्षत्र, बादल, समुद्र, सरोवर, नदी, सत्वादि, त्रयगुण, मूर्तिमान चार प्रकार के पितृगण—ये सब शरीर के भीतर निवास करते हैं। (6) विष्णु देवताओं और पितरों के आदि पिता हैं। (7) वे हयशिरा होकर श्रद्धा के साथ दिए हुए हव्य-कव्य को पश्चिमोत्तर (श्वेतद्वीपी) समुद्र में खाते-पीते हैं। (8) वे यज्ञरूप हैं।

अब विष्णु बताते हैं कि सृष्टि कैसे हुई—'पूर्व समय में मुझसे उत्पन्न ब्रह्मा ने यज्ञ करके मेरी आराधना की थी। तब प्रसन्न होकर मैंने उन्हें ये वर दिए थे—ब्रह्मन् ! कल्प के आदि में तुम मेरे पुत्र होकर सब लोकों के अध्यक्ष होगे और अपने कार्यों के द्वारा अनेक नामों से विख्यात होगे।'

यहाँ ब्रह्मा का विकास देखना आवश्यक है—

(1) आर्यों में जब वे देव कहलाते थे और उनके समाज में आदिम साम्यवाद था, तब अग्नि और उसके चारों ओर खड़ा गणगोत्र ब्रह्म कहलाता था।

(2) उस समय भी अनार्य जातियों में विभिन्न स्रष्टा थे और उनकी भी अपनी-अपनी कल्पनाएँ थीं।

(3) कालांतर में आर्यों का ब्रह्म—विराट पुरुष—बना और उसको समझाने के माध्यम से प्रारम्भिक चातुर्वर्ण्य बना जिसमें ब्राह्मण, क्षत्रिय और वैश्य तो आर्य थे, और शूद्र अनार्य होकर भी समाज के अंग, अर्थात् उसी ब्रह्म के अंग स्वीकार कर लिये गए थे।

(4) कालांतर में ब्रह्म के नाम पर सब जातियों के देवता अपने महत्व का प्रतिपादन करने लगे। तब उपनिषद्-काल में ब्रह्म को निर्गुण तथा सब देवताओं से परे कहा गया। परन्तु आर्यों में वही ब्रह्म अपने लोकप्रचलित रूप में स्रष्टा—ब्रह्मा—बना।

(5) कालांतर में अनार्यों के स्रष्टा भी अंतर्भुक्ति में प्रकट हुए और वे मातृसत्ताक तथा पितृसत्ताक-जैसी भी थीं, वैसी जातियाँ पास आईं और ब्रह्मा का परिवार बढ़ा। क्रमशः बहुत-से स्रष्टा प्रजापति परम्परा में अंतर्भुक्त हो गए और इस सिलसिले में पुरानी कथाएँ मिल गईं। मातृसत्ताक अदिति आदि को कश्यप और दक्ष आदि से जोड़ दिया गया। कई पौराणिक गाथाएँ मिल-मिला गईं।

(6) वर्ण-व्यवस्था में भी परिवर्तन हुआ। अब सब जातियों के पुरोहित, योद्धा, व्यापारी तथा कमकर, क्रमशः, ब्राह्मण, क्षत्रिय, वैश्य और शूद्र कहलाने लगे और ब्रह्मा भी इसी के अनुरूप सब वर्णों का सर्वेसर्वा बनने लगा।

(7) शिव के परिवार में बहुत-सी अनार्य उपासना-पद्धतियाँ मिल गईं। कार्त्तिकेय, उमा, देवी, तंत्र, अघोर, कालमुख आदि तथा वृषभ, नाग, गंगा, चंद्रमा आदि के उपासकों का, मूषक, मयूर, प्रेत, पहाड़ी देवताओं आदि के साथ एक विशाल परिवार बन गया। इसका ब्रह्मा से तादात्म्य नहीं था। कुछ शैव वैदिक परम्परा मानते थे, कुछ नहीं मानते थे।

(8) विष्णु के परिवार में गरुड़, नाग, गंधर्व, पाञ्चरात्र मिले और वैष्णव मत ने प्राचीन ब्राह्मणवाद की अधिकाधिक विरासत को अपने में खींच लिया। विष्णु ने ब्रह्मा और शिव के परिवार से तादात्म्य किया। पहले इन तीनों में झगड़े हुए, पर बाद में समझौता हो गया।

(9) ब्रह्मा अपनी जगह बरकरार रहा, पर विष्णु और शिव का मान उससे कहीं अधिक बढ़ गया। जिस युग में आर्यों में पिता-पुत्री सम्भोग करते थे, उस समय की स्मृति समाज में जीवित चली आ रही थी। परवर्ती खेतिहर समाज में यौन-सम्बन्ध बहुत बदल चुके थे। इसी प्रकार वैदिक देवताओं के विषय में उन पुराने युगों के समाजों के चित्र उपस्थित थे, जिनके आचरणों को नई नैतिकता में बुरा समझा जाता था। इसी से वैष्णव सम्प्रदाय के उदय ने पुरानी नैतिकता को नए नैतिक मानदण्डों से अपराधी ठहराकर, वैदिक देवताओं का दर्जा गिरा

दिया। स्वयं वृत्रासुर को चित्रकेतु के पुनर्जन्म का पात्र बनाकर वैष्णव बनाया और भागवत् में इन्द्र को निम्नकोटि का व्यक्ति बना दिया। एक और कारण था कि वैदिक देवता विलासी और भोगपरक थे, जबकि अनार्यों के अभावात्मक चिंतन को मूल में तपस्या-रूप में धारण करनेवाला वैष्णव मत निवृत्तिपरक था। उसने वैदिक भोग-प्रवृत्ति को स्वीकार तो किया, किन्तु उसे अन्तिम सिद्धि के बीच का एक माध्यम मात्र माना, क्योंकि दर्शन के क्षेत्र में यह द्वन्द्व तत्कालीन समाज की द्वन्द्वपरक विषमता ने पैदा किया था।

(10) बुद्ध के समय में ब्रह्मा को तो गण के क्षत्रिय जानते थे, किन्तु उनमें विष्णु और शिव का मान नहीं था, क्योंकि वे रक्तशुद्धि माननेवाले क्षत्रिय थे।

(11) उनके कुछ बाद ही, बल्कि समकालीन ही, हमें महाभारत में कृष्ण-पूजा का उल्लेख बताता है कि यह पूजा-विधान एक लम्बे संघर्ष में से गुजर चुका था। उस समय ब्रह्मा, विष्णु और महेश तीनों ज्ञात थे तथा उनका प्रभाव भी खूब था।

(12) एक समय वैष्णव मत और शैव मत आर्य ब्राह्मण के विरोधी होकर जनता की मुक्ति के लिए उठे थे। उन्होंने समाज को मुक्त भी किया था। वैष्णव मत सामंतीय विकास का सहायक विचार था।

(13) शीघ्र ही भारत के ब्राह्मण आर्यों ने उसे स्वीकार कर लिया। ब्राह्मण का धर्म ही एकदम बदल गया। उसने पुरानी सारी विरासत को वैष्णव और शैव मत में भरकर प्रस्तुत किया, अर्थात् वह अंतर्भुक्ति में सहायक हुआ और वह जीवित बच गया। इस अंतर्भुक्ति में एक लम्बी अवधि व्यतीत हुई। आगे कथा है—

विष्णु ने कहा : 'हे नारद ! मैंने कहा कि हे ब्रह्मा ! तुम जो नियम बना दोगे उसका कोई उल्लंघन नहीं कर सकेगा। वर चाहनेवालों को तुम वह दे सकोगे। देवता, असुर, ऋषि, पितर और सब प्राणी तुम्हारी उपासना करेंगे। देवताओं का कार्य सिद्ध करने के लिए जब मैं पृथ्वी पर अवतार लूँगा, तब तुम पुत्र के समान मेरा शासन और मुझे कामों में नियुक्त करोगे। हे नारद ! ब्रह्मा को इस प्रकार के वरदान देकर मैं निश्चिंत हो गया।' (यहाँ विष्णु और ब्रह्मा के पारस्परिक सम्बन्ध का अन्योन्याश्रय प्रकट करता है कि यह एकदम का काम नहीं था। तथा, अवतार एक नई बात थी जो पाञ्चरात्र शास्त्र निर्गुण में से सगुण ले आया था। उस समय के पुनर्जन्मवाद का विकास, कल्पांतर की भावना का विकास, ब्राह्मणकृत समाज के पतन के इतिहास का भाव, जातियों की विभिन्न पौराणिक कथाओं की अंतर्भुक्ति का विकास, इस सबने अवतारवाद का विकास किया। बर्बर दास-प्रथा के युग का ईश्वर, अब सामंतीय विकास की ओर आते समय, जनता और दुखियों के प्रति अग्रसर हुआ और बार-बार इसी पृथ्वी के अत्याचार मिटाने को अवतरित होने लगा। यह देवता श्रद्धा का भूखा था, बलियों का नहीं। किन्तु उसका विद्रोही स्वर ब्राह्मण से समन्वय करके ही अपने को प्रतिपादित कर सका। दार्शनिक युधिष्ठिर ने ब्राह्मण कर्मकाण्ड को तो स्वीकार किया था, किन्तु वह क्षत्रिय वर्ण-व्यवस्था को स्पष्ट नहीं समझा था। वृष्णि संघ का यादव कृष्ण यद्यपि कर्मकाण्ड का विरोधी था, उसने स्वयं वैदिक देवता इन्द्र का विरोध किया था, अनार्य-उपासनाएँ सीखी थीं, तथापि दर्शन के क्षेत्र में वह आनंदवादी ब्रह्म का उपासक था। उसके समय में ही यादवगण में जैनचिंतन घुस रहा था। अरिष्टनेमि ऐसा ही विचारक था। एकतंत्र राज्य का अश्वल जनक

जब मिथिला का अधिपति था, उस समय क्षत्रियों में कर्मकाण्ड को रूपक बनाकर व्याख्या की जा रही थी। विचारकों में विभिन्न स्कूल थे। कोई कान को, कोई नाक को ब्रह्म मानता था। अनेक अनार्यों के लय से प्रभावित लोग थे। उसके उपरांत कपिल हुआ जिसने परमात्मा को निर्गुण बनाकर उठा दिया, क्योंकि पुरातन ब्रह्म-व्याख्या में समाज की आस्थाओं की व्याख्या थी। नया ब्रह्म जहाँ जातियों की अंतर्भुक्ति के कारण सबसे परे होकर उन्हें परस्पर निकट ला रहा था और सारे देवता उसी के पर्याय बन रहे थे, वर्ण-विश्लेषण में वह समाजगत विषमता का उत्तरदायित्व स्वयं न लेकर जीव अर्थात् आत्मा पर छोड़ रहा था और आत्मा-पुनर्जन्म का आधार लेकर सारी विषमता का समाधान कर रहा था, क्योंकि पुनर्जन्म आत्मा के कर्म-विपाक से ही नियंत्रित था। उस समय क्षत्रिय बौद्ध चिंतन ने आत्मा के व्यक्तित्व को अस्वीकृत करके उच्चवर्ण में से यह भय मिटाया कि बुरा करना, अत्याचार करना, दलित वर्ण को सताना, निश्चय ही व्यक्ति रूप में पलटकर चोट करेगा, जोकि पुनर्जन्म का एक समय का प्रगतिशील कार्य था। जैन-चिंतन ने क्षत्रिय-वैश्य संगठन किया था। बौद्ध-चिंतन ने जहाँ मध्यमा प्रतिपदा को अपनाया, जैन-चिंतन ने निर्गुण ब्रह्मा को व्यर्थ समझकर छोड़ दिया, किन्तु आत्मा और पुनर्जन्म को मानकर, आत्मा को दुःख देना ही श्रेयस्कर माना, क्योंकि यह मार्ग तत्कालीन ब्राह्मण पौरोहित्य की भोगपरक उपासनाओं का विरोधी था। इसके साथ ही जनता अपनी दास-प्रथाकालीन परिस्थिति से मुक्त होती हुई, ब्राह्मण को अपनी रक्षार्थ जिस अंतर्भुक्ति को स्वीकृत करा चुकी थी, उसका चिंतन एक ओर शैव मत में था, दूसरी ओर वैष्णव मत में, जहाँ देवताओं का मनुष्य के लिए तादात्म्य सिद्ध किया जा रहा था। इतिहास के आलोचक स्पष्ट देख सकते हैं कि गणों से पैदा हुए जैन और बौद्ध चिंतन, चाणक्य के समय में प्रथम सामंतवादी साम्राज्य बनते ही, अपना रूप बदल गए और तीर्थंकर भगवान तथा बुद्ध बोधिसत्व बना और उन्होंने भी अपने देवताओं को जनता के सुख-दुःख के निकट लाने का प्रयत्न किया। अवतारवाद मनुष्य की मुक्ति की बार-बार विजयी होने की कल्पना थी, जिसने अपना गहरा प्रभाव डाला। शैव मत में अवतार नहीं हुए, क्योंकि जिस व्यापकता से वैष्णव ने बुद्ध से लेकर तुलसीदास तक जातियों की अंतर्भुक्ति की, निम्न वर्णों को बोलने का सहारा दिया, वैसा शैव मत नहीं कर सका। मैं पहले कह चुका हूँ कि शैव मत का एक रूप वैदिक स्वीकृत हुआ, दूसरा अवैदिक। वेदस्वीकृत रूप शीघ्र ही दक्षिण की आडयर भक्ति में बदल गया और अवैदिक रूप अंत तक योगपरक तथा व्यक्तिपरक रहा। उसकी अंतर्भुक्ति कई शताब्दियों बाद गोरखनाथ के उपरांत हुई।)

शांतिपर्व के 131वें अध्याय में तप को सब धर्मों का मूल कहा गया है—बिना तप के कोई उत्तम फल नहीं भोग सकता। प्रजापति ब्रह्मा ने तप के प्रभाव से ही सृष्टि की थी और महर्षियों ने तपोबल से ही वेदों पर अधिकार किया था। तपोबल से ही फल-मूल उत्पन्न होते हैं। तप के प्रभाव से ही सिद्ध लोग तीनों लोकों को देख सकते हैं। तप से ही औषधि और नीरोगता प्राप्त होती है। दुर्लभ वस्तु भी तप के बल से सुलभ हो जाती है। मदिरापान (जो अब बुरा हो गया[1]), चोरी, ब्रह्महत्या और गुरु-स्त्रीगमन आदि पाप तप के प्रभाव से छूट जाते हैं।

---

1. तथापि परमभागवत गुप्त सम्राट् मदिरा पीते ही रहे।

तपस्या अनेक प्रकार की है, उसमें अनशन तप सबसे बढ़कर है। अनशन तप अहिंसा, सत्य, दान और इन्द्रिय निग्रह से भी श्रेष्ठ है। वेद के विद्वान् पुरुष से श्रेष्ठ और कोई नहीं है। दान से बढ़कर कठिन काम, माता की सेवा से बढ़कर सत्कर्म और संन्यास की अपेक्षा श्रेष्ठ तप दूसरा नहीं है। धन-धान्य और धर्म की रक्षा के लिए इन्द्रिय-संयम आवश्यक है।

(जिस प्रकार रोम के जीवन में वैभव और ऐश्वर्य पर ईसाई मत ने अभावात्मक व्यक्तिपरकता को प्रचारित करके मनुष्य को दासत्व से छुड़ाया था, आत्मगौरव जगाकर, आत्मा की समानता के बल पर परमात्मा को प्रेम का भूखा बताया था, और यूरोप में सामंतीय जीवन के विकास का मार्ग बनाया था, उसी प्रकार सैकड़ों सदियों पहले भारत में वैष्णव मत ने भी यही किया था। इसका श्रेय न जैनधर्म को मिल सकता है, न बौद्ध चिंतन को। यही कारण है कि वैष्णव मानवतावाद सारे सामंतीय युग में जीवित और प्रायः कर्मठ भी रहा और निम्न तथा दलित वर्णों की पुकार बनकर निरंतर उठता रहा। उसने भारत की भूमि में जिस महान् सत्य का बीज बोया, वही यहाँ के विश्व-कल्याण की भावना को साकार बनाने में सहायक हुआ। जो विद्वान् वैष्णव मत को केवल एक संकुचित दायरे में देखते हैं, वे इसे समझ भी नहीं पाते। वैष्णव मत वास्तव में दासयुगीन भारत के बाद उठता हुआ एक रिनेसाँ था, एक नवीन भूमि बनाने का आंदोलन था।) इसी ने ब्राह्मण का धर्म बनाया था—(शांतिपर्व, अध्याय 175) एकता, समता, सत्यता, सच्चरित्रता, अहिंसा, सरलता और तपस्या का आचरण तथा यज्ञ आदि सब कर्मों का त्याग ही ब्राह्मणों का परम धर्म है।

शैव मत का योग भी वैष्णव मत में अंतर्भुक्त था। परन्तु इस समय तक योग का अर्थ हठयोग नहीं था। परवर्ती अनुगीता में केवल मूलाधार चक्र का उल्लेख है। योगवसिष्ठ भी कुण्डलिनी ज्ञान तक पहुँचाता है। परवर्ती काल में ही हठयोग की क्रियाएँ योग में घुसी थीं। बुद्ध के परवर्ती अनुयायियों और जैनों पर भी ईसा के पूर्व ही योग का प्रभाव पड़ चुका था। योग भूमि सबमें समान थी।

समाज की विषमताओं में ब्राह्मणों की दरिद्रता बढ़ रही थी। उसके प्रति संतोष धारण करके भी अपने को नियामक बनाए रखने की योजना जैसे वैष्णव मत ने ही ब्राह्मणों को दी थी। मंकी ऋषि के पश्चात्ताप का यह अत्यन्त हृदय हिलानेवाला चिंतन निश्चय ही इस युग के चिंतन का एक प्रतिनिधि है—

"हे इच्छा करनेवाले मन! तू आकाश को छोड़कर वैराग्य का आश्रय लेकर शान्त हो जा। तेरी आशाएँ बार-बार निष्फल हो चुकी हैं, तब भी तू नहीं जागता! अब तू यदि मेरा विनाश न करके मेरे साथ खिलवाड़ करना चाहता है तो वृथा धन के लोभ में फँसाकर पीड़ित न कर।" (शांतिपर्व, 177 अ०)

(राजा वर्णाश्रम का प्रतिपादन नहीं करते थे। गणों में क्षत्रिय ब्राह्मणों का विरोध करते थे। मंकी को धन कमाने के लिए तिजारत करनी पड़ गई थी। द्रोण ने क्षत्रिय की सेवा की थी, तब पेट भरा था। अब तो और भी गया-बीता युग था। पहले ब्राह्मण पर टैक्स नहीं लगते थे, अब कोई राजा मानता था, कोई नहीं मानता था। अब तो कलि था—यानी नाश का, पतन का युग था, तो मंकी क्यों न कहता—) 'हे मन! तू बार-बार धन का संचय करके भी उसे सुरक्षित न रख सका, तब भी तेरी धन की आशा न गई। अब उसे कब छोड़ेगा? आज तक कोई

मनुष्य इच्छाओं की पूर्ति नहीं कर सका और न आगे कर सकेगा। इसलिए इच्छाओं का त्याग कर देना ही अच्छा है (यह वही ब्राह्मण था जो पहले आनन्द और वैभव में रहता था, उपनिषदीय चिन्तन में उसे कहीं भी निराशा नहीं थी, केवल पाप का, पुण्य का, विषाद था! और वह कहता है—) 'आशा का त्याग कर देने से किसी के आश्रित नहीं रहना पड़ता। हे इच्छा! तेरा हृदय वज्र के समान कठोर है, नहीं तो सैकड़ों अनिष्ट होने पर क्या तेरे टुकड़े-टुकड़े न हो जाते? तू संकल्प से जन्म लेती है, अतः मैं संकल्प का त्याग करके तेरी जड़ उखाड़ डालूँगा। जो पञ्चभूत मेरे शरीर में रहते हैं, वे चाहे जहाँ चले जाएँ। अहंकार आदि काम और लोभ के पिट्ठ हैं। मैं आत्मा का दर्शन करने के लिए योग-विधि का आश्रय लूँगा। जो कुछ मिल जाएगा, मैं तो उसी में संतोष करूँगा।'[1]

ऐसे ही वैराग्य ने विदेहराज जनक से कहलाया था कि इतना ऐश्वर्य होने पर भी मैं दरिद्र हूँ। यदि यह मिथिला नगरी भस्म हो जाय तो भी मेरी कुछ हानि नहीं है।

समाज की विषम व्यवस्था की व्याख्या नहीं हो पा रही थी। उस समय व्यक्ति और समाज के बीच में खाई आ गई थी। पिंगला, कुरर, साँप, भौंरा, बाण बनानेवाले और धान कूटती कन्या के उपदेश ग्रहण किये जा रहे थे कि सब छोड़ दो, घर मत बनाओ, अकेले एकाग्रचित्त रहो। समाज में विषमता थी परम्परा और नए मार्ग की। एक ओर हिंसा थी, दूसरी ओर अहिंसा। वैष्णव मत ने अहिंसा को बल दिया किन्तु उसका विरोध भी मिलता है। महाभारत, अश्वमेध पर्व, 28 अध्याय में अध्वर्यु और यति का सम्वाद है—

एक संन्यासी ने किसी याज्ञिक ब्राह्मण को यज्ञ में पशु-प्रोक्षण करते देखकर उससे हिंसा न करने को कहा।

ब्राह्मण ने कहा : 'यज्ञ में इस बकरे को काटकर मैं इसका अपकार नहीं कर रहा हूँ, उपकार कर रहा हूँ। यह पशु यज्ञ में बलि होकर श्रेष्ठ गति पावेगा। यदि शास्त्र सत्य है तो शास्त्रानुसार प्रोक्षण करने से इसका पार्थिव भाग पृथ्वी में, जल का भाग जल में, आँखें सूर्य में, कान दिशाओं में, प्राण आकाश मार्ग में चले जाएँगे।'

संन्यासी ने कहा : 'ब्रह्मन्! यदि इस यज्ञ में बकरे का वध करने से केवल इसी का कल्याण है तो यज्ञ करने का आपका प्रयोजन ही क्या है? इसके सिवा यह पशु पराधीन है। इसके माता-पिता, भाई और कुटुम्बियों की आज्ञा लिये बिना इसका वध करना आपको उचित नहीं। यदि आप मंत्र के द्वारा इस पशु के प्राण आदि तत्वों को यथास्थान पहुँचा देंगे तो इसका केवल निश्चेष्ट शरीर रह जाएगा। उस समय इसमें और काठ में कोई भेद न रहेगा। अतएव इसके बदले काठ ही से यज्ञ कर लेने में आपकी क्या हानि है? प्राचीन विद्वानों ने अहिंसा को ही सब धर्मों में श्रेष्ठ बतलाया है, अतएव हिंसाविहीन काम करना सबके लिए अच्छा है। यदि मैं कभी हिंसा न करने की प्रतिज्ञा करूँ तो आप मेरे कामों में अनेक दोष निकालेंगे। किन्तु मैं

---

1. शताब्दियों बाद सामंतीय जीवन के गतिरोध के साथ निर्गुण ब्रह्म की पुनर्स्थापना करते समय शंकर ने जब बौद्धों के अनात्म के बन्द द्वार खोलकर आत्मा को बढ़ने का पहला मार्ग दिखाया था, तब आर्थिक रूप में वर्ग-समन्वय ज्यों-का-त्यों रखने को कहा था—मंलभ से निज कर्मोपात्तं? तिं तेन विनोदम चित्तम्। पाठक इस परिस्थिति और शंकर की परिस्थिति का भेद स्पष्ट समझ सकते हैं।

वैसी कठिन प्रतिज्ञा नहीं करता हूँ। मेरे मत में तो जहाँ तक हो सके, प्राणियों की हिंसा न करना ही श्रेष्ठ धर्म है। मैं केवल प्रत्यक्ष हिंसा को ही दूषित बतला रहा हूँ।'

ब्राह्मण ने कहा : 'इस पृथ्वी पर सभी पदार्थों में प्राण हैं। अतएव जब आप गंध सूँघते, रसास्वाद लेते, रूप देखते, वायु सेवन करते, शब्द सुनते और करने न करने योग्य कामों का विचार करते हैं, तब आपको किस तरह हिंसा-विहीन माना जा सकता है? हिंसा किए बिना इनमें से कोई काम नहीं हो सकता। अहिंसा क्या है, बताइए?'

संन्यासी ने कहा : 'आत्मा दो प्रकार की है : उपाधियुक्त आत्माक्षर और उपाधिहीन सनातन आत्माक्षर। जिसकी आत्मा माया के साथ मिलकर प्राण, इन्द्रिय, मन और बुद्धरूप में व्यवहृत होती है उसी को हिंसा का भय होता है। जिसकी आत्मा, प्राणादि से अलग रहकर, निर्द्वन्द्व और समदर्शी होती है वह हिंसा से नहीं डरता। अतएव मेरे मत में तो प्राण आदि से अलग रहना ही अहिंसा है।'

ब्राह्मण ने कहा : 'भगवन्! आपके वचन सुनकर यह विश्वास होता है कि संसार में ज्ञानवान् पुरुषों की संगति से बढ़कर दूसरा काम नहीं है। इस समय आपके उपदेश से मेरी बुद्धि निर्मल हो गई है। मैं समझ गया हूँ कि मेरी आत्मा किसी में लिप्त नहीं है, अतएव वेद में बतलाए हुए यज्ञ करने से मैं अपराधी नहीं हूँगा।'

संन्यासी उत्तर न दे सका। मौन हो गया। ब्राह्मण मोहहीन होकर यज्ञ करने लगा।

परन्तु सैद्धान्तिक रूप में यह व्याख्या नहीं चली। हमें यह सदैव ध्यान में रखना चाहिए कि अंतर्भुक्ति में पड़ा हुआ आर्य ब्राह्मण एक काम निरन्तर कर रहा था—वेद को पूज्य बना रहा था—और इसीलिए उसने इसी आलोच्यकाल के अन्त तक वेद को अपौरुषेय बना डाला। आज तक भारत में बहुत-से लोग वेद को अपौरुषेय ही मानतें हैं।

उस समय ब्राह्मण वह था, जिसके जातकर्म संस्कार होते थे, वेदाध्ययन करता था, प्रतिदिन संध्यावंदन, स्नान, जप, होम, देव-पूजा और अतिथि-सत्कार करता था। उससे यह आशा की जाती थी कि वह सदाचारी, नित्यव्रती, गुरुप्रिय, सत्यपरायण रहे। वह ब्राह्मणों को भोजन कराने से बचा हुआ अन्न खाए और वह दान, अद्रोह, कोमलता, क्षमा, दया और तपस्या करनेवाला हो।

जो वेदाध्ययन, युद्ध, ब्राह्मणों को दानरत रहे और प्रजा से कर लेता हो, वही क्षत्रिय था। जो शुद्ध रहकर वेद पढ़ता और कृषि-वाणिज्य आदि करता था, वह वैश्य था और जो वेदहीन तथा आचारभ्रष्ट रहकर सब काम करता था, तथा सब कुछ खाता-पीता था, वह शूद्र था।

शान्तिपर्व 189 अ० में स्पष्ट कहा गया है कि जो मनुष्य द्विज के कुल में जन्म लेकर शूद्र के कर्म करता था, वह शूद्र और जो शूद्र के वंश में उत्पन्न होकर द्विज के समान संयमी होता था, वह द्विज कहलाता था।

वर्ण-व्यवस्था जिस उथल-पुथल में बदल रही थी, वह हम स्पष्ट ही कर चुके हैं। हम बता चुके हैं कि उपनिषद्-काल में खान-पान में कुछ छुआछूत शुरू हो गई थी। वह अब काफी बढ़ती जा रही थी। हम यह भी निश्चय से नहीं कह सकते कि यह छुआछूत नागों के पुरोहित कुलों से नहीं आई थी, क्योंकि कुछ नागकुल इतने पवित्र थे कि वे मांस तक नहीं

खाते थे और जबकि हमारे पास प्रमाण है कि महाभारत-काल में ऋषियों और क्षत्रियों को शूद्र परोसते थे। जो हो, हमारे सामने यह भी स्पष्ट है कि भारशिव नाग कट्टर यज्ञवादी बनकर इतिहास में उठे थे, सम्भवतः अंतर्भुक्ति का ही यह परिणाम था।

योग के प्रभाव को लेकर कहा गया है—शांतिपर्व, 340 अ० में विष्णु ने नारद से कहा था—

'सांख्यशास्त्र के आचार्य मुझे, विद्याशक्तिसम्पन्न सूर्यमण्डल में स्थित, कपिल कहते हैं।' [यह कपिल मूलतः सूर्य का सुवर्ण वर्ण है, जिसका उपनिषदों में वर्णन है, जिसका वेद में भी आदित्य वर्ण पुरुष के रूप में उल्लेख है। परन्तु नाम-साम्य से इस कपिल में स्वयं कपिल नामक दार्शनिक ही आत्मसात् हो गया है। सांख्य में भी पुरुष का महत्व अवश्य है। हम चीजों को अलग-अलग करके नहीं देख सकते। इन सबका ही प्रभाव रहा है। यह कपिल न जाने कब सगर के पुत्रों के विनाशक कपिल से मिल गया, यह भी नहीं कहा जा सकता। हम यह भी देख चुके हैं कि जैन-परम्परा ने सगर के पुत्रों का नाशक नागराज को कहा है। तो क्या यह सोचें कि नागों का कपिल से कोई प्रारम्भिक सम्बन्ध रहा होगा?]

विष्णु ने कहा—'मैं वेद में ब्रह्मा (अर्थात् ब्रह्म) और योगशास्त्र में योगप्रिय कहलाता हूँ।' [सम्भवतः कई शताब्दियों बाद यह योगप्रिय ही योगजीत बनकर अवतरित हुआ था। इस पर तो आश्चर्य ही नहीं होना चाहिए कि भारत में पुरानी चीजें फिर रूप बदल-बदलकर उठी हैं और बहुत दिनों तक जीवित रही हैं। अन्य प्रमाणों को यदि हम बिल्कुल ही मानने से अस्वीकार कर दें, तब भी चंद्रगुप्त मौर्य के समय से तो भारत लगभग 2300 वर्षों से शिव और विष्णु को मानता चला आ रहा है। बुद्धकाल से भी पुराने उपनिषदों के ब्रह्मवाद ने क्या फिर-फिरकर हमारे देश के महान दार्शनिकों को प्रभावित नहीं किया है? सारे परिवर्तनों के भीतर यह सिंहावलोकन की प्रवृत्ति—यह चलते-चलते लौटकर पीछे देखने की आदत—यह पुराने को नए रूप में प्रस्तुत करने की चेष्टा, यह पुरातन से प्रेरणा लेने का स्वभाव—भारत की अपनी चीज रही है, जिससे अतीत रूप बदलकर निरन्तर आत्मसात् होता रहता है, वह नष्ट नहीं हो जाता। इसके पीछे बहुत धीरे बदलनेवाले आर्थिक कारण तो हैं ही, दार्शनिक ऊपरी ढाँचे (Super structure) में भी मूल परिवर्तन न कर सकने की प्रवृत्ति रही है।]

विष्णु ने कहा—'अभी तो मैं प्रकट रूप से स्वर्ग में रहता हूँ, किन्तु हजार युग बीतने पर संसार का संहार करके, स्थावर-जंगम सब जीवों को अपने में लीन करके, विद्या-शक्ति के साथ अकेला विहार करूँगा। इसके बाद उस विद्या-शक्ति के द्वारा मेरे प्रभाव से फिर जगत् की सृष्टि होगी। (कालांतर में शंकर ने इसी को माया का रूप दे दिया था।) मेरी आदिमूर्ति वासुदेव से अनन्तदेव संकर्षण, संकर्षण से प्रद्युम्न, प्रद्युम्न से अनिरुद्ध, अनिरुद्ध से ब्रह्मा और ब्रह्मा से चराचर जगत् उत्पन्न होता है।'

चित्र यों बनता है—

वासुदेव (परमात्मा)

।

की विद्या-शक्ति से अनंतदेव संकर्षण (जीव)

।

प्रद्युम्न (मन)

।

अनिरुद्ध (अहंकार)

।

ब्रह्मा

।

सृष्टि

विष्णु ने कहा—प्रत्येक कल्प में बार-बार इसी प्रकार सृष्टि होती है। जैसे सूर्य आकाश में उदय होकर अस्त हो जाते हैं और काल उन्हें फिर उनके स्थान पर ले आता है, वैसे ही यह पृथ्वी जब जल में डूब जाएगी, तब मैं, प्राणियों का हित करने के लिए—

(1) वराह का रूप धारण करके फिर उसका उद्धार करूँगा।

(2) मैं बलगर्वित हिरण्याक्ष को मारूँगा और नृसिंह का रूप धारण करके मैं हिरण्यकशिपु को मारूँगा। उसके मर जाने पर विरोचन के बलि नाम का महापराक्रमी पुत्र होगा। तीनों लोकों में उसे कोई न मार सकेगा। वह स्वर्ग से इन्द्र को निकाल देगा और त्रैलोक्य पर शासन करेगा।

(3) जब महापराक्रमी बलि उपद्रव करने लगेगा, मैं कश्यप के वीर्य से अदिति के गर्भ में जन्म लेकर देवताओं से न मार सकने योग्य दानवराज बलि को पाताल में भेजकर इन्द्र तथा अन्य देवताओं को उनके पद पर स्थापित करूँगा।

(4) इसके बाद त्रेतायुग में भृगुवंश में जन्म लेकर, परशुराम नाम से विख्यात होकर क्षत्रियों का संहार करूँगा।

(5) फिर त्रेता और द्वापर की संधि में दाशरथि होकर राम नाम से विख्यात हूँगा। उसी समय एकत और द्वित नामक दो महर्षि, त्रित नामक महर्षि को मार डालने के लिए उद्यत होने के कारण वानर हो जाएँगे। उनके वंश में जो वानर पैदा होंगे, वे इन्द्र के समान बलवान् होंगे। देवताओं का कार्य सिद्ध करने के लिए मैं उन वानरों की सहायता से, पुलस्त्यकुल-कलंक राक्षसराज रावण को वंश समेत नष्ट कर दूँगा।

(6) उसके बाद मैं द्वापर और कलियुग की संधि में दुरात्मा कंस का नाश करने के लिए मथुरा में जन्म लूँगा। वहाँ देवताओं के शत्रु असुरों को मारकर फिर द्वारका को चला जाऊँगा। द्वारका में निवास करके मैं देवमाता अदिति का अहित करनेवाले नरकासुर, भौम, मुरु और पीठ नामक दानवों का नाश करूँगा। प्राग्ज्योतिष नगर की सम्पत्ति द्वारका को ले जाऊँगा। बाण नामक दैत्य का प्रिय करनेवाले लोकपूज्य (!) महादेव और कार्त्तिकेय (?) को परास्त करूँगा (!!) उसके बाद बलि के पुत्र सहस्रबाहु बाण को जीतकर सौभ निवासी दैत्यों का संहार करूँगा। मेरी बुद्धि के प्रभाव से गर्ग का पुत्र कालयवन मारा जायगा। उसी समय सब राजाओं का विरोधी महापराक्रमी जरासंध नामक एक असुर गिरिव्रज का राजा होगा। वह दुष्ट मेरा अप्रिय करेगा और मेरी चतुराई से मारा जाएगा। जरासंध के मारे जाने पर धर्मराज युधिष्ठिर के राजसूय यज्ञ में आए हुए पृथ्वी-भर के राजाओं के सामने, शिशुपाल को मारूँगा। इन कामों में महावीर अर्जुन मेरी सहायता करेंगे। (इत्यादि)।

उस समय लोग कहेंगे कि महात्मा नर और नारायण संसार-हितार्थ, कृष्णार्जुन रूप में प्रकट हुए हैं। इस प्रकार मैं द्वापर और कलियुग की संधि में वासुदेव आदि चार मूर्तियाँ धारण करके, अनेक कार्य करके, अपने लोक को चला जाऊँगा।

(इसके अतिरिक्त विष्णु ने अपने चार और अवतार गिनाए हैं)—

(7) हंस, (8) कूर्म, (9) मत्स्य, (10) कल्कि। (किन्तु इनकी व्याख्या नहीं की है। बहुत बाद में यही 10 चौबीस बन गए थे।)

कहा है—वेदों का नाश होने पर मैं ही उनका उद्धार करूँगा। श्रुति और वेद को मैंने सत्ययुग में प्रस्तुत किया है। मैं बार-बार अवतार लेकर संसार का कार्य करके फिर अपनी प्रकृति को प्राप्त हो जाता हूँ। यह पुराणों में वर्णित है। हे नारद ! आज तुमने मेरे जिस रूप के दर्शन किए हैं, उसके दर्शन ब्रह्मा भी नहीं पा सके।

यों कहकर विष्णु अंतर्धान हो गए। नारद भी सफल काम होकर तब नर-नारायण के दर्शन को बदरिकाश्रम आ गए। नारद ने नारायणोपनिद्, ब्रह्मा को सुनाया।

(हमें इस वर्णन में परवर्ती युग अर्थात् महाभारत-युद्ध के बाद के समय में प्राचीन और तत्कालीन परिस्थितियों का आभास मिलता है। अवतारवाद यहाँ उपस्थित है, और काफी स्थिर मान्यता दिखाई देती है, जो कि विकास के मार्ग पर होकर आ चुकी लगती है। वैदिक ब्रह्मा को यहाँ शिष्य बना दिया गया है। इसके विषय में संशय उठता है।)

युधिष्ठिर ने कहा : 'पितामह ! ब्रह्मा ने विष्णु का जो अचिंतनीय माहात्म्य नारद से सुना, क्या वह उन्हें पहले ज्ञात नहीं था? लोक पितामह ब्रह्मा तो विष्णु के समान हैं, फिर भला वे विष्णु की महिमा क्यों नहीं जानते थे?'

भीष्म ने कहा : 'युधिष्ठिर ! हजारों महाकल्प, हजारों सृष्टियों और हजारों प्रलयकाल हो गए हैं।' (यह था महानता का असीम (**Infinite**) दृष्टिकोण।) सृष्टि के आरम्भ में प्रजापति ब्रह्मा सृष्टि करते हैं। वे पहले से ही परमात्मा विष्णु को अपने से श्रेष्ठ और अपना स्रष्टा समझते हैं।' (यह नया विचार था, जिसने विष्णु को ब्रह्मा से श्रेष्ठ प्रतिपादित करने में नितान्त स्पष्ट बात कह दी है। इसका तो एक समय बड़ा घोर विरोध भी हुआ होगा। इसका ही अंततोगत्वा प्रभाव पड़ा और इसी को स्वीकार भी कर लिया गया।)

विष्णु के उपर्युक्त अवतारों में मत्स्य अवतार का उल्लेख शतपथ ब्राह्मण में आता है, परन्तु उसमें वह मत्स्य है, न अवतार है, न विष्णु ही है। महाभारत में यह मत्स्य विष्णु का अवतार है। कूर्मावतार का उल्लेख वैदिक तथा परवर्ती वैदिक साहित्य में नहीं है। वह परवर्ती कल्पना है। शतपथ ब्राह्मण में 'कूर्म रूप में प्रजापति ने सृष्टि की,' इतना उल्लेख अवश्य आता है। कश्यप शब्द का अर्थ भी कूर्म है। कूर्म भरतों का टॉटेम भी था। वराह अवतार का महाभारत में विस्तृत वर्णन है। ब्रह्मा ने पृथ्वी का वराह रूप में उद्धार किया था, ऐसा परवर्ती वैदिक साहित्य में उल्लेख प्राप्त होता है। (तैत्तिरीय ब्राह्मण) वहाँ ब्रह्मा प्रजापति कहा गया है। वह बड़ा तपस्वी था। शतपथ ब्राह्मण में वराह की जगह 'एमुष' शब्द का प्रयोग हुआ है। नृसिंहावतार का प्राचीन साहित्य में उल्लेख नहीं है। वामन अवतार के विषय में कहा जाता है कि ऋग्वेद का 'त्रेधानिदधेपद्म' (तीन पाँव से सब नाप दिया) का वर्णन वामन अवतार का ही है। वेद की ऋचा से तो सूर्य की स्तुति ही स्पष्ट होती है। प्रह्लाद तो ब्राह्मण साहित्य में

विरोचन के साथ वर्णित है। ऋग्वेद में विष्णु का प्रयोग सूर्य के लिए हुआ है। विष्णु को महाभारत में भी सूर्य कहा गया है। शतपथ ब्राह्मण में देवों और असुरों के युद्ध में विष्णु देवों का नेता बनता है, वह बौना है। असुरों ने कहा : 'हम उतनी जगह दे देंगे जितने में विष्णु सो सकेगा।' देवों ने मान लिया। उन्होंने अग्नि को पूर्व में स्थापित किया और वे निरन्तर तप और उपासना करते रहे। इस प्रकार देवों ने सारी पृथ्वी जीत ली। यहाँ भी विष्णु सूर्य ही प्रतीत होता है। हो सकता है कि ब्राह्मणकाल में आर्य ब्राह्मण पर आते हुए वैष्णव मत का प्रभाव पड़ने लगा था। जो हो, यह जो अवतारों का विकसित रूप हम पाते हैं, वह तो परवर्ती है।

परशुराम अवतार में परशुराम के पिता जमदग्नि को हम सामवेद के कवि के रूप में देखते हैं। किन्तु इस अवतार का प्राचीन साहित्य में उल्लेख नहीं है। रामावतार का भी उल्लेख प्राचीन साहित्य में नहीं है। कृष्ण का उल्लेख छांदोग्योपनिषद् में देवकी-पुत्र कृष्ण के रूप में है, वह घोर अंगिरस का शिष्य है, परन्तु अवतार नहीं है।

परवर्ती काल में बलराम भी अवतार माना गया है। वह शेषावतार है, जैसे लक्ष्मण राम के साथ है। हंसावतार और कल्कि अवतार में पहले का उल्लेख स्पष्ट महाभारत में भी नहीं होता। कल्कि तो खैर भविष्य में होगा।

नारायण की विशेषताएँ निम्नलिखित हैं—

(1) नारायण ने यज्ञ का अग्रभाग लेकर और यज्ञ का उपदेश देकर स्वयं यज्ञ किया।

(2) नारायण ने स्वयं तो मुमुक्ष पुरुषों की प्रधान गति निवृत्ति मार्ग का अवलम्बन किया और अन्यान्य लोगों के लिए प्रवृत्ति मार्ग का उपदेश दिया।

(3) नारायण आदि, मध्य और अन्त से रहित हैं।

(4) वे प्रजा के विधाता, ध्येय, कर्त्ता और कर्म हैं।

(5) वे युग के अंत में तीनों लोकों का संहार करके सो जाते हैं और युगादि में जागकर फिर सम्पूर्ण जगत् की रचना करते हैं।

(6) वे निर्गुण अज, विश्वरूप और देवताओं के तेज स्वरूप हैं।

(7) वे पञ्चमहाभूत, ग्यारह रुद्र, आदित्य, वसु, अश्विनीकुमार, वायु, वेद, वेदांग, यज्ञ, तपस्या, तेज, यज्ञ, वाणी और नदियों के अधीश्वर हैं।

(8) वे समुद्रवासी, नित्य, मुञ्जकेशी, शान्त स्वरूप हैं।

(9) जीव उन्हीं से मोक्ष धर्म का ज्ञान प्राप्त करते हैं।

(10) वे कपर्दी, वराह, एकशृंग, धीमान्, विवस्वान्, हयशिरा, चतुर्भुजधारी, परमगुह्य, ज्ञानदृश्य और क्षर तथा अक्षर हैं।

(11) वे अपनी अव्याहत गति से सर्वत्र विचरते रहते हैं। केवल ज्ञानदृष्टि द्वारा उनका दर्शन हो सकता है।

(12) जो रुद्रदेव को जान सकता है, वही उन्हें जान सकता है, जो रुद्र का भक्त है, वही नारायण का भक्त है, क्योंकि रुद्र और नारायण एकरूप हैं।

(13) पहले नारायण का निवास-स्थान जल ही था।

(14) नारायण ही सूर्य हैं।

(15) वे ही गति उत्पन्न करनेवाले, व्यापक, दीप्तिमान, प्रवेश तथा निर्गम का स्थान होने से विष्णु हैं।

(16) सूर्य, चन्द्र और अग्नि की किरणें नारायण के केश हैं, अतः वे केशव हैं।

(17) वाभ्रव्य गोत्र में उत्पन्न महर्षि गालव ने नारायण की आदिमूर्ति विष्णु से वर पाकर श्रेष्ठ योग का अभ्यास करके सर्वप्रथम वेद का पद-विभाग और उसकी शिक्षा-प्रणाली स्थापित की थी।

(18) रुद्र का त्रिशूल लगने से नारायण के केश मूञ्ज-से हो गए थे। दक्ष यज्ञ के बाद नर-नारायण में घोर युद्ध हुआ था। ब्रह्मा ने समझौता कराया था। तब रुद्र नारायण की शरण में आए थे। तब ही रुद्र और नारायण का आपसी भेद मिट गया था। नारायण ने जो रुद्र का कण्ठ पकड़ा, तो रुद्र का नाम श्रीकण्ठ पड़ा और जहाँ नारायण के वक्ष पर शिव का शूल लगा था, वहाँ चिह्न पड़ गया जो श्रीवत्स कहलाया। नारद से विष्णु-माहात्म्य सिद्धों ने पाया। सिद्धों से सूर्य ने अपने आगे चलनेवाले साठ हजार ऋषियों को सुनाया। सूर्य के सहचर ऋषियों ने उसे देवताओं को सुमेरु पर्वत पर सुनाया। देवताओं से असित देवता ने सुना और उन्होंने पितरों को सुनाया। शांतनु ने भीष्म को सुनाया।

'वही माहात्म्य', भीष्म नाम से इतिहासकार कहता है—'अब मैंने सुनाया। जैसे देवताओं और दानवों ने समुद्र को मथकर अमृत निकाला है, वैसे ही ब्राह्मणों ने अनेक उपाख्यानों से इस अमृतमय उपाख्यान का संग्रह किया है।'

स्पष्ट होता है कि विष्णु की विशेषताएँ कितनी बड़ी अंतर्भुक्ति का प्रतीक हैं। शिव से युद्ध होने की घटना पर ध्यान देना अधिक आवश्यक है। अन्यत्र हम इस विषय पर विस्तार से विवेचन कर चुके हैं।[1] इतना और स्पष्ट होता है कि जब यह कथा लिखी गई तब इसे अनेक कथाओं में से संचित किया गया था। अर्थात् तब तक वैष्णव मत की जड़ें बहुत गहरी हो गई थीं। इसका रूप यों चला—

शौनक ने पूछा : (शां० प० 341 अ०) वेदवेदांग के विद्वान् भगवान् नारायण किस प्रकार अकेले यज्ञ के भोक्ता और कर्त्ता हुए और किस कारण उन्होंने स्वयं निवृत्ति धर्मनिरत, क्षमाशील और निवृत्ति धर्म के स्रष्टा होकर देवताओं में कुछ को निवृत्ति धर्मावलम्बी करके सब देवताओं को प्रवृत्ति धर्मावलम्बी और यज्ञ का भाग लेनेवाला कर दिया है?

एकमात्र मोक्ष ही परम सुख का मूल है। जो पाप-पुण्यहीन होकर मुक्त हो जाता है, वह महातेजस्वी नारायण में लीन हो जाता है। किन्तु जब दानव और मनुष्य प्रवृत्ति धर्म में निरत होकर यज्ञ आदि करते हैं और ब्रह्मा आदि देवता मोक्षधर्म को त्यागकर प्रवृत्ति धर्म का पालन करके हव्य-कव्य का भोजन करते हैं, तब मुझे मालूम होता है कि मोक्षधर्म बहुत कठिन है। अथवा ब्रह्मा आदि देवता परमात्मा में लीन होने का उपाय न जानते होंगे। क्या इसी से वे शाश्वत मोक्षधर्म को त्यागकर प्रवृत्ति मार्ग का आश्रय करके बार-बार स्थानाच्युत होते हैं? जो हो, जब ब्रह्मा आदि देवता भी निवृत्ति मार्ग को त्यागकर प्रवृत्ति मार्ग का आश्रय लेते हैं, तो मोक्षधर्म को कैसे श्रेष्ठ कहा जा सकता है? देवता क्यों यज्ञ का भाग लेते हैं? यज्ञ में मनुष्य

---

1. हिन्दी साहित्य की धार्मिक और सामाजिक पूर्वपीठिका में विष्णु और शिव का विकास देखिए।

उनकी आराधना क्यों करते हैं? जो देवता यज्ञ का भाग लेते हैं, वे स्वयं यज्ञ करके किसको भाग देते हैं।

यह प्रश्न तत्कालीन उलझन को प्रकट करता है।

आगे जिस रमणीय पर्वत का उल्लेख है, वह कहीं-कहीं रमणक द्वीप के पास का भी कहा गया है। रमणक नागों का द्वीप था। उपर्युक्त समस्या इस प्रकार हल की गई है—

वैशम्पायन ने कहा : 'सिद्ध-चरणसेवित रमणीय हिमालय पर्वत पर सुमन्तु, जैमिनि, पैल, शुकदेव और मैं, सब लोग महर्षि वेदव्यास से पढ़ते थे। हम लोग सदाचारी, जितेन्द्रिय और क्रोधहीन थे। महर्षि वेदव्यास ने हम लोगों को महाभारत और चारों वेद पढ़ाए हैं। हम लोगों के पूछने पर अज्ञाननाशक व्यास ने कहा—हे शिष्यो! मैंने बड़ी कठिन तपस्या की है।

तप के इस प्राधान्य ने वैष्णव चिन्तन के साथ अपना जो इतना तादात्म्य स्थापित किया है, उसका क्या कारण है?

निश्चय ही वेदव्यास के इस वर्णन में यह तो स्पष्ट हो ही जाता है कि यह अंश महाभारत में क्षेपक है, जबकि वेदव्यास के प्राचीन नाम का भी प्रयोग किया जाने लगा था, ताकि उसका असर पड़ सके।

सांख्य के प्रकृति और पुरुष के असंख्य रूप का भी इस समय अपने ही ढंग से इस सम्प्रदाय पर प्रभाव पड़ चुका था। क्षीर समुद्र की कल्पना भी विदेशी प्रतीत होती है। यह किसी समुद्र-तीरस्थ जाति का ही विश्वास है।

व्यास ने कहा : 'इन्द्रियों का संयम करके घोर तपस्या करने पर क्षीर समुद्र निवासी भगवान् नारायण मुझ पर बहुत प्रसन्न हुए थे। उनकी प्रसन्नता से मुझे त्रिकाल का ज्ञान हो गया। मैंने ज्ञानदृष्टि से कल्प के पहले की जिन बातों को देखा है, उन्हें बताता हूँ। सांख्य और योगशास्त्र ने मुझे परमात्मा कहा है जो अपने कर्मों के प्रभाव से महापुरुष कहलाता है। उस महापुरुष से अव्यक्त प्रकृति पैदा हुई और उस अव्यक्त प्रकृति से तीनों लोकों की सृष्टि करने के लिए व्यक्त अनिरुद्ध उत्पन्न हुए। अनिरुद्ध ही तेजोमय अहंकार हैं। उन्होंने ही लोकपितामह ब्रह्मा को उत्पन्न किया। ब्रह्मा से पृथ्वी, जल, वायु, आकाश और तेज—ये पञ्चमहाभूत उत्पन्न हुए। फिर उनके द्वारा गण पैदा हुए। ब्रह्मा के प्रभाव से इन्हीं पञ्चमहाभूतों द्वारा मरीचि, अंगिरा, अत्रि, पुलस्त्य, पुलह, क्रतु, वसिष्ठ और स्वायंभुव मनु—ये आठ महर्षि पैदा हुए हैं? यही सृष्टि और स्थिति के कर्त्ता हैं। लोकस्थिति हेतु ब्रह्मा ने अंगोंसमेत वेद और यज्ञ की सृष्टि की है।'

ब्रह्मा यहाँ बहुत बाद में दिखाया गया है।

ब्रह्मा का परवर्ती होना बड़े संघर्षों के उपरान्त ही प्रमाणित हो सका होगा। इसमें कई जातियों के विचारों का आदान-प्रदान हो चुका होगा।

आगे शिव से भी सान्निध्य स्थापित करने की चेष्टा की गई है। ग्यारह एक-से अनार्य देवता जब आपस में अंतर्भुक्ति में एक ही देवता के पर्याय मान लिये गए, तब ग्यारह रुद्रों की थ्योरी का विकास हुआ।

ब्रह्मा के क्रोध से महारुद्र उत्पन्न हुए। उन्होंने दस रुद्र और पैदा किए। ये 11 रुद्र ब्रह्मा के अंशस्वरूप हैं। 11 रुद्र और 8 महर्षि, संसार की सृष्टि करने को ब्रह्मा के पास गए और

कहा : 'हमें काम दें। क्या काम कौन करेगा? किसकी क्या योग्यता है?'

ब्रह्मा ने कहा : 'हे देवताओ! मैं इसी सोच में डूबा था कि किस प्रकार त्रैलोक्य का विस्तार होगा, हमारे बल की रक्षा कैसे होगी? चलो, सब मिलकर लोकसाक्षी अव्यक्तरूपी नारायण से पूछें।'

वे सब चले।

(1) ब्रह्मा को रुद्र से ऊपर गिनाया गया है।

(2) किन्तु कहीं-कहीं रुद्र नारायण और ब्रह्मा से भी ऊपर है।

(3) परवर्ती पुराणों में यद्यपि सबने वेद को श्रेष्ठ माना है, फिर भी आपस में अपने को दूसरे से सिद्ध करने की सतत् चेष्टा की है।

(4) यह चेष्टा इतिहास में घोर युद्धकारी भी रही है और साथ ही एक समन्वय की चेष्टा भी होती रही है, जिसने सदैव यही कहा है कि सब एक ही हैं।

(5) इन दोनों पक्षों में एक द्वन्द्वात्मक विकास हुआ है, जिसने इन दोनों के परे सोचने की निरन्तर प्रेरणा दी है।

आगे कहा है : 'क्षीर समुद्र के उत्तर किनारे पर जाकर, वेद के अनुसार, वे महानियम नाम का घोर तप करने लगे। एकाग्रचित्त, ऊर्ध्वदृष्टि और ऊर्ध्वबाहु होकर वे एक पैर पर खड़े हो गए। इस प्रकार तपस्या करते-करते जब देवताओं को हजार वर्ष बीत गए तब भगवान् नारायण की, वेदवेदांग से भूषित यह मधुर वाणी उनको सुनाई पड़ी : मैं तुम्हें सदुपदेश देता हूँ। त्रैलोक्य हितार्थ जो तुमने महान कार्य करने का प्रण किया है, वह मुझे ज्ञात है। अब तुम्हें अपना बल बढ़ाना चाहिए। मेरी आराधना के लिए तुमने घोर तपस्या की है। अतएव उसी के अनुसार तुम उत्तम फल पाओगे। मेरे उद्देश्य से एकाग्रचित हो यज्ञ करो, मेरा भाग लगाओ, मैं तुम लोगों का भाग निर्दिष्ट कर दूँगा।'

यहाँ नारायण ही सबको आज्ञा देते हैं और सारे देवता उनके अधीन हो जाते हैं। ध्यान रहे, यह नारायण विष्णु का ही नाम है और विष्णु उपनिषद्काल तक उपेन्द्र मात्र ही था, उसका महत्व इतना किसी ने भी स्वीकार नहीं किया था। वह अब सबके ऊपर दिखाई दे रहा था।

आगे कहा है : यह सुनकर ब्रह्मा आदि देवताओं और महर्षियों ने वेदोक्त विधि के अनुसार वैष्णव यज्ञ आरम्भ किया। इस यज्ञ में ब्रह्मा आदि देवता और सब महर्षि उन मायातीत सर्वश्रेष्ठ, सर्वव्यापी सूर्य के समान, महातेजस्वी परमपुरुष नारायण को भाग देने लगे। तब नारायण ने अलक्षित भाव से आकाश में स्थित होकर कहा : 'देवताओ! तुम लोगों ने जो-जो भाग दिए हैं, वे मेरे पास पहुँच गए। मैं प्रसन्न होकर तुम लोगों को वर देता हूँ, सुनो। मेरे वरदान से तुम लोग प्रत्येक युग में दान-दक्षिणा समेत यज्ञ करके उसका फल पाओगे। तीनों लोकों में जो कोई यज्ञ करेगा, वह वेद-विधि के अनुसार तुम लोगों को यज्ञ में भाग देगा। इस यज्ञ में तुम लोगों में से जिसने जिस प्रकार मुझे भाग दिया है, वह उसी तरह का भाग यज्ञ में पाएगा। वेद में मैंने इसी प्रकार की व्यवस्था कर दी है। तुम लोग सब लोकों का हित चाहते हो, अतएव अपने-अपने अधिकार के अनुसार सब लोकों का पालन करो। संसार में प्रवृत्ति धर्म के जो कर्म प्रचलित होंगे, उन्हीं के द्वारा तृप्त होकर तुम लोग संसार की रक्षा कर सकोगे। मनुष्यों के द्वारा सम्मानित होकर तुम लोग मेरा सम्मान करते रहो। इन

वस्तुओं का नियमानुसार व्यवहार होने से तुम लोगों को आनन्द मिलेगा। जब तक कल्प का क्षय न होगा, तब तक तुम लोग अपने-अपने अधिकार पर स्थिर रहोगे।' मरीचि, अंगिरा, अत्रि, पुलस्त्य, पुलह, क्रतु, और वसिष्ठ—ये सात महर्षि ब्रह्मा के मानस पुत्र हैं। ये वेदाचार्य तथा प्रवृत्ति मार्गानुयायी हैं। ये प्रजा की सृष्टि करने के लिए उत्पन्न हुए हैं। जो लोग यज्ञादि कर्म करेंगे, उनके लिए ये मार्ग हैं—

(1) इस अंतर्भुक्ति में वैष्णव मत वेद को प्रामाणिकता देने की बार-बार चेष्टा करता है।

(2) वेद का इतना कोलाहल करके भी वैष्णव मत में वैदिक संस्कृति की छाप पूरी नहीं है।

(3) उसने वैदिक चिन्तन और रीतियों का अन्यत्र विरोध भी किया है।

(4) कल्प के माध्यम से अपनी व्यापकता दिखाई गई है।

(5) भारतीय चिन्तन की अभावात्मकता को 'कालोद्भयं निरवधि विपुला च पृथ्वी' वाले सिद्धान्त ने अमरता प्रदान की है।

(6) इसकी पृष्ठभूमि में जन्म-जन्मांतर में घूमने की थ्योरी का विकास है।

(7) इसी से निवृत्तिपरकता को ही श्रेष्ठतम माना गया था।

आगे कहा है : 'निवृत्ति मार्ग का विषय सुनो। सन, सनत्सुजात, सनक, सनन्दन, सनत्कुमार, कपिल और सनातन—ये ब्रह्मा के मानस पुत्र विज्ञान-बलयुक्त महर्षि, निवृत्तिधर्मावलम्बी हैं। ये योग और सांख्यशास्त्राचार्य, मोक्ष धर्माचार्य और उसके प्रवर्त्तक हैं। प्रकृति से अहंकार, सत्त्व आदि त्रयोगुण और महत्तत्व उत्पन्न हुआ है। प्रकृति से क्षेत्रज्ञ श्रेष्ठ है। मैं वही क्षेत्रज्ञ हूँ। मैं कर्मनिष्ठ मनुष्यों का प्रवृत्तिमार्ग और ज्ञानी पुरुषों का निवृत्ति मार्ग हूँ। जो मनुष्य जिस मार्ग का अवलम्बन करता है, उसी के अनुरूप उसे फल मिलता है।

'हे देवताओ! ये ब्रह्मा सब लोक के गुरु, जगत् के आदिकर्ता और तुम लोगों के पिता-माता हैं। ये मेरी आज्ञा से जीवलोक के उपकार कर रहे हैं। रुद्रदेव इनके मस्तक से उत्पन्न हुए हैं। वे ब्रह्मा की आज्ञा से लोक का कल्याण करेंगे। अब जाओ, यज्ञ प्रचार करके प्राणियों की गति, कर्म और आयु के विषय में विचार करो। इस युग में धर्म के चारों चरण हैं। सत्ययुग के बाद त्रेता आएगा। उसमें धर्म के तीन चरण रह जाएँगे। उस युग में मन्त्र से पवित्र करके यज्ञ में पशुओं का वध किया जाएगा। त्रेता के बाद द्वापर युग आएगा। तब धर्म के दो चरण रहेंगे। उस समय पाप-पुण्य का पलड़ा बराबर हो जाएगा, कलि आने पर धर्म का एक ही चरण रह जाएगा। कलियुग में जहाँ वेद, यज्ञ, तपस्या, सत्य, इन्द्रिय-निग्रह और अहिंसा रहे, वहीं तुम लोग धर्मपरायण होकर रहना।'

तब सब आज्ञा लेकर प्रणाम करके चले आए।

(1) यहाँ वैष्णव चिन्तन ने भेद स्पष्ट कर दिया है।

(2) प्रवृत्तिपरक वैदिक जीवन का स्पष्टीकरण वास्तव में सत्य है और जिस प्रकार हमें वैदिक चिन्तन और वैष्णव चिन्तन का भेद दिखाई देता है, उस समय भी यह विचारकों को दिखाई देता है।

(3) किन्तु उनकी समस्या अंतर्भुक्ति थी, अतः उसके लिए मार्ग का खोजना नितान्त

आवश्यक था।

(4) और वह इस प्रकार निकाल लिया गया।

(5) या तो निवृत्तिपरकता में जिनके नाम गिनाए गए हैं, वे तत्कालीन युगों में किसी प्रकार के अभावात्मक चिंतन से प्रभावित थे, या उनका नाम बाद में दे दिया गया है।

(6) आर्य ब्राह्मणों ने जो वैष्णव मत को अपने अनुकूल बनाकर स्वीकार किया है, उससे कई अजीब बातें भी आ गई हैं। आगे कहा है—

अकेले ब्रह्मा विष्णु के दर्शन को रुक गए। तब नारायण हयशिरा की मूर्ति धारण करके कमण्डलु और त्रिदण्ड हाथ में लेकर वेद-पाठ करते हुए ब्रह्मा के सामने आ गए। ब्रह्मा ने उनके दर्शन करके प्रणाम किया। नारायण ने उन्हें हाथ जोड़े देखकर छाती से लगा लिया और कहा : 'ब्रह्मन्! तुम निर्दिष्ट नियम के अनुसार तीनों लोकों का कार्य-भार ग्रहण करो। तुम सब प्राणियों के सृष्टिकर्त्ता और जगत् के नियंता हो। मैं तुमको सब भार सौंपकर निश्चिंत हो गया हूँ। जब देवताओं के किसी कार्य के करने में असमर्थ होगे, तब मेरे अंश का अवतार होगा।'

यह कहकर नारायण अंतर्धान हो गए और ब्रह्मा भी अपने स्थान को चले आए।

(1) नारायण हयशिरा है। हयशिरा पहले केवल दधीचि मिलता है। वैसे हयग्रीव वेदरक्षक अवतार भी है।

(2) कमण्डलु और त्रिदण्ड तपस्वी के चिह्न हैं।

(3) यहाँ ब्रह्मा और विष्णु का स्पष्ट समझौता है।

(4) विष्णु स्वामी है, ब्रह्मा मातहत है।

(5) स्वयं ब्रह्म यहाँ विष्णु की ऊँचाइयों तक नहीं पहुँचता।

(6) अकेले में ब्रह्म को रोककर नारायण का उपदेश दिलवाया गया है, वह केवल बात को बिल्कुल ही स्पष्ट कर देने के लिए। वैष्णव चिंतन में ही जाजलि ब्राह्मण का ज्ञान काशी के तुलाधार वैश्य के सामने कुछ भी नहीं माना गया। तपस्या से भी बड़ा सामाजिक जीवन में रहकर उचित कार्य करना बतलाया गया है। उसने कहा : 'जो अपने वर्ण और आश्रम के अनुसार कर्त्तव्य-कर्म का पालन करते और मनसा-वाचा-कर्मणा सबके हित में ही तत्पर रहते हैं, उन्हें कुछ दुर्लभ नहीं होता। यह सारा जगत् भगवान् का स्वरूप है, इसमें कोई अच्छा या बुरा नहीं। मिट्टी और सोने में तनिक भी अंतर नहीं।'

तुलाधार शूद्र धन को पड़ा पाकर भी नहीं लाया था, क्योंकि : 'पापजनक अहंकार और कामादि का तो प्रिय निवास-स्थान धन ही है और दुर्गति का परम निदान है।...भोग और स्वर्ग दोनों ही अनित्य हैं...भोगों में सुख मानना ही मोह है। अकाम ही सर्वव्रत है। अक्रोध ही तीर्थ सेवन है। दया ही जप के तुल्य है, संतोष ही शुद्ध धन है, अहिंसा ही परम सिद्धि है, शिलोञ्छ ही उत्तम वृत्ति है, शाकाहार ही अमृत और उपवास ही तप है। यथालाभ में संतुष्टि ही महान् भोग्य है और कौड़ी ही महादान है। पराई स्त्री माता के समान है और पराया धन विष के समान है, परस्त्री विषधर सर्प है। यह भाव रखना ही सर्वयज्ञ है।'

(1) वैष्णव चिंतन ने ही भारत के उच्च विचार दार्शनिकों की तत्कालीन समस्या का हल किया था।

(2) जिस प्रकार बड़े-बड़े दार्शनिकों को जन्म देकर भी यूरोप में मानवतावाद का

विकास ईसाई मत के विद्रोही तथा साथ ही समन्वयवादी दृष्टिकोण से हुआ, उसकी कई सदियों से पहले यह काम भारत में वैष्णव मत करने में सफल हुआ।

(3) नई वर्ण-व्यवस्था का संगठन जिस नये रूप में हुआ, उसमें स्वधर्म पर जोर दिया गया। वहाँ 'धर्म' का अर्थ जाति के पेशे से था। अर्थात् क्षत्रिय को ब्राह्मण बनकर यज्ञ कराना बुरा बताया गया था। आजकल की भाँति तब यदि ब्राह्मण जूते की दूकान खोल लेते, तो वह फिर ब्राह्मणों में नहीं गिना जाता।

बुद्ध से पूर्व भारत में निम्नलिखित शास्त्र थे तथा उनके प्रणेता यह थे, जिन्हें वैष्णव मत ने अपने में आत्मसात् कर लेने की चेष्टा की थी—

(1) सांख्य : आचार्य कपिल
(2) योग : आचार्य ब्रह्मा
(3) पाञ्चरात्र : आचार्य अपान्तरतमा ऋषि
(4) वेद : आचार्य अपान्तरतमा ऋषि
(5) पशुपत : आचार्य महादेव ब्रह्मापुत्र

यह सब शास्त्र महाभारत (शांतिपर्व, 350 अ० 60-70) के अनुसार नारायण की ही उपासना करने का उपदेश देते हैं।

(1) इस अंतर्भुक्ति में वैष्णव मत का कितना व्यापक स्वरूप है, यह बिल्कुल स्पष्ट हो जाता है।

(2) अपान्तरतमा की ओर किसी ने ध्यान नहीं दिया। यह वेद का रक्षक आचार्य माना गया है।

(3) वैष्णव मत ने अपने विकास में बहुत-से अजीब काम भी किए। उसने असुरों को देवों से ऊपर उठाकर देवों को गिराया और फिर विष्णु का मातहत बनाकर सबकी पूजा की। महाभारत, शांतिपर्व (283 । 60) में ही वृत्तासुर परम वैष्णव हो गया है, और देवताओं का दर्जा पहले से गिरा दिया गया है, क्योंकि वे तो भोग के लोभी हैं। प्रह्लाद भी अनन्य भक्त था। देवताओं को पराजित करने का विचार लेकर जब इसका पिता तप कर रहा था, इन्द्र ने आक्रमण करके सब असुरों को हरा दिया और प्रह्लाद को गर्भ में धारण करनेवाली हिरण्यकशिपु की स्त्री को पकड़ ले चला। नारद ने मार्ग में बताया कि गर्भ का बालक परम भागवत होगा। इन्द्र ने स्त्री को छोड़ दिया। गर्भवती को नारद ने नारायण-चरित्र खूब सुनाया। फिर तो प्रह्लाद जन्म से ही भक्त पैदा हुआ। आगे की कथा प्रसिद्ध ही है। नृसिंहावतार हुआ। उसने बहुत दिन असुरों पर राज्य किया। उसका पुत्र विरोचन था। विरोचन के पुत्र बलि के समय में वामन अवतार हुआ था। उस समय विष्णु 'उपेन्द्र' कहलाया था। विरोचन ने स्वयं इन्द्र के ब्राह्मणरूप में आकर दान माँगने के समय अपना सिर तक अपने हाथों से काटकर दे दिया था। विष्णु प्रह्लाद के तो द्वारपाल बनकर रहे। बलि के सौ पुत्र थे जिनमें बाणासुर सबसे बड़ा था। उसके हजार हाथ थे। वह शिवभक्त था, हिमालय में केदारनाथ के पास शोणितपुर राजधानी थी। इसने शिव को अपना द्वारपाल बनाया था। वासुदेव ने ही बाद में बाणासुर के हाथ काटकर उसका अहंकार मिटाया था। जब उषा-अनिरुद्ध का प्रेम हुआ और अनिरुद्ध की गिरफ्तारी की खबर नारद ने पहुँचा दी, तब

कृष्ण ने इसे मारा था। बाणासुर की ओर से शिव लड़ा। शिव और कृष्ण का घोर युद्ध हुआ था। फिर संधि हो गई थी। कृष्ण ने बाण की 4 भुजाएँ छोड़ दीं और शिव का अमर पार्षद बना दिया।

वैष्णव मत ने एक परम्परा में सृष्टिक्रम यों बताया है—

(1) जल, केवल जल
|
प्रकृति से नारायण
|
ब्रह्मा (आँख से)
|
अग्नि (ब्राह्मण है) (होता है) — चंद्रमा — सृष्टि
|
सृष्टि → ब्राह्मण, क्षत्रिय, वैश्य, शूद्र

(2) अवतारवाद यहाँ नहीं है। वह तो संकट के समय प्रादुर्भूत होता है।

(3) ब्राह्मण वर्ण को ही प्रत्येक अवस्था में श्रेष्ठ कहा गया है।

(4) अनार्य + आर्य + शाकद्वीपी = जो भी ब्राह्मण वर्ण अब बना था, वह सब अपनी-अपनी जाति का पुरोहित वर्ग था। अतः यह स्वाभाविक ही था। वेद और अन्य विश्वासों का अन्योन्याश्रय सम्बन्ध स्थापित हुआ। नारायण ने प्राचीन समय में वराह का रूप धारण करके पृथ्वी का उद्धार किया था। उन्होंने पृथ्वी को यथास्थान रखकर मध्याह्न के समय देह में कीचड़ लगे पूर्व की ओर मुँह करके, पृथ्वी पर कुश बिछाकर उस पर तिल-रूप अपने पसीने की बूँदें छिड़कीं और दाँत से मिट्टी के तीन पिण्ड उठाकर उन कुशों पर रखकर संसार में नियम स्थिर करते हुए कहा था—मैं ही सबका सृष्टिकर्ता हूँ। मैं इस समय पितरों की सृष्टि कर रहा हूँ। मेरे दाँत से फेंके हुए मिट्टी के पिंड दक्षिण की ओर गिरे हैं, इसलिए आज से पिण्डों का नाम पितर होगा। मैंने ये जो तीन पिंड बना दिए हैं, ये मेरी आज्ञा से पितर हो जावें। मैं ही तीन पिंडों में स्थित पिता, पितामह और प्रपितामह हूँ। मुझसे श्रेष्ठ और पूज्य कोई नहीं है। मेरा पिता कोई नहीं है। मैं ही पिता, पितामह और प्रपितामह हूँ। वराहरूप नारायण यह कहकर, वराह पर्वत पर पिंडदान द्वारा अपनी पूजा करके अंतर्धान हो गए। उसी समय से पितृगण पिंड नाम से प्रसिद्ध होकर पूजा ग्रहण करते हैं। जो मनुष्य मन-वच-कर्म से देवता, पितर, गुरु, अतिथि, ब्राह्मण, पृथ्वी, गाय और माता की पूजा करता है, उसे विष्णु की पूजा का फल मिलता है। सुख-दुःखहीन नारायण सब प्राणियों के शरीर में निवास करते हैं।

(5) कर्मकांड के नाम पर जो प्रयोग प्रचलित थे, आया वे आर्य थे या अनार्य रिवाज

थे, उनको भी तनिक हेर-फेर करके स्वीकार कर लिया गया। तीर्थस्नान का महत्व भी ऐसा ही था, जो पहले आर्यों में नहीं था, अनार्यों में था। उपनिषदों तक तीर्थस्थान का महत्व नहीं है। महाभारत में भी प्राचीन पात्रों में ब्राह्मण-विरोधी यादवगण का बलराम ही विशेषकर तीर्थयात्रा करता है। सम्भवतः यह परम्परा आर्यों में राम के बाद चल पड़ी थी। इस प्रकार हमने देखा कि वैष्णव मत ने जातियों के बीच की खाई को भरा। तो महाभारत-युद्ध से लेकर बुद्ध तक यह हुआ—

(1) वैदिक साहित्य बहुत प्राचीन लगने लगा। पहले यज्ञ होते थे तो उनके पीछे आर्थिक और राजनीतिक कारण थे। किंतु महाभारत-युद्ध के बाद यज्ञ के माध्यम से युद्ध रुक-से गए। तब यज्ञ होने लगे।

(2) उस समय याज्ञवल्क्य आदि ने यज्ञ आदि की व्याख्या की। कर्मकाण्ड पर जोर दिया गया। दार्शनिक चिंतन हुआ। ब्रह्म का विकास हुआ और उसके द्वारा यह निश्चित हो गया कि वह ब्रह्म सब देवताओं से बड़ा था।

(3) परन्तु उस देवता को फिर मनुष्य के पास ले आया गया। वह विष्णु के माध्यम से हुआ और सारी परम्परा भी उसी के माध्यम से आत्मसात् कर ली गई।

(4) वैष्णव मत विद्रोह का भी स्वर था, और समन्वय का भी। वह दार्शनिक क्षेत्र में पुनर्जन्मवाद के चिंतन से गहराई में प्रभावित था। उसने अपना रूप सांख्य के पुरुष और प्रकृति के आधार पर उठाया था। उस पाञ्चरात्र के व्यापक दृष्टिकोण ने उसमें ऐसी व्यापकता भर दी, जिसने आत्मसात् करने की अधिक शक्ति पाई।

(5) इसी युग में वेद का सूर्य (विष्णु) पाञ्चरात्र शास्त्र से मिला और विदेशी श्वेतद्वीप के ब्राह्मणों के माध्यम से उठा और उसने निरंतर अपना विकास किया। इसी अवधि में शिव का परिवार उठा और फिर तीन देवता—ब्रह्मा, विष्णु और शिव—भारतीय समाज में प्रतिष्ठापित हुए।

यहाँ हमें बताना आवश्यक है कि ऋग्वेद में ही रुद्र का कपर्दी के रूप में उल्लेख है। परन्तु शिव का अधिक प्रभाव या कहें, स्पष्ट उल्लेख श्वेताश्वतर उपनिषद् में है। श्वेत अश्वतर अर्थात् सफेद खच्चर इसका शब्दार्थ है। अन्य उपनिषदों में कुछ का नाम तो वन पर पड़ा है (बृहदारण्यक), कुछ का ऋषियों के नाम पर (तैत्तिरीय इत्यादि), कुछ का गण विशेष के नाम पर (कठः गण में भी दार्शनिक चिंतन था), परन्तु इसका नाम श्वेताश्वतर नामक विद्वान् के नाम पर पड़ा है। श्वेताश्वतर किसी का नाम होना कोई आश्चर्य की बात तो नहीं है।

श्वेताश्वतर उपनिषद् में भाषा काफी परवर्ती है। परवर्ती होने के कारण यह न समझना चाहिए कि यह बुद्ध के बाद की रचना है, क्योंकि यह भाषा बुद्ध से पहले ही प्रचलित थी। बुद्ध के सिलसिले में यदि 'किसी का' उल्लेख नहीं होता तो इससे यही समझना चाहिए कि इस विशाल देश के विविध रूप जीवन में 'इसको' अन्यत्र स्थान नहीं दिया गया था। उपनिषद् के अनुसार—

ब्रह्मवादी कहते हैं—

ब्रह्म क्या है? हम कहाँ से उत्पन्न हुए हैं? हम किससे जीवित हैं? किसमें हमारी प्रतिष्ठा है? किससे अधिष्ठित होकर हम ब्रह्मवेत्ता सुख-दुःख की व्यवस्था को झेलते हैं।

उन्होंने कहा—

काल, स्वभाव, नियति, यदृच्छा, भूत (पञ्चभूतादि), योनि, आत्मा (पुरुष) यह चिंत्य हैं। इनका संयोग आत्मभाव के कारण नहीं है, क्योंकि आत्मा भी सुख-दुःख भोग के कारण ईश नहीं है। उन्होंने ध्यानयोग से अपने छिपे हुए देव को देखा—उसकी शक्ति को देखा, जो कालात्मा सहित सातों कारणों को एक ही समान अधिकृत कर रहा है।

(इस उपनिषद् में हमें महाभारत के चिन्तन का पूर्वाभास स्पष्ट दिखाई देता है।)

उन्होंने एक नेमि, त्रिवृत्त, षोडशान्त, पचास अरे, बीस छोटे अरे, 6 अष्टक से युक्त अखिल बंधनवाले उस (चक्र) को देखा जो त्रिमार्गवाला, तथा दो निमित्तवाला और एक मोहवाला था।[1]

इस प्रकार ऋषि शिव का वर्णन प्रारम्भ करता है। वह इस ब्रह्म को एक चक्र के समान मानता है, जिसमें कि यह आत्मा (हंस) कर्मानुसार घूमा करता है। वह अपने को परमात्मा से अलग मानता है और अन्त में उसका प्रेमपात्र होकर ही मोक्ष को प्राप्त करता है। एक ब्रह्म है, एक प्रकृति है और तीसरा अक्षर (जीव) है। इस त्रय को ही जाननेवाला मुक्त हो जाता है। प्रकृति तत्वक्षर है। अर्थात् परिणाम को प्राप्त होनेवाला है। इसका अक्षर से सम्बन्ध जुड़ा रहता है। इस अव्यक्त-व्यक्त सम्पूर्ण का पालन ब्रह्म करता है। जीव स्वयं ईश्वर नहीं है। वह तो प्रकृति से बँध जाता है, किन्तु परमेश्वर को जान लेने पर वह छूट जाया करता है। ईश्वर और जीव अजन्मा है, सर्वज्ञ है, प्रकृति भी अनुत्पन्ना है परन्तु जीव उसका भोक्ता होता है। ब्रह्म अनन्त है, विश्वरूप है। वह स्वयं कर्त्ता नहीं है, अकर्त्ता है।

क्षर (प्रकृति, अमृत, जीव) और तीसरा हर (पाप हरनेराला, अर्थात् ब्रह्म) ये तीन हैं। इनमें

---

1. चक्र = ब्रह्म चक्र।

एक नेमि = एक प्रकृति ही रथ का घेरा।

त्रिवृत्त तीन गुण—सत्व, रजस्, तमस्।

षोडशान्त = प्राण, श्रद्धा, आकाश, आयु, ज्योति, जल, पृथ्वी, इंद्रिय, मन, अन्न, वीर्य, तप, मंत्र, कर्म, लोक और नाम।

पचास अरे = 5 सूक्ष्मभूत; 5 स्थूलभूत; आत्मसंशय, परमात्मसंशय, प्रकृतिसंशय, धर्मसंशय और अधर्मसंशय—ये पाँच संशय ; पंच-क्लेश—काम, क्रोध, लोभ, मोह, अहंकार; चार योनियाँ—जरायुज, अण्डज, उद्‌भिज और स्वेदज; षड्ऋतु; बारह मास; मन, वचन, काया—तीन करण।

बीस छोटे अरे = 10 इन्द्रियाँ, शब्द, स्पर्श, रूप, रस, गंध, वचन, आदान, विचरण, उत्सर्ग और आनन्द।

6 अष्टक = प्रकृति अष्टक, धातु अष्टक, सिद्धि अष्टक नामक तीन अष्टक; तन, जन, धन, बल, ज्ञान, बुद्धि, कुल और जाति—मदाष्टक; अशुभ चिन्तन, श्रवण, देखना, बोलना, स्पर्श करना, कराना, अनुमोदन करना—अशुभाष्टक; नित्य, निमित्त, देश, काल, कुल, जातीय, आपद तथा अपवाद—का धर्माष्टक;

त्रिमार्ग = धर्म, अर्थ और काम।

दो निमित = राग और द्वेष।

एक मोह = ममता।

हर अमृत पर शासन करता है। इसीलिए उस हर में योग से चित्त जोड़ने से (बार-बार स्मरण करने से) अविद्या नष्ट हो जाती है। परमात्मा को अंतर्मुख होकर ही जानना चाहिए। ईश्वर ही सबका प्रेरक है, भोक्ता जीव है, प्रकृति भोग्य है। यही तीन प्रकार के ब्रह्म हैं। वह अग्नि सदृश व्याप्त ब्रह्म प्रणव से ही ग्रहण करने योग्य है। शरीर नीचे की अरणि है, प्रणव ओंकार ऊपर की अरणि है। ध्यान-रूप मंथन से अभ्यास करना चाहिए। काठ में छिपे हुए अग्नि के समान परमेश्वर है—

तिलेषु तैलं दधनीव सर्पिः
आपः स्रोतः स्वरणीषु चाग्निः
एवमात्मात्मनि गृह्यतेऽसौ
सत्येनैनं तपसा योऽनुपश्यति। (1.15)

(जैसे तिलों में तेल है, दही में घी, स्रोत में जल, अरणी में अग्नि, ऐसे ही परमात्मा आत्मा में ग्रहण किया जाता है, सत्य ही यह तप से देखा जाता है।)

तप, योग का माहात्म्य यहाँ स्पष्ट हो जाता है। पातञ्जल योगसूत्र जैसी परिपक्व रचना की लम्बी पृष्ठभूमि के आभास यहीं मिलते हैं। शिवोपासना के साथ योग दिखाई देता है।

तभी कहा है कि शरीर को तीन स्थान से ऊपर को ऊँचा—छाती, ग्रीवा और सिर—सीधा ऊँचा, समस्थापन कर, मन से इन्द्रियों को हृदय में सम्यक्तया प्रविष्ट कर। फिर ब्रह्म रूप—उडुप (नौका) से विद्वान् सर्वभयमय प्रवाहों को तर जाए। प्राणायाम का महत्व प्रदर्शित करता है कि प्राणायाम का विकास तब तक आर्यों में मान्य हो चुका था, ताकि प्राण को वश में किया जा सके। योग साधन के लिए एकान्त स्थान ही श्रेयस्कर बताया गया है। यह पद्धति पहले के उपनिषदों में हमें नहीं मिलती। यह परवर्ती अंतर्भुक्ति का ही परिणाम था। इसका प्रभाव निश्चय ही बहुत अधिक पड़ा था—

त्रिरुन्नतं स्थाप्य समंशरीरं
हृदीन्द्रियाणि मनसा संनिवेश्य।
ब्रह्मोडुपेन प्रतरेत विद्वान्
स्रोतांसि सर्वाणि भयावहानि।
प्राणान्प्रपीड्येह संयुक्तचेष्टः
क्षीणेप्राणे नासिकयोच्छ्वसीत।
दुष्टाश्वयुक्तमिव वाहमेनं
विद्वान्मनो धारयेता प्रमत्तः।
समे शुचौ शर्करावह्नि वालुका विवर्जिते
शब्द जलाश्रयादिभिः।
मनोऽनुकूले न तु चक्षुपीडने
गुहानिवाताश्रयणे प्रयोजयेत्।

योग में कुहरा, धुआँ, सूर्य, वायु, अग्नि, जुगनू, बिजली, स्फटिक, चन्द्र आदि के रूप दिखाई देने लगते हैं। यहाँ अनाहत नाद का वर्णन नहीं है। आगे चलकर कुहर, धूम, सूर्य,

वायु, अग्नि, जुगनू, बिजली, स्फटिक, चन्द्र आदि हठयोग में अपने उन्नत स्वरूप में उपस्थित होते हैं। जुगनू, अग्नि, बिजली, स्फटिक, कुण्डलिनी के आभास हैं; सूर्य और चन्द्र श्वास के; कुहर, धूम, चक्रों के सम्बन्ध में आते हैं। किन्तु यहाँ यह इस रूप में नहीं हैं, बीजरूप में हैं, सम्भवतः अनार्य चिन्तन में योग स्वयं तब तक परवर्त्ती हठयोग का-सा प्रवृद्ध नहीं हुआ था। हम अन्यत्र बता चुके हैं कि उपनिषदों में 'चक्र' तो है नहीं, बल्कि वह तो योग में और भी बाद में अनुगीता में तनिक घुसा था। तो फिर यह जो यहाँ श्वेताश्वतर में इन आभासों का उल्लेख है, वह बीज-रूप का आभास है और मानसिक वेदन का प्रतिबिम्ब है—

नीहार धूमार्कनिलानलानां
खद्योत विद्युत्स्फटिकशशीनाम्
एतानिरूपाणि पुरःसराणि ब्रह्मण्यभि
व्यक्ति कराणियोगे।

योग में देह का हल्कापन, निरोगता, निर्लाभता, चमकदार चेहरा, कोमल स्वर, शुभ गंध, मूत्र पुरीष की कमी, यह लाभ होते हैं। इसे प्रथमा योग प्रवृत्ति कहते हैं। योग एक प्रकार सोने को मिट्टी में से धो देता है। जब दीपक की भाँति योगी अपनी आत्मा-रूप शिखा से परमात्मा-रूप 'सर्व' को देखता है तब उस अजन्मा, निश्चल, सर्वतत्वशुद्ध, परमपवित्र देव को भजकर वह सर्व बंधनों से मुक्त हो जाता है। वह देव तो सबमें है, था और रहेगा। उसी देव को हम नमस्कार करते हैं। उसका ही जाल सब पर फैला हुआ है। ध्यान रहे पाशुपत सम्प्रदाय में शैव लोग यह मानते थे कि पशु (जीव) पाश में बँधा हुआ है। शिव ही पशुपति है, क्योंकि वह पाश से छुड़ाता है। अपने पुराने रूप में शिव रुद्र पशुओं को निरोग रखनेवाला देवता भी था, जो श्वेताश्वतर उपनिषद् में भी स्पष्ट होता है, जब उससे कहा जाता है—

मा नस्तोके तनये मान आयुषि
मा नो गोषु मा नो अश्वेषुरीरिषः
वीरान्मानो रुद्र भामिनो
वधीर्हविष्मन्तः सदमित्त्वा हवामहे। (4 । 22)

(अर्थात् हे रुद्र! हमारे नवजात बालकों में प्रहार न कर, हमारी आयु में प्रहार न कर, हमारी गायों में प्रहार न कर, हमारे घोड़ों में प्रहार न कर। हमारे तेजस्वी वीरों को न मार। हविष्मन्त, हम तुझ स्थिर का आह्वान करते हैं।)

यहाँ ऋषि बाल-बच्चे, गाय, घोड़ेवाला है, एकान्त साधक नहीं है। रुद्र परमशिव होकर भी सगुण जैसा देवता है, क्रोधी है। वैसे उसे निराकार कहा गया है—

नतस्य प्रतिमा अस्ति। (4 । 19)

यह प्रकट करता है कि तब किसी देवता की प्रतिमा का प्रारम्भ हो अवश्य चुका होगा, अन्यथा उसके रूप की इस व्यवस्था की 'प्रतिमा' शब्द के माध्यम से आवश्यकता नहीं पड़ती। मेरा मत है कि पाञ्चरात्र उपासना में विष्णु की प्रतिमा बनती थी। दक्षिण भारत में ही अनेक प्राचीन देवताओं की मूर्तियाँ भी थीं।

रुद्र को एकमात्र परमात्मा कहा गया है—

एको हि रुद्रो न द्वितीया यतस्थुः। (3 । 2)

वह ईश सब लोकों पर शासन करता है—और स्वशक्ति से ही—

य इमांल्लोकानीशत ईशनीभिः। (3 । 2)

विश्वों को सिरजकर पालता है—

संसृज्य विश्वा भुवनानि गोपाः। (3 । 2)

प्रलय में संहार करता है—

संचुको चान्तकाले। (3 । 2)

और न दिखाई देता हुआ वह सब जनों को आवृत्त करके रहता है—

प्रत्यङ् जनांस्तिष्ठति। (3 । 2)

वह अखण्ड ईश्वर, सर्वचक्षु है, उपदेष्टा है, सब ओर से क्रियामय है, दोनों भुजाओं से द्यु (आकाश), भू को सिरजता है और परमाणुओं से धमन करता है। वह अग्नि आदि देवों का उत्पत्तिकर्ता और प्रलयस्थान है, सर्वेश्वर सर्वज्ञ है, सृष्टि के आरम्भ में उसी ने ब्रह्माण्ड रचा। वह हमें बुद्धि दे—

योदेवानां प्रभवश्चेद भवश्च
विश्वाधियो रुद्रो महर्षिः
हिरण्यगर्भ जनयामास पूर्वं
स नो बुद्ध्या शुभया संयुयुक्त।

यहाँ शिव देवों का सर्पक है, वह वैदिक देवताओं के ऊपर उठ गया है।

विष्णु और ब्रह्मा की भाँति तीसरा दल शिव का ही था, जिसके विकास-काल में यहाँ पता चलता है।

वह शिव रुद्र है, निष्पाप देह है, अघोरा है उसकी काया, वह पर्वतों पर शान्ति फैलाता है, अर्थात् पर्वत से उसका स्पष्ट सम्बन्ध है। उसी से शान्ति की याचना है। वह पर्वतों पर शान्ति फैलाता है। वह हाथ में बाण धारण करता है। वह गिरित्र पर्वतों का त्राता है। उससे प्रार्थना है कि वह पुरुष-जगत् का संहार न करे—

याते रुद्रं शिवा तनूरघोराऽपापकाशिनी
तया नस्तुनुवा शंतमया गिरिशन्ताभिचाकशीहि,
यामिषुं गिरिशन्त हस्ते विभर्ष्यस्तवे
शिवां गिरित्र तां कुरू मा हिंसीः पुरुषंजगत्।

यह देवता, सर्वव्यापी ब्रह्म, वास्तव में बड़ा भयंकर है। वह सबमें गुप्त रूप से विद्यमान है—

सर्वभूतेषु गूढ़म। (3 । 7)

वह सब इन्द्रियों से युक्त और रहित है। सम्पूर्ण, मुख, शिर, ग्रीवा तथा वाणी युक्त है, सहस्रपाद है। वह वेद के ब्रह्म का-सा स्वरूप है। किन्तु उसकी विशेषता है कि देहवान् (आत्मा) नव द्वारवाले पुर में रहता है, अर्थात् शरीर में, हंस (मुक्त जीव) देह (बंध) से बाहर प्रकाशमान होता है और वह परमपुरुष सारे स्थावर-जंगम जगत् को वश में करनेवाला है—

नवद्वारे पुरे देही हंसो लेलायते बहिः
वशी सर्वस्य लोकस्य स्थावरस्य चरस्य च। (3 । 18)

फिर वह शिव वेद के पुरुष जैसा है। 'अणोरणीमान् महत्तोमहीमान्' इत्यादि उसी के लिए यहाँ कहा गया है; वह शिव निराकार, एक वर्ण, अनेक वर्ण, धारक, संहारक है। वह वेदों में अग्नि है, आदित्य है, वायु है, चंद्रमा है, शुक्र है, ब्रह्म है, जल है, प्रजापति है।

परमात्मा और जीवात्मा दो मित्र पक्षी हैं, एक ही वृक्ष (प्रकृति) पर बैठे हैं। उनमें से एक (जीव) वृक्ष के स्वादु फल को खाता है, दूसरा न खाता हुआ साक्षी रूप से देखता है—

द्वा पुसुपर्णा समुजा सखाया
समानं वृक्षं परिषस्वजाते
तमोरन्यः पिप्पलं स्वाद्वत्त्यनश्नन्यो
अभिचाकशीति। (4 । 6)

आगे ऋषि (कवि) कहता है कि छंद, यज्ञ, इष्टियाँ, व्रत, जो हो चुके और होंगे, वेद कहता है कि इस सबको और हमको वह मायी (मायावाला) रचता है। उसमें ही माया से दूसरा (जीव) संनिरुद्ध है। अर्थात् जीव रुद्र है, परमात्मा नहीं।

उस माया को प्रकृति जानती हैं और मायी महेश्वर को जानता है। उस महेश्वर के अवयवों से यह सारा जगत् व्याप्त है। वह रुद्र ही सबसे परे है। वह दोपायों, चौपायों सब पर शासन करता है। वह कलिल (द्रव्य) में से सृष्टि रचता है। वह मृत्यु के पाश छेद देता है (मृत्युपाशांश्छिनत्ति)।

न जहाँ रात है न दिन, वहाँ निर्विकल्पा शिव है। वही ही सविता (सूर्य) का वरणीय अविनाशी पद है। उससे ही पुराणी अर्थात् सनातन प्रजा का विस्तार हुआ है।

अविद्या और विद्या उसमें दोनों स्थित हैं।

वह अद्वितीय एक है। योनि-योनि को अधिकार में रखे हुए है—'यो योनि योनिमधितिष्ठत्येको' (5 । 2) और सारे विश्वों को, रूपों तथा योनियों को वश में किए हुए है—'विश्वानि रूपाणि योनीश्च सर्वाः' (5 । 2) और जिसने पूर्वकाल में उत्पन्न हुए कपिल ऋषि को ज्ञानों से पोषण किया, उस प्रकटस्वरूप को उपासक देखें—

ऋषिं प्रसूतं कपिलं यस्तमग्रे
ज्ञानैविभर्त्ति जायमानं चपश्येत्। (5 । 2)

यह स्पष्ट कर देता है कि श्वेताश्वतर उपनिषद् कपिल ऋषि के बाद बना। इसमें जो प्रकृत पुरुष का प्रकरण है, आत्मा का विवेचन है, उसके अन्तर्गत जो कपिल को गिनाया गया है, स्पष्ट करता है कि कपिल पर न केवल शैव चिंतन का प्रभाव था, वरन् ईश्वर को असिद्ध प्रमाणित करनेवाला कपिल अनार्य चिंतन से काफी प्रभावित था। यदि जैन-स्रोत के अनुसार कपिल में नाग-सम्बन्ध देखा जाय तो यह स्पष्ट होता है कि शैव चिंतन में नाग चिन्तन भी है। नाग टॉटेम की अंतर्भुक्ति तो शिव में ही है। नागों में शिव की कितनी आराधना थी, यह तो भारशिव नागों तक स्पष्ट होती है कि वे शिवमूर्त्ति को धारण करते थे, तभी उनका नाम शिव का भार ढोने के कारण भारशिव पड़ा। कपिल की पूर्णतया अंतर्भुक्ति वैष्णव मत में हुई, जहाँ उसे अवतार का-सा सम्मान मिला। सम्भवतः इसीलिए कि कपिल ने प्राचीन यज्ञवाद के विरुद्ध विद्रोह किया था और सांख्य का मूल रूप हम निश्चय से नहीं जानते। हो सकता है कि उसके द्वारा शैव और वैष्णव दोनों मतों ने अपनी-अपनी पुष्टि पाई थी।

जिस समय श्वेताश्वतर उपनिषद् लिखा गया था, उस समय निश्चय ही आर्यों में ब्रह्मा का सम्मान था और वही वेदों का कारण भी समझा जाता था—'तद्ब्रह्मा वेदते ब्रह्मयोनिम्' (5 । 6) ।

परमात्मा को सांख्य योग से अधिगम्य बताया गया है—'सांख्य योगाधिगम्यं' (13 । 6)

उपमन्यु और दक्ष की शिवस्तुतियाँ महाभारत में एक लम्बी अवधि माँगती हैं, क्योंकि उनमें बहुत बड़ी अंतर्भुक्ति का चिह्न है। इसे हम 'हिन्दी साहित्य की धार्मिक और सामाजिक पूर्वपीठिका' में विस्तारपूर्वक देख चुके हैं।

शिव जो त्रिदेवों में आया, वह काफी लम्बे संघर्ष के बाद की स्वीकृति का परिचायक है। शिव और विष्णु का कितना लम्बा संघर्ष है कि मुगलकालीन तुलसीदास को भी वैदिक शैवों का वैष्णवों से समझौता कराना पड़ा था और राम से शिव की स्तुति करानी पड़ी थी।

स्रष्टा कहलाकर भी शिव को प्रधानतः संहारक ही माना गया। शिव के सम्प्रदाय की अंतर्भुक्ति केवल महाभारत में नहीं हुई, अनेक पुराण भी इसीलिए रचे गए थे।

शिव वेद में रुद्र कहलाया है। परन्तु सम्भवतः वेद का रुद्र शिव के भयानक रूप से बाद में ही मिला है, क्योंकि वेद का रुद्र रुदन करनेवाला अग्नि है। किन्तु कपर्दी होने के नाते यह आभास होता है कि वह भी शिव का कोई रूप है। परवर्ती काल में ही रुद्र का महत्व इतना अधिक बढ़ा है, जबकि अंतर्भुक्ति ने अनार्य देवताओं को ऊपर उठाया था।

शिव का नगर काशी है (जिसे कृष्ण ने जलाया था) और वह कैलाशवासी है। हम अन्यत्र बता चुके हैं कि शिव का परिवार, उसके बहुरूप, पार्वती के बहुरूप, बहुत-सी जातियों के देवताओं के मिल-जुल जाने का परिणाम है। दक्ष के समय में शिव का अपमान आर्यों की प्राचीन घृणा को बताता है। जनमानस में शिव का स्थान बहुत प्राचीन था, केवल ब्राह्मणों ने उसे बहुत बाद में स्वीकार किया। ब्रह्मा से शिव का युद्ध इसी का संघर्ष है। जिस समय इंद्र और उपेन्द्र (विष्णु) की पूजा होती थी, शिव का विरोध हो रहा था। भृगु ने भी (प्राचीन ब्राह्मणवंश ने भी) शिव-विरोध किया था, क्योंकि भृगु दक्ष का भाई लगता था।

शिव का भयानक रूप, अनार्य रहन-सहन निश्चय ही आर्यों को अप्रिय रहे होंगे। शिव प्राचीन अनार्य तापस देवता है, तभी अनार्य तंत्र-साधना, श्मशान-साधना आदि भी उसके साथ जुड़ गई हैं। कालांतर में शिव की स्त्री उमा भी लक्ष्मी का रूप बन गई थी। हम बता चुके हैं कि शिव की स्त्री गौरी है और वरुण तथा काम की स्त्रियों के नाम भी गौरी हैं। अर्धनारीश्वर की कल्पना में विष्णु को स्त्री-रूप में देखकर शिव ने आलिंगन किया था तो दोनों जुड़ गए थे। शिव की असंख्य कथाएँ 12वीं सदी तक निरन्तर बनती गईं, क्योंकि बहुत-सी अनार्य उपासनाएँ शिव से तब तक अंतर्भुक्त होती ही रहीं। उमा, पार्वती, दुर्गा, दशभुजा, सिंहवाहिनी, महिषमर्दिनी, जगद्धात्री, काली, मुक्तकेशी, तारा, छिन्नमस्ता, जगदगौरी, प्रत्यंगिरा, अन्नपूर्णा, गणेशजननी, कृष्णक्रीड़ा तथा ऐसी असंख्य देवियाँ हैं जिनकी धीरे-धीरे शिव-परिवार में अंतर्भुक्ति होती रही है। गणेश और कार्त्तिकेय, नंदी आदि का भी शिव परिवार में मिलन हो गया है। लिंगपुराण में तो नंदी मनुष्य है, जो स्वयं बैल पर चढ़ता है।

शिव का यक्षों के देवता काम से युद्ध हुआ था। बाद में कामदेव विष्णु और लक्ष्मी का

पुत्र कहा गया है, जबकि वह कृष्ण बना था और रुक्मिणी उसकी माता थी (प्रद्युम्न से तात्पर्य है)। वैसे काम को ब्रह्मा का पुत्र भी बताया गया है। ऋग्वेद में काम एक भाव है। अथर्ववेद में वह इच्छा है। ऋग्वेद में वह अद्वितीय देवता भी है। काम वास्तव में मातृसत्ताक समाज में गर्भाधान का देवता था। वह विलास का चिह्न है। उसका विरोध लिंग (शिव) ने किया, जब पितृसत्ताक समाज के उदय के साथ पुरुष का प्राधान्य बढ़ा और योनि को सृष्टि करनेवाली रहस्यमय वस्तु समझने की जगह लिंग को ही बीज रखनेवाला समझने के कारण उसका महत्व खेतिहर समाज में अधिक बढ़ा।

यक्षों का देवता कुबेर धन का देवता था और शिव को उसका मित्र; और कहीं स्वयं शिव को ही कुबेर और काम भी कहा गया है। कुबेर भी अंतर्भुक्ति का देवता था। शिव निश्चय ही काफी प्राचीन काल में असुर, नाग, राक्षस, किरात तथा दैत्य, दानवों का देवता था। महाभारत-युद्ध के बाद उसका प्रभाव एकदम बढ़ने लगा, जो बुद्ध तक पूरा-सा हो गया, यद्यपि बाद में भी उसका विकास होता रहा, उसका परिवार बढ़ता रहा। बुद्ध से पूर्व ही वह त्रिमूर्ति में स्थापित हो चुका था।

जरत्कारु ऋषि की नागजाति की स्त्री मनसा का उल्लेख हो चुका है। वह विषहरा भी कहलाती है। उसकी बिना प्रतिमा बनाए भारत में पूजा बहुत प्राचीन है। वह नागमाता मानी जाती रही है। हनुमान को भी लंका जाते समय नागमाता सुरसा मिली थी। सम्भवतः नागपाश में राम-लक्ष्मण को बाँधनेवाले रावण के मित्र नागों में सुरसा देवी रही होगी। मनसा की जब प्रतिमा बनती है, तब वह सर्पों को ही वस्त्रों की जगह पहने, एक कमल पर दिखाई जाती है, कभी-कभी वह साँप के वाहन पर दिखाई जाती है। बंगाल की बड़ी प्राचीन कथा है कि चाँद नामक व्यापारी शिवभक्त था। उसको मनसा से घृणा थी। मनसा ने उसके 6 बेटों को साँप से कटाकर मार डाला। अन्त में उसने अपने अन्तिम दाँव के रूप में अपने ज्येष्ठ पुत्र लखिंदर को लौहभवन में बन्द किया, जैसे परीक्षित तक्षक से छिपकर बैठा था। किन्तु मनसा ने एक संधि से वहाँ भी एक साँप भेजा जिसने जाकर विवाह की रात उसे काट दिया। वह मर गया। विधवा पुत्रवधू और सास, पड़ोसियों आदि ने चाँद से मनसा की पूजा करने को कहा, किन्तु वह न माना। तब वेहुला पुत्रवधू अपने पति को स्वर्ग से लौटा लाई, पर चाँद को भी झुकना पड़ा। उसने बाएँ हाथ से मनसा की मूर्ति पर एक फूल फेंका। मनसा ने प्रसन्न होकर उसे मनचाहा वर दिया। तब से मनसा की पूजा बढ़ गई। यह कथा परवर्ती रूप है। मनसा महादेव की पुत्री मानी गई है। यह अंतर्भुक्ति यद्यपि परवर्ती है, और वैसे हम निश्चय से कह भी नहीं सकते कि यह कितनी पुरानी है। यह स्पष्ट करती है कि नागों की देवी शिव से मिल गई और यह देखते हुए कि महाभारत में ही शिव नागधारी है, मुझे यही लगता है कि यह कथा प्राचीन जातीय अंतर्भुक्ति की है, या उसी परम्परा की परिचायक है। मनसा तंत्रों में भी उपासना की देवी रही है। वहाँ वह योगिनी है।

नाग-पूजा, सिकंदर—ग्रीक विजेता—को पंजाब में दिखाई दी थी : अर्थात् 327 ई॰ पू॰ तक वह उपासना खूब प्रचलित थी (कनिंघम आर्कियोलोजिकल सर्वे रिपोर्ट पॉ॰ 2 पृ॰ 9)। नाग-पूजा आज भी प्रचलित है। साँची के पूर्वीय द्वार पर नाग-पूजा अंकित है। काश्यप इरूविल्व, बुद्ध से शिष्यत्व प्राप्त करने के पूर्व मगध में प्रसिद्ध नागपूजक था। नगेन्द्रनाथ वसु

ने अपने आर्कियोलोजिकल सर्वे ऑफ मयूरभाञ्ज, वाल्यूम-1 की भूमिका में बताया है कि काश्यप अग्निपूजक, महान् ज्योतिषी और बड़ा यांत्रिक था। उसके वर्णन को पढ़कर लगता है कि वह मग ब्राह्मण था। मयूरभाञ्ज (बिहार) में नाग 8वीं शती ईसा पूर्व भी रहते थे। गुप्त सम्राटों तक वे सशक्त थे। जब समुद्रगुप्त ने उन्हें हरा दिया, तब भी वे ईसवी सातवीं शती तक सशक्त रहे। मयूरभाञ्ज का नागकुल वैराट भुजंग कहलाता था। मिदनापुर, बंगाल तक इन नागपूजकों का प्रभाव था। सम्राट् हर्षवर्धन ने इन्हें छोटा नागपुर की ओर भगा दिया था। महामण्डी पर्वत पर किंचक नाग की मूर्ति है, जिसकी वैराट कुल पूजा करता था। सीथियन लोग भी मध्य एशिया में एल्ला देवता की पूजा करते थे, जिसका ऊपर का धड़ मनुष्य का और नीचे का शरीर साँप का-सा था। डायजेरस ने इसका वर्णन किया है। वैराट राजा रसोई में नागमाता तथा आठ नागों की पूजा करते थे। रसोई में नागपूजा, टॉटेमकालीन परम्परा प्रतीत होती है, जबकि पूज्य देवता किसी समय जाति का भोजन ही रहा होगा। शारदा तिलक मंत्र में त्वरित देवी नागमाता के रूप में ही वर्णित है।

गणेश शिव-परिवार में बहुत बाद में मिला है। परन्तु ग्रण्डवेडल ने 'बुद्धिस्ट आर्ट इन इंडिया', पृ० 183 में लिखा है कि नेपाल में पशुपतिनाथ के मंदिर के उत्तर में गणेश का एक मंदिर है जो अशोक की पुत्री चारुमती द्वारा ईसा पूर्व तीसरी शती का बनवाया हुआ बताया जाता है। यह प्रकट करता है कि गणेश की पूजा बुद्ध से पुरानी चीज है। गणेश हाथी टॉटेम की उपासना है, और इस प्रकार उसकी प्राचीनता में संदेह होने का सबसे कम कारण है। पुराणों और तंत्रों में, जहाँ गणेश के 54 रूप हैं, उसकी उपासना जापान, चीन तक फैली हुई थी। गणेश भी चतुर्भुज हैं।

जरासंध के बाद मगध का साम्राज्य बना रहा और ऊपर अन्यत्र दी हुई तालिका से यह पता चलता है कि काफी समय तक रहा। इस सारे समय में जहाँ कि क्षत्रियकुल गण बन गए थे, मगध में साम्राज्य ही बना रहा, एकतंत्र व्यवस्था बनी रही। महाभारत-युद्ध के पहले भारत का केन्द्र दिल्ली का प्रदेश था। आर्यों के पूर्व तो इस देश में जगह-जगह महत्वपूर्ण केन्द्र रहे होंगे। किन्तु महाभारत-युद्ध के बाद जो परिवर्तन हुए उनके कारण, इस देश में सांस्कृतिक एकता का आभास ही नहीं मिलता, वरन् उसके काफी प्रमाण भी मिलते हैं। बुद्धकाल तक हम असंख्य जातियों को देखकर भी यही पाते हैं कि इस देश की जातियाँ अपने को एक ही विरासत का पाती थीं, वे अपने को एक ही स्रोत से निकली हुई समझती थीं। एरिमन नामक विदेशी ने तभी लिखा था कि भारतीय अपनी सभ्यता को लगभग 6000 वर्ष पुरानी समझते थे। यह क्या इसी प्राचीनता का द्योतक तथ्य नहीं है कि भारतीयों में ईसा से लगभग 400 वर्ष पहले ही अपने विषय में यह विचार बन गया था कि वे संगठित 'राज्य' में रहते थे। स्टेट के विकास के विषय में इतना प्राचीन उल्लेख और कहाँ प्राप्त होता है? हम यह नहीं कहते कि यह बिल्कुल ठीक ही है। हमारे कहने का केवल इतना तात्पर्य है कि भारतीय इतिहास इतने चरण चल चुका था कि उसी समय लोग अपने को बहुत प्राचीन मानते थे और उनके भीतर यह भी विचार था कि कलि आ गया है, पतन का पथ खुल गया है। इतना अवश्य प्रतीत होता है कि महाभारत-युद्ध से बुद्ध के उदय तक भारत में अनेक विदेशी भी आए होंगे, जिनमें कुछ तो श्वेतद्वीप के वासी थे, जो मगध से आगे तक पहुँच गए थे। ये पुरोहित वर्ग के लोग

थे। शाकद्वीप और मगद्वीप नाम से जिसका उल्लेख हुआ है, वह श्वेतद्वीप के ही दूसरे नाम का उल्लेख है। पांचरात्र-उपासना इन्हीं विदेशियों के प्रभाव से प्रारम्भ हुई और भारत में आकर जब वह अंतर्भुक्ति के उपरांत उठी तो उसने कालांतर में वेद-स्वीकृति को भी ग्राह्य कर लिया और सारे इतिहास को ही अपने रंग में रँग डाला। जब सिकंदर—ग्रीक विजेता—पंजाब में आया था, तब यह शाकद्वीपी ब्राह्मण उसे पंजाब में मिले थे। ईसा से 800 वर्ष पूर्व ही ये लोग बंगाल तक पहुँच गए थे। 700 ई० पू० में यह श्वेतद्वीप शाक ब्राह्मण ईरानी सम्राट् के महाक्षत्रप बनकर भारत के उत्तर-पश्चिम में मौजूद थे।

सिकंदर जब भारत आया था, तब यहाँ दाण्ड्यायन जैसे पहुँचे हुए योगी थे, नन्द का विशाल साम्राज्य था, क्या यह सब यहाँ यह प्रकट नहीं करता कि पृष्ठभूमि विशाल थी, जिसके लिए एक लम्बी अवधि की आवश्यकता थी।

वैदिक साहित्य का युग जब समाप्त हुआ तब ब्राह्मण को बदलना पड़ा। अब मैं अति संक्षेप में विशेष बातें लिखता हूँ—

(1) महाभारत-युद्ध के बाद से बुद्ध के बीच तक काफी समय व्यतीत हुआ।

(2) महाभारत-युद्ध के बाद आर्यों का प्रभुत्व नष्ट हो गया, वैसा नहीं रहा जैसा पहले था। मेरा तात्पर्य सार्वभौम राजनीतिक प्रभुत्व से है। वे आए, उन्होंने ब्राह्मणों के शासन में विकास किया। ब्राह्मणों में से कुछ क्षत्रिय बने। तभी ययाति क्षत्रिय होकर भी ऋषिकुल का व्यक्ति कहलाता था। फिर आर्य-अनार्य युद्ध हुआ। अनार्यों में अनेक सभ्य जातियाँ थीं। उनका आर्यों पर प्रभाव पड़ा। पराजित अनार्य दास बनाए गए। शूद्र कहलाए। कालांतर में वे अधिक हो गए। तब क्षत्रियों और ब्राह्मणों का सत्ता के लिए युद्ध हुआ। ब्राह्मण ने शूद्र और वैश्य वर्ग की सहायता से क्षत्रियों का नाश किया। जब शूद्र और वैश्य ब्राह्मणों को दबाने लगे, तब ब्राह्मणों ने क्षत्रिय से संधि की। वे योद्धा वर्ग जो अनार्यों से मिल गए थे, वे भी क्षत्रिय नाम से पुकारे गए। फिर वर्ण-व्यवस्था स्थापित हुई। इस युग के बाद आर्यों और अनार्यों का फिर घोर युद्ध हुआ। परिणाम में आर्यों ने अनार्यों की सहायता से अनार्यों को हराया। परन्तु इसमें अनार्य भी सशक्त होने लगे। इसके बाद आर्य और अनार्य शासक परस्पर दल बनाकर शक्ति के लिए लड़ने लगे। महाभारत में यही हुआ और इसमें आर्यों की शक्ति क्षीण हो गई। ब्राह्मण के सर्वाधिकार प्रायः लुप्त हो गए। इसके बाद से बुद्धकाल तक सभी जातियों की परस्पर अंतर्भुक्ति हुई।

(3) अंतर्भुक्ति में ब्राह्मण का वेद श्रेष्ठ माना गया। और अन्य जातियों के वर्गों का पेशे के अनुसार वर्ण-व्यवस्था में लय हुआ। अब जातियाँ अधिकांश भौगोलिक नामों पर प्रसिद्ध हुईं जैसे पंचाल, मद्र, मगध इत्यादि। पुराना असुर, राक्षस, गन्धर्व, नाग आदि भेद लुप्त हो गया और सभी वर्ण अपने को एक स्रोत से निकला मानने लगे। इसमें वैष्णव और शैव मत का विकास हुआ, जिसने भारतीय संस्कृति का रूप ही बदल दिया।

(4) बुद्ध के समय तक यह विकास पूर्ण हो चुका था।

(5) मगध का साम्राज्य बढ़ा। इसका कारण था समुद्री व्यापार करनेवाली जातियों का गंगा-मार्ग से उत्तर को आना। व्यापार खूब बढ़ रहा था। बुद्ध के समय में, जबकि पाटलिपुत्र केवल पाटलिग्राम ही था, तब भी अनाथपिंडक जैसे बहुत बड़े सेठ पैदा हो गए थे, जिनके

सार्थ (काफिले) चलते थे। महाभारत-काल में हमें इसका उल्लेख नहीं मिलता कि वैश्य भी धनी थे। यह इसका प्रमाण है कि इस दौरान में वैश्यों ने काफी विकास कर लिया था। मगध के चारों ओर प्रायः गणराज्य थे।

(6) गण महाभारत-काल में भी थे, परन्तु वे अधिकतर गोत्र पर आधारित थे। ऐसा ही यादव भी था। बुद्ध के बाद गणों की शक्ति बढ़ी। उन्होंने एकतन्त्रों को समाप्त करके कुलों के हाथों में शक्ति केन्द्रित कर ली और ब्राह्मण का विरोध किया।

(7) ब्राह्मण ने अनार्यों और आर्यों के एकतन्त्रों में स्थान पाया और वैष्णव शैव मत के साथ यज्ञवाद का समन्वय करता रहा।

(8) सबको दबानेवाले ब्राह्मण वर्ग के आर्यमात्र न रहने पर, जब सब जातियों के पुरोहित ही ब्राह्मण कहलाए, उपासनाओं का वैविध्य स्वीकृत हुआ और हिमालय से दक्षिण सागर तथा कामरूप से सौराष्ट्र तक एक सांस्कृतिक एकता का विकास हुआ। एक परिवार बना, तब ब्राह्मण वर्ण ने प्रगति की कि वैष्णव मत के सहारे से दास-प्रथा का विरोध किया और शूद्र की सहायता से अपने को स्थिर किया।

(9) क्षत्रिय गण रक्त-गर्व में इसके विरुद्ध थे। ब्राह्मण का सिक्का नहीं चाहते थे। वैश्य भी विरोधी थे। परन्तु व्यापारी वैश्य को बड़े राज्य की आवश्यकता थी, जगह-जगह टैक्स देना उसे लाभकर नहीं था, अतः वह गणतंत्र का विरोधी हुआ। वैश्य को काम न करनेवाले दास की जरूरत न थी। वह व्यर्थ बिठाकर उसे खिलाना नहीं चाहता था। अतः उसने ठेके पर काम कराया। दास-प्रथा और टूटी। श्रेणि का उत्थान हुआ जो कि बुद्धकाल तक अपना काफी विकास कर चुकी थी।

(10) व्यापार के लिए देश में शांति की आवश्यकता थी। उसका प्रतिबिम्ब बौद्ध, जैन तथा वैष्णव—तीनों चिन्तनों में अहिंसा के रूप में मिलता है, जिसमें राजाओं (क्षत्रियों) के पारस्परिक युद्ध होते थे। अब जबकि भारत एक परिवार था, तब राजाओं की लड़ाई में आपसी फूट और क्षत्रियों की लूट के अतिरिक्त और किसी का भी फायदा नहीं था। इस युग के बाद वही महान् योद्धा कहलाए, वे ही जनमानस में जीवित रहे, जिन्होंने विदेशी आक्रमणकारियों से भारत की रक्षा की।

(11) समुद्री बंदरगाह प्रायः दक्षिण में थे, जिनमें अधिकांश जहाजी द्रविड़ थे। किसी समय नाग, गरुड़, असुर, देव और दानवों ने जिन मार्गों पर यात्रा की थी, वहाँ अब दक्षिण भारतीय करते थे, जोकि वर्ण-व्यवस्था के अन्तर्गत आ चुके थे। दक्षिण के विकास के विषय में मैं अन्यत्र लिख चुका हूँ। यहाँ से माल अफ्रीका होता हुआ यूरोप तक चला जाता था। सम्भवतः अब अमेरिका की यात्रा का भारत से सम्बन्ध नहीं बचा था। हो सकता है कि विदेशों में कुछ ऐसे कारण हो गए हों, जैसे इस्लाम की शक्ति बढ़ने से यूरोप का भारत से सम्बन्ध छूट गया था।

(12) व्यापार बढ़ने से व्यापार का संतुलन बदल गया। कारीगरी की गुंजायश अधिक हो गई। यद्यपि खेती का सामान इधर-उधर नहीं जा सकता था, पर शिल्प का विकास हुआ और शहर बढ़ चले। राम और युधिष्ठिर के समय में प्रायः ग्रामों का नाम आता है, जबकि बुद्ध-काल तक कई प्रसिद्ध नगरों के नाम आते हैं। ये नगर भी एक दिन में तो खड़े नहीं हो

गए होंगे। कुरुओं ने भी हस्तिनापुर के गंगा में डूब जाने पर कौशाम्बी नगर बसाया।

(13) पारस्परिक तीर्थों को मान्य समझा गया, इस पर मैं बहुत विस्तार से 'हिन्दी साहित्य की धार्मिक और सामाजिक पूर्वपीठिका' में लिख चुका हूँ, जहाँ आत्मा, परमात्मा, पुनर्जन्म, पाप, पुण्य, धर्म आदि के विकास पर भी प्रकाश डाल चुका हूँ, अतः उसे यहाँ दुहराना अनावश्यक है।

(14) इसी समय में विभिन्न स्मृतियाँ बनीं। यह धर्मशास्त्रों का युग इस आलोच्य काल की एक विशेषता है। विद्वान इसी को सूत्रयुग कहते हैं। क्योंकि नई-नई जातियों की अंतर्भुक्ति हो रही थी, इसलिए जहाँ तक हो सका, ब्राह्मणवर्ण ने उसके लिए नियम (कानून) बनाए। दरद, पुलिंद, अंध्र आदि को जो कहा गया कि ये पहले क्षत्रिय थे फिर शूद्र हो गए, नए मानदण्डों से मूल्यांकन किया गया अर्थात् पहले ये (अनार्य तो थे पर) क्षत्रिय (योद्धा) थे, बाद में जब ब्राह्मण वर्ण का आर्य संस्कृतिवाला पौरोहित्य इन्होंने स्वीकार नहीं किया तो शूद्र कहलाए। मैं समझता हूँ इसके अतिरिक्त इसकी वैज्ञानिक व्याख्या कोई दूसरी नहीं हो सकती।

(15) पी० वी० काणे ने अपने धर्मशास्त्र के इतिहास भाग-2, खण्ड-1 में इस जाति-विवरण को स्पष्ट किया है। यहाँ हम उनके अनुसार ही उद्धरण देते हैं। (पृ० 49) "ईसा के 1000 पूर्व तक वैदिक युग समाप्त हुआ। कब से प्रारम्भ हुआ, नहीं कहा जा सकता।"

निम्नलिखित तालिका उन व्यक्तियों की है, जो पेशों का प्रतिनिधित्व करते हैं और जिनकी जातियाँ बन चुकी थीं या बन रही थीं (वैदिक युग के अंत के पूर्व ही), ऐसा वाजसनेय संहिता, तैत्तिरीय संहिता, तैत्तिरीय ब्राह्मण, काठक संहिता (17.13), अथर्ववेद, पाण्ड्य ब्राह्मण (3.5), ऐतरेय ब्राह्मण, छांदोग्य और बृहदारण्यक उपनिषद् के आधार पर विवेचन करके लिखा जाता है।

जातियाँ यह थीं—

1. अजापाल (बकरी पालनेवाला—चरवाहा)
2. अन्ध्र
3. अयस्ताप
4. अयोगु या आयोगु
5. अविपाल
6. आन्द
7. इषुकार
8. उग्र
9. कण्टककार या कण्टकीकारी
10. कर्माण
11. कारि
12. कितव
13. किरात
14. किनाश
15. कुलाल या कौलाल
16. केवर्त्त

17. कोशकारी
18. क्षेत्र
19. गोपाल
20. चर्मम्मन
21. चाण्डाल
22. जम्भक
23. ज्याकार
24. तक्षण
25. दाश
26. धनुष्कार या धनवाकार या धनव-कृत्
27. धैवर
28. निषाद या नैषाद
29. पुंश्चल
30. पौंजिष्ठ
31. पुण्ड्र
32. पुलिन्द
33. पौल्कस
34. बैन्द (मछेरा)
35. भिषक्
36. भीमल
37. मणिकार
38. मागध
39. मागीर
40. मूतिब
41. मृगयु
42. मैनाल
43. राजमित्रि (रँगरेज)
44.. रज्जुसर्ग या रज्जुसर्ज
45. रथकार
46. राजपुत्र (महत्वपूर्ण है। मेरे मत में इसी शब्द के द्वारा अनार्यों को क्षत्रिय बनाया जाता था।)
47. रेभ
48. वंशनर्ति [illegible])
49. वप (नाई)
50. वाणिंज (मेरे मतानुसार बंजारा जाति इसी का विकसित रूप बनी। वाणिज शब्द से ही वाणिय बनकर बनिया शब्द बना है।)

51. वासह-परलपूली (धोबन)
52. विडालकारी या बिडलकारी
53. व्रात्य
54. शबर
55. शाबल्य
56. शैलूष
57. श्वनिन् या श्वनित
58. संग्रहीत
59. सुराकार (कलार—शराब बनानेवाला)
60. सूत
61. सेलग
62. हिरण्यकार (सुनार)

(पृ० 51.) स्मृतियों के लेखकों ने प्रयत्न किया था कि चातुवर्ण्य के अनुसार वेद की प्रामाणिकता पर जातियों का विभाजन किया जाय (और उनका विचार भी था कि वर्णसंकरता से जातियाँ—वही, पृ० 50.), परन्तु वे यह भी जानते थे कि असंख्य जाति (caste) उपजातियाँ (Sub-caste) ऐसी भी थीं, जिनकी सामाजिक अधिकारों की प्राप्ति की विभिन्न चेष्टाएँ चल रही थीं और उनके वर्ग कई प्रकार के थे। जाति में जन्मा ही उनके अधिकारों का सहयोगी था। स्मृतियाँ विभिन्न स्थानों में भारत में बनी थीं। एक साथ नहीं बनी थीं। उन्होंने तत्कालीन आवश्यकताओं का हल प्रस्तुत करने की चेष्टा की थी। जातियों के समाज में अधिकार, मान, स्थान अदलते-बदलते रहे।

मेरे मतानुसार यह जातियाँ सब वर्णसंकर नहीं थीं। यह तो विभिन्न जातियों (races) के पेशों में बँटे वर्गों का वर्ण-व्यवस्था में जाति (caste) बनकर अंतर्भुक्त होने का युग था।

500 ई० पू० 1000 ईसवी सदी तक कई जातियाँ थीं। काणे ने (पृ० 69) उन पर विचार किया है। हम उस विवेचन की व्याख्या करते हैं और तब यह स्पष्ट हो जाएगा कि वर्ण-व्यवस्था कैसे बदली । यह सूची मनु, याज्ञवल्क्य आदि की स्मृतियों के आधार पर बनी है—

(1) **अंध्र** : मनु के अनुसार यह वैदेहिक पिता और कारावर माता की संतान एक नीची उपजाति है। ये गाँव के बाहर रह सकते थे और जंगली जानवर मारकर खाते थे। अशोक के लेखों में अंध्र पुलिंदों के साथ गिनाए गए हैं। महाभारत, उद्योग-पर्व के अनुसार अंध्र लोग द्रविड़ और काञ्चन जातियों के साथ गिनाए गए हैं, सम्भवतः यह आंध्र देश के वासी थे। देवपालदेव की नालंद प्लेट में अंध्रक और चाण्डाल तथा मेद निम्न जाति माने गए हैं। उड़ीसा में आदि अंध्र कहलानेवाली जाति परिगणित जातियों में है।

(इससे प्रकट होता है कि अंध्र अनार्य थे। दक्षिण भारतीय थे। वे अन्यत्र भी फैले हुए थे। वर्ण-व्यवस्था में उनकी जैसी जहाँ शक्ति थी, वैसा ही दर्जा मिला। वैदिक व्यवस्था को स्वीकार कर लेनेवालों को इनसे अलग गिनना चाहिए। वे वर्णों में पेशे के अनुसार अंतर्भुक्त हुए।)

(2) **अंत्य** : ये भी चाण्डाल जैसी जाति मानी गई है। इन्हें अछूत माना है। जिस दिन गाँव में अंत्य आता था, वेद-पाठ बन्द रहता था। (यह दास-प्रथा में बहुत नीचा काम करनेवाले दासों का दल था, जिसकी जाति ही बन गई। दास-प्रथा के दौरान में और बाद में टूटते जाने पर भी यह अंत्य अलग ही बन गये।

(3) **अंत्यज** : शूद्र और चाण्डाल जैसी निम्न जाति थी। अंत्यज सात हैं—रजक (धोबी), चर्मकार (चमड़ा उधेड़ा), नट (दक्षिण में जैसे कोल्हाटी, नाचनेवाली जाति है), बुरुड (बाँस का काम करनेवाले), कैवर्त्त (मछेरा), मेद और भिल्ल। इनको अन्य स्मृतियों में इतना नीच नहीं माना गया जितना बाकियों को — अन्त्यावसायी—कहते थे, जैसे चाण्डाल, श्वपच (कुत्ते का गोश्त खानेवाले), क्षत्रु, सूत, वैदेहिक, मागध और आयोगव। महाभारत में अन्त्यज सैनिकों का वर्णन है, नीलकण्ठ के मतानुसार वे सीमाप्रांतों के कैवर्त्त और भिल्ल हैं। प्राकृत भाषा बोलने के कारण सम्भवतः निम्नजातियों को प्रकृति भी कहा गया। वीर मित्रोदय के अनुसार श्रेणी का अर्थ 18 (धोबी जैसी) निम्न जातियाँ हैं। (श्रेणी बनना इनका उत्कर्ष दिखाता है, कमकरों का विकास दिखाता है—स्वतंत्र होने के मार्ग पर।) वेदव्यास स्मृति में गौमांस खानेवाली जातियों को अंत्यज ही माना गया है।

(4) **अंतावसायिन** या **अंत्यावसायिन्** : चाण्डाल पिता और निषादी की संतान है। समस्त 'वाह्य' अर्थात अछूत भी उसे नीच मानते हैं। अन्यत्र उसे वैश्य स्त्री और शूद्र पिता की संतान माना गया है। इसके सामने वेद भी नहीं पढ़ना चाहिए। नारद-स्मृति के अनुसार यह गवाह भी नहीं बन सकता । कुछ का मत है कि डोम इसी का वंशज है।

(ब्राह्मण का प्रभुत्व इन जातियों पर बाद में छाया। यहाँ हमें यह दिखाना है कि विभिन्न अनार्यों की जातियाँ वर्णव्यवस्था में समा गईं। बुद्ध-काल तक ये सब जातियाँ भारत में उपस्थित थीं और वर्ण-व्यवस्था के अंतर्गत आ गई थीं।)

(5) **अभिषिक्त** : ब्राह्मण + क्षत्रिय का पुत्र।

(6) **अम्बष्ठ** : एतरेय ब्राह्मण में राजा अम्बष्ठ्य ने अश्वमेध यज्ञ किया था। अन्यत्र यह नाम देश के नाम पर पड़ा बताया गया है। अम्बष्ठ अनुलोम (वर्णसंकर) भी माना गया है (ब्राह्मण + वैश्या का पुत्र); अन्यत्र वह क्षत्रिय + वैश्या का पुत्र है। मनु के अनुसार वह वैद्य होना चाहिए, उशनस के अनुसार खेती करना उसका काम है। आग पर नाचनेवाला या हरकारा हो सकता है। वह चीर-फाड़ करनेवाला शल्यचिकित्सक हो सकता है।

(7) **अयस्कार** : लुहार।

(8) **अवरीट** : विवाहित स्त्री का उसी वर्ण के परपुरुष से पुत्र—शूद्र माना जाता है।

(9) **अजिर** : क्षत्रिय + वैश्या का पुत्र।

(10) **आपीत** : ब्राह्मण + दौष्यन्ती का पुत्र।

(11) **आभीर** : मनु के अनुसार ब्राह्मण + अम्बष्ठ स्त्री का पुत्र। महाभारत के अनुसार म्लेच्छ, दस्यु। महाभारत और मनु के अनुसार आभीर, पारद, आश्वमेधिक, द्रविड़ और कुछ अन्य ब्राह्मणों से सम्बन्ध छूटने से शूद्र हो गए। महाभाष्य के अनुसार आभीर शूद्रों की एक उपजाति नहीं, वरन् एक अलग जाति है। कामसूत्र में आभीर राजा कोट्टराज का उल्लेख है। दण्डि ने बताया है कि आभीर अपभ्रंश बोलते हैं। अमरकोश में वे ग्वाले हैं। आभीर हिंदू

समाज में मिल गए थे। 181-82 ई० सन् में रुद्रदामन् के पुत्र रुद्रसिंह के आभीर सेनापति रुद्रभूति ने एक कुआँ बनवाया था। माठरी (माधरी) और आभीर शिवदत्त का पुत्र ईश्वरसेन राजा था।

(एक विदेशी जाति की अंतर्भुक्ति स्पष्ट हो जाती है। अब आभीर अहीर कहलाते हैं।)

(12) **आयोगव** : विभिन्न मतों में वर्णसंकर है।

(13) **आवन्त्य** : (अवन्तिवासी-मेरा मत)।

(14) **आश्विक** : वर्णसंकर।

(15) **आहिण्डक** : निषाद + वैदेही का पुत्र।

(16) **उग्र** : ब्राह्मण + शूद्रा का पुत्र। विभिन्न मत हैं।

(17) **उदवंधक** : शुनिक + क्षत्रिया का पुत्र।

(18) **उपक्रष्ट** : वह द्विजाति का नहीं है, परन्तु उसे वैदिक अग्न्याधेय कर्म का अधिकार है।

काणे ने अनेक जातियों का उल्लेख किया है। हम इनकी सूची से इन निष्कर्षों पर पहुँचते हैं—

(1) पहले आर्य और दास दो जातियाँ थीं। काणे का भी यही मत है। मेरे मतानुसार अन्य जातियाँ (races) भारत में थीं और उनमें से कुछ में जातियाँ (वर्ग या पेशे पर आधारित) थीं।

(2) ऋग्वेद-काल के अन्त तक ही कुछ अनार्य जातियाँ आर्यों से पराजित हो चुकी थीं।

(3) यजुर्वेद के समय वे पराजित जातियाँ—शूद्र—आर्यों के समाज के चरण के रूप में स्वीकृति हुईं।

(4) आर्यों में ही जाति-गर्व नहीं था, वह अनार्य जातियों (races) की उच्च जातियों(castes) में भी था। आर्य को उनका पता बाद में चला।

(5) अन्यत्र हम ब्राह्मण, क्षत्रिय, वैश्य का आर्यों में विकास दिखा चुके हैं। महाभारत-युद्ध के बाद आर्यों की वर्ण-व्यवस्था रूप बदलने लगी। पेशेवर जातियों की अंतर्भुक्ति होने लगी।

(6) इस अंतर्भुक्ति का लम्बा इतिहास है। कभी किसी पेशे के अनुसार किसी जाति को किसी स्थान पर कैसा ही दर्जा मिला, कहीं उसी पेशे की जाति को अन्यत्र तनिक ऊँचा स्थान मिला। कभी एक ही जाति का मान एक समय अधिक रहा, कभी कम हो गया। कहना यह है कि कमकर जातियों तथा अन्य उच्च जातियों का जो पारस्परिक सम्बन्ध था, वह युगानुसार बदलता रहा और ऊँच-नीच होती रही। विजेता आभीर हार जाने पर शूद्रों में गिने गए।

(7) विदेशी जातियाँ वर्ण के अनुसार अंतर्भुक्त होती रहीं।

(8) प्राचीन विभिन्न जातियाँ (races) क्रमशः अंतर्भुक्त हुईं। उनके पेशे से ही उन्हें दर्जा दिया गया। उस समय सांस्कृतिक एकता एक विशाल परिवार बना रही थी। तब उनके पेशे के हिसाब से ब्राह्मण ,क्षत्रिय, वैश्य, शूद्र की संज्ञा दी गई। जिसने ब्राह्मण का विरोध

किया, उसे कम दर्जा देने की कोशिश हुई। परन्तु जातियों की उठती-गिरती इज्जत बताती है कि बार-बार स्मृतियों में उनके विषय में अदलते-बदलते नियम बने। आर्य-अनार्य का भेद वैष्णव मत के कारण नहीं रहा। वह गणों में अवश्य बना रहा।

(9) एक जाति जो एक स्थान पर होती थी, उसी नाम की कभी-कभी एक और जाति दूसरा ही काम करती थी। कहीं वह जाति बन चुकी थी, कहीं उस नाम को अभी पेशा ही समझा जाता था।

(10) किरात, मेकल, द्रविड़, लाट ,पौण्ड्र, यवन या अन्य ऐसे ही योद्धा थे जो क्षत्रिय थे, परन्तु परवर्ती काल में ब्राह्मण-विरोध ने उनका दर्जा गिराया। वे अंतर्भुक्ति के पहले अनार्य होने के कारण समाज से बाहर थे। बाद में अंतर्भुक्ति में उन्हें क्षत्रिय कहा गया, क्योंकि वे योद्धा थे। बाद में उनका दर्जा गिर गया। मनु ने नीच जातियों को भी क्षत्रिय कहा है, जो फिर शूद्र हो गईं। अम्बेदकर (भीमराव) ने भ्रम में इसीलिए शूद्रों को क्षत्रिय कहा है, जैसे क्षत्रिय होना कोई कमाल की बात है। निषाद पहले पाँचवाँ वर्ण कहलाते थे, पर बाद में वे ब्राह्मण+शूद्रा की सन्तान माने गए। यास्क के समय में वे भीलों की तरह निम्नकोटि के व्यक्ति माने जाते थे।

(11) स्मृतियों में जातियों के प्रारम्भ के विषय में बड़ा सन्देह है, एकमत नहीं है।

इससे स्पष्ट हो जाता है कि महाभारत-युद्ध के बाद जो बुद्धकाल तक विभिन्न जातियाँ परस्पर मिलीं, उनके भीतर जो पेशे थे, उन्हीं के हिसाब से वर्ण-व्यवस्था में उनकी अंतर्भुक्ति हुई। स्मृतिकारों ने उनका स्थान नियत करने की चेष्टा की।

जिस प्रकार इस युग के प्रारम्भ में समस्त विभिन्न जातियों (Races) की पौराणिक गाथाएँ मिलीं और सृष्टिक्रम के विकास में प्रजापति, ब्रह्मा, विष्णु, शिव, नाग, गरुड़ आदि को मिला-जुलाकर एक परिवार बनाकर प्रस्तुत करने की चेष्टा हुई, इस युग के अन्त में जब सामंतवाद का उदय हो गया और फिर ब्राह्मण वर्ण ऊपर हावी हुआ, तब निम्न जातियों को 'कमकर' अर्थात् 'शूद्र' रूप में फिर दबाने की चेष्टा हुई जो कि हमें 500 ई० पू० से 1000 ई० तक के धर्मशास्त्रों में दिखाई देती है। 1600 ई० पू० से 500 ई० पू० तक इतना हो चुका था कि काणे द्वारा दी हुई तालिका की जातियाँ भारत में उपस्थित थीं।

जातियों का बनना-बिगड़ना फिर भी चलता रहा। आज तक जातियाँ अपना दर्जा बदल रही हैं। खेतिहर व्यवस्था के उसी पुराने ढाँचे में जीवित रहने के कारण आज भी गाँवों में जातियाँ जीवित हैं और बनिया, बामन, जाट, गूजर, माली, छाली, मैना, कायस्थ इत्यादि के आधार पर ही अधिकांश चुनाव लड़े जाते हैं। इसके पीछे अब भी आर्थिक कारण के अतिरिक्त सामाजिक मान-सम्मान की विषमता है, जिसके लिए निरन्तर संघर्ष हो रहा है। यह संघर्ष अँगरेजों के राज्य में राष्ट्रीय-राजनीतिक रूप अधिक धारण कर गया था, क्योंकि तब बाहरी शक्ति से लड़ने का प्रश्न था। अब वह फिर समाज के भीतर प्रत्येक जाति का संघर्ष बन गया है।

जिस प्रकार हमारे आलोच्यकाल के प्रारम्भ में सृष्टिक्रम में एक परिवार बना, हमारे आलोच्यकाल के अन्तिम भाग में वर्ण-व्यवस्था एक पुराना सत्य बन चुकी थी। इस लम्बे दौरान में भारत एक सांस्कृतिक परिवार बन चुका था—उसी परिवार में बुद्ध ने भी जन्म लिया

था। पेशे के हिसाब से गणों में भी जातियाँ (castes) थीं।

यह निश्चित है कि निम्न जातियों को दास-प्रथा के अन्त में पहले की तुलना में कहीं अधिक अधिकार मिल गए थे। पहले उनकी सत्ता दास जैसी थी। अनार्य्य राज्यों में इतनी पुरानी हो जानेवाली दास-प्रथा निरंतर चलती रही, फिर आर्यों में भी चली, कि दासों का पेशेवार विभाजन हो गया । दास-प्रथा टूटी तो यह जातियाँ पहले की तुलना में मुक्त हुईं, इनका जातीय (racial) भेद मिट गया। परवर्ती काल में वर्ग-संघर्ष में आर्य-अनार्यों की अंतर्भुक्ति से संगठित और नए बन जानेवाले वर्ण—ब्राह्मण, क्षत्रिय, वैश्य केवल आर्य त्रिवर्ण नहीं थे। उनमें आर्य-अनार्य उच्च वर्ण मिले हुए थे। (नए) ब्राह्मण वर्ण (पुरोहित वर्ग) के संघर्ष से (नए योद्धा वर्ग) क्षत्रियों, (नए व्यापारी वर्ग) वैश्यों का दर्जा भी उठता-गिरता रहा। इन्होंने मिलकर (कमकर जातियों) शूद्रों को दबाना चाहा। इस अंतर्भुक्ति के बाद में चातुर्वर्ण्य में केवल आर्य ही नहीं, अनार्य भी मिल गए थे। इसी प्रकार कई वर्णों के स्थान उठे, कई के गिर गए; नागों की अंतर्भुक्ति से एक नया वर्ण पैदा हो गया जो कायस्थ कहलाया। कुछ लोग इसे क्लर्क पेशे के ही लोगों का अलग जाति बना लेने का परिणाम कहते हैं। मेरे मत में ऐसा नहीं हो सकता।

(12) दास-प्रथा में नीच काम करनेवाले नीच जाति के बने। परन्तु वे पहले से स्वतंत्र हो गए। अब उनकी पंचायतों का प्रभुत्व बढ़ा। उनको भीतरी व्यवहार में स्वतन्त्रता मिली, किन्तु जब वे 'उत्पादन के साधन के रूप में' उच्च वर्णों के सम्बन्ध में आते, तब ही उनके ऊपर अंकुश लगाया जाता।

(13) चाण्डाल तक को अधिकार मिला। बुद्धकाल से पहले ही ब्राह्मण और चाण्डाल विष्णु मंदिर में साथ-साथ जाते थे। इसी आलोच्यकाल में ब्रह्मा के मुख से निकला ब्राह्मण स्वयं चाण्डाल का पुरोहित हो गया, क्योंकि उसने भी स्वीकार कर लिया था कि मूलतः आत्मा सब मनुष्यों में एक-सी होती है। यह जो भेद दिखाई देते हैं, यह कर्मानुसार मिलते हैं। इसके अतिरिक्त और कोई व्याख्या समझ में ही नहीं आती थी। विज्ञान तब तक उतना ही बढ़ा था। पुनर्जन्म के कारण आत्मा घूमती थी और जगह-जगह जन्म लेती थी।

इसी विचार ने, उपनिषदों तक जो साहित्य ब्राह्मण पुरोहितों तथा क्षत्रियों तक सीमित था, उसे जनता के लिए खोल दिया और काव्य जनभाषा (तत्कालीन लौकिक संस्कृत) में बने और अंततोगत्वा कई आचार्यों के विश्लेषण, विवेचन के बाद भरतमुनि ने काव्य सबके लिए खोल दिया और साधारणीकरण का सिद्धान्त अपनाया गया। अभी तक जो विचार था कि दास में संवेदना नहीं होती, वह तर्क काट दिया गया और मनुष्य मात्र के सुख-दुःख की समान अभिव्यक्ति और अनुभूति मान ली गई । मनुष्य की फिर से स्थापना हुई।

(15) उपासना के क्षेत्र में मंदिरों का विकास हुआ , जहाँ सब वर्णों को मिलने का अधिकार मिला, पहले की भाँति जहाँ केवल उच्च वर्णों का अधिकार न था। वैष्णव मत ने वेद का अधिकार शूद्र को तो नहीं दिया, किन्तु वेद को ही अपने नए देवता के मातहत के रूप में पेश किया और इस प्रकार अपने अलगाव को रखकर भी ब्राह्मण ने अपने अधिकार को वास्तव में समर्पित कर दिया।

(16) इसी परिवर्तन से दास-प्रथा टूटती गई और क्रमशः विकास होते हुए दास-प्रथा

के युग की बर्बरता दूर होती गई, सामंतीय जीवन का विकास हुआ। हमें महाभारत के पात्रों की भाँति हत्या और रक्त से सने पात्र बुद्धकाल में ही नहीं मिलते।

(17) इस दौरान में अनार्य तंत्र, योग इत्यादि भी बने रहे, और बढ़ते रहे। शैव मत के माध्यम से योग का एक परिष्कृत रूप आर्यों में तथा ब्राह्मणों में मान्य बनकर स्वीकृत हुआ।

(18) जैन धर्म का दक्षिण में प्रचार हुआ। पार्श्वनाथ के नागजाति के अनुयायियों का उल्लेख हो चुका है। पार्श्वनाथ के अनुयायी बंदरगाह (पत्तन) ताम्रलिप्ति तक थे और उनके द्वारा वह दक्षिण भारत में भी फैला। चंद्रगुप्त मौर्य स्वयं भद्रबाहु स्वामी के साथ दक्षिण भारत ही चला गया था, जो प्रकट करता है कि वहाँ बहुत दृढ़ता से यह जिनधर्म पहले ही फैल चुका था।

(19) इसी दौरान में अहीर जाति का गोपाल देवता, कृष्ण के पुराने गोपरूप से मिल गया और कृष्ण का एक बाललीला का रूप विकसित हुआ, जिससे राधा की महत्ता का बीज पड़ा, जो काफी बाद में सिर उठा सका।

(20) विदेशी पाञ्चरात्र ने यहाँ चतुर्भुज देवताओं का विकास किया और प्रायः सभी देवता चतुर्भुज हो गए। आर्य साहित्य में भी ऐसे रूपक थे कि अनेक मुख थे, पाँव थे, जो भी मिल-मिला गए। कुछ परम्परा इस विचार को बल देनेवाली अनार्यों में भी रही होगी। किसी समय सम्भवतः इसका प्रारम्भ यॉस्क प्रथा से हुआ होगा।

(21) जनमेजय ने जिस तक्षशिला में नागों का विध्वंस किया था, वहाँ उपनिषद्-काल में विशेष महत्व नहीं था, परन्तु उसके बाद अवश्य वहाँ विशाल विश्वविद्यालय धीरे-धीरे बना और इसी आलोच्यकाल में बना, क्योंकि बुद्ध के समय वह इतना प्रसिद्ध था कि वहाँ शाक्य पढ़ने जाते थे, स्वयं एक सिंह नामक सेनापति भी गया था। यदि हम इसे न मानें कि वह नागों का बनाया विश्वविद्यालय था, तो भी यह मानना होगा कि शिक्षा का विकास हो गया था, आर्य-परम्परा के तपोवनों से काम नहीं चलता था, पुराने समय के छोटे शिक्षालय को ही विश्वविद्यालय का रूप धारण करना पड़ा था। नागों की इसमें अवश्य ही देन रही होगी।

(22) भारत के उत्तर-पश्चिम में इस आलोच्यकाल के आरम्भ में हिताइत आदि सशक्त थे, किंतु फिर ईरानी आर्य सशक्त होने लगे और उन्होंने बुद्ध-काल से पहले ही एक विशाल साम्राज्य बना लिया था, जहाँ से भारतीयों का खूब सम्बन्ध था। यहाँ के लोग ईरानी सम्राट् की सेना में जाकर नौकरी करते थे। पारस्परिक सांस्कृतिक आदान-प्रदान भी खूब था।

(23) इस लम्बी अवधि में वेदों का अर्थ भूला जा रहा था, अतः कई आचार्यों के बाद यास्क ने अपना निघंटु बनाया था। पाणिनि ने लौकिक संस्कृत के विकास के बाद अपना व्याकरण बनाया था।

(24) आर्य अब जाति का द्योतक शब्द नहीं था। आर्य का अर्थ श्रेष्ठ था। आर्य (citizenship) का अर्थ था स्वतंत्र सम्मानित व्यक्ति। दास भी धन देकर आर्य बन सकता था।

(25) महाभारत में प्रकट होता है कि युधिष्ठिर को केवल ब्राह्मणों की भूमि पर अधिकार नहीं था, क्योंकि जुए में उसने बाकी सबकी भूमि को दाँव पर लगा दिया था, अर्थात् उसका सब पर सर्वाधिकार था। गणों में तब भूमि प्रायः सामूहिक अधिकार में थी। उपनिषद्-काल में पता

चलता है कि याज्ञवल्क्य ब्राह्मण के पास व्यक्तिगत भूमि थी। किन्तु धर्मशास्त्रों से, पूर्व मीमांसा से, यह प्रमाणित होता है कि इस दौरान में भूमि पर से राजा का सर्वाधिकार हट गया। भूमि के टैक्स के अतिरिक्त राजा का उस पर अधिकार नहीं रहा। उसे सिंचाई करनी पड़ती थी, खेत की रक्षा करनी होती थी, तब वह टैक्स पाता था, पौर जनपद का इस काल में विकास हुआ था, शक्ति का पंचायतों में स्थानीय विकेन्द्रीकरण हुआ था और वे अंततोगत्वा सम्राट् के अधीन रहे थे। भूमि व्यक्तिगत सम्पत्ति बन चली थी। जागीरदारों की शक्ति बढ़ी थी और ये सामंत कहलाते थे। महाराज, उपराज आदि के भूमिसम्बन्धी अधिकार सीमित हो गए थे। इससे दास-प्रथा की जगह सर्फ (अर्द्धदास) प्रथा का उदय हुआ और पहले की तुलना में किसान (शूद्र-दास) मुक्त हुआ।

(26) वैष्णव मत, आत्मा की समानता की घोषणा, साहित्य का साधारणीकरण, यह सब सामंतीय विकास के चिह्न हैं। राम नामक आदर्श सामंतीय राजा के पात्र का विकास भी इसी का परिचायक है।

(27) गौतम के अनुसार—जमीन की पैदावार का 1/6 या 1/8 या 1/10 भाग राजा को कर लेना चाहिए। पशु और सुवर्ण का 1/50; फल, फूल, शहद, मांस इत्यादि का 1/60 (गौतम 12 । 1-2)।

(28) आपस्तम्ब ने वेद-विरुद्ध व्यावहारिक रीतियों को भी आचार के आधार पर उस समय (अंतर्भुक्ति के प्रभाव में) प्रमाणिक माना था। (आपस्तम्ब 1/9/25/3), किंतु सामंतीय व्यवस्था के ह्रास के समय जब फिर ब्राह्मण वर्ण शोषक हो गया था, तब कुमारिल ने इसका विरोध किया था।

(29) बौद्धायन धर्मसूत्र (2 । 2 । 4 । 16-20) से ज्ञात होता है कि कुछ ब्राह्मण भी उस समय किसान, गड़रिये, कारीगर, नौकर और नट का काम करने लगे थे। यह धर्मसूत्र दक्षिण भारत में ईसा की छठी शती से पूर्व ही बन गया था। इसमें समुद्री व्यापार का उल्लेख है।

(30) गण व्यवस्थाओं में इंद्र तथा ब्रह्मा की उपासना का ही प्रभाव था, क्योंकि आर्य वहाँ रक्तशुद्धि का प्रयास कर रहे थे। यद्यपि बुद्ध के गण में नाग, कुबेर आदि का देवता मान लिया जाना बताता है कि वहाँ भी अनार्य प्रभाव पहले ही से पहुँच रहा था। एकतंत्रों में ही विशेषकर वैष्णव और शैव अंतर्भुक्ति का विकास हुआ, क्योंकि इनमें राजतंत्र को ही प्रश्रय दिया गया है, गणतंत्रों को नहीं।

(31) अंतर्भुक्ति के साथ ही व्यापार का संतुलन बदलने से धनी-दरिद्र का भेद बढ़ने से समाज में विषमता प्रकट हुई। दास-प्रथा के टूटने से उच्च वर्णों को हानि हुई। ब्राह्मण के तो 'सर्वाधिकार' लुप्त-से ही थे। अतः जब उसने 'कलि' की पुकार उठाई तो उसने अपनी प्रतिध्वनि अन्यत्र भी पाई। इसी आलोच्यकाल में ब्राह्मण ने आर्य-रीतियों में से बहुत-सी प्राचीन प्रथाओं को बंद किया, ताकि नई मर्यादा में अपना मान रखा जा सके। वह सब 'कलिवर्ज्य' कहलाईं, यानी कलि में ऐसा नहीं करना चाहिए जैसे नियोग-प्रथा, गौवध। कुछ प्रथाएँ इसलिए वर्जित हुईं कि उनके अब साधन नहीं थे, जैसे वानप्रस्थाश्रम इत्यादि।

(32) जातियों का निरंतर विकास हुआ। उनका नया रूप उपस्थित हुआ। यद्यपि

जातियाँ कुछ पुरानी भी थीं, परन्तु धीरे-धीरे वर्ण-व्यवस्था में अंतर्भुक्त होकर हमारे आलोच्यकाल में निम्नलिखित जातियाँ इस युग के अंत में दिखती हैं।—

काम्बोज, गांधार, कुरु, पञ्चाल, शौरसेन, आग्रेय, चेदि, मद्र, मालव, शाल्व, उशीनर, वाह्लीक, त्रिगर्त, यौधेय, केकय, आभीर, शिवि, दरप, करुष, कुलूट, कुलिन्द, बर्बर, मुरुण्ड, आजुर्नायन, अम्बष्ठ, निषाद, निषध, काशी, कोसल, वत्स, यातुधान, आत्रेय, भारद्वाज, लभ्पाक, योन, कलिंग, अंध्र, दमिल, शबर, मूतिब, पुलिंद, कुंतल, राष्ट्रिक, नासिक्य, अश्मक, मूलक, चोल, पाण्ड्य, केरल या चेरे, मागध, विदेह, ज्ञातृक, शाक्य, मल्ल, वंग, गौड़, सुप्ल, पुण्ड्र, किरात, प्राग्ज्योतिष, बुलिय, कोलिय, मोरिय, भग्ग, कालाम, लिच्छवि , उत्कल और उड्र, अवंति, सिंधु सौवीर, सुराष्ट्र, शूद्र, लाट, शूर्पारक, औदुम्बर, काक, खरपरिक, सनकानीक, मत्स्य, रमठ, पारद, भोज, मेकल, दशार्ण, पारियात्र, पेटनिक, गोलांगूल, शैलूष, कुसुम, नामवासक, आधक्य, दण्डक, पौरिक, अथर्व, अकर्लिंग , मौलिक , मूषिक, चूलिक, कणकन, तोसल, वैदिश, तुष्टिकार , माहिषक, कीकट, प्रवंग, रांगेय, मानद, उग्र, तंगण, मुदकर अंतगिय, बहिर्गिर, अनूप, कुकुर, सूर्य्यारक, वृक, हारभूषिक, माठर, जागुड़, ब्रह्मोत्तर, भृगुकच्छ, माहेय, भोज, अपरांत, हैहय, भोगवर्द्धन सरज, वीरहोत्र, विंध्य मौलेय, जांगल, भद्रकर, क्षुद्रक, पुष्कल, चीन, तुखार, सारस्वत, अश्वकूट, कुल्य, मलक, बोध, दशमालिक, हर्षवर्द्धन, कुशेरुक, हंसमार्ग, कुहुक, शतपथ, चर्म खण्डिक, जबल, शतद्रुज, उर्ण, दर्व, बाहुभद्र, त्रैपुर, गजाह्वय, पर्णशबर, अर्बुद, खस इत्यादि।[1]

(33) राजा, पुरोहितवर्ण और प्रजा के सम्बन्ध कर (टैक्स—बलि भाग) पर विशद विवेचन हुआ और परस्पर इनको निर्धारित करने के लिए निरंतर संघर्ष होता रहा। यह संघर्ष सामंतकाल में भी चलता रहा। परंतु इससे यह स्पष्ट हो गया कि वैश्य और शूद्र को इस समय सम्पत्ति रखने के अधिकार मिल गए, जो उन्हें युधिष्ठिर के समय में प्राप्त नहीं थे। यह विकास भी महत्वपूर्ण है, जो वर्णों की परिवर्तित परिस्थिति को बताता है।

(34) राजा को दैवी माने जाने की ओर विकास इसी युग में प्रारम्भ हुआ, क्योंकि यही धर्मरक्षक अर्थात् समाज के उचित नियमों का रक्षक माना गया। वर्ण-व्यवस्था का नया प्रतिपादन समाज के नई व्यवस्था के प्रतिपादन के रूप में, वर्णों अर्थात् वर्गों के नए संतुलन (अधिकारों के प्रति आस्था और उनके व्यवहार) का प्रतिपादन बन गया।

(35) भारत की सारी जातियों का वर्ण-व्यवस्था के अनुसार वर्गीकरण इसी युग में हुआ। ऊपर गिनाई जातियाँ प्रादेशिक नामों पर ही अधिकांश हैं और इनमें वर्ण-व्यवस्था प्रचलित थी।

(36) दक्षिण भारत की प्राचीन मूर्त्तिपूजा के देवता इसी युग में धीरे-धीरे विष्णु के पर्याय बन गए और इस प्रकार अनेक देवता मिलकर एक हो गए।

(37) इसी आलोच्यकाल के अंत तक वेद पर निरन्तर प्रहार सहते-सहते जैमिनी ब्राह्मण इस विचारधारा का सफल प्रतिपादक हुआ कि वेद मनुष्यकृत नहीं थे, अपौरुषेय थे।

---

1. विस्तार के लिए पी० वी० काणे के 'धर्मशास्त्र का इतिहास' तथा विमल चरण लॉ के 'ट्राइब्ल इन ऐंशेंट इंडिया' को देखिए।

तभी वैदिक होना ही आस्तिकता का चिह्न माना गया। ईश्वर को मानने न मानने से आस्तिकता का कोई सम्बन्ध नहीं रहा।

(38) तप और योग ने इस समय सम्प्रदायों को ढँक लिया था।

(39) इस प्रकार इस युग के महान् व्यक्ति, परिवर्तन तथा सांस्कृतिक विचार-धारा का संक्षेप में अध्ययन किया। बहुत-सी बातें अन्यत्र लिख चुके रहने के कारण हम उन्हें यहाँ नहीं दुहराते। गण-व्यवस्था ने यहाँ एकतंत्रों का नाश करके तीन बार अपने को व्यापक रूप से प्रतिष्ठापित करने की चेष्टा की थी। किन्तु गण सफल न हुए, क्योंकि वे गोत्रों के आधार पर ही अधिकांश निर्भर थे। एक कथा में इस लम्बे विकास को प्रतिबिम्बित कर देना उतना ही असम्भव काम है, जितना इस विकास का निश्चित कालक्रम से क्रम जोड़ देना। फिर भी हम एक रेखाचित्र देने का प्रयास करते हैं। इसमें हमने सांस्कृतिक पक्ष को ही अधिक लिया है और तिथियाँ प्रायः अनुमानतः दी गई हैं। राजवंशों की प्राप्त तालिकाओं का भी यथावश्यकतः प्रयोग किया है—

तालिका

महाभारत-युद्ध के बाद

1500 ईसा पूर्व के लगभग

1. जरासंध पुत्र सहदेव का राज्य।
2. अरिष्टनेमि जैन की मृत्यु।
3. ईरानी ज़रतुष्ट्र के समय में मग ब्राह्मणों का अग्नि-उपासना पर सूर्योपासना को महत्त्व देना और उनके दो दल बनना।
4. हिताइतों का उत्तर-पश्चिम भारत में सशक्त होना।
5. आभीरों का सरस्वती-तीरस्थ नागों को हराना।
6. नागों द्वारा परीक्षित-वध।
7. जनमेजय और नागों का युद्ध। तक्षक-जनमेजय संधि।
8. पाञ्चरात्र पद्धति के बीच लानेवाले मग ब्राह्मण का शाकद्वीप या श्वेतद्वीप से आगमन।
9. आभीर आक्रमण। गोपाल देवता का परिचय।
10. अनार्य तथा नाग-शैव मत का उत्थान।
11. योग का प्रभाव बढ़ना। मगध में बृहद्रथवंश का राज्य।
12. तप का बढ़ता हुआ प्रभाव पड़ना— अनार्य पद्धतियों का उपासना क्षेत्र में विकास।

1400 ई० पू० के लगभग

13. बोगज़कोई लेखों का काल। मग ब्राह्मणों का प्रसार।

14. आरण्यक और ब्राह्मण ग्रंथों का प्रारम्भ। सामाजिक विषमता की व्याख्या का प्रयास । शूद्रों का उत्थान।

1300 ई० पू० के लगभग

15. वैष्णव मत का व्यापक प्रसार, नाग-गरुड़ अंतर्भुक्ति का उत्तर-पश्चिम भारत से प्रेरणा लेकर, प्रभाव को बढ़ाते हुए भारत में भी अन्तर्भुक्ति । शिव और विष्णु का प्रभाव बढ़ने का प्रारम्भ । आत्मा की समानता के भाव का विकास। पुनर्जन्म द्वारा विषम समाज-व्यवस्था की व्याख्या। कर्म का प्रभुत्व।
16. ब्राह्मण और आरण्यक ग्रंथों का विकास, ब्रह्म का जातीय देवताओं से ऊपर उत्थान। जाति-प्रथा की विषमता का उदय।

1200 ई० पू० के लगभग

17. अश्वल जनक, अजातशत्रु, तथा याज्ञवल्क्य का युग।
18. आग्नेय रंग का पतन।
19. कुरुओं का हस्तिनापुर के गंगा में डूबने पर कोसाम्बी को राजधानी बनाना।
20. इक्ष्वाकुवंशीय तथा मल्लादि राज्यों में गणों का एकतंत्रों को नष्ट करके उत्थान।
21. परवर्ती वैदिक संस्कृत से महाभारत और मूल वाल्मीकि रामायण का गेय रूप में क्रमशः लौकिक संस्कृत में परिवर्तनारम्भ। ग्रन्थों का विकास।

1100 ई० पू० के लगभग

22. कपिल का युग। सांख्य का आरम्भ।
23. आसुरि का युग।
24. दास-प्रथा का विघटनारम्भ।
25. व्यापार के संतुलन में परिवर्तन का आरम्भ।
26. एकतंत्रों को मिटाने का गणराज्यों का प्रथम व्यापक प्रयत्न।
27. लौकिक संस्कृत का विकास।
28. मगों का पूर्वगमन। तप का बढ़ता प्रभाव।

1000 ई० पू०

29. अपान्तरतमा का वेद-रक्षा का यत्न।
30. अग्रसेन का युग। नाग अंतर्भुक्ति । यक्ष-पूजा की अंतर्भुक्ति । इंद्र-विरोध युग।
31. पाञ्चरात्र विकास—वैष्णव मत की अन्तर्भुक्ति का प्रयास। ब्रह्मा पर विष्णु और शिव की अलग-अलग विजय। तप का बढ़ता प्रभाव।
32. जनक जनदेव (मिथिला) और पञ्चशिख का युग।
33. कुरुओं का ब्राह्मणों द्वारा विनाश।

34. एकतंत्रों को मिटाने का गणराज्यों का दूसरा व्यापक प्रयत्न।

900 ई० पू० के लगभग

35. एकतंत्रों को मिटाने का गणराज्यों का तीसरा व्यापक प्रयत्न।
36. वर्ण-व्यवस्था के पुराने ढाँचे का नए ढंग से पुनर्संगठन का प्रारम्भ और विकास।
37. पुरानी जातियों का कबीला जातियों के प्रादेशिक रूप में उठने का प्रारम्भ।
38. श्रेणियों का उत्थान—व्यापार का बढ़ना, दास-प्रथा के टूटने का क्रम-विकास।
39. पुराण, महाभारत और रामायण के गेय रूपों का अपना स्थिर रूप पकड़ना प्रारम्भ करना। आपस्तम्ब, बौद्धायन और गौतम का युग। पाञ्चरात्र की अन्तर्भुक्ति । योग प्रभाव का बल बढ़ना। श्वेताश्वतर का युग। विभिन्न तपस्वी सम्प्रदाओं का विकास।
40. कलिवर्ज्य का प्रारम्भ।
41. कराल जनक का पतन।

800 ई० पू० के लगभग

42. स्वायंभुव मनुस्मृति के मूल रूप का प्रणयन।
43. पारसीक साम्राज्य का भारत के उत्तर-पश्चिम में उत्थान। मगों का क्षत्रप होना।
44. बंगाल में नागों का पहुँचना। नागों की व्यापक अन्तर्भुक्ति। विभिन्न जातीय अन्तर्भुक्ति। नई वर्ण-व्यवस्था का उदय।
45. पार्श्वनाथ जैन का युग। दक्षिण में जैन मत प्रसार।
46. कृष्ण का गोपाल देवता से मिलकर अवतारवाद में स्थान पाना। पाञ्चरात्र का अति व्यापक प्रसार। गणों में इसकी अशक्ति।
47. बृहद्रथवंशीय रिपुञ्जय का अन्त और प्रद्योतवंश का उदय।
48. तांत्रिक तथा अनार्य अवैदिक शैव मत का वैदिक शैव मत से दूर होना। शैव मत की ब्राह्मणों में अन्तर्भुक्ति। भारत की संस्कृति का ही बदलना। ब्राह्मण का गण विरोध।

700 ई० पू० के लगभग

49. प्राचीन ग्रीकों का भारत के उत्तर-पश्चिम में आकर बसना।
50. तक्षशिला विश्वविद्यालय का प्रारम्भ या उसकी प्रसिद्धि फैलने का समय।
51. यास्क के निघंटु का युग।
52. षड्दर्शनों की पूर्वपीठिका का प्रारम्भ।
53. शिशुनाग का उत्थान और प्रद्योतवंश का पतन।

600 ई० पू० के लगभग

54. पाणिनि-काल।
55. पूर्वमीमांसाकार जैमिनि की वेदरक्षा का काल।
56. लिच्छिवि गणादि का उत्कर्ष-काल।
57. नारायणीय सूक्त की महाभारत में अंतर्भुक्ति का काल।

500 ई० पू० के लगभग

58. बुद्ध—अजातशत्रु-काल।

यह एक संक्षिप्त रेखा-चित्र है।

इस प्रकार हमने देखा कि आदि से अजातशत्रु तक इतिहास ने विशाल डग लिये। इस समय को हम अगले ग्रंथों में ही विस्तार से देखेंगे। यहाँ हमने महाभारत-युद्ध के बाद से लेकर बुद्ध-काल तक के बीच के समय के महान उत्थान और पतन की रूप-रेखा प्रस्तुत की है। धार्मिक, सामाजिक, राजनीतिक, आर्थिक, नैतिक, दार्शनिक, जातीय, वर्णगत तथा अन्य जिन उथल-पुथलों से भारत में वैदिक युग का अवसान होकर, बुद्ध-काल का उदय हुआ, उस युग की लम्बी अवधि का सांस्कृतिक पक्ष हमने स्पष्ट करके भारतीय इतिहास की एक अंधकारमय गुहा का उद्घाटन किया है।

प्रायः बुद्ध से ऐतिहासिक विवेचना करनेवाले विद्वान् निश्चित तिथियों का प्रयोग करते हैं। यद्यपि यह ग्रंथ समुद्र का प्रतिनिधित्व करने में एक बूँद के ही समान है, फिर भी यह बूँद है और समुद्र का प्रतिनिधित्व करता है।

भारतीय इतिहास के बाह्य पक्ष को ही नहीं, हमने उसके अन्तस्थ को भी छूने का प्रयत्न किया है, और वह तमाम पृष्ठभूमि स्पष्ट की है, जिसका परिणाम हमें बुद्धकाल के भारत में दिखाई देता है। विद्वान् आज तक इन शृंखलाओं को जोड़ नहीं सके थे। अतः प्रथम प्रयत्न होने के कारण इसमें भूल-चूक हो जाना भी ऐसा बड़ा आश्चर्य नहीं है, किन्तु यदि इस वैज्ञानिक विवेचन से पाठकों की जिज्ञासा जाग्रत हो जाती है, तो हम अपने परिश्रम को सफल समझेंगे।

भारतीय इतिहास अत्यंत दुर्गम है। इसका शोध केवल इतिहास का विवेचन नहीं है, वह मनुष्य की समस्त वासनाओं और अपूर्णता तथा पूर्णताओं के क्रमिक विकास का अध्ययन है, जो बाह्यरूप में सभ्यता है और आन्तरिक रूप में अध्यात्म की उन्नति है। इस सबका हमने तारतम्य बिठाने की चेष्टा की है।

अन्त में हम उपनिषद्कार के शब्दों को उद्धृत करते हैं—"यदि तू ऐसा मानता है कि ब्रह्म का पूरा स्वरूप जानता हूँ, तो निश्चय तू अल्प ही जानता है। जो इस ब्रह्म का स्वरूप तू जानता है, और जो इसका स्वरूप देवों में जाना जाता है, वह भी स्वल्प ही है। इस कारण जो तूने जाना है, वह तुझे मनन ही करना चाहिए, यह मैं मानता हूँ।" (केनोपनिषद् 2।1)।

इतिहास के जिस चरण में यह घोष गूँज उठा था, वहीं से एक नए युग का प्रारम्भ हुआ था और वह सामंतीय जीवन का उदय था। उसे हम अगले ग्रंथ में लेंगे।

स्वस्ति!

□□□